WULF DORN

TRIGGER

DAS BÖSE KEHRT ZURÜCK

Thriller

WILHELM HEYNE VERLAG
MÜNCHEN

Penguin Random House Verlagsgruppe FSC® N001967

2. Auflage
Originalausgabe 03/2022
Copyright © 2021 by Wulf Dorn
Copyright © 2022 dieser Ausgabe
by Wilhelm Heyne Verlag, München,
in der Penguin Random House Verlagsgruppe GmbH,
Neumarkter Str. 28, 81673 München
Redaktion: Michelle Landau
Printed in Germany
Umschlaggestaltung: Eisele Grafik Design, München,
unter Verwendung eines Motivs von © Manitchaya / Bigstock
Satz: Buch-Werkstatt GmbH, Bad Aibling
Druck und Bindung: GGP Media GmbH, Pößneck
ISBN: 978-3-453-27095-4

www.heyne.de

Dies ist für euch, treue Leserinnen und Leser.
Lasst uns dorthin zurückkehren,
wo alles begonnen hat.

Und für Flo.
Du wirst trotzdem immer bei uns sein.

»Der Anblick des Bösen zündet Böses in der Seele an.
Das ist unvermeidlich.«

C. G. Jung
»Zivilisation im Übergang«

»Das Dumme am Tod ist nicht,
dass er die Zukunft verändert,
sondern dass er uns mit unseren Erinnerungen
allein zurücklässt.«

Peter Høeg
»Fräulein Smillas Gespür für Schnee«

EIN BILD AUS DER HÖLLE (I)

So fühlt es sich also an, wenn man den Verstand verliert.

Das war sein erster Gedanke, der auf den Schock folgte. Und ja, es musste so sein, eine andere Erklärung konnte es nicht geben. Was er da vor sich sah, musste reine Einbildung sein. Eine böse Halluzination.

Aber warum, in Gottes Namen, halluziniere ich ausgerechnet so etwas Schreckliches herbei?

Weil die Grenze, die den klaren Verstand vom Wahnsinn trennt, nur eine feine Linie ist, flüsterte etwas in ihm. *Und offenbar hast du diese Linie jetzt überschritten.*

Ja, das war die offensichtliche Erklärung.

Er war übergeschnappt.

Einfach so. Als hätte jemand einen Hebel in seinem Kopf umgelegt.

Die ersten siebzehn Jahre seines Lebens war er ein intelligenter und aufgeweckter Junge gewesen, und heute – ausgerechnet am ersten Weihnachtsfeiertag – war er von einem Moment zum nächsten reif für die Klapsmühle geworden.

Aber konnte das wirklich sein? Konnte man ohne jegliche Vorzeichen plötzlich verrückt werden?

Oder war das alles vielleicht nur ein schlimmer Traum?

Auch das wäre gut möglich, überlegte er. Hatte nicht Albert Einstein gesagt, dass die Realität nur eine beharrliche Illusion ist? Jedenfalls behauptete das einer der vielen Aufkleber auf seiner Laptoptasche, deren Tragegurt er nun krampfhaft umklammert hielt.

Demnach könnte alles, was er in diesem Moment wahrzunehmen glaubte, nur eine gewaltige Täuschung sein. Eine von der Art, die sich verteufelt echt anfühlten.

Denn tatsächlich spürte er die Kälte des Winterabends, als würde er jetzt *wirklich* hier vor seinem Haus stehen. Er sah die Atemwölkchen, die stoßweise aus seinem Mund drangen – hektisch, weil er vor Entsetzen keuchte –, und er roch den Rauch, den der frostige Wind vom Schornstein herabwehte. Diesen unverkennbar würzigen Duft nach verbrannten Buchenholzscheiten, den er mit Winter und Weihnachtszeit verband.

Zudem glaubte er, die blinkenden Deko-Figuren im verschneiten Vorgarten zu sehen. Ihr bläuliches LED-Licht ließ den überfrorenen Schnee wie ein Meer aus winzigen Diamanten funkeln.

Er hatte das Rentier, den Engel mit den ausgebreiteten Flügeln, und den Weihnachtsmann, der sich mit einer »Ho Ho Ho«-Geste den dicken Bauch hielt, zusammen mit seinem Vater eine Woche vor Heilig Abend aufgestellt. Sie hatten erst die Metallgestelle zusammengeschraubt und die Figuren dann an den Steckdosen angeschlossen, die in einer Steinattrappe neben dem Hauseingang verborgen waren.

Das war jetzt acht Tage her. Er konnte sich noch deutlich daran erinnern. Das Kabel an dem blinkenden Weihnachtsmann war defekt gewesen, weshalb er im Baumarkt ein neues gekauft hatte. Bei der Verkäuferin mit der schwarzen Stoppelfrisur, auf die er heimlich stand, auch wenn sie schon über zwanzig sein musste.

Ja, bis zu diesem Punkt schien das Bild vor ihm bis ins Detail stimmig und real zu sein.

Dennoch war etwas anders. Etwas war mit diesem Bild ganz und gar nicht in Ordnung.

Er fühlte sich wie in einem bösen Fiebertraum. Santas starres Lachen kam ihm jetzt keineswegs fröhlich vor, sondern irgendwie boshaft und spöttisch. Ebenso wie das Pfeifen von Bing Crosby, dessen *White Christmas* aus der weit offen stehenden Haustür trällerte. Das war das liebste Weihnachtslied seiner Mutter, und dieser Tage gehörte es natürlich zu den Stammgästen auf der Playlist in ihrem Küchenradio.

Sein Blick wanderte weiter zu dem Tannenkranz, der über dem Briefkasten neben der Tür hing, verziert mit einer goldenen Schleife und vier roten Glaskugeln.

Auch dieser Kranz gehörte zum üblichen Weihnachtsritual, auf das seine Mutter bestand. Ihrer Meinung nach konnte das Haus sowohl innen als außen gar nicht genug dekoriert sein. Weil Weihnachten doch das schönste Fest von allen ist, sagte sie oft. Ein Fest für die Familie. Deshalb hing auch für jeden von ihnen eine Kugel an dem Kranz.

Aber nun waren drei dieser Kugeln zerborsten. Ihre feinen Scherben waren über den Fußabstreifer und die Stufen zum Vorgarten verstreut. Als wären sie geplatzt oder zerschlagen worden.

Und nicht weit davon entfernt lag …

… dort lag …

Nein!

Sein Verstand weigerte sich mit aller Kraft, das Bild als das anzuerkennen, was es so offensichtlich zu sein schien.

Es ist unmöglich, dachte er und hätte fast hysterisch losgelacht. *Völlig unmöglich! Ich bilde mir ein, dort meine Mutter liegen zu sehen. Was für ein Blödsinn! Als ob sie sich einfach so in den Schnee legen würde. Das kann doch nur eine Einbildung sein! In Wirklichkeit ist sie jetzt bestimmt im Haus, läuft in der Küche hin und her und macht das Abendessen, so wie immer. Weil sie doch über die Feiertage ständig am Kochen und Backen ist.*

Das stimmte definitiv. Ihre beste Freundin zog seine Mutter gern damit auf, dass sie während der Weihnachtszeit locker eine ganze Kompanie verköstigen könnte. Und da hätte ihr niemand aus der Familie widersprochen.

Also konnte die Frau da vor ihm nicht seine Mutter sein.

Niemals.

Weil sie ja in der Küche war.

Aber die Gestalt, die dort seltsam verrenkt auf dem Bauch lag, als wollte sie wie eine ungelenke Schwimmerin durch den knöcheltiefen Schnee kraulen, sah seiner Mutter täuschend ähnlich. Ihr Gesicht konnte er zwar nicht sehen, doch er erkannte den beigen Strickpullover mit dem Zopfmuster.

Genau so einen Pullover habe ich gestern meiner Mutter geschenkt. Sie hatte ihn sich gewünscht. Ich hatte ihn in rotes Geschenkpapier mit goldenen Weihnachtssternen verpackt. Sie hat sich so sehr darüber gefreut, dass sie ihn gleich angezogen hat. Und sie hat ihn auch heute Nachmittag angehabt, als ich aus dem Haus gegangen bin.

Also warum, zum Teufel, sollte jetzt eine Fremde den Pullover seiner Mutter tragen? Und ihre Jeans. Und die gefütterten Hausschuhe, die seine Mutter trotz Fußbodenheizung und dem Schwedenofen im Wohnzimmer immer trug, auch wenn sich alle anderen im Haus schon wie in einer Sauna fühlten. Wegen ihres niedrigen Blutdrucks klagte sie ständig über kalte Füße. Weshalb hätte sie ihre warmen Schuhe also einer anderen geben sollen?

Weil das da nicht meine Mutter sein darf!

Dieser Gedanke war so laut, dass er wie ein Schrei in

seinem Kopf dröhnte. Dann schob sich ein weiterer Gedanke dazu – nicht mehr ganz so laut, aber nicht minder drängend:

Überleg doch mal. Die Frau da ist tot. Sie hat drei Löcher im Rücken. Das sind verdammte Einschusslöcher! Da ist jede Menge Blut, und ihr fehlt fast der halbe Kopf. Der wurde ihr weggeschossen! Ihre Haare, ihr Schädel, ihr Gehirn sind bis zu den Rosenbeeten verteilt!

Ja, das sah er. Oder vielmehr *glaubte* er, es zu sehen.

So oder so, er konnte und wollte weder die Leiche im Vorgarten akzeptieren noch die blutigen Handabdrücke an den Wänden im Flur, die er durch die offene Tür sehen konnte. Von dort aus musste sich diese Frau

(*meine Mutter*)

mit letzter Kraft ins Freie geschleppt haben, ehe man sie mit einem vierten Schuss niedergestreckt hatte.

Ebenso wenig wollte er wahrhaben, dass drinnen im Haus, am Ende des Flurs, zwei Beine in einer Blutlache aus der Wohnzimmertür ragten.

Denn das hätten dann die Beine seines Vaters sein müssen, wie man an den Schuhen erkennen konnte. Dann wäre ja auch sein Vater tot, und auch das konnte unmöglich wahr sein.

Aber er sah die Beine, sah das frische Blut, auf dem das Licht der Flurlampe glitzerte wie Sonnenstrahlen auf einem tiefroten Teich.

Und diese Schuhe … es waren dieselben, die sein Vater immer trug, wenn er in den Wald ging. Dasselbe derbe Profil. Dieselben Schnürsenkel. Weiß-rot, weil das die einzigen reißfesten waren, die der Schuhladen in der Innenstadt führte.

Nein, nein, nein!

Niemals würde er das glauben! Lieber zog er die Möglichkeit in Betracht, urplötzlich den Verstand verloren zu haben.

Sollten sie ihn doch in eine Zwangsjacke stecken und mit Medikamenten vollpumpen, das war ihm völlig egal. Irgendwann würde er schon wieder zu sich kommen, und wenn er dann nach Hause käme, wäre alles wie immer. Seine Familie wäre am Leben. Natürlich wäre sie das.

Weil sie, verdammt noch mal, NICHT TOT sein dürfen!

Aber dann dämmerte ihm trotz aller geistiger Gegenwehr, dass das Blinken um ihn herum nicht nur von den Figuren im Garten stammte. Die LED-Dekoration allein hätte diesen dunklen Abend nie so hell erleuchten können. Dazu brauchte es weit mehr als nur drei blinkende Figuren und eine Straßenlaterne.

Das eigentlich auffallende Blinken stammte von den Blaulichtern der Streifenwagen. Die hatte er schon von Weitem gesehen, als er vorhin nach Hause gekommen war. Immerhin bis zu diesem Punkt erklärte sich sein Verstand jetzt bereit, das Gesehene zu akzeptieren.

Und während damit die erste lähmende Welle seines Schocks nachließ, drang eine weitere Wahrnehmung in sein Bewusstsein vor: Jemand hielt ihn fest.

Ja, nun fiel es ihm wieder ein. Da waren diese beiden Polizisten. Sie waren vorhin sofort auf ihn zugelaufen, kaum dass er das Haus erreicht hatte.

Jetzt hielten sie ihn an den Armen gepackt und versuchten, ihn wegzuziehen. Weg von diesem furchtbaren Anblick.

»Komm schon, Junge«, sagte einer von ihnen. Welcher der beiden konnte er nicht sagen. Dafür reichte seine geistige Kapazität noch nicht aus. Aber er hörte sehr wohl das Entsetzen in der Stimme des Mannes.

»Na los, komm endlich mit! Schau da nicht mehr hin!«

Doch das ging nicht. Er fühlte sich wie gelähmt und konnte nur reglos auf diesen schrecklichen Anblick starren.

Eine weitere Männerstimme drang zu ihm. Diesmal von irgendwo aus dem Haus.

»Sanitäter! Hierher! Schnell!«

Das alles vernahm er noch immer seltsam gedämpft, als sei sein Kopf in Watte gepackt. Dennoch begann sein Verstand, wieder Oberhand zu gewinnen.

Er begriff – *musste* schließlich begreifen –, dass seine Familie *wirklich* tot war. Mit Schüssen aus dem Leben gerissen. Während er im Zimmer seines Freundes gesessen und auf virtuelle Gegner gefeuert hatte, um einen möglichst guten Score zu erzielen. Und das hatte er. Am Ende hatte er die Runde als Sieger verlassen.

Ein letztes Mal wünschte er sich, dass dies alles nur eine kranke Einbildung war. Nur ein beschissenes Level in einem beschissenen Videospiel. Dass vor ihm gleich Worte wie *Game Over* oder *Neues Spiel starten* erscheinen würden.

Aber so war es nicht. Auch wenn er in diesem Moment der feinen Linie zum Wahnsinn sehr nahe kam, erkannte er, dass er noch diesseits davon war. Dass alles, was er sah, die Realität war. Und auf einmal wich alle Kraft aus ihm.

Er taumelte rückwärts, und hätten ihn die Polizisten nicht gehalten, wäre er wie ein gefällter Baum der Länge nach umgefallen.

Als er so völlig erschlafft zwischen den beiden Männern hing, brach sein innerer Widerstand vollends, und er begann zu schreien.

Teil 1

JAHRESTAG

»So stemmen wir uns voran, in Booten gegen den Strom, und werden doch immer wieder zurückgeworfen ins Vergangene.«

F. Scott Fitzgerald
»Der große Gatsby«

Kapitel 1

Es heißt, einen Wahnsinnigen erkenne man daran, dass er immer wieder das Gleiche tut und erwartet, dass sich das Ergebnis verändert. Von wem auch immer dieser Spruch stammte, er hätte Mark Behrendt damit meinen können.

Wieder war es der 22. Oktober, und dieses Jahr hielt Mark bis zum Nachmittag durch, ehe er ins Schlafzimmer gehen und den Schuhkarton aus der hintersten Ecke seines Kleiderschranks holen musste. Zwar gab es derzeit niemanden, vor dem er den Karton hätte verstecken müssen, aber er zog es dennoch vor, auf Nummer sicher zu gehen, denn der Inhalt konnte ihn in ernsthafte Schwierigkeiten bringen.

Seine Wohnung befand sich im sechsten Stock eines maroden Betonblocks aus den späten Siebzigerjahren. Die beiden winzigen Räume, die im Mietvertrag großspurig als *Apartment* bezeichnet wurden, waren zusammen kaum größer als sein früheres Wohnzimmer. Doch seit er seine ärztliche Zulassung verloren hatte, konnte er nicht mehr wählerisch sein. Auch wenn der Fahrstuhl schon seit Monaten defekt war, die Heizung nur sporadisch tat, was sie sollte, und sich an Regentagen wie diesem graue Wasserflecken an den Wänden zur Straße bildeten, war die Miete wenigstens erschwinglich.

Er ging zu dem Tisch neben der Küchenzeile, der ihm sowohl als Esstisch als auch als Arbeitsplatz diente, und musste erst das Laptop und einen Stapel Fachbücher beiseiteschieben, bevor er den Karton darauf abstellen konnte. Dann setzte er sich, atmete tief durch und nahm den Deckel ab.

Einst hatte der Karton ein Paar Laufschuhe der Marke Brooks in Größe 38 ½ enthalten, aber das lag Jahre zurück, und es kam ihm vor, als sei es in einem anderen Leben gewesen. Einem Leben, das von einer Sekunde zur nächsten beendet worden war.

Die Laufschuhe hatten Tanja gehört. Sie hatte sie an jenem Abend in Frankfurt getragen, auf den Tag genau vor sieben Jahren.

Mark fiel auf, dass er bis heute nicht wusste, was danach mit den Schuhen geschehen war. Wahrscheinlich waren sie damals an Tanjas Mutter geschickt worden, zusammen mit allem anderen, was Tanja an jenem Abend bei sich gehabt hatte – allem, bis auf ihre zerfetzte und blutige Kleidung. So viel Pietät würde die Polizei ja wohl gezeigt haben.

Aber ihre Schuhe waren heil geblieben, das wusste er. Sie hatten wie achtlos hingeworfen auf dem regennassen Asphalt gelegen, während er seine sterbende Freundin gehalten und um Hilfe geschrien hatte. Also hatte man die Schuhe höchstwahrscheinlich Tanjas persönlichen Gegenständen beigelegt. Ihre Mutter konnte er nicht mehr danach fragen, sie war vor zwei Jahren einem Krebsleiden erlegen.

Aber war der Verbleib dieser Schuhe nicht auch völlig unwichtig?

Nein, entschied er. Nichts an diesem Fall war unwichtig. Alles war von Bedeutung. Alles konnte ihn auf der Suche nach Tanjas Mörder weiterbringen. Schließlich war ein Kampf erst dann verloren, wenn man ihn aufgab.

Deshalb hatte Mark jedes noch so kleine Detail, an das er sich erinnern konnte, in dem schwarzen Notizbuch festgehalten, das obenauf in dem Karton lag. Akribisch hatte er aufgeschrieben, was er an jenem Abend gesehen und gehört hatte. Ja, selbst die Gerüche, die ihm aufgefallen waren, hatte er dokumentiert. Schließlich erinnerte man sich am deutlichsten an etwas, indem man sämtliche Sinne ansprach.

Aber nichts davon hatte ihn weitergebracht. Was er auf den knapp zweihundert Blankoseiten des Notizbuchs zusammengetragen hatte, war nicht viel mehr als ein Sammelsurium aus Eindrücken, Vermutungen und Spekulationen.

Dazwischen hatte er Tanjas Todesanzeige und die drei Presseartikel eingeklebt, die zu dem Vorfall erschienen waren. Die Schlagzeilen kannte er längst in- und auswendig.

FRAU BRUTAL ÜBERFAHREN

AMOKFAHRER ENTKOMMT UNERKANNT

WARUM MUSSTE TANJA M. STERBEN?

Letztere war in einem lokalen Boulevardblatt erschienen, und die großen fetten Buchstaben formulierten eben jene Frage, die Mark all die Jahre nicht losließ. Sie hatte sich in seinem Kopf festgefressen, ebenso wie der kreischende Zuruf von Tanjas Mörder – *»Hey, Doktor!«* –, ehe er aufs Gaspedal getreten und sie überfahren hatte.

Die Suche nach Antworten auf all das war für Mark längst zur Obsession geworden. Seit sieben gottverdammten Jahren.

Zwar hatte es eine kurze Zeit gegeben, in der er geglaubt hatte, sein Trauma überwunden zu haben – damals, ein Jahr nach Tanjas Tod, als er einer Freundin in London bei der Suche nach ihrem verschwundenen Mann geholfen hatte –, aber dann war etwas geschehen, das ihn vollends aus der Bahn geworfen hatte.

An einem Frühlingstag vor sechs Jahren, kurz nachdem Mark aus London zurückgekehrt war und Frankfurt gerade für einen Neuanfang verlassen wollte, hatte sich Tanjas Mörder bei ihm gemeldet. Er hatte Mark nur einen kurzen Brief zukommen lassen, aber der hatte ausgereicht, um ihn erneut in einen bodenlosen Abgrund zu reißen. Drei zornige Sätze in krakeligen Großbuchstaben:

DU ZIEHST WEG?
GLAUB NUR NICHT, DASS DU
SO EINFACH DAVONKOMMST!
WIR SIND NOCH NICHT
MITEINANDER FERTIG!

Diesen Zettel, der jetzt auf der letzten Seite des Notizbuchs klebte, hatte ihm ein Junge überreicht. Angeblich im Auftrag einer Frau, was die Sache noch rätselhafter gemacht hatte.

Mark ging jedoch davon aus, dass die Frau ebenfalls nur eine Botin gewesen war. Vermutlich hatte ihn der Mörder mit diesem Täuschungsmanöver zusätzlich verwirren wollen. Er schien es zu genießen, Mark im Ungewissen zu lassen und ihm nicht den kleinsten Anhaltspunkt auf seine Identität oder sein Motiv zu geben.

Aber wahrscheinlich war genau das sein Beweggrund: Er wollte Mark brechen – warum auch immer – und hatte Spaß daran.

Inzwischen wusste Mark, dass der Verfasser jener Zeilen männlich und damals zwischen achtzehn und fünfundzwanzig Jahre alt gewesen sein musste. Ebenso, dass er Rechtshänder und beim Schreiben stark erregt gewesen war.

»Was die korrekte Interpunktion und die Wahl der Schreibung in Großbuchstaben betrifft, die eine genauere Deutung seiner Handschrift vermutlich erschweren sollen, könnte ich noch hinzufügen, dass der Schreiber über eine mittlere bis gehobene Schulbildung verfügt«, hatte der Grafologe erklärt, für dessen Gutachten ein Großteil von Marks letzten Ersparnissen draufgegangen war. »Aber das ist rein spekulativ und nur meine persönliche Meinung. Es ist ebenso möglich, dass er gar keinen Abschluss hat und einfach nur belesen ist.«

Der karierte Zettel selbst, auf dem die Nachricht stand, bot keinerlei Aufschluss. Er stammte aus einem Ringblock im A6-Format mit perforierter Abrisskante, wie es sie überall zu kaufen gab.

Dasselbe galt für die blaue Kugelschreibermine, bei der es sich um ein nichtssagendes Standardmodell handelte. Kein Lamy, Parker oder Scriveiner, sondern irgendein Billigfabrikat.

Mark hätte es nicht gewundert, wenn der Kugelschreiber ein Werbegeschenk der Autowerkstatt gewesen wäre, in die der Kerl seinen Wagen nach dem Mord wohl gebracht hatte. Das hätte seinem Zynismus noch die Krone aufgesetzt.

Womöglich hatte der Kerl dort behauptet, ein streunender Hund sei ihm vor die Motorhaube gelaufen, und wenn er es ganz geschickt angestellt hatte, hatte ihm seine Versicherung am Ende sogar noch den Schaden ersetzt. Nach allem, was Mark in den letzten Jahren hatte durchleben müssen, hatte er das Wort *unmöglich* längst aus seinem Wortschatz gestrichen.

Die Nachricht des Typen hatte Mark also trotz aller Bemühungen keinen Schritt weitergebracht. Trotzdem wollte er nicht aufgeben. Irgendwo in seinen Notizen und Erinnerungen musste es einen Hinweis auf den Mörder und sein Motiv geben.

Es *musste* einfach so sein, verdammt noch mal!

Als ehemaligem Psychiater und Experten für psychische Traumata war ihm sehr wohl bewusst, dass sein obsessives Verhalten längst pathologisch geworden war. Er litt unter einem posttraumatischen Belastungssyndrom, das sich in Albträumen, Zwängen und Depressionen manifestierte.

Bei einem Patienten mit dieser Historie hätte Mark in seinem Befund zudem Begriffe wie *chronisch* und (noch aussagekräftiger) *therapieresistent* verwendet. Nicht umsonst hieß es ja immer, Ärzte seien die schlechtesten Patienten – allen voran die Angehörigen seiner Fachrichtung.

Er hatte sich nie an einen Kollegen gewandt. Aus seiner Sicht hätte das nichts gebracht, weil er jeden Therapieansatz durchschaut und sich – bewusst oder unbewusst – dagegen versperrt hätte. Stattdessen hatte er aus eigener Kraft versucht, sich zu helfen, trotz dem besseren Wissen, dass ein solcher Versuch nur in den allerwenigsten Fällen von Erfolg gekrönt war.

Zudem hätte er seinem Befund in der Rubrik für Begleiterkrankungen noch einen weiteren bedeutsamen Punkt hinzufügen müssen: *exzessiver Alkoholmissbrauch*.

Zwar hatte er seit einem Jahr keinen Tropfen mehr angerührt und hätte diesen Punkt somit in Klammern setzen können, aber wie hieß es doch so trefflich: Es gibt keine geheilten Alkoholiker, sondern nur Alkoholiker, die nicht mehr trinken.

Kurz gesagt hätte Mark einem solchen Patienten keine allzu optimistische Prognose ausgestellt. Deshalb lag auch das Stoffbündel in dem Schuhkarton.

Mark holte es heraus und schlug den Stoff beiseite. Einst war es die Vorderseite eines seiner Lieblings-T-Shirts gewesen, auf das die Schlüsselfrage aus David Lynchs *Twin Peaks* aufgedruckt war: WHO KILLED LAURA PALMER?

Diese zynische Anspielung auf seine eigene Situation war in der neuen Verwendung des Shirts durchaus beabsichtigt gewesen.

Die Pistole, die unter dem Stoff zum Vorschein kam, war eine Glock 19 mit abgeschliffener Seriennummer. Kurz nach der Kontaktaufnahme des Mörders hatte Mark sie bei einem Kerl gekauft, der in seinem Viertel nur als Jacko bekannt war.

Jacko war der Mann, von dem man alles bekommen konnte. Er hatte gegrinst, als er Mark die Pistole zusammen mit einem Päckchen 9-mm-Munition überreicht hatte, und dieses Grinsen war unmissverständlich gewesen. *Ich weiß genau, was du damit vorhast*, hatte es bedeutet.

Doch Mark selbst war sich bis heute nicht wirklich sicher, wofür er sich die Waffe besorgt hatte. Einerseits natürlich zum Selbstschutz, für den Fall, dass Tanjas Mörder seine Drohung eines Tages wahrmachen würde.

Zum anderen hatte Jacko mit seiner Vermutung aber auch nicht völlig danebengelegen. Sollte Mark den Kerl irgendwann doch noch ausfindig machen, wollte er sich die Option offenhalten, ihn eigenhändig zu töten. Das konnte er sich mittlerweile durchaus vorstellen, auch wenn er diesen Gedanken nie laut ausgesprochen hätte.

Und natürlich gab es noch eine dritte Möglichkeit.

Mark nahm die Pistole und spürte ihr tödliches Gewicht. Im vollen Magazin befanden sich fünfzehn Patronen, aber eine würde genügen.

Er zog den Schlitten durch, setzte sich den Lauf unters Kinn und schloss die Augen. Er spürte das kühle Metall und roch das Waffenöl, als er wieder einmal darüber nachdachte, dass es doch eigentlich ganz einfach wäre.

Es würde keine Sekunde dauern, und ich hätte endlich Frieden. Ich muss nur den Finger bewegen und abdrücken.

Sein Handy meldete sich, und nach dem dritten Klingeln legte Mark die Pistole auf den Tisch zurück. Er las den Namen auf dem Display und sah dann erschrocken auf die Zeitanzeige. Es war kurz vor acht.

Vier Stunden? Das ist doch nicht möglich! Habe ich tatsächlich wieder vier Stunden vor diesem verfluchten Karton gesessen?

Er rieb sich seufzend über Gesicht und nahm den Anruf an.

»Hi Doreen, tut mir leid, ich …«

»Du hast es vergessen, nicht wahr?« Das war nur zum Teil ein Vorwurf, in erster Linie hörte sich ihre Stimme besorgt an.

»Ähm, nein, ich habe nur gerade …«

»Keine Ausreden, Mark! Du weißt doch, wer andere belügt, belügt sich auch selbst. Und gerade das ist für Leute wie uns besonders gefährlich. Hast du getrunken?«

»Um Himmels willen, nein! Ich …«

»Gut, dann hör mir jetzt genau zu. Ich gebe dir noch eine halbe Stunde, um deinen Hintern hierherzubewegen. Keine Sekunde länger.«

Mark warf einen Blick auf die Pistole und schluckte.

Fast hätte ich es getan, durchfuhr es ihn, und er spürte, wie er zu zittern begann.

»Okay«, sagte er. »Ich bin gleich bei dir, versprochen!«

»Das hoffe ich«, entgegnete sie knapp und legte auf.

Eilig packte er wieder alles in den Karton und stellte ihn an die gewohnte Stelle im Kleiderschrank zurück. Dort würde die Glock wie immer geduldig auf ihn warten, aber ein Gefühl sagte ihm, dass er sie schon bald wieder herausholen würde. Sehr bald.

Und vielleicht würde er sie dann benutzen.

Kapitel 2

Eine halbe Stunde später stieg Mark aus der Straßenbahn und eilte durch den Regen auf den großen Wohnblock zu, in dem Doreen Nader wohnte. Es war bereits dunkel, und am wolkenverhangenen Oktoberhimmel tanzten Blitze mit den Blinklichtern der Flugzeuge um die Wette, die im Sinkflug auf den nahen Flughafen zusteuerten.

Auch wenn Doreens Wohnung nicht weit von seiner entfernt lag, unterschied sich diese Gegend doch grundsätzlich von seinem Viertel.

Der Gehweg war hell beleuchtet. Man musste keinen Glasscherben, Hundehaufen oder achtlos weggeworfenem Müll ausweichen. Die Hausfassaden waren nicht mit Tags besprüht oder mit Plakaten zugepflastert, und man fühlte sich deutlich sicherer, selbst wenn man allein unterwegs war.

Typen wie Jacko wären hier sofort aufgefallen.

Unterwegs hatte Mark kurz bei Sergios Ristorante halt-gemacht, und nun drückte er mit einer Papiertüte in der Hand und einer Flasche unter dem Arm den Klingelknopf neben dem Hauseingang.

Der Türöffner summte, und als Mark gleich darauf in den Aufzug stieg, wurde ihm bewusst, wie bizarr dieser Moment doch war. Hätte Doreen ihn nicht angerufen, wäre er jetzt vielleicht nicht mehr am Leben.

Nein, nicht nur vielleicht, sondern ziemlich sicher. Diesmal hätte er abgedrückt, und der einzige Grund, warum er es nicht getan hatte, war Doreen. Weil er sie nicht ent-täuschen wollte. Jedenfalls nicht heute. Dieser gemeinsame Abend war ihr wichtig, daran hatte sie ihn mit ihrem Anruf erinnert. Also würde er sie in dem Glauben lassen, er habe sich mal wieder aus Unachtsamkeit verspätet, und sie würde enttäuscht sein, auch wenn sie es sich wahrscheinlich nicht anmerken lassen würde.

»Wahre Freunde sind wie ein Lotteriegewinn«, hatte ihm sein Vater schon früh beigebracht. »Wenn man mal das große Los gezogen hat, sollte man dessen Wert zu schät-zen wissen, sonst ist all das Gute schnell wieder verloren. Schreib dir das hinter die Ohren, Junge.«

Das würde er in Zukunft besser beherzigen, nahm er sich vor – jetzt, wo er sich dazu entschieden hatte, noch ein wenig weiterzuleben. Mit seiner Trinkerei und seinem ego-zentrischen Verhalten hatte er in den letzten Jahren schon genug Menschen vergrault, die es gut mit ihm gemeint hat-ten, und Doreen wollte er auf gar keinen Fall verlieren. Do-reen war nicht nur wie ein Lotteriegewinn, sie war für ihn wie der Jackpot des Jahrhunderts.

Als er aus dem Aufzug trat, erwartete sie ihn bereits in der offenen Tür zu ihrer Wohnung. Mark fand, dass sie heute Abend ganz besonders bezaubernd aussah. Statt des sonst üblichen praktischen Pferdeschwanzes trug sie ihr blondes Haar mit einer schwarzen Spange hochgesteckt, was sie zugleich elegant und einige Jahre jünger wirken ließ. Dazu hatte sie für den heutigen Anlass ein schulterfreies Kleid gewählt, dessen weinrote Farbe mit ihrem Nagellack und Lippenstift harmonierte. Hätte er es nicht besser gewusst, hätte er seine beste Freundin jetzt um zehn Jahre jünger auf etwa Anfang vierzig geschätzt.

»Guten Abend, der Herr«, sagte sie und deutete auf die Tüte. »Falls du mir ein Zeitschriften-Abo oder eine Versicherung andrehen willst, bist du an der falschen Adresse. Aber wenn das da drin etwas von Sergio ist, kommst du besser schleunigst herein.«

Wie er es vermutet hatte, überspielte sie ihre Enttäuschung. Also trug er seinen Teil dazu bei, indem er weitere Ausreden oder eine Entschuldigung vermied. Stattdessen grinste er und fächelte den Duft, der der Tüte entstieg, mit der Hand in Richtung Tür.

»Die besten Antipasti der Stadt, Signora«, sagte er, wobei er Sergios italienischen Akzent nachahmte. »Wie das schon duftet! Frutti di Mare mit frischen Kräutern, etwas Zitrone und einem Hauch von Knoblauch. Du wirst bei jedem Bissen das Meer rauschen hören.«

»Vor allem werde ich mir heute Nacht wohl keine Sorgen um Vampire machen müssen. Du hast es echt noch geschafft, in der kurzen Zeit was bei Sergio zu holen?«

Er zwinkerte ihr zu. »Na ja, an manchen Tagen bin ich zwar etwas vergesslich, aber ich kenne das Zauberwort.«

Sie hob amüsiert eine Braue. »Ach ja? Und wie lautet es?«

»Vorbestellung.«

Sie lachten beide, und damit war sämtliche Spannung zwischen ihnen verflogen. Dann zog ihn Doreen am Jackenärmel durch die Tür.

»Jetzt komm endlich rein. Ich sterbe schon vor Hunger.«

Das tat er und hielt dabei die mit einer Goldschleife dekorierte Flasche San Pellegrino hoch.

»Von unserem Freund, frisch aus den tiefen Quellen von Bergamo«, imitierte er den Italiener erneut. »Für unseren besonderen Abend.«

»Das ist aber nett von ihm«, sagte sie und schloss die Tür hinter sich. »Wie geht es unserem Lieblingsitaliener denn? Ich habe ihn bei den letzten Gruppentreffen vermisst. Er hat doch nicht etwa wieder angefangen?«

»Glaube ich nicht«, sagte Mark und stellte die Tüte in der Küche ab. »Sah eher so aus, als wäre viel zu tun bei ihm. Das Lokal war bis auf den letzten Platz besetzt, und Sergio wirkte so nüchtern wie der Papst. Ich soll dich übrigens von ihm grüßen.«

»Vom Papst?«

Mark nickte mit gespielt ernstem Blick. »Natürlich, von wem sonst?«

Doreen holte zwei Champagnergläser aus dem Küchenschrank und Mark goss ihnen das Mineralwasser ein.

»Auf dich, mein Lieber«, sagte sie und prostete ihm zu. »Auf dein erstes trockenes Jahr! Ich bin stolz auf dich, dass du durchgehalten hast. Erst recht, weil du dir dieses besondere Datum dafür ausgesucht hast. Dadurch hast du jetzt etwas Negatives durch etwas Positives ersetzt. Gratuliere!«

»Und auf dich«, erwiderte er, und war etwas verlegen. »Ohne dich hätte ich das nie geschafft.«

Sie schüttelte den Kopf. »Komm schon, stell dein Licht mal nicht unter den Scheffel. Ich war nur deine Sponsorin. Geschafft hast du es ganz allein, wie jeder von uns. Und irgendwann bist du dann hoffentlich auch so weit, jemand anderen aus der Gruppe auf diesem Weg zu unterstützen.«

»Mal sehen, erst muss ich selbst noch etwas durchhalten«, sagte er und hielt ihr sein Glas entgegen. »Dann eben auf uns beide. Denn ohne dich wäre ich auf jeden Fall im Guinnessbuch der Rekorde verewigt worden. Als die Leiche mit der höchsten jemals gemessenen Promillezahl.«

Darauf stießen sie an.

»Gut, dass es nicht dazu gekommen ist«, sagte Doreen, nachdem sie einen großen Schluck getrunken hatte. »Ich hoffe, das bleibt auch so. Schließlich wirst du noch gebraucht. Zum Beispiel, um uns zwei Teller zu holen, ich habe jetzt nämlich richtig Hunger.«

Mark tat, wie ihm geheißen, und sie genossen die reichhaltige Auswahl an Antipasti, die Sergio für sie zubereitet hatte.

Während des Essens führten sie Small Talk und lachten viel, und Mark kam es immer mehr wie ein böser Traum vor, dass er sich keine Stunde zuvor noch den Lauf einer Pistole ans Kinn gesetzt hatte, mit der ernsthaften Überlegung, den Abzug zu drücken.

An diesem unbeschwerten Abend, mit gutem Essen und Kerzen auf dem Tisch, nahm er seit Langem mal wieder wirklich wahr, dass er lebte. Wie so vieles andere, hatte er das Doreen zu verdanken.

Er bewunderte ihre Stärke. Auch sie hatte eine dunkle

Phase in ihrem Leben hinter sich bringen müssen, aber im Gegensatz zu ihm schien sie sich nie völlig aufgegeben zu haben. Es war, als hätte sie Zugang zu einer geheimen Quelle, aus der sie Kraft schöpfen konnte.

Als sie nach dem Essen mit zwei Espressotassen aus der Küche kam, sah er sie ernst an.

»Vielleicht verderbe ich uns jetzt den Abend, aber darf ich dich etwas fragen?«

»Klar«, sagte sie und setzte sich. »Was willst du wissen?«

»Nun ja, wir kennen uns jetzt schon eine ganze Weile, und ich weiß, dass du etwas Schlimmes erlebt hast. In der Gruppe bist du nie ins Detail gegangen, aber vielleicht willst du ja *mir* erzählen, was es gewesen ist? Denk jetzt bitte nicht, dass ich aus Neugier frage. Ich versuche nur zu verstehen, wie du es geschafft hast, darüber hinwegzukommen.«

Sie wich seinem Blick aus und schob ihm seine Tasse zu. Dann nippte sie an ihrem Espresso, runzelte die Stirn und nickte.

»Ja, ich sollte es dir wohl sagen. Immerhin kenne ich ja auch deine ganze Geschichte. Quid pro quo, und so. Und vielleicht hilft es dir ja wirklich.«

»Du musst nicht, wenn du nicht willst.«

Sie winkte ab. »Doch, doch, das ist schon in Ordnung. Du bist schließlich ein sehr guter Freund. Aber du musst mir versprechen, dass du es niemandem erzählst, ja?«

»Natürlich. Ich werde schweigen wie ein Grab.«

Abermals hob Doreen ihre Tasse, trank aber nicht daraus, sondern sah sie nur nachdenklich an, und stellte sie dann wieder auf den Untersetzer zurück.

»Weißt du, ich hatte mit meinen Beziehungen nie viel

Glück«, begann sie. »Irgendwie hat es mich immer zu diesen Alphatypen hingezogen, die einen mit Haut und Haaren besitzen wollen. Mein Letzter war der schlimmste von allen. Die personifizierte Eifersucht. Sobald mich ein anderer auch nur angeschaut hat, hatten wir Stress deswegen.«

»Warum hast du dich dann nicht von ihm getrennt?«

»Tja, weil er eben auch sehr charmant sein konnte, und weil ich so dumm war, immer wieder darauf hereinzufallen. Und dann wurde ich auch noch schwanger von ihm.«

Sie starrte vor sich auf den Tisch, und als sie weitersprach, begann sie nervös an ihrer Serviette herumzunesteln. »Eines Abends bin ich dann mit einer Freundin ins Kino gegangen. Wir wussten nicht, dass der Film Überlänge hatte, aber ich habe mir auch nichts weiter dabei gedacht. Danach waren wir noch eine Kleinigkeit essen, und es war ein richtig schöner Abend. Aber als ich dann nach Hause kam, ist er völlig ausgerastet. Er unterstellte mir, dass ich ihn angelogen und mich mit einem anderen Kerl getroffen hätte. Er schrie rum und hörte mir gar nicht mehr zu. Schließlich drängte er mich in eine Ecke im Wohnzimmer und … Na ja, er hat mich geschlagen. Ziemlich heftig. Er war sehr stark, weißt du? Und dann …«

Sie brach ab, aber gerade als Mark sagen wollte, dass sie nicht weitererzählen musste, weil er glaubte, den Rest ihrer Geschichte zu ahnen, fuhr sie fort.

»Er hat mich vergewaltigt, Mark, aber das war nicht mal das Schlimmste. Viel schlimmer war, dass ich deshalb mein Baby verloren habe. Ich war damals im sechsten Monat. Danach konnte ich keine Kinder mehr kriegen. Das Leben hat mich also gleich doppelt gestraft.«

Nun rang sie mit den Tränen und wischte sich hastig

übers Gesicht. »Ich wurde komplett depressiv und habe angefangen, meinen Kummer zu ertränken. Ich bin einfach nicht mehr anders klargekommen. Jedenfalls dachte ich das damals. So wie du und all die anderen von uns auch. Tja, und irgendwann brauchte ich diesen Zustand dann ständig. Ich war voll drauf. Am Ende war es eine Flasche Wodka am Tag, manchmal auch mehr.«

Sie schlug die Augen nieder, und für einen Moment blieb es so still im Zimmer, dass man das leise Sprudeln der Kohlensäure in den Wassergläsern hören konnte.

»Tut mir leid«, sagte Mark schließlich. »Ich hätte wohl besser nicht mit dem Thema anfangen sollen.«

Doreen hob den Blick und lächelte. »Nein, das ist schon in Ordnung. Irgendwie tut es ja auch gut, darüber zu sprechen, und nicht alles in sich hineinzufressen.«

»Was ist aus dem Kerl geworden?«

»Ich habe ihn angezeigt, und er ist in den Knast gewandert. Beim Prozess habe ich dann erfahren, dass er vorbestraft war, weil er schon einmal eine Frau geschlagen hatte. Und weißt du, wie viel er bekommen hat? *Ein* Jahr und *einen* Monat! Immerhin ohne Bewährung, ist das nicht toll?« Sie schnaubte verächtlich. »Ein Jahr und einen Monat für zwei zerstörte Leben.«

Sie stieß angesichts von Marks Sprachlosigkeit ein düsteres Lachen aus.

»Ich war so dumm, Mark! Ich hätte schon viel früher erkennen müssen, was für ein Arschloch er war, und dass ich mich niemals von ihm hätte abhängig machen dürfen. Aber er wäre nun mal der Vater meines Kindes gewesen, und manche Dinge will man wohl einfach nicht sehen, wenn man sonst etwas Grundlegendes verändern müsste.«

»Das ist wohl wahr«, stimmte er ihr zu. »Manchmal wartet man einfach zu lange, bis man das Richtige tut.«

»Das kannst du laut sagen«, stimmte sie ihm zu. »In der Zeit, in der er im Gefängnis war, habe ich mich aus dem Staub gemacht. Ich habe sämtliche Brücken hinter mir abgebrochen, und bin dreimal umgezogen, weil ich eine Heidenangst hatte, dass mich dieser Scheißkerl nach seiner Entlassung suchen würde. Ich war regelrecht paranoid deswegen. Bei solchen besitzergreifenden Arschlöchern weiß man ja nie, wie weit ihre Fühler reichen und was die für Verbindungen haben, dachte ich. Dadurch ist das mit dem Trinken nur noch schlimmer geworden, und ich schäme mich bis heute dafür.«

Mark griff nach ihrer Hand und drückte sie. »Dafür gibt es keinen Grund. Du hattest Angst, das ist völlig verständlich. Und wenn man sich fürchtet, kann es schon mal passieren, dass man etwas Dummes tut.«

Sie lächelte ihn wieder an, aber diesmal erreichte das Lächeln nicht ihre Augen. Stattdessen sah er in ihrem Blick etwas Kaltes aufblitzen, das er noch nie zuvor bei ihr gesehen hatte.

»Am Ende hat das Leben aber auch ihn bestraft«, sagte sie, und nun schwang verhaltener Triumph in ihrer Stimme mit. »Irgendwann habe ich erfahren, dass er drei Wochen vor seiner Entlassung aus dem Gefängnis eine Hirnblutung hatte. Keine Ahnung, wie es dazu gekommen ist, aber seither sabbert der Dreckskerl in einem Rollstuhl vor sich hin und wird nie wieder eine Frau anfassen. Es gibt also anscheinend wirklich so etwas wie eine ausgleichende Gerechtigkeit im Leben. Aber wenn ich ganz ehrlich sein soll, dann wäre es mir lieber gewesen, wenn *ich* ihn in diesen

Rollstuhl verfrachtet hätte. Findest du, dass das ein abartiger Gedanke ist?«

Mark schüttelte den Kopf. »Nein, ist es nicht. Jeder von uns hat mal Rachefantasien. Das ist nicht abartig, sondern hilft der Seelenhygiene. Irgendwie muss man seine aufgestaute Wut ja ausleben können. Und solange das nur im Kopf passiert, ist es ja auch völlig okay.«

»Da hast du wahrscheinlich recht«, sagte sie und entzog ihm ihre Hand. »Aber trotzdem ...«

Sie ließ diesen Satz unbeendet, griff nach ihrer Tasse und kippte nun den Espresso runter wie eine routinierte Trinkerin einen Schnaps. Dann sah sie Mark tief in die Augen.

»Mich hat damals auch jemand gerettet«, sagte sie. »So, wie ich dich. Sie war eine sehr gute Freundin von mir, und sie hat mich damals in meiner Wohnung gefunden, als ich kurz davor war, an einer Alkoholvergiftung draufzugehen. Du und ich, wir haben also ziemlich viel gemeinsam.«

»Sieht ganz so aus«, erwiderte Mark, und musste an jene Nacht vor etwas mehr als einem Jahr denken, als er versucht hatte, sich nach dem Verlust seiner Zulassung vollends ins Grab zu trinken. Ohne Doreens beherztes Eingreifen und einen fähigen Notarzt, der zufällig in der Nähe gewesen war, wäre ihm das auch gelungen.

»Hast du noch Kontakt zu dieser Freundin?«

»Nein«, sagte Doreen und schlug die Augen nieder. »Sie ist gestorben. Aber sie hat mir einen wichtigen Rat gegeben, und der wird mich immer an sie denken lassen. Es ist der wichtigste Rat, den ich jemals von jemandem bekommen habe: Wenn du einen Weg nicht mehr weitergehen kannst, dann geh einen neuen Weg.«

Nun war es Mark, der ihrem Blick nicht standhalten

konnte. »Ich weiß schon, was du mir damit sagen willst. Aber so einfach ist das nicht.«

»Das habe ich auch nicht behauptet, Mark. Ich will dir damit nur sagen, dass du es wenigstens versuchen solltest. Du gibst dir ja nicht einmal eine Chance. Warum lässt du deine Vergangenheit nicht endlich los? Du kannst deine Freundin nicht mehr lebendig machen. Sie ist tot, aber *du* lebst noch!«

Seufzend rieb sich Mark mit den Händen übers Gesicht. »Ich kann das nicht, Doreen. Wenn ich Tanja jetzt loslassen würde, ohne ihr vorher Gerechtigkeit zukommen zu lassen, dann wäre das für mich so, als würde sie zum zweiten Mal sterben. Nur, dass es diesmal *ich* bin, der sie umbringt. Weil ich sie dann *aufgeben* würde. Kannst du das verstehen?«

»Ja, das kann ich. Aber ich sehe auch, was aus dir geworden ist. Weil du so sehr an ihr festhältst, hast du dich selbst aufgegeben. Du bestrafst dich immer noch für etwas, das du nicht verhindern konntest, musst dich deswegen jetzt als Ghostwriter für andere über Wasser halten und haust in einer Bruchbude. Dabei steckt so viel Potenzial in dir. Warum schreibst du deine Fachartikel nicht wieder unter deinem eigenen Namen und holst dir deine Reputation zurück? Das könntest du, davon bin ich überzeugt.«

Mark schüttelte den Kopf. »Ach, komm schon. Das ist illusorisch, und das weißt du auch. Ich bin wegen Körperverletzung vorbestraft, das habe ich dir erzählt. Deswegen habe ich ja meine ärztliche Zulassung verloren. Kein Fachmagazin, das etwas auf sich hält, würde einen wie mich auch nur mit der Kneifzange anfassen, geschweige denn veröffentlichen.«

»Dann mach eben etwas anderes«, beharrte sie. »Das habe ich auch getan. Ich weiß nicht, ob ich es dir schon einmal erzählt habe, aber bis zu dem Vorfall damals war ich Kinderkrankenschwester. Kinder waren mein Ein und Alles. Aber danach konnte ich das einfach nicht mehr. Zwischendurch war es sogar so schlimm, dass ich die Straßenseite wechseln musste, wenn mir eine Frau mit ihrem Baby entgegengekommen ist oder wenn da auch nur ein Kinderladen war. Ich konnte das alles nicht mehr ertragen. Deswegen engagiere ich mich jetzt in unserer Selbsthilfegruppe und arbeite im Frauenhaus. Mit Kindern kriege ich das nicht mehr hin, aber ich kann zumindest ihren Müttern helfen. Auch das ist eine wichtige Aufgabe. Und so eine Aufgabe solltest du auch für dich finden.«

»Ich werde darüber nachdenken«, versprach er. Dann hob er seine Tasse, um das Thema zu wechseln. »Möchtest du noch einen? Diesmal würde *ich* uns einen Espresso zaubern. Dafür habe ich ein Händchen, glaub mir. Vielleicht werde ich irgendwann sogar noch ein Barista.«

Sie grinste. »Ich versuche gerade, mir dich in so einer langen braunen Schürze vorzustellen. Könnte sexy aussehen, ganz besonders mit einer aufgedruckten Kaffeebohne auf der Brust.«

»Einer *heißen, dampfenden* Kaffeebohne«, sagte Mark und grinste ebenfalls.

»So sexy das auch klingt, mein Lieber, ich muss trotzdem ablehnen. Wenn ich um diese Zeit noch einen Espresso trinke, bekomme ich heute Nacht kein …«

Das Läuten ihrer Türglocke unterbrach sie.

»Erwartest du noch jemanden?«, fragte Mark verwundert.

Doreen sah zu ihrer Wanduhr. »Nein, aber ich kann mir schon denken, wer das ist.«

»Ach ja? Wer denn?«

»Mein Nachbar.«

»Um zehn nach elf?«

»Ja, wäre nicht das erste Mal«, sagte sie, und erhob sie sich mit einem Seufzer. »Der Gute ist zweiundachtzig, hat seit einigen Wochen einen neuen Fernseher und steht angeblich mit seiner Fernbedienung auf Kriegsfuß. Ich denke aber, dass er einfach nur einsam ist und hin und wieder ein nettes Gespräch braucht.«

Mark stand ebenfalls auf und deutete eine Verbeugung an. »Doreen Nader, hat dir schon mal jemand gesagt, dass du einfach zu gut bist für diese Welt?«

»Ja, du gerade. Ich bin gleich wieder da. Falls du dich in der Zwischenzeit für dich selbst als Barista versuchen willst, bedien dich ruhig.«

Sie war schon fast aus dem Raum, als sie sich noch einmal umdrehte.

»Wegen vorhin … Mach dir deswegen keine Gedanken. Ich bin froh, dass du mich gefragt hast. Mir ist es wichtig, dass du Bescheid weißt, und es war gut, mit dir darüber zu reden.«

Er nickte. »Es war gut für uns beide. Danke.«

»Ich muss *dir* danken, mein Lieber. Und jetzt mach dir einen Espresso, ich bin gleich zurück.«

Damit ging sie in ihren kleinen Flur hinaus, und Mark machte sich auf den Weg in die Küche.

Im Gegensatz zu seiner winzigen Kochnische, in der es nur eine defekte Kochplatte, eine Mikrowelle und eine Kaffeemaschine gab, war Doreens Küche geradezu riesig.

Früher, in seinem alten Leben, hatte er leidenschaftlich gern gekocht. Damals hätte er sich nicht im Traum vorstellen können, dass er sich irgendwann mal fast nur noch von Mikrowellengerichten und Fast Food ernähren würde. Doch genau das hatte er in den letzten Jahren getan.

Ja, es war wirklich an der Zeit, einen neuen Weg einzuschlagen und seine vernachlässigten Talente wieder aufleben zu lassen, dachte er.

Er füllte Kaffeepulver in den Filter, und dann stutzte er. Irgendwas in seinem Inneren sagte ihm, dass etwas nicht stimmte. Zuerst war ihm nicht klar, woher dieses Gefühl kam, aber dann dämmerte es ihm.

Es war viel zu ruhig.

Wenn Doreen im Flur stand und sich mit ihrem Nachbarn unterhielt, müsste er sie hören. Immerhin würden die beiden ja nicht im Flüsterton miteinander reden – schon gar nicht, wenn ihr Nachbar ein alter Mann mit einem vielleicht nicht mehr ganz so guten Gehör war.

Stirnrunzelnd kehrte Mark ins Wohnzimmer zurück und blieb erschrocken stehen.

Doreen stand mit weit aufgerissenen Augen im Durchgang zum Flur. Mit einer Hand stützte sie sich an der Wand ab, während sie die andere seitlich an den Hals gedrückt hielt. Sie schwankte und schien sich kaum auf den Beinen halten zu können.

»Mark«, stieß sie mit schwacher Stimme hervor. »Mark, er hat … er hat …«

Dann sank sie in sich zusammen.

Mark machte einen Satz nach vorn und konnte sie gerade noch auffangen, ehe sie auf dem Boden aufgeschlagen wäre.

»Doreen, um Himmels willen, was ist denn passiert?«

Doch sie hing nur schlaff in seinen Armen, und für einen Augenblick durchfuhr ihn ein schrecklicher Gedanke.

Sie ist tot! Mein Gott, sie ist tot!

Er legte sie auf den Boden und tastete nach ihrer Halsarterie.

Ihr Puls war noch da. Zum Glück! Aber er fühlte sich schwach und unregelmäßig an.

Als er seine Hand zurückzog, sah er einen kleinen Blutstropfen. Er wischte ihn weg und erkannte bei genauerem Hinsehen eine winzige Einstichstelle.

Noch während er zu verstehen versuchte, wie sie dorthin gekommen war, nahm er eine Bewegung hinter sich wahr und wirbelte herum. Im selben Augenblick traf ihn ein heftiger Fausthieb an der Schläfe.

Mark schlug mit dem Kopf neben Doreen auf dem Boden auf, und vor seinen Augen explodierte ein Sternenmeer. Er nahm undeutlich einen Schatten wahr, der sich über ihn beugte, und dann stach etwas in seinen Hals.

Verzweifelt versuchte er, nach dem Schatten zu schlagen, aber dann entglitt ihm sein Bewusstsein, und die Welt um ihn verschwand in Dunkelheit.

Kapitel 3

Das durchdringende *Biiiiep-biiiiep-biiiiep* des Weckers holte Mark aus dem Schlaf. Als er die Augen öffnete, wurde er vom Sonnenlicht geblendet, das durch die nur halb geschlossenen Lamellen der Jalousie ins Schlafzimmer fiel.

War für heute nicht Regen vorhergesagt?, überlegte er benommen. *Da muss sich der Wetterdienst wohl geirrt haben.*

»Oh nein, nicht jetzt schon«, murmelte Tanja in ihr Kopfkissen. »Nur noch ein paar Minuten.«

Sie tastete schlaftrunken nach dem Wecker und ließ ihn mit einem Klaps auf die Schlummertaste verstummen. Dann schmiegte sie sich mit dem Rücken an Mark, der seinen Arm um sie legte. Mit der anderen Hand strich er ihr Haar beiseite und küsste sie in den Nacken, worauf sie ein wohliges Grummeln von sich gab.

»Mmh, ja, das ist schön.«

»Weißt du, was noch viel schöner wäre?«, flüsterte er ihr ins Ohr.

»Was denn?«

»Wenn du nicht in deine Wohnung zurückmüsstest, um dich umzuziehen. Dann hätten wir jetzt noch Zeit für ein kleines Frühstück. Oder auch für etwas anderes.«

Er küsste abermals die Stelle unterhalb ihres Haaransatzes, wo sie es besonders gern mochte, und ließ seine Hand dabei sanft ihren Körper entlanggleiten.

»Ja, das wäre schön.«

»Dann lass es uns doch ändern«, schlug er vor.

Er ließ seine Hand unter die Decke wandern und fühlte, dass sie nichts als ihren Slip trug. Ihr straffer Bauch war warm und von einem feinen Film aus Schlafschweiß bedeckt.

Als er sanft ihre Brüste berührte, drückte sie sich noch fester an ihn. Ihr Po schmiegte sich gegen seinen Unterleib und verursachte ihm ein angenehmes Kribbeln.

»So könnte es jeden Morgen sein«, flüsterte er. »Dann hätte ich mehr Zeit, um dich hier zu küssen, und hier, und hier.«

Als seine Lippen ihre Schulter erreichten, wand sie sich ein wenig und drückte sich noch tiefer in ihr Kissen. »Jetzt nicht, Mark. Ich muss wirklich gleich los. Heute bin ich mit der Morgenvisite dran, da darf ich nicht zu spät kommen.«

»Siehst du, genau das meine ich«, sagte er, ohne von ihr abzulassen. »Wenn wir zusammenwohnen würden, wäre jetzt noch ein bisschen was möglich, ehe du losmusst.«

»Aber das geht doch nicht.«

»Was spricht denn dagegen? Wir könnten uns zusammen eine Wohnung suchen. Ich habe mich neulich mit einem Makler unterhalten. Er hätte ein paar interessante Angebote, und die sind gar nicht mal so teuer. Auf jeden Fall wäre das günstiger als die Miete für zwei Apartments. Wir könnten uns doch mal was davon ansehen, was meinst du?«

»Bitte, Mark, sag das nicht.«

Das Kissen dämpfte ihre Stimme, trotzdem glaubte Mark, sie jetzt schluchzen zu hören.

»Was ist denn los?«, fragte er erschrocken. »Was hast du denn?«

Urplötzlich schnellte sie hoch, wirbelte zu ihm herum und Mark blieb fast das Herz stehen.

Entsetzt starrte er in ein Gesicht, das keines mehr war. Tanja hatte keine Augen mehr. *Selbstverständlich hat sie keine mehr*, durchfuhr es ihn. Die Wucht, mit der ihr Kopf auf die Motorhaube geprallt war, hatte ihre Wangenknochen zerschmettert und ihre Augäpfel in den Schädel getrieben, wo sie wie Weintrauben zerquetscht worden waren.

Deshalb stand auch ihr Nasenbein unnatürlich zur Seite ab, und der Knochen leuchtete weiß aus einer roten Masse hervor, die einst von zarter Haut bedeckt gewesen war. Haut, die sie mit teuren Tages- und Nachtcremes gepflegt und mit Make-up und Rouge geschminkt hatte, ehe der Asphalt sie ihr wie grobes Schmirgelpapier vom Gesicht gerissen hatte.

Tanjas zertrümmerter Mund hatte kaum noch Zähne, und ihre Zunge zuckte schlangenartig, als sie ein gutturales Kreischen ausstieß.

»Es geht nicht, weil ich TOT bin!«

Kapitel 4

Mark wälzte sich hin und her, wobei er wild um sich hieb, um das grässliche Ding abzuwehren – dieses verunstaltete Monster, das einst die Frau gewesen war, die er geliebt hatte.

Er versuchte zu schreien, aber da war etwas Fettes, das seinen Mund ausfüllte. Etwas, das wie ein verwesendes Tier schmeckte und ihn erst recht in Panik versetzte. Wieder und wieder schlugen seine Fäuste ins Leere, und als sein Verstand endlich klarer wurde, begriff er auch warum.

Ein Traum, dachte er, halb erleichtert, halb noch im Schock, und dann ließ er die Arme sinken.

Es war nur ein Traum. Zum Glück war es nur ein Traum!

Sein Mund war völlig ausgetrocknet, und das fette Etwas darin stellte sich als seine eigene Zunge heraus. Sie klebte wie eine aufgeblähte Schnecke in seiner Mundhöhle.

Mark schmeckte seinen getrockneten Speichel, und ihm war speiübel. Aber noch schlimmer waren die Kopfschmerzen. Himmel, es fühlte sich an, als würde sein Schädel bei jedem Pulsschlag anschwellen.

Ächzend stemmte er sich hoch, worauf sein Kreislauf sofort energisch protestierte. Der Raum um ihn herum verschwamm und begann sich zu drehen, als säße er in der Mitte eines Kinderkarussells.

Als er es endlich geschafft hatte, sich halb aufzurichten, und sich die Schläfen massierte, ließen der Schwindel und das Pochen langsam nach. Es war wie mit diesem albernen Ratschlag, einen Fuß auf den Boden zu drücken, wenn sich im Suff alles drehte. Angeblich sollte das helfen – und genauso half das klischeehafte Schläfenreiben nun auch, warum auch immer.

Verdammt, dieser Zustand kam ihm erschreckend vertraut vor. Dabei hatte er doch gar nichts getrunken.

Oder doch?

Er konnte sich nicht erinnern. Sein Gehirn hatte den Betrieb noch nicht wieder ganz aufgenommen. Es setzte sich qualvoll langsam in Gang, und die Rädchen seines Verstandes befanden sich noch weitgehend im Leerlauf.

Deshalb höre ich wohl auch immer noch den Wecker, was ja gar nicht sein kann.

Schließlich hatte der ja nur in seinem Traum klingeln können, da dieser Wecker ebenso wie sein ehemaliges Schlafzimmer in der Frankfurter Wohnung nur noch eine

Erinnerung war. Und selbst wenn Tanja, die ebenfalls nur noch in seinen Träumen existieren konnte, nur die Schlummertaste gedrückt hatte, sollte er den Traumwecker eigentlich nicht mehr hören können. Weil er jetzt *wach* war. So war das doch mit Träumen, oder nicht?

Trotzdem hörte er das Klingeln weiterhin. Das Geräusch gesellte sich zu dem Pochen in seinen Schläfen und zerrte an seinen Nerven.

Als er benommen nach der Quelle des Klingelns Ausschau hielt, sah er sein Handy. Es lag etwa einen oder zwei Meter von ihm entfernt – so genau konnte er das in seinem momentanen Zustand noch nicht einschätzen – und tanzte vibrierend über den Laminatboden.

Seltsam, wunderte er sich. *In meiner Wohnung liegt doch gar kein Laminat. Nur billiges PVC.*

Dann rasteten die Rädchen in seinem Kopf schließlich ein, und das Erste, was sein Verstand hervorbrachte, war ein einzelnes Wort.

Doreen!

Erschrocken schnellte er hoch, und wäre fast wieder umgefallen, als eine neue Woge aus Schwindel und Schmerz durch seinen Schädel rollte. Er konnte sich gerade noch am Esstisch festhalten und stützte sich mit den Händen auf der Tischplatte ab.

Dann verstummte das schmerzhafte Klingeln, das Handy beendete seine Kriechtour über den Boden und das Display erlosch.

Keuchend sah er sich um und registrierte dabei endlich, dass er sich in Doreens Wohnung befand. Er krächzte ihren Namen, wobei sich seine raue Stimme wie ein rostiges Scharnier anhörte, doch Doreen gab keine Antwort.

Er war allein.

Schließlich nahm sein Verstand vollends die Arbeit auf, und ihm fiel alles wieder ein. Jemand hatte ihn niedergeschlagen und mit einer Spritze in den Hals betäubt. Und zuvor hatte dieser Jemand dasselbe mit Doreen getan. Dass sie jetzt nicht mehr hier war, konnte nur bedeuten, dass sie entführt worden war.

Er erinnerte sich, dass all das um kurz nach elf Uhr nachts geschehen war. Aber nun war es draußen hell.

Wie viel Zeit war vergangen?

Mark sah zur Wanduhr, aber es dauerte eine Weile, bis sich seine Augen darauf fokussieren konnten. Als es ihm schließlich gelang, schrak er erneut zusammen.

Es war schon kurz nach neun.

Verdammt, ich war über zehn Stunden weggetreten!

Wieder fühlte er Schwindel aufkommen, wieder spielte sein Kreislauf verrückt und wieder musste er sich an der Tischplatte festklammern.

Wasser, ich brauche Wasser!

Zum ersten Mal seit einer Ewigkeit verspürte er ein unbändiges Verlangen nach schlichtem klarem Wasser.

Auf Beinen, die sich kaum wie seine eigenen anfühlten, wankte er in die Küche. Er griff nach einem Glas, das neben dem Spülbecken stand, verfehlte es jedoch, und es schlug klirrend auf den Boden.

Also beugte er sich vor – wovon ihm erneut schwindlig wurde –, hielt sich am Spülbecken fest und trank gierig direkt aus dem Hahn.

Es war, als kehrte mit jedem Schluck ein Stück Leben in ihn zurück, und als er schließlich genug hatte, ließ er sich das kalte Wasser über den Kopf laufen.

Dann endlich verblassten der Schwindel, die Übelkeit und auch die Kopfschmerzen, und er fühlte sich etwas besser. Vor allem aber konnte er nun wieder klar denken.

Er trocknete sich mit einem von Doreens Spültüchern ab, ging zur Essecke im Wohnzimmer zurück und hob sein Handy vom Boden auf. Gerade als er die Nummer des Polizeinotrufs eintippen wollte, begann es wieder zu klingeln.

Er erschrak so heftig, dass er das Telefon beinahe fallen gelassen hätte. Im letzten Moment bekam er es wieder zu fassen und starrte auf die Anzeige.

Statt eines Namens stand dort nur ein einzelnes Wort.

ANONYM.

Eine unterdrückte Rufnummer.

Nervös leckte er sich die spröden Lippen, atmete tief durch und nahm dann den Anruf an.

»Hallo?«

»Hey, Doktor«, sagte eine Männerstimme, und augenblicklich fühlte Mark, wie etwas Eiskaltes über seinen Rücken kroch.

Diese Worte! Das kann doch nicht sein! Es sind genau dieselben Worte!

Der Anrufer hatte sie ruhig ausgesprochen, doch aus Marks Erinnerung kehrten sie jetzt als spöttischer Ausruf zu ihm zurück, gefolgt von einem blechernen Schlag und dem Kreischen von Autoreifen.

»Was ist los, Doktor? Hat es dir die Sprache verschlagen?«

Das hatte es tatsächlich, aber die Angst um Doreen holte Mark aus seiner Schockstarre zurück.

»Wo ist sie, du Scheißkerl? Was hast du mit ihr gemacht?«

»Nicht viel«, kam die Antwort, ruhig und – wie es

schien – ein wenig amüsiert. »Sie ist hier bei mir. Es geht ihr gut, sie ist nur ein bisschen weggetreten. Ein kleiner Mix aus Propofol und Lorazepam. Das Gleiche wie bei dir. Fühlt sich an wie nach ein paar Drinks zu viel, aber das kennt ihr beiden ja, nicht wahr?«

»Wer bist du?«

Ein spöttisches Lachen. »Echt jetzt? Du fragst, wer ich bin? Dabei hast du mir doch selbst mal gesagt, dass du jeden Tag an mich denken musst. Ich sei deine ... wie hast du's genannt ... ach ja, deine *Obsession*. Erinnerst du dich nicht mehr?«

Nein, daran erinnerte Mark sich nicht. Aber das spielte in diesem Moment auch keine Rolle. Jetzt zählte nur Doreen.

»Was willst du von uns?«

»Nicht von euch, nur von dir, Doktor. Also benimm dich und halt dich an die Regeln, dann muss es keinen zweiten Kollateralschaden geben.«

Das war zu viel für Mark. Dieses eine Wort genügte, um das Bild von Tanjas zerschmettertem Körper wieder in ihm heraufzubeschwören, als sie sterbend in seinen Armen gelegen hatte wie eine Marionette mit zerschnittenen Fäden. Ein unbändiger Zorn ergriff Besitz von ihm. Heftiger denn je.

»Kollateralschaden?«, schrie er in das Telefon. »Du verdammtes Arschloch nennst den Mord an meiner Freundin einen *Kollateralschaden*? Du hast sie doch nicht mehr alle, du Irrer! Warum kommst du nicht direkt zu mir? Los, komm, oder bist du zu feige? Regeln wir das von Mann zu Mann, hier und jetzt! Dann werde ich dir zeigen, was ein *Kollateralschaden* ist!«

Einen Augenblick lang blieb es still am anderen Ende der Leitung. Dann fragte der Anrufer in kühlem und keineswegs mehr amüsiertem Tonfall: »Bist du jetzt fertig mit deinen Machosprüchen?«

»Ich habe noch gar nicht richtig angefangen, du feiger Drecksack!«, fauchte Mark. »Wenn du mich nicht sofort mit Doreen reden lässt, lege ich auf! Hast du das kapiert?«

Wieder entstand eine Pause, gefolgt von einem tiefen Seufzen.

»Na gut, Doktor, so etwas habe ich mir schon gedacht. Dann machen wir es eben anders. Pass mal gut auf.«

Doch es folgte nichts, nur Stille, und als Mark wieder auf das Display sah, war die Anzeige erloschen.

»Fuck! Das gibt's doch nicht! Er hat aufgelegt. Der Drecksack hat einfach aufgelegt!«

Vor Wut und Aufregung zitternd ließ er sich auf den Stuhl sinken, auf dem Doreen noch gestern Abend gesessen hatte, und kam sich vor, als sei er von einem Albtraum direkt in den nächsten geraten.

Was sollte er jetzt tun?

Die Polizei rufen?

Keine gute Idee. Nicht, solange der Kerl Doreen hatte und er nicht wusste, wo die beiden waren.

Er konnte den Entführer mit der unterdrückten Nummer aber auch nicht zurückrufen.

»So eine Scheiße! So eine gottverdammte Scheiße!«

Ein fröhliches *Pling!* ließ ihn zusammenfahren, und die Anzeige meldete, er habe eine Videonachricht von *ANONYM* erhalten. Ob er sie ansehen wolle?

Nein, das wollte er ganz bestimmt nicht, aber er öffnete das Video trotzdem, und machte sich auf einen schlimmen Anblick gefasst. Und, ja, es war ein schlimmer Anblick.

Der Entführer hatte die Kamera direkt auf Doreens Gesicht gerichtet, und auch wenn Marks veraltetes iPhone nur einen kleinen Monitor mit bescheidener Auflösung hatte, genügte ihm völlig, was er sah. Doreen hatte die Augen geschlossen und ihre verlaufene Wimperntusche wirkte, als habe sie rußige Tränen geweint. Ihr Mund war von einem breiten Streifen aus schwarzem, reißfestem Gewebeband bedeckt, und an ihrer Nase hatte sich eine Rotzblase gebildet.

Diese an- und abschwellende Blase und die zuckenden Augenlider verrieten, dass sie noch lebte. Doch Mark war viel zu schockiert, um deshalb Erleichterung zu verspüren.

Als die Kamera ein Stück zurückgenommen wurde, erkannte er die kräftige Hand eines Mannes. Er hielt Doreens schlaffen Kopf am Kinn und drehte ihn von einer Seite zur anderen und wieder zurück.

Du Scheißkerl präsentierst sie mir, dachte Mark. *Du willst mir zeigen, dass du sie buchstäblich in der Hand hast.*

Der Zorn, der mit diesem Gedanken einherging, half ihm, den ersten Schrecken zu überwinden und sich auf weitere Details zu konzentrieren. Abgesehen von Doreens Oberkörper, an dem Mark das weinrote Kleid vom Vorabend erkannte, zeigte der Bildausschnitt nicht viel.

Mark glaubte, eine Holzwand im Hintergrund zu erkennen. Es waren dunkle Bretter, wie man sie vielleicht in alten Schuppen oder Kellerverschlägen vorfinden konnte. Gut möglich, dass das Video in so einem Keller aufgenommen worden war. Das einzige Licht schien von der Kameraleuchte zu stammen. Es gab keinen einfallenden Lichtstrahl, der auf ein Fenster hindeuten würde.

Andererseits muss das nichts heißen, dachte Mark. *Er könnte die Aufnahme auch letzte Nacht gemacht haben, als es draußen dunkel war.*

Das Video verschwand abrupt und wich der Meldung eines weiteren anonymen Anrufs.

»Na, wie hat dir mein kleines Homemovie gefallen?«, fragte der Unbekannte, und Mark konnte geradezu hören, dass er dabei grinste. »Wird wahrscheinlich keinen Preis bekommen, aber es ist überzeugend, oder?«

»Bitte«, sagte Mark mit leiser, fast flehender Stimme, wofür er sich selbst zutiefst verachtete. »Lass sie gehen. Wenn du etwas von mir willst, dann sag mir einfach was, ich tue alles. Aber bitte lass Doreen frei.«

»Siehst du, das klingt schon besser«, entgegnete der Unbekannte in fast fürsorglichem Ton. »Mach dir keine Sorgen, wenn du genau das tust, was ich dir sage, wird ihr nichts passieren. Sie wird einfach nur weiter schlafen. Und wenn wir beide miteinander fertig sind, wird sie wieder aufwachen. Wahrscheinlich wird sie einen ordentlichen Kater haben, aber das geht vorbei. Na, ist das nicht ein faires Angebot?«

»Solange du dich daran hältst«, sagte Mark.

»Och, jetzt sei doch nicht so misstrauisch, Doktor! Ich halte mich an mein Versprechen, solange du dich an die Spielregeln hältst. Einverstanden?«

»Was willst du von mir?«

»Na also«, sagte der andere zufrieden. »Es ist eigentlich ganz einfach. Zuerst einmal musst du nur jemanden für mich finden.«

»Und wen?«

Der Unbekannte lachte, als habe Mark ihn etwas Komisches gefragt. »Sei doch nicht so ungeduldig. Ich will, dass du selbst herausfindest, wen ich meine. Schließlich ist Einsicht der erste Schritt zur Besserung, findest du nicht?«

Mark schüttelte verzweifelt den Kopf. »Ich habe keine Ahnung, wovon du redest, Mann! Wen, zum Teufel, soll ich finden?«

»Da kommst du schon noch drauf«, erwiderte der Unbekannte. »Vergiss dabei nur nicht, dass ich deine Freundin sofort für immer einschlafen lassen kann, wenn du Scheiße baust. Keine Polizei und auch sonst kein Wort zu irgendwem. Ich werde dich im Auge behalten, hast du das kapiert?«

»Ja.«

»Gut, dann bleibt mir jetzt nur noch, dir viel Glück zu wünschen. Ach ja, fast hätte ich es vergessen: Natürlich kann ich dir nicht unbegrenzt lange Zeit geben, das wirst du hoffentlich einsehen.«

»Was soll das heißen?«

»Das soll heißen, dass deine Frist übermorgen endet. Und zwar exakt um 18:31 Uhr. Dir bleiben ab jetzt genau zwei Tage, neun Stunden und … Moment, ich muss nachsehen … dreiundzwanzig Minuten. Also halt dich ran. Alles, was du für den Anfang brauchst, findest du in deiner Hosentasche.«

Damit legte er auf.

Für ein oder zwei Minuten saß Mark wie erstarrt an Doreens Esstisch. Seine Gedanken kreisten wild durcheinander, und er konnte kaum fassen, was gerade geschehen war.

Das Pochen in seinen Schläfen war zurück, was ihn nicht verwunderte. So, wie sein Herz gerade hämmerte, musste sein Blutdruck weit über das gesunde Maß hinausgeschossen sein.

Er atmete einige Male tief durch, um sich etwas zu beruhigen, dann betastete er seine Hosentaschen. In der rechten erspürte er einen kleinen eckigen Gegenstand. Er zog ihn heraus und starrte auf seine Handfläche.

Es war ein Autoschlüssel.

Kapitel 5

Das war es also, was der Unbekannte im Sinn hatte: Demütigung. Er schickte Mark auf eine Schnitzeljagd, bei der er das Zeitlimit und die Regeln vorgab, noch dazu mit einer absolut merkwürdigen Frist.

18:31 Uhr. Warum nicht einfach halb sieben? Was für eine Bedeutung hatte diese Uhrzeit für ihn? Und warum zwei Tage? Warum nicht drei oder nur einer?

Es scheint ihm jedenfalls um die Anzahl der Tage zu gehen, nicht um einen bestimmten Wochentag, denn andernfalls hätte er ihn genannt, dachte Mark. *Dann hätte er Mittwoch gesagt, aber er sprach nur von zwei Tagen.*

Ihm blieb nichts anderes übrig, als sich auf dieses böse Spiel einzulassen, wenn er Doreens Leben nicht gefährden wollte. Zumindest hatte er *vorerst* keine andere Wahl – solange er nicht dahinterkam, worauf das alles hinauslaufen sollte.

Mit pochendem Herzen und noch etwas weichen Knien

nahm er die Treppe ins Erdgeschoss. Der Schlüssel gehörte zu einem VW, der irgendwo in den Parkreihen zu beiden Seiten der Straße stehen musste. Der Wagen würde sicherlich einen weiteren Hinweis für ihn enthalten.

Als er ins Freie hinaustrat, ließ ihn die kalte Oktoberluft frösteln. Der Regen vom Vorabend war in ein dunstartiges Nieseln übergegangen, das wie ein trüber Schleier vom stahlgrauen Himmel auf die Häuserzeilen niederging.

Die Szenerie kam ihm seltsam dumpf und surreal vor. Als befände er sich unter einer unsichtbaren Glocke, die irgendeine übernatürliche Macht über ihn gestülpt hatte.

Das musste an den Narkotika liegen, die ihm dieser Mistkerl gespritzt hatte. Auch wenn deren physische Wirkung nun abgeklungen war und sein Körper das Zeug vielleicht schon abgebaut hatte, stand er noch immer unter Schock, und es kostete ihn all seine Kraft, sich daraus zu lösen.

Leute mit Regenschirmen eilten auf dem Gehweg an ihm vorüber, telefonierten oder starrten mit verbissenen Gesichtern vor sich hin, doch er nahm keine Notiz von ihnen. Stattdessen sah er verblüfft zu dem Streifenwagen hinüber, der keine zehn Meter von ihm entfernt neben den parkenden Autos auf der gegenüberliegenden Straßenseite stand.

Waren die Polizisten wegen ihm hier? Hatte irgendjemand die Entführung gemeldet? Vielleicht Doreens hochbetagter Nachbar, der womöglich unter altersbedingter Schlaflosigkeit und seniler Bettflucht litt, und alles mitbekommen hatte.

Oder waren die Beamten aus irgendeinem Grund vor ihm auf den Wagen des Entführers aufmerksam geworden? Weil sich etwas darin befand, das die Neugier eines Passanten auf sich gezogen hatte? Etwas Schlimmes wie …

Eine Leiche?

Doch dann sah er den kahlköpfigen Anzugträger, der sich vor einem der Polizisten aufgebaut hatte und seinem Ärger wild gestikulierend Luft machte – so laut, dass Mark ihn trotz des Verkehrslärms verstehen konnte.

»Die alte Schachtel hätte nur mal in den Seitenspiegel schauen müssen! Als ob das so schwierig wäre! Aber nein, sie fährt mit ihrer Schrottlaube einfach los. Da, sehen Sie sich das mal an! Die Tür ist völlig im Arsch!«

Der Anzugträger deutete auf seinen weißen SUV, der schräg am Straßenrand stand. In der Beifahrertür prangte eine hässliche Delle, die von roten Lackstreifen durchzogen war.

Kurz dahinter ragte ein roter Kleinwagen mit eingedrückter Motorhaube aus einer Parklücke. Dessen Fahrerin, eine kleinwüchsige Frau mit weißem Kurzhaarschnitt, stand mit weit aufgerissenen Augen und vor den Mund geschlagenen Händen daneben. Sie wirkte wie ein Kind, das vor Schreck urplötzlich um etliche Jahrzehnte gealtert war, und ließ die Schimpfkanonade reglos über sich ergehen.

»Der Wagen ist gerade mal zwei Wochen zugelassen!«, brüllte der Geschädigte, wobei sein Kahlkopf zu bedenklicher Röte angelaufen war. »Und er ist ja wohl wirklich nicht zu übersehen, oder? Außer natürlich für jemanden, der dringend einen Sehtest braucht! Scheiße, wegen dieser blinden Kuh komme ich jetzt zu spät zu meinem Termin! Und wer ersetzt mir das, wenn deswegen mein Auftrag platzt, hä, wer?«

Wenn du dich nicht beruhigst, wird erst mal dein Schädel platzen, dachte Mark.

Er konnte den Blick nicht von den beiden Polizisten abwenden, die den Unfall aufnahmen. Der ältere der beiden bemühte sich, den Anzugträger zu beschwichtigen, während sein jüngerer Kollege den Verkehr aufhielt, sich mitten auf die Straße stellte und den Blechschaden aus allen Perspektiven fotografierte.

Als er Mark bemerkte, der die Szene wie erstarrt beobachtete, kam der Polizist zu ihm herüber und sprach ihn an.

»He, Sie da! Haben Sie den Unfallhergang gesehen?«

Mark schluckte, und seine Hand krampfte sich um den rätselhaften Autoschlüssel.

»Nein«, sagte er, »aber …«

… ich halte einen Autoschlüssel in der Hand, den ich von einem Mann bekommen habe, der vor genau sieben Jahren meine Lebensgefährtin ermordet hat. Einem Mann, nach dem Ihre Kollegen seither vergeblich fahnden. Letzte Nacht hat mich dieser Kerl niedergeschlagen und eine Freundin von mir entführt. Ihre Wohnung ist in dem Haus gleich hinter mir. Jetzt droht er, sie zu töten. Er hat mir ein Video von ihr geschickt. Es ist auf meinem Handy, hier in meiner linken Hosentasche, und ich brauche dringend Ihre Hilfe.

Das alles wäre beinahe aus ihm herausgesprudelt, aber dann kamen ihm die drohenden Worte des Entführers wieder in den Sinn: *Ich werde dich im Auge behalten.*

Und tatsächlich sah er einen jungen Mann auf der anderen Straßenseite stehen, der zu ihnen herüberschaute. Er musste etwa zwischen Ende zwanzig und Anfang dreißig sein, und er sah auffällig neugierig aus.

Das ist er nicht, dachte Mark. *Zumindest ist es extrem unwahrscheinlich, dass er das ist. Aber er* könnte *es sein!*

So, wie viele andere junge Männer, die an ihm vorbeigingen.

Also sagte er nichts von dem, was so dringend aus ihm herausbrechen wollte, auch wenn es ihn immense Überwindung kostete.

»Nein, aber was?«, hakte der Polizist nach und sah ihn dabei argwöhnisch an.

»Ich, äh, meinte nur, dass hier viele solche Unfälle passieren«, hörte Mark sich selbst stammeln. »Ist ja auch ständig alles zugeparkt.«

»Ja, das ist offensichtlich«, erwiderte der Polizist. Dabei blieb sein Blick weiter auf Mark haften. »Ist alles in Ordnung mit Ihnen?«

»Ja. Warum fragen Sie?«

»Nun, Sie sehen ziemlich blass aus.«

Der junge Mann von gegenüber beobachtete sie noch immer.

Mark zuckte die Schultern und hoffte, dass es locker wirkte. »Muss mir wohl was eingefangen haben.«

Für einen schier endlosen Moment erwiderte der Polizist nichts. Er sah Mark nur weiterhin forschend in die Augen.

Wahrscheinlich vermutet er, dass ich ein Junkie bin, dachte Mark, und tat sein Bestes, dem prüfenden Blick standzuhalten. *Würde mich nicht wundern. Ich muss gerade wie ein Zombie aussehen.*

»Sie sollten besser wieder zurück in Ihre Wohnung gehen«, sagte der Polizist schließlich. »Sonst stecken Sie hier noch alle an.«

»Mach ich«, versprach Mark. »Ich muss nur kurz was aus dem Auto holen.«

»Na dann, gute Besserung.«

Der Polizist nickte Mark knapp zu und ging zu seinem Kollegen zurück. Dieser nahm inzwischen die Personalien der nun weinenden Unfallverursacherin auf, während sich der Anzugträger immer noch lautstark über alte Menschen im Straßenverkehr echauffierte.

Mark sah, dass der junge Mann, der ihnen zugesehen hatte, inzwischen weitergegangen war. Nun ging auch eine Frau neben ihm und hielt seine Hand. In der anderen trug sie eine Tüte, auf der das farbenfrohe Logo der Boutique von gegenüber dem Grau des Tages trotzte.

Dennoch entfernte sich Mark in die entgegengesetzte Richtung, wobei er sich reichlich paranoid vorkam. Aber dazu hatte er in seiner aktuellen Lage auch alle Berechtigung.

Er ging an den parkenden Autos entlang, die die gesamte Straßenlänge säumten. Dabei drückte er immer wieder auf die Fernentriegelungstaste des Schlüssels in seiner Jackentasche.

Als er etwa zweihundert Meter von Doreens Wohnung entfernt war und schon überlegte, ob er die Straßenseite wechseln und dort sein Glück versuchen sollte, vernahm er nicht weit vor sich ein Klacken und sah Blinklichter aufflackern.

Zögernd näherte er sich dem Wagen und blieb dann verdutzt stehen. Er hatte mit vielem gerechnet, aber was er nun sah, überraschte ihn.

Kapitel 6

»So ein Mist! So ein verdammter Mist!«, fluchte Gregor Ahrens, und umklammerte das Lenkrad der ausbrechenden Zugmaschine so fest, dass seine Knöchel weiß hervortraten. Er steuerte gegen, schaltete einen Gang zurück und tippte das Gaspedal an.

Der PS-starke Motor heulte auf, und die dicken Stollenreifen gruben sich tiefer in den Forstweg, worauf ein Ruck durch die Fahrerkabine ging. Ahrens gab noch einmal Gas – wieder nur ein wenig, mit der routinierten Vorsicht eines erfahrenen Waldarbeiters – und endlich bekam er den mit tonnenschweren Baumstämmen beladenen Lasthänger wieder zurück in die Fahrspur.

Er schnaubte erleichtert, stieß aber gleich darauf einen weiteren Fluch aus. Diesmal das *S-Wort*, wie seine Frau es den Kindern gegenüber nannte. Das zu gebrauchen, war im Hause Ahrens ein Tabu, und normalerweise fluchte er selten. Wenn überhaupt, dann nur, wenn er allein war – so wie jetzt.

Aber heute war er angespannt und zornig, also musste er seinem Ärger irgendwie Luft verschaffen. Schließlich konnte man nicht immer nur der nette Kerl sein, auch wenn er sich sonst redlich Mühe damit gab.

Für seinen Ärger gab es zwei Gründe, und an beiden trug das anhaltende Regenwetter die Schuld.

Zum einen war er viel zu spät losgekommen. Das Beladen des Hängers hatte deutlich länger gedauert als üblich, da der Ladekran am abschüssigen Hang immer wieder ins Rutschen gekommen war. Der Waldboden war vom

Dauerregen durchweicht und schlammig geworden, und die Stützen des Krans waren ständig darin versunken und hatten versetzt werden müssen. Ahrens und seine Kollegen hatten nach dem Aufladen ausgesehen wie nach einer Schlammschlacht.

Nun, wenigstens in diesem Punkt hatte er Glück, dachte er. Er saß jetzt im Führerhaus, geschützt vor dem Regen und mit der Aussicht auf eine warme Dusche und saubere Kleidung, sobald er seine Ladung beim Sägewerk abgeliefert hatte.

Im Gegensatz dazu würden seine Kollegen heute noch eine ganze Weile mit der Ausholzung des Hangs beschäftigt und somit dem kalten Regenwetter ausgesetzt sein. Sie hatten den Auftrag, die derzeitige Monokultur aus alten Kiefern durch neue Anpflanzungen in einen Mischwald umzuwandeln, um den Hang für die Zukunft stabiler zu machen und Erdrutsche nach Unwettern zu verhindern.

So weit jedenfalls die Theorie, denn bis das erreicht war, lag noch jede Menge Arbeit vor ihnen. Und in den letzten Tagen war diese Arbeit zu einer Art »Schlammcatchen mit Motorsägen« geworden, wie es Ahrens' Kollege Bergmann treffend auf den Punkt gebracht hatte.

Der zweite Grund für Ahrens' Ärger war, dass er sich nach dem späten Start jetzt erst recht verspätete, da er auf der ausgewaschenen Forststraße nur sehr langsam vorankam. Der Kies war an vielen Stellen weggeschwemmt worden, und tiefe Pfützen hatten sich gebildet.

Immer wieder rumpelten die Reifen des Lasthängers durch Schlaglöcher, von denen manche so groß waren wie Baby-Planschbecken, und Ahrens hatte Mühe, den Zug in der Spur zu halten. Unmittelbar neben der Forststraße fiel das Waldgelände zum Tal steil ab, und wenn der Hänger ausbrach, käme das für ihn einem Freifahrtschein auf die Intensivstation oder direkt auf den Friedhof gleich.

Bei einem Absturz würde er es niemals rechtzeitig aus der Führerkabine schaffen, und auch wenn der Hang dicht mit Tannen bewachsen war, würden sie das tonnenschwere Gewicht des Zugs nicht abfangen können.

Somit musste er weiterhin fluchend das Schneckentempo beibehalten, und würde erst sehr viel später als vorgesehen beim Sägewerk eintreffen. Das Abladen würde dann noch mal einige Zeit in Anspruch nehmen, und das alles ausgerechnet an dem Tag, an dem er früher Schluss machen wollte, um es rechtzeitig zur Schulveranstaltung seiner Söhne zu schaffen.

Es war also in der Tat ein »verdammter Mist!«.

Mit vor Konzentration verkniffenem Gesicht steuerte er den Zug um eine Kurve. Dabei kam der Hänger wieder ins Rutschen, und Ahrens musste abermals mit einem leichten Tritt aufs Gaspedal anziehen, um den Hänger am Schlingern zu hindern.

Endlich hatte er es geschafft, doch ihm blieb keine Zeit zum Aufatmen, denn nur wenige Meter vor ihm lag plötzlich ein Motorrad quer auf dem Weg.

Mit einem erschrockenen Aufschrei – wieder das S-Wort – brachte er den Lastzug im letzten Moment zum Stehen.

Er stellte den Motor ab und starrte keuchend durch die regennasse Scheibe.

»Auch das noch!«, stöhnte er und versetzte dem Lenkrad einen zornigen Hieb. »Hat sich denn heute alles gegen mich verschworen?«

Er kletterte aus dem Führerhaus und ging auf das Motorrad zu. Es war eine Geländemaschine, eine Enduro, wie er sie selbst als Jugendlicher gefahren hatte. Ideal, um hier auf den Forstwegen ein wenig Gas zu geben und Spaß zu haben – aber in diesem Fall schien der Spaß an einem Ast geendet zu haben, der sich unterhalb der Maschine in den Schlamm gegraben hatte.

Dass der Fahrer nicht bei seinem Motorrad war, konnte sowohl ein gutes als auch ein schlechtes Zeichen sein. Im besten Fall war er den Weg zurückgelaufen, den er gekommen war, um Hilfe zu holen. Wenn er unter Schock stand – was ziemlich wahrscheinlich war –, hatte er vermutlich einfach nicht daran gedacht, das Motorrad von der Fahrbahn zu entfernen.

Es war aber ebenso gut möglich, dass die Wucht des abrupten Halts den Fahrer vom Motorrad geschleudert hatte. So, wie die Maschine dalag, wäre das wohl in Richtung des Abhangs gewesen.

Ahrens spähte über den Rand der Forststraße, sah jedoch niemanden dort unten zwischen den Bäumen liegen. Die Tannen standen dicht an dicht, und einen *Menschen* hätten sie definitiv abgefangen, so viel stand fest.

Also ist er wohl doch im Schreck weggelaufen. Stellt sich die Frage, wie weit er schon gekommen ist. Falls er sich beim Sturz verletzt hat, könnte das gefährlich werden. Vor allem, wenn es eine Kopfverletzung ist.

Ahrens ging in die Hocke und besah sich die Enduro genauer. Der Motor war noch warm und gab ein tickendes Geräusch von sich. Sie konnte also noch nicht lange hier liegen.

Die Maschine war zwar ziemlich schlammig, aber er

konnte keinen Schaden daran erkennen. Eigentlich hätte zumindest das Vorderrad verbogen sein müssen, wenn es mit dem dicken Ast Bekanntschaft gemacht hatte, doch es wirkte völlig intakt.

Als Ahrens mit dem Handschuh den Schlamm etwas wegwischte, sah er, dass auch der Lack keinerlei Blessuren hatte. Alles schien in bester Ordnung. Keine Delle, keine Schramme, nichts.

Stirnrunzelnd wischte er sich mit dem Jackenärmel den Regen aus dem Gesicht. Auch er war seinerzeit öfter mal unfreiwillig von seiner Maschine abgestiegen, wenn er eine Kurve zu knapp genommen oder ein Hindernis unterschätzt hatte. Deshalb hatte seine Enduro – die anders als die blaue, die hier vor ihm lag, rot-weiß lackiert gewesen war – nach einiger Zeit die üblichen Narben eines geländeerprobten Motocross-Veteranen getragen.

Aber diese Maschine wirkte absolut unversehrt. Als sei sie hier nur abgelegt worden – aus welch unerfindlichem Grund auch immer.

Vielleicht ist ihm ja nur der Sprit ausgegangen, überlegte Ahrens. *Aber würde er dann seine Maschine einfach so hier liegen lassen? Mitten auf dem Weg?*

Er beschloss, dass er keine Zeit hatte, sich länger darüber den Kopf zu zerbrechen. Schließlich war er dank des ungeplanten Halts nun *noch später* dran als ohnehin schon, und der Ärger zu Hause war ihm so gewiss wie das Amen in der Kirche.

Also packte er die Enduro am Lenker und wollte sie gerade aufstellen und beiseiteschieben, als er hinter sich ein Rascheln hörte.

Überrascht schaute er sich um und sah den Motorradfahrer, der hinter einem der dicken Baumstämme hervortrat. Der Statur und seinen Bewegungen nach zu urteilen, war es ein kräftiger junger Mann. Mehr konnte Ahrens wegen der Lederkombi und des Helms mit dunklem Visier nicht erkennen.

Der Motorradfahrer blieb vor ihm stehen und stützte sich auf einen langen Ast, den er in der Hand getragen hatte, wie ein Wanderer auf seinen Stock.

»Hey«, sagte Ahrens. »Alles in Ordnung?«

Der Motorradfahrer zuckte die Schultern und legte den Kopf schief, als würde er ihn aufmerksam betrachten.

»Brauchst du Hilfe?«, fragte Ahrens, der noch immer neben der Enduro kniete. Nun ließ er das Motorrad los und richtete sich wieder auf. »Ich kann dich in den Ort mitnehmen. Aber vorher sollten wir deine Maschine …«

Er verstummte, als der Motorradfahrer den Ast hob und damit weit ausholte. Für einen Augenblick war Gregor Ahrens viel zu verblüfft, um sich zu rühren oder gar auszuweichen.

»Sag mal, spinnst du?«, stieß er hervor, dann traf ihn schon der erste Schlag am Kopf, und er fiel in den Schlamm.

Benommen schmeckte er Blut, und vor seinen Augen tanzten Lichtflecken wie eine Schar wild gewordener Glühwürmchen.

»Was soll …«, begann er, doch der nächste Schlag schnitt ihm das Wort ab.

Gregor Ahrens wälzte sich im Schlamm zur Seite und hielt sich schützend die Arme über den Kopf. Immer wieder traf ihn der Ast, und er heulte auf vor Schmerzen.

Niemand hörte ihn, außer einer Krähe, die protestierend aus den hohen Tannen aufflatterte und in den regengrauen Himmel entschwand.

Kapitel 7

Ein Wagen hielt dicht hinter Mark am Straßenrand, und das Summen einer herabfahrenden Scheibe war zu hören.

»Fahren Sie weg?«, rief eine Frau, und als Mark sich zu ihr umsah, machte sie eine gestresste Geste.

»Was ist, wird der Parkplatz frei oder nicht?«

Diesmal rief sie lauter, um das Babygeschrei vom Rücksitz zu übertönen. Hinter ihr musste ein Mercedes bremsen, und der Fahrer stimmte sofort ein ungeduldiges Hupen an.

Mark schüttelte den Kopf. »Nein, der Wagen gehört mir nicht.«

Die Frau verdrehte die Augen, stieß ein genervtes »Na toll!« aus und fuhr weiter.

Mark sah ihr einen Moment nach, noch immer zweifelnd, ob das alles nicht vielleicht doch nur ein böser Traum war. Aber wenn es so war, gab es im Moment wohl keine Chance auf ein Erwachen.

Also wandte er sich wieder dem Auto zu, das auf die Fernentriegelung des mysteriösen Schlüssels reagiert hatte.

Es war ein silbergrauer VW Golf, und er wirkte nagelneu. An der Innenseite der Windschutzscheibe klebte oben links das Emblem der *Quick'n'Go*-Autovermietung.

Stirnrunzelnd ging Mark um den Wagen herum. Er schaute durch die Scheiben, konnte jedoch nichts Auffälliges im Inneren erkennen. Nichts lag auf dem Armaturenbrett, den Sitzen oder der Heckablage. Wenn dieser Wagen ihm tatsächlich einen Hinweis liefern sollte, war er zumindest auf den ersten Blick nicht zu erkennen.

Er sollte jemanden finden, okay.

Dazu würde er ein Stück fahren müssen, verstanden.

Und so, wie es aussah, stellte ihm dieser Scheißkerl sogar das dafür nötige Auto zur Verfügung. Wie großzügig.

Aber *wen* er finden und *wohin* er fahren sollte, wusste er nach wie vor nicht.

Nach kurzem Zögern drückte er die Entriegelungstaste für den Kofferraum. Der Deckel klappte mit einem leisen mechanischen Zischen auf, und Mark spähte hinein.

Nichts, bis auf einen Verbandskasten und eine grellgelbe Rettungsweste.

Was hast du denn da drin erwartet?, spottete seine innere Stimme. *Eine Straßenkarte, die mit einem großen roten X markiert ist? Oder etwa eine Leiche wie in einem Roman von Simenon?*

Mark hatte keine Ahnung, *was* er erwartet hatte, aber dass er nun *nichts* in dem Kofferraum vorfand, irritierte ihn. Er schlug die Klappe wieder zu – heftiger als nötig – und ging zur Fahrertür zurück. Dort zögerte er abermals einen Moment, ehe er sie öffnete und einstieg.

Typischer Neuwagengeruch empfing ihn, und wie er schon von außen gesehen hatte, wirkte der Innenraum so jungfräulich, als sei der Wagen eben erst vom Band gerollt.

Wahrscheinlich würde man hier drin nicht einmal die Fingerabdrücke dieses Scheißkerls finden, dachte Mark. *Aber irgendetwas muss er mir doch hinterlassen haben!*

Er öffnete das Handschuhfach, und tatsächlich lag dort ein weißer Briefumschlag auf der Mappe mit den Fahrzeugpapieren und der Bedienungsanleitung. Der Umschlag trug ebenfalls das Logo von *Quick'n'Go*.

Mark öffnete ihn nervös und erwartungsvoll, fand aber nur den Mietvertrag darin. Sollte das etwa der Hinweis sein?

Er entfaltete den Vertrag und las, dass er, Dr. Mark Behrendt, laut der angehefteten Quittung den Wagen angeblich gestern Nachmittag in einer Filiale abgeholt hatte. Der vollgetankte Golf war für vier Tage gemietet und bar im Voraus bezahlt worden. *Betrag dankend erhalten*, bestätigte ein unterschriebener Stempel.

In das Feld für persönliche Daten waren Marks Name, seine aktuelle Adresse und seine ebenfalls aktuelle Handynummer eingetragen. Darunter war die Nummer eines Führerscheins vermerkt.

Mark zog seinen Geldbeutel aus der Hosentasche und glich die Nummer mit der auf seinem Führerschein ab. Sie stimmte ebenfalls.

Somit wirkte alles auf diesem Dokument beim ersten Hinsehen korrekt – auch wenn das natürlich nicht sein konnte, weil er den Wagen weder selbst gemietet noch abgeholt oder gar bezahlt hatte.

Erst bei genauerem Hinsehen gab es eine kleine, aber bedeutsame Unstimmigkeit: Laut Vertrag hatte *Dr.* Mark Behrendt den Wagen gemietet. Doch Mark führte den Doktortitel schon seit über einem Jahr nicht mehr in seinen Unterlagen. Dafür sah er keinen Grund mehr, seit ihm die ärztliche Zulassung entzogen worden war.

Wer auch immer den Wagen auf seinen Namen gemietet hatte, musste demnach Marks *alten* Führerschein vorgelegt haben.

Den hatte Mark vor etwas mehr als einem Jahr auf einer seiner Sauftouren verloren, zusammen mit allen anderen Dokumenten und dem Bargeld in seinem Geldbeutel. Von Letzterem konnte nicht viel übrig gewesen sein, da er es an jenem Abend *hochprozentig* angelegt hatte.

Er erinnerte sich dunkel daran, dass ihm der Verlust seines Geldbeutels erst aufgefallen war, als er an einem Samstagvormittag in einem Getränkemarkt an der Kasse gestanden hatte, um sich Nachschub zu besorgen.

Er war zu dem Zeitpunkt schon weit unter seinem damals noch notwendigen Pegel gewesen und hatte sich zwei Flaschen Gin aus dem Sonderangebot gegriffen. Als er irritiert seine leeren Jacken- und Hosentaschen durchsucht hatte, hatte ihn der fette Kassierer angepflaumt: »Komm mir bloß nicht mit der Nummer! Ich sag's dir gleich, Anschreiben ist nicht. Entweder du zahlst, oder das Zeug bleibt hier, kapiert?«

Marks Bank hatte bereits geschlossen gehabt, und trotz einer langen verzweifelten Suche hatte er zu Hause kein Bargeld gefunden. Also hatte er die Zeit bis zur Schalteröffnung am Montagmorgen überbrückt, indem er aus blanker Not und Verzweiflung seine letzten Vorräte an Mund- und Rasierwasser niedergemacht hatte. Für diesen Tiefpunkt in seiner traurigen Karriere als Alkoholiker schämte er sich noch heute.

Nun jedoch musste er erkennen, dass er seinen Geldbeutel seinerzeit nicht *verloren* hatte, sondern dass er ihm *geklaut* worden war – und der Dieb konnte kein anderer als Tanjas Mörder gewesen sein.

Was hatte der Kerl vorhin am Telefon gesagt?

Dabei hast du mir doch selbst mal erzählt, dass du jeden Tag an mich denken musst. Erinnerst du dich nicht mehr?

Mark durchlief ein eisiger Schauer. Sie waren sich also begegnet und hatten sich sogar unterhalten. Und er war zu besoffen gewesen, um es mitzubekommen.

Du verdammter Scheißkerl! Hoffentlich hast du deinen

Spaß gehabt, als ich dir im Suff erzählt habe, dass ich nach dir suche. Oh ja, ganz bestimmt hattest du deinen Spaß! Du hast dich vor Lachen wahrscheinlich ausgeschüttet. Scheiße, ich will lieber gar nicht wissen, was ich dir sonst noch alles erzählt habe!

Er fuhr sich mit den Händen übers Gesicht, als könnte er so seinen Zorn und die Schamgefühle wegwischen, die jetzt über ihn herfielen. Aber die Dinge ließen sich nun mal nicht mehr rückgängig machen. Was passiert war, war passiert, und was gesagt war, war gesagt. Daran änderten weder Zorn, noch Wut, noch Scham etwas.

Man muss lernen, mit den Fehlern seiner Vergangenheit zu leben, um es in Zukunft besser zu machen. Das war einer der ersten Grundsätze, die er in der Selbsthilfegruppe gelernt hatte.

Und er *würde* es in Zukunft besser machen, das schwor er sich.

Doch jetzt zählte nur die Gegenwart. Endlich hatte Mark den Beweis, dass er mit seiner Theorie die ganze Zeit richtiggelegen hatte. Dieser Kerl hatte ihn nie aus den Augen gelassen. Nur so hatte er wissen können, dass Mark keinen eigenen Wagen mehr besaß. Er hatte seinen alten Volvo schon vor einigen Jahren verkauft – zum einen aus Geldnot, aber auch, weil er in der Großstadt einfach kein Auto brauchte.

Darüber hinaus wusste der Kerl offensichtlich, dass Mark trotz seiner Trinkerei noch den Führerschein hatte. Wenigstens in diesem Punkt war er vernünftig gewesen: Er hatte sich nie betrunken hinters Steuer gesetzt.

All das wusste der Kerl, weil er die ganzen Jahre über in Marks Nähe geblieben war. Und sie waren sich begegnet!

Vielleicht erinnere ich mich ja doch noch an dich, dachte Mark und zog sein Handy aus der Jackentasche.

Er wählte die Nummer, die auf dem Mietvertrag angegeben war, und gleich darauf sprudelte eine jugendliche Frauenstimme aus dem Hörer.

»Quick'n'Go, wir halten Sie rund um die Uhr mobil. Sie sprechen mit Larissa. Was kann ich für Sie tun?«

»Hallo, mein Name ist Mark Behrendt. Auf meinen Namen wurde gestern ein VW Golf bei Ihnen gemietet.«

»Eine Sekunde bitte, ich sehe nach«, trällerte Larissa, und er hörte das Klackern von langen Fingernägeln auf einer Tastatur.

Für einen Moment kam Mark das Bild aufgeklebter Kunstfingernägel in den Sinn, entweder pink oder rot, und er dachte, dass diese Larissa sie bestimmt mit Strass verzierte. Aber meistens täuschte man sich doch, wenn man nur von der Stimme auf das Aussehen einer Person schloss. Mit Doreens Entführer und Tanjas Mörder erging es ihm sicherlich nicht anders. Doch das konnte sich jetzt endlich ändern.

»Da haben wir's ja schon«, sagte sie fröhlich. »Ein VW Golf aus unserer Cheap'n'Fast-Kollektion. Vier Tage zum unverschämt günstigen Schnäppchenpreis. Sie Glücklicher! Ist denn mit dem Wagen etwas nicht in Ordnung, Dr. Behrendt?«

Nun, mit dem Wagen selbst scheint alles in Ordnung zu sein, wollte er schon sagen. *Nur, dass ihn ein Mörder und Kidnapper bei dir abgeholt hat, der sich für mich ausgegeben hat.*

Stattdessen sagte er: »Nein, der Wagen ist okay. Mich würde nur interessieren, wie der Mann ausgesehen hat, der ihn bei euch abgeholt hat.«

Larissa schien einen Augenblick irritiert, dann fragte sie vorsichtig: »Ähm, ich verstehe nicht, Dr. Behrendt. Haben Sie denn den Wagen nicht selbst abgeholt?«

»Nein, das war jemand anderes.«

»Oh, das ist aber seltsam! Mein Kollege hat hier eingetragen, dass Sie den Wagen persönlich abgeholt und bar bezahlt haben.«

»Das weiß ich«, entgegnete Mark geduldig. »Könnte ich bitte mit diesem Kollegen sprechen?«

»Bedaure, aber das geht leider nicht. Said hat heute seinen freien Tag. Gibt es denn irgendein Problem?«

»Nein«, seufzte Mark. »Alles in Ordnung. Ich war nur neugierig.«

»Aber wenn es nicht Sie waren … Haben Sie den Wagen dann *tatsächlich* gemietet? Oder war das etwa …«

»Nein, nein«, sagte Mark schnell. »Wie gesagt, es ist alles in Ordnung.«

»Tut mir leid, dass ich Ihnen nicht weiterhelfen konnte, Dr. Behrendt. Sie können morgen gern noch mal anrufen. Said ist ab neun an seinem Platz. Ich kann ihm auch eine Nachricht hinterlegen, dass er Sie zurück …«

»Danke, das ist nicht nötig«, sagte Mark. »Sie haben mir schon weitergeholfen.«

Er beendete das Telefonat, noch ehe sie etwas erwidern konnte, dann lehnte er sich auf dem Fahrersitz zurück.

Resigniert starrte er auf das Armaturenbrett. Er wusste jetzt kaum mehr als zuvor. Vor allem hatte er noch immer keine Ahnung, wohin ihn der Unbekannte schicken wollte. Weder im Handschuhfach noch sonst wo im Auto gab es den geringsten Hinweis.

Oder halt, doch! Eine Möglichkeit gab es noch, und jemand, der regelmäßig mit dem Auto unterwegs oder im Zeitalter der Digital Natives aufgewachsen war, wäre bestimmt viel schneller daraufgekommen.

Mark steckte den Schlüssel ins Zündschloss und drehte ihn um. Sofort blinkten die Anzeigen auf, und auch das Navigationsgerät erwachte zum Leben.

»Ihre Route wird berechnet«, verkündete eine elektronische Frauenstimme, und auf dem Display begann ein Ladebalken langsam anzuwachsen. Die Zahl darüber verkündete *0 %*, dann *10 %,* dann *15 %.*

Es schien sich also um eine weitere Strecke zu handeln.

Endlich hatte die Anzeige 100 % erreicht, woraufhin zwei Tastenfelder mit *Los!* und *Abbrechen* erschienen, und die künstliche Frauenstimme fragte: »Möchten Sie die Route jetzt starten?«

Mark ignorierte die Frage und tippte auf die Wegbeschreibung, dann starrte er wie versteinert auf die angegebene Zieladresse.

Der Straßenname sagte ihm nichts, sehr wohl aber der Ort, zu dem er fahren sollte.

Das Ziel befand sich in Fahlenberg.

»Was, zum Henker …«, murmelte er verdutzt, dann sah er auf die Uhr am Armaturenbrett.

Seit dem Telefonat mit Doreens Entführer war bereits über eine Stunde vergangen. Laut dem Navigationsgerät würde die Fahrt etwas mehr als vier Stunden dauern. Er würde also erst am späten Nachmittag ankommen.

Und dann? Was dann?

»Möchten Sie die Route jetzt starten?«, wiederholte die monotone Stimme gleichgültig.

Jetzt noch nicht, dachte er. *Erst muss ich noch etwas holen.*

Kapitel 8

Da waren nur noch Schmerzen, unbändige Schmerzen. Sie loderten in Gregor Ahrens' Körper, als stünden sämtliche seiner Nerven in Flammen.

Auf seiner aufgeschürften Stirn brannte Schweiß, sein Puls raste und sein Atem ging hektisch. Er kam sich vor, als würde er bergauf rennen, aber tatsächlich lag er reglos auf dem Rücken.

Ahrens schmeckte kupfriges Blut, das ihm in den Rachen rann. Seine Nase war gebrochen und zu einer dicken Knolle angeschwollen, sodass er durch den Mund atmen musste, und bei jedem Atemzug schien ihm ein Messer in die Brust zu stechen. Er spürte ein hässliches Gluckern in seiner Lunge, als würde sich diese mit einer brodelnden Flüssigkeit füllen.

Und so war es wohl auch. Das, was da in seiner Brust brodelte und gluckerte, musste sein eigenes Blut sein. Der Kerl in den schwarzen Motorradklamotten hatte ihm mit seinen Schlägen die Rippen gebrochen, und mindestens eine davon war in seine Lunge gedrungen.

Auch die Knochen in seinen Armen und Beinen waren zerschmettert. Seine Extremitäten hingen nur noch nutzlos an ihm, wie bei einer Stoffpuppe.

Sein linkes Bein zuckte spasmisch, als bekäme er dort einen Stromstoß nach dem anderen versetzt. Es tat höllisch weh, und Ahrens hätte alles dafür gegeben, um dieses schmerzhafte Zucken unterdrücken zu können. Aber es gelang ihm nicht. Irgendwo in seiner Wirbelsäule schienen seine Nervenbahnen einen Kurzschluss abbekommen zu haben.

Dann auf einmal fiel ein Schatten über ihn. Er wurde von hinten an den Schultern gepackt und angehoben. Ein unfassbarer Schmerz durchfuhr ihn, und er brüllte, während vor seinen Augen eine Supernova explodierte. Es fühlte sich an, als risse ihm der Kerl bei lebendigem Leib die Arme aus.

Er bekam noch mit, wie er über den Boden geschleift wurde, und dass Steine und Wurzeln über seinen Rücken schrammten. Dann tauchte er für ein paar Sekunden in eine gnädige Bewusstlosigkeit ab und kam erst wieder zu sich, als der Kerl ihn achtlos fallen ließ, sodass er mit dem Hinterkopf auf den Boden schlug.

Benommen hörte er, wie sich Stiefelschritte von ihm entfernten, und rang erneut nach Luft. Sein linkes Auge war zugeschwollen, aber mit dem rechten konnte er noch sehen. Durch den Blutfilm, der sich darübergelegt hatte, erkannte er den Himmel weit über sich wie durch einen roten Filter. Er sah hoch aufragende Tannen, über deren Spitzen ein Vogel kreiste, und Regentropfen, die wie blutige Glasperlen auf ihn niedergingen.

Mit unfassbarer Anstrengung drehte er den Kopf und erblickte schließlich seinen Peiniger. Der Kerl hatte ihn neben den Lasthänger geschleift und machte sich nun daran zu schaffen.

»He«, japste Ahrens. »He du! Warum … tust … du das … mit mir?«

Der Mann hielt inne. Er wandte sich Ahrens zu und wie zu Beginn ihrer Begegnung schien er einen Moment zu überlegen. Ahrens konnte das leise Trommeln des Regens auf dem Motorradhelm hören, und er fragte sich, was hinter diesem schwarzen Visier bloß vor sich ging.

Dann kam der Mann zu ihm zurück und zog dabei den Reißverschluss seiner Lederjacke auf.

Nun begann Ahrens' Herz erst recht wie unter den Schlägen eines irren Schlagzeugers zu trommeln.

Jetzt bringt er mich um, durchfuhr es ihn. *Gleich zieht er eine Pistole und knallt mich ab. Aber warum nur? Ich wollte doch nur nach Hause und ...*

Doch der Mann zog keine Waffe. Jedenfalls sah das, was er aus seiner Jacke holte, nicht danach aus. Eher wie ein Stück Papier oder ein breiter Kartonstreifen.

Erst als der Mann neben ihm in die Hocke ging und ihm das helle Rechteck vors Gesicht hielt, erkannte Gregor Ahrens, dass es ein Foto war.

Sein verbliebenes Auge hatte Mühe, das Bild durch den roten Blutschleier zu erfassen – *so müssen früher die Fotos beim Entwickeln im Rotlicht einer Dunkelkammer ausgesehen haben*, kam ihm überflüssigerweise in den Sinn –, aber schließlich erkannte er eine Familie darauf. Ein hochgewachsener, wahrscheinlich blonder Mann mittleren Alters, eine dunkelhaarige Frau, die etwas kleiner als der Mann war, ein junges Mädchen und ein deutlich älterer Junge.

Soweit er mit seinem einen Auge erkennen konnte, standen die vier in einem Garten. Die Frau hielt stolz eine Geburtstagstorte mit acht brennenden Kerzen in den Händen, und ihr Mann und die Kinder standen im Halbkreis um sie herum. Gemeinsam beugten sie sich mit gespitzten Mündern vor, wie um die Kerzen auf der Torte auszupusten.

Ein fröhliches, wenn auch gestelltes Bild, das selbst durch die blutrote Tönung, durch die Ahrens es sah, nichts von seiner Unbeschwertheit verlor.

Ich kenne diese Leute, überlegte er. *Ich weiß nicht mehr, woher, aber ich kenne sie. Muss schon lange her sein.*

Aber was hatte das mit dieser Qual hier zu tun?

Er kam nicht darauf. Sein Verstand war von den Schmerzen derart benebelt, dass ihm das Denken schwerfiel.

»Wer ... bist du?«, krächzte er, und glaubte als Antwort ein entnervtes Seufzen hinter dem Helmvisier zu hören.

Der Mann schob das Foto vorsichtig in seine Jacke zurück, als wollte er unbedingt verhindern, dass es knitterte. Wie etwas besonders Kostbares, das es um jeden Preis zu schützen galt.

Dann zog er den Reißverschluss wieder zu und näherte sich Ahrens. Er kam ihm so nah, dass ein Außenstehender hätte glauben können, er wollte den vor ihm Liegenden durch das Visier hindurch küssen.

Ahrens starrte in seine schwarze Reflexion, sah seinen entstellten Kopf unter den Regentropfen auf der Scheibe und ächzte. Dann klappte der Mann unvermittelt das Visier hoch, und ein finster dreinblickendes Gesicht kam zum Vorschein.

»Erkennst du mich?«, fragte der Mann leise. »Weißt du noch, wer ich bin?«

Angestrengt blickte Ahrens ihn an, und ihm kam ein Spruch seiner Mutter in den Sinn: *An den Augen erkennt man die wahre Natur eines Menschen.*

In den Augen, die ihn nun anstarrten, standen Kälte und unbändiger Zorn. Aber da war noch etwas anderes. Etwas, das Gregor Ahrens vertraut vorkam. Etwas, das schon Jahre zurücklag.

Die Erinnerung daran schien sich in einen der hintersten Winkel seines Verstandes zurückgezogen zu haben. Wie das sprichwörtliche Wort, das einem auf der Zunge lag, aber einfach nicht über die Lippen kommen wollte.

Ja, er hatte diese Augen schon einmal gesehen. Nur hatten sie ihn damals nicht derart hasserfüllt, sondern neugierig und freundlich angesehen. Damals, als dieser Mann vor ihm noch ein Junge gewesen war. Ein netter und aufgeweckter Junge, der mit der kleinen Schwester und den Eltern auf dem Foto herumgealbert hatte.

Allmählich kam die Erinnerung wieder zurück. Der Name des Jungen blieb zwar weiterhin hinter dem dicken Vorhang aus Schmerzen verborgen, aber nun wurde ihm langsam klar, wer der Mann war. Und nach einem weiteren Moment glaubte Ahrens zu verstehen, warum er hier war ... und warum der Mann ihm das alles antat!

»Du?«, stöhnte er.

Er blickte in ein junges Gesicht, das gleichzeitig vom Zorn gealtert schien. Erst recht, als sich die Züge des Mannes zu einem boshaften Lächeln verzogen.

»Ja, ich. Lange nicht mehr gesehen, Gregor. Du scheinst mich tatsächlich vergessen zu haben, aber ich habe *dich* nie vergessen. Nicht nach dem, was du uns damals angetan hast.«

»Aber ... ich ... habe ... doch ... nichts ...«, begann Ahrens um Atem ringend, doch der Mann legte ihm einen behandschuhten Finger auf die Lippen.

»Pscht, keine Lügen! Lügen sind etwas für jämmerliche Waschlappen ohne Rückgrat. Und du bist doch kein Waschlappen, oder?«

Gregor Ahrens konnte nicht antworten. In seinem Rachen hatte sich ein Klumpen aus Blut und Schleim gebildet, der ihn zu ersticken drohte. Er musste würgen und hustete schmerzhaft.

Der Mann kniete neben ihm und beobachtete ihn völlig ungerührt dabei. Es war, als schien dieser Mann abzuwarten, ob er nun ersticken oder es doch noch einmal schaffen würde.

Als der Hustenanfall schließlich aufhörte, nickte der Mann zufrieden.

»Ich musste lange warten, Gregor«, sagte er leise. »Sehr lange. Ich wollte, dass ihr alle vollzählig seid. Ein gemeinsamer Zahltag, sozusagen. Tja, und jetzt ist es endlich so weit. Heute bist *du* mit dem Bezahlen dran.«

»Aber ... aber ... das ist doch ... schon so lange her«, krächzte Ahrens. Erneut brodelte es schmerzhaft in seiner Brust, und wieder musste er husten.

»Eben drum«, sagte der Mann. »Ich habe dir viel mehr Zeit gelassen, als du verdient hast. Ich hoffe für dich, du hast sie genutzt.«

Er klappte sein Visier wieder runter und erhob sich. Ohne ein weiteres Wort entfernte er sich aus Ahrens' Blickfeld.

Ahrens hustete weiter und rang nach Luft. Dann spie er einen dicken Brocken halb geronnenes Blut aus.

»Ich konnte ... doch nichts dafür«, schrie er, was ihm einen weiteren Hustenanfall bescherte. »Ich ... konnte es doch nicht ... nicht wissen!«

»Oh doch, du hast es gewusst!«, kam die kalte Antwort.

Ahrens reckte den Hals, so gut er konnte, und dann sah er den Mann wieder, der sich nun am Ende des Lasthängers zu schaffen machte. Auch wenn sein Verstand von Schmerzen und Angst benebelt war, begriff er, was der Mann dort tat, und er begann zu weinen.

»Bitte«, heulte er. »Du ... kennst ... mich doch! Ich ... habe Familie!«

Der Mann sah sich zu ihm um und tippte sich an die Brust – dorthin, wo das für ihn so kostbare Foto in seiner Jacke steckte.

»Die hatte ich auch«, sagte er nüchtern, und wandte sich wieder dem Hänger zu.

Ahrens schrie entsetzt auf. Unter Aufgebot seiner letzten Kräfte rollte er sich zur Seite, bis er auf dem Bauch zu liegen kam. Wie einst als Rekrut in der Grundausbildung versuchte er verzweifelt, durch den Schlamm zu robben, weg von der tödlichen Gefahr, die ihm drohte, doch seine gebrochenen Arme waren nutzlos. Sie schlenkerten nur schlaff umher und fanden keinen Halt im matschigen Untergrund. So sehr er sich auch anstrengte, er kam nicht von der Stelle. Er war so hilflos wie ein Säugling bei seinem ersten vergeblichen Krabbelversuch.

Keuchend und wimmernd blickte er wieder hinauf zu dem Mann, der nun den letzten Haltegurt des Hängers löste und dann nach der Fernsteuerung für die Kippvorrichtung griff.

»Nein!«, kreischte Ahrens. »Tu ... das nicht! Bitte! BITTE!«

Ich will doch nur heim, ging es ihm durch den Kopf. *Ich will meine Söhne sehen. Ich will zu ihrer Schulaufführung gehen. Jetzt werde ich nie erfahren, für welches Stück sie geprobt haben, weil sie uns damit überraschen wollten, und ich werde ihnen nie sagen können, dass sie ...*

Sein Gedanke endete jäh, als die Baumstämme von der Ladefläche donnerten und ihn zermalmten.

Kapitel 9

Das Poltern kam einem Erdbeben gleich und wurde dicht gefolgt vom Krachen der Tannen, als die Baumstämme sich ihren Weg ins Tal freibrachen. Er nahm den Helm ab und sah der Baumlawine hinterher, die immer langsamer wurde und irgendwann zum Stillstand kam, als sie dem Widerstand der Bäume nicht mehr trotzen konnte.

Dann war alles wieder still. Nur der leise Regen und das weit entfernte Kreischen eines Habichts waren noch zu hören. Ein würziger Duft nach Tannenharz lag in der Luft und vermischte sich mit dem Geruch des Herbstwalds nach feuchtem Laub und Pilzen.

Er hob den Kopf, atmete ein und sog diese Gerüche tief in seine Lunge, die ihn so sehr an seine Kindheit erinnerten. An die zahlreichen frühen Morgenstunden, die er mit seinem Vater auf dem Hochsitz verbracht hatte. Mit seinem Vater, der jetzt …

Aufhören!, befahl er sich. Nur ein gedachtes Wort, aber so laut, dass es in seinem Kopf widerzuhallen schien.

Er sah auf Gregor Ahrens' klägliche Überreste, die nur wenige Meter vor ihm in den Schlamm gepresst worden waren.

»Du hast es verdient«, flüsterte er dem blutigen Etwas zu, das vor Kurzem noch ein Mensch gewesen war. »Ja, verdammt, du hast es verdient!«

Dann wandte er sich würgend ab und übergab sich.

Kapitel 10

Als Mark losgefahren war, hatte das Navigationsgerät des Mietwagens eine Fahrzeit von vier Stunden und sechzehn Minuten bis zum Ziel vorhergesagt. Was dieses praktische Wunderwerk moderner Technik jedoch nicht hatte vorhersehen können, war der Leichtsinn eines Mannes, der an diesem Nachmittag viel zu schnell auf der Autobahn unterwegs gewesen war.

Vielleicht hatte der Mann zu einem wichtigen Geschäftstermin gemusst, oder er war zu einem Notfall in der Familie unterwegs gewesen und hatte sich dabei wohl auf die Zuverlässigkeit seines BMWs verlassen – auf ABS, ESP und alle sonstigen Finessen des technischen Fortschritts.

Aber dieser Mann hatte seine Rechnung ohne die Launen der Natur gemacht. Wohin auch immer seine Fahrt ihn hätte bringen sollen, der Starkregen und das daraus resultierende Aquaplaning hatten dafür gesorgt, dass er sein Ziel nie erreichen würde. Stattdessen endete seine Reise auf der mittleren von drei Fahrspuren, nachdem sein Wagen zuvor einen doppelten Salto geschlagen und dabei den Hänger eines Möbeltransporters gerammt hatte.

Als das Navigationsgerät den Stau gemeldet hatte, war Mark mit dem VW Golf bereits mittendrin gestanden. Eine Umfahrung war nicht mehr möglich gewesen.

Danach hatte es geschlagene dreieinhalb Stunden gedauert, bis die Unfallstelle geräumt war. Mark und alle anderen, die mit ihm warten mussten, hatten betroffen zugesehen, wie zwei Abschleppwagen die Trümmerteile davongefahren hatten. Wenig später war ein Rettungswagen an ihnen vorbeigekommen, in gemächlichem Tempo, ohne Blaulicht und Sirene.

Danach war Mark, wie auch alle anderen, langsamer und respektvoller weitergefahren, und als er nun endlich die Schnellstraße erreichte, die von der Autobahnabfahrt nach Fahlenberg führte, waren mehr als sieben Stunden vergangen.

Inzwischen war es längst dunkel geworden, und durch die regennassen Scheiben fiel es ihm schwer, die einst vertraute Umgebung auszumachen.

Wie lange war es her, dass er Fahlenberg und die Waldklinik verlassen hatte? Zehn Jahre, vielleicht ein wenig mehr. Lange genug, um sich kaum noch an etwas aus dieser Zeit erinnern zu können. Dafür war danach viel zu viel in seinem Leben geschehen.

Als er schließlich das Ortsschild *Große Kreisstadt Fahlenberg* passierte, beschlich ihn wieder jenes seltsame Traumgefühl, das ihn schon den ganzen Tag verfolgte.

Was, in drei Teufels Namen, sollte er hier? Warum lotste ihn Tanjas Mörder hierher?

Darüber hatte Mark schon während der Fahrt nachgedacht, und die einzige Antwort, die ihm bisher eingefallen war, schien die offensichtlichste: Es musste etwas mit seiner Vergangenheit in dieser Stadt zu tun haben. Damals war er nach einer längeren Zeit im Dienst der *Ärzte ohne Grenzen* in Bosnien hierhergekommen und hatte ein Jobangebot als Psychiater an der Waldklinik angenommen. Das kam ihm nun wie in einem früheren Leben vor – lange vor seiner Reinkarnation als traumatisierter Mordzeuge und Alkoholiker.

Er fragte sich, ob der Unbekannte einer seiner ehemaligen Patienten war. Wollte sich dieser Mann für irgendeinen Vorfall oder irgendein Ereignis aus jener Zeit an ihm rächen?

Aber was soll das gewesen sein? Was, zum Teufel?

Ihm wollte nichts einfallen. Diese Episode seines Lebens lag wie hinter einem Schleier verborgen. *Aus den Augen, aus dem Sinn*, wie seine Mutter einst zu sagen pflegte.

Während er, den Anweisungen der digitalen Frauenstimme seines Navis folgend, durch die Stadt fuhr, fühlte er sich, als würde er einem alten Bekannten ins Gesicht sehen, an den er schon ewig nicht mehr gedacht hatte.

Auch das Gesicht von Fahlenberg hatte sich in den letzten zehn Jahren verändert. Im Wandel der Zeit waren manche Gebäude verschwunden, neue entstanden, Straßen hatten ihren Verlauf geändert, Geschäfte ihre Inhaber und Namen.

Tatsächlich erkannte er einzelne Punkte wieder. Den Feinkostladen, in dem er früher eingekauft hatte, wenn er Kollegen zum gemeinsamen Kochabend eingeladen hatte, gab es immer noch. Auch die kleine Vinothek, wo er ebenfalls zu den Stammkunden gehört hatte.

Dafür war der Tabakladen, in dem er sich regelmäßig seine Camels gekauft hatte, verschwunden. Nun befand sich eine Imbissbude im Erdgeschoss des Eckgebäudes. Als Mark daran vorbeifuhr, konnte er Werbetafeln für Burger, Tacos und Döner Kebab lesen. Hier hatte man wohl nur eine Gesundheitssünde durch eine andere ersetzt, dachte er.

Dann meldete sich die Stimme seines Navis wieder.

»Jetzt rechts abbiegen. In dreihundert Metern haben Sie Ihr Ziel erreicht. Beginne Parkplatzsuche.«

Marks Anspannung wuchs, als er der vorgegebenen

Route folgte. Er kam an mehreren Wohngebäuden, einem Fahrradladen und einer Bushaltestelle vorbei, und gerade, als er das Ende der Straße erreicht hatte und dachte, er habe sich verfahren, meldete die Stimme: »Sie haben Ihr Ziel erreicht. Parkplatzsuche läuft.«

Letzteres war jedoch gar nicht nötig, denn bis auf einen alten Mercedes, der neben dem Eingang parkte, waren sämtliche Parkplätze vor dem großen Gebäude am Ende der Straße frei. Mark hielt vor einem Hinweisschild *Nur für Gäste*, und sah an dem Gebäude hoch.

Ein Schriftzug über dem Eingang wies es als HOTEL-GASTHOF JORDAN aus.

Das soll dann wohl mein Quartier bis Mittwoch um 18:31 Uhr werden, dachte er. *Zwei Tage, in denen ich jemanden finden soll. Aber wen bloß – und vor allem wozu?*

Kapitel 11

Schwer war das erste Wort, das Mark beim Betreten des Hotels in den Sinn kam, und gleich darauf wurde ihm auch bewusst, warum.

Das gesamte Interieur des Empfangsraums musste noch aus den späten Fünfziger- oder frühen Sechzigerjahren des letzten Jahrhunderts stammen. Die Wände waren mit dunklen Holzpaneelen getäfelt, gegen die die beschirmten Wandleuchten kaum etwas auszurichten vermochten. Davor stand eine Sitzgruppe mit drei Sesseln und einer

Couch, die mit dickem grünem Samtstoff bezogen war, und der alte Orientteppich, der vor der Rezeptionstheke auf dem ebenfalls dunklen Holzboden lag, tat sein Übriges, um den beklemmenden Eindruck zu verstärken.

Sicher kein Ort, der im 21. Jahrhundert noch Touristenscharen anzieht, dachte Mark, während er mit seiner Tasche auf den hageren Mann an der Rezeption zuging. Mark schätzte ihn auf etwa sechzig, auch wenn der Mann in seinem braunen Cord-Anzug und mit dem zurückgekämmten Haar, dem Kinnbart und der Lesebrille auf seiner Nasenspitze deutlich älter wirkte.

Als der Mann ihn bemerkte, legte er die Zeitschrift beiseite, in der er gelesen hatte, und Mark erhaschte einen kurzen Blick auf den Titel: *Sammler Magazin.* Darunter las er das Thema der Ausgabe: *Retro ist jetzt wieder in.*

Nicht, wenn es um den Einrichtungsstil dieses Hotels geht, dachte er, und stellte sich vor.

»Dr. Behrendt!«, sagte der Mann mit einem breiten Lächeln, das sein schmales Gesicht in Falten legte. »Ich bin Erich Lüders. Herzlich willkommen. Hatten Sie denn eine gute Anreise? Ehrlich gesagt habe ich mir schon langsam Sorgen gemacht. Wir hatten Sie viel früher erwartet.«

»Ach ja, wirklich?«

»Nun ja, bei unserem Telefonat sagten Sie, Sie würden im Laufe des Nachmittags eintreffen.«

Mark spürte, wie ihm ein kalter Schauer über den Rücken kroch.

Hatte dieser Scheißkerl tatsächlich alles so akribisch vorausgeplant? Es sah ganz so aus.

Er musste abgeschätzt haben, wann Mark aus der Betäubung erwachen, wie lange sie anschließend telefonieren und wie viel Zeit Mark dann noch benötigen würde, bis er den Mietwagen entdeckte und sein Fahrziel erreichte.

War das alles wirklich zeitlich planbar gewesen?

Offenbar schon. Der Unbekannte hatte ihm keine andere Alternative gelassen, als genau das zu tun, was er von ihm erwartete. Nur den Unfall auf der Autobahn hatte er nicht vorhersehen können.

In diesem Punkt hast du bei deiner Planung geschludert, aber du wirst mir die Zeit auf meinem Konto sicher nicht gutschreiben, dachte Mark humorlos.

»Ich bin eine Weile im Stau gestanden«, sagte er. »Könnte ich bitte ein Zimmer bekommen?«

»Selbstverständlich«, erwiderte Lüders. »Wir müssen nur noch schnell die Formalitäten klären. Dauert keine Minute.«

Er wandte sich dem Computer zu, der auf seinem altertümlichen Rezeptionspult wie ein Fremdkörper wirkte. »Das haben wir gleich. Ihre Angaben habe ich ja bereits. Wenn Sie bitte noch so freundlich wären, die Anmeldung zu unterschreiben. Hier, mit dem Stift auf diesem ... diesem *Dings* da.«

Er deutete auf ein Unterschriften-Pad, das neben einer antik aussehenden Klingel auf der Theke lag.

Mark tat, wie ihm geheißen, und als seine Unterschrift kurz darauf auf dem Computermonitor erschien, nahm Lüders mit hoch konzentriertem Blick die letzten erforderlichen Mausklicks vor.

»Wissen Sie«, murmelte er dabei, »ich sehne mich ja immer noch in die gute alte Zeit der Gästebücher zurück. Ist gar nicht so lange her, dass wir selbst noch welche hatten. Aber heutzutage muss ja alles *digital* sein. Und wissen Sie, wohin das führen wird, Dr. Behrendt?«

Als Mark nichts entgegnete, sah Lüders ihn über den Rand seiner Lesebrille an. »Ich kann Ihnen sagen, wohin das führen wird. Irgendwann zieht jemand den großen Stecker und alles wird ins digitale Nichts verschwinden. Von den alten Römern wird man in tausend Jahren noch Steintafeln finden, und man wird wissen, wie sie gelebt haben. Aber von uns?« Er pustete sich über die Handfläche, wie um eine imaginäre Staubwolke fortzufegen. »Weg, alles weg! An uns wird nur noch ein riesiger Berg Elektroschrott erinnern. Was wir gedacht und wie wir gelebt haben, wird für immer verloren sein. Denken Sie nicht auch?«

»Schon möglich«, sagte Mark, dem jetzt nicht nach Philosophieren zumute war. »Könnte ich bitte den Schlüssel bekommen?«

Lüders stutzte und schlug sich dann theatralisch mit der flachen Hand vor die Stirn. »Herrje, aber natürlich! Sie müssen entschuldigen, Herr Doktor, in letzter Zeit haben wir nur wenige Gäste. Da komme ich dann immer gern ins Plaudern. Ich habe völlig vergessen, dass Sie von der langen Reise bestimmt erschöpft sind.«

Mit einer routinierten Geste griff er einen Schlüssel von der Wand, wie um zu betonen, dass das Zeitalter der Key-Cards an diesem Ort noch nicht angebrochen war. »Hier, bitte sehr, Dr. Behrendt. Zimmer 204. Wie Sie es gewünscht haben.«

»Wie ich …? Ach ja, richtig!«

Mark nahm den altmodischen Schlüssel entgegen, von dem ein schwerer Messinganhänger baumelte, und betrachtete die eingravierte Zahl.

Der Kerl hat genau dieses Zimmer für mich ausgesucht. Also muss es irgendeine Bedeutung haben.

Lüders beugte sich ihm ein Stück entgegen und deutete auf den Schlüssel.

»Es wären aber auch noch andere Zimmer frei«, sagte er mit gesenkter Stimme, als gäbe es außer ihnen noch jemanden im Raum, der sie hören könnte. »Schönere als dieses und zum selben Preis. Schließlich ist ja gerade keine Saison.«

»Nein, vielen Dank«, sagte Mark. »Ich bleibe dabei.«

Lüders hob die Hände und lächelte. »Ganz wie Sie wollen. Bei uns ist der Gast schließlich noch König. Sie haben wohl auch eine kleine Schwäche für Zahlen, was?«

Mark erwiderte das Lächeln. »Sie haben es erraten. Sagen Sie, wurde hier vielleicht etwas für mich hinterlegt?«

Lüders runzelte die Stirn. »Nicht, dass ich wüsste. Vielleicht bei meiner Frau. Moment, ich schaue nach.«

Er eilte in einen Raum hinter dem Empfangsbereich und kam kurz darauf mit bedauernder Miene zurück. »Nein, nichts. Warten Sie denn auf etwas? Vielleicht ein Paket oder eine Nachricht?«

»Ja, das wäre möglich«, sagte Mark und dachte: *Ich hoffe es jedenfalls. Denn bis jetzt habe ich immer noch keine Ahnung, was dieser Kerl von mir will.*

»Kann ich Sie zu meinem Zimmer noch etwas fragen?«

»Selbstverständlich«, sagte Lüders. »Fragen Sie mich alles, was Sie wissen wollen. Wie Sie sehen, habe ich im Moment jede Menge Zeit.«

»Ja, das sehe ich. Mich würde interessieren, ob dieses Zimmer irgendeine Vorgeschichte hat. Gab es dort vielleicht mal ein außergewöhnliches Ereignis oder etwas in der Art?«

Lüders sah ihn überrascht an. »Wie meinen Sie das?«

»Nun ja, Ihr Hotel wird bestimmt eine lange Geschichte haben«, sagte Mark vorsichtig. »Da hat sich doch bestimmt das eine oder andere hier zugetragen. Vielleicht ja auch in Zimmer 204?«

Der Hotelier strich sich nachdenklich über den Bart, was Mark an eine Figur aus einem alten Film denken ließ. *Er sieht wie ein Professor in einem Science-Fiction-Streifen von Jack Arnold aus,* kam es ihm in den Sinn, während Lüders überlegte. *Gleich erzählt er mir, dass es sich bei diesem Zimmer in Wahrheit um eine seiner genialen Erfindungen handelt. Vielleicht ein Zeitreiseportal, mit dem er sein Hotel mit Einrichtungsgegenständen aus dem letzten Jahrtausend versorgt.*

»Nein, da fällt mir nichts Außergewöhnliches ein«, sagte Lüders schließlich. »Meine Frau und ich haben dieses Hotel erst vor sechs Jahren übernommen. Der Vorbesitzer ist nach Korsika ausgewandert, müssen Sie wissen. Aber wenn es zu seinem Hotel irgendeine besondere Vorgeschichte gäbe, hätte er uns das bestimmt erzählt, und sei es nur, um den Kaufpreis hochzutreiben. Der war damals ohnehin viel zu hoch, aber meine Frau ist gebürtig von hier, wissen Sie, und sie wollte unbedingt, dass wir unsere letzten Jahre in ihrem Heimatort verbringen.«

»Und wie steht es mit besonderen Gästen?«, hakte Mark nach. »Gab es da vielleicht jemanden?«

»Hm«, machte Lüders und strich sich wieder über den Bart. »Ich glaube nicht. Obwohl … Warten Sie mal … Doch, wenn ich's mir recht überlege, *einen* prominenten Gast hatten wir tatsächlich mal.«

»Und wen?«

»Einen Schriftsteller«, erwiderte Lüders und schnippte

mehrmals mit den Fingern. »Dieser ... dieser ... Dings. Ach, ich komme gerade nicht drauf, wie er hieß. Namen sind meine große Schwäche, wissen Sie? Jedenfalls war er hier auf Lesereise unterwegs. Hat ein Buch vorgestellt, in dem es um seltsame Kinder ging. Ziemlich unheimliches Zeug. Sagt jedenfalls meine Frau, ich selbst lese nur Fachzeitschriften. Aber meine Frau hat das Buch förmlich gefressen. Konnte danach lange nicht mehr ruhig schlafen, die Ärmste. Erst recht als dann diese ... Dings ... diese ... na, dieses schwedische Mädchen und die ganzen Jugendlichen auf die Straßen gegangen sind, wegen der Umwelt. Überall. *Jetzt ist es so weit, Erich*, hat meine Frau gesagt. *Jetzt kommt alles so wie in diesem Roman!* Aber zum Glück war es dann doch nicht so schlimm. War eben nur ein Buch, und wenn Sie mich fragen, dann haben diese Autoren sowieso alle einen an der Klatsche. Jedenfalls liest meine Frau jetzt lieber wieder diese englischen Kitschromane von der ... der ... Ach, Sie wissen schon, die mit den tollen Landschaftsbeschreibungen.«

Mark musste einen Seufzer unterdrücken. So viel also zum Thema Hinweise. Für diesen Schriftsteller hatte sich der Unbekannte bestimmt nicht interessiert – ob der nun einen an der Klatsche gehabt hatte oder nicht.

Er deutete zu der Schlüsselwand hinter dem Hotelier. »Gibt es denn heute noch weitere Gäste außer mir?«

»Ähm, nein«, sagte Lüders ein wenig betreten. »Für diese und die nächste Nacht werden Sie wohl unser einziger Gast sein. Aber zum Ende der Woche haben wir wieder ein paar Reservierungen. Wie gesagt, die Hauptsaison ist vorbei, und leider haben wir ja gerade nicht das ideale Wanderwetter.«

Also ist die Zimmernummer mein einziger Hinweis, dachte Mark. *Aber was soll ich damit anfangen?*

Dann kam ihm eine weitere Idee. Seine alte Kreditkarte, die damals mit dem restlichen Geldbeutelinhalt verschwunden war, konnte der Unbekannte nicht benutzt haben, die war schließlich längst gesperrt. Wenn er, wie den Mietwagen, auch die Hotelkosten übernommen hatte, dann musste er seine eigene Karte verwendet haben. Oder er hatte den Rechnungsbetrag überwiesen. So oder so hätte er seinen Namen preisgeben müssen.

»Habe ich das Zimmer eigentlich schon bezahlt?«, fragte er bemüht beiläufig.

Lüders schmunzelte und zwinkerte ihm wieder zu. »Sie sind wohl auch so einer, der gern mal was vergisst, wie? Nein, bezahlt wird bei uns grundsätzlich erst bei der Abreise. Ach ja, und ehe ich's vergesse, Frühstück gibt es übrigens morgens bis halb zehn, und abends ist die Rezeption bis 22 Uhr besetzt. Haben Sie sonst noch Fragen?«

Keine, die Sie mir beantworten können, dachte Mark.

Er verabschiedete sich von Lüders und machte sich auf den Weg zu seinem Zimmer.

Kapitel 12

204 war ein vollkommen gewöhnliches Hotelzimmer mit nichts als dem üblichen Mobiliar. Ein Doppelbett, ein Kleiderschrank, eine Kommode mit Minibar, ein Schreibtisch und ein Stuhl. Das Einzige, was es von den Hotelzimmern unterschied, in denen Mark früher – in seinem anderen Leben – häufiger übernachtet hatte, war die Tatsache, dass das Bett noch aus den Zeiten des deutschen Wirtschaftswunders stammen musste.

Er stellte seine Tasche auf der geblümten Tagesdecke ab, und dann machte er sich daran, jeden Winkel des Raums akribisch nach einem Hinweis des Unbekannten zu durchsuchen.

Warum ausgerechnet dieses Zimmer?

Er begann mit dem Bett, der Matratze und dem Lattenrost, dann suchte er auch alle anderen Möbelstücke ab. Dabei stellte er erstaunt fest, dass das Ehepaar Lüders zwar keinen Wert auf die Erneuerung der Einrichtung oder des abgenutzten Veloursteppichs legen mochte, es mit der Sauberkeit aber sehr genau zu nehmen schien.

Im Gegensatz zu vielen anderen – *moderneren* – Hotels, war hier nicht nur flüchtig der Staubwedel geschwenkt und die Toilette mit penetrant riechendem Reiniger ausgespült worden, um den oberflächlichen Eindruck von Reinlichkeit zu erwecken. Mark entdeckte nicht die kleinste Staubfusel oder Spinnwebe, nicht einmal unter dem Bett oder hinter dem kitschigen Ölgemälde eines Mohnfelds, das über der Kommode hing.

Auch das winzige Bad, dessen Einrichtung durchaus

einen Artikel in Lüders' Sammlerzeitschrift wert gewesen wäre – vielleicht unter dem Titel *Duschen wie einst Ludwig Erhard* –, war blitzblank geputzt.

Selbst wenn ihm der Unbekannte hier eine versteckte Nachricht hinterlassen hätte, wäre diese dem fleißigen Reinigungspersonal bestimmt nicht entgangen.

Nach einer Weile vergeblichen Suchens gab Mark es schließlich auf. Er hatte sogar das Neue Testament im Nachttisch durchgeblättert, jede verfluchte Seite, ob dort zwischen den Zeilen vielleicht irgendeine Notiz für ihn stand.

Nichts.

Nun war es bereits Abend, und wertvolle Zeit war verstrichen, ohne dass Mark auch nur einen Schritt vorangekommen wäre.

Er zog sein Handy aus der Hosentasche und starrte auf das Display. Keine neuen Nachrichten, keine entgangenen Anrufe, nur eine Warnmeldung der Wetter-App, die für die kommenden Stunden Starkregen ankündigte.

Wenn du Scheißkerl etwas von mir willst, warum meldest du dich dann nicht? Sag mir doch einfach, worum es geht! Was soll dieser ganze Blödsinn von wegen »Einsicht ist der erste Schritt zur Besserung«?

Welchen Sinn hatte es denn, ihm eine scheinbar unlösbare Aufgabe zu stellen, mit Hinweisen, die ein Normaldenkender offensichtlich nicht nachvollziehen konnte?

Oder ist das alles nur irgendein kranker Spaß? Willst du mich zappeln und hoffen lassen und Doreen dann doch umbringen, damit ich vollends am Ende bin und mir selbst das Licht ausknipse? Ist es das, was du willst, du mieses Stück Scheiße?

Zornig packte er seine Tasche aus und legte seine Sachen

in den Schrank. Zuletzt holte er die Glock samt Munition aus dem Seitenfach der Tasche.

Er wog die Pistole in der Hand und musste wieder an Jacko denken. Vielleicht hatte der Mann, der alles beschaffen konnte, mit seiner Vermutung über deren Verwendungszeck ja doch nicht so falschgelegen. Im Moment hielt sich Mark jedenfalls für durchaus fähig, diesem Unbekannten eine Kugel zu verpassen. Einfach so, ohne langes Überlegen, damit dieses irre Spiel endlich vorbei war.

Jeder Mensch hat seine ganz persönliche innere Grenze. Das hatte er während seiner Zeit im Kosovo gelernt. Die Grenze mochte zwar bei jedem woanders liegen, aber wenn man erst einmal gezwungen wurde, sie zu überschreiten, war man zu allem fähig. Zu wirklich *allem*! Wie das zwölfjährige Mädchen, das bei einer Gruppenvergewaltigung eine Handgranate unter ihrem Kleid gezündet hatte, oder der Mann, der den Mörder seiner Verlobten mit einem Akkubohrer zu Tode gefoltert hatte.

Mark hatte lange nicht mehr an seine Erfahrungen aus jener Zeit zurückgedacht, aber plötzlich schienen ihm diese Erinnerungen wieder grauenvoll frisch – als wäre es erst gestern gewesen.

Das musste daran liegen, dass er sich in seiner verzweifelten Wut nun selbst zu ähnlichen Dingen fähig fühlte. Eine Vorstellung, die ihn mit Entsetzen und Selbstverachtung erfüllte.

Hastig schob er die Pistole unter den flachen Kleiderstapel im Schrank. Ein besseres Versteck gab es in diesem Zimmer nicht, und er konnte nur hoffen, dass das Auswischen des Schranks nicht zur täglichen Routine der Reinigungskraft gehörte.

Dann ließ er sich aufs Bett fallen und starrte frustriert auf die Kommode mit der Minibar. Automatisch malte er sich im Geiste aus, was sich hinter der kleinen Tür befand. Wahrscheinlich Erdnüsse, Chips oder Schokoriegel, dazu Softdrinks, Mineralwasser und eine oder zwei Flaschen Bier.

Vielleicht auch ein paar Fläschchen Wodka, Whiskey oder Gin, flüsterte eine innere Stimme, die er nur zu gut kannte. *Das wäre jetzt doch genau das Richtige. Nur einen kleinen Schluck, um die Nerven zu beruhigen. Damit du wieder auf den Boden der Tatsachen zurückkommst.*

Nein, danke. Wenn er auf diesen Teil von sich hörte, würde ihn das keinesfalls auf den Boden der Tatsachen, sondern schnurstracks und auf direktem Weg zurück in die Hölle bringen.

So gut er konnte, ignorierte er das lockende Flüstern in seinem Hinterkopf und versuchte, sich stattdessen auf die spärlichen Informationen zu konzentrieren, die ihm der Unbekannte bisher gegeben hatte.

Okay, was weiß ich bis jetzt?

Wen auch immer er finden sollte, der- oder diejenige musste hier in Fahlenberg sein.

Folglich musste es etwas mit seiner Zeit hier an der Waldklinik zu tun haben. Etwas, das also schon zehn Jahre oder noch länger zurücklag.

Ein ehemaliger Patient?

Gut möglich, sogar sehr wahrscheinlich. Vielleicht ging es dabei sogar um den Unbekannten selbst? Immerhin hatte der Kerl ein massives psychisches Problem, so viel stand außer Zweifel. Das würde auch erklären, wieso ihn der Unbekannte ständig mit *Doktor* ansprach.

Aber warum das Hotel?

Warum dieses Zimmer?

Oder ging es nur um die Zahl?

204.

Das konnte sowohl *Zweihundertvier* als auch *Zwei, Null, Vier* bedeuten.

Sollte ihm das etwas sagen?

Vielleicht ein Datum? Der zweite April oder der zwanzigste?

So oder so, wie sollte er sich nach zehn Jahren noch daran erinnern können, was an einem spezifischen Datum passiert war, einem Datum, das offenbar nur für diesen Irren von Bedeutung war?

Oder vielleicht lag er ja mit seiner Datumstheorie auch völlig daneben?

Denk weiter nach, forderte er sich selbst auf. *Was hast du noch?*

Ihm wollte einfach nichts einfallen, und sein Blick zuckte erneut zur Minibar.

Diesmal war die Stimme in seinem Kopf noch lockender, noch nachdrücklicher als zuvor.

Herrgott, stell dich doch nicht so an! Nur ein Schluck, ein klitzekleiner Schluck. Was soll denn daran so schlimm sein? Früher, als dieses Hotel noch modern war, haben die Leute doch auch ständig getrunken. Ein Aperitif vor und ein guter Wein zum Essen, dann noch ein Schnaps zur Verdauung, abends ein paar Bierchen mit Freunden, und natürlich nicht zu vergessen der Schlummertrunk vor dem Schlafengehen … da ist doch nichts dabei. Also zier dich nicht und mach es einfach so wie in den guten alten Zeiten.

»Das ist es!« Wie von der Tarantel gestochen sprang Mark vom Bett auf. »Ja, das ist es!«

Zwischen all dem Unsinn, den ihm sein suchtgeplagtes Unterbewusstsein einreden wollte, hatte es doch tatsächlich auch etwas Nützliches an die Oberfläche gebracht. Er erinnerte sich plötzlich an ein kleines Detail aus seiner Unterhaltung mit Lüders, das ihm jetzt womöglich die entscheidende Information liefern konnte.

Eilig verließ er das Zimmer, und für einen Augenblick verspürte er sogar ein wenig Hoffnung.

Kapitel 13

Auch wenn er kaum Appetit hatte – dafür war sein Magen viel zu nervös –, setzte sich Mark zum Abendessen ins Hotelrestaurant. Es war kurz vor neun, er hatte also noch mehr als eine Stunde vor sich, die es totzuschlagen galt. Warum sollte er diese Zeit dann nicht sinnvoll nutzen und seinem Körper das zuführen, was er *tatsächlich* brauchte?

Lüders hatte mit seiner Vermutung richtiggelegen, und Mark war an diesem Abend der einzige Gast geblieben, wie er beim Vorbeigehen an der Rezeption zufrieden festgestellt hatte. Außer dem Schlüssel zu Zimmer 204 hingen weiterhin alle anderen an ihrem Platz. Das kam ihm für seine Pläne sehr gelegen.

Nun saß er aber erst einmal an einem Tisch neben dem Fenster, vor dem der angekündigte Starkregen eingesetzt hatte. Im leeren Gastraum war es so still, dass man das Prasseln auf dem Fensterbrett hören konnte.

Da das Personal bereits gegangen war, bediente ihn Frau Lüders persönlich. Mark schätzte sie einige Jahre jünger als ihren Mann, und sie war definitiv eine der korpulentesten Frauen, denen er jemals begegnet war. Die Küche sei ihr Reich, erklärte sie ihm, was im Anbetracht ihrer Körperfülle durchaus verheißungsvoll klang.

Sie bot ihm an, die Reste vom Mittag aufzuwärmen, und als Mark bejahte, servierte sie ihm wenig später ein monströses Stück Hackbraten mit einem Berg Püree, den ein normaler Esser niemals würde bewältigen können.

Frau Lüders wünschte ihm einen guten Appetit und zog sich dann hinter die Ausschanktheke zurück, wobei ihre Stützstrümpfe an den gewaltigen Schenkeln unter dem zeltartigen Rock ein reibendes Geräusch erzeugten. Mark fragte sich, wie ihr Mann es schaffte, so dünn und eingefallen auszusehen.

Während er aß, beobachtete er, wie sie in einem Taschenbuch zu lesen begann, das sie hinter der Theke hervorgeholt hatte.

»Wie ist das Buch?«, fragte er nach einigen Bissen beiläufig. »Lohnt es sich?«

Seine Gastgeberin hob den Kopf, legte das Buch beiseite und rümpfte die Nase, was sie wie einen überdimensionalen Mops aussehen ließ.

»Ob es sich lohnt?« Sie schüttelte missbilligend den Kopf. »Guter Mann, Sie können sich ja gar nicht vorstellen, was einem manche Autoren alles weismachen wollen. Der hier behauptet, dass man sich allein durch Willenskraft von allen Krankheiten heilen könnte. Eigentlich ein Fall fürs Altpapier, aber ich habe momentan nur dieses eine Buch hier im Hotel, und was soll man außer Lesen schon machen, wenn den ganzen Tag nichts los ist? Dann lieber solchen Schwachsinn als gar nichts. Aber morgen bringe ich mir etwas anderes mit, darauf können Sie Gift nehmen!«

»Das heißt, Sie wohnen gar nicht hier im Haus?«

»Nein, wir wohnen in meinem Elternhaus. Ist nicht weit von hier, direkt in der Altstadt. Aber bis zehn sind wir noch da. Falls Sie also noch irgendetwas brauchen ...«

»Vielen Dank«, sagte Mark, und erhob sich. »Ich bin pappsatt und habe alles, was ich brauche. Ihr Hackbraten war köstlich, auch wenn ich die Portion beim besten Willen nicht ganz geschafft habe.«

»Das freut mich«, sagte Frau Lüders und schenkte ihm ein rosiges Lächeln zum Abschied.

Auch Mark lächelte. Nun wusste er mit Sicherheit, was er bereits gehofft hatte.

In weniger als einer Stunde würde er das Hotel für sich allein haben. Und so, wie er den Unbekannten einschätzte, hatte der sicherlich auch das für ihn eingeplant.

Kapitel 14

Im Korridor vor Zimmer 204 gab es ein Fenster, von dem aus man den Vorplatz des Hotels überblicken konnte. Dort wartete Mark, bis um Viertel nach zehn die Außenbeleuchtung anging und das Ehepaar Lüders auf dem Parkplatz erschien.

Er beobachtete, wie der Hotelier geduckt durch den Regen

zu dem alten Mercedes lief und eilig auf der Fahrerseite einstieg. Hingegen schien Frau Lüders der Regen nichts auszumachen. Sie stapfte gemächlich zu einem Müllcontainer, stopfte einen blauen Plastiksack hinein, entsorgte etwas im Papiermüll daneben – vermutlich das Buch, über das sie sich vorhin geärgert hatte – und ging dann mit derselben Gemächlichkeit zum Wagen ihres Mannes. Der wartete bereits mit laufendem Motor auf sie, und als sie sich behäbig auf den Beifahrersitz wuchtete, sank der Mercedes bedenklich ab.

Was für ein gegensätzliches Paar, dachte Mark, während er dem Wagen nachsah, der vom Parkplatz zurücksetzte und mit tuckerndem Dieselmotor in der Regennacht verschwand.

Endlich hatte er das Hotel für sich allein und konnte sich an die Umsetzung seines Vorhabens machen.

Seine Idee war relativ einfach: Wenn es aktuell in Zimmer 204 nichts zu finden gab, war der Hinweis möglicherweise in dessen Vergangenheit verborgen.

Die Person, die er ausfindig machen sollte, könnte zum Beispiel ein Gast gewesen sein, der früher mal dort übernachtet hatte. Niemand Berühmtes, so viel wusste er bereits, aber es musste jemand gewesen sein, der für den Entführer eine wichtige Rolle spielte. Und da der ausgerechnet Mark für die Suche ausgewählt hatte, musste er diesen Jemand wohl ebenfalls kennen. Demnach hatte der Gesuchte also vor mindestens zehn Jahren in diesem Hotel gastiert.

Beim Einchecken hatte Lüders die ehemaligen Gästebücher erwähnt, die er in der digitalen Neuzeit so sehr vermisste, und als passionierter Sammler hatte er bestimmt sämtliche dieser Bücher behalten. Auch diejenigen, deren gesetzliche Aufbewahrungsfrist längst abgelaufen war.

Das alles *hoffte* Mark jedenfalls, während er zum Aufzug ging. Die Tür glitt vor ihm auf, und er las einem Reflex folgend die kleine Messingtafel in der Kabine.

Baujahr 1969. Das Datum der letzten Wartung war nicht mehr lesbar.

Unweigerlich musste er an eine ehemalige Patientin denken. Die Frau war zu ihm in die Therapie gekommen, nachdem man sie an einem Dienstagmorgen nach einem langen Pfingstwochenende dehydriert und halb wahnsinnig aus dem stecken gebliebenen Lift eines Bürogebäudes gerettet hatte. Danach war sie immer wieder von Träumen heimgesucht worden, in denen sie entweder lebendig begraben war oder auf einer einsamen Insel festsaß, wo sie darbend darüber sinnierte, den eigenen Urin zu trinken und eines ihrer Beine zu verspeisen.

Er ließ die Schiebetür wieder zugleiten, ohne einzutreten, und nahm stattdessen die Treppe ins Erdgeschoss.

Während er die knarzenden Holzstufen hinunterging, fragte er sich, weshalb er sich auf einmal an solche Dinge erinnerte. Er hatte doch schon ewig nicht mehr an seine Zeit als Psychiater gedacht.

Na ja, die Antwort liegt doch auf der Hand, dachte er. *Es ist die ehemals vertraute Umgebung. Nicht unbedingt das Hotel, aber diese Stadt an sich. Sie weckt längst vergessene Erinnerungen in mir. Geister der Vergangenheit sozusagen, die in den Verliesen meines Unterbewusstseins jetzt mit ihren Ketten zu rasseln beginnen.*

Dass ihm gerade dieser Vergleich in den Sinn kam, war nicht verwunderlich. Die menschenleeren Räume wirkten auf einmal nicht mehr nur schwer und beklemmend auf ihn, sie waren geradezu schauerlich.

Die ausgetretenen Teppiche dämpften jeden seiner Schritte, und die düsteren Holzwände schienen das ohnehin schon dämmrige Licht fast gänzlich zu verschlucken.

Außerdem war da noch dieser allgegenwärtige muffige Geruch, den Mark kaum definieren konnte. Als hätten sich in diesem alten Gebäude die Ausdünstungen unzähliger Menschen festgesetzt, gepaart mit dem Geruch von kaltem Tabakrauch, verdunstetem Parfüm und den Reinigungsmitteln vergangener Jahrzehnte.

Selbst als dieser Einrichtungsstil noch modern gewesen war, konnte man sich hier doch unmöglich wohlgefühlt haben. Dieses Hotel sprach wohl höchstens die Liebhaber alter Spukhausfilme an, in denen Vincent Price oder Christopher Lee ihr Unwesen trieben und Frauen mit wallenden Nachthemden und flackernden Kandelabern zum Kreischen brachten.

In den Korridoren und im Treppenhaus wurden die Wandlampen durch Bewegungsmelder ausgelöst und erhellten Marks Weg, doch als er schließlich den Empfang erreicht hatte, blieb alles dunkel. Nur das spärliche Licht der grünen Notausgangsleuchte ließ den Weg zum Rezeptionspult erahnen.

Offenbar scheint man hier nicht auf spätnächtliche Heimkehrer eingerichtet zu sein, dachte er und aktivierte die Taschenlampenfunktion seines Handys.

Er war gerade bis zum Pult gekommen, als unmittelbar hinter ihm ein heftiger Schlag ertönte, begleitet von einem metallischen Scheppern.

Mark wirbelte herum und sah zum Eingang. Für einen Augenblick glaubte er, dass dort jemand stand. Jemand, der an der zweiflügeligen Glastür rüttelte.

Doch da war niemand. Nur der Regen, der nun so heftig auf den Vorplatz klatschte, dass Wasser gegen die Glastür spritzte. Dann blendete ihn ein Blitz, und gleich darauf ließ ein heftiger Donnerschlag die alte Tür erneut scheppern.

»Scheiße!«, keuchte Mark. *Meine Nerven liegen komplett blank.*

Kein Wunder, nach so einem Tag. Und der war noch längst nicht zu Ende.

Seufzend ging er weiter – und wäre am liebsten sofort wieder umgekehrt, als er schließlich Lüders' Büro betrat. In dem fensterlosen Raum war der beklemmende Geruch besonders prägnant, und es herrschte ein heilloses Durcheinander.

Die Wände ringsum wurden von deckenhohen Regalen eingenommen, die sich unter der Last unzähliger Aktenordner, Dokumentenmappen und Bücher bogen. Was in den vollgestopften Fächern keinen Platz mehr gefunden hatte, war in Pappkartons verstaut worden, die sich vor den Regalen und zur Linken eines massiven Schreibtischs türmten.

Rechts neben dem Tisch erhoben sich sechs geschnürte Stapel mit alten Ausgaben des Sammlermagazins, in dem der Hotelier bei Marks Ankunft geschmökert hatte, und bei einem weiteren Stapel dahinter schien es sich um verjährte Telefonbücher zu handeln. Dicke gelbe Wälzer aus etlichen Jahren, voller Namen, von denen die Hälfte wahrscheinlich schon auf den Fahlenberger Friedhof umgezogen war.

Mark stöhnte verzweifelt und kratzte sich am Kopf. Wo, zum Teufel, sollte er in diesem Chaos zu suchen beginnen? Falls es hier drin irgendeine Art System gab, war es wohl nur Lüders selbst bekannt.

In deiner »guten alten Zeit« mag man jemanden wie dich vielleicht als Sammler bezeichnet haben, mein Lieber, aber heutzutage gehst du als waschechter Messi durch, dachte er frustriert. *Wenn es hier schon so aussieht, will ich lieber nicht euer Haus in der Altstadt sehen.*

Er bahnte sich einen Weg an den Kartons vorbei zum Schreibtisch, auf dem sich ebenfalls Berge aus Zeitschriften und Papieren erhoben. Er zog an der Kordel der Tischlampe, und eine Energiesparbirne flackerte auf. Zu Marks Erstaunen wurde sie nach einigen Sekunden tatsächlich hell genug, dass er die Beschilderungen der Ordner in den Regalen lesen konnte.

Damit würde er beginnen, beschloss er.

Während er Fach für Fach durchsah, zuckte er immer wieder zusammen, wenn ein Donnerschlag die Eingangstür zum Scheppern brachte.

Ja, seine Nerven lagen tatsächlich so blank wie Stromleitungen mit abgezogener Isolierung. Er zitterte und schwitzte und musste vor Erschöpfung und Aufregung immer wieder gähnen.

Trotzdem blieb er beharrlich und wühlte sich durch Berge von Unterlagen, die die gesamte Geschichte des Hotels zu dokumentieren schienen.

Wenn man wissen wollte, was der Küchenchef an einem bestimmten Tag im Mai 1978 zum Mittagessen aufgetischt hatte, hier fand man garantiert die Antwort.

Oder man wollte herausfinden, wer an einem x-beliebigen Wochentag im September 1984 die Betten frisch bezogen hatte? Kein Problem.

Jeder Beleg, jegliche Korrespondenz, alles war hier abgeheftet.

Dann endlich, als er fast schon aufgeben wollte, entdeckte er hinter einem Kartonstapel eine lange Reihe von Folianten in einem der unteren Regalfächer. Die ledergebundenen Rücken waren mit Jahreszahlen gekennzeichnet, die bis ins Jahr 1969 zurückreichten.

Mark stieß einen leisen Schrei aus. »Das ist es! Scheiße, ja, das *ist* es!«

Bis zu seinem Wegzug im Jahr 2009 hatte er etwas mehr als drei Jahre in Fahlenberg gelebt, also zog er das jüngste der infrage kommenden Gästebücher heraus und setzte sich an den Schreibtisch. Aufgeregt fuhr er im Schein der Tischlampe mit dem Finger an der Liste aus Namen, Wohnadressen und Telefonnummern entlang. Die Gäste hatten sich seinerzeit noch persönlich eingetragen, und nicht jede der Handschriften war auf Anhieb leserlich. Manche der Namen konnte er nur mit Mühe entziffern.

Naegele, Genzler, Matt, Hocke, Magri, Kuepper, Neumahr, Perucci, Eschbach …

Keiner dieser Namen sagte ihm etwas. Auch bei den angegebenen Heimatadressen sprang ihn nichts an, das ihm irgendwie vertraut erschien, und die Zimmernummern waren nicht angegeben.

Trotzdem war dies die einzige Spur, die er hatte. Also ging er das Gästebuch mit geradezu besessener Genauigkeit weiter durch. Seite für Seite, Name für Name, Datum für Datum, Wohnort für Wohnort.

Er war schon beim Oktober angelangt, als ihm beim Umblättern ein Notizzettel entgegenfiel und auf dem Boden landete. Stirnrunzelnd bückte sich Mark danach und hielt den Zettel ins Licht der Lampe.

Eine Handynummer.

Das Papierstück war neuer als das Gästebuch, daran bestand kein Zweifel. Es war nicht so angegilbt wie die Seiten, die er durchgeblättert hatte, und die Kugelschreiberschrift darauf wirkte frisch. Dass der Zettel relativ neu war, bestätigte auch der Werbeaufdruck am oberen linken Rand. Neben einem Firmenlogo in Form eines Zahnrads stand: *60 Jahre Fahlenberger Motorenwerke – Präzision seit 1958.*

Demnach war der Zettel höchstens ein Jahr alt.

Das konnte kein Zufall sein.

Nie und nimmer war das Zufall!

Er ist von ihm. Das ist seine *Nummer! Ich werde auf dieser Seite etwas finden, und dann soll ich ihn anrufen.*

Mit pochendem Herzen ging Mark die Gästeliste der aufgeschlagenen Seite durch, während ein weiterer Donnerschlag die Tür am Eingang erzittern ließ und das Licht der Tischlampe kurz zu flackern begann.

Dann las er einen Namen, der sofort seine volle Aufmerksamkeit auf sich zog.

Er wartete, bis das Flackern aufhörte, und las den Namen zur Sicherheit noch einmal.

»Das gibt's doch nicht!«

Aber ein Irrtum war ausgeschlossen. Wenn er überhaupt noch einen Beweis dafür gebraucht hätte, dass Doreens Entführer und Tanjas Mörder ein Wahnsinniger war, hatte er ihn jetzt vor sich.

Der Eintrag war vom 26. Oktober 2009. Er war mit blauer Tinte und offenbar zitternder Hand geschrieben worden. Trotzdem war der Name der Frau, die sich in Zimmer 204 eingemietet hatte, deutlich lesbar.

ELLEN ROTH

Kapitel 15

Es war verrückt, einfach nur verrückt, und je länger Mark darüber nachdachte, desto irrwitziger kam ihm das alles vor.

Inzwischen war es weit nach Mitternacht, und seine Erschöpfung hatte ein neues, noch nie gekanntes Ausmaß erreicht. Er zitterte, sein Körper lechzte nach Ruhe und Schlaf, aber sein Kopf ließ das nicht zu. Sein Gehirn lief weiter auf Hochtouren, und an Schlaf war nicht zu denken.

Wie ein Tiger im Käfig ging er in Zimmer 204 auf und ab. Dabei sah er abwechselnd zum Schrank mit der Minibar – *Komm schon, nur ein Schluck, ein kleiner Schluck für die Nerven!* – und dem Tisch, auf den er den Zettel mit der Telefonnummer neben sein Handy gelegt hatte.

Dann starrte er auf das Bett. Das Bett, in dem einst *sie* übernachtet hatte – fast auf den Tag genau vor zehn Jahren.

Ellen Roth.

Wie lange hatte er schon nicht mehr an sie gedacht?

Lange, sehr lange, gab er sich selbst zur Antwort. *Seit ich zu dem wurde, der ich heute bin. Und der hat nicht mehr viel mit dem früheren Mark Behrendt gemeinsam, der Ellen Roth kannte.*

Wie wahr. In den letzten Jahren hatte sich für ihn alles nur noch um Tanjas Tod gedreht. Er war viel zu sehr mit seiner wütenden Trauer und der obsessiven Suche nach ihrem Mörder beschäftigt gewesen, um noch an viel anderes zu denken. Und auch wenn er inzwischen trocken war, hatte seine Trinkerei ihr Übriges dazu beigetragen, dass sein früheres Leben buchstäblich in den trüben Gewässern des Vergessens *untergegangen* war.

Doch jetzt kehrte alles zu ihm zurück. Fahlenberg, die Waldklinik, Ellen Roth, ihr Freund Chris (dessen voller Name Christoph Lorch gewesen war, wie ihm jetzt wieder einfiel), Lara Baumann, der schwarze Mann ... die ganze verrückte Geschichte.

Während er weiter auf das leere Bett starrte, kam ihm ein Spruch eines seiner Dozenten an der Uni in den Sinn.

»Bald schon werden Sie Ihr theoretisches Wissen in die Praxis umsetzen«, hatte jener Dozent gesagt, dessen Name ihm seine Vergesslichkeit weiterhin vorenthielt. »Aber ganz gleich, was Sie über Neurologie, Psychologie, Psychiatrie und Psychopathologie gelernt haben, Sie sollten stets an den guten alten Shakespeare denken. Schon sein Hamlet wusste, dass es weit mehr Dinge zwischen Himmel und Erde gibt, als sich unsere Schulweisheit träumen lässt. Und gerade in unserem Beruf wird man immer wieder an einen solchen Punkt des Erstaunens gelangen. Mag sein, dass eine Zigarre manchmal nur eine Zigarre ist, aber oft ist sie auch etwas ganz anderes, schlicht und ergreifend deshalb, weil wir die wundersamen Kapriolen des menschlichen Geistes niemals *völlig* begreifen werden.«

In der Tat, und auf niemanden hatte diese Freud'sche Anspielung besser zugetroffen als auf Ellen Roth, deren Bild nun klar und deutlich vor Marks geistigem Auge erschien: seine junge Kollegin mit dem kessen Kurzhaarschnitt und den strahlenden Augen, die immer so viel Neugier und Lebenshunger versprüht hatten.

Ellen Roth, die Ehrgeizige, die stets voller Pläne und Ideen gewesen war, im Beruf und auch privat. Sie war kurz davor gewesen, als jüngste Oberärztin in die Geschichte der Waldklinik einzugehen.

Doch dann war alles anderes gekommen. Denn auf gewisse Weise war Ellen Roth viel zu perfekt gewesen, um wahr zu sein.

Es hat sie nie gegeben, dachte Mark. Auch wenn sie unter diesem Namen ihr Abitur und Medizinstudium absolviert hatte und auch der Eintrag in ihrem Ausweis korrekt gewesen war, war Ellen Roth nur eine Schutzpersönlichkeit gewesen. Ein Mädchen namens Lara Baumann hatte sie sich viele Jahre zuvor ausgedacht, weil sie das, was ihr angetan worden war, nicht ertragen konnte.

Lara hatte verdrängen wollen, dass sie als Achtjährige ihren Onkel getötet hatte, als dieser versuchte, sie zu vergewaltigen. Ihr kindlicher Verstand hatte sich in eine imaginäre Identität geflüchtet, und aus der schüchternen Lara war eine andere geworden. Ein starkes, unerschütterliches Mädchen, dem niemand mehr etwas anhaben konnte, und das sie nach ihrem Zweitnamen, Ellen, benannt hatte. Zudem hatte sie den Mädchennamen ihrer Mutter angenommen, als diese sich nach dem Vorfall mit dem Onkel von ihrem Mann getrennt hatte.

So war Ellen Roth entstanden, und Lara war völlig in diesem neuen Ich, diesem imaginären Konstrukt, aufgegangen. Wäre ihrer Mutter klar gewesen, dass sie durch die Namensänderung und das gemeinsame Totschweigen des Vorfalls eine schwere Persönlichkeitsstörung ihrer Tochter unterstützte, die in der Psychologie als *dissoziative Fugue* bezeichnet wird, hätte Laras Schicksal wohl einen anderen Verlauf genommen.

Aber so war es zum Schlimmsten gekommen, wie so oft, wenn man zu lange wegsah und die Wahrheit ignorierte, und Jahre später hatte die vermeintlich gut gemeinte Verdrängung ein böses Ende genommen. Eine Verkettung unglücklicher Zufälle hatte Laras verdrängte Erinnerungen zurückgebracht – in schrecklichen Wahnbildern und mit fatalen Folgen. Sie war psychotisch geworden und hatte in ihrem Wahn ihren Lebensgefährten Chris getötet, den sie für den Schwarzen Mann gehalten hatte.

Danach war sie endgültig zusammengebrochen, und Ellen Roth hatte aufgehört zu existieren. Am Ende war nur noch eine leere Hülle von ihr zurückgeblieben.

Mark dachte an ihre letzte Begegnung. An das triste Krankenzimmer, in dem die verstörte junge Frau an einem Tisch beim Fenster gesessen hatte, mit dem leeren Blick einer katatonischen Person, die vollkommen in sich selbst eingeschlossen war.

Deshalb war die Forderung des Unbekannten absolut verrückt. Es war unmöglich, Ellen Roth zu finden. Weil es sie nicht mehr gab, und auch nie wirklich gegeben hatte.

Und wenn mich dieser Kerl hierhergeschickt hat, müsste er das eigentlich wissen. Immerhin scheint er doch auch alles andere zu wissen. Die Gästebücher, dieses Hotelzimmer und weiß der Teufel was sonst noch. Er weiß alles! Also muss er auch Ellen Roths Geschichte kennen.

Weshalb verlangte dieser Kerl dann etwas von ihm, das schlicht und einfach unmöglich war?

Wie sollte er jemanden finden, den es nur in der Vorstellung einer anderen Person gegeben hatte?

Und warum suchte dieser Kerl überhaupt nach ihr?

Welchen Zusammenhang gab es zwischen den beiden?

Mark blieb vor dem Tisch stehen und starrte wieder auf sein Handy und den Zettel, der danebenlag.

Draußen hatte das Gewitter seinen Höhepunkt erreicht.

Der Wind heulte um das alte Hotel und drückte den Regen gegen das Fenster. Blitze erhellten den dämmrigen Raum, und Mark glaubte, das Grollen des Donners unter seinen Füßen zu spüren.

Durch das Getöse des Sturms drangen die hellen Schläge der Kirchturmuhr zu ihm. Vier zur vollen Stunde, und dann einer.

Also ein Uhr.

Wie passend, dachte Mark. *Der Spuk zur Geisterstunde ist vorbei, Zeit über* echte *Gespenster zu reden.*

Er griff nach dem Handy, und als er die Nummer wählte, hoffte er, dass er den Scheißkerl wenigstens aus dem Schlaf läuten würde. Immerhin war Gehässigkeit die Vergeltung der Hilflosen, wie sein seliger alter Herr zu sagen pflegte.

Doch nicht einmal das war ihm vergönnt, denn noch ehe das erste Freizeichen verklungen war, wurde sein Anruf schon angenommen.

Kapitel 16

»Respekt, Doktor! Das ging ja wirklich schnell.«

Entgegen Marks gehässiger Hoffnung klang die Stimme des Scheißkerls weder erschöpft noch verschlafen. Im Gegenteil: Er hörte sich so gelassen an, als hätte Mark ihn während eines Wellnessurlaubs erwischt – vielleicht bei einem entspannenden Bad oder einer Massage.

»Lass mich raten, wie du draufgekommen bist«, fuhr

der Unbekannte in einem Tonfall fort, als führten sie eine simple Plauderei unter Freunden. »Der Messi hat sein übliches Gejammer losgelassen und dir von der guten alten Zeit vorgeschwärmt. Dass die Gästebücher viel unkomplizierter waren als der Computer. Stimmt's?«

»So ähnlich«, sagte Mark, und er glaubte zu hören, wie der andere grinste.

»Dachte ich's mir doch. Den Spruch lässt er bei jedem neuen Gast los. Und genau deshalb ist er der beste Hinweisgeber, den man sich nur wünschen kann. Unwissend und effizient. Es lebe die Redundanz.«

Mark musste an die Einschätzung des Grafologen denken, der bei diesem Kerl eine höhere Schulbildung vermutet hatte. Seinen Formulierungen nach schien das zuzutreffen. Aber selbst wenn sein Wortschatz nur angelesen war, bewies er zumindest gerade, dass er ein echter Klugscheißer war. Einer von der Art, die ihre Unsicherheit durch eine übertrieben gehobene Ausdrucksweise kaschierten.

»Dann hast du wohl auch schon mal in diesem Hotel übernachtet?«, fragte Mark.

»Schon möglich. Aber um mich im Computer zu finden, müsstest du meinen Namen wissen.«

So viel also zu der Theorie, dass der Typ ein ehemaliger Patient sein könnte, dachte Mark.

Er spürte einen leichten Schwächeanfall und hielt sich an der Stuhllehne fest. Er hätte sich an den Tisch setzen können, aber das wollte er nicht. Unterhaltungen wie diese musste man im Stehen führen. Wer saß, war der Unterlegene – das lernte man in jedem Grundkurs für Gesprächsführung –, und aus seiner Sicht galt das auch für dieses Telefonat.

»Warum sagst du ihn mir nicht?«, fragte er. »Deinen richtigen Namen, meine ich. Du scheinst ja eine Menge über mich zu wissen, aber ich weiß so gut wie nichts über dich. Wäre es nicht langsam an der Zeit, mir zu sagen, mit wem ich es zu tun habe, damit wir uns auf Augenhöhe begegnen können?«

Der andere schnaubte belustigt.

»Netter Versuch, Doktor. Erst ein wenig freundlicher Small Talk, um eine Beziehung herzustellen, und dann dringt man vorsichtig zum Kern vor. So geht das doch bei euch Seelenklempnern, oder? Aber nicht mit mir, Doktor. Mag sein, dass so was bei deinen Patienten funktioniert hat, aber ich werde sicher nicht auf deine billigen Tricks reinfallen.«

»Das war nicht als Trick gemeint«, sagte Mark ruhig. »Ich will nur wissen, mit wem ich spreche, das ist alles. Wieso ist das denn so abwegig?«

»Weil du selbst herausfinden sollst, wer ich bin. Die *Erkenntnis* zählt, das habe ich dir doch schon erklärt. Aber bis du meinen richtigen Namen herausfindest, kannst du mich Ares nennen.«

»Ares? Wie der Gott des Krieges?«

Ein spöttisches Lachen. »Ah, der Herr Doktor verfügt über klassische Bildung. Nun, dann weißt du sicher auch, dass er nicht nur ein Kriegsgott ist.«

»Das stimmt«, pflichtete Mark ihm bei. »Er gilt auch als die Verkörperung der Grausamkeit. Deshalb haben die alten Griechen auch nicht sonderlich viel von ihm gehalten.«

»Ach, Doktor, wer will schon bei allen beliebt sein? Du etwa?«

»Na, du offensichtlich nicht.«

»Es ist mir scheißegal, was andere von mir denken. Ich fordere nur Gerechtigkeit ein.«

Mark hob die Brauen. »Darum geht es dir also? Um Rache? Nennst du dich deswegen Ares? Weil sein Name auch *Rächer* bedeutet?«

Es folgte ein kurzes Schweigen, was Mark als Bejahung seiner Frage deutete. Dann sagte der Mann, der sich Ares nannte: »Jetzt bin ich mal mit den Fragen dran, Doktor. Sag, wie fühlt es sich an?«

»Wie fühlt sich *was* an?«

Ares seufzte, als spräche er mit einem Begriffsstutzigen. »Na, dass jetzt ich an den Strippen ziehe und nicht du. Dass du nicht mehr selbst Schicksal spielen kannst, sondern voll und ganz auf das Wohlwollen einer anderen Person angewiesen bist. Als einer, der Gott spielt, sobald er seinen weißen Kittel anhat, muss das doch eine völlig neue Erfahrung für dich sein, oder?«

Er setzt auf Provokation und Verunsicherung, dachte Mark. *Ich soll seine Macht spüren. Aber damit kriegst du mich nicht, Freundchen!*

»Ich bin kein Arzt mehr.«

»Ich weiß«, sagte Ares zufrieden. »Schließlich habe ich dazu einen nicht gerade unerheblichen Beitrag geleistet. Aber die momentane Situation muss dir trotzdem neu sein, oder?«

»Falls du damit meinst, dass meine beste Freundin vom Mörder meiner Lebensgefährtin entführt wurde: Ja, das ist eine durchaus neue Situation für mich.«

Nun stieß Ares ein leises Lachen aus. »Der Punkt geht an dich, Doktor. Ich mag deine ironische Ader, ehrlich.

Scheint so, als läge ich mit meiner Vermutung richtig, was dich betrifft.«

»Und die wäre?«

»Dass du deinen Verstand noch nicht völlig versoffen hast. Du bist immer noch schlagkräftig, und kombinieren kannst du auch noch. Das ist gut, Doktor. Das ist wirklich gut. Dann können wir ja weitermachen.«

Mark umklammerte das Telefon so fest, dass seine Knöchel knackten.

»Nein, das werden wir nicht! Ich habe getan, was du wolltest. Jetzt bist du dran, dein Wort zu halten. Lass Doreen frei!«

Wieder das Lachen, nur hörte es sich diesmal nicht mehr belustigt, sondern eiskalt und hämisch an. »Nicht so schnell, Doktor! Bis jetzt hast du nur herausgefunden, *wen* du finden sollst, aber fertig bist du noch lange nicht.«

»Ach ja? Dann hör mir mal gut zu, Ares, oder wie auch immer du wirklich heißt. Ellen Roth gibt es nicht mehr. Und wenn du wirklich so superschlau bist, wie du vorgibst zu sein, weißt du das auch.«

»Ja, das weiß ich.«

Nun klang der Kerl irgendwie lauernd, aber davon ließ Mark sich nicht beirren. »Gut. Dann weißt du auch, dass das, was du von mir verlangst, unmöglich ist. Also hör endlich mit diesem Scheiß auf, und lass Doreen …«

»Nein!«, schnitt Ares ihm das Wort ab. »Du denkst, es ist unmöglich? Dann pass mal gut auf, Doktor. Ich habe da jemanden für dich, der dir etwas sagen möchte.«

Mark hörte ein Klacken, als Ares sein Telefon weglegte. Dann folgte ein Geräusch, das sich wie reißender Stoff anhörte, doch als Arzt, der schon unzählige Pflaster von Haut abgezogen hatte, erkannte Mark es sofort. Es war das Klebeband über Doreens Mund.

Im selben Moment hörte er Ares leise säuseln. »Aufwachen, Süße. Dein Freund ist am Telefon. Du weißt ja, was du ihm sagen sollst.«

Mark bekam eine Gänsehaut, als er ein schwaches Wimmern vernahm. Dann wurde das Telefon wieder hochgenommen, und Doreens Stimme drang zu ihm – schwach und durch die Betäubung verwaschen, als sei sie betrunken.

»Mark? Bist du das, Mark?«

»Ja, ich bin's. Wie geht es dir? Bist du in Ordnung?«

»Mark … du musst … du … musst …«

»Sag es!«, zischte Ares ihr aus dem Hintergrund zu.

Doreen begann hektisch zu atmen, und Mark glaubte förmlich zu sehen, wie dieser Dreckskerl sie jetzt auf irgendeine Weise bedrohte.

»Halt durch«, sagte er hastig. »Hörst du? Halt einfach durch, er wird dir nichts tun, weil er eigentlich mich will. Ich werde dich da rausholen. Das verspreche ich!«

»Mark«, keuchte sie. »Töte sie! … Du musst sie töten! … Sonst …«

Es knackte in der Leitung, als Ares das Telefon abrupt wieder an sich nahm, und Mark zuckte zusammen, als habe man ihm einen gewaltigen Schlag verpasst.

»Den Rest kannst du dir ja denken«, sagte Ares. »Dir bleiben jetzt noch genau zweiundvierzig Stunden und fünf Minuten. Ach ja, und dein Telefonjoker ist hiermit aufgebraucht. Diese Nummer hat nur für diesen einen Anruf funktioniert.«

Dann klickte es, und die Verbindung war tot.

Kapitel 17

Mark würgte und schaffte es gerade noch ins Bad. Er glitt halb auf dem abgenutzten Toilettenvorleger aus, schlug auf die Knie, riss im letzten Moment den Klodeckel hoch und erbrach sich.

Ein fetter Schwall aus halb verdautem Kartoffelpüree und Hackbraten klatschte in die Schüssel, und er wurde von heftigen Krämpfen geschüttelt. Dabei war ihm, als würde jedes Würgen von Doreens Worten begleitet. Sie dröhnten so laut in seinem Kopf, als hallten sie von den Kachelwänden wider.

Töte sie!

Töte sie!

TÖTE SIE!

Und mit jedem Mal wurden die Krämpfe schlimmer. Es war fast, als versuchte sein Körper dem Irrsinn dieser Worte einen physischen Ausdruck zu verleihen.

Du musst ...

... sie töten!

Sonst ...

Dann, als schließlich nur noch scharfe Galle kam, ließen die Krämpfe allmählich nach. Auch der Widerhall der Worte verklang, und schließlich wurde es still in seinem Kopf. Nur ein feines Sirren in seinen Ohren blieb zurück.

Keuchend sank Mark neben der Kloschüssel zusammen und wischte sich die Speichelfäden vom Kinn. Seine Schläfen pochten, und vor seinen Augen schien das kleine Bad im Takt der Schmerzwellen zu pulsieren.

Das ist also sein Plan. Er will sich an Ellen Roth rächen –

wofür auch immer –, und ich *soll es für ihn tun. Dieser ver-*
dammte Dreckskerl!

Aber selbst wenn es ihm gelingen würde, Lara Baumann
ausfindig zu machen, konnte er sie doch nicht umbringen!

Oder doch? Um Doreen zu retten?

Würde er sich tatsächlich von diesem Irren dazu zwingen lassen, zwischen zwei Menschenleben zu entscheiden?

Du musst sie töten!

Du musst …

Sonst …

Er starrte auf die altmodische Kloschüssel, aus der ein
beißender Gestank aufstieg, und ihm kam ein aberwitziger
Gedanke in den Sinn: *Hier kann man nicht nur duschen,*
sondern auch kotzen wie einst Ludwig Erhard.

Ohne zu wissen, wie ihm geschah, begann er zu lachen.
Es war das hysterische Lachen eines Mannes, der mit den
Nerven vollends am Ende war. Das Lachen eines Mannes,
der ernsthaft Gefahr lief, den Verstand zu verlieren. Hoch
und schrill und so laut, dass man es sicher noch auf den
dunklen Korridoren hören konnte.

Er lachte und lachte, bis sein Lachen schließlich in verzweifeltes Weinen überging.

EIN BILD AUS DER HÖLLE (II)

Die Nachtschwester war hübsch, sehr hübsch sogar. Auf dem Namensschild an ihrem blauen Kittel stand *Amanda*. Sie erinnerte ihn ein wenig an die Verkäuferin aus dem Baumarkt, bei der er das Ersatzkabel für den blinkenden Weihnachtsmann gekauft hatte.

Auch Amanda war nicht viel älter als er, höchstens Anfang zwanzig, und auch sie hatte große braune Augen und fast schwarze Haare. Nur dass ihre nicht kurz geschnitten waren wie die der Verkäuferin, sondern vermutlich weit über ihre Schultern reichten, wenn sie nicht wie jetzt zu einem Zopf geflochten waren.

»So, das war's schon«, sagte Amanda, während sie die Luft aus der Manschette um seinen Arm entweichen ließ. »Dein Blutdruck ist wieder ein bisschen hoch, und dein Puls geht gerade auch ziemlich schnell. Der Doktor wird sich das morgen früh mal ansehen. Denkst du denn, du wirst schlafen können?«

»Ja, geht schon«, sagte er, was gelogen war.

Er hatte nicht vor zu schlafen. Nein, ganz bestimmt nicht!

Er wollte nicht wieder die schlimmen Bilder sehen müssen, die ihn Nacht für Nacht im Schlaf verfolgten. Die Ärzte und Therapeuten hatten leicht reden, wenn sie diese Bilder als *notwendige Seelenhygiene* oder eine *wichtige Form der Aufarbeitung* bezeichneten, sie mussten sie ja nicht ertragen.

Seine Mutter im Schnee. Das viele Blut. Ihr Kopf, an dem die Schädeldecke fehlte, weil … weil …

Nein, er hatte genug davon!

Lieber würde er sich auch heute Nacht wieder quälen, wach zu bleiben. Die letzten beiden Nächte hatte es ja ganz gut geklappt. Jedenfalls fast, denn zwischendurch war er dann doch mal eingenickt. Aber er hatte es jedes Mal gerade noch rechtzeitig geschafft, wieder zu sich zu kommen.

Scheiß auf Seelenhygiene und Aufarbeitung! Ich will doch nur meinen Frieden haben!

Doch das konnte er Amanda nicht erzählen. Sie würde es bestimmt nicht verstehen. Das konnte er an ihrem Blick erkennen, als sie ihn jetzt über den kleinen Rollwagen hinweg anschaute, in dem sie den Blutdruckmesser und ihre sonstigen Utensilien verstaut hatte.

»Ich kann dir etwas zum Schlafen geben, wenn du möchtest. Nur was Leichtes, zur Beruhigung.«

Er schüttelte den Kopf und rang sich ein Lächeln ab, das entspannt wirken sollte.

»Nein, danke. Wird schon gehen.«

Um das zu betonen, täuschte er hinter vorgehaltener Hand ein Gähnen vor.

»Na dann, gute Nacht«, sagte Amanda und lächelte.

Es war ein bezauberndes Lächeln, ehrlich und warm. Er wünschte, sie wären sich unter anderen Umständen und an einem anderen Ort begegnet – auch wenn er sich dann wahrscheinlich nicht getraut hätte, sie anzusprechen. So wie er sich jetzt nicht traute, sie darum zu bitten, das Licht anzulassen oder wenigstens die Tür einen Spaltbreit offen.

Schließlich war er nicht nur verdammt schüchtern, sondern auch schon siebzehn. In nicht ganz einem Monat würde er achtzehn werden. Was sollte sie da von ihm

denken, wenn er zugab, dass er sich seit diesem schrecklichen Weihnachten im Dunkeln fürchtete wie ein kleiner Junge?

Nein, er musste das allein durchstehen. Andernfalls
würde er vor Scham im Boden versinken.

Als sie an der Tür angekommen war, sah sie sich noch
einmal zu ihm um.

»Wenn du etwas brauchst, drück einfach auf den Knopf
neben deinem Bett, okay?«

»Okay«, sagte er mit belegter Stimme, und dachte: *dich!
Ich brauche* dich *hier! Von mir aus auch irgendjemand anderen. Hauptsache, ihr lasst mich nicht wieder allein im Dunkeln. Bitte geh nicht! Bitte, bitte, geh nicht! Oder lass wenigstens das Licht an!*

Aber das alles behielt er wie immer für sich, und nachdem ihm Amanda noch einmal eine gute Nacht gewünscht
hatte, schaltete sie das Licht aus und schloss die Tür hinter sich.

Er hörte noch, wie sich das Quietschen ihrer Crocs auf
dem Gang entfernte, dann wurde es totenstill um ihn.

Wahrscheinlich würde Amanda jetzt im Stationszimmer
Berichte schreiben. Vielleicht würde sie auch ein Buch lesen
oder sich einen Film auf dem iPad ansehen, das dort meistens auf dem Tisch unter der Pinnwand herumlag. Aber was
auch immer sie jetzt gerade tat, bei ihr würde Licht brennen. Sie musste keine Angst haben.

Und er?

Er lag reglos in der Dunkelheit und fürchtete sich vor
dem Einschlafen.

Der schmale Lichtstreifen, der durch den unteren Tür-
spalt vom Flur in sein Zimmer drang, war alles, was ihm

blieb. Dieses diffuse Licht, das die Dinge um ihn herum in gespenstische Schemen verwandelte.

Um wach zu bleiben, ließ er den Blick durch den Raum schweifen.

Zu dem Tisch mit den beiden Stühlen.

Zu dem einzigen Fenster, dessen Rollladen jetzt den Blick auf die frostige Februarnacht verdeckte.

Zu dem zweiten Bett, in dem bis vor einigen Tagen noch ein Junge namens Ronny gelegen hatte.

Ronny hatte im Schlaf oft geweint und nach seiner Mutter gerufen, und das war gut gewesen. So hatte ihn der Junge wenigstens wach gehalten. Aber seit seiner Entlassung vor drei Tagen war das Bett leer geblieben und das Zimmer viel zu still.

Hinter dem Bett befand sich die Schrankwand, an der knubbelige Griffe wie schlafende Augen an kurzen Stielen hervorstanden. Augen, die sich jederzeit öffnen und ihn anstarren konnten.

Auch wenn das natürlich absoluter Blödsinn war, vor dem sich nur kleine Kinder fürchteten (und vielleicht auch ein paar Irre, die hier bei ihm in der Klapse waren), schien ihm das jetzt wie eine erschreckend reale Möglichkeit. Denn auch wenn er wusste, dass es nur Türgriffe und keine geschlossenen Augen waren, schien im schummrigen Zwielicht des Raums irgendwie alles möglich zu sein. Erst recht, wenn man nächtelang kaum geschlafen hatte.

Doch die knubbeligen Griffe blieben weiterhin nur knubbelige Griffe. Und auch sonst war da nichts. Nur Stille.

Oder doch nicht?

War da nicht ein Geräusch?

Ja, da war es wieder!

Es kam von gegenüber. Von unter dem Bett. Ronnys Bett, das jetzt doch ein leeres Bett war.

Konnte das sein?

Offenbar schon, denn nun hörte er es wieder. Eine Art Schleifen, das von einem unregelmäßigen, leisen Patschen begleitet wurde.

Erschrocken setzte er sich im Bett auf, kauerte sich am Kopfende gegen die Wand und umklammerte zitternd seine Beine.

Was war das?

Sollte er Amanda rufen? Eigentlich ja, aber was würde die von ihm denken, wenn er wie ein verängstigtes Baby in seinem Bett hockte?

Wahrscheinlich würde sie wieder lächeln, aber diesmal auf eine andere Art. Auf eine Art, die er hier oft zu sehen bekam, und die nichts anderes sagte als: *du armer Irrer*.

Das schleifende Geräusch wurde deutlicher. Jetzt hörte es sich an, als riebe Stoff über eine glatte Oberfläche.

Er saß kerzengerade da und wollte seinen Augen nicht trauen. Da kam tatsächlich etwas unter dem zweiten Bett herausgekrabbelt.

Was passierte hier? Ein Traum konnte es nicht sein, weil er ja wach war, und es war auch keine Einbildung. Ganz bestimmt nicht. Sonst hätte er doch nicht mehr so klar denken können.

Er konnte zwar nur die Umrisse erkennen, aber was da unter dem Bett hervorkroch, schien ein Mädchen zu sein. Ein kleines Mädchen auf allen vieren, und das reibende Geräusch kam von ihrer Schlafanzughose.

Das Mädchen schien etwas auf dem Boden zu suchen, denn es patschte immer wieder mit ihrer kleinen Hand auf das Linoleum. So ähnlich wie damals seine Mutter, als sie auf dem Fliesenboden im Bad nach einer ihrer Kontaktlinsen getastet hatte.

Er wollte rufen, schreien, irgendwas, aber er konnte nicht. Er war wie gelähmt vor Angst.

Das, was er da sah, konnte unmöglich echt sein. Auf dieser ganzen verdammten Station gab es kein kleines Mädchen, das wusste er genau, denn seit Ronnys Entlassung war er der Jüngste hier.

Beim Abendessen heute war sie jedenfalls noch nicht da gewesen, und so spät am Abend nahm man hier niemanden mehr auf.

Auch er hatte die erste Nacht nach den Morden in der Stadtklinik verbracht und war erst am nächsten Morgen in die Waldklinik gebracht worden. So würde das immer ablaufen, hatte ihm ein Pfleger erklärt.

Aber selbst wenn man für dieses Mädchen eine Ausnahme gemacht hatte, hätte Amanda ihm das doch gesagt. Ganz bestimmt hätte sie das. Weil dieses Mädchen ja in seinem Zimmer war.

Amanda!

Nun war ihm alles egal. Er wollte nach ihr rufen oder den gottverdammten Knopf drücken. Sollte sie doch über ihn lachen und ihn für einen Irren halten. Das wäre nicht halb so schlimm wie mit diesem seltsamen Mädchen allein zu sein.

Aber er konnte noch immer keinen Finger rühren und auch nicht schreien. Er konnte nur versteinert dasitzen und auf das Mädchen starren, das jetzt spinnenartig auf ihn zugekrabbelt kam. Näher und näher und immer näher.

Und dann auf einmal erkannte er sie. Trotz des diffusen Lichts sah er die Disney-Figuren auf ihrem Schlafanzug. Micky und Minni, Donald und Daisy, Goofy, Tick, Trick und Track – ja, sogar Kater Karlo und die Panzerknacker.

Seine kleine Schwester hatte genau so einen Schlafanzug gehabt, und das Mädchen, das jetzt dicht an sein Bett herangekrabbelt war, hatte auch die gleichen blonden Locken wie sie. Sie wurden sogar von der gleichen roten Haarklammer zusammengehalten wie die, die seine Schwester zu Weihnachten bekommen hatte.

Und wie um ihm zu zeigen, dass sie tatsächlich seine Schwester war, hob sie nun den Kopf und sah ihn an.

Vor Entsetzen erstarrt schaute er in ihre Augen, die groß und Hilfe suchend zu ihm aufblickten. Diese Augen, die mal fröhlich, mal traurig und manchmal auch schmollend dreingeblickt hatten (immer dann, wenn sie mal nicht wie Mamas und Papas verwöhntes Nesthäkchen behandelt worden war). Sie waren das Einzige, was von ihrem Gesicht noch geblieben war.

Seine Schwester würde nie wieder lachen oder weinen können. Selbst wenn sie nicht tot gewesen wäre, hätte ihr der Mund dazu gefehlt. Denn wo einst ihre Lippen gewesen waren – die sie liebend gern mit ihrem Prinzessin-Lillifee-Lippenstift rosa geschminkt hatte –, grinsten ihm nur noch ein paar blanke weiße Zähne entgegen.

Einen Unterkiefer hatte sie nicht mehr. Den hatte man ihr weggeschossen.

Jetzt wusste er auch, wonach sie suchte.

Ihre Zähne!, durchfuhr es ihn. *Sie sucht ihre Zähne!*

Aber sie würde sie nicht finden. Nicht zu Hause und erst recht nicht hier.

Ihre Zähne waren jetzt in einem Plastikbeutel, zusammen mit den Überresten ihres Unterkiefers. Die Leute von der Spurensicherung hatten sie vom Küchenboden eingesammelt. Sogar die Stücke, die unter das Sideboard gespritzt waren, wo ihre Mutter nicht einmal mit dem Staubsauger hingekommen war.

Und ebenso wie der Kiefer und die Zähne seiner Schwester nicht hier waren, konnte auch sie selbst nicht da sein. Weil sie doch längst beerdigt war.

Und doch war sie hier. Auch wenn er sie nur im schwachen Dämmerlicht sah, war sie so echt wie alles andere im Raum.

Und dann sprach sie. Worte, die sie nicht mehr mit Zunge und Lippen formen konnte, sondern die direkt aus ihrer Kehle kamen.

»Gu hacht gich ungegacht!«, gurgelte sie, und so unverständlich es auch klingen mochte, verstand er doch jedes einzelne Wort.

Du hast mich umgebracht!

Da endlich löste sich seine Starre, und er begann zu kreischen. Ein panisches, gequältes Kreischen wie das eines völlig verängstigten Kindes.

Als Schwester Amanda kurz darauf in sein Zimmer gelaufen kam, lachte sie nicht. Im Gegenteil, sie wirkte selbst ganz erschrocken, als sie ihn kreidebleich und weinend im Bett sitzen sah.

Sie redete besänftigend auf ihn ein, und das tat gut. Er schämte sich nicht vor ihr, sondern weinte hemmungslos weiter, ließ alles aus sich heraus.

Er war ihm nicht einmal peinlich, dass er sich eingenässt hatte. Und als er sich umgezogen und Amanda sein Bett

frisch bezogen hatte, nahm er dankbar das Beruhigungsmittel an, das sie ihm reichte.

Sie würde bei ihm bleiben, bis die Tablette wirkte, versprach sie. Und dann setzte sie sich neben sein Bett, wie früher seine Mutter, wenn er schlecht geträumt hatte.

All das nahm er gerne an, solange nur der schlimme
Spuk zu Ende war.

Und das war er.

Jedenfalls für diese Nacht.

Teil 2

DER GOTT DER RACHE

*»Locked in the room in the corner you see
A voice is waiting for me, to set it free,
I got the key«*

Russ Ballard
»Voices«

Kapitel 18

Mark hatte schon lange kein Klinikgelände mehr betreten. Das letzte Mal war an jenem warmen Sommerabend in Frankfurt vor zwei Jahren gewesen, an dem er seiner beruflichen Karriere ein Ende setzen sollte.

Damals war er nach Ende der Spätschicht zum Personalparkplatz gegangen, wo ihm ein Kerl namens Lars Weslowski aufgelauert hatte.

Später hatte Weslowski vor Gericht erklärt, er habe nicht spezifisch auf Mark gewartet, sondern einfach auf irgendeinen Arzt. Er habe sich nur deshalb für Mark entschieden, weil dieser seinen Wagen unter einer defekten Straßenlaterne geparkt hatte. Im Dunkeln sei es einfacher gewesen, ihn abzupassen. Außerdem erfuhr Mark beim Prozess, dass Weslowski in Drogenkreisen aktiv war und sich auf diese Weise Nachschub besorgen wollte.

Auf dem Parkplatz hatte Mark ihn viel zu spät bemerkt, auch wenn das nicht nur an der defekten Laterne gelegen hatte. Zum einen war Mark in Gedanken noch bei seinem letzten Patientengespräch gewesen – einer Frau, die ihre sechsjährigen Zwillinge kurz nacheinander durch eine seltene Blutkrankheit verloren und danach einen Suizidversuch unternommen hatte. Aber vor allem hatte er sich, wie schon seit Längerem, während des Dienstes immer wieder aus der Mineralwasserflasche auf seinem Schreibtisch bedient. Deren Inhalt war zwar klar gewesen, aber es hatte sich keineswegs um Wasser gehandelt. Deshalb hatte er auch vorgehabt, nur seine Jacke aus dem Volvo zu holen und dann den Bus nach Hause zu nehmen.

Aber dann war plötzlich dieser Lars Weslowski auf ihn losgegangen. Er hatte Mark mit einem Springmesser bedroht und ihn aufgefordert, seinen Rezeptblock rauszurücken. Das hätte Mark aber selbst dann nicht gekonnt, wenn er es gewollt hätte. Sein Stapel mit Blankorezepten hatte sich wie immer gut gesichert im Schreibtisch seiner Sprechstundenhilfe befunden.

Doch Mark hatte sich gar nicht erst die Mühe gemacht, Weslowski diesen Sachverhalt zu erklären. Stattdessen hatte er das Springmesser in der zitternden Hand des Junkies vollkommen ignoriert und war direkt und ohne Kommentar zum Gegenangriff übergegangen.

Zwar hatte er dabei wie ein Arzt zugeschlagen und Kehle und Schläfen seines Gegners verschont, aber Weslowski war dennoch erst nach einem achtwöchigen Krankenhausaufenthalt vernehmungs- und prozessfähig gewesen. Und das auch nur, weil der Zufall es so gewollt hatte, dass eine Polizeistreife noch rechtzeitig hinzugekommen war und den völlig ausgerasteten Arzt von ihm heruntergezerrt hatte.

Hätten die beiden Polizisten nicht kurz zuvor einen neuen Gast in der forensischen Abteilung der psychiatrischen Klinik abgeliefert, wäre die Sache für Lars Weslowski nicht so glimpflich ausgegangen.

Dabei hatte sich Marks Wutanfall damals nur zu einem kleinen Teil auf Weslowski persönlich gerichtet. Vielmehr hatten seine Faustschläge dem Unbekannten gegolten, der Tanjas Leben ausgelöscht und sein eigenes ruiniert hatte.

An jenem Abend hatte man bei Mark einen Alkoholpegel von 2,4 Promille gemessen. Dass er dennoch in der Lage gewesen war, seinen Dienst zu tun und sich bewusst dafür zu entscheiden, den Bus statt seines Wagens zu nehmen, hatte ihn mindestens ebenso erschreckt wie die Erkenntnis, dass er offenbar durchaus in der Lage war, einen Menschen zu töten.

Tanjas Mörder hatte ihn zu einem Monster gemacht. Aber das war nicht mal das Schlimmste. Noch schlimmer war, dass er es zugelassen hatte.

Ja, es gab Menschen, die einen in die Hölle bringen konnten, aber den Weg dorthin ging man immer selbst. Und wenn man es tat, war man nicht mehr weit vom Wahnsinn entfernt.

Daran dachte er nun, als er ein altvertrautes Schild passierte:

Willkommen in der
WALDKLINIK
Fachkrankenhaus für Psychiatrie,
Psychotherapie und Psychosomatik

Kapitel 19

Wie auch in der Stadt hatte sich auf dem Klinikgelände in den letzten zehn Jahren einiges verändert. Man hatte mehrere der großen Ahornbäume gefällt und durch Blumenbeete und Sträucher ersetzt, sodass die waldähnliche Parkanlage selbst an diesem stürmischen Morgen ein wenig heller und freundlicher wirkte. Zwischen den Beeten standen mehrere neue Skulpturen, von denen der Regen troff, und in der Nähe der Haupteinfahrt hatte man eine kleine Kapelle errichtet.

Auch die alte Professorenvilla aus den Gründungstagen der einstigen Nervenheilanstalt gab es nicht mehr. An ihrer Stelle ragte nun ein Neubau auf, in dem sich laut Beschriftung die Station für Kinder- und Jugendpsychiatrie befand.

Die Station, für die man zu meiner Zeit noch Spenden gesammelt hat, dachte Mark. *Und bestimmt noch eine Zeit lang darüber hinaus.*

Gleich daneben, wo einst die Personalkantine gestanden hatte, wurde nun an einem Ärztehaus gebaut, wie die Bauplakate verkündeten, und die graue Leichenhalle war einem weiß verputzten Kantinengebäude mit großen Fensterflächen gewichen. Die Planer schienen sich entweder nichts dabei gedacht zu haben oder sie hatten einen makabren Sinn für Humor.

Aber auch wenn ihm jetzt vieles neu und befremdlich vorkam, gab es doch auch Dinge, die dem Wandel der Zeit getrotzt hatten. Der alte Flachbau im Osten des Geländes beherbergte noch immer Station 9, und dort gehörte Konrad Fuhrmann – der im Kollegenkreis darauf bestand, dass man ihn Konni nannte – auch heute noch zum Pflegepersonal.

Das hatte Mark bei seiner Recherche während des Frühstücks herausgefunden, auch wenn die WLAN-Verbindung im Hotel quälend langsam gewesen war. Und da er den Pfleger nicht telefonisch bei sich zu Hause erreicht hatte, war die Wahrscheinlichkeit hoch, dass Konni heute im Dienst war.

Zumindest setzte Mark seine ganze Hoffnung darauf, als er nun an der Tür läutete, die zu der geschlossenen Abteilung führte. Er brauchte Informationen, die er auf offiziellem Weg nicht erhalten würde, und ein lebendes Inventar wie Konni war da die beste Infoquelle.

Seine Hoffnung zahlte sich aus, denn Konni Fuhrmann öffnete ihm höchstpersönlich.

»Ja bitte?«, sagte der kräftig gebaute Pfleger und musterte Mark mit skeptischem Blick, der einem schlagartigen Erkennen wich. »Dr. Behrendt?«

»Hallo Konni. Lange nicht mehr gesehen.«

»Mensch, das ist ja mal eine Überraschung!«, erwiderte Konni freudig. »Ich hätte Sie gerade fast nicht erkannt. Die längeren Haare ... und Sie sind schmaler geworden.«

Was für eine höfliche Umschreibung dafür, wie beschissen ich inzwischen aussehe, dachte Mark und rang sich ein Lächeln ab.

»Die Zeit macht eben vor niemandem halt«, sagte er, wobei er sich eingestehen musste, dass das mehr auf ihn selbst als auf Konni zutraf. Zwar hatten die letzten zehn Jahre dem Pfleger ein paar Falten und einige graue Strähnen in seiner blonden Bürstenfrisur beschert, aber sonst sah er noch so aus wie früher und er schien noch immer Stammgast im Fitnessstudio zu sein.

»Was verschlägt Sie denn hierher, Doc?«, fragte er mit einem Strahlen, das sich über sein ganzes Gesicht zog.

Mark musste grinsen. Irgendwie fühlte es sich gerade an, als ob er nach langer Zeit einen Besuch in der Heimat machte.

»Die Sehnsucht, Konni. Die pure Sehnsucht. Haben Sie einen Moment Zeit für mich?«

»Aber klar doch, Doc. Für Sie immer. Dann mal nichts wie rein in die gute Stube.«

Nachdem Mark eingetreten war, ließ Konni die Tür wieder zuschnappen. Sofort blinkte ein rotes Lämpchen über einem numerischen Tastenfeld auf, in das der Code für das Türschloss eingegeben werden musste.

»Na, erkennen Sie Ihre alte Wirkungsstätte wieder?«, fragte Konni.

»Aber ja doch«, sagte Mark. »Sieht fast noch genauso aus wie damals.«

»Nicht nur fast, Doc. Es sieht noch *ganz genauso* aus wie damals.« Konni verdrehte die Augen. »Die Klinikleitung verspricht uns zwar immer wieder die längst überfällige Renovierung, aber jetzt steckt man das ganze Geld lieber in die Neubauten. Irgendwann werden wir dann wohl in einen davon umziehen, und die alte Kiste hier wird plattgemacht. Soll mir ja recht sein. Apropos, haben Sie schon gesehen, wo jetzt die neue Kantine steht?«

»Oh ja! Wie schmeckt das Essen denn da?«

Konni lachte. »Noch genauso schlimm wie früher, aber dafür mit einer ganz besonderen Note. Was ist, wollen Sie einen Kaffee? Ihr Nachfolger hat den tollen Automaten, den Sie uns hinterlassen haben, zwar mitgenommen, aber der Kaffee von Schwester Nadja ist auch nicht zu verachten.«

Mark bejahte, woraufhin der Pfleger im Stationszimmer verschwand und gleich darauf mit zwei dampfenden Bechern zurückkam.

»Gehen wir ein bisschen raus«, schlug Konni vor. »Die Meute hat schon gefrühstückt, und die meisten sind jetzt bei der Therapie. Da haben Sie sich genau die richtige Tageszeit für Ihren Besuch ausgesucht.«

Als sie an dem Zimmer mit der Nummer 7 vorbeikamen, verspürte Mark einen seltsamen Schauder. Für einen Moment war ihm, als habe ein kalter Luftzug seinen Nacken gestreift. Das war natürlich Unsinn, das alte Gebäude mochte zwar renovierungsbedürftig sein, aber zugig war es hier sicher nicht. Trotzdem war ihm dieser Schauder real vorgekommen.

Dann wurde ihm klar, woran sich sein Unterbewusstsein bereits erinnert hatte. Dies war einst das Zimmer der rätselhaften Patientin gewesen, von der Ellen ihm erzählt hatte. Die namenlose Frau, die er nie zu Gesicht bekommen hatte, weil sie …

Weil der Schwarze Mann sie geholt hat, dachte er, und fröstelte wieder.

Die Tür zu Zimmer 7 stand offen. Wie auch damals gab es nur ein Bett darin. Es war unbenutzt und frisch bezogen, als wartete es im kaltgrauen Vormittagslicht geduldig auf seinen nächsten Gast. Vielleicht auf jemanden, der körperlose Stimmen hörte, sich vor Dingen fürchtete, die niemand anders sehen konnte, oder sich von jemandem oder etwas verfolgt fühlte – wie einst jene unheimliche Patientin.

»Kommen Sie, Doc!« Konni hielt ihm die Tür zum Innenhof auf und zwinkerte ihm zu. »In einem Punkt hat sich hier nämlich tatsächlich etwas geändert bei uns. Da draußen gibt es jetzt eine Überdachung.«

Sie betraten das kleine Atrium der Station. Der Innenhof mit den Pflanzkübeln in der Mitte war eigentlich zum Ausspannen für die Patienten gedacht, die noch keinen Ausgang hatten. Tatsächlich war es aber schon immer viel mehr der Raucherbereich gewesen. Aus diesem Grund hatte man nun wohl zu beiden Seiten Glasüberdachungen angebracht, damit man auch bei schlechtem Wetter seiner Nikotinsucht frönen konnte.

Unter dem Glasdach zu ihrer Linken hatten zwei Patientinnen Unterschlupf vor dem Regen gesucht. Sie standen schweigend und rauchend da und sahen zu ihnen herüber. Beide hielten die Köpfe leicht gesenkt, was entweder auf Angst oder Argwohn oder beides schließen ließ. Deshalb stellten sich Mark und Konni in größerem Abstand unter das zweite Vordach, und Konni hielt Mark ein Päckchen Gauloises hin.

»Auch eine?«

Mark schüttelte den Kopf. Früher hatte er eine Camel nach der nächsten gequalmt, aber seit Tanjas Tod hatte er keine Zigarette mehr angerührt. Ihm wurde schon übel, wenn er nur ans Rauchen dachte. Weil es ihn jedes Mal mit der unausweichlichen Frage konfrontierte, ob Tanja vielleicht noch am Leben wäre, wenn er damals nicht seine Zigarette ausgedrückt hätte und deswegen ein paar Schritte hinter ihr geblieben war. Ob Ares dann *ihn* überfahren hätte, und nicht sie.

»Nein, danke«, sagte er. »Ich habe schon vor einer Weile damit aufgehört.«

»Respekt! Ich hab es noch immer nicht geschafft«, sagte Konni anerkennend und steckte sich eine an. »Dabei wollte ich es damals nach der Sache mit dem alten Liebwerk ernsthaft bleiben lassen. Hab sogar ganze drei Wochen durchgehalten. Aber dann … Na ja, die alten Gewohnheiten eben. Und beim Training habe ich es bis jetzt noch kaum gemerkt. Na ja, ein bisschen vielleicht.«

Mark hob die Brauen. »Liebwerk? War das nicht der Archivar?«

»Genau der«, sagte Konni und schnippte Asche in einen mit Sand gefüllten Behälter. »Der hat ja ständig gequalmt. Wie ein kaputter Ofen. Tja, das hat sich dann übel gerächt.«

»Lungenkarzinom?«

»Schlimmer, Doc. Er ist verbrannt.«

»*Verbrannt?*«

»Ja, Sie haben schon richtig gehört. Ich glaube, das war kurz nachdem Sie weggegangen sind. Herrje, in dem Winter hat sich so einiges bei uns getan, das sage ich Ihnen.«

Mark pfiff durch die Zähne. »Tut mir leid, das zu hören. Ich mochte den alten Kerl. War ziemlich kauzig, aber immer hilfsbereit.«

»Das war er wirklich«, sagte Konni. »Ein Glück, dass er den ganzen Zinnober, den er angerichtet hat, danach nicht mehr mitbekommen hat.«

»Wieso? Ist es etwa hier passiert?«

»Ja, in seinem Archiv. Ist alles abgefackelt, war kaum noch was übrig, von ihm und den ganzen Unterlagen. Danach hat es ordentlich Ärger mit den Behörden gegeben. Vor allem mit den Krankenkassen. Das Gebäude war zwar theoretisch brandsicher, aber die Planer hatten wohl nicht mit einem kettenrauchenden Archivar gerechnet. Ging alles in Flammen auf, die ganzen Akten. Wir hatten zwar schon auf das neue KIS umgestellt ...«

»KIS?«, unterbrach ihn Mark.

»Ähm, das ist die Abkürzung für unser Krankenhausinformationssystem«, erklärte Konni. »Nun, jedenfalls waren bis zu dem Brand nur die aktuellen Patientenakten erfasst worden. Die alten hatte man noch nicht digitalisiert, und dann sind sie eben buchstäblich über Nacht zu Asche zerfallen.«

»Scheiße«, murmelte Mark. »Das klingt nach einer ganzen Menge Ärger.«

»Das können Sie laut sagen, Doc. Aber das war noch

längst nicht alles. In Wirklichkeit steckte da eine verdammt abenteuerliche Geschichte dahinter.«

So spannend sich das auch anhörte, merkte Mark dennoch, wie er langsam nervös wurde. Schließlich hatte er Konni nicht aufgesucht, um mit ihm in Anekdoten zu schwelgen.

Als der Pfleger sich nun einen weiteren *Sargnagel* – wie er es nannte – ansteckte, nutzte Mark seine Chance.

»Konni, ich würde Sie gern etwas fragen.«

»Klar, nur zu«, sagte dieser, während er mit seinem BIC-Feuerzeug hantierte, das sich jedoch weigerte, eine Flamme zu produzieren.

»Ich habe mich gefragt, was aus Lara Baumann geworden ist. Wissen Sie etwas darüber?«

Konni ließ das Feuerzeug sinken und nahm die Zigarette aus dem Mund.

»Lara Baumann«, sagte er und seufzte. »Ja, das war auch so eine irre Geschichte. Wissen Sie, selbst nach all den Jahren ist sie für mich immer noch Frau Dr. Roth. Verrückt, oder?«

»Überhaupt nicht«, sagte Mark. »Ich weiß genau, was Sie meinen. Mir geht es da nicht anders.«

Der Pfleger richtete den Blick auf die Wand, als würde er auf dem nikotingelben Putz ein besonders trauriges Bild betrachten.

»Ich habe sie nach der ganzen Sache lange nicht mehr gesehen«, sagte er leise. »Sie war einige Jahre auf der geschlossenen Frauenstation in Haus 63. Aber dann, vor ein oder zwei Jahren, ist sie mir ab und zu beim therapeutischen Spaziergang auf dem Gelände begegnet. Immer in Begleitung des Pflegepersonals und ihrer Mitpatientinnen, weil das wohl die gerichtliche Auflage war. Sie ist immer als Letzte gegangen, und sie hat nie etwas gesagt. Die anderen Frauen haben geplappert und jeden Mann angequatscht, an dem sie vorbeigekommen sind. Sie kennen das ja, weggesperrte Frauen sind genauso schlimm wie weggesperrte Männer, manchmal sogar noch schlimmer. Aber so war sie nicht. Sie blieb immer stumm. Sie hat mich auch gar nicht erkannt. Ich glaube, sie erkennt niemanden mehr von früher. Wirkte total scheu und hat immer nur vor sich auf den Boden geschaut. Wie so ein kleines Mädchen.«

Er sah Mark traurig an, und dann versuchte er abermals vergeblich, seine Zigarette anzuzünden.

»Und wo ist sie jetzt?«, wollte Mark wissen.

Konni gab seine fruchtlosen Versuche auf und steckte Zigarette und Feuerzeug wieder in seinen Kittel.

»Entlassen. Soweit ich weiß, vor zwei oder drei Monaten. Sie wird jetzt von Marion Leutke betreut. Erinnern Sie sich noch an die?«

»Schwester Marion?«, fragte Mark erstaunt. Natürlich erinnerte er sich an die übergewichtige Schwester von einst, die ihn mit ihrer Fürsorglichkeit und Religiosität oft an die Grenzen seiner Geduld getrieben hatte.

»Genau die.« Konni grinste. »Sie hatte erst rüber auf die Kinder- und Jugendstation gewechselt, und dann hat sie sich vor drei Jahren oder so als Betreuerin selbstständig gemacht. Unter uns gesagt vermissen wir sie hier nicht so wirklich. Ihre Art konnte einem manchmal echt auf den Wecker gehen. Dieses theatralische Getue und ihr Jesus-Spleen immer. Herrje, war das nervig! Wissen Sie noch, wie sie für unsere Patienten ein Tischgebet durchsetzen wollte?«

»Oh ja, stimmt, das war typisch Marion«, sagte Mark,

doch inzwischen musste er sich das Grinsen und den Plauderton abringen. In Gedanken war er jetzt ganz bei Lara Baumann.

Nun wusste er, warum sich Ares ausgerechnet jetzt bei ihm gemeldet hatte. Auch er musste von ihrer Entlassung erfahren haben. Die Zeit ihrer gerichtlichen Unterbringung in der Klinik war abgelaufen, und scheinbar war sie nun wieder in der Lage, ein eigenständiges Leben zu führen.

Mark trank einen Schluck Kaffee und räusperte sich.

»Sagen Sie mal, Konni, kann ich Sie um einen Gefallen bitten?«

»Klar doch. Was ist es denn?«

»Nun, ich weiß, es verstößt gegen Ihre Vorschriften, aber mich würde wirklich sehr interessieren, was aus Lara geworden ist. Marion möchte ich deswegen nicht so gern fragen, weil wir ... Na ja, wir sind damals nicht gerade in Freundschaft auseinandergegangen. Sie verstehen?«

»Und ob«, erwiderte Konni und sah ihn ernst an. »Sie hat ganz schön über Sie gewettert, als Sie weg waren, weil Sie Frau Dr. Roth ... ich meine natürlich *Frau Baumann* alleingelassen haben. Wussten Sie das?«

»Ja, ich kann es mir denken. Aber was hätte ich damals tun sollen? Lara musste doch erst in ihr neues Leben finden, und da wäre ich als Kollege ihres ehemaligen Ichs nur im Weg gewesen.«

Konni nickte. »Mir müssen Sie das nicht erklären, Doc. An Ihrer Stelle hätte ich genau dasselbe getan.«

»Können Sie mir dann jetzt helfen? Ich würde sie einfach nur gern sehen, um zu wissen, was aus ihr geworden ist. Ob es ihr gut geht.«

Obwohl das sogar teilweise der Wahrheit entsprach,

fühlte Mark sich schäbig. Nein, mehr noch: In diesem Moment verachtete er sich selbst. Immerhin erkundigte er sich nicht freiwillig nach ihr, und unter anderen Umständen hätte er Lara Baumann auch weiterhin in Ruhe gelassen. Doch die Drohung des Unbekannten echote noch in ihm nach.

Du musst sie töten!

... sie töten!

Sonst ...

»Normalerweise würde ich jetzt sagen, dass das nicht geht«, sagte Konni. »Wegen dem Datenschutz und so. Aber Sie haben ihr damals das Leben gerettet, deswegen haben Sie meiner Meinung nach ein Recht darauf zu erfahren, was aus ihr geworden ist. Und es stimmt schon, von Marion würden Sie höchstens eine gepfefferte Abfuhr bekommen.«

»Das sehe ich auch so«, sagte Mark. »Die würde mich zum Teufel jagen, wo ich ihrer Meinung nach wohl auch hingehöre.«

Konni schüttelte amüsiert den Kopf. »Ah, ah, Doc, die würde Sie eher in einem Weihwasserkessel ertränken. Warten Sie hier, ich bin gleich wieder zurück.«

Damit verschwand er ins Gebäude, um das Krankenhausinformationssystem nach Laras Adresse zu befragen.

Als Mark ihm nachsah, nahm er plötzlich aus dem Augenwinkel eine Bewegung hinter sich wahr und drehte sich um. Vor ihm stand eine der beiden Frauen aus der anderen Raucherecke.

»He du«, sagte sie mit rauer Stimme. »Ich kenne dich doch.«

Kapitel 20

Mark blickte in ein verbrauchtes Gesicht, das etwas erschreckend Vertrautes hatte. Unter den regelmäßigen Teilnehmern seiner Selbsthilfegruppe hatte es mehrere gegeben – Männer und Frauen –, die der langjährige Alkoholmissbrauch derart gezeichnet hatte. Grobporige Haut durchzogen von einem violetten Gewirr geplatzter Äderchen, die Nase knollenartig verwuchert, und die Wangen so aufgedunsen, dass die Augen fast dahinter verschwanden. Dazu kamen die langen, strähnigen Haare der Frau, die ihren verwahrlosten Eindruck erst recht betonten.

So hätte ich auch enden können, wenn ich noch ein paar Jahre weitergesoffen hätte, dachte er.

»Ja, ich kenn dich«, raunte die Frau ihm wieder zu. »Ich kenn dich sogar ganz genau.«

»Ich glaube, da irren Sie sich«, sagte er freundlich. »Ich wüsste nicht, dass wir uns schon mal begegnet wären.«

Sie grinste, und ihre gesprungenen Lippen gaben die Sicht auf eine Reihe kariöser Zähne frei.

»Um einen wie dich zu erkennen, muss man sich nicht schon mal über'n Weg gelaufen sein. Du bist nämlich wie mein Eddi. Gibst anderen auch gern mal eins auf die Fresse, was? Stimmt doch, oder? Ich seh's in deinen Augen. So zornig war mein Eddi auch immer. Hab ihn trotzdem geliebt, den blöden Arsch.«

Mark schluckte. Er konnte sich nicht erinnern, dass ihn eine Patientin jemals so verunsichert hätte.

»Mein Eddi hat genauso geschaut wie du«, sagte die

Frau, noch immer grinsend. »Wie'n Wolf im Schafspelz. Aber er konnte auch nett sein. Du bestimmt auch, oder?«

Sie machte einen weiteren Schritt auf ihn zu, und er wäre am liebsten vor ihr zurückgewichen. Erst recht, als ihr Grinsen plötzlich anzüglich wurde.

»Er hat's gemocht, wenn ich's ihm mit dem Mund gemacht hab«, flüsterte sie ihm zu. »Magst du das auch? Soll ich's dir auch so machen?«

Mark schüttelte den Kopf. »Kein Interesse, danke.«

Sie lachte heiser und trat dann wieder ein Stück zurück. »Schwein gehabt. Ich hätt ihn dir sonst abgebissen. Also komm mir ja nicht zu nah, kapiert?«

»Hey, Silvia, was soll denn das?«

Konni war soeben zurück ins Freie getreten und bedachte sie mit einem tadelnden Blick.

»Also wirklich, Silvia, du solltest dich was schämen! Dr. Behrendt ist hier zu Besuch. Behandelt man so vielleicht einen Gast?«

»Der ist doch kein Gast, Konni«, sagte sie und rümpfte die knollige Nase. »Der gehört doch zu uns. Ist auch nur so'n Monster, wie alle hier.«

Dann ging sie zu ihrer Mitpatientin zurück, ohne die Männer noch eines weiteren Blickes zu würdigen.

Konni bedachte Mark mit einem amüsierten Blick. »Hat sie Ihnen auch einen Blowjob angeboten?«

»Ja, hat sie. Aber der wäre dann wohl buchstäblich einmalig gewesen.«

»Oh ja«, sagte Konni. »So wie bei ihrem Mann. Der Kerl hat sie über viele Jahre verprügelt, und irgendwann hat sie sich dann bei ihm revanchiert. Wäre er damals nicht verblutet, müsste er jetzt im Sitzen pinkeln.«

»Autsch!«, stieß Mark aus, und ihm ging die letzte Bemerkung der Frau durch den Kopf.

Der ist doch auch nur so'n Monster.

Er fragte sich, ob sie recht hatte. Ob er wirklich ein Monster war, ein Wolf im Schafspelz.

»Hier, das ist für Sie, Doc.« Konni drückte Mark einen klein gefalteten Notizzettel in die Hand. »Sagen Sie aber bitte niemandem, von wem Sie die Adresse haben. Auch Frau Baumann nicht. Okay?«

»Welche Adresse?«, fragte Mark, und Konni schmunzelte.

Es war fast wie in alten Zeiten.

Kapitel 21

»Das schmeckt wie Scheiße!«, schimpfte die alte Frau, die mit einem Frühstückstablett in ihrem Bett saß. »Zwingt man Sie auch dazu, Scheiße zu essen, oder sind Sie der Koch dieses Hotels, der das da verbrochen hat?«

»Weder noch«, erwiderte er angespannt. »Ich bin ein Handwerker, und wir sind hier auch nicht im Hotel, sondern im Pflegeheim.«

»Dachte ich mir schon, dass Sie kein Koch sein können. Bei dem Bart! So einen haarigen Kerl lässt man besser nicht in die Küche.«

»He, was machen Sie denn da?«

Die junge Pflegerin stand jetzt in der Tür und sah ihn

überrascht an. Er hatte sie vorhin gerade noch rechtzeitig auf dem Gang gehört und war zu der alten Frau ins Zimmer gehuscht.

Eigentlich lief gerade die morgendliche Personalbesprechung, und er hatte gehofft, allein zu bleiben. Aber so jung, wie die Pflegerin aussah, war sie wahrscheinlich noch in Ausbildung, und dem Wagen auf dem Gang nach zu urteilen hatte man sie dazu verdonnert, nach dem Frühstück die Tabletts einzusammeln.

Deshalb blickte sie wohl auch so mürrisch drein. Weil sie als Einzige schuften musste, während alle anderen im Personalraum schon beim Kaffee saßen.

»Ich schaue nur kurz nach den Heizkörpern«, erklärte er, und hoffte, dass die Pflegerin auf sein professionelles Lächeln und den blauen Arbeitsanzug hereinfiel.

Er hätte natürlich auch einfach zur Besuchszeit kommen können, aber Besucher wurden *wahrgenommen*, Handwerker und Monteure hingegen wurden meist ignoriert. Jedenfalls solange sie niemandem im Weg waren oder das Pech hatten, einer dementen Achtzigjährigen aufzufallen.

»Ein kräftiger junger Mann, und dazu auch noch in Uniform«, mischte sich die alte Frau im Bett ein und bedachte die Pflegerin mit einem verschwörerischen Zwinkern. »Der wäre doch was für Sie, Schwester Pia. Weil Ihnen doch der Freund weggelaufen ist.«

Die Angesprochene errötete leicht, überging diesen Kommentar aber und sah ihn skeptisch an.

»Die Heizkörper? Was ist mit denen denn nicht in Ordnung?«

»Nichts, ich muss sie nur entlüften.«

Er hob wie zum Beweis einen kleinen Ventilschlüssel.

Den hatte er sich, ebenso wie den Arbeitsanzug, extra im Baumarkt besorgt.

»Wir mussten vorhin kurz die Heizanlage runterfahren, um eine undichte Verbindung auszutauschen. Dabei kommt Luft in die Leitungen, und wenn man die dann nicht wieder ablässt, werden die Heizkörper nicht mehr richtig warm und fangen an zu blubbern.«

»Dann machen Sie aber mal schnell, junger Mann«, krähte die alte Frau im Bett. »Hier kommt man sich sowieso schon vor wie im Kühlschrank. Ich habe immer kalte Füße. Die hatte ich früher nie, als ich noch jung und knackig war.«

Pia ignorierte auch diesen Kommentar. »Aha. Damit kenne ich mich nicht aus. Wir haben daheim eine Fußbodenheizung. Dauert so ein Entlüften denn lange?«

Er schüttelte den Kopf. »Nein, das geht ganz schnell. Ich muss nur kurz in alle Räume, und dann bin ich auch schon wieder weg.«

»Okay, aber in den Personalraum können Sie jetzt nicht. Da ist gerade Morgenbesprechung.«

Was du nicht sagst, dachte er, und lächelte erneut sein perfektes Service-Lächeln. »Kein Problem, dann gehe ich zuerst in alle anderen Zimmer.«

Damit schien die junge Pflegerin zufrieden zu sein. Zumindest wirkte sie nun etwas freundlicher.

»Also gut, aber beeilen Sie sich. Und *Sie* essen endlich Ihr Frühstück, Frau Strobel! Wenn ich nachher zurückkomme, ist der Teller leer, verstanden?«

Kaum hatte Schwester Pia ihnen den Rücken zugekehrt, streckte ihr die alte Frau die Zunge heraus. Dann wandte sie sich wieder ihm zu und grinste schelmisch.

»Wenn die Pia Sie nicht will, heiraten Sie dann mich? Ich war mal ein echt heißer Feger. Aber den blöden Rauschebart müssen Sie dann abrasieren. Also, was ist? Akzeptieren Sie meinen Antrag?«

Er deutete auf ihr Tablett. »Nur, wenn Sie Ihr Rührei aufessen.«

Die Alte verzog das Gesicht. »Dann eben nicht. Das Zeug schmeckt nämlich eklig. Wie Scheiße!«

Schmollend sah sie zum Fenster, nur um gleich darauf versonnen zu lächeln, als sie eine Amsel erblickte, die auf ihrem Fensterbrett vor dem strömenden Regen Schutz suchte. Und damit schien sie den potenziellen Heiratskandidaten auch schon vergessen zu haben.

Er wartete noch, bis Pias Schritte am anderen Ende des Ganges verhallt waren, dann ging auch er hinaus.

Das Zimmer, in das er eigentlich wollte, lag genau gegenüber. Aber dort hätte er sich auf keinen Fall erwischen lassen wollen.

Als er eintrat, roch es nicht nach Rührei und es gab auch kein Tablett mit Frühstück. Der Mann, der dort im Bett lag und einen süßlichen Uringeruch verströmte, würde nie wieder etwas essen können. Sein Kopf, und vor allem sein Gesicht, waren derart verunstaltet, dass er über eine Magensonde ernährt werden musste.

Das, was von diesem Mann noch übrig war, erinnerte ihn an ein Zerrbild aus einem Spiegelkabinett. Oder an den kläglich gescheiterten Versuch, einen menschlichen Schädel aus gelblicher Knetmasse zu formen.

Ein Auge hatte sich dauerhaft in der Höhle verdreht, sodass nur noch das Weiße zu sehen war. Das andere glotzte suchend umher, um zu erkennen, wer sich ihm da näherte.

Dem Mann im blauen Anzug wurde schlecht von diesem süßlichen Geruch und dem noch übleren Anblick. Doch beides war nichts im Vergleich zu der Verachtung, die er diesem Subjekt im Bett entgegenbrachte. Es war kaum zu ertragen.

»Hallo, Hackfresse«, sagte er ruhig. »Lange nicht mehr gesehen.«

Nun weitete sich das eine Auge und begann noch heftiger hin und her zu zucken.

Dieser Anblick amüsierte ihn auf eine finstere Art.

»Willst du nach Hilfe rufen?«, spottete er. »Ach herrje, das kannst du ja gar nicht! Dazu müsstest du dich bewegen können. Soll ich für dich auf den Knopf drücken?«

Er streckte eine Hand nach der Fernbedienung am Nachttisch aus. Für einen Augenblick ließ er den Zeigefinger über dem roten Knopf mit dem Schwesternsymbol schweben. Dann trat er wieder zurück und lachte leise.

»Nichts für ungut, Hackfresse. Ich habe nur Spaß gemacht. Wir beide sollten lieber unter uns bleiben, findest du nicht?«

Er öffnete den Reißverschluss seiner Arbeitsjacke und griff in die Innentasche.

»Schau mal, ich habe dir etwas mitgebracht. Aber freu dich nicht zu früh, es wird dir nämlich bestimmt nicht gefallen.«

Er zog die Hand aus der Jacke, und das Knetmassengesicht mit dem einen Auge begann wie wild zu zucken. Und als er sich nun zu dem Mann im Bett hinabbeugte, drang aus dem Loch, das einst ein Mund gewesen war, ein verzweifeltes Stöhnen.

Kapitel 22

Das Haus, in dem Lara Baumann nun wohnte, befand sich im Ortskern der kleinen Marktgemeinde Steinbach, die etwa dreißig Kilometer von Fahlenberg entfernt lag. Es war ein schlichtes weißes Mehrfamilienhaus mit vier Parteien, das sich an fünf weitere Gebäude im selben unscheinbaren Baustil reihte.

Ein guter Rückzugsort, dachte Mark, und sah zu der Bushaltestelle, die sich nur wenige Meter von der Hausreihe entfernt befand. *Nahe genug an allem dran, um die Welt erkunden zu können, die jetzt fremd für sie sein muss, und doch so abgelegen, dass sie Ruhe finden kann, wenn ihr die Exkursionen zu viel werden.*

Er lief durch den Regen unter das kleine Vordach am Eingang. Im Gegensatz zu Doreen hatte Lara ihr Klingelschild beschriftet. Er spürte seine Aufregung, als er den Klingelknopf drückte, und fragte sich, wie diese Begegnung für sie beide wohl werden würde. Ob Lara überhaupt wusste, wer er war, und ob sie ihm helfen konnte – oder wollte.

Die Fahrt hierher hatte ihn eine weitere halbe Stunde gekostet. Nun war es halb elf, und ihm blieben nur noch zweiunddreißig Stunden, um das Ultimatum zu erfüllen.

Doch niemand reagierte auf sein Klingeln. Weder meldete sich die Gegensprechanlage noch summte der Türöffner. Auch nicht, als er es erneut versuchte.

»Zu wem wollen Sie denn?«, hörte er plötzlich eine schwer atmende Frauenstimme hinter sich.

Er sah sich zu der Joggerin um, die vor dem Treppenabsatz stand und sich schnaufend auf ihre Schenkel stützte.

Für einen Augenblick erlag er der Täuschung, dass es Lara war.

Nein, nicht Lara, sondern Ellen. Ellen, die gerade von ihrem täglichen Lauf auf dem Fitness-Pfad zurückkehrt. Ellen, die für den Fahlenberger Marathon trainiert, der unserer Klinik Spenden einbringt.

Dann kehrte sein Verstand in die Gegenwart zurück, wo es Ellen Roth nicht mehr gab, und die Waldklinik nicht mehr *ihre* Klinik war, weder seine noch ihre.

Bei genauerer Betrachtung sah die Joggerin auch gar nicht mehr so aus wie Ellen. Ihr Haar war lang und rot, nicht kurz und dunkel, und sie hatte es zu einem Dutt hochgesteckt. Außerdem war sie deutlich größer als Ellen und dazu so dünn, dass der Arzt in ihm beinahe automatisch an Magersucht dachte. Dazu hätten auch die orangefarbenen Brillengläser der Frau gepasst, die oft von Menschen getragen wurden, die unter Depressionen litten, weil diese Gläser selbst einen Regentag wie diesen freundlicher wirken ließen.

»Ich möchte zu Lara Baumann«, sagte er. »Kennen Sie sie?«

Die Frau richtete sich auf, wischte sich den Regen von der Stirn und musterte ihn durch ihre beschlagene Brille.

»Ja, sie ist meine Nachbarin. Sind Sie ihr Freund?«

»Nur ein alter Bekannter. Sollte ein Überraschungsbesuch sein.«

»Dachte ich mir schon, dass sie keinen Freund hat«, sagte die Joggerin, und auch wenn sie ihn weiterhin argwöhnisch betrachtete, wirkte sie nicht abweisend. »Ich sehe Lara fast immer nur allein.«

»Sie scheint nicht da zu sein«, sagte Mark. »Wissen Sie vielleicht, wo ich sie finden kann?«

Die Joggerin legte den Kopf schief und sah ihm direkt in die Augen. »Sind Sie wirklich ein Bekannter? Nehmen Sie's mir nicht übel, aber als alleinstehende Frau muss man eben auf der Hut sein. Erst recht hier draußen auf dem Land.«

»Lara und ich kennen uns schon lange«, erwiderte Mark, und lächelte so unbedarft er konnte. »Ich habe sie seit Jahren nicht mehr gesehen, und da ich gerade in der Nähe zu tun hatte, dachte ich, ich schaue mal vorbei.«

»Aha. Und von wem haben Sie ihre Adresse? Sie wohnt nämlich noch gar nicht so lange hier.«

»Marion Leutke hat sie mir gegeben«, sagte Mark, wobei er sich insgeheim wunderte, wie mühelos ihm inzwischen das Lügen gelang. »Sie ist eine gemeinsame Freundin.«

»Ah, Sie meinen diese komische Dicke, die einem immer was von Jesus erzählen will.«

»Ja, genau die meine ich.« Mark lachte. Dann zog eine Berührung seinen Blick nach unten. Er sah einen grau getigerten Kater, der ihm mit erhobenem Schwanz um die Beine strich.

»Diese Marion ist die Einzige, die hier bei Lara vorbeischaut«, sagte die Joggerin. Dann deutete sie mit einem knochigen Finger auf den Kater. »Tja, und Buddy scheint Sie zu mögen, also glaube ich Ihnen einfach mal. Ich bin übrigens Nici. Also, eigentlich Nicoletta, aber meine Freunde sagen Nici zu mir.«

»Freut mich, ich bin Mark.«

»Tut mir leid, Mark, Sie haben Lara um eine halbe Stunde verpasst. Diese Marion hat sie gerade zur Arbeit abgeholt, als ich vorhin zum Laufen los bin. Lara hat einen Job oben im Planetarium, wissen Sie?«

»Im Planetarium?«

»Mhm, so habe ich auch geschaut, als sie es mir erzählt

hat«, sagte Nici und grinste. »Ihren Schwingungen nach hätte ich bei ihr eher auf Tierheim oder Floristik getippt. Und normalerweise bin ich mit meinen Einschätzungen gar nicht so schlecht. Hat sie so etwas vielleicht früher mal gemacht?«

Wenn du wüsstest, wer deine Nachbarin früher gewesen ist, dachte Mark und überging ihre Frage. »Sagen Sie, Nici, ist dieses Planetarium weit von hier?«

»Nein, gar nicht. Ein paar Minuten mit dem Auto.« Sie deutete zum Straßenende. »Fahren Sie einfach da vorne links, dann biegen Sie an der Kreuzung rechts ab und nach ungefähr zweihundert Metern nochmals rechts. Danach geht eine lange Straße zu diesem kleinen Berg hoch. Können Sie gar nicht verpassen, ist alles ausgeschildert.«

»Vielen Dank«, sagte Mark. »Sie haben mir sehr geholfen.«

»Keine Ursache. Ich würde Sie ja gern noch auf einen Kaffee reinbitten, aber ich muss jetzt schleunigst unter die Dusche und dann selbst zur Arbeit.«

»Dann will ich Sie nicht länger aufhalten. Noch mal danke für Ihre Hilfe.«

Er war schon fast zurück zum Wagen gelaufen, als Nici seinen Namen rief.

»Sie haben eine positive Aura«, sagte sie. »Wenn Sie nur ein Bekannter von Lara sind und nicht ihr Freund, wollen Sie dann vielleicht mal bei mir vorbeischauen?«

Er lächelte wieder, doch diesmal stieg ein düsterer Gedanke in ihm hoch.

Wenn ich es nicht schaffe, diesen Ares aufzuhalten, bin ich bald derjenige, der Laras Tod zu verantworten hat.

Wie stünde es dann wohl um meine Aura? Würdest du mich dann immer noch einladen wollen?

Kapitel 23

Pflegeschülerin Pia war gerade mit Windelwechseln bei Herrn Sassen beschäftigt, als der Alarm losging.

»Oh«, stöhnte der alte Herr, der ihr heute Morgen mal wieder eine gewaltige übel riechende Bescherung hinterlassen hatte. »Kommen die schon wieder? Wer ist es diesmal? Die Russen oder die Amis? Wir müssen sofort in den Luftschutzkeller!«

Pia seufzte. Die frische Windel war an den klapperdürren Hüften des Vierundneunzigjährigen viel zu weit, und sie hatte mit den Klebeverschlüssen zu kämpfen. Dass er sich dank des Alarms nun aufbäumte, und das mit einer für sein Alter erstaunlichen Kraft, war der Sache nicht gerade dienlich.

»Bleiben Sie ruhig«, sagte sie und drückte ihn aufs Bett zurück. »Das ist kein Fliegeralarm.«

Herr Sassen starrte sie ungläubig an. »Nicht die Russen? Ja, brennt es denn dann? Müssen wir evakuieren?«

»Nein, es ist nur ein Test«, sagte sie.

Derartige Schwindeleien waren das Erste gewesen, was sie in diesem Beruf gelernt hatte. Alles, was zur Beruhigung der Heimbewohner beitrug, war legitim, so eben auch – und vor allem – die kleinen und großen Lügen. Zum Beispiel, dass sich Verwandte nach einem erkundigt hätten, die entweder schon verstorben waren oder sich einfach nicht um den Pflegebedürftigen kümmerten – meist aus angeblichen Zeitgründen. Oder eben, dass der Alarm aus einem der anderen Zimmer nur ein Test war.

»Ah, ein Test«, sagte Herr Sassen anerkennend. »Tests

sind immer gut. Man muss stets vorbereitet sein. Falls doch mal wieder die Amis kommen. Oder die Russen. Oder die Chinesen. Besonders die Chinesen!«

In diesem Punkt stimmte sie ihm zu – nicht, was die Amerikaner, Russen oder Chinesen anging, sondern dass man hier stets auf alles vorbereitet sein musste. Vor allem auf den Tod, der in einem Haus, in dem alte und schwer pflegebedürftige Menschen ihre letzte Lebensphase verbrachten, ein erschreckend regelmäßiger Besucher war.

Erst vor zwei Wochen hatte er sich Tatjana Harder geholt, die noch gar nicht mal so alt, aber seit einem Unfall schwer entstellt gewesen war. Als Spätfolge ihrer Verletzungen hatte sie ein Lungenödem bekommen, und in ihren letzten Tagen hatte man ihr deswegen Morphium verabreicht.

Pia hatte die Frau gemocht. Es war schlimm gewesen, ihr beim Ersticken zusehen zu müssen, auch wenn ihr Tod, dank des Morphiums, entspannt und friedlich gewirkt hatte.

In den Nächten danach hatte sie einige böse Träume gehabt, in denen der Tod nicht zu Frau Harder, sondern zu ihr gekommen war. Und jedes Mal hatte sie im Schlaf geglaubt, selbst ersticken zu müssen.

Da war Pia klar geworden, dass es wohl noch eine ganze Weile dauern würde, ehe sie auf professionelle Weise mit dem Sterben ihrer Schützlinge umgehen konnte.

Nun schien es mit dem Mann in Zimmer 19 zu Ende zu gehen. Als Pia aus Herrn Sassens Zimmer kam, war die restliche Belegschaft bereits dort. Der Alarmton war abgestellt worden, und nur noch die rote Leuchte über der Tür blinkte.

Pia musste schlucken, als sie sich selbst bei einem merkwürdigen Gefühl der Erleichterung ertappte. Insgeheim musste sie zugeben, wäre es ihr ganz recht, wenn der Mann in Zimmer 19 nicht mehr da wäre.

Weil er unheimlich war.

Er sah nicht nur wie ein Monster aus irgendeinem Horrorfilm aus, er *war* ein Monster. Man hatte ihr gleich zu Beginn ihres Praktikums hier im Heim seine Geschichte erzählt.

Jedes Mal, wenn sie zu ihm gehen musste, fürchtete sie sich vor ihm. Zwar konnte er ihr nichts tun, weil er am ganzen Körper gelähmt war, aber das unheimliche Starren seines einen Auges war kaum auszuhalten. Auch dieses glotzende Auge hatte sie schon mehrmals in ihre Träume verfolgt.

Und jetzt ist er hoffentlich weg, dachte sie, wobei sie sich für diese heimliche Freude schämte. Wenn auch nur ein bisschen.

Neugierig ging sie über den Gang auf die offene Tür zu. Doch noch ehe sie angekommen war, stürmte Dr. Langenfels mit hochrotem Kopf aus dem Zimmer.

»Das ist ja ungeheuerlich!«, schimpfte er und wandte sich an jemanden im Zimmer, den Pia nicht sehen konnte. »Rufen Sie die Polizei! Ich will wissen, wer das getan hat!«

Dann stürmte er an Pia vorbei, die sich nun entschied, lieber doch nicht in Zimmer 19 zu gehen. Nicht nur der bösen Träume wegen, sondern weil sie plötzlich ahnte, wer diesen Alarm verursacht hatte.

Und wenn das stimmte, war alles ihre Schuld.

Kapitel 24

Das Planetarium thronte wie eine moderne Festung auf der kleinen Anhöhe, die in der Region um Steinbach als Adlerfels bekannt war.

Vor seiner Begegnung mit Laras Nachbarin hatte Mark keine Erinnerung mehr daran gehabt, aber nun, während er die kurvenreiche Straße hochfuhr, fiel es ihm wieder ein. Als er noch in Fahlenberg gewohnt hatte, waren ihm gelegentlich Werbeanzeigen in der Tageszeitung und auf Plakaten in der Stadt aufgefallen, die für das Planetarium und die dazu gehörende öffentliche Sternwarte warben. In klaren Nächten konnte man dort einen Blick auf die erdnahen Planeten werfen und besondere Ereignisse wie einen Venustransit oder eine Mondfinsternis mitverfolgen. Dafür war die Lage auf dem nur von Wald umgebenen Adlerfels, an dem es so gut wie keine Lichtemission gab, natürlich ideal.

Als Zehnjähriger, der sich leidenschaftlich für *Star Trek*, *Flash Gordon*, *Captain Future* und *Buck Rogers* begeistert hatte, wäre er dort bestimmt zum Stammgast geworden, aber als Klinikarzt hatte er sich für derartige Dinge keine Zeit mehr genommen. Nach dem Dienst war er oft zu erschöpft gewesen, und seine wenigen sozialen Unternehmungen hatten sich auf gelegentliche Kinobesuche oder Abendessen mit Kollegen beschränkt.

Mark parkte neben zwei Schulbussen, die sich quer vor den Eingang gestellt hatten, um ihren Passagieren einen schnellen Weg ins Trockene zu ermöglichen. Er stellte den Motor ab und betrachtete den großen Betonbau mit dem pyramidenförmigen Dach und der seitlichen Rundkuppel.

Vom wolkenverhangenen Himmel fiel feiner Sprühregen, und aus den umliegenden Wäldern stieg Nebeldunst auf, was der Szenerie etwas Surreales und Fremdartiges verlieh.

Er war angespannt, und wie schon vorhin vor Laras Haus fürchtete er sich ein wenig vor dieser Begegnung, von der so vieles abhing.

Als er ausstieg, blies ihm kalter Herbstwind entgegen. Er schlug den Kragen seiner Jacke hoch und lief zum Eingang des Planetariums. Vor der Tür atmete er noch einmal tief durch, dann nahm er all seinen Mut zusammen und trat ein.

Im großen Vorraum empfingen ihn wohlige Wärme und atmosphärische Klänge aus verborgenen Deckenlautsprechern.

Er trat an den unbesetzten Kassenbereich, neben dem ein Pappaufsteller den Weg zu einer Dauerausstellung im Seitenraum wies: *Der Mars und seine Monde.*

Mark stutzte, als er das las, und fragte sich, ob Ares sich bei seiner Namensgebung davon hatte inspirieren lassen. Schließlich war der Kriegsgott Mars das römisches Pendant zum griechischen Ares. Zog man noch die Namen der beiden Monde Phobos und Deimos in Betracht, dann war Mars – oder eben Ares – im übertragenen Sinn von Angst und Schrecken umgeben.

Hatte er sich deshalb diesen Namen gegeben? Weil er Angst und Schrecken mit sich brachte?

Unwahrscheinlich war das nicht, zumal der Kerl zumindest zeitweise in der Gegend gelebt haben musste. Also kannte er das Planetarium oder hatte zumindest die Werbeanzeigen gesehen, so wie einst auch Mark selbst.

Neben dem Halbrund der verlassenen Kassentheke befand sich ein kleiner Kiosk, an dem Kaffee, Getränke, belegte Brötchen und eine Süßigkeit namens *Mondkekse* angeboten wurden. Auch diese Theke war unbesetzt.

Offenbar war das gesamte Personal im Vorführraum. Durch dessen geschlossene Türen drang der schwere Bass von Holsts Planetensymphonie zu ihm, begleitet von den erstaunten Ausrufen eines jungen Publikums. Die Schüler dort drin schienen Spaß an den Wundern des Universums zu haben.

Dann hörte er ein Geräusch zu seiner Linken, das klang, als ob Kartons geöffnet wurden. Er ging am Kiosk vorbei und gelangte in den Souvenirshop, in dem sich die Besucher nach der Vorführung mit Postern, Modellbausätzen und etlichem mehr eindecken konnten. Dort war eine Frau gerade dabei, ein Regalfach mit Kaffeebechern zu befüllen, die mit Bildern von Galaxien und Planeten bedruckt waren.

Mark erstarrte. Obwohl die Frau mit dem Rücken zu ihm stand, erkannte er sie sofort. Statt eines weißen Arztkittels trug sie Jeans und ein blaues T-Shirt mit dem Emblem des Planetariums, und ihr dunkles Haar war nicht mehr kurz, sondern lang und zu einem Pferdeschwanz gebunden. Doch ihre drahtige Läuferstatur und die Art, wie sie sich bewegte, verrieten sie.

»Lara?«

Sie hielt in ihrer Arbeit inne und sah sich zu ihm um. Und spätestens jetzt, als er ihre Augen sah, gab es keinen Zweifel mehr.

Sie war es. Ihre Züge hatten sich verändert, wirkten schüchtern und verschlossen, aber die Augen eines Menschen veränderten sich nie. Es waren Ellen Roths Augen, auch wenn diese Frau nun nicht mehr Ellen Roth war.

»Oh, hallo«, sagte sie mit einem schüchternen Lächeln, und umklammerte den Becher, den sie gerade aus der Verpackung geholt hatte, mit beiden Händen. »Entschuldigung, ich hatte gar nicht mitgekriegt, dass jemand reingekommen ist. Kann ich Ihnen helfen?«

Er sah sie direkt an und lächelte. »Erinnern Sie sich an mich?«

Sie runzelte die Stirn. »Ähm, nein, ich denke nicht. Sollte ich Sie denn kennen?«

Die Frage versetzte ihm einen Stich, aber er ließ es sich nicht anmerken. »Ich bin Mark. Mark Behrendt.«

»Mark Behrendt?«

Erneut sah sie ihn stirnrunzelnd an, dann trat ein ernster Ausdruck auf ihr Gesicht, den er nicht recht deuten konnte.

»Mark Behrendt«, wiederholte sie, doch diesmal klang es nicht fragend, sondern verstehend.

»Wissen Sie, wer ich bin?«

Sie umklammerte den Becher noch fester, und ihre Knöchel wurden so weiß wie die Keramik. »Was wollen Sie von mir?«

»Ich muss dringend mit Ihnen reden.«

Wieder dieser Blick. Ängstlich, skeptisch, abweisend.

»Tut mir leid, aber ich habe zu tun.«

»Bitte, Lara. Ich bin einen weiten Weg gekommen, und es ist wirklich wichtig.«

Sie sah zur Wanduhr über der Tür des Vorführraums, wobei ihre Finger nervös auf den Kaffeebecher trommelten.

»Na gut«, sagte sie schließlich. »Aber ich habe nur ein paar Minuten Zeit für Sie. Die Vorstellung ist gleich vorbei. Also, was wollen Sie von mir?«

»Es geht um jemanden aus Ihrer beziehungsweise aus

unserer Vergangenheit, und ich brauche Ihre Hilfe«, sagte er geradeheraus. »Damals muss es einen ...«

»Stopp!«, unterbrach sie ihn und stellte den Kaffeebecher so heftig auf die Verkaufstheke, dass es wie ein Schuss klang. Nun erkannte Mark auch das Bild des roten Planeten darauf.

»Hören Sie zu, Herr Behrendt«, sagte sie mit gesenkter Stimme. »Ja, ich weiß, wer Sie sind. Sie haben mir damals das Leben gerettet. Dafür bin ich Ihnen auch wirklich dankbar. Ehrlich, das bin ich! Aber das alles weiß ich nur, weil man es mir *erzählt* hat. Von dem Leben, in dem Sie mich kannten, habe ich nur noch Erinnerungsfetzen. Da ist nichts, womit ich Ihnen helfen könnte. Und selbst wenn ich es könnte, würde ich es nicht *wollen*. Ich will damit nichts mehr zu tun haben!«

Mark nickte. »Ich kann verstehen, dass Sie ...«

»Nein, das können Sie nicht«, unterbrach sie ihn. »Das kann niemand, der so etwas nicht selbst erlebt hat. Sie haben keine Ahnung, wie es ist, jeden Morgen eine fremde Person im Spiegel zu sehen. Wenn man sich jeden Tag aufs Neue klarmachen muss, dass man selbst diese Fremde ist. Meine letzte Erinnerung ist aus einer Zeit, in der ich *acht* gewesen bin. Acht! Das ist jetzt dreißig Jahre her. *Sie* können sich bestimmt an Ihren Schulabschluss erinnern, an Ihr Studium, und was Sie danach noch alles gemacht haben, aber für *mich* ist der größte Teil meines Lebens in einem schwarzen Loch verschwunden. Da ist nichts mehr, gar nichts! Ich muss mit einer Vergangenheit leben, die ich nur aus den Erzählungen anderer kenne. Und *das* kann niemand außer mir verstehen.«

»Lara, bitte, ich ...«

»Lassen Sie das!«, fauchte sie ihn an. »Wenn Sie denken, dass Sie mal mein Kollege und vielleicht auch ein Freund gewesen sind, stimmt das nicht, denn das war nicht *ich*. Ich kenne Sie nicht mal. Das mag sich für Sie verletzend anhören, aber für mich ist es viel schlimmer, das können Sie mir glauben. Also lassen Sie mich bitte in Ruhe!«

Nun stand die Angst offen in ihrem Blick. Mark sah ein, dass er wirklich keine Ahnung hatte, was sie durchgemacht hatte und noch immer durchmachte. Aber er konnte auch nicht lockerlassen.

»Glauben Sie mir, Lara, ich wäre nicht zu Ihnen gekommen, wenn es nicht wirklich wichtig wäre. Eine sehr gute Freundin ist in Gefahr, und wenn Sie mir nicht helfen, wird ihr etwas Schlimmes zustoßen.«

Sie starrte ihn schweigend an, und er sah, dass es heftig in ihr arbeitete. Sicher war dies genau so ein Moment, vor dem sie sich am meisten fürchtete. Ein Moment, in dem die Vergangenheit, die sie endlich hinter sich lassen wollte, sie wieder einholte.

Der Mediziner in ihm hatte auch eine simple Erklärung dafür: Erinnerungen wurden im Hippocampus gespeichert, jener Hirnregion, die auch für die Emotionen zuständig war. Somit war jegliche Erinnerung stets mit Gefühlen verbunden, und in ihrem Fall war das vor allem Angst. Deshalb wollte sie unbedingt vergessen und verdrängen.

All das verstand er, aber er konnte es nicht zulassen. Nicht, wenn er Doreen und Lara selbst retten wollte.

»Bitte, Lara«, sagte er noch einmal. »Ich brauche Ihre Hilfe.«

Sie schüttelte den Kopf. »Nein. Tut mir leid, aber Sie haben den weiten Weg umsonst gemacht. Ich kann Ihnen nicht helfen. Weder Ihnen noch sonst jemandem. Es kostet mich schon meine ganze Kraft, mir selbst zu helfen. Und jetzt gehen Sie endlich! Lassen Sie mich in Ruhe, und kommen Sie nicht noch einmal hierher!«

Mark seufzte. So schwer es ihm auch fiel, er sah ein, dass es nichts bringen würde, sie weiter zu bedrängen. Er musste ihr Zeit geben, darüber nachzudenken. Kostbare Zeit, die unerbittlich verstrich, wie ihm ein Blick auf die große Wanduhr wieder verdeutlichte. Es war fast halb zwölf. Nun blieben ihm nur noch gut einunddreißig Stunden.

Er nahm den Kugelschreiber, der vor ihr auf der Theke lag, und riss ein Stück von dem Packpapier ab, in das der Kaffeebecher mit dem Mars-Foto eingewickelt gewesen war. Dann schrieb er seine Handynummer und die Adresse des Hotels darauf.

»Hier können Sie mich jederzeit erreichen. Bitte überdenken Sie Ihre Entscheidung noch einmal. Es geht wirklich um viel. Ohne Sie werde ich es nicht schaffen, und ich habe nur noch bis morgen um halb sieben Zeit. Danach ist es zu spät.«

Er hielt ihr den Zettel hin, doch sie schüttelte wieder den Kopf.

»Nein, Herr Behrendt. Die Vergangenheit ist vorbei. Ich muss jetzt meine Zukunft gestalten. Das ist die einzige Chance, die ich habe.«

»Sind Sie sich da sicher?«, fragte er. »Nach meiner Erfahrung kann man die Zukunft nämlich erst dann erfolgreich gestalten, wenn man mit der Vergangenheit abgeschlossen hat.«

Sie sah ihm trotzig ins Gesicht. »Und wer sagt Ihnen, dass ich das noch nicht getan habe?«

»Ihre Augen. Sie haben Angst, und das ist kein gutes Fundament für eine Zukunft. Ich kann Ihnen helfen, von dieser Furcht loszukommen, aber dazu müssen Sie erst mir helfen.«

Nun traten Tränen in ihre Augen, aber sie blieb reglos vor ihm stehen.

»Gehen Sie jetzt!«

»Okay«, sagte er und legte den Zettel vor ihr auf die Theke. »Aber bitte denken Sie noch einmal darüber nach.«

Damit wandte er sich um und ging.

Auf dem Weg zur Tür glaubte er, ihren Blick auf sich zu spüren.

Vor allem aber spürte er ihre Angst.

Kapitel 25

Gleich nachdem dieser Mark Behrendt das Planetarium verlassen hatte, war sie in die Personaltoilette gelaufen, weil sie geglaubt hatte, sich übergeben zu müssen. Doch das war nicht passiert.

Nun stand sie zitternd am Waschbecken, schluckte eine ihrer Notfalltabletten – ein leichtes Sedativum, das ihr der Arzt für den Fall einer Panikattacke verschrieben hatte – und warf sich kaltes Wasser ins Gesicht. Das half ein wenig, aber ihr Herz führte noch immer einen wilden Tanz in ihrer Brust auf.

Du hast doch gewusst, dass uns jederzeit so etwas passie-

ren kann, sagte eine Stimme in ihrem Kopf. *Schließlich ist es nicht das erste Mal. In der Klinik war es dieser Mann, der uns beim Spazierengehen erkannt hat. Dieser Pfleger mit den dicken Muskeln. Weißt du noch?*

»Ja, natürlich. Aber das gerade war etwas anderes.«

Sicher, weil du nicht geglaubt hast, dass du Mark jemals wieder begegnen würdest. Tja, aber die Welt ist eben ein Dorf, und du wolltest ja ausgerechnet hier bleiben. Ich habe dich gewarnt, dass es nur eine Frage der Zeit sein würde, bis so etwas passiert. Jeder kommt früher oder später an die Orte aus seiner Vergangenheit zurück.

»Wohin hätte ich denn sonst gehen sollen?«, flüsterte sie, und starrte in den Ablauf des Beckens. »Ich habe doch niemanden mehr.«

Soso, und wen hast du hier? Mal sehen, da ist dieser Arzt, der dir nur noch Medikamente verschreibt, und eine fette Sozialarbeiterin, die dich ständig bevormundet und zu Jesus bekehren will. Toll, was? Dann wäre da noch dein neuer Chef, der seinen Vaterkomplex an dir auslebt, und nicht zu vergessen diese Nachbarin, die unbedingt deine beste Freundin sein will, damit sie dich mit ihren eigenen Problemen überhäufen kann. Habe ich noch jemanden vergessen? Ach ja, da ist ja noch dieser streunende Kater, der genau so lange bei dir bleibt, wie er braucht, um eine Dose Thunfisch aufzufressen. Aber sonst? Sonst ist da doch niemand. Stimmt's oder habe ich recht?

»Hör auf!«

Sie fuhr hoch und starrte wütend auf ihr Spiegelbild. Nur dass die Frau, die sie jetzt im Spiegel sah, nicht sie selbst war. Zwar ähnelte sie ihr wie ein eineiiger Zwilling, aber ihr Mund lächelte und ihre Haare waren kurz und standen ihr wild vom Kopf ab.

Fahr mich nicht so an, Lara, ich meine es doch nur gut mit dir, sagte diese Frau, wobei sie ihre Lippen nicht bewegte. *Wir sind jetzt frei. Wir könnten gehen, wohin wir wollen. Die ganze Welt steht uns offen. Also, warum willst du unbedingt hierbleiben?*

»Weil dieser Ort so gut wie jeder andere ist, und weil ich …«

Sie schüttelte den Kopf und sprach den Satz nicht zu Ende. Das tat ihr anderes Ich für sie.

Weil Mark Behrendt recht hat, nicht wahr? Du hast mit unserer Vergangenheit noch nicht abgeschlossen, und du glaubst, du könntest das nur hier schaffen. Weil es in der Konfrontationstherapie heißt, dass man sich den Dingen stellen muss. Aber schau dich doch mal an. Du bist so voller Angst. Wie willst du das denn jemals hinbekommen?

»Wieso muss es auch ausgerechnet Mark Behrendt sein?«, fauchte sie. »Warum kann er mich nicht einfach in Ruhe lassen? Dieser Mistkerl! Er denkt, ich sei ihm etwas schuldig. Ich könnte ihn … ihn …«

Sie schluchzte und starrte auf ihre geballte Faust.

Ihn umbringen? Meinst du das?

Ein Klopfen an der Tür ließ sie zusammenfahren.

»Lara?« Es war Tim, der Vorführer. »Alles okay bei dir?«

Sie räusperte sich. »Ja, ich komme gleich.«

»Beeil dich bitte. Ich bin jetzt fertig, und die Meute stürmt gerade den Shop. Die Lehrerin fragt nach sechsundvierzig Marspostern. Haben wir überhaupt so viele?«

Sie presste die Augen zusammen und schnaubte.

»Einen Moment noch!«

Von der anderen Seite der Tür hörte sie ein kleinlautes »Okay, aber mach bitte schnell!«.

Sie sah wieder in den Spiegel. Die Fremde war verschwunden, nun blickte sie wieder in ihr eigenes erschöpftes Gesicht.

»Ich bin ich«, sagte sie leise, aber bestimmt. »Ich bin Lara Baumann. Und was früher gewesen ist, spielt keine Rolle mehr für mich.«

Sie straffte sich, tupfte sich mit einem Papiertuch die restlichen Wasserperlen von den Wangen und setzte ihr einstudiertes Lächeln auf. Dann entriegelte sie die Tür und ging zurück zur Verkaufstheke, wo sie sechsundvierzig lärmende Schüler und ein überforderter Kollege schon ungeduldig erwarteten.

Doch bevor sie sich auf die Suche nach den gewünschten Postern machte, zerknüllte sie zuerst den Zettel mit Mark Behrendts Nummer und warf ihn in den Papierkorb.

Kapitel 26

»Es ist elf Uhr fünfunddreißig, und hier ist Radio Fahlenberg mit allen Infos, die Sie heute brauchen.«

Mark zog den Zündschlüssel wieder ab, worauf das Autoradio verstummte, und hieb wütend auf das Lenkrad.

Verdammt, ja, er brauchte Informationen über diesen Ares, und zwar dringend! Er musste ihn ausfindig machen, bevor es zu spät war.

Der halbe Tag war bereits verstrichen, und er hatte *nichts*. Wohin sollte er jetzt fahren? An wen konnte er sich wenden?

Er starrte über den Parkplatz zum Eingang des Planetariums und rieb sich ratlos über die Stirn.

Lara würde ihm nicht helfen. Zwar hoffte er, sie würde es sich doch noch anders überlegen, aber ihm war klar, dass er darauf besser keine Wette abschließen sollte.

Auf das Klinikarchiv konnte er auch nicht zugreifen. Das wäre jetzt seine erste Wahl gewesen, immerhin musste das, worum auch immer es diesem Ares ging, etwas mit der Klinik zu tun haben. Doch selbst wenn es ihm gelungen wäre, sich eine Zugangsberechtigung zu erschwindeln, hätte es ihm nichts gebracht. Weil die Akten, die ihm weiterhelfen könnten, dank des kettenrauchenden Archivars nicht mehr existierten.

Er musste also mit dem arbeiten, was er hatte, und das war erschreckend wenig.

Zwischen Ares, Lara – beziehungsweise Ellen – und ihm gab es eine Verbindung, so viel schien festzustehen, und es musste etwas geschehen sein, für das Ares ihnen beiden die Schuld gab.

Eigentlich kam nur ein gemeinsamer Fall infrage oder ein Fall von Ellen, bei dem er sie beraten hatte. Ares konnte ein Patient von ihr gewesen sein. Aber was veranlasste ihn jetzt zu einem solch abstrusen Rachefeldzug? Warum war dieser Kerl so voller Hass auf sie beide?

Noch immer konnte Mark sich nicht erinnern, dass es in ihrer gemeinsamen Vergangenheit in der Waldklinik irgendeinen Vorfall gegeben hätte, der solch eine gravierende Reaktion bei einem Patienten ausgelöst haben könnte. Auch fiel ihm niemand ein, bei dem er seinerzeit ein derartiges Gewaltpotenzial festgestellt hätte – weder unterdrückt noch offensichtlich.

Die einzig mögliche und aus Marks Sicht sehr wahrscheinliche Erklärung war, dass sich Ares' Zorn auf etwas begründete, das *nach* dessen Aufenthalt in der Klinik geschehen war. Etwas, für das sie seiner Ansicht nach verantwortlich waren.

Und da Mark ihm gegenüber wahrheitsgemäß behauptet hatte, er hätte keine Ahnung, worum es Ares ging, hatte dieser von *Erkenntnis* gesprochen. Er wollte auf etwas hindeuten, und Mark sollte selbst daraufkommen, was es war.

Aber *was*, in aller Welt, konnte dieser Verrückte nur meinen?

Etwas, von dem er will, dass ich es Lara verständlich mache, dachte er. *Anschließend soll ich sie töten, wodurch ich auch mein eigenes Leben vollends ruinieren würde. Das ist sein absurder Racheplan, und er ist überzeugt, dass ich mich wegen Doreen darauf einlassen werde.*

Deshalb auch das knappe Ultimatum. Durch den gesuchten Hinweis würde Mark herausfinden, wer Ares in Wirklichkeit war. Und dann sollte ihm keine Zeit mehr bleiben, den Kerl aufzuspüren und seinen Plan zu durchkreuzen.

Aber ich werde dich kriegen, Freundchen, irgendwie werde ich dich kriegen! Noch bevor die Zeit abgelaufen ist!

Denn zumindest stand nun eines für ihn fest: Der Schlüssel zu dem, was Ares als Erkenntnis bezeichnete, lag in der Vergangenheit.

Ihm kam eine Idee, und er startete entschlossen den Wagen. Dann machte er sich auf den Weg zu dem Ort, der ihm den entscheidenden Hinweis liefern konnte.

Kapitel 27

Sobald Mark Fahlenberg erreicht hatte, fuhr er auf direktem Weg in die Innenstadt und kämpfte sich fluchend durch den Mittagsverkehr, wobei wieder eine Viertelstunde verrann. Aber schließlich zeigte sich das Schicksal doch noch versöhnlich mit ihm, als er direkt vor dem Verlagsgebäude des Fahlenberger Boten einen freien Parkplatz ergatterte.

Doch damit schien sein Glückspensum bereits wieder erschöpft, denn als er an der Eingangstür rüttelte, fand er sie verschlossen vor. Dem Aufdruck an der Glastür nach war das Gebäude erst wieder ab 13:30 Uhr geöffnet.

»Das gibt's doch nicht!«, schnaubte er.

Dann sah er, wie sich ihm ein gertenschlanker Umriss auf der anderen Seite der spiegelnden Glastür näherte. Das Schloss klickte, die Tür schwang auf und ein vertrautes Gesicht lächelte ihm entgegen.

»Na, sieh mal einer an, wen haben wir denn da?«

»Hallo, Nici.«

Sie stemmte die Hände in die schmalen Hüften und schmunzelte amüsiert. »Laufen Sie mir etwa nach?«

»Nun ja, eigentlich wollte ich nur ins Zeitungsarchiv.«

»Wir haben gerade Mittagspause«, sagte sie und sah ihn mit interessierter Verwunderung an. »Aber warum wollen Sie denn in unser Archiv? Buchen Sie doch einfach unser Plus-Abo, dann können Sie alles online abrufen. Ist doch viel bequemer.«

Das wäre es, wenn die Internetverbindung in Lüders Hotel nicht die Geschwindigkeit eines alten ISDN-Modems hätte, dachte Mark. Für die Suche nach Konni Fuhrmann hatte das gerade noch ausgereicht, aber nun musste er aufwendiger recherchieren, was bei der lahmen Verbindung im Hotel wohl bis zum Nimmerleinstag dauern würde. Und sich stattdessen in der Innenstadt nach einer Bar oder einem Café mit WLAN-Zugang umzusehen, hätte nur noch weitere wertvolle Zeit verschwendet.

»Na ja, ich bin eben noch vom alten Schlag«, sagte er mit einem entschuldigenden Lächeln. »Meine Eltern haben mir beigebracht, dass man immer persönlich fragen soll, wenn man etwas will. Außerdem geht doch nichts über den Geruch von altem Papier, oder?«

Sie lachte. »Der Mann steht auf Retro, wie süß! Also, ich kann Sie schon ins Archiv lassen, aber dann schulden Sie mir wirklich einen Kaffee. Abgemacht?«

»Abgemacht.«

Sie musterte ihn mit einer erhobenen Braue. »Haben Sie Lara eigentlich getroffen?«

»Ja, aber sie war ziemlich beschäftigt.«

»Tja, das bin ich auch. Aber *ich* nehme mir trotzdem Zeit für Sie. Dann kommen Sie mal mit.«

Sie trat beiseite und ließ ihn hinein. Dann stöckelte sie auf ihren hohen Absätzen voraus zum Lift, der sie ins Kellergeschoss brachte.

»Willkommen in unseren heiligen Hallen«, sagte Nici, während sie die Tür mit der Aufschrift *ARCHIV* öffnete.

Mark hatte tatsächlich eine Halle dahinter erwartet, doch das Archiv war kaum größer als ein geräumiges Wohnzimmer. In den Wandregalen reihten sich zahlreiche blaue Ordner aneinander, die mit dem Emblem des Boten bedruckt waren, aber sie konnten unmöglich ausreichen, um eine längere Zeitspanne zu umfassen.

»Hier bewahren wir die Printausgaben der letzten fünf Jahre auf«, erklärte Nici und deutete dann auf zwei Tische in der Mitte des Raumes, auf denen vier Computerterminals standen. »Alles andere finden Sie da drin, Herr Retro.«

Sie schmunzelte, und er spürte, wie er leicht errötete. Bei den Recherchen für seine Fachartikel nutzte er natürlich auch Online-Archive, aber er bevorzugte immer noch Ausdrucke und die gute alte Fachliteratur in Buchform. In diesem Punkt war er wohl wirklich schon alt geworden.

»Ich bräuchte Zugang zu den Ausgaben von 2009 und davor. Wäre das möglich?«

»Kein Problem«, sagte Nici und erweckte eines der Terminals mit einem Mausklick zum Leben. Dann huschten ihre dünnen Finger über die Tastatur, und ihre knallrot lackierten Nägel klackerten leise, während sie das Passwort eingab.

»Voilà! Geben Sie einfach einen Begriff oder das gewünschte Datum ein, und schon kann's losgehen. Suchen Sie denn einen bestimmten Artikel?«

»Na ja, es ist ein wenig kompliziert. Um ehrlich zu sein, weiß ich nicht genau, wonach ich suche. Es könnte also eine Weile dauern.«

»Nur zu. Hier unten wird Sie niemand stören. Ich schaue nachher noch mal nach Ihnen und bringe Ihnen einen Kaffee. Dann schulden Sie mir zwei.«

»Danke, Nici, wirklich. Sie haben mir heute schon zweimal sehr geholfen.«

»Das mache ich doch gern, solange Sie unsere Abmachung nicht vergessen.« Sie zwinkerte ihm verschwörerisch zu, dann zögerte sie kurz. »Und Lara hätte auch wirklich nichts dagegen?«

»Bestimmt nicht.«

»Na dann, bis später.«

Damit stöckelte sie hinaus, und kaum, dass sie die Tür hinter sich geschlossen hatte, gab Mark schon seinen ersten Suchbegriff ein:

Ellen Roth

Kapitel 28

»Heiliger Strohsack!«, stöhnte Tim, als endlich das letzte der sechsundvierzig Kinder durch den Ausgang verschwunden war. »Diese Schulvorstellungen können einen ganz schön schlauchen. Für nichts auf der Welt würde ich mit den Lehrern tauschen wollen. Da ist Flöhe hüten ja einfacher.«

Lara nickte nur und sah durch die Glasfront des Shops zu den Kindern hinaus, die kreischend und lachend in die beiden Busse drängten. Zwei Jungen waren jedoch unter der Überdachung zurückgeblieben und fochten dort mit ihren aufgerollten Marspostern einen Schwertkampf aus. Einer der Lehrer entdeckte sie schließlich, kam zurück und wies die beiden entnervt gestikulierend in den Bus.

Lara beobachtete, wie der Mann danach noch einen Moment vor dem Bus stehen blieb, als müsste er kurz verschnaufen. Dann stieg auch er ein, und die Busse rollten vom Parkplatz.

Sie selbst konnte jetzt auch eine Verschnaufpause gebrauchen. Dieses lautstarke Durcheinander, das Bombardement aus Fragen und Kaufwünschen hatte sie ziemlich überfordert.

An den Regalen mit den Spielzeugmodellen war es ihr so vorgekommen, als hätte jedes der Kinder auf einmal nicht nur zwei, sondern zwanzig Hände gehabt. Dabei den Überblick zu behalten, hatte sie gehörig Kraft gekostet, aber sie und Tim hatten es irgendwie hinbekommen. Und es war eine gute Ablenkung gewesen. Auch wenn sie das plötzliche Erscheinen von Mark Behrendt noch immer nicht ganz aus dem Sinn bekommen hatte, war sie jetzt nicht mehr ganz so angespannt deswegen.

»Ich bringe die Regale wieder in Ordnung«, sagte Tim. Aufräumen war sein Ding. Er würde alle Planetenmodelle, Raumschiffe und Satelliten wieder fein säuberlich aufreihen – ganz so, wie es sich aus seiner zwanghaft ordentlichen Sicht gehörte. »Kümmerst du dich so lange schon mal um den Saal?«

»Klar, mache ich.«

Sie nahm ein Paar Einweghandschuhe und einen Müllbeutel aus dem Fach unter der Theke und machte sich auf zum Vorführraum.

Auch wenn sie es nie laut ausgesprochen hätte, war dies eine ihrer unliebsamsten Aufgaben. Nicht, weil es ihr etwas ausgemacht hätte, den Müll anderer aufzusammeln, sondern weil sie diesen Raum einfach nicht mochte.

Die Atmosphäre dort drin machte sie jedes Mal beklommen. Die indirekte Beleuchtung, die immer viel zu schummrig wirkte, selbst wenn man sie voll aufgedreht hatte. Und die merkwürdige Stille, die wie eine unsichtbare Wolke unter der weißen Projektionskuppel hing.

In ihrer Wohnung war jeder Raum stets hell erleuchtet.

Selbst nachts ließ sie immer ein Licht an, und das kleine Radio in der Küche lief auf Dauerbetrieb. Auch wenn sie schlief, stellte sie es nie ganz ab. Im Dunkeln, ohne die leisen Stimmen und die Musik, hätte sie es sonst nicht allein ausgehalten. Aber hier …

Draußen im Shop und im Eingangsbereich mit dem Kiosk lief die CD mit der unaufdringlichen atmosphärischen Musik in Endlosschleife, doch hier im Vorführraum hörte man nichts davon. Hier war es so still wie in einem Mausoleum.

Das allein wirkte schon beunruhigend auf sie, aber dann war da auch noch der Projektor. Er ragte wie ein riesiges schwarzes Insekt in der Mitte des Raums vor ihr auf und schien sie aus etlichen Objektivaugen zu beobachten.

Als sie sich um die Stelle im Planetarium beworben hatte, wäre ihr nie in den Sinn gekommen, dass ihr dieser Ort unheimlich sein könnte. Aber das war er. Auf merkwürdige Art weckte der Vorführraum düstere Bilder in ihr.

Bilder von einem Keller, aus dem es kein Entkommen gab. Mit einer schweren Tür, die sich nicht öffnen ließ. Einer Tür, die man gar nicht öffnen durfte, weil jemand – *etwas* – vor dieser Tür auf einen lauerte.

Und war da nicht auch ein Nagel gewesen? Ein langer, sehr langer Nagel, der … der was?

Sie wusste es nicht, nicht mehr, und sie wollte es auch gar nicht wissen.

Falls es etwas mit früher zu tun hat, dann ist es längst vorbei, ermahnte sie sich. *Also reiß dich zusammen! Tu deine Arbeit!*

Und das tat sie auch. Sie streifte sich die Handschuhe über und ging mit dem offenen Müllsack die Sitzreihen entlang, um die Hinterlassenschaften des jungen Publikums einzusammeln.

Die Vorstellung hatte nur eine Dreiviertelstunde gedauert, und es war erstaunlich, wie viel die Kinder sich in dieser kurzen Zeit einverleibt hatten. Softdrinks, Schokoriegel, Gummibärchen, Chips, Mini-Salamis ... die Zahl der Pappbecher und Verpackungen, die sie in den Müllsack steckte, war beachtlich.

Ob es in ihrer Kindheit wohl auch schon so gewesen war? Was hatte sie gegessen und getrunken, wenn sie in einem Planetarium oder im Kino gewesen war? War sie überhaupt jemals an solchen Orten gewesen?

Sie hätte viel dafür gegeben, sich daran erinnern zu können.

Sie glaubte sich zu entsinnen, dass ihre Klasse in der Grundschulzeit einmal eine Molkerei besichtigt hatte. Dass sie, wie alle anderen Kinder, ein Päckchen Vanillemilch zur Begrüßung bekommen hatte und dass auf diesem Päckchen eine lächelnde Kuh abgebildet gewesen war.

Aber war es wirklich so gewesen?

In ihren Therapiesitzungen hatte sie gelernt, dass Erinnerungen trügerisch sein konnten. Vor allem für jemanden wie sie, der unter Gedächtnislücken litt. Denn der Verstand versuchte automatisch, diese Lücken aufzufüllen. Mit Wunschvorstellungen und mit Erlebnissen, die man von anderen erzählt bekommen hat.

Deshalb konnte man seinem Gedächtnis nie völlig vertrauen. Weil es eben manchmal auch ein Lügner war.

Und wer konnte das besser wissen als eine Frau, deren Leben zu einem Großteil aus solchen Lücken bestand?

Sie war schon fast am Ende der Reihen angekommen,

und der Müllsack war bereits gut gefüllt, als sie plötzlich innehielt.

Unter einem der hochgeklappten Sitze lag ein Schraubenzieher.

Verwundert hob sie ihn auf.

Welcher Drittklässler nahm denn einen Schraubenzieher mit ins Planetarium? Sie hatte hier ja schon so allerhand gefunden, von verlorenem Kleingeld über Sonnenbrillen und Haarspangen bis hin zu Handys und Portemonnaies. Aber einen Schraubenzieher?

Noch dazu kam ihr dieser Schraubenzieher irgendwie seltsam vor. Im Dämmerlicht schien sein transparentroter Plastikgriff auf dem Blau ihres Handschuhs geradezu zu leuchten, und er fühlte er sich einfach ... *falsch* an.

So, als sei er da und doch auch wieder nicht.

Ihr Mund wurde auf einmal trocken, und in dem großen Raum schien es plötzlich entsetzlich heiß zu sein. Als hätte ihn Hochsommerhitze von draußen aufgeladen – und das im Oktober.

Plötzlich sah sie überall Staubflocken, die wie winzige weiße Mücken durch das Zwielicht schwebten, und die Luft um sie herum wurde schwer und stickig. Schweiß trat auf ihre Stirn, rann ihr in dicken Perlen übers Gesicht, und noch während sie sich fragte, was da gerade mit ihr geschah, ließ sie ein leises Rascheln zusammenschrecken.

Sie fuhr herum, und ...

Da stand er! Groß, finster und gesichtslos.

Der Schwarze Mann! Oh mein Gott, er ist wieder da! Er will mich holen!

Sie wollte schreien. Tim befand sich direkt vor der Tür, er würde sie hören und ihr zu Hilfe kommen. Aber als sie den Mund öffnete, drang nur ein ersticktes Krächzen aus ihrer Kehle.

Der Müllbeutel entglitt ihrer kraftlosen Hand. Sie begann zu zittern und musste vollkommen erstarrt zusehen, wie der Schwarze Mann durch die Sitzreihen auf sie zukam.

Hallo, Lara, dröhnte er mit tiefer Stimme. *Da bin ich wieder. Danke, dass du mich zurückgeholt hast. Hattest wohl Sehnsucht nach mir, was? Das ist gut, denn ich will dir etwas zeigen. Schau mal, was ich für dich habe.*

Mit einem Lachen, das sie an das Geräusch eines rostigen Scharniers erinnerte, deutete er an sich herab. Unweigerlich folgte ihr Blick seiner Weisung, und sie starrte entsetzt auf ein Nest aus Schlangen, die sich in seinem Schritt wanden. Schwarze, glänzende Leiber, die sich ihr nun züngelnd und zischend entgegenreckten.

Willst du Spaß haben, Laramaus?, gluckste der Schwarze Mann. *Natürlich willst du das. Alle Mädchen wollen Spaß haben. Und ich kann dir jede Menge Spaß bringen!*

Er kam weiter auf sie zu, und nun glaubte sie, ihn riechen zu können. Er verströmte den Gestank nach Sommerhitze, Staub, lehmiger Dunkelheit und Schmerz. *Brennendem* Schmerz zwischen ihren Beinen. Dort, wo er ihr schon einmal so wehgetan hatte.

Endlich gelang es ihr, sich zu bewegen. Sie taumelte rückwärts und stieß gegen eine Sitzreihe. Von Panik getrieben versuchte sie, darüber wegzuspringen, aber sie blieb mit der Schuhspitze an einer Rückenlehne hängen und schlug hart auf dem Boden auf. Hastig drehte sie sich zu der albtraumhaften Gestalt um, die unaufhaltsam auf sie zukam.

Beim letzten Mal hab ich's falsch gemacht, sagte das schwarze Ungeheuer. *Aber wir können es ja noch einmal ver-*

suchen, und dann mach ich es bestimmt richtig. Dann macht's auch dir Spaß.

Immer mehr Schlangen quollen aus seinen Lenden. Sie schnappten nach ihr, verfehlten sie mehrfach nur knapp, während sie rücklings von ihnen wegzukriechen versuchte. In ihrem Kopf hallte ein einziger Gedanke wie ein Mantra:

Er wird mir wieder wehtun. Er wird mir wieder wehtun. Er wird mir wieder WEHTUN!

Dann wurde ihr klar, dass sie noch immer den Schraubenzieher festhielt. Hatte er ihr nicht schon einmal das Leben gerettet?

Sie hob ihn hoch und hieb damit nach dem schwarzen Etwas, das mit ausgestreckten Armen auf sie zukam. Schritt für Schritt für Schritt.

»Weg!«, kreischte sie. »Verschwinde! Lass mich in Ruhe!«

Wieder und wieder stach sie mit dem Schraubenzieher zu. Doch sie traf nur auf Luft. Als sei das schwarze Etwas vor ihr nur ein finsterer Nebel.

»Hau ab! Hau endlich ab!«

Du kannst mich nicht verjagen, dröhnte der Schwarze Mann. *Du wirst mich niemals los. Nie mehr! Und du weißt auch, warum. Also komm her, Lara! Komm, Lara! Laaaara!*

»Lara!«

Jemand rief ihren Namen. Jemand, der sich ganz anders anhörte.

Sie blinzelte.

Der Schwarze Mann war nicht mehr da.

Da war nur noch sie, die am Boden lag und mit zitternder Hand den Schraubenzieher vor sich hielt. Und da war …

»Lara? Um Himmels willen, was machen Sie denn da?«

Professor Struck eilte durch die Tür, dicht gefolgt von Tim. Die beiden sahen sie erschrocken und verwundert zugleich an.

»Ich ... ich bin nur hingefallen«, stammelte sie und richtete sich auf. »Da lag dieser Schraubenzieher, und ich ...«

Sie verstummte. Was sollte sie auch sagen?

Professor Struck fuhr sich durch sein schütteres graues Haar. Diese Geste sah sie sonst nur bei ihm, wenn er zu einem seiner Vorträge auf die Bühne ging. Als ob es ihm helfen würde, seine Gedanken zu ordnen.

»Lassen Sie mal sehen«, sagte er und kam mit den stelzfüßigen Schritten eines Fünfundsiebzigjährigen auf sie zu.

Für einen Moment schien sich sein wacher Blick tief in ihren Kopf zu bohren, wo er jeden ihrer Gedanken lesen konnte. Dann deutete er auf ihre Hand.

»Das ist ein Phasenprüfer, Lara. Den wird wohl der Elektriker verloren haben, als er gestern die defekte Leuchte ausgewechselt hat. Haben Sie sich denn wehgetan?«

Sie rieb sich die Schulter und lächelte schüchtern. »Nein, es geht schon. Alles in Ordnung.«

»Wirklich?«

Wieder dieser eindringliche Blick. Struck wusste, was wirklich mit ihr los war, und das nicht nur, weil sie ihm bei ihrem Vorstellungsgespräch ihre Geschichte erzählt hatte. Er hatte vor Jahren seine einzige Tochter an eine Depression und eine Überdosis Schlaftabletten verloren. Das hatte er *ihr* erzählt.

Er hatte ihr auch gesagt, dass er Verständnis für ihre Situation habe und immer für sie da sein werde, wenn sie Probleme hätte. Die einzige Bedingung, die er dafür gestellt hatte, war absolute Ehrlichkeit. Keine Lügen.

»Ja, es ist wirklich alles in Ordnung«, sagte sie. »Ich war nur ein bisschen überspannt wegen der vielen Schüler vorhin, und da habe ich wohl nicht richtig aufgepasst. Tut mir leid.«

»Oh, das muss Ihnen nicht leidtun«, erwiderte der Professor. »So eine Meute Kinder kann ganz schön anstrengend sein, nicht nur für Sie. Nicht wahr, Tim?«

»Absolut«, stimmte dieser ihm zu.

Ohne sich nach ihm umzusehen, nickte Struck ihr lächelnd zu. »Also machen Sie sich deshalb keine Gedanken, Lara. Wie wär's, wenn Sie für heute Schluss machen und nach Hause gehen? Ruhen Sie sich etwas aus, dann sind Sie morgen wieder frisch und munter. Wenn Sie wollen, kann ich Sie auch gerne fahren. Dann müssen Sie nicht auf den nächsten Bus warten.«

Doch dazu kam es nicht, denn gerade, als Lara und der Professor zum Parkplatz gehen wollten, kam ihnen Marion Leutke entgegen. Der Betreuerin mit der zeltartigen roten Regenjacke und dem goldenen Kruzifix auf der üppigen Brust genügte nur ein Blick auf die beiden, um festzustellen, dass etwas vorgefallen war.

»Um Gottes willen, Lara, ist etwas passiert? Ich wollte gerade nach dir sehen.«

Lara schluckte und ballte die Fäuste.

Auch das noch! Das ist alles seine *Schuld! Dieser verdammte Mark Behrendt hat alles durcheinandergebracht!*

Kapitel 29

Seufzend stützte sich Mark mit den Ellbogen auf die Tischplatte und rieb sich die Schläfen. Er hatte sich auf einiges gefasst gemacht, als er die Enter-Taste des Archiv-Terminals gedrückt hatte. Trotzdem nahm ihn dieser Ausflug in Ellen Roths Vergangenheit emotional deutlich mehr mit, als er geglaubt hatte.

Die Suchergebnisse waren chronologisch aufgelistet, und gleich der erste Artikel weckte eine Erinnerung in ihm.

Auf einem Gruppenfoto unter der Schlagzeile *ÄRZTE-TEAM ERHÄLT VERSTÄRKUNG* waren neben einigen anderen ehemaligen Kollegen er selbst, Ellen Roth und Christoph Lorch zu sehen. Das Foto war am Tag ihres Dienstantritts in der Waldklinik aufgenommen worden, und der Pressefotograf hatte eine der Grünanlagen als Hintergrund gewählt. Damals, an einem sonnigen Frühlingstag, als noch keiner von ihnen ahnen konnte, was ihnen bevorstand.

Ein weiterer Artikel berichtete von Ellens Sieg beim Fahlenberger Marathon und der Spendenaktion, zu deren Gunsten der Lauf veranstaltet worden war.

Mark erinnerte sich noch, dass der Klinikleiter bei seiner Eröffnungsansprache die geflügelten Worte des römischen Dichters Juvenal zitiert hatte. *Mens sana in corpore sano.* Ein gesunder Geist in einem gesunden Körper.

In Anbetracht dessen, was nur wenig später vorgefallen war, kam Mark dieses Zitat jetzt geradezu ironisch vor. Rückblickend stellte das Leben eben immer wieder gerne unter Beweis, dass es einen ziemlich schwarzen Humor haben konnte.

Dann folgte ein dritter Artikel, der aus dem Oktober desselben Jahres stammte, und schon der Titel versetzte ihm einen Stich: *WAHNSINNIGE PSYCHIATERIN TÖTET KOLLEGEN.*

Er überflog den Inhalt nur kurz. Die Darstellung der Ereignisse war ebenso sensationsheischend aufgebauscht wie die dazugehörige Schlagzeile.

Das dürfte seinerzeit sicherlich für eine hohe Auflage gesorgt haben, dachte Mark finster, und musste den Kopf schütteln. Die hanebüchenen Erklärungsversuche, die der Verfasser zu Ellens Fall lieferte, schienen fast wörtlich dem Psychiater am Ende von Hitchcocks *Psycho* entliehen zu sein.

Warum hat dieser Schmierfink nicht auch noch Jason Voorhees oder Michael Myers ins Spiel gebracht? Oder besser gleich noch Hannibal Lecter?

In einem weiteren Artikel desselben Verfassers kamen mehrere Personen zu Wort, die der *Psycho-Ärztin,* wie Ellen nun tituliert wurde, begegnet waren. Vonseiten der Klinik schien sich niemand für ein Interview bereit erklärt zu haben, aber es hatte offenbar genügend andere »Zeugen« gegeben, die bereitwillig Auskunft erteilt hatten. Unter anderem der Inhaber eines Buchantiquariats, ein Polizeibeamter, der Betreiber eines Reisebüros und ein Hotelier namens Thieminger.

Letzterer weckte Marks Interesse, und nur wenige Mausklicks später erfuhr er, dass es sich dabei um den ehemaligen Eigentümer des Hotelgasthofs Jordan handelte. Der Mann, der laut Lüders später nach Korsika ausgewandert war.

Daher hat Ares von dem Hotel gewusst! Er muss dieses Interview gelesen haben!

Darin berichtete Thieminger, dass sich Lara (oder vielmehr *Ellen* zu jener Zeit) eines Nachts in sein Hotel eingecheckt hatte. Sie sei »völlig ramponiert« bei ihm erschienen und habe nach einem Zimmer gefragt.

Der Text endete mit der Vermutung des Hoteliers, dass Ellen möglicherweise kurz zuvor »diese abscheuliche Tat« begangen habe, und dass er sich wohl glücklich schätzen könne, nicht selbst der »Psycho-Ärztin« zum Opfer gefallen zu sein.

Danach war Ellen Roth aus dem Licht der Öffentlichkeit verschwunden. Ihr Name tauchte nur noch einmal in einem Artikel über den Gerichtsprozess zum Fall der *Lara B.* auf.

Unter dem Titel *PSYCHO-ÄRZTIN MUSS IN ANSTALT* wurde berichtet, dass Lara wegen geistiger Unzurechnungsfähigkeit von den Anklagen des heimtückischen Mordes und der schweren Körperverletzung freigesprochen worden war. Stattdessen hatte das Gericht ihre Unterbringung in einer psychiatrischen Einrichtung angeordnet.

Wieder rieb sich Mark die Schläfen, während sich seine Gedanken wie ein Karussell zu drehen begannen.

Das also war es, was Ares offiziell über Ellen Roth wissen konnte. Aber in welchem Bezug stand das zu ihm? Gab es überhaupt eine Verbindung zu den Ereignissen um Ellen Roth oder hatte sich das, wofür Ares sich rächen wollte, bereits vorher ereignet?

Und was hatte das alles mit ihm, Mark Behrendt, zu tun? Warum hegte Ares auch gegen ihn einen derart extremen Zorn, dass er Tanja ermordete und ihren Tod dann zynisch als *Kollateralschaden* bezeichnete?

Was auch immer dahinterstecken mochte, musste äußerst schwerwiegend sein. Es musste den Tod einer oder mehrerer Personen zur Folge gehabt haben. Was sonst sollte in den Augen dieses Irren eine Blutrache rechtfertigen?

Mark löschte den Inhalt der Suchmaske. Dann begann er Begriffe einzugeben, die den Kriterien entsprechen konnten. Er versuchte es mit *Unfall, Tod, Suizid, Mord, Selbstmord* und dergleichen mehr, und begrenzte die Suche auf die drei Jahre vor 2009 – den Zeitraum, in dem er mit Ellen Roth in der Waldklinik gearbeitet hatte.

Dann schränkte er die beachtliche Liste von Ergebnissen auf den Regionalteil ein. Was auch immer es war, wonach er Ausschau hielt, es musste hier in der Nähe geschehen sein. Wenigstens in diesem Punkt war er sich sicher.

Aber trotz all dieser Einschränkungen weckte keines der Ergebnisse seinen Verdacht. Hastig überflog er jeden der angezeigten Artikel, doch nichts von dem, was er las, schien ihm ausreichend als Grund für Ares' Rachefeldzug – zumal er auch keinen Bezug zu Ellen Roth und sich selbst sah.

Während der Wirtschaftskrise 2008 hatten sich zwei Geschäftsmänner das Leben genommen, deren Unternehmen in Konkurs gegangen waren. Außerdem hatte es einige Unfalltote gegeben, von denen vier auf das Konto von betrunkenen Fahrern gingen. Aber keiner der Betroffenen stand in einem erkennbaren Zusammenhang mit der Waldklinik.

Ebenso verhielt es sich mit den Morden, und als Mark nun die alten Schlagzeilen las, erinnerte er sich sogar daran. Insgesamt hatten sich – außer dem Fall von Ellen Roth und Christoph Lorch – in den besagten drei Jahren zwei weitere Fälle ereignet. Ein Tankstelleninhaber war bei einem Raubüberfall getötet worden und eine Frau den Folgen einer brutalen Vergewaltigung erlegen.

In beiden Fällen waren die Täter gefasst worden, und sie hatten nichts mit der psychiatrischen Klinik zu tun gehabt. Auch nicht die Opfer. Da war er sich sicher.

Beharrlich überflog Mark weiter jede Schlagzeile, jeden Text, und als er schließlich am Ende der Ergebnisliste angelangt war, tränten ihm die Augen vor Erschöpfung.

Er stieß einen frustrierten Fluch aus und fuhr dann zusammen, als plötzlich die Tür hinter ihm geöffnet wurde.

»Na, Herr Retro, macht's Spaß?«

Nici kam herein und hielt ihm einen Becher Kaffee entgegen.

»Ich dachte, Sie könnten bestimmt eine kleine Stärkung vertragen«, sagte sie. »Und weil ich nicht wusste, ob Sie Milch oder Zucker dazu wollen, habe ich Ihnen beides mitgebracht.«

»Danke, Nici, Sie sind ein Engel«, sagte er, und füllte beide Zuckerpäckchen in die Tasse. Eigentlich verabscheute er süßen Kaffee, aber sein Gehirn brauchte jetzt dringend ein Aufputschmittel.

»Endlich mal jemand, der meine Qualitäten erkennt«, sagte Nici lachend. »Und Sie scheinen ja ein ganz Süßer zu sein. Brauchen Sie noch mehr Zucker?«

»Nein, danke. Nur noch etwas mehr Zeit. Ist das in Ordnung?«

»Sicher. Wir schließen erst um fünf. Sie haben also noch drei ganze Stunden für Ihre Suche, nach was auch immer.«

Er sah erschrocken zur Zeitanzeige auf dem Monitor. *13:52 Uhr.* War es wirklich schon so spät?

Verdammt, am Ende vergeude ich hier vielleicht nur wertvolle Zeit! Doreens Zeit und die von Lara! Wenn ich nicht …

»Na, dann«, sagte Nici hinter ihm. »Weiterhin viel Erfolg beim Suchen. Ich sehe später noch mal nach Ihnen.«

»Danke«, murmelte er, und bekam kaum mit, wie sie hinter ihm wieder das Archiv verließ. Möglich, dass der Zucker bereits Wirkung zeigte oder vielleicht hatte es auch nur an der kurzen Ablenkung gelegen, aber ihm war auf einmal ein Gedanke gekommen.

Wenn es sich nicht während *meiner Zeit in Fahlenberg ereignet hat, dann vielleicht* danach. *Womöglich macht er uns ja für die* Auswirkung *von etwas verantwortlich, was wir getan haben?*

Er klickte auf die Zeiteinschränkung der Suchergebnisse und wechselte auf den Zeitraum ab Oktober 2009.

Nachdem er *Älteste Ergebnisse zuerst anzeigen* ausgewählt hatte, sprang ihm eine Schlagzeile entgegen, die sofort seine Aufmerksamkeit auf sich zog. Der zugehörige Artikel führte sowohl den Regionalteil als auch die Titelseite der Ausgabe vom 27. Dezember an.

Mark öffnete die Datei, und als er den Text unter dem Foto las, das ihm nun angezeigt wurde, beschleunigte sich sein Herzschlag.

Er schien gefunden zu haben, wonach er gesucht hatte.

Kapitel 30

Eine Jesus-Statuette mit Wackelkopf auf dem Armaturenbrett, ein neongrüner Plastikrosenkranz, der neben einem Wunder-Baum mit Vanillearoma vom Rückspiegel baumelte, und Michael Bublé aus dem CD-Spieler.

All das konnte Lara gerade noch so ertragen. Aber dass sie nun auf dem Beifahrersitz ihrer Betreuerin auch noch eine Gardinenpredigt über sich ergehen lassen musste, zerrte gewaltig an ihren ohnehin schon angespannten Nerven. Noch dazu, weil Marion Leutke sie wie immer duzte und mit ihr sprach, als sei sie ein zurückgebliebenes Kind.

Das nennt man Diskriminierung, du dämliche Kuh, dachte sie zornig. *Nur weil ich psychisch krank war, gibt dir das noch lange nicht das Recht, so mit mir zu reden. Und überhaupt, wer von uns ist hier eigentlich wirklich die Verrückte? Ich, weil ich manchmal Dinge sehe, die es nicht gibt, oder du mit deinem Glauben an einen himmlischen Papa und die jungfräuliche Empfängnis? Ich sehe wenigstens ein, dass ich wieder mal bloß halluziniert habe!*

Doch auch wenn sie all das ihrer korpulenten Betreuerin mit dem christlichen Missionarskomplex am liebsten ins Gesicht gebrüllt hätte, blieb sie still. Marion hatte in dieser Beziehung die Macht, und das wussten sie beide. Sie konnte jederzeit dafür sorgen, dass Lara wieder eingewiesen wurde. Und noch einmal wollte Lara ganz bestimmt nicht in die Klinik gehen. Nein, so weit durfte es nicht kommen!

»Ein Glück, dass gerade heute einer meiner Klienten seinen Termin absagen musste und ich auf die Idee gekommen bin, mal ganz spontan nach dir zu schauen«, plapperte Marion weiter, nachdem Thema Nummer eins – ob Lara denn auch regelmäßig ihre Medikamente einnehme – endlich abgehakt war.

»Ehrlich, Lara, ich frage mich ernsthaft, ob dieser Arbeitsplatz der richtige für dich ist. All die vielen Menschen und der Stress. Das ist nicht gut für dich. Nein, ganz und gar nicht! Wie konnte ich mich nur von dir überreden lassen, dir ausgerechnet diese Stelle zu vermitteln? Du hättest besser auf mich hören und die Stelle in der Stadtbücherei annehmen sollen. Da wären deutlich weniger Leute, und du hättest deine Ruhe. Aber nein, du wolltest ja unbedingt ins Planetarium! Wie, im Namen unseres lieben Herrn, bist du überhaupt auf diese absurde Idee gekommen?«

»Wegen James Dean«, sagte Lara beiläufig, ohne den Blick von der grauen Regenlandschaft abzuwenden, die vor dem Fenster vorbeizog.

»Wie bitte?« Marion warf ihr einen verblüfften Blick zu. »Wieso denn James Dean?«

»Da lief mal dieser Film mit ihm im Fernsehen. *Jenseits von Eden*, kennen Sie den?«

»Dieser alte Schinken?« Marion rümpfte die Nase. »Lauter Jugendliche, die gegen das vierte Gebot verstoßen und sich gegen ihre Eltern auflehnen. Herrje!«

Lara zuckte die Schultern. »Jedenfalls kam darin ein Planetarium vor, und als ich dann die Stellenanzeige gesehen habe, dachte ich, da will ich auch arbeiten.«

»Wegen eines gottlosen Films!«, schnaubte Marion und schüttelte verständnislos den Kopf.

Lara kommentierte die abfällige Bemerkung nicht. Wie hätte sie Marion auch erklären können, dass es nicht irgendein Film – ob gottlos oder nicht –, sondern der *erste* Film war, den sie in ihrem neuen Leben gesehen hatte. Der erste, den sie *bewusst* angeschaut und dessen Inhalt sie erfasst hatte. Damals im Aufenthaltsraum der Station, während einer ihrer Mitpatientinnen auf ein imaginäres Handy in ihrer Hand gezeigt und voller Stolz verkündet hatte, sie habe schon wieder eine SMS von Michael Jackson bekommen.

Einige Tage später war Lara dann in der Zeitung die Stelle als Aushilfe im Steinbacher Planetarium aufgefallen, und es war ihr wie ein Zeichen vorgekommen.

Warum nicht?, hatte sie damals gedacht, und dachte es auch jetzt. Warum sollte es nicht der richtige Job für sie sein? Dunkle Räume, in denen man sich schon mal unwohl fühlen konnte, gab es schließlich überall. Auch in der Bibliothek, wo es zudem noch unerträglich still gewesen wäre.

Und schließlich war doch bis zu Mark Behrendts Erscheinen auch alles gut gegangen. *Er* allein war der Stressfaktor, dem sie nicht gewachsen gewesen war. Jedenfalls noch nicht. Deshalb war ihr ja auch die andere zu Hilfe gekommen, und nur deshalb hatte sie nach all der Zeit auch wieder den Schwarzen Mann gesehen. Wegen *ihm*!

Aber sie würde den Teufel tun, Marion davon zu erzählen. Das hätte sie selbst dann nicht getan, wenn sie sich prächtig verstanden hätten. Nicht, nachdem Marion ihr damals erklärt hatte: »Er mag vielleicht dein Leben gerettet haben, aber dann hat er dich im Stich gelassen. So sind Männer eben. Auf die darf man sich nicht verlassen. Aber ich werde immer für dich da sein. Immer, Tag und Nacht!«

Und diese Drohung hatte Marion wahrgemacht. Das Gericht hatte ihr Laras Betreuung übertragen, und die würde sie noch für die nächsten zweieinhalb Monate fortführen.

Bis dahin musste Lara sich als rehabilitiertes Mitglied der Gesellschaft bewähren, und so blieb ihr nichts anderes, als sich ruhig zu verhalten und Marions Bevormundung zu ertragen, wenn sie keinen rechtlichen Ärger wollte. Denn jemand mit ihrer Vorgeschichte würde immer den Kürzeren ziehen, wenn Aussage gegen Aussage stand.

Sobald die Zeit um ist, werde ich dich da hinschicken, wo der Pfeffer wächst, dachte sie, und ihr Spiegelbild im Beifahrerfenster lächelte zustimmend.

Nach der kurzen Fahrt, die ihr dank Marion jedoch wie

eine Ewigkeit vorgekommen war, hielten sie endlich vor ihrem Haus. Marion gab ihr natürlich noch einige Ratschläge mit auf den Weg, bevor sie sie gehen ließ. Lara solle prüfen, ob sie wirklich ihre Tabletten genommen habe, dann solle sie ein paar Stunden schlafen, und vor allem solle sie unbedingt mehr essen, weil sie ja so eingefallen aussähe. Dann endlich durfte sie aussteigen.

Erst nachdem Marions blauer Seat um die Kurve am Ende der Straße verschwunden war, atmete sie auf. Sie legte den Kopf in den Nacken, ließ sich den Regen aufs Gesicht prasseln und genoss diesen Moment der Freiheit. Dann holte sie die Post aus ihrem Briefkasten, und als sie in ihrer Wohnung war, schloss sie die Tür hinter sich ab.

Der Klassiksender im Küchenradio empfing sie mit leiser Klaviermusik, und während sie sich eine Tasse Tee aufbrühte, spürte sie, wie sie allmählich ruhiger wurde. Zwar zitterten ihre Hände noch immer ein wenig, aber es war kein Vergleich zu dem Zittern von vorhin, als sie geglaubt hatte, wieder dem Schwarzen Mann ausgeliefert zu sein.

Inzwischen kam ihr dieser Vorfall nur noch wie die Erinnerung an einen besonders intensiven Albtraum vor, und bald würde das Zittern vollends aufhören, da war sie sich sicher.

Während sie an ihrem Chai nippte, sah sie ihre Post durch. Das meiste davon waren Werbeprospekte. Dazwischen entdeckte sie nur ein Schreiben ihres Energieversorgers, der einen neuen Öko-Strom-Tarif anpries, und ein unbeschriftetes weißes Kuvert.

Bestimmt auch nur Werbung, dachte sie, und riss den Umschlag auf. Er enthielt eine weiße Karte, und als sie das einzelne Wort darauf las, stieß sie einen spitzen Schrei aus.

Sie warf den Umschlag und die Karte von sich, als habe sie sich die Finger daran verbrannt, und augenblicklich kehrte das Zittern zurück. Heftiger als zuvor. Auf einmal konnte sie kaum noch atmen.

Ihr war, als würde der Raum plötzlich schrumpfen, enger werden und immer enger, bis die Wände und die herabsinkende Decke sie zu zerquetschen drohten.

»Nein«, flüsterte sie. »Nein, nein, nein, nein! Das sehe ich nicht. Es ist nicht wirklich da!«

Doch die Nachricht war keine Einbildung. Diese Karte war real. Sie lag *wirklich* vor ihren Füßen, und auch die klaren, harten Buchstaben darauf blieben unverändert.

Das Wort war keine Täuschung ihrer überreizten Nerven, auch wenn sie sich jetzt nichts sehnlicher wünschte. Dieses Wort war *echt*.

Jemand hatte ihr dieses Kuvert zukommen lassen. Und da es keinen Poststempel trug und nicht einmal adressiert war, musste das bedeuten, dass dieser Jemand hier gewesen war. An *ihrem* Briefkasten, vor *ihrer* Wohnung!

Plötzlich spürte sie, dass sie nicht mehr allein war. Doch statt der anderen starrte ihr diesmal die Reflexion eines kleinen Mädchens aus der Glasscheibe der Balkontür entgegen. Ein Mädchen in einem bunten Sommerkleid. Und es grinste sie spöttisch an.

Jetzt hast du Feigling Angst gekriegt, stimmt's? Willst du dir so etwas wirklich gefallen lassen?

»Nein«, keuchte Lara. »Diesmal werde ich mich wehren.«

Gut so, sagte das Mädchen im Fenster. *Beweis mir, dass du kein Angsthase bist!*

Kapitel 31

Die Verfasserin des Artikels – eine Journalistin namens Carla Weller – legte deutlich mehr Taktgefühl an den Tag als ihr Kollege, der über »den Fall der Lara B.« berichtet hatte. Auch wenn Mark die Schlagzeile *FAMILIENDRAMA ENDET TÖDLICH* nicht gerade als zurückhaltend empfand, der Artikel selbst war es durchaus.

Das Foto zeigte ein weihnachtlich dekoriertes Haus, vor dem mehrere Streifenwagen und ein Rettungswagen standen. Wie der nachfolgende Text erklärte, war der Eigentümer des Hauses, ein Forstarbeiter namens Jochen T., am Abend des ersten Weihnachtsfeiertags aus ungeklärten Gründen Amok gelaufen. Er hatte mit seinem Jagdgewehr auf seine Frau und seine kleine Tochter geschossen und anschließend die Waffe gegen sich selbst gerichtet.

Auf weitere blutige Details ging der Artikel nicht ein. Er berichtete aber noch, dass das Mädchen überlebt hatte und mit lebensgefährlichen Schussverletzungen ins Fahlenberger Stadtklinikum gebracht worden war.

Die mehrstündige Notoperation der kleinen Melanie T. dauert zu Redaktionsschluss noch an. Ein Mitarbeiter des Rettungsdienstes sagte jedoch, es würde an ein Wunder grenzen, wenn sie diese Verletzungen überlebt, endete der Artikel.

Aus einem weiteren Artikel, der mit dem ersten verlinkt war, erfuhr Mark, dass das erhoffte Wunder ausgeblieben und Melanie T. zwei Tage später ihren Verletzungen erlegen war.

Das ist es!, durchfuhr es ihn. *Deshalb das merkwürdige Ultimatum. Zwei Tage und diese Uhrzeit. 18:31 Uhr. Wohl genauso lange, wie die Kleine damals durchgehalten hat.*

Dann las er den letzten Satz, und ihm stockte der Atem.

Zurück bleibt nur der 17-jährige Sohn der Familie T., der sein Leben dem glücklichen Zufall zu verdanken hat, dass er an jenem Abend nicht zu Hause war.

Mark schluckte. Vor Aufregung hatte er beide Hände um die Tastatur geklammert.

Ares konnte nur dieser Sohn sein! Der wäre inzwischen siebenundzwanzig Jahre alt, was ziemlich genau der Schätzung des Grafologen entsprach, der die Drohnachricht von Tanjas Mörder untersucht hatte.

Zwar wusste Mark damit immer noch nicht mehr über Ares als dessen Alter, und dass sein Familienname mit einem T begann, aber zumindest hatte er eine Spur.

Endlich eine Spur!

Er rief die Todesanzeigen auf, und tatsächlich wurde er schon kurz darauf fündig. Auf einem großen Foto war eine lachende Frau zu sehen, die ein kleines Mädchen mit fröhlichem Zahnlückengrinsen umarmte. Das Foto war in Farbe und nicht im sonst für Traueranzeigen geläufigen Schwarzweiß gehalten, als ob es die vergangene Lebendigkeit der beiden betonen sollte.

Mark kam dieses Bild wie eine Anklage vor. *Seht her*, schien Ares damit sagen zu wollen. *Seht genau hin! Diese beiden wurden aus der Blüte ihres Lebens gerissen. Sie sollten nicht tot sein, und ich werde es nicht akzeptieren!*

Dieser Eindruck verfestigte sich noch, als Mark die zwei kurzen Zeilen las, die unter das Bild gedruckt worden waren.

Mama und Melli
Lev 17,11

Das war alles. Weder die Lebensdaten noch die aus-
geschriebenen Namen. Keine Floskel wie *In stiller Trauer*,
gefolgt von Ares' eigenem Namen und dem Zusatz *Sohn
und Bruder*, und erst recht nicht der Name des Ehemanns,
Vaters und Mörders.

Einfach nur *Mama und Melli*.

Das waren sie für ihn und würden es wohl immer sein.

Du willst nicht bemitleidet werden, dachte Mark. *Du
willst, dass man sich an deine Mutter und deine Schwester erinnert. Du hast ihnen ein Denkmal gesetzt und sinnst wohl
seit ihrem Tod auf Rache. Aber was, um alles in der Welt, hat
das mit mir und Ellen Roth zu tun?*

Mark öffnete ein neues Fenster im Browser und googelte
den erwähnten Bibelvers aus dem Buch Levitikus:

*Das Leben des Fleisches sitzt nämlich im Blut.
Dieses Blut habe ich euch gegeben, damit ihr auf dem
Altar für euer Leben den Sühneritus vollzieht;
denn das Blut ist es, das für ein Leben sühnt.*

Mark stöhnte auf. Ares, der Gott der Rache, der Angst und
Schrecken mit sich brachte, und diejenigen bestrafte, denen
er die Schuld an seinem Leid gab. Er wollte Blutrache für
den Mord an seiner Familie, und spätestens jetzt war Mark
klar, dass dieser hasserfüllte Wahnsinnige Doreen niemals
verschonen würde, ganz gleich, ob Mark seine Forderung
erfüllte oder nicht. Es gab nur einen Weg, Ares zu stoppen:
Er musste ihn rechtzeitig finden.

Abermals ging die Tür auf, und Nici kam zu ihm herein.

»Na, Sie fleißiger Rechercheur, Kaffeenachschub ge-
fällig?«

»Nein, danke«, sagte Mark und schloss hastig alle ge-öffneten Fenster auf dem Monitor. »Ich bin schon fertig. Aber Sie waren mir eine große Hilfe, Nici. Nochmals vielen Dank für alles!«

»Dann können Sie sich ja bald mal revanchieren.«

»Das werde ich, sobald ich kann«, versprach er. »Aber jetzt muss ich dringend los.«

Er hatte endlich eine Idee, von wem er mehr über Ares erfahren konnte. Vor allem dessen richtigen Namen.

Kapitel 32

»Ah, Dr. Behrendt, willkommen zurück!«

Erich Lüders legte eine Zeitschrift über antike Uhren beiseite, und Mark schoss die Frage durch den Kopf, wie man ein ganzes Magazin mit so einem Thema füllen konnte.

»Ich hoffe, Sie genießen Ihren Aufenthalt in unserer schönen Stadt«, fügte Lüders redselig hinzu. »Das Wetter lässt ja bedauerlicherweise etwas zu wünschen übrig.«

»Nun ja, eigentlich bin ich auch nicht wegen der schönen Aussicht hier«, erwiderte Mark und klopfte sich die Regentropfen von der Schulter. »Ich würde Sie gern etwas fragen.«

Der Hotelier sah ihn über den Rand seiner schmalen Lesebrille hinweg an. »Nur zu, ich helfe gern, wenn ich kann.«

»Ich denke, das können Sie tatsächlich«, sagte Mark,

und beschloss, ohne weitere Umschweife zum Thema zu kommen. »Ich bin auf der Suche nach jemandem, den Sie wahrscheinlich kennen, zumindest oberflächlich. Vermutlich war er vor Kurzem hier zu Gast.«

»Aha.« Lüders schmunzelte. »Ich dachte mir bei Ihnen ja schon so etwas in der Art. Wissen Sie, um diese Jahreszeit kommt eigentlich niemand nach Fahlenberg, der keinen guten Grund dafür hat. Und wenn ich ganz offen sein darf, sehen Sie auch nicht wie jemand aus, der sich für einen Wanderurlaub interessiert. Das Problem ist nur, dass ich Ihnen leider keine Auskünfte über meine Gäste geben darf. Aber das muss ich einem Arzt ja bestimmt nicht erklären.«

Mark nickte. Mit einer solchen Antwort hatte er gerechnet. Andernfalls hätte er sich seinen nächtlichen Ausflug in Lüders' Büro – der nichts anderes als ein Einbruch gewesen war – sparen können. Aber nun lief ihm die Zeit immer schneller davon, und er hatte keine andere Wahl mehr, als in die Offensive zu gehen und Lüders irgendwie zum Reden zu bringen.

»Das weiß ich natürlich, und ich würde Sie auch nicht fragen, wenn es nicht wirklich wichtig wäre«, sagte er und fügte mit gesenkter Stimme hinzu: »Vielleicht sollte ich noch erwähnen, dass gerade ein Arzt selbstverständlich Diskretion wahren kann.«

»Davon bin ich überzeugt«, entgegnete Lüders, wobei er weiterhin schmunzelte. »Doch die Schweigepflicht gilt ja nur für Ihre Patienten. Ich bin aber ein Hotelier, und Sie mein Gast.«

»Ein Gast, der das, was man ihm anvertraut, für sich behalten kann.«

»Sicher, Dr. Behrendt, auch daran habe ich keinen Zweifel. Die Sache ist allerdings, dass ich meine Konzession riskieren würde, wenn ich Ihnen Einblick in mein Gästeverzeichnis gäbe. Und dazu bin ich nicht bereit, das werden Sie sicher verstehen. Die paar Jahre bis zu meinem Ruhestand möchte ich dieses Haus noch ohne Probleme führen können.«

»Dass Sie mir keinen Zugang zu Ihren Gästebüchern geben können, verstehe ich voll und ganz. Aber ein paar Fragen könnten Sie mir doch beantworten, oder? Vertraulich und ganz unter uns, versteht sich.«

Nun wurde das Schmunzeln des Hoteliers zu einem verschmitzten Grinsen.

»Tja, hin und wieder vertraue ich meinen Gästen tatsächlich etwas an«, sagte Lüders, wobei er seine Stimme verschwörerisch senkte. »In erster Linie meinen treuen Stammgästen, die bereits mehr als ein Zimmer bei mir gebucht haben. Sie verstehen, was ich meine?«

Mark verstand, und er musste zugeben, dass er den Hotelier bisher falsch eingeschätzt hatte. Der Mann mochte altmodisch und zerstreut wirken, doch hinter dieser Fassade verbarg er ein gehöriges Maß an Verschlagenheit.

Also blieb ihm nichts anderes übrig, als gute Miene zum bösen Spiel zu machen.

»Die Zeiten sind schwierig, nicht wahr?«

»Oh ja, das sind sie«, entgegnete Lüders. »Und nicht nur in der Nebensaison. Gerade jetzt ist es manchmal besonders schwierig. Vor allem an einem Tag wie heute, wenn man auch noch eine stornierte Reservierung hinnehmen muss.«

Mark zückte seinen Geldbeutel, obwohl er wusste, dass der Barbestand darin ziemlich mau aussah.

»Akzeptieren Sie auch Kreditkarten?«

Der Hotelier grinste. »Selbstverständlich. Man muss nehmen, was man bekommt, nicht wahr?«

»So ist es.«

Lüders rückte seine Lesebrille zurecht und wandte sich seinem Computer zu. »Wie wäre es mit dem Zimmer direkt neben dem Ihren? Sagen wir, für zwei Nächte?«

»In Ordnung.«

Mit einigen umständlichen Klicks nahm der Hotelier die Buchung vor. Dann steckte er Marks Kreditkarte in das Lesegerät, mit dem er deutlich sicherer zu hantieren wusste.

Gute alte Zeit hin oder her, mit bargeldloser Zahlung scheinst du kein Problem zu haben, dachte Mark und verfolgte angespannt den Zahlungsvorgang auf der Anzeige des Lesegeräts. Er hoffte inständig, dass er seinen Kreditrahmen für diesen Monat noch nicht ausgeschöpft hatte.

Glücklicherweise war das nicht der Fall, denn gleich darauf glitt die Buchungsbestätigung aus dem Drucker. Lüders reichte sie ihm zusammen mit einem Schlüssel.

»Bitte sehr, Dr. Behrendt! Zimmer 203 ist eines unserer schönsten. Von dort haben Sie einen direkten Blick auf unseren historischen Kirchturm. Spätgotik, wird Ihnen bestimmt gefallen. An Werktagen kann man den Turm auch besichtigen. Das sollten Sie unbedingt tun, wenn Sie etwas Zeit übrig haben, aber Sie scheinen ja schwer beschäftigt zu sein. Apropos: Wen, sagten Sie, suchen Sie?«

»Einen jungen Mann, so etwa Mitte zwanzig«, sagte Mark, und ließ das Buchungsformular und den Schlüssel in seiner Jacke verschwinden. »Ich weiß nicht viel über ihn, außer dass sein Nachname mit einem T beginnt, und dass er wohl vor nicht allzu langer Zeit bei Ihnen zu Gast war. Vermutlich nur für eine oder zwei Nächte. Er kommt ursprünglich aus Fahlenberg, hat in den vergangenen Jahren aber vermutlich woanders gewohnt. Sagt Ihnen das etwas?«

Für einen kurzen Moment funkelte etwas in Lüders' Augen auf, dann schüttelte er den Kopf. »Nein, kein Gast.«

»Wie bitte?«

Lüders stützte sich auf die Theke. »Sehen Sie, Dr. Behrendt, da wir ganz vertraulich reden, kann ich es Ihnen ja sagen. Die meisten Gäste, die unser Haus mit ihrem Aufenthalt beehren, sind fortgeschrittenen Alters. Sie sind da, ehrlich gesagt, eine willkommene Ausnahme. Aber normalerweise suchen die jüngeren Leute eher unsere Konkurrenz auf. Heutzutage werden eine schnelle Internetverbindung, große Flachbildfernseher auf den Zimmern und ein luxuriöser Wellnessbereich unserer klassischen Gastlichkeit vorgezogen. Am besten noch mit veganen, glutenfreien und exotischen Gerichten auf der Speisekarte statt der traditionellen lokalen Spezialitäten. Deshalb ist unsere Klientel eher ... nun ja, sagen wir, *konservativ* und meist etwas älter.«

Innerlich verfluchte Mark die zeitverschwendende Redseligkeit des Hoteliers, bewahrte nach außen hin aber die Fassung. »Das heißt, Sie kennen den Mann nicht, den ich suche?«

Wieder das verschmitzte Grinsen. »Das habe ich so nicht gesagt. Ich sagte nur, dass er *kein Gast* war. Für mich hört es sich eher so an, als meinten Sie einen meiner ehemaligen Mitarbeiter. Was können Sie mir denn sonst noch über ihn sagen?«

»Nicht viel, fürchte ich. Wahrscheinlich ist er eher introvertiert und belesen. Und ich vermute, dass er meist sehr ernst wirkt. Trifft das auf diesen Mitarbeiter zu?«

Lüders nickte. »Ja, das hört sich ganz nach Ralf an. Ernst

und schweigsam, aber immer zuverlässig. Und was hat der Junge gelesen! Alles, querfeldein, sage ich Ihnen. Romane, Mythologie und etliche Fachbücher. Meistens ging es da um Psychologie, glaube ich. Hatte jeden Tag ein anderes Buch dabei. Da konnte nicht mal meine Frau mithalten, und die ist schon eine echte Leseratte. Werden Sie ja bestimmt schon selbst bemerkt haben.«

»Ralf«, wiederholte Mark und spürte ein aufgeregtes Kribbeln in der Magengegend. »Und wie noch?«

»Tarrach«, sagte Lüders. »Ralf Tarrach. Er war aber nur kurz hier.«

»Und wann war das?«

»Diesen Sommer, gegen Ende der Feriensaison. Er war nur ein paar Wochen bei uns. Wollte sich wohl nur was dazuverdienen. Viel konnte ich ihm nicht geben, aber es schien ihm gereicht zu haben.«

»Was genau hat er denn bei Ihnen gemacht?«

»Nun, wie Sie selbst gesagt haben, war er ein wenig menschenscheu. Mit den Gästen wollte er deswegen nicht viel zu tun haben, er hat sich lieber um den Bürokram gekümmert.«

Das wundert mich nicht, dachte Mark. *Vor allem wird er sich wohl um die alten Gästebücher gekümmert haben.*

»Das war mir nur recht«, fuhr Lüders fort. »Er kannte sich hervorragend mit diesem ganzen Computerzeug aus, wissen Sie?« Er deutete auf seinen Monitor, auf dem nun ein Bildschirmschoner Fotos des Hotels zeigte. »Ohne ihn stünde ich wahrscheinlich heute noch vor diesem Ding wie der Ochse vorm Berg.«

»Sie sagten, Ralf Tarrach habe nur kurz bei Ihnen gearbeitet. Wissen Sie denn, ob er noch hier im Ort ist?«

Lüders zuckte mit den Schultern. »Tut mir leid, da kann ich Ihnen nicht weiterhelfen. Ich habe ihn seither jedenfalls nicht mehr getroffen. Offen gesagt weiß ich auch nur sehr wenig über ihn. Schließlich bin ich niemand, der den Leuten nachspioniert. Was mir jemand nicht erzählen will, geht mich nichts an. Und Ralf kommt tatsächlich hier aus der Stadt, sagen Sie?«

»Ja, seine Familie war von hier.«

»War?«

»Sie sind gestorben.«

»Oh, tut mir leid, das zu hören«, sagte Lüders und runzelte nachdenklich die Stirn. »Hat man gar nicht gemerkt, dass er ein Fahlenberger ist. Er hat keinen ausgeprägten Dialekt, wissen Sie? Aber wie schon gesagt, sind wir ja noch nicht lange hier, und was die Einheimischen betrifft, kennen wir uns nicht so gut aus. Nicht mal meine Frau, obwohl sie ursprünglich aus dem Ort kommt. Dieses ganze Gerede und die Gerüchteküche hier interessieren uns nicht. Jedenfalls nicht, solange es nicht uns betrifft.«

»Können Sie mir sagen, wo er im Sommer gewohnt hat? Vielleicht kann mir da ja jemand weiterhelfen.«

»Hm«, machte der Hotelier und wiegte den Kopf. »Das war auch so ein merkwürdiges Ding. Er hat mir keine Adresse angegeben.«

»Hatten Sie ihn denn nicht angemeldet?«

»Also, ich muss doch sehr bitten«, sagte Lüders entrüstet. »*Natürlich* habe ich ihn angemeldet, schließlich führe ich ein *seriöses* Unternehmen. Aber er hat mir nur ein Postfach und eine Handynummer genannt.«

Natürlich hast du ihn nicht *angemeldet*, dachte Mark. *So hätte das nämlich nicht funktioniert.*

»Ja, ich habe ihn genauso verwundert angeschaut wie Sie mich jetzt«, sagte Lüders schnell, als sei ihm klar geworden, dass Mark ihn durchschaut hatte. »Und wissen Sie, was er gesagt hat, als ich nachgehakt habe? Er sagte, er wohne in der Unterwelt, wo ihn kein Postbote finden würde. Dabei hat er sogar gelacht, und ich habe dann lieber nicht weiter nachgefragt. Ging mich ja auch nichts an. Wahrscheinlich hatte er sich irgendwo in einer billigen Souterrainwohnung eingemietet und sich deswegen geschämt. Na ja, ein wenig seltsam war er eben schon, dieser junge Mann, aber er war eine gute Arbeitskraft und …«

Er sprach nicht zu Ende, sondern sah über Marks Schulter hinweg zur Eingangstür. Mark folgte seinem Blick und sah einen Bus, der gerade an der Haltestelle vor dem Hotel hielt. Durch die regennasse Scheibe sah man Leute aussteigen, aber es schienen keine neuen Hotelgäste darunter zu sein.

»Dann eben nicht«, murmelte Lüders.

»Wie ist Ralf Tarrach eigentlich zur Arbeit gekommen?«, fragte Mark. »Hat er den Bus genommen?«

»Nein, er hatte ein Auto«, sagte Lüders und wandte sich ihm wieder zu. »Irgendein japanisches Modell, glaube ich. Silberfarben, wenn Sie es ganz genau wissen wollen.«

»Erinnern Sie sich noch an das Kennzeichen?«

Lüders seufzte. »Beim besten Willen nicht. Ich weiß nur noch, dass es eine hiesige Nummer war. Jedenfalls begann sie mit FAH. Aber der Landkreis ist groß, wie Sie bestimmt wissen.«

»Eine Frage noch«, sagte Mark. »Hat Ralf Tarrach vielleicht erwähnt, was er nach seiner Kündigung vorhatte?«

Lüders zuckte die Achseln. »Tja, nicht direkt. Er hat ja

eigentlich auch nicht wirklich gekündigt, sondern wollte von Anfang an nur eine kurze Arbeit zur Überbrückung. Sonst hätte ich ihn ja auch gar nicht einstellen können. Mehr als eine Saisonaushilfe ist bei unserem Budget nicht drin.«

»So etwas hatten Sie bereits angedeutet.« Ganz konnte Mark die Ungeduld nicht mehr aus seiner Stimme fernhalten.

»Ach ja?« Lüders kratzte sich am Kopf. »Ich werde wohl alt. Was wollten Sie gleich noch mal wissen?«

»Ob Ralf …«

»Ah, jetzt weiß ich's wieder!«, sagte Lüders und schnippte mit den Fingern. »Also, wenn ich mich recht entsinne, sagte er, dass er etwas vorbereiten oder organisieren müsse.«

»Mehr nicht?«

»Irgendein Projekt. Nageln Sie mich aber nicht auf seine genauen Worte fest. Ich weiß nur noch, dass er sehr ernst wirkte, als er mir das gesagt hat. Noch ernster als ohnehin schon.«

Mark nickte. Er konnte sich denken, welches »Projekt« Ralf Tarrach gemeint hatte.

»Mehr kann ich Ihnen leider nicht erzählen«, sagte Lüders, und beugte sich ein Stück über die Rezeptionstheke zu ihm herüber. »Aber jetzt sagen Sie *mir* doch mal, weshalb Sie sich so dringend für Ralf interessieren. Hat er denn etwas Unrechtes getan?«

Wenn du wüsstest, dachte Mark, und hielt seinem neugierigen Blick stand. »Das, Herr Lüders, unterliegt *meiner* Schweigepflicht.«

Der hagere Hotelier gab ein krächzendes Lachen von sich. »Sie sind mir ja so einer, Dr. Behrendt! Ich sehe schon, wir verstehen uns. Was halten Sie davon, wenn wir uns heute Abend auf einen guten Tropfen in meinem Büro …«

Erneut wurde er mitten im Satz abgelenkt, und diesmal zu Recht, denn hinter Mark wurde gerade die Eingangstür geöffnet.

»Na, wen haben wir denn da?«, sagte Lüders freudig. »Herzlich willkommen, junge Frau.«

Mark sah sich um und hob erstaunt die Brauen.

Lara Baumann stand in der Tür und hielt sie offen. Hinter ihr patschte der Regen auf den Parkplatz, und kalter Wind wehte vereinzeltes Herbstlaub in die Empfangshalle.

»Kommen Sie mit, Mark! Ich muss mit Ihnen reden. Sofort!«

Kapitel 33

Lara ging so schnell vor ihm den Bürgersteig entlang, dass er kaum Schritt halten konnte. Als sie schließlich die Überdachung der Bushaltestelle erreicht hatte, drehte sie sich wieder zu ihm um und ihre Augen funkelten zornig.

»Was soll das?«, fuhr sie ihn an, als er bei ihr angekommen war.

»Was soll was?«, fragte er ehrlich überrascht. »Was meinen Sie?«

»Tun Sie doch nicht so scheinheilig! Ich will wissen, was Sie damit bezwecken!«

»Bezwecken? Womit denn? Ehrlich, Lara, ich habe keine Ahnung, wovon Sie reden.«

»Davon!«

Sie zog ein weißes Kuvert aus ihrer Jackentasche und hielt es ihm hin.

»Was ist das?«, fragte er.

Sie sah ihn weiterhin wütend an, aber nun glaubte Mark neben der Wut auch eine Spur von Unsicherheit in ihrem Blick zu erkennen.

»Sagen Sie es mir. Wollen Sie mir etwa Angst machen?«

Er hatte keinen Schimmer, was es mit diesem Umschlag auf sich hatte, aber er konnte sich denken, wer der Verfasser des Inhalts war.

»Kann ich den Brief mal sehen?«

»Wozu? Sie wissen doch, was drinsteht.«

»Nein, das weiß ich nicht. Er ist nicht von mir.«

Sie lachte spöttisch. »Ach wirklich? Sie sind ein schlechter Lügner, Mark Behrendt, und ein dummer noch dazu! Heute Morgen, als ich meine Wohnung verlassen habe, war dieser Brief noch nicht da. Das weiß ich sicher, weil ich morgens immer nach meiner Zeitung sehe. Dann tauchen Sie an meinem Arbeitsplatz auf, und weil ich nicht mit Ihnen reden will, werfen Sie danach das da in meinen Briefkasten.«

Sie hielt das Kuvert vor ihm hoch wie eine Anklägerin ein Beweisstück vor Gericht. »Also, was soll das, Mark? Wollen Sie mir damit eins reinwürgen?«

Er seufzte und hob beschwichtigend die Hände. »Ich sage es Ihnen noch einmal, Lara, dieser Brief ist nicht von mir. Er kann gar nicht von mir sein, weil ich vom Planetarium direkt zum Zeitungsarchiv gefahren bin, und dort war ich bis vor einer guten halben Stunde. Wenn Sie mir nicht glauben, dann fragen Sie Nici.«

Sie sah ihn verblüfft an. »Nici?«

»Nicoletta, Ihre Nachbarin. Sie arbeitet bei der Zeitung. Wussten Sie das nicht?«

»Doch ... aber ich ...« Sie legte den Kopf schief und musterte ihn. »Sie waren wirklich bei ihr?«

»Ja, wirklich. Den ganzen Nachmittag. Kann ich jetzt bitte diesen Brief sehen?«

Ihr ungläubiger Blick blieb noch einen Moment auf ihm haften, wobei sie anfing, nervös auf ihrer Unterlippe herumzubeißen. Dann reichte sie ihm zögerlich den Umschlag, und als er ihn nahm, achtete sie penibel darauf, dass sich ihre Finger nicht berührten.

Mark zog eine weiße Karte aus dem Kuvert. Darauf war mit rotem Stift ein einziges Wort geschrieben: *MÖRDERIN.*

»Ich weiß, wer Ihnen das geschickt hat«, sagte er. »Deshalb wollte ich heute Vormittag ja auch mit Ihnen sprechen.«

Sie trat einen Schritt zurück und nickte ihm auffordernd zu. »Na gut, jetzt höre ich Ihnen zu. Schießen Sie los.«

Mark schlug fröstelnd den Kragen seiner Jacke hoch und deutete mit dem Kinn zum Hotel.

»Können wir dazu bitte reingehen? Es ist verdammt kalt, und wir sind beide ziemlich nass geworden. Ich habe ein Zimmer im Hotel. Eigentlich sogar zwei.«

Sie schüttelte den Kopf. »Nein, ich will da nicht rein. Mit diesem Hotel stimmt etwas nicht. Fragen Sie mich nicht, was es ist nur ... ein schlechtes Gefühl.«

»Eine verdrängte Erinnerung?«

»Kann sein.«

»Gut, dann lassen Sie uns irgendwo anders hingehen, wo wir ungestört sind. Denn was ich Ihnen zu erzählen habe, wird eine Weile dauern, und hier in der nassen Kälte holen wir uns beide noch den Tod.«

Sie sah ihn wieder auf diese durchdringende Art an, die er früher manchmal bei Ellen beobachtet hatte, wenn sie eine Diagnose gestellt hatte. Nur, dass in Laras Blick jetzt auch eine Spur von Angst zu erkennen war.

»Bin ich in Gefahr, Mark?«, fragte sie geradeheraus.

»Ich fürchte, ja.«

Sie nickte. »Und Sie?«

»Ich auch, und außerdem eine sehr gute Freundin. Sie wurde gekidnappt, und ich habe nur noch bis morgen Abend Zeit, bevor das Ultimatum des Entführers ausläuft.«

Sie senkte den Kopf und betrachtete ihre Schuhe. Das helle Leder hatte vom Regen dunkle Ränder bekommen. Als sie den Kopf wieder hob, bohrte sich ihr Blick erneut durchdringend in den seinen.

»Sehen Sie mir in die Augen, Mark, und dann sagen Sie mir, dass ich Ihnen vertrauen kann.«

»Ja, Sie können mir vertrauen«, sagte er, und hielt ihrem Blick stand. »Und ich brauche wirklich Ihre Hilfe.«

Sie atmete hörbar durch, wie jemand, der sich darauf vorbereitet, etwas sehr Schweres hochzuheben.

»Also gut«, sagte sie schließlich. »Ich bin mit dem Bus gekommen, und der nächste wird hier erst in einer knappen Stunde halten. Haben Sie ein Auto?«

»Ja.«

»Dann fahren wir zu mir nach Hause. Das ist der einzige Ort, an dem ich mich wenigstens ansatzweise sicher fühle.«

»Einverstanden«, sagte Mark und deutete zum Parkplatz des Hotels. »Mein Mietwagen steht gleich da drüben.«

Er wollte schon losgehen, aber sie rührte sich nicht.

»Ich warne Sie, Mark«, sagte sie, und zog einen kleinen schwarzen Gegenstand aus der Jackentasche. Es war eine Dose Pfefferspray, wie Mark erkannte. »Ich kann mich wehren, wenn es sein muss.«

»Das weiß ich«, sagte er ruhig. »Das konnten Sie früher schon.«

Sie hob fragend eine Braue, und für einen kurzen Augenblick sah er wieder Ellen Roth vor sich.

EIN BILD AUS DER HÖLLE (III)

Er wollte da nicht hin. Niemand sollte so etwas tun müssen. Es war doch erst zwei Tage her, dass er vor seinem Haus gestanden und all das viele Blut gesehen hatte. Er fühlte sich nicht stark genug für noch so einen schlimmen Anblick.

Aber da musste er jetzt durch. Es ließ sich nun einmal nicht ändern. Nicht, wenn er Melli, seine kleine Schwester Melli, noch ein letztes Mal sehen wollte.

Für diesen traurigen Anlass hatte man ihm extra Ausgang gewährt, und ein Pfleger namens Karsten begleitete ihn.

Er mochte Karsten, weil er nicht viel redete und ihm seine Ruhe ließ. Von Karsten kam kein therapeutisches Blabla wie »Reden ist befreiend« oder »Wenn du deine Gefühle mit anderen teilst, wird es leichter für dich«, und das war gut so.

Ihm war nicht mehr nach Reden zumute. Ihm genügte schon völlig, was ihm alles im Kopf umging. Reden hätte ihn da nur unnötig Kraft gekostet.

So waren sie schweigend nebeneinander den überdachten Weg von der geschlossenen Station der Waldklinik zum benachbarten Stadtklinikum gegangen – einem riesigen Glasbetonblock, der sie trist und grau unter einer dicken Schneehaube erwartete.

Bitterkalter Dezemberwind heulte ihnen um die Ohren und trieb Eiskristalle vor sich her, die ihnen wie Nadeln ins Gesicht stachen. Als sie schließlich den gut geheizten Eingangsbereich des Klinikums betraten, brannten seine Wangen, und auch der Pfleger sah aus, als hätte ihn der Frost geohrfeigt.

Sie nahmen den Aufzug zur Intensivstation, wo es noch wärmer war. Die Pfleger und Schwestern trugen hier sogar kurzärmelige Kittel.

Aber ihn fröstelte es immer noch, und diese Kälte kam von innen. Vielleicht lag es an dem sterilen Geruch der Station, an der bedrückenden Atmosphäre aus gedämpften Stimmen, dem gelegentlichen Stöhnen, das aus einem der Krankenzimmer drang, und den leise piependen EKG-Geräten.

Manche dieser Geräte piepten langsam, andere unregelmäßig und eines so hektisch, als wollte es sich zwischen den anderen wichtigtun. Schaudernd stellte er fest, dass es das Gerät in Mellis Raum war.

»Meinst du, es wird gehen, Ralf? Möchtest du allein zu ihr rein?«, fragte Karsten, und sah ihn mitleidig an.

Wie sehr er diesen Blick hasste. Alle sahen ihn so an. Das Pflegepersonal, seine Therapeuten, ja sogar die Ärzte.

Er wollte nicht bemitleidet werden.

Er wollte … ja, was eigentlich?

Die Zeit zurückdrehen, dachte er. *Wie in diesem Cher-Song, der heute Abend im Speisesaal gelaufen ist. Wenn ich die Zeit zurückdrehen könnte, würde ich zu Hause bleiben, statt mit einem Kumpel dieses dämliche Game zu zocken, bei dem man so viele Gegner wie möglich abknallen muss. Wenn ich die Zeit zurückdrehen könnte, würde ich dafür sorgen, dass niemand abgeknallt wird!*

Ja, für so eine zweite Chance hätte er alles gegeben. Sogar sein eigenes Leben, wenn es nötig gewesen wäre.

Schließlich war doch alles seine Schuld. Wenn er nicht zu seinem Kumpel gegangen wäre …

Aber er *war* gegangen. Und da wäre es doch nur gerecht,

wenn er sein siebzehnjähriges Dasein opfern würde, um den anderen das Leben zu retten. Wirklich, er hätte das gern in Kauf genommen, *wenn* er damit alles hätte rückgängig machen können.

Aber das war unmöglich. Was geschehen war, war geschehen. Deshalb stand er jetzt auch hier und musste das Mitleid dieses Pflegers ertragen. Seinen Blick, der sagte: *Der arme Junge ist jetzt ganz allein.*

Und ja, das stimmte. Er musste das jetzt alles allein durchstehen, weil er niemanden mehr hatte – bald nicht einmal mehr seine Schwester.

Also nickte Ralf, woraufhin der Pfleger zu einem Hocker neben der halb offenen Tür deutete.

»In Ordnung. Nimm dir so viel Zeit, wie du brauchst. Ich warte hier. Wenn etwas ist, ruf einfach nach mir.«

Ralf nickte wieder, dann schloss er kurz die Augen und atmete tief durch. Genau so, wie es ihm der Therapeut gezeigt hatte.

Aber es brachte ihm keine Erleichterung. Stattdessen war ihm, als hätte sich sein Magen plötzlich in einen Bleiklumpen verwandelt. Am liebsten wäre er auf die Toilette gelaufen, um das Wenige, was er beim Abendessen herunterbekommen hatte, wieder hochzuwürgen.

Aber eine Sache allein durchstehen zu müssen, bedeutete eben auch, dass man die dafür nötige Kraft aus sich selbst schöpfen musste. Und jetzt zu kotzen, würde ihn nur noch mehr schwächen.

Er musste an einen Satz denken, den seine Mutter einmal gesagt hatte: *Das Leben bürdet dir keine Last auf, die du nicht tragen kannst.*

Das war damals gewesen, als seine Großeltern gestorben

waren. Da hatte er zum ersten Mal richtig begriffen, dass auch seine Mutter einmal das Kind von jemandem gewesen war. Sie hatte den schmerzlichen Verlust ihrer Eltern mit stoischer Miene ertragen, weil sie auf diesen Spruch vertraut und die nötige Kraft dazu gehabt hatte.

Also konnte er das auch. Er riss sich zusammen und ignorierte die Übelkeit.

Nach einem letzten kurzen Zögern betrat er den Raum und zog dann die Schiebetür hinter sich zu.

Offenbar schien ihm das Leben eine ganze Menge zuzutrauen. Jedenfalls kam ihm das, was ihn in diesem kleinen Zimmer erwartete, schier unerträglich vor.

Ihm schossen Tränen in die Augen, als er Melli so vor sich liegen sah. In dem großen Bett wirkte sie ganz verloren. Ihr schmaler Brustkorb hob und senkte sich hektisch unter dem Laken, und ihr Keuchen ging ebenso schnell wie das Piepen des EKG-Geräts. Ihr Herz schien mit dem Schlagen kaum hinterherzukommen, und die Anzeige des Monitors glich einem steilen Gebirge, das von einem Irren in Zeitraffertempo gekritzelt wurde.

Am schlimmsten war jedoch der Anblick ihres zerstörten Gesichts. Durch das leicht beschlagene Plastik der Sauerstoffmaske wirkten ihre verbliebenen Schneidezähne wie die grinsende Hasenmaske aus *Donnie Darko*. Ironischerweise war das der letzte Film gewesen, den sie zusammen angeschaut hatten – nur wenige Tage vor Weihnachten.

»Das ist ein doofer Film«, hatte Melli an dem Nachmittag gesagt und lustlos an ihrem Strohhalm genuckelt. »Und langweilig. Ich kapier überhaupt nicht, worum's da geht.«

»Wundert mich nicht«, hatte er gestichelt. »Du bist ja noch ein Baby.«

»Selber Baby«, hatte sie gekontert, und ihm die Zunge rausgestreckt, die von ihrem Heidelbeershake ganz blau gewesen war. Das Ganze hatte schließlich in einer Popcorn-Schlacht geendet, und in jeder Menge Lachen.

Und jetzt war er derjenige, der nichts mehr kapierte.

Warum musste seine kleine Schwester so qualvoll sterben?

Sie hatte doch niemandem je etwas getan.

Gut, manchmal war sie nervig gewesen, aber so waren jüngere Geschwister nun mal – vor allem, wenn der Altersunterschied so groß war wie bei ihnen.

Und ja, hin und wieder hatte es auch Momente gegeben, in denen er sich gewünscht hatte, wieder ein Einzelkind zu sein. Ganz besonders dann, wenn Melli ihm mit ihrem Schminkköfferchen hinterhergelaufen war und ihm Lockenwickler oder lila Lidschatten verpassen wollte, weil gerade kein anderes Opfer für ihre kosmetischen Experimente verfügbar gewesen war.

Das *war* nervig gewesen, ja, das gab er zu.

Aber niemals hätte er ihr deshalb den Tod gewünscht. Niemand hätte das! Sie war doch erst acht und hätte noch ihr ganzes Leben vor sich gehabt.

Sie hatte Friseurin werden wollen, wie ihre Mama. *Hairstylistin*, wie die beiden es genannt hatten.

Und irgendwann wären die Jungs bei Melli Schlange gestanden, weil sie so hübsch war. Als junge Frau wäre sie bestimmt ein Hingucker geworden – vor allem, weil sie obendrein auch noch richtig schlau war.

Aus ihr hätte alles werden können, die ganze Welt wäre ihr offengestanden. Vielleicht hätte sie irgendwann sogar eine Familie gehabt. Eigene Kinder, die genauso hübsch und frech gewesen wären wie sie. Dann wäre er *Onkel Ralf* gewesen. Das hätte ihm gefallen.

Aber zu all dem würde es nicht mehr kommen.

Melli starb.

Hier und jetzt.

Direkt vor seinen Augen.

Und bis es so weit war, quälte sie sich. Wer so hechelte und keuchte, war kurz vor dem Ersticken. Um das zu wissen, musste man weder Arzt noch Pfleger sein.

Vielleicht würde sie noch einen Tag so durchhalten, vielleicht auch zwei oder drei. Das hatte ihm die Ärztin gesagt, als sie bei ihm auf der geschlossenen Station angerufen hatte.

Wie kann das überhaupt sein?, dachte er. *Vor ein paar Tagen haben wir doch noch auf dem Sofa gesessen, Popcorn gemampft und uns Filme reingezogen. Mal einen, den du sehen wolltest, mal einen, den ich ausgesucht habe. Wir haben uns gegenseitig aufgezogen, manchmal auch gestritten, und ab und zu sogar eines deiner albernen Spiele zusammen gespielt. Dr. Bibber, Memory, Uno oder dieses dämliche Barbie Reisespiel.*

Und jetzt liegst du hier und stirbst. Und ich ... Ich bin in der Klapse, wie Papa damals, und werde auf Schritt und Tritt von einem Pfleger begleitet, weil sie befürchten, dass ich mir etwas antun könnte. Weil ich es nicht mehr aushalte. Weil ...

»Weil das alles meine Schuld ist«, flüsterte er und setzte sich zu ihr auf den Bettrand. »Ich hätte euch nicht allein lassen dürfen. Ich bin doch dein großer Bruder! Weißt du noch, wie du mich mal gefragt hast, ob ich dich vor dem bösen Wolf beschützen würde? Da warst du noch ganz klein, und ich habe dir aus Rotkäppchen vorgelesen, weil

Mama bei meinem Elternabend war. Damals habe ich dir gesagt, dass das ja wohl klar sei. Dass große Brüder immer auf ihre kleinen Schwestern aufpassen. Dafür sind sie schließlich da. Aber warum war mir dann ein beschissenes Computerspiel wichtiger als dein Leben? Ich hätte es wissen müssen. Irgendwie war doch klar, dass so etwas passieren könnte. Aber ich war trotzdem nicht da. Nicht für Mama, nicht für dich, nicht für …«

Er schluckte und strich ihr weinend eine Locke aus der Stirn.

Melli reagierte nicht. Ihre Augen blieben geschlossen. Entweder, weil sie gar nicht mitbekam, dass er da war, oder weil sie zu sehr damit beschäftigt war, Luft zu bekommen.

Er sah sie an, hörte ihren schnellen Atem, das leise Zischen der Sauerstoffmaske und das hektische Piepen des Monitors, der ihm das Rasen ihres kleinen Herzens unausweichlich vor Augen führte.

»Ich kann es nicht rückgängig machen, Melli«, erklärte er schluchzend, und hoffte, dass sie ihn hören konnte. »Aber ich kann dafür sorgen, dass alle bestraft werden, die daran schuld sind. Alle, auch ich. Sie werden dafür büßen, dass sie dir das angetan haben. Das schwöre ich dir!«

Damit griff er nach ihrer Maske und zog sie ihr vorsichtig vom Gesicht. Sofort wurde ihr Hecheln noch schneller, als wollte sie ihm sagen, dass er sich beeilen sollte.

Und das tat er. Ohne weiter zu zögern, legte er ihr eine Hand auf das, was von ihrem Mund und ihrer Nase übrig geblieben war, stützte mit der anderen ihren Kopf und drückte behutsam zu.

Er spürte, wie ihr kleiner Körper zu zucken begann. Das hektische Auf und Ab der Linien auf dem Monitor wurde zum absoluten Chaos, und das ohnehin schon rasende *Piep-pieppiep-piep* überschlug sich beinahe.

Dann ein letztes Aufbäumen, und es war vorbei. Das Gebirge wurde zur Ebene, das Piepen zu einem durchgehenden Ton.

Er ließ die Maske wieder auf ihr Gesicht gleiten und strich ihr ein letztes Mal übers Haar. Über ihre blonden Locken, in denen noch ein verirrtes Stückchen Glimmer aus ihrem Schminkköfferchen funkelte.

Er wollte weinen, aber es ging nicht mehr. Er fühlte sich nur noch erschöpft, unsäglich leer und allein.

Die Tür hinter ihm ging auf, und eine Schwester kam eilig herein. Sie forderte ihn auf, das Zimmer zu verlassen, und das tat er, beinahe mechanisch.

Als er an der Tür angekommen war, sah er sich noch einmal zu dem großen Bett mit Mellis kleinem Körper darin um. Die Uhr daneben zeigte 18:31 Uhr an.

Ich werde mein Versprechen halten, dachte er. *Komme, was da wolle!*

Teil 3

HEIMSUCHUNGEN

»Ich wurde wahnsinnig,
mit langen Intervallen schrecklicher Vernunft.«

Edgar Allan Poe

Kapitel 34

Lara Baumanns Wohnung war klein, hell und zweckmäßig. Am Eingang führten zwei offene Türen jeweils links und rechts neben der Garderobe zu einem Schlafzimmer und einem kleinen Bad. Das Zentrum der Wohnung bildete ein offener Wohn- und Essbereich mit einer breiten Fensterfront zur Terrasse und einer Kochnische, in der ein kleines Digitalradio klassische Musik spielte.

Beim Eintreten sprang Mark sofort die sterile Ordnung ins Auge. Die Wohnung machte einen blitzsauberen und gleichzeitig unfertigen Eindruck auf ihn. Die kleine Zweiercouch sah nagelneu und unberührt aus, und auf dem Sideboard, das wohl für einen Fernseher gedacht war, stand nur ein Blumentopf mit einer Orchidee neben einer leeren Doppelsteckdose.

Es gab weder Bücher in den Regalen noch Bilder oder Fotos an den Wänden. Nichts, was einem Besucher irgendetwas über die Interessen der Bewohnerin verraten hätte. Eine frisch bezogene Wohnung, die noch darauf wartete, mit Persönlichem gefüllt zu werden – von einer Frau, die sich offenbar selbst erst noch mit Persönlichkeit füllen musste.

Während der Fahrt hatte Lara kaum ein Wort gesagt. Sie hatte Mark nur hin und wieder vom Beifahrersitz aus gemustert, und diese Seitenblicke waren ihm vorgekommen, als wöge sie weiterhin ab, ob er nicht vielleicht doch eine Bedrohung für sie darstellte.

Also hatte auch er nur das Nötigste gesprochen und ihr Zeit gegeben, sich klar zu werden, wie sie zu ihm stand. Außerdem hatte er durchaus Respekt vor dem Pfefferspray gehabt, das sie die ganze Fahrt über krampfhaft in der Hand gehalten hatte.

Nun, als er die Tür hinter sich geschlossen hatte, stellte sie die Spraydose auf die Küchenzeile. Dann drehte sie das Radio leiser.

»Setzen Sie sich, Mark.«

Sie deutete auf den Esstisch mit den beiden Stühlen, der vor dem Terrassenfenster stand, und Mark war klar, dass das nicht nur eine höfliche Aufforderung war. Sie wollte ihn im Blick und die Kontrolle über die Situation behalten. Das verriet ihm ihre angespannte Haltung, die sofort ein wenig nachließ, als er am Tisch Platz nahm.

»Wollen Sie etwas trinken? Viel habe ich nicht da, aber ich kann Ihnen Tee oder Kaffee anbieten.«

»Kaffee wäre gut«, sagte er.

Sie befüllte die Kaffeemaschine mit Pulver und Wasser, wobei sie wieder über etwas nachzudenken schien. Als die schwarze Flüssigkeit blubbernd in die Glaskanne tropfte, wandte sie sich wieder zu ihm um.

»Wie ist das eigentlich für Sie, Mark? Mich so zu sehen, meine ich.«

Er räusperte sich. »Ganz ehrlich?«

»Ja. Keine Sorge, ich verkrafte die Antwort schon.«

»Nun, es ist ziemlich befremdlich. Ich glaube, Sie zu kennen, und doch kenne ich Sie nicht. Ich kannte Sie ja nur … na ja, so wie Sie früher waren.«

Sie nickte. »Und mir geht es gerade umgekehrt. Ich kenne Sie nicht, obwohl ich es wohl sollte. Das ist … irgendwie peinlich für uns beide, nicht wahr?«

»Es muss Ihnen nicht peinlich sein. Die Situation ist eben etwas sonderbar. Für uns beide.«

»Ja, sonderbar trifft es ganz gut.«

»Können Sie sich denn an gar nichts von früher erinnern?«

»Doch schon, aber nur ein ganz kleines bisschen«, sagte sie. »Es sind eher Bruchstücke als wirkliche Erinnerungen. Stellen Sie es sich wie ein Puzzle mit Tausenden von Teilen vor, von denen die meisten gar nicht bedruckt sind. Sie sind einfach nur weiß und leer. Dazwischen liegen zwar ein paar Teile, auf denen etwas zu erkennen ist, aber ich weiß nicht, was diese Teile bedeuten und wie sie zu den anderen passen. Es gibt keine Schachtel mit dem fertigen Bild darauf, an dem ich mich orientieren könnte. Man hat mir zwar vieles über mein früheres Leben erzählt, aber das kann eigene Erinnerungen nicht ersetzen.«

»Das muss extrem irritierend für Sie sein.«

»O ja, und wie! Es ist, wie wenn man mit einem höllischen Kater aufwacht, und andere einem erzählen, was man alles getan hat, als man betrunken war. Und wissen Sie, was das Verrückteste daran ist?«

Er schüttelte den Kopf.

»Dass ich automatisch so einen Vergleich ziehe, obwohl ich nicht mal weiß, ob ich jemals betrunken gewesen bin«, sagte sie und lachte freudlos.

»Als ich Sie damals kannte, hatten Sie nur hin und wieder einen kleinen Schwips bei einer Feier oder so«, sagte Mark. »Aber nie mehr.«

Sie runzelte die Stirn und nickte wieder. Dann zog sie die inzwischen volle Kanne aus der Maschine und goss Kaffee in zwei Becher.

»Milch oder Zucker?«, fragte sie.

»Weder noch, danke.«

»Nehme ich auch nicht. Ich will den Kaffee schmecken können. Im Moment verdiene ich zwar nicht viel, aber am Kaffee und am Tee spare ich nicht. Das hier ist eine sehr gute Sorte aus Kolumbien.«

Mark nickte anerkennend. »Eine der letzten Regionen auf der Welt, wo die Bohnen noch per Hand geerntet werden.«

»Richtig.«

Sie sah ihn wieder auf diese prüfende Art an, dann setzte sie sich zu ihm an den Tisch und schob ihm den zweiten Becher hin.

»Wie hat eigentlich *sie* ihren Kaffee getrunken?«, fragte sie unvermittelt.

»Sie?«

»Na, Ellen.«

»Mit viel Milch«, sagte er, und fand es irritierend, dass Lara über ihr früheres Ich wie über eine Fremde sprach. Ihm war zwar klar, dass das eine Spätfolge ihrer Fugue sein musste, aber eine derart ausgeprägte Dissoziation, bei der die Betroffene nicht einmal mehr in der Ich-Form von ihrer anderen Persönlichkeit sprach, hatte er noch nie erlebt. Bisher hatte er darüber nur in Fachartikeln gelesen.

»*Ich* mag keine Milch«, sagte sie. »Auch nicht im Tee. Ist das nicht seltsam?«

»Vorlieben können sich ändern«, erwiderte er, obwohl ihm diese Antwort selbst schrecklich lapidar vorkam. Hinter dieser kleinen Veränderung steckte mehr – viel mehr als es oberflächlich den Anschein hatte – und das wussten sie beide.

Lara nippte an ihrem Kaffee, und ihr Blick verriet, dass sie erneut über etwas nachdachte. Doch diesmal behielt sie ihre Gedanken für sich und sah nur schweigend aus dem Terrassenfester.

Der Sturm hatte wieder zugenommen. Die Färbung des Himmels hatte von hellem Grau zu einem kräftigen Dunkelblau gewechselt, und heftiger Wind klatschte den Regen gegen die Scheiben.

»Also gut, Mark«, sagte sie schließlich und sah ihn wieder an. »Warum sind Sie hier, und wer ist der Kerl, der mir diese Nachricht geschickt hat? Und bitte seien Sie ehrlich mit mir. Sie müssen mich nicht schonen, falls Sie das denken sollten.«

»In Ordnung«, sagte er, und nahm einen großen Schluck Kaffee, der herrlich aromatisch und stark war. Dann begann er zu erzählen.

Er holte weit aus und fing mit seinem Weggang aus Fahlenberg an, erzählte, wie er etwa ein Jahr später Tanja kennengelernt hatte, und dass sie von einem Unbekannten ermordet worden war.

Er verschwieg ihr nichts, auch nicht seinen Abstieg in den Alkoholismus, und dass er nicht nur einmal kurz davor gestanden hatte, seinem Leben ein Ende zu setzen – auf die eine oder andere Art.

Dann erzählte er ihr von Doreen. Wie sie ihn seinerzeit angesprochen hatte, als er schwitzend und zitternd vor einem Getränkeladen auf und ab getigert war und mit sich gerungen hatte, nicht hineinzugehen. Wie sie ihn an jenem Nachmittag überredet hatte, in die Selbsthilfegruppe zu kommen, und wie sie ihm in den darauffolgenden Monaten geholfen hatte, trocken zu werden. Wie diese eine zufällige Begegnung sein Leben zum Positiven verändert hatte.

Er gestand Lara gegenüber auch ein, dass er es ohne Doreen nicht geschafft hätte. Dass sie ihm einmal sogar das Leben gerettet hatte, und wie wichtig sie ihm als Freundin und Mentorin geworden war. Dabei musste er sich mehrmals räuspern, als seine Angst um sie neu aufkeimte und seine Stimme brüchig und belegt werden ließ.

Zuletzt kam er auf die jüngsten Ereignisse zu sprechen. Auf Doreens Entführung, seine Rückkehr nach Fahlenberg, und natürlich auf Ares, der, wie er nun wusste, Ralf Tarrach hieß.

Dass er dabei war, herauszufinden, weshalb Ralf Tarrach ihm und Lara offenbar die Schuld am Amoklauf seines Vaters gab, und dass er einen Zusammenhang mit ihrer beider Zeit in der Waldklinik vermutete.

Lara hörte ihm aufmerksam zu, wobei ihr Gesicht ausdruckslos blieb. Als er am Ende seiner Schilderungen angekommen war, sagte sie: »Er wollte also, dass Sie mich suchen. Dabei weiß er doch, wo ich bin. Schließlich hat er mir seine Nachricht in den Briefkasten gesteckt. Das ergibt doch keinen Sinn.«

»Nun ja, das ist schon richtig«, erwiderte Mark, »aber seine eigentliche Forderung an mich war, *Ellen Roth* zu finden.«

»Die gibt es nicht mehr, es gibt nur noch mich«, sagte sie energisch. »Aber ich verstehe schon, worauf er hinauswill. Im Grunde geht es wohl weniger um Sie als um mich. Sie sollen nur sein Werkzeug sein. Er weiß, dass ich mich an nichts erinnern kann, und deshalb schickt er Sie zu mir. Sie sollen meine Erinnerungen triggern, und damit Sie das tun, bedroht er Ihre Freundin.«

Sie machte eine kurze Pause, schien wieder über etwas

nachzudenken, und dann bedachte sie Mark erneut mit einem durchdringenden Blick. »Aber das ist noch nicht alles, oder? Wozu das Ultimatum?«

»Sie haben recht«, sagte er und wich ihrem Blick aus. »Das ist noch nicht alles.«

»Was verlangt er noch von Ihnen?«, bohrte sie nach. »Was sollen Sie innerhalb dieser Frist tun?«

Auf einmal war ihm, als schnürte sich ihm die Kehle zu. Er musste schlucken, ehe er ihr antworten konnte. »Er verlangt, dass ich … nun ja, dass ich …«

»Dass Sie mich umbringen sollen?«

Als er sie wieder ansah, saß sie kerzengerade vor ihm. Zu seiner Überraschung war da keine Furcht mehr in ihrem Blick, nicht einmal Argwohn. Ihr Gesicht war völlig ausdruckslos, wenn überhaupt, konnte man allenfalls eine Spur von Neugier in ihren Augen lesen.

»Das scheint mir jedenfalls das Naheliegendste«, fügte sie sachlich hinzu. »Warum sonst sollte er Ihre Freundin entführen und Ihnen mit ihrer Ermordung drohen?«

»Ja, genau das verlangt er von mir«, gestand Mark und war überrascht, wie gefasst sie jetzt wirkte. Sie schien wie ausgetauscht und als habe sie eine Art innere Rüstung angelegt oder einen Schutzmechanismus aktiviert, der jegliche emotionale Regung unterdrückte. Eine solche Reaktion hatte er früher manchmal bei Patienten beobachtet, die über lange Zeit unter Angsterkrankungen gelitten hatten. Patienten, die gelernt hatten, sich von ihren Ängsten zu distanzieren, was in gewisser Sicht natürlich auch wieder einem dissoziativen Verhalten glich.

»Und?«, fragte sie wie beiläufig. »Werden Sie es tun?«

»Natürlich nicht!«

»Auch wenn das Leben Ihrer Freundin davon abhängt?«

»Lara, ich werde *niemanden* töten«, sagte er eindringlich. »Weder Sie noch sonst jemanden. Ich werde alles daran setzen, diesen Kerl vor Ablauf der Frist zu finden und ihm das Handwerk zu legen. Aber ich fürchte, dass ich es allein nicht schaffe. Werden Sie mir dabei helfen?«

»Habe ich denn eine Wahl? Wenn er mich hier finden konnte, kann er mich schließlich überall finden«, entgegnete sie, und wieder klang sie vollkommen kühl und sachlich. »Trotzdem verstehe ich das Ganze noch nicht. Weshalb diese Frist, und warum sollen *Sie* mich töten? Warum tut er es nicht selbst? Wozu die Entführung Ihrer Freundin? Weshalb treibt er dieses verrückte Spiel mit uns?«

»Offenbar will er uns dazu zwingen, dass wir die Zusammenhänge recherchieren«, sagte Mark. »Am Telefon hat er mehrfach was von Erkenntnis gesagt. Wir sollen wohl verstehen, wofür er uns anklagt, bevor er das Urteil vollstreckt. Deshalb auch diese seltsame Frist, die der damaligen Sterbedauer seiner Schwester entspricht. Er will …«

Das schrille Klingeln der Türglocke unterbrach ihn.

»Wer kann das denn sein?«, sagte Lara, mehr zu sich selbst als zu Mark, und stand auf.

»Doch nicht etwa Marion?«, fragte Mark, der auf ein solches Wiedersehen gern verzichtet hätte.

»Nein«, sagte Lara und griff sich das Pfefferspray. »Die hängt mir zwar ständig an den Hacken, aber dreimal am Tag wäre sogar für sie neu.«

Wieder klingelte es, diesmal länger und so schrill, dass es beinahe in den Ohren wehtat. Dann hämmerte jemand mit der Faust gegen die Tür.

»Lara!«, rief es vom Gang. »Lara, bist du da?«

Es war eine vertraute Stimme, und die beiden sahen sich verblüfft an.

Kaum hatte Lara die Tür geöffnet, kam Nici auch schon in die Wohnung gestürmt. Sie trug noch das graue Kostüm aus der Arbeit, wodurch die erregte Rötung ihres schmalen Gesichts mit den aufgerissenen Augen noch mehr zur Geltung kam.

»Lara! Gut, dass du da bist! Hast du …«

Sie stockte, als sie Mark sah, der sich nun vom Esstisch erhob.

»Mark!«, platzte sie heraus. »Sie schickt der Himmel! Habt ihr beiden ihn auch gesehen?«

»Wen?«, fragten Lara und Mark wie aus einem Mund.

»Na ihn«, stieß Nici hervor und zeigte zitternd auf die Terrassentür. »Den Kerl da draußen! Er war zuerst auf meiner Seite drüben, und dann ist er zu euch rüber.«

Alle drei sahen zur Tür, vor der noch immer das Unwetter tobte. Durch die Wasserperlen auf der Scheibe war draußen nicht viel zu erkennen. Der kleine Gartenteil wirkte im trüben Spätnachmittagslicht wie eine verschwommene Schwarz-Weiß-Fotografie.

»Bist du dir sicher?«, fragte Lara. »Ich sehe da niemanden.«

Trotzdem war sie sofort wieder in Alarmbereitschaft. Sie hatte eine Hand zur Faust geballt, während sie in der anderen noch immer das Pfefferspray hielt, und ihr ganzer Körper schien angespannt, sodass ihre Halssehnen wie dünne Stahlseile hervortraten.

»Natürlich bin ich mir sicher«, sagte Nici aufgeregt. »Ich bin gerade heimgekommen, als ich ihn da draußen gesehen habe. Erst dachte ich noch, es sei Buddy, der auf einem der

Pflanzkübel herumklettert, aber auf den zweiten Blick war der Umriss viel zu groß für einen Kater. Und dann hat sich der Kerl aufgerichtet, und …«

Mark wartete den Rest der Erklärung nicht ab, sondern ging direkt zur Terrassentür. Als er nach wie vor niemanden durch die Scheibe erkennen konnte, zog er die Schiebetür auf und trat ins Freie. Augenblicklich peitschte ihm der Regen ins Gesicht, und binnen Sekunden war er nass bis auf die Knochen.

»Da ist niemand«, rief er den beiden Frauen zu, die in der offenen Terrassentür stehen geblieben waren.

»Was ist denn das da?«, fragte Lara und zeigte an ihm vorbei. »Ist das ein Müllsack? Von mir ist der nicht.«

Mark ging zu dem Sack, der keinen Meter vor ihm auf den Steinfliesen lag. Viel schien nicht darin zu sein, aber der Inhalt war offenbar schwer genug, um dem Wind zu trotzen. Es war irgendetwas Rundliches, so viel konnte er erkennen.

Er strich sich die nassen Haare aus dem Gesicht, öffnete den Sack und fuhr angewidert zurück.

»Was ist denn drin?«, rief Nici ihm durch das Tosen des Windes zu.

Mark musste ein Würgen unterdrücken. Dann schüttelte er den Kopf.

»Nur Abfall. Bestimmt hat der Wind ihn hierhergeweht.«

Nici stieß ein erleichtertes Lachen aus. »Dann bin ich nur vor einem verirrten Müllsack erschrocken? Oh Mann, ist das peinlich! Tut mir ehrlich leid.«

»Schon gut«, sagte Lara, wobei sie einen wissenden Blick mit Mark wechselte, der nun zu ihnen zurückkam.

»Nein, ehrlich, das ist mir jetzt total peinlich!«, sagte Nici noch einmal. »Ich bin wohl etwas überspannt heute. So ein Sturm macht mich immer ganz nervös, das war bei mir schon als Kind so.«

»Du musst dich doch nicht entschuldigen«, sagte Lara und fasste ihre Nachbarin an der dürren Schulter. »Komm, ich bring dich noch zur Tür. Du nimmst jetzt eine heiße Dusche und machst dir einen Tee, und dann geht's dir wieder besser.«

»Das klingt gut«, sagte Nici und lächelte dankbar. Dann wandte sie sich Mark zu und bedachte ihn mit einem vielsagenden Blick.

»Nur alte Bekannte, was?«

Sie rümpfte abfällig die Nase, als wollte sie noch ein »Ihr Männer seid doch alle gleich« hinzufügen, dann ließ sie sich von Lara zur Tür führen.

Mark hörte, wie sie Lara dort noch etwas zuflüsterte – wahrscheinlich eine Warnung vor dem Frauenheld, der er ihrer Meinung nach nun wohl war –, und wie Lara schließlich die Tür hinter ihr abschloss.

Dann kam Lara zurück in den Wohnbereich und lehnte sich seufzend gegen die Wand.

Für einen Moment starrte sie vor sich auf den Boden, und Mark sah, dass sich ihre Lippen leicht bewegten. Es schien fast, als führte sie ein stilles Selbstgespräch. Dann nickte sie und sah ihn wieder an.

»Da war wirklich jemand draußen, stimmt's? Hat er den Sack dorthin gelegt?«

Mark nickte. »Schätze schon.«

»Und was ist drin?«

Er deutete zur Terrassentür, die noch immer offen stand.

»Das sollten Sie sich wohl besser selbst ansehen. Aber machen Sie sich auf was gefasst.«

Kapitel 35

»Das ist total krank«, flüsterte Lara. »Einfach abartig.«

Sie wich angewidert vor dem Müllsack zurück, den sie aus dem Regen geholt und vor der Terrassentür im Wohnzimmer abgelegt hatte.

Sie hatte den Sack so geöffnet, dass der künstliche Frauenkopf mit den langen brünetten Haaren gut sichtbar war. Dabei hatte sie sorgsam darauf geachtet, dass die zähe rote Flüssigkeit, die über den Kopf gegossen worden war, nicht auf den Boden lief.

»Das muss Ketchup sein«, sagte Mark, als ob er damit den gruseligen Anblick irgendwie entschärfen könnte. »Und der Kopf scheint zu einer Schaufensterpuppe zu gehören.«

»Nein«, sagte Lara leise. »Das ist ein Übungskopf. So was benutzen Friseure in der Ausbildung.«

Mark hob die Brauen. »Sind Sie sich da sicher?«

»Ja, ganz sicher.« Sie massierte sich die Schläfen. »Wir hatten drei davon in der Arbeitstherapie. Zur Berufsfindung. Der da scheint allerdings älter zu sein als die Köpfe, die bei uns im Regal standen. Aber er ist von derselben Firma. Da unten am Halsansatz steht der Firmenname, sehen Sie?«

Mark las das Wort *Bergmann*, dessen zwei Ns durch den verschmierten Ketchup kaum zu erkennen waren.

Wieder verzog Lara angeekelt das Gesicht. »Ich frage mich, was uns dieser Irre damit sagen will. Wie durchgeknallt muss man sein, jemandem so etwas auf die Terrasse zu legen? Und der Ketchup ... das soll doch wohl Blut darstellen, oder? Ja, ganz bestimmt soll das Blut sein. Will er mich etwa köpfen? Ist es das, was er mir damit sagen will?«

»Nein, bestimmt nicht«, sagte Mark.

»Und was macht Sie da so sicher?«, fuhr sie ihn an. »Wer irre genug ist, jemandem so was zu schicken, ist doch zu allem fähig. Und das da«, sie deutete auf den Kopf, »ist doch wohl eindeutig eine Drohung.«

»Das glaube ich nicht«, widersprach ihr Mark. »Sein Vorgehen war bisher viel zu subtil, als dass er jetzt mit so einer plumpen Drohung daherkommen würde. Er will uns zappeln sehen, und genießt es offenbar, dass wir uns die Köpfe zerbrechen, wer er ist. Also wird das hier wohl eher ein weiterer Hinweis sein, mit dem er auf irgendetwas hindeuten will.«

»Das ist jetzt schon das zweite Mal, dass er hier war«, flüsterte sie, ohne auf seine Erklärung einzugehen. »Diesmal sogar direkt vor meinem Fenster. Jetzt bin ich nirgendwo mehr sicher.«

Besorgt sah Mark, dass sie zu zittern begann, während sie weiterhin wie gebannt auf den Kopf starrte. Er bückte sich und zog den Müllsack zu, dann sah er zu ihr auf. Sie stand reglos da, den Blick weiterhin auf den Sack gerichtet. Inzwischen war sie kreidebleich geworden.

»Ich glaube, Sie sollten sich besser hinsetzen.« Er erhob sich und fasste sie am Arm, um sie zu einem der Stühle zu führen. »Kommen Sie. Ich bringe Ihnen ein Glas Wasser.«

»W-wie?«, stammelte sie, und dann zog sie ihren Arm zurück. »Äh, nein, es geht schon. Geben Sie mir nur ein paar Minuten, ja?«

Damit ließ sie ihn stehen und eilte in ihr Schlafzimmer. Ohne sich noch einmal umzusehen, zog sie die Tür hinter sich zu und sperrte ab.

Für einen Moment waren nur der Sturm vor dem Fenster und eine leise Klaviersonate aus dem Küchenradio zu hören. Dann drang Laras gedämpfte Stimme aus dem Schlafzimmer.

Mark ging vorsichtig einige Schritte auf das Zimmer zu und lauschte, aber sie sprach zu leise, als dass er sie durch die geschlossene Tür verstehen konnte.

Es hörte sich wie ein Telefonat an, da sie immer wieder verstummte und dann nach einer kurzen Pause weitersprach. Allerdings konnte das nicht sein, denn ihr Telefon lag auf dem Couchtisch im Wohnzimmer.

Ob sie ein zweites Telefon im Schlafzimmer hatte? Das war zwar nicht sehr wahrscheinlich, aber möglich.

Noch während er sich fragte, ob sie tatsächlich telefonierte oder ob sie wie vorhin ein Selbstgespräch führte – nur diesmal lauter –, verstummte sie. Gleich darauf drehte sich der Schlüssel wieder im Schloss, und die Tür wurde energisch geöffnet.

»Hier«, sagte sie und hielt ihm einen beigen Männerpullover hin. »Ziehen Sie den an. Sie sind ja völlig durchnässt.«

Mark nahm den Pullover entgegen, der ihm irgendwie vertraut vorkam.

»Der war in den Kisten mit meinen Sachen aus dem Haus«, sagte Lara, als sie seinen Blick bemerkte. »Er wird wohl *ihm* gehört haben, denke ich. Christoph, meine ich. Müsste Ihnen passen.«

Mark betrachtete den Pullover und nickte. »Ja, Chris und ich hatten in etwa dieselbe Größe. Vielen Dank.«

»Es macht Ihnen hoffentlich nichts aus, dass er nicht gewaschen ist«, fügte sie hinzu. »Er riecht noch ein bisschen nach seinem Deo oder vielleicht auch Rasierwasser, aber man nimmt es kaum noch wahr. Ich dachte, das würde mir vielleicht helfen, mich an ihn zu erinnern. Angeblich sollen Gerüche dabei ja hilfreich sein.«

»Das stimmt. Hat es Ihnen denn geholfen?«

Sie schüttelte den Kopf. »Nein, und das tut ehrlich gesagt besonders weh. Aus mehreren Gründen. Er muss … Ellen sehr geliebt haben, oder?«

»Ja, das hat er.«

Sie senkte den Blick. »Sie können zum Umziehen ins Bad gehen. Da finden Sie auch ein frisches Handtuch und einen Föhn. Und dann überlegen wir, wie wir dieses Schwein finden können!«

Während er sich umzog und abtrocknete, hörte er, wie sie die Rollläden an sämtlichen Fenstern herunterließ, und als er zu ihr zurückkam, hatte sie alle Lichter in der Wohnung eingeschaltet.

Sie saß wieder am Esstisch, und neben ihrem aufgeklappten Laptop stand das Pfefferspray.

Der Müllsack war verschwunden.

Kapitel 36

»Da ist nichts. Rein gar nichts!«

Mit einem frustrierten Schnauben drehte Lara ihren Laptop zu Mark, damit er die Ergebnisse der Suchmaschine lesen konnte.

»Unter dem Namen Tarrach findet man zwar einiges, auch den Artikel, über den Sie gesprochen haben, aber wenn ich Ralfs Vornamen dazunehme, kommt absolut nichts dabei raus. Nicht mal irgendein Social-Media-Profil. Ich bin zwar auch nicht bei Facebook oder Instagram, aber damit bin ich heutzutage ja wohl eher die Ausnahme.«

»Na ja, so eine Ausnahme bin ich auch«, erwiderte Mark. »Aber ich verstehe, was Sie meinen. Normalerweise findet sich fast zu jedem Namen irgendwas im Netz. Vor allem bei so einer Vorgeschichte.«

»Allerdings. Das ist doch merkwürdig, oder? Als ich vor einer Weile mal nach meinem Namen und nach *Ellen Roth* gegoogelt habe, kam jede Menge dabei heraus.« Sie starrte wieder auf den Monitor und verzog zornig das Gesicht.

»Noch einmal werde ich das sicher nicht tun, das können Sie mir glauben«, fügte sie mit leiser Stimme hinzu. »Dieser ganze Hass, der einem da entgegenschlägt ... Ich habe nicht alles davon gelesen, aber *was* ich gelesen habe, war einfach ... schrecklich.«

Ihre Augen füllten sich mit Tränen, und sie wandte rasch den Kopf ab.

Mark musste an die sensationsheischenden Schlagzeilen denken. An die Artikel, in denen sie als *Psycho-Ärztin* bezeichnet wurde. Und das war sicher nur die Spitze des Eisbergs gewesen. Er wollte lieber nicht wissen, was er gefunden hätte, wenn er vorhin seine Recherche nach ihrem Namen vertieft hätte.

»Wer auch immer das Internet erfunden hat, hätte sich bestimmt nicht träumen lassen, dass es einmal die größte Klatschrunde aller Zeiten werden würde«, sagte er. »Soziologisch gesehen mag das vielleicht interessant sein, aber man muss sich schon fragen, was es über die Menschheit aussagt, dass der Großteil da drin aus Pornografie, Klatsch und Narzissmus besteht. Von den Hass-Kommentaren ganz zu schweigen.«

Sie wischte sich mit dem Ärmel über die Augen, und als sie sich ihm zuwandte, war ihr Blick wieder fest und gefasst.

»Wenigstens sind die ganzen Boshaftigkeiten über mich schon einige Jahre alt«, sagte sie schulterzuckend. »Und inzwischen scheint man sich gar nicht mehr an mich zu erinnern. Manchmal ist es gar nicht so schlecht, wenn man vergessen wird. Aber Sie haben gerade ein gutes Stichwort geliefert.«

»Ach ja, und welches?«

»Narzissmus. Diese Diagnose trifft bestimmt auch auf Ralf Tarrach zu.«

Mark bemerkte, dass sie nun wieder völlig emotionslos und sachlich klang. *Als ob sie wieder eine innere Tür geschlossen hat*, dachte er. *Um alles von ihr fernzuhalten, was sie verletzen könnte.* Das war durchaus vorstellbar, immerhin hatte sie mit dieser Art von Dissoziation reichlich Erfahrung.

»Zumindest in dem Punkt, dass er sein eigenes Leid über das anderer stellt«, fuhr sie in diesem seltsam nüchternen Tonfall fort. »Er hat Ihre Lebensgefährtin getötet, Ihre

Freundin entführt, und jetzt will er uns beide quälen, weil er es für *gerechtfertigt* hält. In seinen Augen ist nur er selbst wichtig, und sein rachegesteuertes Handeln erscheint ihm offenbar völlig legitim.«

Mark sah sie überrascht an. In diesem Moment war ihm, als säße er wieder Ellen gegenüber. Er kam sich vor wie damals im Ärztezimmer von Station 9, wo sie häufig gemeinsam ihre Fälle diskutiert hatten.

Vielleicht war doch mehr von ihr in Lara zurückgeblieben, als Lara selbst bewusst war.

»Was ist?«, fragte sie, als sie seinen Blick bemerkte. »Habe ich Unsinn geredet?«

»Nein, überhaupt nicht«, sagte er schnell. »Ich bin genau derselben Ansicht. Dieses verdrehte Rechts- und Unrechtsempfinden und seine mangelnde Fähigkeit zur Empathie könnten durchaus auf eine narzisstische Persönlichkeitsstörung hindeuten. Nur leider bringt uns dieser Befund nicht wirklich weiter. Wir können uns damit zwar etwas besser vorstellen, wie Ralf Tarrach tickt, aber uns fehlen immer noch entscheidende Informationen.«

»Na ja, immerhin haben wir ja einen klaren Hinweis von ihm bekommen.« Sie deutete mit dem Kinn zu dem weißen Umschlag, der jetzt neben der Orchidee auf dem Sideboard lag. »Er hält mich für eine Mörderin. Und da ich nicht verstehe, was ich mit dem Amoklauf seines Vaters zu tun haben sollte, bezieht er sich wohl auf das, was damals zwischen mir und Christoph passiert ist. Vielleicht geht es also gar nicht um einen *unserer* Fälle …«

»Sondern um einen Fall von Chris«, vollendete Mark ihren Gedanken. »Ja, das ist gut möglich. Nur kann Ralf Tarrach selbst wohl nicht bei ihm in Therapie gewesen sein, dafür wäre er damals noch zu jung gewesen. Zumindest kann ich mich nicht erinnern, dass Chris jemals mit Kindern oder Jugendlichen gearbeitet hat. Das war, wenn ich mich recht entsinne, das Fachgebiet von Frau Dr. Jakob. Erinnerst du dich an sie?«

Er hatte kaum ausgesprochen, als ihm bewusst wurde, was er eben gesagt hatte. Das Du war ihm einfach so rausgerutscht, was wohl daran lag, dass Lara ihn gerade so sehr an Ellen erinnerte. Wie er ihr schon am Anfang ihres Treffens gesagt hatte, war diese ganze Situation eben wirklich befremdlich für ihn – vor allem jetzt, an diesem Punkt ihrer Unterhaltung.

Sie musterte ihn wieder auf diese intensive Art, auf die er sich keinen Reim machen konnte. Dann huschte der Anflug eines Lächelns über ihr Gesicht.

»Nein«, sagte sie, »an diese Frau Dr. Jakob erinnere ich mich nicht. Aber ich finde auch, dass wir uns duzen sollten. Ich glaube, das macht es leichter für dich, oder?«

Mark spürte, wie ihm das Blut in die Wangen schoss.

»Ja, ehrlich gesagt, schon. Für mich bist du eben immer noch irgendwie ... die Freundin und Kollegin, die ich mal hatte.«

»Ich weiß. Und danke, dass du es so formuliert und mich nicht *Ellen* genannt hast.« Erneut lächelte sie, dann wurde ihr Blick wieder ernst. »Also, wenn es nicht Ralf Tarrach selbst gewesen ist, der bei Chris in Therapie war, dann kann es sich doch nur um seinen Vater gehandelt haben. Schließlich muss es ja einen Auslöser für seinen Amoklauf gegeben haben.«

Mark nickte nachdenklich. »Und dann ist da noch dieser Puppenkopf.«

»Er muss auf jeden Fall etwas damit zu tun haben. Aber was kann das sein?«

»Da Ralf der einzige Überlebende ist, haben wir niemanden, den wir sonst fragen könnten.« Mark lehnte sich im Stuhl zurück und fuhr sich seufzend durch die Haare. »Verdammt, wenn wir doch nur Zugang zu Chris' Akten hätten! Er war immer so pedantisch mit seinen Berichten. Er hat oft sogar noch zu Hause daran herumgetippt. Er wollte irgendwann mal ein Buch über seine interessantesten Fallstudien schreiben. Jedenfalls hat er das immer wieder gesagt. Aber das verfluchte Archiv der Klinik ist abgebrannt. Da ist nichts mehr zu retten.«

Lara legte den Kopf zur Seite und betrachtete nachdenklich seine Brust, als stünde dort eine Antwort.

»Vielleicht doch«, sagte sie schließlich. »Wenn du sagst, er hat oft zu Hause an seinen Fällen gearbeitet, dann hatte er vielleicht Kopien von den Akten oder private Aufzeichnungen. Möglich, dass es die noch gibt. Immerhin stammt der Pullover, den du da anhast, auch noch aus Christophs altem Haus. Ein Freund von ihm hat dort alles zusammengepackt.«

»Hast du denn noch mehr Sachen von ihm?«

Ihr Blick wurde finster. »Nein, der Pullover ist bestimmt nur versehentlich in meine Kisten gerutscht. Der Typ muss akribisch darauf geachtet haben, dass ich auch ja nur *meine* Sachen aus dem Haus zurückbekomme.«

»Du meinst das Haus, in das Chris und du einziehen wolltet?«

»Chris und *Ellen*«, korrigierte sie ihn, wobei sie wieder den Namen ihres Alter Egos betonte, als handle es sich um eine völlig andere Person. »Ja, das meine ich. Anscheinend waren alle Sachen von ihm und ihr schon dort, als … nun ja, als das alles passiert ist. Danach hat eben dieser Freund von Christoph alles übernommen und sich um den Nachlass gekümmert. Schließlich war es ja Christophs Haus. Ich hatte keinerlei Ansprüche darauf. Zum einen, weil er und … und *Ellen* nicht verheiratet waren und keinerlei Vertrag miteinander abgeschlossen hatten, aber natürlich auch, weil ich …« Sie zögerte und schien zu überlegen, wie sie es formulieren sollte. Dann sagte sie: »Weil ich nun mal getan habe, was ich getan habe.«

»Dieser Freund von Chris«, sagte Mark. »War das Axel Pohl?«

»Du kennst ihn?«

»Ja. Er hat mir damals geholfen, als … Ach, das ist eine lange Geschichte und tut jetzt nichts zur Sache.«

»Na ja, vielleicht doch«, sagte sie. »Dieser Axel ist nämlich nicht besonders gut auf mich zu sprechen, glaube ich. Er hat sich jedenfalls nicht persönlich bei mir gemeldet. Mir wurden nur irgendwann diese Umzugskartons mit meinen Sachen zugeschickt, und seine einzige Nachricht an mich war eine Rechnung für die Kartons und den Transport. Genauer gesagt hat Marion die Rechnung bekommen. Sie hatte die Sachen dann für mich eingelagert, bis ich hier eingezogen bin. Jetzt stehen sie im Keller. Irgendwie will ich nichts davon hier drin haben, weil es für mich nicht meine Sachen sind. Kannst du das verstehen?«

»Durchaus«, sagte Mark und dachte: *Vor allem, weil du dein Alter Ego tatsächlich wie eine eigenständige Person betrachtest.* »Und du bist dir wirklich sicher, dass da nicht mehr von Chris dabei gewesen ist?«

»Absolut. Ich habe mir natürlich alles angesehen. Wegen

der Erinnerungen und so. Aber wenn dieser Axel mir meine Sachen geschickt hat, hat er sich bestimmt auch um die von Christoph gekümmert. Und vielleicht hat er sie ja behalten? Er kann sie natürlich auch entsorgt haben, aber ...« Sie zuckte mit den Achseln. »Einen Versuch wäre es bestimmt wert.«

»Unbedingt«, sagte Mark. »Weißt du denn, ob Axel Pohl noch immer in Ulfingen wohnt?«

»Seiner damaligen Rechnung nach schon. Wenn ich mich richtig erinnere, hatte der Briefkopf sogar eine Firmenadresse. Warte mal, das wissen wir gleich.«

Sie zog ihr Laptop zu sich heran und tippte Axel Pohls Namen mit dem Zusatz *Ulfingen* in die Suchmaske ein. Nachdem sie die Enter-Taste gedrückt hatte, nickte sie zufrieden.

»Na bitte, da haben wir ihn ja schon: Pohl Elektronik in Ulfingen. Und dem allmächtigen Google nach ist die Adresse immer noch aktuell. Seine Privatanschrift scheint übrigens dieselbe zu sein.«

Mark stand auf und griff sich seine Jacke von der Stuhllehne. »Okay, dann lass uns keine Zeit mehr verlieren. Wenn die Straßen frei sind, können wir es in einer guten Stunde schaffen.«

Kapitel 37

Obwohl kaum Verkehr auf den Straßen war, kamen sie bei dem Starkregen nur langsam voran. Auf der Fahrbahn hatte sich ein mehrere Zentimeter hoher Wasserfilm gebildet, und im trüben Spätnachmittagslicht glich die Asphaltfläche einem grauen See. Mark hatte Mühe, den Wagen in der Spur zu halten und nicht ins Schlingern zu geraten.

Noch schlimmer wurde es, als sie die ausgefahrene Landstraße erreichten, die zu dem kleinen Ort Ulfingen führte. Immer wieder rumpelte der VW durch tiefe Rillen und Schlaglöcher, woraufhin das Wasser fauchend aus den Kotflügeln stob und an die Seitenscheiben klatschte.

Lara hatte sich auf dem Beifahrersitz zurückgelehnt und verfolgte mit abwesendem Blick den mühsamen Kampf der Scheibenwischer. Seit sie losgefahren waren, hatte sie kaum ein Wort gesagt.

Es war offensichtlich, dass sie über ihr Gespräch von vorhin nachdachte, und Mark fragte sich, was jetzt wohl in ihr vorgehen mochte. Immerhin hatte sie, im Gegensatz zu ihm, bisher kaum Zeit gehabt, die Situation zu erfassen, in die Ralf Tarrach sie beide gebracht hatte.

Für sie hatte sich ihr neues Leben bisher nur um sie selbst gedreht, und bis heute Nachmittag war sie sich keiner Gefahr von außen bewusst gewesen. Doch nun war zu der ohnehin schon großen Herausforderung, sich in ihrem neuen Dasein als Lara Baumann zurechtzufinden, auch plötzlich noch eine gefährliche Bedrohung hinzugekommen, deren Umfang nicht abzuschätzen war. Erst recht, weil der Einzige, der ihr aus dieser Lage helfen konnte, auch derjenige war, den man mit ihrer Ermordung beauftragt hatte.

Zwar hatte sie ihm einen den Umständen geschuldeten Vertrauensvorschuss gewährt, aber diese Tatsache würde weiterhin zwischen ihnen stehen. Und wer konnte schon sagen, wozu das führen konnte? Niemand, auch er selbst nicht. Er konnte nur hoffen, dass es nie zum Äußersten kommen und er gezwungen sein würde, zwischen ihrem Leben und dem von Doreen zu entscheiden.

Er ertappte sich dabei, wie er nervös mit den Fingern aufs Lenkrad trommelte, und auch Lara wirkte zunehmend angespannt. Sie saß mit versteinertem Gesicht neben ihm und zupfte geistesabwesend an einer Haarsträhne.

Also ließ er ihr Zeit und schaltete das Radio ein. Der Sturm störte den Empfang, und so entschied er sich für den erstbesten Sender, der nicht ständig von sphärischem Rauschen unterbrochen wurde.

Nach einer Weile beugte sich Lara plötzlich vor und stellte die Musik leiser.

»Vielleicht hat er sogar recht«, sagte sie, wie aus einem Gedanken heraus.

»Wen meinst du?«, fragte Mark, und schaltete die Scheibenwischer auf die höchste Stufe.

»Ralf Tarrach. Im Grunde hat er wohl recht.«

»Und womit?«

»Dass ich an allem schuld bin«, sagte sie leise.

»Wie, um alles in der Welt, kommst du denn jetzt darauf?«

»Na, überleg doch mal. Er macht mich für den Tod seiner Familie verantwortlich, und ...«

»Uns«, unterbrach sie Mark. »Er macht *uns* dafür verantwortlich.«

»Mag sein, aber er hat nur *mich* als Mörderin bezeichnet. Schon vergessen?«

»Nein, aber …«

»Hör mir doch erst mal zu, Mark«, fiel sie ihm ins Wort. »Wenn wir mit unseren Vermutungen richtigliegen, dann habe ich seiner Meinung nach durch Christophs Tod irgendetwas in Gang gesetzt, weshalb seine Familie sterben musste. Also bin ich in gewisser Weise dafür verantwortlich, dass er deine Freundin entführt hat. Schließlich hat er das ja nur getan, um dich unter Druck zu setzen. Stimmt doch, oder?«

Er warf ihr einen entrüsteten Blick zu. »Lara, das ist Unsinn, und das weißt du ganz genau! Du bist nicht dafür verantwortlich!«

»Warum ist das Unsinn? Genau so denkt er doch.«

Mark schüttelte entschieden den Kopf. »Mag sein, dass *er* das so sieht, aber er irrt sich! Du kannst nichts für das, was mit Chris geschehen ist.«

»Weil ich eine Geistesgestörte bin, die nicht gewusst hat, was sie tut? Ist es das, was du meinst?«

»Nein, so meine ich das nicht. Du hast im Affekt gehandelt, und das war nichts anderes als eine Reaktion auf eine lange Kette von Ereignissen, denen du zum Opfer gefallen bist.«

»Damit sagst du doch nichts anderes als das Gericht damals. Dass ich gestört bin.«

»Nein, Lara! Ich rede von Kausalität. Was dir widerfahren ist, war wie ein Dominoeffekt. Und was kann ein einzelner Stein in der Reihe schon dagegensetzen, wenn er von den anderen umgestoßen wird? Nichts! Nein, die eigentliche Schuld an dem, was geschehen ist, trägt der, der das alles in

Gang gesetzt hat. Der, wegen dem du dich überhaupt erst in die Rolle von Ellen Roth geflüchtet hast.«

Sie lehnte sich wieder zurück und sah aus dem Fenster, wo sich das dunkle Grau des Tages langsam in ein bläuliches Schwarz verwandelte, durch das immer wieder die Blitze eines Herbstgewitters zuckten.

»Wenn es so wäre, wie du sagst, dann gäbe es für jede Handlung eine Entschuldigung«, sagte sie. »Dann wäre ja niemand an irgendetwas schuld. Weil es immer einen Auslöser in der Vergangenheit gibt, der eine Tat rechtfertigt. Aber jemand muss doch schuld sein. Da draußen ist so viel Böses, und ich bin eben ein Teil davon.«

»Bist du nicht«, widersprach er ihr. »Um etwas Böses zu tun, bedarf es einer bewussten Entscheidung. Das trifft auf Ralf Tarrach zu, der seinen Racheplan ausführt, weil er denkt, damit etwas in Ordnung bringen zu können, aber nicht auf dich. Du glaubtest, dich damals wehren zu müssen, ohne dabei die Folgen abschätzen zu können. Du wusstest ja nicht einmal, wer du warst.«

Darüber schien sie eine Weile nachzudenken, während sie wieder aus dem Fenster sah, über das die Regentropfen rannen wie eine Flut aus Tränen.

»Das weiß ich immer noch nicht«, sagte sie schließlich. »Ich kann nicht aufhören, mich zu fragen, wer von beiden ich wirklich bin. Lara oder doch Ellen?«

»Die Antwort darauf kennst nur du«, sagte Mark. »So oder so, Ralf Tarrach hat auf jeden Fall unrecht. Rache bringt keine Gerechtigkeit. Man kann damit nichts ungeschehen machen. Man verursacht nur neues Leid.«

»Und was ist damit, dass er deine Lebensgefährtin ermordet hat? Willst du dich dafür etwa nicht an ihm rächen?«

»Das wollte ich«, sagte Mark, und dachte dabei an Weslowski, den er beinahe totgeprügelt hatte, und an die Glock, die geduldig unter seinem Kleiderstapel im Schrank des Hotels auf ihn wartete. »Ja, bis vor Kurzem wollte ich das *tatsächlich*, aber inzwischen habe ich verstanden, dass es nichts bringen würde. Ich will, dass er hinter Schloss und Riegel kommt, ja. Aber nicht aus Rache.«

»Sondern?«

»Weil ich ihn davon abhalten will, weiteren Schaden anzurichten. Wenn er auch noch Doreen tötet, könnte ich mir das nie verzeihen. Dieser Kerl ist von Hass und Rachsucht zerfressen, und wir sind die Einzigen, die ihn aufhalten können. Ich brauche keine Rache mehr, Lara. Ich will nur, dass es endlich aufhört.«

»O ja«, hörte er sie neben sich flüstern. »Das will ich auch. Ich will einfach meinen Frieden haben.«

Er lenkte den Wagen an den Straßenrand, als ein Sattelschlepper wie eine Fregatte an ihnen vorbeipflügte und sie unter einem Wasserschwall begrub. Für einen Moment schien es, als säßen sie in einem U-Boot, bis die hektisch zuckenden Scheibenwischer der Flut wieder Herr wurden.

Als Mark sich noch mal Lara zuwandte, hatte sie den Blick erneut zum Seitenfenster gerichtet. Sie schien ihr Spiegelbild zu betrachten, und er fragte sich, wen sie jetzt wohl dort sah.

Kapitel 38

Trotz des Regens, der ihnen die Sicht erschwerte, dauerte es nicht lange, bis sie ihr Ziel gefunden hatten. Ulfingen war ein kleiner Ort, und die rot-blaue Leuchtreklame über der Lagerhalle von *POHL ELEKTRONIK* war nicht zu übersehen.

Mark fuhr auf den Hof und parkte hinter drei Firmenfahrzeugen vor einem Fachwerkbau, der direkt neben der Lagerhalle stand. Im Untergeschoss des Hauses befand sich offenbar das Büro, und dort brannte noch Licht. Erleichtert atmete er auf.

»Sieht so aus, als hätten wir Glück und er ist daheim.«

»Geh du besser erst mal allein voraus«, sagte Lara und nickte zum Eingang. »Wenn er mich sieht, macht er vielleicht gar nicht erst auf.«

Mark kommentierte das nicht. Er sah die Unsicherheit in ihrem Blick und das genügte ihm.

Axel Pohl öffnete ihm gleich nach dem ersten Klingeln. Abgesehen von ein paar grauen Haarsträhnen und einem ansehnlichen Bauch, der von einigen Feierabendbieren zu viel zeugte, hatte er sich in den letzten zehn Jahren kaum verändert. Er hatte noch immer diese weichen Gesichtszüge, die irgendwie nicht so recht zu seinem stattlichen Erscheinungsbild passen wollten.

Ein wenig wie ein Bär mit einem Jungengesicht, dachte Mark.

»… kann ich das selbstverständlich einrichten«, sagte Axel Pohl gerade in ein Smartphone, das in seiner prankenartigen Hand wie eine Miniatur wirkte, dann stutzte er.

»Mich laust der Affe!«, stieß er hervor, nur um gleich darauf sein Telefonat mit einem eiligen »Entschuldigen Sie bitte, ich rufe Sie gleich zurück« zu beenden.

»Hallo, Axel«, sagte Mark.

»Na, wenn das mal nicht Mark Behrendt ist! Hey Mann, freut mich, dich zu sehen! Was, in aller Welt, bringt dich denn hierher?«

»Ist eine lange Geschichte.«

Axel strahlte und fasste ihn bei der Schulter. »Na, dann komm mal rein. Ich wollte gerade Schluss machen für heute. Muss nur noch kurz diesen Kunden zurückrufen, und dann …«

»Ich bin nicht allein hier«, unterbrach ihn Mark, und deutete hinter sich.

Axel ließ ihn los und beugte sich ein wenig an ihm vorbei nach vorn, als er mit zusammengekniffenen Augen zum Wagen schaute. Offenbar hatte es die Zeit mit seinem Sehvermögen nicht ganz so gnädig gemeint.

Als Lara nun die Beifahrertür öffnete und ausstieg, fuhr er so schnell zurück, als habe ihn ein Insekt ins Gesicht gestochen.

»Was zum …«, begann er und schüttelte sich, als stünde er und nicht Lara draußen im Regen. »Was, zum Kuckuck, hat *die* denn hier verloren?«

»Hör mir bitte zu, Axel«, sagte Mark. »Wir haben ein ernsthaftes Problem und brauchen dringend deine Hilfe.«

»Ja, ich sehe dein Problem direkt vor mir.«

»Bitte, Axel! Nur du kannst uns jetzt noch helfen!«

Axel Pohl schüttelte den Kopf und verschränkte die Arme vor seiner breiten Brust, wodurch sein Bauch noch mehr zur Geltung kam.

»Tut mir leid, Mark, dann habt ihr auf den Falschen gesetzt. Mit *der da* will ich nichts mehr zu tun haben.«

»Lass uns wenigstens kurz rein, damit wir es dir erklären können«, beharrte Mark, worauf er jedoch nur ein erneutes Kopfschütteln zur Antwort erhielt.

»Bestimmt nicht! Die da wird nie wieder einen Fuß über meine Schwelle setzen!«

»Ich bin nicht die, für die du mich hältst«, sagte Lara, die zögerlich zu ihnen gekommen war und sich nun neben Mark unter das Vordach stellte.

Axel rümpfte verächtlich die Nase. »Soso, und wer bist du dann? Etwa Mutter Teresa oder die heilige Jungfrau?«

»Nein, ich bin …«

»Du bist die Mörderin meines besten Freundes«, fuhr Axel sie an. »*Das* bist du, und nichts anderes! Wenn du nicht augenblicklich mein Grundstück verlässt, werde ich …«

»Hör auf mit dem Scheiß, dafür haben wir keine Zeit!«, ging Mark dazwischen, und zog sein Handy hervor. So schnell er konnte, rief er das Video von Doreen auf, das Ralf Tarrach ihm geschickt hatte, und hielt es Axel direkt vors Gesicht.

»Schau genau hin, Axel! Das ist eine sehr gute Freundin von mir, und wenn du uns nicht hilfst, wird sie morgen Abend sterben.«

Axel starrte mit großen Augen auf das Handy, dann wich er einen Schritt zurück und sah wieder Lara an.

»Hat sie etwas damit zu tun?«

»Ja«, sagte Mark. »Aber nicht so, wie du jetzt denkst. Sie ist in dieser Sache das Opfer, genauso wie ich. Und wenn wir den Entführer nicht vor Ablauf seines Ultimatums finden, wird er vermutlich nicht nur meine Freundin töten, sondern auch uns beide.«

»Aber … was …«, stammelte Axel und starrte Mark an, als habe er ihn geohrfeigt.

»Es geht um Chris«, erklärte Mark. »Um einen seiner alten Fälle.«

»Und wie soll ich da helfen können?«

»Was ist aus den Sachen von Christoph geworden?«, fragte Lara.

»Die habe ich aus seinem Haus geräumt, bevor ich es verkauft habe. Das ist jetzt vier Jahre her«, erwiderte Axel, dann funkelte er sie zornig an. »Es hat mich übrigens verdammte *sechs* Jahre gekostet, das Haus loszubekommen. Weil niemand ein Haus kaufen wollte, in dem der Vorbesitzer von einer Irren ermordet worden ist!«

»Und was hast du dann mit seinen Sachen gemacht?«, fragte Mark, und fasste Lara beiläufig am Arm, damit sie ruhig blieb.

»Seine Klamotten habe ich dem Roten Kreuz gespendet, und auch das Geld aus dem Verkauf der Möbel«, sagte Axel. »Der Rest ist noch hier. Hab's nicht übers Herz gebracht, das alles wegzuwerfen.«

Mark spürte, wie ihm nicht nur ein Stein, sondern ein ganzes Gebirge vom Herzen fiel. »Waren auch Unterlagen von Chris dabei, vielleicht Akten oder Notizen?«

Axel zuckte die breiten Schultern. »Keine Ahnung, die meisten seiner Sachen waren ja noch nicht mal ausgepackt. Das Übrige hab ich von meinen Leuten in Kartons packen lassen, und dann hab ich alles hier eingelagert.« Er deutete mit dem Kinn zur Lagerhalle. »Ich hab aber nie in die Kartons reingeschaut.«

»Wir müssen sie sehen«, sagte Mark. »Bitte, Axel! Es geht buchstäblich um Leben und Tod!«

Für ein paar Sekunden stand Axel nur stirnrunzelnd da und starrte unschlüssig auf Marks Hosentasche, in die er sein Handy zurückgesteckt hatte. Das Video hatte seine Wirkung offenbar nicht verfehlt, auch wenn Mark sich etwas schäbig vorkam, dass er es hatte einsetzen müssen, um Axel zu überzeugen. Aber der Zweck heiligte ja bekanntlich die Mittel.

»Na gut«, sagte Axel schließlich. »Ich zeig sie dir. Komm mit.«

»Wir werden *beide* mitkommen«, sagte Mark, womit er sich erneut einen empörten Blick einhandelte.

»Auf gar keinen Fall!«, brummte Axel. »Sie hat schon genug …«

»Ohne sie werde ich nicht finden, wonach wir suchen«, fuhr Mark ihm ins Wort. »Und uns läuft die Zeit davon!«

Wieder zögerte Axel, doch diesmal nur kurz.

»Na gut. Aber bevor ich euch auch nur einen der Kartons öffnen lasse, erzählt ihr mir jetzt erst mal genau, was eigentlich los ist. Verstanden?«

Mark nickte. »Abgemacht.«

Kapitel 39

»Da hol mich doch der Teufel!«, war Axels erster Kommentar, nachdem Mark ihm alles so knapp wie möglich erzählt hatte. Der Hüne lehnte sich gegen den Stahlträger eines Regals und schüttelte ungläubig den Kopf.

»Und du erzählst mir auch echt keinen Blödsinn? Das ist wirklich passiert?«

Mark nickte nur. Er hatte beim Reden immer wieder die Stimme erheben müssen, wenn ein weiterer heftiger Regenstoß trommelnd über das Blechdach der Lagerhalle gefegt war. Der Sturm war inzwischen zum Gewitter geworden. Die feuchtkalte Luft in der Halle wirkte wie von den Blitzen aufgeladen, und es roch nach den nassen Pflastersteinen im Innenhof.

»Also, wie ich das sehe, hat der Kerl ganz schön ein Rad ab«, sagte Axel, wobei er wieder den Kopf schüttelte, als könne er das alles immer noch nicht ganz glauben. »Und dass solche Irre gemeingefährlich sind, wissen wir ja schon«, fügte er mit einem Seitenblick auf Lara hinzu.

Sie stand nur mit verschränkten Armen da und behielt ihr ausdrucksloses Gesicht bei.

»Ja, er ist gefährlich«, lenkte Mark die Aufmerksamkeit wieder auf sich. »Und du bist der Einzige, der uns helfen kann, ihn zu aufzuspüren.«

»Ich weiß nicht, Mark«, sagte Axel und blickte ihn unsicher an. »Ich finde, du solltest besser zur Polizei gehen. Am besten direkt zu Rutger Stark, der leitet seit ein paar Jahren das Revier in Fahlenberg. Ist ein patenter Kerl, ehrlich. Ich hab ihm vor einiger Zeit mal die Hauselektronik ...«

»Auf gar keinen Fall«, unterbrach ihn Mark. »Und du musst uns versprechen, dass du kein Wort über die ganze Sache verlierst! Zu niemandem. Solange wir nicht wissen, wo Doreen gefangen gehalten wird, muss das unbedingt unter uns bleiben. Hast du das verstanden?«

»Ja, schon, aber …«

»Kein Aber!«, sagte Mark scharf. »Wenn Ralf Tarrach mitbekommt, dass die Polizei nach ihm sucht, würde er Doreen sofort töten. Das hat er mir sehr deutlich gesagt, und ich will wirklich nicht herausfinden müssen, ob er das ernst gemeint hat. Ist das klar?«

Für einen Augenblick wirkte Axel, als hätte Mark ihn geohrfeigt, dann nickte er. »Mannomann, was für eine abgefahrene Scheiße! Na gut, versprochen, kein Wort von mir. Aber was ist denn dein Plan? Was hoffst du in den Sachen von Chris zu finden?«

»Seine Notizen zum Fall von Tarrachs Vater«, sagte Mark. »Wenn wir Glück haben, verraten sie uns, weshalb er damals Amok gelaufen ist.«

Axel kratzte sich am Kopf. »Okay, aber wie soll dir das dabei helfen, diesen Spinner zu finden?«

»Er will, dass wir verstehen, was passiert ist, wieso wir seiner Meinung nach schuldig sind. Dafür gibt er uns sogar Hinweise«, mischte sich Lara in die Unterhaltung ein. »Der Kopf, den er mir auf die Terrasse gelegt hat, muss zum Beispiel etwas mit diesem Fall zu tun haben. Wir sollen verstehen, wofür er sich an uns rächen will. Mehr haben wir im Moment nicht in der Hand.«

»Lara hat recht«, sagte Mark. »Wir fischen völlig im Trüben. Aber vielleicht haben wir wirklich Glück, und Chris hat nicht nur eine offizielle Akte über Tarrach geführt, sondern auch weitere Notizen zu dem Fall gemacht. Möglich, dass die uns dann auf eine Spur bringen. So oder so, zuerst einmal müssen wir herausfinden, ob es solche Unterlagen bei Chris' Sachen überhaupt gibt, und zwar schnell. Es ist jetzt halb acht, und wir haben nur noch wenig Zeit!«

Wie schon vorhin ließ Axel den Blick zwischen Mark und Lara hin und her wandern. Dann zuckte er mit den Schultern und stieß einen Seufzer aus.

»Na gut, dann kommt mal mit. Die Kartons stehen ganz da hinten, bei den Ersatzteilen.«

Er ging den beiden voran, und Mark wechselte einen Blick mit Lara. Sie nickte. Immerhin hatte Axel gerade im Plural zu ihnen gesprochen, und das war ein gutes Zeichen.

Sie durchquerten den Mittelgang der Halle, in dem sich zu beiden Seiten Metallregale mit Elektrogeräten, Kabelrollen und allerlei Zubehör bis zur Decke reckten. Die Firma schien gut zu laufen, was im Zeitalter der großen Onlinekonkurrenz, die einem über Nacht alles vom Autoreifen bis zum Zahnstocher lieferte, eine beachtliche Leistung war.

Nur für eine Heizanlage im Lager schien es bei *POHL ELEKTRONIK* trotzdem nicht zu reichen. Als sie im hinteren Teil der Halle angekommen waren, rieb sich Mark fröstelnd über die Oberarme, und auch Lara machte jetzt einen durchgefrorenen Eindruck.

»Die Kartons stehen da oben.« Axel deutete auf ein Fach, dessen Querträger mit *Z13* beschriftet war. »Wartet kurz, ich bin gleich wieder da.«

Er verschwand um eine Ecke und hielt wenig später mit einem elektrischen Gabelstapler vor ihnen. Mit routinierter Sicherheit stellte er zwei Paletten mit Umzugskartons vor ihnen auf dem Boden ab.

Mark las die Beschriftungen der oberen beiden Reihen. Zwei der Kartons waren in akkuraten Großbuchstaben beschrieben, die noch von Chris selbst stammen mussten. Die Schrift auf dem dritten Karton, auf dem *Wohnzimmer* stand, wirkte ebenfalls vertraut.

Das muss Ellen geschrieben haben, dachte er, und auch Lara schien das aufgefallen zu sein. Sie trat ein paar Schritte zurück und betrachtete die Kartonstapel mit einer Mischung aus Argwohn und, ja, auch ein wenig Angst, fand Mark.

Er musste daran denken, was sie über die Kartons mit Ellens alten Sachen gesagt hatte. Dass sie im Keller ihrer Wohnung standen, und dass sie nichts davon in ihrem neuen Leben um sich haben wollte.

Er räumte die obere Reihe der Palette ab und inspizierte die Kartons darunter. Deren Beschriftung wirkte keineswegs ordentlich, sondern hastig hingeschludert, was darauf schließen ließ, dass diese Kisten von Axels Mitarbeitern gepackt worden waren. Sicherlich auf die Schnelle und ohne große Sorgfalt.

»Okay«, sagte Mark, »auf denen hier steht nur *Wohnzimmer*, *Küche* und *Keller*. Gibt es auf der anderen Palette einen Karton, der mit *Akten*, *Büro*, *Arbeitszimmer* oder etwas Ähnlichem beschriftet ist?«

»Nein«, sagte Axel, und stellte den letzten der oberen Kartons beiseite. »Hier habe ich nur Schallplatten, CDs, Bücher und drei Kisten mit ... *BIF*? Was soll das denn sein?«

»BIF?«, wiederholte Mark. »Keine Ahnung.«

»Das steht für *Besonders interessanter Fall*«, sagte Lara, und als die beiden Männer sie verwundert ansahen, fügte sie schulterzuckend hinzu: »Fragt mich nicht, woher ich das weiß. Es ist mir nur plötzlich eingefallen.«

»Ja, stimmt, jetzt erinnere ich mich auch«, murmelte Mark und fuhr sich durchs Haar. »Ich weiß noch, dass er bei seinen Berichten ein Kürzel verwendet hat, um die Fälle zu markieren, die er in seinem Buch erwähnen wollte. Nur dass es *BIF* war, wusste ich nicht mehr.«

Er sah zu Lara. Sie senkte den Kopf und vergrub die Hände in den Taschen ihrer Jeans.

»Na, dann schauen wir doch mal rein«, sagte Axel und ließ ein Taschenmesser aufschnappen. Er durchtrennte das Klebeband, öffnete die Deckel der Kartons und stutzte. »Ach, du grüne Neune!«

Mark trat zu ihm, und auch Lara kam näher, und dann schauten sie zu dritt auf die Aktenordner, die sich bis zu den Deckeln der Kartons stapelten.

Mark nahm den ersten Order heraus und blätterte ihn durch.

Auch Axel griff sich einen Ordner. »Hoffentlich sind die Unterlagen da drin nach Namen geordnet«, sagte er, worauf Mark den Kopf schüttelte.

»Das ist keine Kasuistik«, sagte er, und als er Axels fragenden Blick sah, fügte er hinzu: »Fallbeispiele, meine ich. Der Ordner hier enthält nur eine Menge Statistiken und Kopien von Fachartikeln.«

»Der hier auch«, sagte Lara, die nun ebenfalls einen Ordner aufgeklappt hatte.

Mark blätterte durch einen weiteren und stieß einen Seufzer aus. »Hier werden zwar Fälle erwähnt, aber das Ganze ist natürlich nicht nach den Namen der Patienten, sondern nach Diagnosen aufgegliedert. Alles in allem müssen es an die zwanzig Ordner sein. Aufs Geratewohl werden wir so nichts finden, weil wir Tarrachs Diagnose ja nicht kennen. Könnte sich um Schizophrenie gehandelt haben, aber das Thema allein dürfte schon mehrere Ordner füllen. Das alles durchzusehen, wird die ganze Nacht dauern.«

Lara kniete sich neben ihn und nahm weitere Ordner aus dem dritten Karton. »Du hast recht, da scheint keiner dabei zu sein, der ausschließlich Patientenfälle enthält. Jedenfalls, wenn die Beschriftungen stimmen. Wir müssen jeden einzelnen … Moment mal, was ist das denn?«

Sie hatte eine Hälfte des Ordnerstapels neben sich aufgetürmt, und nun hielt sie eine Schachtel hoch, die am Boden des Kartons gelegen hatte. Sie klappte den Deckel auf, und Axel pfiff durch die Zähne.

»Videokassetten! HDV, Mensch, das waren noch Zeiten! So eine Kamera hatte ich ihm mal besorgt. Muss eine Panasonic gewesen sein, vielleicht auch eine Sony. Die waren damals total angesagt. Ist die Kamera auch dabei?«

»Nein«, sagte Mark. »Nur die Kassetten.«

»Und die *sind* mit Namen beschriftet«, sagte Lara aufgeregt und hielt Mark die Schachtel hin.

Sie sahen die mit kleinen Druckbuchstaben beschriebenen Hüllen durch, und schließlich zog Mark eine davon heraus.

»Tatsächlich! Jochen Tarrach, Februar bis Juni 2009. Das müssen Aufnahmen der Sitzungen sein, die Chris mit ihm hatte. Jetzt fehlt uns nur noch eine Möglichkeit, wie wir uns das ansehen können.«

Bei den letzten Worten wandte er sich fragend an Axel, der nach kurzem Zögern mit den Schultern zuckte.

»Also gut, dann schnappt euch mal das ganze Zeug und

kommt mit ins Haus. Irgendwo hab ich bestimmt noch ein Abspielgerät rumstehen.«

»Danke«, sagte Mark. »Ohne dich wären wir aufgeschmissen.«

»Schon gut.« Axel winkte ab, und dann warf er Lara einen grimmigen Blick zu. »Aber nur, dass das klar ist: Für dich mache ich das nicht.«

»Das weiß ich«, sagte sie, und hielt seinem Blick stand. »Trotzdem danke.«

»Mhm«, brummte er. »Reintragen könnt ihr das Zeug selber. Ich muss jetzt endlich meinen Kunden zurückrufen. Seit meiner Scheidung darf ich mir keinen Auftrag mehr durch die Lappen gehen lassen. Die Haustür ist auf, das Wohnzimmer ist gleich rechts.«

Dann zog er sein Handy aus der Hosentasche und trottete zum Ausgang der Halle, wo hinter der halb verglasten Tür das Gewitter wie eine überirdische Lichtershow blitzte und donnerte.

Kapitel 40

Nach seinem kurzen Telefonat hatte Axel einen alten Videorekorder aus dem Abstellraum hinter seinem Büro geholt und war nun dabei, das Gerät mit dem gewaltigen Flachbildfernseher in seinem Wohnzimmer zu verbinden.

Die Tatsache, dass er schon seit Längerem wieder ein Junggesellenleben führte, war in diesem Raum ganz besonders präsent. Mark und Lara hatten das Sofa erst von einem Durcheinander aus Zeitschriften, Lebensratgebern für Singles, leeren Chipstüten und Kleidungsstücken befreien müssen, bevor sie sich setzen konnten. Dort durchforsteten sie nun die Ordner mit Chris' Vermächtnis, die sie zwischen sich gestapelt hatten.

Die Fälle, auf die Chris in seinen Texten ausführlich einging, waren in der Tat *besonders interessant*. Er hatte seine Patienten zwar nie namentlich genannt, aber einige Fallbeschreibungen erkannte Mark dennoch wieder. So zum Beispiel den Fall des katatonischen Cornelius Böck, der – was Chris nicht mehr erfahren hatte – bei Marks letzter Begegnung mit ihm alles andere als katatonisch gewesen war.

Er wünschte sich, er hätte Zeit gehabt, die Ausführungen seines ehemaligen Kollegen eingehend zu studieren und die aufgeführten Quellen nachzulesen, die sofort sein fachliches Interesse weckten. Vielleicht würde er das nachholen können, wenn diese ganze Sache erledigt war, aber so wie die Dinge momentan standen, war das wohl eher unwahrscheinlich.

Aber noch ist nicht alles verloren, meldete sich seine kämpferische Seite zurück. *Noch hast du eine Chance.* Wir *haben noch eine Chance, also …*

»Okay, ich hab's hingekriegt«, holte ihn Axel aus seinen Gedanken. »So sollte es funktionieren. Und wie sieht's bei euch aus? Habt ihr noch was gefunden?«

»Nein«, sagte Lara. »Christoph verwendet nur Abkürzungen wie Herr D. oder Frau L., und es gibt auch nicht zu jedem Fall eine Aktenkopie. Auf den paar, die er seinen Beschreibungen jeweils angeheftet hat, stehen zwar die richtigen Namen drauf, aber Tarrach habe ich bis jetzt nicht entdeckt.«

»Bei mir dasselbe«, sagte Mark und seufzte. »Wir können nur hoffen, dass uns das Video Aufschluss gibt.«

Axel ließ sich in seinen Fernsehsessel sinken, der das müde Ächzen eines altgedienten Veteranen von sich gab.

»Na gut, versuchen wir's. Ihr solltet aber keine 4K-Qualität erwarten. Diese Magnetbänder werden mit den Jahren nicht besser. Vor allem, weil sie schon eine Weile den Temperaturschwankungen in der Lagerhalle ausgesetzt waren. Wir können wahrscheinlich froh sein, wenn überhaupt noch etwas zu erkennen ist.« Dann wandte er sich unsicher zu Mark um. »Was werden wir denn darauf zu sehen bekommen? Doch nicht irgendwelche ekligen Sachen, oder? Dafür hab ich zurzeit echt nicht den Magen.«

»Keine Ahnung«, sagte Mark und sah zu Lara. »Finden wir es heraus.«

Sie legte den Ordner beiseite, in den sie vertieft gewesen war, und nickte den beiden mit angespanntem Blick zu.

Axel richtete die Fernbedienung auf den riesigen Fernseher. »Na, dann mal los.«

Er drückte die Play-Taste, woraufhin der Rekorder ein surrendes Geräusch von sich gab. Der Monitor erwachte zum Leben und zeigte zuerst nur ein grießiges Rauschen.

Dann erschien abrupt ein Bild mit einer Datumsanzeige am rechten oberen Rand: *21. Februar 2009.*

Die Bildqualität ließ in der Tat zu wünschen übrig. Das damalige Format war noch nicht auf derart große Monitore abgestimmt gewesen, und die Störstreifen, die immer wieder durchs Bild wanderten, verrieten das fortgeschrittene Alter der Aufnahme.

Doch der eigentliche Grund für das undeutliche Bild war, dass es sich um die Aufzeichnung einer Überwachungskamera handelte. Sie blickte auf einen hellen, quadratischen Raum hinab, und das Fischaugenobjektiv wölbte das Bild auf skurrile Weise, als säße der Mann, der in einer Ecke des Raumes kauerte, in einer Glaskugel.

Der verzerrte Aufnahmewinkel ließ Jochen Tarrach kleiner erscheinen, als er war. Nahm man jedoch die Tür in der Mitte des Raumes als Anhaltspunkt, musste der Mann mindestens einen Meter achtzig, wenn nicht sogar größer sein. Er wirkte muskulös, das weiße T-Shirt spannte ihm an der breiten Brust und den Oberarmen, aber seine Haltung erinnerte eher an einen verschreckten kleinen Jungen.

Tarrach hatte die Hände in seinem zerzausten blonden Haarschopf vergraben und zerrte wild daran. Dabei rollte er mit den Augen und stemmte die nackten Füße in den Boden, um sich noch dichter an die Wand zu pressen. Fast schien es, als wollte er in sie hineinkriechen.

Im Schritt seiner ebenfalls weißen Trainingshose hatte sich ein großer Fleck gebildet, und er schien panische Angst zu haben. Man sah, dass er die Lippen bewegte und unaufhörlich redete, aber die Überwachungskamera hatte keinen Ton aufgezeichnet.

Dieser stumme Anblick ließ Mark schaudern. Was, um alles in der Welt, konnte so einen gestandenen Kerl wie Tarrach derart in Angst und Panik versetzen?

Wenig später wurde klar, dass es sich nur um ein Wahnbild handeln konnte, denn nun hatte Tarrach den Mund zu einem Schrei aufgerissen und schlug wild nach etwas Unsichtbarem, das er dicht vor sich wähnte.

Dann endete die Aufnahme.

Wieder erschien das weiße Rauschen, und dann wechselte die Szenerie. Diesmal stammte das Bild von einer regulären Kamera, und das Datum am oberen Bildrand lautete *2. März 2009.*

Tarrach saß auf einem Stuhl in einem schmucklosen Raum mit weißen Wänden, den Mark als den Therapieraum der geschlossenen Akutstation in der Waldklinik wiedererkannte. Nun gab es auch einen Ton zum Bild, und Tarrachs Schluchzen hallte dröhnend aus den Lautsprechern der Surroundanlage.

Axels Hand mit der Fernbedienung schnellte hoch, und er stellte hastig den Ton leiser. Mark konnte das nur zu gut verstehen. Wenn dieser Anblick schon ihn berührte, obwohl er langjährige Erfahrung mit solchen Begegnungen hatte, wie mochte es dann erst Axel ergehen?

Nur Lara saß mit versteinerter Miene da, als sei sie fest entschlossen, nichts von dem, was in ihr vorging, nach außen dringen zu lassen.

»Bitte«, hörten sie Tarrach weinen, »bitte machen Sie, dass das aufhört! Ich will ihn nicht mehr sehen müssen! Bitte!«

»Wen sehen Sie?«, fragte eine Männerstimme aus dem Hintergrund.

Es war Chris' Stimme, und Mark spürte, wie eine Gänsehaut über seine Arme kroch. Wieder warf er einen schnellen Blick zu Lara, die nun nervös ihre Hände knetete.

Ob auch sie die Stimme erkannt hatte – so, wie vorhin das Kürzel auf dem Karton mit den Akten? Oder war ihr nur aus dem Kontext klar, dass es die Stimme des Mannes war, den sie vor zehn Jahren getötet hatte?

Wie auch immer es war, es musste schrecklich für sie sein.

»Er ist da«, schluchzte Tarrach. »O mein Gott! Er ist überall! ÜBERALL!«

Betreten sahen sie zu, wie Tarrach von seinem Stuhl aufsprang und aus dem Bild lief. Gleich darauf hörte man das Trommeln von Fäusten gegen eine Tür und Tarrachs Stimme, die sich vor Entsetzen überschlug.

»Ich will hier raus! Lasst mich hier raus! Bitte! Ich will …«

Die Aufnahme endete abrupt, und nachdem für eine oder zwei Sekunden erneut das weiße Rauschen erschienen war, folgte ein weiterer Zeitsprung zum 10. März.

Wieder war Tarrach auf dem Stuhl zu sehen. Man musste ihm an jenem Tag eine deutlich stärkere Dosis Beruhigungsmittel verabreicht haben, denn diesmal saß er nicht aufrecht, sondern hing zur linken Seite und stützte sich auf seinen Ellbogen.

Aus seinen Mundwinkeln rann unablässig Speichel, seine Augen waren gerötet und blutunterlaufen, und die Wangen wirkten eingefallen. Seit der letzten Aufnahme musste er gut fünf Kilo Gewicht verloren haben, wenn nicht noch mehr.

»Er muss weg, weg, weg, weg«, murmelte Tarrach, und seine Worte klangen verwaschen wie die eines Betrunkenen.

Als Chris ihn wieder fragte, was er denn sehe, senkte Tarrach den Kopf und gab nur ein unverständliches Gebrabbel von sich. Dabei troff Speichel auf sein T-Shirt, dessen Kragen schon völlig durchnässt war.

Die Aufnahme endete und sprang zum 16. März.

Nun hatte Tarrach das Gesicht in seinen kräftigen Händen vergraben und weinte wieder. Seine Knie wippten hektisch auf und ab, als habe man seine Beine unter Strom gesetzt, und bei jedem Schluchzer bebten seine massigen Schultern.

»Er soll verschwinden!«, heulte er. »Bitte, Doktor! Machen Sie, dass er verschwindet! Ich halte das nicht mehr aus!«

Dann nahm er eine Hand vom Gesicht und schlug damit um sich, als wollte er ein großes Insekt abwehren, das direkt vor ihm war.

»Ich kann ihn nicht verschwinden lassen«, hörte man Chris aus dem Hintergrund sagen. »Er ist nicht hier. Es gibt ihn nur in Ihrer Vorstellung.«

Nun nahm Tarrach auch die andere Hand herunter und starrte ungläubig in Richtung der Kamera.

»Das ist nicht wahr!«, schrie er. »Ich sehe ihn doch! Klar und deutlich! Diese … diese …«

Was auch immer er sagen wollte, ging in erneutem Schluchzen unter. Er schlug die Hände wieder vors Gesicht und heulte noch lauter und verzweifelter als zuvor.

Zehn Sekunden später folgte der nächste Schnitt und wieder rauschte weißes Grießeln über den Monitor.

»Was, zum Teufel, sieht er denn da?«, fragte Axel, doch noch ehe Mark antworten konnte, dass er selbst keine Ahnung hatte, erschien eine weitere Aufzeichnung.

Nun war es zwei Monate später. Das Datum lautete auf den 19. Mai.

Tarrach sah jetzt noch ausgemergelter aus. Seine Wangenknochen traten deutlich hervor, und aus den früheren Grübchen um seinen Mund waren tiefe Furchen geworden.

Dennoch schien es ihm besser zu gehen. Sein Blick wirkte klar, und seine Haltung war nicht mehr ganz so ängstlich und verkrampft, auch wenn er nach wie vor nervös mit den Knien wippte.

»Wollen wir es versuchen?«, hörte man Chris fragen, worauf Tarrach nickte.

»Ja, Sie haben recht, Doktor. Ich muss es endlich loswerden, mich der Sache stellen.«

»Sehen Sie ihn denn immer noch?«

Wieder nickte Tarrach, wobei sein Adamsapfel auf und ab hüpfte. »Er taucht ständig überall auf.«

»Ist er gerade hier?«

»Ja, ist er«, erwiderte Tarrach. »Ich weiß natürlich, dass er *nicht* da ist, aber ja, ich sehe ihn.«

Er umfasste die Stuhllehnen noch fester und deutete mit dem Kinn auf eine Stelle, die sich links außerhalb des Bildes befand. »Jetzt ist er da drüben in der Ecke.«

»Und was macht er?«

»Er grinst mich an.« Tarrach senkte den Blick und schüttelte sich angewidert. »Großer Gott, er ist so hässlich!«

»Können Sie ihn ignorieren?«

»Ich weiß nicht.« Tarrach schniefte, dann nickte er und hob den Kopf. »Aber ich werd's versuchen. Doch, ich denke, das schaff ich. Schließlich ist er ja gar nicht wirklich da.«

»Nein, das ist er nicht«, bestätigte ihm Chris aus dem Hintergrund. »Machen Sie es so, wie wir es besprochen haben. Lassen Sie sich Zeit, so viel Sie brauchen. Sie können mir alles erzählen. Und denken Sie immer daran, dass Sie hier in Sicherheit sind. Er ist nur eine Halluzination. Er ist nicht da. Weder hier im Raum noch sonst irgendwo.«

Wieder schlug Tarrachs Adamsapfel Kapriolen.

»Na gut«, sagte er schließlich, und streckte sich kurz aus dem Bild. Als er sich wieder zurücksetzte, hielt er einen Wasserbecher in der Hand. »Ich erzähl's Ihnen. Aber in einem Punkt irren Sie sich, Doktor. Ich bin hier *nicht* sicher.

Das bin ich nirgends mehr. In Wahrheit bin ich längst in der Hölle, und *er* erinnert mich ständig daran.«

Chris ließ diese Anmerkung unkommentiert. Vielleicht hatte er damals dasselbe gedacht, was Mark jetzt dachte. Dass die Hölle ein Ort war, den sich jeder selbst in seinem Inneren schuf. Und wenn sie dort erst einmal existierte, konnte man nur aus eigener Überzeugung wieder daraus entkommen.

Jochen Tarrach trank einen Schluck Wasser, sammelte sich kurz, und dann begann er zu erzählen.

Wie Chris vor zehn Jahren, hörten ihm nun Mark, Lara und Axel aufmerksam zu. Und auch wenn keiner von ihnen es aussprach, waren sie sich bald schon darüber einig, dass Jochen Tarrach nicht übertrieben hatte.

Für ihn musste das, was er erlebt hatte und zu jener Zeit immer noch erlebte, tatsächlich wie die Hölle auf Erden gewesen sein.

Chris hatte das sicherlich ebenso gesehen.

Kapitel 41

»Wussten Sie, Doktor, dass es einen guten Grund gibt, weshalb man Orkanen Namen gibt?«, begann Tarrach. »Als unsere Tochter noch klein war, hatte sie ein Lieblingsmärchen, das wir ihr fast jeden Abend vor dem Einschlafen vorlesen mussten. Es hieß *Das Riesenspielzeug*. Kennen Sie das?«

Aus dem Hintergrund war nichts zu hören, was wohl bedeutete, dass Chris nur den Kopf schüttelte.

»Ist schon alt, von den Brüdern Grimm, glaube ich«, erklärte Tarrach. »Es handelt von der Tochter eines Riesenkönigs. Eines Tages geht sie spazieren und entdeckt ein paar Bauern auf einem Feld. Weil sie im Vergleich zu ihr so klein sind, hält das Riesenmädchen sie für Spielfiguren. Also nimmt sie die Bauern samt ihrer Karren und Pferde mit nach Hause und spielt mit ihnen. Dann kommt ihr Vater dazu und weist sie zurecht, dass es sich um lebende Wesen handelt, die nur viel kleiner sind als sie. Das Mädchen hört auf ihren Vater, bringt die Bauern wieder zurück aufs Feld, und das war's.«

Tarrach zuckte mit den Schultern.

»Meine Tochter fand die Vorstellung sehr lustig, wie diese Riesin mit der kleinen Welt spielt. Gut, damals war sie auch erst vier oder fünf. Aber als Erwachsener sieht man das natürlich etwas anders. Vor allem, wenn man seit Jahren beim Forstamt arbeitet und schon einige Male miterlebt hat, wie gewaltig die Natur sein kann.

Denn mit einem Sturm ist das ziemlich ähnlich wie in dem Märchen. Auch der tobt sich wie so ein Riese nach Lust und Laune aus, und macht mit uns, was er will. Nur dass einem dann kein König zur Hilfe kommt. Stattdessen kann man nur warten und hoffen, dass dem Wind irgendwann die Puste ausgeht. Aber bis dahin führt er sich auf wie ein trotziges Riesenkind. Kein Wunder, dass man so etwas einen Namen gibt.

Denken Sie nur mal an Vivian, Wiebke und Lothar in den Neunzigern, oder an Kyrill im letzten Jahr. Mann, was haben die alles angerichtet! Als damals Lothar getobt hat, ist bei meinem Nachbarn das komplette Dach abgehoben wie ein Papierflugzeug. Sein Haus stand direkt in der Windschneise. Ich sag Ihnen, das war vielleicht ein Ding!

Und in diesem Februar war es dann Quinten. Ich weiß, es gibt genug Leute, die das für Blödsinn halten, aber an der Sache mit dem Klimawandel ist schon was dran. Um das zu kapieren, braucht man nicht mal Fotos von Polarbären zu sehen, die auf schmelzenden Eisschollen durchs Meer treiben. Man muss sich nur mal in der eigenen Gegend umschauen. Ich kann mich jedenfalls nicht erinnern, dass es in meiner Kindheit so viele Stürme gegeben hat – zumindest nicht so heftige. Und dabei bin ich erst Anfang vierzig, so lange ist das also noch nicht her.

Nun, auf jeden Fall hat dieser Quinten ganz schön getobt, das wissen Sie ja. Nicht nur im Ort, sondern vor allem auch oben im Forst.

Die verdammten Monokulturen drüben im Südwesten sind ein Fluch, der uns noch aus den Neunzigerjahren geblieben ist. Damals, als es noch die Fahlenberger Papierfabrik gegeben hat.«

Tarrach räusperte sich. Es war offensichtlich, dass er Angst hatte und so weit wie möglich ausholte, um die Schilderung des eigentlichen Vorfalls hinauszuzögern.

In seiner Zeit als Psychiater hatte Mark oft solche Vermeidungsstrategien bei Traumapatienten erlebt. Er wusste, dass es dann keinen Sinn hatte, sein Gegenüber zu bedrängen. Bei solchen Gesprächen brauchte man Geduld und Einfühlungsvermögen und ließ den Patienten am besten einfach reden.

Auch Chris schien es so gemacht zu haben. Jedenfalls war nichts von ihm zu hören. Da er weiterhin außerhalb der Kamera blieb, konnte Mark seinen Gesichtsausdruck nicht sehen, aber Tarrach schien etwas in seinem Blick aufgefallen zu sein.

»Tut mir leid, Doktor«, sagte er. »Ich will Sie nicht mit diesen ganzen Details langweilen. Mir geht es nur darum, dass Sie die Zusammenhänge verstehen. Und wenn ich Ihnen von der Monokultur da oben im Wald erzähle, dann nur, weil sie zum Teil auch daran schuld ist, dass ich jetzt hier bei Ihnen sitze.

Diese verfluchten Fichten! Man hatte da oben Unmengen davon angepflanzt. Wissen Sie, Nadelbäume wachsen schnell, deshalb sind sie für die Papierproduktion ideal. Der Nachteil ist, dass sie alle gleich wurzeln und sich gegenseitig kaum Halt geben. Deswegen ist man später auch wieder auf Mischkulturen zurückgekommen. Nicht nur wegen dem Waldsterben in den Achtzigern, sondern auch wegen der Stabilität des Baumbestands. Bei Mischkulturen ist der Boden ganz anders durchwurzelt, und ein Sturm kann dann nicht so viel Schaden anrichten.

Bis zu diesem Frühjahr waren wir noch glimpflich davongekommen. In den ganzen Jahren hat es dort oben trotz Monokultur kaum größere Sturmschäden gegeben, weil Wiebke und Lothar und wie sie sonst noch alle hießen, aus einer anderen Richtung gekommen sind. Also hat man sich bei der Forstverwaltung einfach weiterhin auf das Glück verlassen. Aber Glück ist bekanntlich vergänglich, und heuer kam dann dieser Quinten. Danach sah es da oben aus, als hätten ein paar Riesen Mikado gespielt. Fast so wie in dem Märchen von meiner Tochter.

Ich sag Ihnen, das war ein Chaos! Wir wussten, dass wir Wochen brauchen würden, um das alles zu beseitigen. Also beschlossen wir, großflächig vorzugehen, und man teilte uns in acht Zweierteams auf, damit wir aufeinander zuarbeiten konnten. Tja, und damit nahm die ganze Scheiße ihren Lauf. Entschuldigung, aber anders kann man es wirklich nicht sagen.«

Er machte eine kurze Pause und trank einen Schluck aus seinem Wasserbecher. Dann seufzte er tief und zuckte wieder mit den Schultern.

»Wissen Sie, Doktor, ich bin ein guter Kollege. Zusammenhalt und Kameradschaft sind mir wichtig. Schon allein deshalb, weil unser Beruf nicht gerade ungefährlich ist. Da kann schnell mal was passieren, und man muss sich zu jeder Zeit auf den anderen verlassen können. Und das geht nun mal am besten, wenn alle miteinander klarkommen.

Darum habe ich mich immer bemüht, das müssen Sie mir glauben. Bei all meinen Kollegen war das auch kein Problem, wir waren wie eine Familie. Nur mit dem Neuen hat es nicht funktioniert. Reiner Schenk, so hieß er. Mit dem bin ich einfach nicht klargekommen. Ich weiß, das hört sich jetzt nach einer Ausrede an, aber das lag wirklich nicht an mir. Jedem von uns ging es so. Der Kerl tanzte ständig aus der Reihe. Er war ein Klugscheißer und obendrein ein ziemliches Arschloch. Entschuldigen Sie diese Ausdrücke, aber es stimmt wirklich. Da können Sie jeden meiner Kollegen fragen.

Sie als Psychiater würden wahrscheinlich sagen, dass er damit nur seine Unsicherheit kaschieren wollte, und vielleicht stimmte das ja auch. Aber wegen uns hätte er das nicht tun müssen. Wir haben ihm von Anfang an immer wieder neue Chancen gegeben, wirklich, aber nach einer Weile ging uns der Kerl eben nur noch auf die Nerven.

Er hatte so eine Art drauf, wissen Sie? Ständig provozieren, alles besser wissen und sich immer in den Mittelpunkt drängen. Dabei war er nicht mal besonders helle. Er tat nur gern so, als hätte er die Weisheit mit Löffeln gefressen. Aber er hat immer wieder Mist gebaut. Einmal hat er sogar einen Unimog geschrottet, weil er nicht richtig aufgepasst hat. Und dann hatte er nicht mal die Eier, für den Schaden einzustehen. Stattdessen wollte er es einem von uns in die Schuhe schieben. Na ja, das hat ihn dann natürlich auch nicht gerade auf Platz eins unserer Beliebtheitsliste gebracht.

Und dann, letztes Jahr bei der Weihnachtsfeier, hat er dem Fass den Boden rausgehauen. Er hat allen Ernstes Werners Frau angebaggert. Auf eine ziemlich üble Art. Klar, wir hatten alle schon einen kleinen Zacken in der Krone, aber keiner von uns wäre je auf die Idee gekommen, sich an die Frau von einem Kameraden ranzumachen. Keiner, bis auf diesen Schenk.

Es brauchte vier von uns, um Werner davon abzuhalten, auf diesen Deppen loszugehen. Schenk war einen halben Kopf größer als Werner, er muss so um die eins neunzig gewesen sein, und er brachte auch einige Kilo mehr auf die Waage. Aber wenn Werner ihn wirklich aufgemischt hätte, hätte ich mein Geld trotzdem auf ihn gesetzt. Mann, war der aus dem Häuschen!

Die Feier war natürlich gelaufen, das können Sie sich denken, und danach sind sich die beiden aus dem Weg gegangen. War auch besser so. Ich will nicht wissen, was passiert wäre, wenn die sich mal allein im Dunkeln begegnet wären. Werner kann verdammt nachtragend sein. Aber kann man ihm das verdenken? Ich jedenfalls nicht.

Jetzt werden Sie sich vielleicht fragen, warum man diesen Schenk nicht gleich an die frische Luft gesetzt hat. Ein Kündigungsgrund wäre es allemal gewesen, zumal dieser Kerl ja auch wirklich das Betriebsklima vergiftet hat. Aber Beziehungen sind nun mal die halbe Miete, und Reiner Schenk war der Cousin unseres Forstamtleiters. Der hat die ganze Angelegenheit dann runtergespielt. Wir sollten es auf sich beruhen lassen. Jeder mache mal Fehler. Bei der nächsten Feier werde es ein Alkoholverbot geben. Dieses ganze Blabla eben.

Die Wahrheit war, dass Schenk schon aus seinem letzten Job geflogen war, weil dort etwas Ähnliches passiert sein muss. Das haben wir kurz nach der Sache mit Werners Frau rausgekriegt. Es wurde sogar gemunkelt, dass ihn dort eine Sekretärin wegen sexueller Nötigung angezeigt hatte. Ob das stimmt, wussten wir nicht, aber es hätte zumindest erklärt, wieso Schenk von irgendwo aus Hessen ausgerechnet zu uns nach Fahlenberg gekommen ist. Hier hatte er ja seinen Cousin, der seine schützende Hand über ihn halten konnte.«

Wieder trank Tarrach aus seinem Becher, und wieder gab er einen tiefen Seufzer von sich. Er rieb sich mit der Hand übers Gesicht und sah Hilfe suchend in Richtung der Kamera, neben der Chris sitzen musste.

»Kann ich hier rauchen?«, fragte er.

»Tut mir leid, hier ist Rauchverbot«, hörte man Chris aus dem Hintergrund sagen. »Möchten Sie eine kurze Pause einlegen?«

Tarrach schüttelte den Kopf. »Nein, lieber nicht. Sonst schaffe ich es wieder nicht, Ihnen die ganze Geschichte zu erzählen. Ich könnte jetzt zwar wirklich eine Zigarette gebrauchen, aber ...« Er seufzte abermals. »Ach, was soll's! Machen wir weiter. Danach werde ich mir bestimmt eine ganze Schachtel reinziehen, aber vorher will ich da jetzt erst mal durch.«

Er leerte den Wasserbecher mit einem schnellen Schluck, stellte ihn dann irgendwo außerhalb des Bildes ab, und als er weitersprach, hielt er den Blick auf seine Hände gesenkt.

»Normalerweise habe ich immer mit Gregor zusammengearbeitet. Gregor und ich kennen uns schon seit unserer Schulzeit. Er ist ein feiner Kerl, immer gelassen und bedacht. Den bringt nichts so schnell aus der Ruhe, wissen Sie? Wir sind echte Kumpels und ein richtig gutes Team.

Aber wegen der Sache mit Werners Frau wurden wir im neuen Jahr anders aufgeteilt als sonst. Gregor kam zu Werner, und ich bekam diesen Schenk ab. Ich habe deswegen nicht gerade einen Freudentanz aufgeführt, wie Sie sich denken können, aber ich habe nichts gesagt und es einfach akzeptiert.«

Auf einmal sah Tarrach wieder auf und ballte seine Hände zu Fäusten.

»Scheiße, *hätte* ich doch bloß was gesagt! Dann wäre ich jetzt nicht hier, und er ... er wäre ...«

Er sank in sich zusammen, und man sah ihm an, dass er mit einem Weinkrampf kämpfte. So rang er fast zwei Minuten mit sich, und Chris ließ ihn stumm gewähren.

Schließlich schien Tarrach sich wieder im Griff zu haben, doch das Lächeln, das er nun aufsetzte, wirkte verkrampft.

Mark musste an Schimpansen denken, die ebenfalls zu lachen scheinen, obwohl sie mit dieser Mimik eigentlich Angst ausdrücken. Auch Jochen Tarrach schien nun Angst vor dem zu haben, was er als Nächstes erzählen musste.

Deswegen dieses Lächeln. Diese *inkongruente Mimik*, wie es im Fachjargon hieß.

»Wissen Sie, was mein Vater immer gesagt hat, wenn jemand mit so einem Hätte, Wäre oder Wenn dahergekommen ist? *Hätte der Hund nicht gekackt, wäre niemand reingetreten.* Und hätte ich damals abgelehnt, mit Schenk zu arbeiten, wäre wahrscheinlich alles anders gelaufen. Aber danach ist man ja bekanntlich immer schlauer, nicht wahr?

Wir sind also mit einem der Unimogs und unseren Motorsägen in den Forst raufgefahren, zu dem Waldstück, das Richtung Kössingen verläuft.

Es war ein schweinekalter Morgen. Der Schnee war zwar so gut wie weg, aber diese feuchte Kälte kann einem echt ordentlich in die Knochen kriechen. Da kann man sich noch so warm anziehen, es friert einen trotzdem. Das Einzige, was dann hilft, ist flottes Arbeiten und zwischendurch ein heißer Kaffee.

Ja, ich weiß schon, ich schweife wieder ab. Tut mir leid.«

Er fuhr sich durchs Haar und stöhnte wie jemand, der eine besonders schwere Last zu schultern hat, dann sprach er weiter.

»Also, wir kamen da oben an und sahen schon von Weitem die ganze Bescherung.

›Heilige Scheiße!‹, sagte Reiner, und da war ich ausnahmsweise mal ganz seiner Meinung.

Der Wald sah aus wie nach einem Bombenangriff. Auf dem Stück, das man uns zugeteilt hatte, stand kaum noch ein Baum gerade. Viele waren abgeknickt wie Streichhölzer, überall ragten Wurzeln aus dem Boden, und ein paar Stämme waren so ineinander verkeilt, als hätte das Riesenmädchen aus dem Märchen Zöpfe damit flechten wollen.

Wir zogen unsere Schutzklamotten und die Helme an, und dann ging's los. Zuerst galt es, die Stämme freizulegen und zu zerteilen, damit man sie später stapeln und abtransportieren konnte.

Spätestens dabei ist mir dann warm geworden, das können Sie mir glauben. Nicht nur, weil das Zersägen eine Knochenarbeit ist, sondern auch, weil man ständig auf der Hut sein muss. Umgestürzte Bäume sind heimtückisch. Sie stehen unter Spannung, wissen Sie? Da muss man aufpassen wie ein Schießhund, wo man die Säge ansetzt.

Und als wäre das nicht schon genug gewesen, musste ich noch die ganze Zeit diesen Reiner im Auge behalten. Der hatte zwar behauptet, er hätte schon zigmal Sturmbruch zerlegt, aber spätestens nach fünf Minuten war mir klar gewesen, dass das nur wieder eine seiner Angebereien gewesen war.

Wenn überhaupt, dann hatte der höchstens mal ein paar vorgesägte Stämme zerteilt. Aber das hätte dieser aufgeblasene Heini natürlich niemals zugegeben. Im Gegenteil, der Kerl wollte *mir* noch erklären, wie man es richtig macht. Dieser Idiot!

Wir kamen trotzdem ganz gut voran, und irgendwann hatten wir dann einen kleinen Hügel aus umgestürzten Stämmen vor uns. Der würde uns eine Weile beschäftigen, sagte ich, und schlug vor, dass wir vorher eine Kaffeepause einlegen sollten.

Tja, und da kam dann wieder seine Art durch. Dieses alberne Provozieren, das ich bis heute nicht verstehen kann. Bei einem Teenager vielleicht schon, aber der Kerl war drei Jahre älter als ich.

Ob ich etwa schon schlapp mache, hat er mich gefragt,

und ich weiß nicht, was mich daran mehr ärgerte – sein zynisches Grinsen oder sein Tonfall. Er hatte so eine hohe, krächzende Stimme, wissen Sie? Die Art, die sich eher nach einer heiseren alten Frau anhört als nach einem gestandenen Hundert-Kilo-Kerl.

Ich weiß, das ist unfair, weil er ja nichts für seine Stimme konnte, ebenso wenig wie für seinen Dialekt, aber zusammen mit dem unverschämten Grinsen brachte mich das in dem Moment einfach gehörig auf die Palme.

Er sei noch taufrisch und brauche keine Pause, meinte er. Aber ich könnte mich ja ausruhen und ihm dann beim Wegräumen helfen. Dann kletterte er mit seiner Säge auf den Haufen und wollte einfach loslegen.

Ich rief ihm zu, er solle das lassen. Dass die Stelle, die er ausgesucht hatte, die falsche sei. Ich konnte sehen, dass ein langer Ast darunter wie ein Bogen eingespannt war. Aber er rief mir zu, ich solle ihn einfach seine Arbeit machen lassen.

›Ich weiß schon, was ich mache!‹

Genau das waren seine Worte. Seine letzten.

Noch bevor ich hinlaufen und ihn davon abhalten konnte, startete er den Motor und setzte die Säge an.«

Tarrach begann zu weinen und vergrub das Gesicht in den Händen.

»Ich hab's versucht«, schluchzte er. »Ehrlich, ich hab's versucht. Ich war ja für ihn verantwortlich. Wenn man mehr Erfahrung hat als sein Kollege, ist man immer in der Pflicht, auf den anderen aufzupassen. Aber was hätte ich denn machen sollen, wenn der Kerl so stur und dumm ist?«

»Brauchen Sie eine Pause?«, hörte man Chris fragen.

Tarrach hob abwehrend die Hände und schüttelte den Kopf. Er griff nach einem Päckchen mit Papiertaschentüchern, das außerhalb des Kamerawinkels lag, und putzte sich geräuschvoll die Nase.

»Geht schon wieder«, sagte er schniefend. »Es ist nur ... dieses Bild ... O Gott, dieses Bild! Das hat sich so in mir festgefressen, dass ich ...«

Er sprach den Satz nicht zu Ende. Stattdessen griff er nach einem neuen Taschentuch und schnäuzte sich abermals. Er sah jetzt wieder deutlich schlechter aus. Seine Augen waren gerötet, sein Gesicht war bleich und seine Wangen wirkten schlaff, als sei sämtliche Kraft aus seinen Gesichtsmuskeln gewichen.

Dann setzte er sich aufrecht hin und hob das Kinn wie ein Mann, der sich entschieden hat, etwas sehr Unangenehmes durchzustehen.

Und das tat er. Als er weitersprach, klang seine Stimme wieder fest, aber der Unterton darin verriet, wie viel Überwindung es ihn kostete.

»Es ging unglaublich schnell«, sagte er. »Nur den Bruchteil einer Sekunde, aber mir kam es vor, als würde es in Zeitlupe passieren. Ich konnte jedes Detail sehen. Ist so was überhaupt möglich, oder bilde ich mir das nur ein?«

»Nun ja, wenn wir einen Schock erleben, ist das Wahrnehmungsvermögen besonders ausgeprägt«, erklärte Chris. »Das ist uns noch von unseren Vorfahren geblieben, für die das auf der Jagd oft überlebenswichtig war.«

Jochen Tarrach nickte und starrte geistesabwesend vor sich auf den Boden.

»Reiner hat die Gefahr nicht gesehen«, sagte er leise. »Er hat den *Ast* nicht gesehen, den Bogen, zu dem er unter dem darüberliegenden Stamm gespannt war. Das Ding ist hochgeschnellt, mit unglaublicher Wucht, und hat nach ihm geschlagen. Es hat ihn …«

Er schluckte, und sein Adamsapfel hüpfte wild auf und ab. Dann vollzog er mit der Hand einen Bogen in der Luft.

»Auf einmal flog sein Kopf davon. Wie ein Fußball bei einem hohen Pass. Er drehte sich ein paarmal in der Luft, und dabei ist der Helm abgefallen. Und dann … dann landete sein Kopf direkt vor meinen Füßen. Das sah so … so *bizarr* aus … Ist bizarr das richtige Wort? Vermutlich schon.

Ich war komplett durch den Wind. Hab zu seinem Körper rübergestarrt. Der stand immer noch auf dem Holzhaufen. Das sah so verrückt aus. Ich kannte zwar die Geschichten über Hühner, die noch herumlaufen, nachdem man ihnen den Kopf abgehackt hat, aber dass das auch bei einem Menschen möglich ist … das hätte ich mir nie vorstellen können. Obwohl … er ist ja auch nicht gelaufen. Eigentlich hat er gar nichts gemacht. Er stand bloß da oben. Eine Sekunde lang, vielleicht zwei.

Dann fiel ihm die Motorsäge aus der Hand. Sie ging sofort aus, und er … also sein Körper … fiel mit dem Rücken auf den Boden, wie ein Sandsack, und da blieb er dann liegen.

Aber … aus seinem Halsstumpf spritzte Blut … so viel Blut … in Stößen … wieder und wieder … wie bei einem gottverdammten Rasensprenger! Und seine Hände … Er hat sie vor sich *hochgehalten*. Wirklich, das hat er, ich schwöre es! Und die Finger haben sich bewegt … als ob er auf einem unsichtbaren Akkordeon spielen würde.

Aber am schlimmsten war der Kopf … sein Kopf vor

den Stahlkappen meiner Schuhe. Der war auch noch nicht tot, wissen Sie? Er hat noch mit den Augen gerollt. Mich angesehen.

Mein Gott, das war so schrecklich! Wie er seinen Mund bewegt hat ... als ... wollte er mir etwas sagen.

Das konnte er natürlich nicht mehr, und in dem Moment habe ich auch nichts gehört. Aber jetzt ... jetzt höre ich ihn ständig.

Dieser Kopf verfolgt mich. Dieser hässliche, abgeschlagene Kopf. Mit diesen Augen, die mich über die aufgedunsenen Tränensäcke anstarren. Und ich höre seine hohe Fistelstimme. Sie kommt von überall, ich kann ihr nicht entkommen.

Und wissen Sie, was er mir sagt? Er sagt, dass es meine Schuld war. Weil ich nicht auf ihn aufgepasst habe. Dass ich an allem schuld bin!«

Dann brach er in hemmungsloses Schluchzen aus und ließ den Kopf sinken.

»Ich sehe ihn«, heulte er. »Er ist überall. Überall! Weil es meine Schuld war. Meine Schuld!«

Danach gingen seine Worte in ein verzweifeltes Heulen über, und dann endete die Aufnahme.

Das Bild des weinenden Mannes verschwand, und auf dem Bildschirm war nur noch weißes Rieseln zu sehen, das von statischem Rauschen begleitet wurde.

Kapitel 42

Nachdem der Fernseher wieder zu einer schwarzen Fläche an der Wand geworden war, machte sich beklommenes Schweigen im Wohnzimmer breit. Vor dem Fenster heulte der Sturm, und nach einem besonders grellen Blitz flackerte kurz die Deckenlampe.

Axel legte die Fernbedienung auf den Couchtisch, lehnte sich wieder in seinen Sessel zurück und kratzte sich am Kopf.

»Wow, das ist echt krank! Ich weiß schon, warum ich Elektrotechniker geworden bin. Wenn ich mir jeden Tag solche Storys anhören müsste, wäre ich bald selbst reif für die Klapsmühle. Hat der Typ wirklich die ganze Zeit den Kopf seines toten Kollegen gesehen?«

»Das hat er wohl«, sagte Mark, und rieb sich das Kinn. »Eine Intrusion also.«

Axel sah ihn stirnrunzelnd an. »Intru... was?«

»So nennt man die Erinnerung an ein schlimmes Erlebnis, die man einfach nicht loswird«, erklärte Lara, und legte den Ordner, den sie die ganze Zeit über wie ein Schoßtier vor sich gehalten hatte, auf den Stapel mit den anderen zurück. »Genauer gesagt ist es nicht nur die Erinnerung. Es ist vielmehr so, dass man das Schlimme in seiner Vorstellung wieder und wieder durchleben muss, obwohl man es eigentlich nur vergessen will. Und je mehr man sich dagegen wehrt, desto schlimmer wird es. Vor allem, wenn man das eigentliche Erlebnis bereits verdrängt hat. Dann spielt einem das Unterbewusstsein böse Streiche. Es ist, als wäre man in einem schlimmen Albtraum gefangen, aus dem man nicht aufwachen kann, weil man ja schon wach ist.«

»Halluzinationen?«, fragte Axel. »So wie bei dir?«

Sie nickte.

»O Mann, das ist ja ganz schön abgefahren!«

»Vor allem für diejenigen, die davon betroffen sind.«

Sie bedachte ihn mit einem vielsagenden Blick, und Axel verstand, worauf sie hinauswollte.

»Nee, Lara. Falls das eine Entschuldigung sein soll, zählt die für mich nicht.«

»Das weiß ich, aber vielleicht verstehst du es zumindest endlich.«

Er funkelte sie zornig an. »Du hast Chris umgebracht! Okay, vielleicht nicht absichtlich, aber glaubst du etwa, ich ...«

»Hört sofort auf, ihr beiden!«, ging Mark dazwischen. »Wir haben keine Zeit für solche Streitereien. Alles, was jetzt zählt, ist, dass wir endlich wissen, was mit Tarrach los war, und wofür sein Sohn uns die Schuld gibt.«

»Ach wirklich?«, sagte Axel. »Dann setz mich mal bitte ins Bild, ich verstehe bisher nur Bahnhof.«

»Na gut, dann noch mal von vorn«, sagte Mark und versuchte, dabei nicht allzu ungeduldig zu klingen. »Jochen Tarrach wird Zeuge, wie sein Kollege enthauptet wird. Er erleidet einen Schock und denkt, er habe den Unfall verschuldet. Das löst bei ihm massive Wahnvorstellungen aus. Er ist überzeugt, dass der Kopf seines Kollegen ihn verfolgt, um ihn dafür anzuklagen.«

Axel runzelte die Stirn. »Wie in diesen alten Geisterfilmen?«

»Ja, so in etwa«, sagte Mark. »Im Grunde handeln die

meisten Geistergeschichten eigentlich von solchen wahnhaften Manifestationen, die durch schlimme Erlebnisse oder Schuldgefühle ausgelöst werden. Denk nur mal an Poes Geschichte vom verräterischen Herz.«

»Lesen ist nicht so mein Ding«, entgegnete Axel. »Aber ich verstehe schon, auf was du rauswillst. Trotzdem ergibt das für mich keinen Sinn. Tarrach muss doch klar gewesen sein, dass er nichts dafür konnte. Wenn es wirklich so war, wie er gesagt hat, dann hat sich sein Kollege doch absichtlich nicht an seine Warnung gehalten. Einfach gesagt, war dieser Kollege ein Idiot, und das hat ihn eben das Leben gekostet. Warum sollte Tarrach sich also dafür die Schuld geben?«

»Für uns als Außenstehende mag das offensichtlich sein«, sagte Lara. »Aber wenn man tief genug in einer Situation drinsteckt, verliert man den Überblick. Man begreift dann nicht mehr, dass man nichts anderes tun konnte als das, was man eben getan hat.«

»Sie hat recht«, sagte Mark, dem klar war, dass sie sowohl von Jochen Tarrach als auch von ihrer eigenen Notwehr gegen ihren Onkel sprach. »Nach Tarrachs Aussage fühlte er sich für seinen Kollegen verantwortlich, weil dem noch die nötige Erfahrung fehlte. Ein Teil von ihm wusste bestimmt, dass er nichts für den Unfall konnte. Dass sein Kollege ihn selbst verschuldet hat, aus Trotz oder Unachtsamkeit oder weil er, wie du sagst, einfach ein Idiot war. Aber ein viel größerer Teil von Tarrach hat sich eben doch die Schuld gegeben. Er muss sich eingeredet haben, dass er seinen Kollegen noch irgendwie von dem Fehler hätte abhalten können, wenn er nur schnell genug gewesen wäre oder was auch immer. So eine Denkweise kommt bei traumatisierten Menschen häufig vor. Da vermischen sich Realität und Wunschdenken, und die Erinnerungen an das Ereignis werden verzerrt. Vor allem, wenn Schuldgefühle im Spiel sind. Gerade denen ist unglaublich schwer beizukommen.«

Axel rieb sich die Stirn. »Na gut, du bist der Fachmann für so was. Aber ich verstehe immer noch nicht, was das mit euch zu tun hat. Okay, der Vater ist später durchgedreht, weil er mit seinen Intu… Intro… na, eben mit seinen Erinnerungen nicht klargekommen ist. Aber wieso will sich der Sohn dann ausgerechnet an euch rächen?«

»Weil Ralf Tarrach mir die Schuld am Amoklauf seines Vaters gibt«, sagte Lara. »Wahrscheinlich denkt er, dass sein Vater nie so ausgerastet wäre, wenn Chris weiter für ihn da gewesen wäre. Ich habe ihm den Therapeuten genommen.«

»Und was mich betrifft«, fügte Mark hinzu, »war ich derjenige, der Lara damals geholfen hat, zu ihrer wahren Identität zurückzufinden. Außerdem habe ich sie am Selbstmord gehindert, wie du ja weißt.«

»Ja«, brummte Axel. »Stand ja auch alles in der Zeitung.«

»Und weil Lara danach in Therapie kam, statt in ein Gefängnis, zählte das für Ralf Tarrach wohl nicht als Strafe«, fügte Mark hinzu. »Er wollte, dass sie als Mörderin verurteilt wird. Wegen dem Tod von Chris und im übertragenen Sinn wegen dem, was mit seiner Familie passiert ist.«

»Ach du heilige Scheiße«, stöhnte Axel und rieb sich wieder die Stirn.

»Diese Einstellung sollte dir ja nicht ganz fremd sein«, ergänzte Lara. »Stimmt doch, Axel? Du hast keine Ahnung, was ich die letzten zehn Jahre durchgemacht habe, und trotzdem verurteilst du mich immer noch.«

Mark hob eine Hand. »Lara, bitte!«

»Nein«, sagte Axel ruhig. »Du hast schon recht, Lara. Eigentlich weiß ich ja, was damals passiert ist. Ich war ja dabei, als wir Chris gefunden haben. Es ist nur so schwer zu begreifen, das mit dir und … *Ellen Roth.* Irgendwie will es mir immer noch nicht in den Kopf, dass du jetzt eine andere bist.«

»Ich weiß, dass das nicht leicht ist«, sagte sie. »Geht mir ja selbst nicht anders.«

»Aber das habe ich gerade mit der heiligen Scheiße gar nicht gemeint«, sagte Axel. »Mir ist nur plötzlich wieder etwas eingefallen, und ich glaube, ich weiß jetzt, wie ihr diesen Ralf finden könnt.«

»Und wie?«, fragten Mark und Lara beinahe gleichzeitig.

»Na ja, ihr könntet seinen Vater fragen.«

»Was?«, stieß Mark hervor, und auch Lara starrte Axel mit offenem Mund an.

Der wirkte nun verlegen und hob entschuldigend die Hände. »Tut mir leid, ich bin nicht gleich draufgekommen, weil mir der Name nichts gesagt hat, und weil das alles viel zu lange her ist. In den letzten zehn Jahren ist in dieser Gegend echt eine Menge passiert. Außerdem war ich zu der Zeit gerade damit beschäftigt, meine kaputte Beziehung zu kitten. Was rückblickend übrigens mein größter Fehler war, wenn ich sehe, was mich diese verdammte Scheidung jetzt kostet.«

»Willst du damit sagen, dass Jochen Tarrach gar nicht tot ist?«, fragte Lara ungeduldig.

»Ähm, genau«, erwiderte Axel. »Glaube ich jedenfalls. Ich hatte damals nur so nebenbei mitbekommen, dass irgendein Kerl in Fahlenberg seine Familie erschossen hat.

Der Name stand nicht in der Zeitung, aber einer von meinen Kunden hat mir später erzählt, dass sich der Kerl zwar in den Kopf geschossen hat, aber nicht daran gestorben ist.«

Mark glaubte seinen Ohren nicht zu trauen. »Und das sagst du uns erst jetzt?«

»Noch mal zum Mitschreiben: Es ist zehn Jahre her, und mir hat der Name Tarrach bis gerade eben nichts gesagt«, verteidigte sich Axel. »Außerdem hatte ich damals gerade meinen besten Freund verloren und wollte meine Beziehung retten. Und seit der ganzen Scheiße bin ich auch nicht mehr oft in Fahlenberg. Das müsstest doch gerade du am besten verstehen, oder?«

Mark hob beschwichtigend die Hände. »Schon gut, tut mir leid. Eigentlich ärgere ich mich auch mehr über mich selbst, weil ich mich bei der Suche so auf den Sohn eingeschossen habe, dass mir gar keine andere Möglichkeit in den Sinn gekommen ist. Weißt du denn, was aus Jochen Tarrach geworden ist?«

»Nur, dass er eine Weile im Krankenhaus war und danach in ein Pflegeheim gekommen ist«, sagte Axel. »Wenn ich mich richtig erinnere, war das der Pfauenhof. Ja, genau, und jetzt weiß ich auch wieder, warum mir der Kunde das damals erzählt hatte. Es muss wohl eine ziemlich wüste Gegen-Kampagne gegeben haben, weil man einen Mörder auf Kosten der Allgemeinheit …«

Auf einmal begann Lara zu lachen. Es war ein finsteres und beinahe höhnisches Lachen, und die beiden Männer sahen sie konsterniert an.

»Was soll denn daran so lustig sein?«, fragte Axel.

»Nichts«, sagte Lara und schüttelte heftig den Kopf. »Daran ist überhaupt nichts lustig. Mir ist nur gerade klar geworden, dass es nichts Ironischeres gibt als das Leben selbst.«

»Wie meinst du das?«, fragte Mark.

»Weißt du denn nicht, wo der Pfauenhof ist? In Steinbach!«

Nun war es Mark, dem die Kinnlade herunterklappte.

»Ja, du hast schon richtig gehört«, sagte sie. »Dieses Pflegeheim liegt keine Viertelstunde von meiner Wohnung entfernt.«

Mark schüttelte sich wie ein begossener Pudel. »Das wusste ich nicht. Mit Pflegeheimen hatte ich damals nichts zu tun. Wir müssen sofort dorthin!«

»Jetzt noch?«, fragte Axel erstaunt. »Hast du schon mal auf die Uhr gesehen? Es ist halb zehn, und von hier aus gesehen liegt Steinbach nicht gerade um die Ecke. Bis ihr dort ankommt, wird es Mitternacht sein. Da lässt euch sicher keiner mehr rein.«

Er stemmte sich aus seinem Sessel und bedeutete den beiden, ihm zu folgen. »Los, kommt mit! Bei dem Sturm fahrt ihr lieber nicht im Dunkeln zurück. Ich habe ein Gästezimmer. Hat sogar ein eigenes Bad.«

»Aber …«, begann Lara, doch Axel schnitt ihr mit einer Geste das Wort ab.

»Kein Aber. Es ist schon spät, und ich denke, wir sind jetzt alle ziemlich fertig. Für mich war es jedenfalls ein verdammt langer Tag. Außerdem muss ich das alles erst mal verdauen, und ich könnte bestimmt nicht ruhig schlafen, wenn ich euch um diese Zeit und bei dem Sauwetter vor die Tür setze.«

»Danke«, sagte Mark und erhob sich ebenfalls. »Wir nehmen dein Angebot gerne an.«

Axel lächelte. »Gut, dann sollten wir jetzt nur noch kurz unsere Handynummern austauschen. Ich hätte zwar große Lust, euch morgen zu begleiten, aber ich muss in aller Herrgottsfrühe zu einem neuen Kunden. Wie gesagt, diese Scheidung kostet mich Kopf und Kragen, da muss ich sehen, wo ich bleibe. Aber ihr müsst mir versprechen, dass ihr mich auf dem Laufenden haltet. Und wenn ich euch noch irgendwie helfen kann, gebt mir Bescheid, ja?«

»Das werden wir«, versprach Mark und wechselte einen Blick mit Lara.

Sie nickte stumm, und beide schienen sie dasselbe zu denken: Sie konnten es noch rechtzeitig schaffen, Tarrach aufzuhalten.

Jetzt, wo sie endlich eine Spur hatten.

Kapitel 43

»Ich bin fertig, du kannst jetzt ins Bad«, sagte Lara, als sie zurück ins Gästezimmer kam.

Mark hatte ihr das Doppelbett überlassen und war gerade dabei, sich eine Wolldecke und ein Kissen auf der Couch bereitzulegen. Als er zu ihr aufsah, musste er lächeln.

»Du hast da was«, sagte er und tippte sich an den Mundwinkel. »Da ist noch ein bisschen Zahnpasta.«

Sie wischte sich mit dem Handrücken über den Mund, wobei er plötzlich den Eindruck hatte, ein kleines Mädchen vor sich zu sehen statt einer erwachsenen Frau.

»Ist es jetzt weg?«

Er nickte und lächelte wieder, doch sie erwiderte das Lächeln nicht.

»Gut, dann werde ich mir auch mal die Zähne putzen«, sagte er, doch als er zur Tür ging, hielt sie ihn plötzlich am Arm zurück. Er spürte an ihrem Griff, dass sie zitterte.

»Kann ich dich etwas Persönliches fragen?«

»Klar.«

»Aber du musst mir ehrlich antworten, ja?«

»Natürlich.«

»War da mal was zwischen uns?«

Er hatte mit vielen Fragen gerechnet, aber nicht mit dieser. Nun spürte er, wie sein Gesicht heiß wurde.

»N-nein. Du warst doch mit Chris zusammen.«

»Das ist mir schon klar. Mir ist nur vorhin etwas eingefallen, und ich bin mir nicht sicher, ob es eine echte Erinnerung ist.«

»Und was ist dir eingefallen?«

»Dass ich mal in deiner Wohnung war, und dass du ein Fotoalbum hattest, auf dem *Ellen* stand.«

Nun wurde ihm noch heißer, als habe er ein plötzliches Fieber bekommen. »Das, ähm, ja, also ... das ist eine längere Geschichte.«

»Dann mach es eben kurz.«

»Na gut«, seufzte er. »Ja, du warst bei mir zu Hause, aber nur das eine Mal, und das auch nur, weil du den Verdacht hattest, dass ich der Schwarze Mann sei, von dem du dich verfolgt gefühlt hast. Und ja, ich hatte tatsächlich ein Album mit Fotos von dir.«

»Und warum hattest du dieses Album?«

»Weil ich damals geahnt habe, dass irgendetwas nicht mit

dir stimmt. Deshalb habe ich dich eine Weile beobachtet. Eigentlich gab es keinen konkreten Grund dafür, es war nur so ein Bauchgefühl, weißt du, und ... nun ja ... du warst mir eben wichtig. Als gute Freundin, meine ich.«

»Stimmt es, dass die Fotos in dem Album zerkratzt waren?«

Nun musste er schlucken und rieb sich verlegen das Kinn.

»Nur eines«, gab er zu. »Ein Foto von dir und mir und Chris. Ich war ... Also, um es geradeheraus zu sagen, war ich betrunken, als ich das getan hatte. Das war dämlich von mir, total infantil.«

»Und warum hast du es getan?«

»Nun ja, weil ... weil ich neidisch auf Chris gewesen bin. Er hatte so viel Glück mit dir gehabt, und ich hatte mich zu dieser Zeit ziemlich allein gefühlt.«

Sie sah ihm direkt in die Augen, und er wünschte sich, dass er im Erdboden versinken könnte. Im Gegensatz zu ihr wusste er noch sehr genau, dass sie vor vielen Jahren ein fast identisches Gespräch geführt hatten, bei dem er sich ebenso geschämt hatte wie jetzt. Und dieses Gefühl wurde noch schlimmer, als sie ihm die nächste Frage stellte.

»Haben wir ... du weißt schon?«

»Nein, da war nichts.«

Wieder dieser prüfende Blick. »Wirklich nicht?«

Er musste daran denken, wie sie ihn am Ende jener Unterhaltung geküsst hatte. Nur ein einziges Mal. Einen weiteren Kuss würde es niemals geben, hatte sie gesagt, und so war es dann auch gewesen.

»Nein«, sagte er deshalb noch einmal. »Da war wirklich nichts.«

Sie ließ seinen Arm los und setzte sich aufs Bett.

»Danke, dass du es mir gesagt hast.« Sie wich seinem Blick aus und schlug die Decke zurück. »Ich muss jetzt schlafen.«

Irgendetwas stimmte nicht, das spürte er. Aber noch während er überlegte, ob er sie darauf ansprechen sollte, begann sein Handy in der Hosentasche zu vibrieren. Hastig legte er die Hand darauf.

»Entschuldige mich bitte«, sagte er schnell. »Ich muss jetzt dringend den Kaffee loswerden.«

Dann lief er über den Gang ins Gästebad und hoffte, dass sie den wahren Grund für seine Eile nicht mitbekommen hatte.

So schnell er konnte, schloss er die Tür hinter sich ab, lehnte sich dagegen und nahm den Anruf an, der wieder von einer unterdrückten Rufnummer kam.

»Hey, Doktor«, meldete sich Ralf Tarrach. »Na, wie kommst du voran?«

Mark spürte, wie ihm der Puls in den Ohren hämmerte.

»Wie geht es Doreen?« Er musste sich beherrschen, leise zu reden, damit Lara ihn nebenan nicht hören konnte.

»Oh, ich fürchte, nicht ganz so gut«, kam die zynische Antwort. »Hat ein wenig Schmerzen, die Ärmste.«

Dann schien Ralf das Telefon von sich wegzuhalten, denn nun vernahm Mark ein leises Weinen.

»Kannst du sie hören, Doktor? Klingt nicht so richtig glücklich, was?«

Mark trat der kalte Schweiß auf die Stirn. »Was hast du mit ihr gemacht?«

»Och, nicht viel. Nur eine kleine Einstimmung auf das, was sie morgen Abend erwartet.«

»Du hast mir versprochen, dass du sie in Ruhe lässt, du …«

»Stopp, stopp, stopp!«, unterbrach ihn Ralf. »Du hast mir auch etwas versprochen, schon vergessen? Ich würde sie sofort laufen lassen, wenn du dich daran hältst. Oder ist dir deine Freundin auf einmal nicht mehr wichtig? Soll ich ihr von dir ausrichten, dass du ihr die irre Mörderin jetzt doch vorziehst?«

»Nein!«, keuchte Mark, und stützte sich mit der Stirn gegen die Kachelwand. Seine Knie fühlten sich plötzlich an, als hätten sie sich in Gummi verwandelt, und er glaubte, jeden Moment zusammenbrechen zu müssen. »Bitte, tu ihr nicht mehr weh!«

Am anderen Ende der Leitung war ein entnervtes Schnauben zu hören.

»Doktor, Doktor! Ich glaube, du verstehst es immer noch nicht. Genau genommen bist *du* es doch, der ihr wehtut. Dabei könntest du es sofort beenden. Genau in dieser Sekunde. Die Irre ist doch irgendwo in deiner Nähe, oder? Also, warum zögerst du es unnötig hinaus?«

»Lass mir bitte noch etwas Zeit.«

»Klar, Doktor. Die lasse ich dir ja. Du hast noch etwas mehr als achtzehn Stunden. Was dann passieren wird, muss ich dir ja wohl hoffentlich nicht noch mal sagen.«

Wieder keuchte Mark auf und schlug mit der flachen Hand gegen die Fliesen.

»Okay, Ralf, hör mir bitte zu. Warum triffst du dich nicht einfach mit mir? Wir können doch über alles reden, von Mann zu Mann.«

»Nein!«, kam die kalte Antwort. »Zwischen uns gibt es nichts mehr zu reden. Das nächste Mal, wenn ich dich an-

rufe, hast du die verdammte Schlampe umgebracht, kapiert? Wenn nicht, stirbt deine Freundin! Noch hast du
die Wahl.«

Dann wurde die Verbindung unterbrochen.

Kapitel 44

Lara hatte alle Lichter bis auf das der Stehlampe neben der
Couch ausgeschaltet. Im Gästezimmer des alten Fachwerk-
hauses gab es keinen Rollladen, und vor dem Fenster flackerten Blitze, aber sie ließ die Vorhänge dennoch offen.
Mark würde das akzeptieren müssen.

Sie konnte Vorhänge nicht ausstehen. Nein, mehr noch:
Sie machten ihr regelrecht Angst. Ihr Therapeut hätte so
einen Gedanken bestimmt als »gesprächswürdig« angesehen
und dann versucht, ihr diese Angst auszureden. Aber was
wusste der schon?

Hinter einem zugezogenen Vorhang konnte sich jemand
verstecken – oder *etwas* –, vor allem, wenn man unter Stress
stand. Und sie stand *definitiv* unter Stress. Jetzt erst recht –
nach dem, was keine zehn Minuten zuvor geschehen war.

Sie kroch unter die Decke, lauschte dem Unwetter vor
dem Fenster und starrte zur Zimmerdecke, wo die Schatten
der Regentropfen einen bizarren Tanz aufführten.

Sie hatte Mark angelogen. Das Album mit den zer-
kratzten Fotos war ihr nicht einfach wieder *eingefallen*.
Jedenfalls nicht im klassischen Sinn des Wortes.

Nein, sie hatte es nur deshalb gewusst, weil *die Andere* ihr das Album und die Fotos *gezeigt* hatte. Vorhin im Bad, als sie vor dem Spiegel gestanden und sich gerade eine der Einwegzahnbürsten in den Mund geschoben hatte, die dort für Gäste bereitlagen.

Doch nur Lara hatte die Zahnbürste gehalten, nicht aber die Frau auf der anderen Seite des Spiegels. Stattdessen hatte die Andere das Album vor ihr aufgeschlagen, sodass sie das zerkratzte Foto sehen konnte.

Komm zu mir, Lara, so schnell du kannst, hatte sie ihr zugeraunt. *Du weißt, wie du mich finden kannst. Ich muss dir etwas zeigen.*

Dann war sie verschwunden, und Lara hatte wieder in ihr eigenes Gesicht geblickt, in ihre vor Angst aufgerissenen Augen, und die Zahnbürste in ihrer Hand hatte gezittert.

Da war ihr klar geworden, dass sie tief in ihrem Unterbewusstsein etwas wusste, zu dem sie im wachen Zustand keinen Zugang hatte. Nach dem Album und dem Foto zu schließen, musste es etwas mit Mark zu tun haben.

Aber was?

Weil sie es nicht wusste, hatte sie ihn belogen und gesagt, sie hätte sich erinnert.

Doch was auch immer es war, was ihr inneres Ich beschäftigte, sie war viel zu erschöpft und zu müde, um jetzt darüber nachzudenken. Sie konnte die Augen kaum noch offen halten. Ihre Lider waren plötzlich bleischwer, und sie musste ... musste ...

Kapitel 45

… musste einen Test schreiben. Sie saß jetzt in einem riesigen Hörsaal, in der vordersten Reihe, allein und mit einer Mappe vor sich, auf der ein Name stand. Nicht ihr Name, sondern …

… ELLEN ROTH.

Aber das bin ich nicht! Das ist die Andere! Was hat das zu bedeuten?

Nun, es bedeutet, dass Sie Ihrer eigenen Einladung gefolgt sind, krächzte eine Stimme vom Podium zu ihr hoch.

Verblüfft sah sie zu der Gestalt, die hinter dem Rednerpult hervortrat, und erschrak. Der Mann war groß und entsetzlich mager. Sein staubiger grauer Anzug hing an ihm wie an einer Vogelscheuche, und seine getupfte Fliege baumelte von einem Hals, der wie ein dürrer Ast aus dem zerschlissenen Hemdkragen ragte. Sein Gesicht war eingefallen, und seine gelblich runzlige Haut erinnerte an die einer Mumie.

Trotzdem wirkten seine Züge irgendwie vertraut. Als hätte sie diesen Mann schon einmal gesehen … nein, als hätte sie ihn *gekannt!* Vor langer Zeit, als er noch lebendig und kein entstelltes Gespenst gewesen war.

Er legte den Kopf ein wenig zur Seite, was ein hässliches Knacken erzeugte, und sah durch seine runden Brillengläser aus milchigen Augen zu ihr empor.

Erinnern Sie sich an mich, meine Beste?, fragte er. *Ich weiß, als wir uns zuletzt begegnet sind, waren Sie noch eine andere. Aber trotzdem war die, zu der ich nun spreche, immer dabei.*

Sie … Sie sind Professor Bormann, stammelte sie. *Sie waren Ellens Doktorvater.*

Und somit auch der Ihre, entgegnete der Professor, und die pergamentartige Haut um seinen Mund spannte sich zu einem Lächeln. *Lassen Sie sich nicht von meinem Aussehen abschrecken. Hier bin ich wie immer nichts anderes als eine Projektion Ihres Unterbewusstseins, das sich sehr wohl darüber klar ist, dass ich längst gestorben bin.*

Aber warum bin ich hier?

Um mit mir als Ihrer Ratio zu kommunizieren, erklärte Bormann. *Das Ganze ist ein wenig kompliziert und, offen gesagt, auch etwas umständlich. Aber es scheint nach wie vor die einzige Art zu sein, wie Sie sich Ihrem Selbst annähern können.*

Dann ist das hier ein Traum?, fragte sie, obwohl sie die Antwort darauf längst kannte.

Ein luzider Traum, um ganz genau zu sein, ergänzte der Professor. *Sie können ihn lenken, aber nicht daraus erwachen. Genau wie einst Ihr anderes Ich, das diese Träume oder vielmehr diese Orte in Ihrem Inneren häufig aufgesucht hat.*

Und was wollen Sie von mir?

Nein, meine Beste, nicht ich *will etwas von Ihnen, sondern* Sie selbst *wollen etwas. Ein Teil von Ihnen weiß, dass da noch eine unerledigte Aufgabe ist, der Sie sich stellen müssen.*

Damit stakste der Professor zur Tür des Hörsaals und winkte ihr auffordernd zu.

Kommen Sie, wir sollten hier keine Zeit mehr vergeuden. Was Sie wissen müssen, finden Sie nicht in diesem Raum. Er ist nur die Ouvertüre, die uns beide zusammenführt, und hat somit seinen Zweck erfüllt.

Er trat durch die Tür und nach kurzem Zögern folgte sie ihm.

Sie hatte erwartet, dass er sie in einen Gang führte, in

den langen Korridor der Universität, an der Ellen Roth – und somit auch sie – einst studiert hatte. Doch stattdessen fand sie sich unvermittelt in einem Weizenfeld wieder.

Das ist Traumlogik, dachte sie und sah sich um.

Hier war Sommer, die Sonne schien von einem wolkenlos blauen Himmel, und die Luft über den goldenen Ähren flimmerte in der Hitze.

Hoch über ihr zog eine Schar Schwäne vorbei, um sie herum zirpten Grillen, und es roch süß und schwer nach reifem Getreide, das geerntet werden wollte.

Ich war schon einmal hier, sagte sie erstaunt. *Ich kann mich an diesen Ort erinnern. Da ist eine Scheune am Ende dieses Felds. Aber das ist lange her. Sehr lange. Damals bin ich noch ein Kind gewesen.*

Professor Bormann trat neben sie und hob seine spinnenartigen Hände zu einer gleichgültigen Geste.

Ach, was heißt schon lange? Zeit ist doch nicht viel mehr als ein subjektives Empfinden. Was dem einen wie ein kurzer Moment vorkommt, scheint dem anderen wie eine Ewigkeit. Und an diesem Ort ist Zeit ohnehin bedeutungslos.

Und was machen wir hier?

Nun, in der Funktion, die Sie mir selbst auferlegt haben, will ich Ihnen jemanden vorstellen, erwiderte der Professor. *Es wird Zeit, dass Sie beide sich endlich gegenüberstehen.*

Sie erstarrte, und trotz der Sommerhitze begann sie zu frösteln.

Wen meinen Sie? Doch nicht etwa ihn?

Mit einem weiteren hässlichen Knirschen neigte Bormann den Kopf zur Seite.

Der Schwarze Mann? Nein, um den müssen Sie sich keine Sorgen mehr machen. Dieses Problem haben Sie doch längst gelöst. Deshalb hat der da drüben nun ebenfalls keine Macht mehr über Sie.

Er hob den Arm und deutete mit einem knochigen Finger über das Feld zu einem riesigen schwarzen Hund mit zottigem Fell, der in einem Kreis aus niedergedrückten Ähren kauerte. Es war der Hund, der ihr anderes Ich einst in einem Traum durch einen Tunnel gejagt hatte, um ihren Verstand zu fressen.

Damals war die Andere dem Ungeheuer im letzten Moment entkommen. Sie hatte entsetzliche Angst vor ihm gehabt, doch jetzt schien sich der Hund zu fürchten. Vor ihr!

Als sie zu ihm hinübersah, kauerte er sich noch tiefer auf den Boden und gab ein jämmerliches Winseln von sich.

Sehen Sie, sagte Bormann, *er war nichts anderes als die Verkörperung einer Angst, die Sie inzwischen besiegt haben. Nun gibt es nur noch eines, dem Sie sich stellen müssen.*

Und was soll das sein?

Wieder winkte der Professor ihr zu. *Folgen Sie mir, meine Beste, dann werden Sie es verstehen.*

Sie bahnten sich einen Weg durch die reifen Ähren, und obwohl die Scheune noch sehr weit in der Ferne zu liegen schien, ermöglichte ihnen die Traumrealität, dass sie nur wenig später dort ankamen.

Ah, wir werden schon erwartet!, sagte Professor Bormann, und dann sah auch Lara die Andere. Sie hatte sich im Schatten des offenen Scheunentors postiert und einen Fuß auf den Kopf einer schwarz gekleideten Gestalt gesetzt, die vor ihr auf dem sandigen Boden lag.

Lara erkannte, dass sowohl sie als auch ihr kurzhaariges Ebenbild nun dasselbe türkisfarbene Sommerkleid trugen.

Das kratzende, juckende Kleid, das Onkel Harald ihr einst weggerissen hatte, um ihr wehzutun.

Doch das würde er nie wieder tun können, da er, der Schwarze Mann, tot und besiegt vor ihnen auf dem Boden lag.

Gut, dass du gekommen bist, sagte die Andere. *Dieses Treffen ist längst überfällig.*

Wer bist du?, fragte Lara. *Ich weiß, dass du Ellen heißt, aber wer bist du wirklich?*

Die Andere nickte dem Professor zu.

Erklären Sie es ihr. Mir wird sie bestimmt nicht glauben.

Sehr gern, sagte Bormann, und stellte sich neben sie, wobei er einen schlaffen Arm des Schwarzen Mannes mit der Schuhspitze beiseiteschob.

Lara, erinnern Sie sich noch, was ich Ihnen beiden in meinen Vorlesungen über das Selbst erklärt habe?

Sie nickte, weil sie es jetzt tatsächlich wieder wusste.

Freuds Strukturmodell der Psyche, sagte sie. *Das Ich, das Über-Ich und das Es. Unsere Triebe, Werte und anerzogenen Moralvorstellungen formen unsere Persönlichkeit und machen uns zu denen, die wir sind.*

Ganz vereinfacht gesagt stimmt das, erwiderte Bormann. *Doch das ist noch längst nicht alles. Wir sollten die Macht unseres Geistes nicht unterschätzen. Sie ist gewaltig und vermag noch weitaus mehr aus dieser Dreifaltigkeit zu erschaffen, als sich die gute alte Psychoanalyse hätte träumen lassen. Erst wenn wir das begreifen, gelangen wir zum Kern unseres Wesens, zum absoluten Selbst, das die indischen Philosophen als das ›Atman‹ bezeichnen. Andere würden es vielleicht ›die menschliche Seele‹ nennen, aber im Grunde stehen all diese Begriffe für dasselbe. Für das, was wir* tatsächlich *sind.*

Ich verstehe nicht, sagte Lara und deutete auf die Andere. *Was sollen sie und ich denn damit zu haben?*

Wieder lächelte Bormann sein totes Lächeln.

Oh, Sie verstehen es sehr wohl, meine Beste. Sie wollen es nur nicht wahrhaben. Stattdessen wehren Sie sich beharrlich.

Wehren? Aber gegen was denn?

Stellst du dich nur so dumm oder kapierst du es wirklich nicht?, fuhr die Andere sie an. *Du und ich sind dieselbe. Es gibt weder Ellen noch Lara, es gibt nur unser Ich.*

Sie hat recht, pflichtete der Professor ihr bei. *Wir sind nicht das, was wir nach außen hin vorgeben zu sein, sondern das, was wir denken. Und deshalb ist es an der Zeit, dass Sie beide zu der werden, die Sie wirklich sind. Zu Ihrem absoluten Selbst. Denn das sind Sie von jeher gewesen.*

Damit trat die Andere auf sie zu und schlang die Arme um sie, wie um sie zu küssen.

Lass mich in dein Leben zurückkommen, flüsterte sie. *Ich bin du, und du bist ich. Wir müssen zusammenstehen und dürfen niemandem trauen. Vor allem nicht ihm!*

Wen meinst du?, fragte Lara.

Die Andere sah ihr tief in die Augen.

Zeigen Sie es ihr, Professor.

Nun gut, sagte Bormann. *Zeit für die Wahrheit. Schauen Sie genau hin, Lara. Das hier dürfte Sie überraschen.*

Er ging in die Knie – was sich anhörte, als würde ein dürrer Ast brechen –, dann packte er den abgewandten Kopf des Schwarzen Mannes und drehte dessen Gesicht zu ihnen.

Fassungslos starrte Lara auf die Leiche.

Es war nicht Onkel Harald.

Der Professor hatte recht: Was sie da vor sich sah, überraschte sie tatsächlich.

Nein, mehr noch, es ließ sie schaudern!

Zu ihren Füßen lag Mark Behrendt, und der rote Schraubenzieher, der aus seiner Augenhöhle ragte, funkelte in der Sonne.

Kapitel 46

Als Mark ins Gästezimmer zurückkehrte, fand er Lara bereits schlafend vor.

Er ging zur Couch, schaltete die Stehlampe aus und setzte sich. Sie hatte die Vorhänge offen gelassen, wohl absichtlich, und das Flackerlicht des Gewitters erhellte den Raum.

Mark beobachtete, wie sie sich stöhnend im Schlaf wand. Ihre geschlossenen Lider flatterten, und auf ihrer Stirn glitzerten feine Schweißperlen. Dann murmelte sie etwas, das er nur bruchstückhaft verstand. Ein Wort hörte sich an wie »Atman« – was auch immer das bedeuten mochte –, ein anderes klang wie »wehren«.

Es schien kein angenehmer Traum zu sein, das sah er ihr an. Aber selbst ein Albtraum war jetzt wohl besser als die Realität.

So saß er für eine lange Zeit regungslos da und sah ihr beim Schlafen zu. Er hörte nicht, wie draußen der Sturm heulte. Er hörte nur immer wieder die Stimme von Ralf Tarrach.

Du könntest es sofort beenden. Genau in dieser Sekunde. Also warum zögerst du es unnötig hinaus?

Die digitalen Ziffern des Radioweckers neben dem Bett zeigten Viertel nach eins an. Ihm blieben noch siebzehn Stunden und fünfzehn Minuten.

Er begann, sich nervös die Hände zu reiben, und auf einmal war es wieder da. Dieses unsägliche Verlangen zu trinken.

Teil 4

VERLORENE SEELEN

*»Wo Zorn und Rache heiraten,
da wird die Grausamkeit geboren.«*

Russisches Sprichwort

Kapitel 47

Axel hatte eine miserable Nacht hinter sich. Er hätte es auf das Gewitter schieben können, auf den Wind, der im Schornstein neben seinem Schlafzimmer geheult hatte, oder auf die scheppernde Klappe des Dunstabzugs in der Küche, die er längst hatte reparieren wollen, aber das wäre nur die halbe Wahrheit gewesen.

Der eigentliche Grund war, dass ihn ein wüster Albtraum nach dem nächsten heimgesucht hatte. Träume, in denen er durch einen nächtlichen Wald gerannt war, hechelnd und panisch vor Angst, weil ihn etwas verfolgt hatte. Kein Mensch, sondern ein abgetrennter Kopf, der ihn mal von einem Baumstumpf aus, mal inmitten einer Lichtung und dann vom mit Fichtennadeln übersäten Boden angestarrt hatte. Direkt vor seinen Füßen.

Und ganz gleich, wohin er gerannt war, der Kopf hatte bereits auf ihn gewartet. Wie in der Geschichte vom Hasen und dem Igel hatte er gewusst, dass er dem Kopf nicht entkommen konnte, dass er aber trotzdem weiter und weiter durch den kalten finsteren Wald flüchten musste und sich irgendwann zu Tode rennen würde.

Am meisten entsetzt hatte ihn, dass er nicht den Kopf gesehen hatte, den Tarrach in dem Video geschildert hatte, sondern den Kopf von Chris.

Er hatte genauso ausgesehen wie damals, als sie ihn im Keller seines Hauses gefunden hatten. Bläulich verfärbt und aufgedunsen, mit hervorgequollener Zunge, und Augen, die von einer eitrigen Schicht bedeckt waren, sodass sie wie milchige Murmeln aus den blutig umrahmten Höhlen geglotzt hatten.

Aber noch schlimmer als der Traum selbst war dessen ständige Wiederholung gewesen. Jedes Mal, wenn er schwitzend und würgend daraus erwacht war, hatte er sich damit getröstet, dass es nur ein Traum gewesen war. Er war fest davon überzeugt gewesen, dass es jetzt vorbei war, weil sich Träume – ganz gleich, ob schöne oder böse – nicht wiederholten.

Doch dieser Traum schon, und sobald er wieder eingeschlafen war, hatte ihn der schreckliche Kopf erneut verfolgt, und er war wieder von Entsetzen gepackt durch den Wald gerannt.

Erst gegen Morgen, als das Unwetter nachgelassen hatte, war es endlich vorbei gewesen, und er hatte doch noch etwas Schlaf gefunden. Allerdings nicht für lange, denn um sechs Uhr hatte sein verfluchter Wecker die Nacht für beendet erklärt.

Nun stand er in der Küche, goss Kaffee in einen großen Becher, dessen Aufdruck verkündete, dass ihn der frühe Vogel mal könne (vor allem heute, und zwar kreuzweise), und spülte damit drei Ibuprofen-Tabletten hinunter.

Dieses verdammte Video und die irre Geschichte von Mark und Lara hatten ihm nicht nur eine üble Nacht beschert, sondern jetzt auch noch ordentliche Kopfschmerzen. Ganz zu schweigen von den dunklen Augenrändern, mit denen er sich um eine Statistenrolle bei *The Walking Dead* hätte bewerben können.

Na prima, dachte er ärgerlich. *So werde ich bestimmt einen tollen Eindruck auf meinen neuen Kunden machen. Am Ende entscheidet er sich dann doch noch für einen anderen Elektriker. Einen, der morgens nicht aussieht wie nach einer durchgesoffenen Nacht.*

Er musste dringend einen klaren Kopf bekommen, das

Hämmern in seinen Schläfen loswerden und sich auf seine Arbeit konzentrieren. Aber das war leichter gesagt als getan, denn dieses eine Wort, mit dem Mark gestern Jochen Tarrachs Zustand beschrieben hatte, ließ ihm keine Ruhe mehr.

Intrusion.

Im Grunde war der immer wiederkehrende Albtraum, der ihn letzte Nacht heimgesucht hatte, doch nichts anderes gewesen, oder?

Wie lange hatte er schon nicht mehr an ihren furchtbaren Fund in Chris' Keller gedacht?

Die Antwort war: schon sehr lange nicht mehr.

Es hatte zwar etwas gedauert, aber schließlich hatte er es hinbekommen, das Gesehene zu vergessen. Er hatte die Erinnerung an den entsetzlichen Anblick der Leiche, an ihren Gestank und an den Nagel – *Ja, vor allem an den Nagel!* – einfach nicht mehr zugelassen.

Er hatte alles verdrängt, und es hatte funktioniert.

In das Haus der Familie Lorch hatte er nie wieder einen Fuß gesetzt. Den Verkauf hatte eine befreundete Maklerin übernommen.

»Du musst dich um nichts kümmern, Axel, ich werde das alles für dich über die Bühne bringen«, hatte sie ihm versprochen, und dieses Versprechen hatte sie gehalten. Als endlich alles abgewickelt gewesen war, hatte er ihre Rechnung mit Freuden überwiesen. Hauptsache, er hatte den letzten Willen seines Freundes erfüllt.

Den Verkaufserlös hatte er an mehrere wohltätige Organisationen gespendet, die Chris in seinem Testament festgelegt hatte. Nur die Spende an die Waldklinik war ihm schwergefallen, weil er mit diesem verfluchten Laden nie wieder etwas zu tun haben wollte.

Danach war das Kapitel für ihn abgeschlossen gewesen. Ein für alle Mal, hatte er sich geschworen.

Wann immer ihm später etwas über Wahnsinn, Mord oder Totschlag zu Ohren gekommen war, hatte er sofort einen Bogen um das Thema gemacht. In der Zeitung hatte er es überblättert und im Internet sofort weggeklickt.

Ja, er hatte sich nicht mal mehr diese Fernsehkrimis angesehen, von denen seine Ex nie genug bekommen konnte. Stattdessen hatte er sich lieber irgendwelche platten Komödien oder Tierdokus angesehen, oder, nach besonders anstrengenden Tagen, auch mal ein paar alberne Videos auf YouTube.

Er hatte das Negative ausgeblendet, die schlimmen Erinnerungen verdrängt, und sich dadurch besser gefühlt. Bis ... ja, bis Mark und Lara bei ihm aufgetaucht waren und die Vergangenheit zu neuem Leben erweckt hatten.

Intrusion. Die wiederkehrende Erinnerung an ein schlimmes Erlebnis.

Wie hatte Lara gesagt? *Je mehr man sich dagegen wehrt, desto schlimmer wird es. Vor allem, wenn man das eigentliche Erlebnis bereits verdrängt hat. Dann spielt einem das Unterbewusstsein böse Streiche.*

So wie bei ihm letzte Nacht, dachte er, und mit einem Mal wurde ihm klar, dass er sich in den vergangenen Jahren nicht anders verhalten hatte als Lara. Sie hatte als Kind Schlimmeres erlebt, als er sich jemals vorstellen konnte, und sie hatte es verdrängt. Sie hatte es regelrecht verleugnet, und sich als eine andere Person ausgegeben – so überzeugend, dass nicht nur Chris, er und alle anderen darauf hereingefallen waren, sondern sogar *sie selbst.*

Und dann war das Verdrängte urplötzlich wieder über

sie hergefallen. Ein kleiner Auslöser hatte genügt, um alles zunichtezumachen. So wie der gestrige Besuch von ihr und Mark jetzt bei ihm.

Wenn er sich nach einem lächerlichen Albtraum schon verstört und aufgewühlt fühlte, wie musste es dann damals erst ihr ergangen sein?

Das konnte sich wohl niemand wirklich vorstellen. Aber er hatte jetzt immerhin eine Ahnung davon bekommen, auch wenn er darauf lieber verzichtet hätte.

Er trank seinen Kaffee aus, füllte den Rest in eine Thermoskanne und stellte diese zusammen mit zwei Kaffeetassen und einer Tüte Milch auf den Küchentisch.

Ellen hatte ihren Kaffee mit Milch getrunken, das wusste er noch. Er fragte sich, ob Lara das wohl auch tat.

Als er dann in den trüben Oktobermorgen hinaustrat, legte er den Kopf in den Nacken und sog die kalte Luft in seine Lungen. Sie schmeckte angenehm frisch und feucht vom Regen der letzten Nacht, und er stellte erfreut fest, dass die frische Luft, das Ibuprofen und der Kaffee Wirkung zeigten. Das Pochen in seinen Schläfen ließ langsam nach.

Vielleicht liegt es aber auch daran, dass Verzeihen befreiend ist, dachte er und musste schmunzeln. Der Spruch würde gut in einen Glückskeks passen, aber irgendwie war ja auch was dran, oder?

Er stieg in seinen Wagen, klappte die Sonnenblende herunter und fing mit geübter Routine den Schlüssel auf, der darunter eingeklemmt gewesen war. Wohl dem, der in einem Kaff wie Ulfingen lebte, wo jeder jeden kannte, und man seine Türen unverschlossen lassen konnte.

Dass sich Chris und einige andere im Ort trotzdem eine Alarmanlage von ihm hatten installieren lassen, war wohl dem ganzen Mist zuzuschreiben, den man Tag für Tag in den Nachrichten sah – den Mist, den er sich schon lange nicht mehr antat, weil es sich ohne schlechte Nachrichten (oder besser gesagt mit *verdrängten* schlechten Nachrichten) deutlich unbeschwerter lebte.

Nun war er gespannt, welche Wünsche sein neuer Kunde hatte.

Hoffentlich ein lukrativer Auftrag, dachte er und steckte den Schlüssel ins Zündschloss. Zwar waren die Zinsen für seinen Kredit auf einem Rekordtief, aber er wollte endlich wieder völlig ohne Schulden leben. Und sollte er sich entgegen seiner jetzigen Einstellung doch noch einmal zu einer Heirat hinreißen lassen, würde er auf einen Ehevertrag bestehen. Das stand für ihn so fest wie das Amen in der …

Ein Schatten schoss von der Rückbank hoch, und noch ehe Axel wusste, wie ihm geschah, hatte jemand von hinten seinen Kopf gepackt und hielt ihm eine Spritze an den Hals.

»Eine falsche Bewegung und ich steche zu, Fettsack!«, zischte der Mann hinter ihm. »Hast du das kapiert?«

Axel schluckte und blickte in den Rückspiegel.

Die Spritze war voll aufgezogen. Irgendeine klare Flüssigkeit, von der er lieber nicht wissen wollte, was es war. Entscheidend war, dass der Kerl die Nadel direkt auf seine angeschwollene Halsschlagader gerichtet hatte.

»Verstanden«, krächzte er. »Was wollen Sie von mir? Geld hab ich keines da. Aber im Büro hab ich eine Kasse. Die können Sie …«

»Dein Geld interessiert mich einen Scheißdreck«, raunte ihm der Kerl ins Ohr. »*Du* interessierst mich, Axel. Außerdem haben wir heute Morgen doch ein Date, schon vergessen?«

Nun verstand Axel, und zwar mehr als ihm lieb war.

»Sie sind Ralf Tarrach? Der neue Kunde ... das waren Sie?«

Ein heiseres Lachen, direkt neben seinem Ohr.

»Ganz genau«, erwiderte Tarrach. »Sie haben dich also schon eingeweiht, umso besser. Na dann, fahr los! Wir beide machen jetzt einen Ausflug.«

»Und wohin?«

»Das wirst du dann schon sehen. Los jetzt!«

Axel schaute noch einmal in den Rückspiegel. Die spitze Nadel schimmerte im Dämmerlicht des Morgens.

Mit rasendem Herzen startete er den Motor.

Kapitel 48

Mark schloss die Tür zum Bad ab, setzte sich auf den geschlossenen Toilettendeckel und schaute sich zum wiederholten Mal das Video an. Doreen, an einen Stuhl gefesselt, wie sie Hilfe suchend in die Kamera blickte – und ihr Blick galt ihm, ganz allein ihm.

Die Zeitanzeige seines Handys sprang auf sieben Uhr. Somit blieben ihnen nur noch elf Stunden und einunddreißig Minuten. *Falls* sich Ralf Tarrach weiterhin an das Ultimatum hielt. Ihrem Gespräch von gestern Abend nach zu schließen schien er es damit nicht mehr so genau zu nehmen.

Nur eine kleine Einstimmung auf das, was sie morgen Abend erwartet ...

Ralf wurde allmählich ungeduldig, und je näher das Ende der Frist rückte, desto schlimmer würde es werden.

Was, wenn Ralf schließlich vollends die Nerven verlor? Wenn er jetzt oder in einer Stunde anrief und die Frist für beendet erklärte? Wenn er ihn unter Druck setzte, Lara jetzt zu töten? Sofort und auf der Stelle. Was sollte er dann tun? Doreens Leben opfern, nur damit dieser Kerl dann selbst auf sie beide Jagd machte und es mit eigener Hand zu Ende brachte?

Wieder glaubte Mark, seine Stimme zu hören.

Dabei könntest du es sofort beenden. Genau in dieser Sekunde.

»Nein«, flüsterte er in die Stille des kleinen Raums. »Nein, nein, nein! Wir werden dich finden! Und dann gnade dir Gott!«

Er tippte das Video weg, warf sich am Waschbecken kaltes Wasser ins Gesicht und machte sich dann auf den Weg in die Küche, wo Lara ihn bereits erwartete.

Trotz der unruhigen Nacht, in der sie sich immer wieder murmelnd und stöhnend im Bett hin und her gewälzt hatte, wirkte sie frisch und erholt, was ihn überraschte. Dagegen sah er selbst noch ziemlich zerknittert aus. *Du hast heute noch viele Entfaltungsmöglichkeiten*, hätte Doreen darauf bestimmt gescherzt.

»Guten Morgen«, begrüßte Lara ihn. »Axel hat Kaffee gemacht. Du siehst aus, als könntest du welchen vertragen, bevor wir losfahren.«

»Absolut.«

Er goss sich eine Tasse ein und nahm einen großen Schluck. »Ah, der tut gut! Wie war deine Nacht?«

»Aufschlussreich«, entgegnete sie.

Er wollte gerade fragen, wie sie das meinte, als ihm auffiel, dass sie Milch in ihre Kaffeetasse goss. *Viel* Milch.

»Sehen wir zu, dass wir loskommen«, sagte er nach einer kurzen Pause, und wieder einmal bekam er nur diesen merkwürdigen Blick zur Antwort.

Kapitel 49

»Halt an, wir sind da«, sagte Ralf Tarrach, als sie den Kamm der Anhöhe erreicht hatten.

Axel umklammerte das Lenkrad noch fester. Seit der Kerl ihn angewiesen hatte, die Straße zum Nachbarort zu nehmen, die sich die Ulfinger Kuppe entlangschlängelte, waren seine Gedanken auf Hochtouren gelaufen. Wie konnte er heil aus der Sache herauskommen?

In einem Film hätte der Held wahrscheinlich das Lenkrad herumgerissen und seinen Gegner mit einem kräftigen Hieb ausgeschaltet. Aber das wäre auf dieser kurvenreichen Strecke keine besonders gute Idee gewesen. Vor allem, wenn man nicht James Bond, sondern nur ein einfacher Elektrotechniker war, dem man eine gottverdammte Spritze an den Hals hielt. Eine Spritze, die bestimmt keine harmlose Vitamininjektion enthielt, und die der Kerl ihm auch dann noch reinjagen konnte, wenn er den Wagen ins Schleudern brachte. Dann vielleicht sogar erst recht.

Er schluckte und sah verunsichert in den Rückspiegel.

»Hier?«

»Ja, hier«, blaffte Tarrach ihn an. »Bist du schwer von Begriff? Los, fahr auf den Seitenstreifen!«

Axel tat wie ihm geheißen und hielt neben der Seitenbegrenzung. Wenn er hier im Sommer unterwegs war, musste er manchmal Touristen ausweichen, die mit ihren Autos oder Wohnmobilen an eben dieser Stelle einen kurzen Fotostopp einlegten. Die Aussicht hier oben konnte malerisch sein. Heute jedoch sah man nur grauen Nebel vom Tal aufsteigen.

»Okay, und jetzt stell den Motor ab!«

»Besser nicht«, sagte Axel. »Was ist, wenn ein Lkw kommt? Hier in der Kurve würde man uns nicht rechtzeitig …«

»Bist du taub?«, brüllte Tarrach ihn an. »Mach den verfluchten Motor aus!«

»Schon gut«, gab Axel nach, wobei sich seine Stimme rau und belegt anhörte. Er stellte den Motor aus und sah wieder in den Rückspiegel. »Erfahre ich jetzt endlich, was das alles soll? Warum bedrohen Sie mich? Ich habe Ihnen doch nichts getan.«

Tarrach stieß einen genervten Seufzer aus. »Okay, du bist also doch nicht ganz so hell im Oberstübchen. Dann werde ich dich mal erleuchten. Wir sind hier, weil du dich einer Straftat schuldig gemacht hast.«

»Was?«, krächzte Axel. »Was soll der Blödsinn?«

»Das ist kein Blödsinn, sondern eine Tatsache«, erwiderte Tarrach und strich mit der Spritzennadel an Axels Hals entlang. »Du bist mitschuldig daran, dass eine Mörderin straffrei davongekommen ist.«

»Das ist nicht wahr«, protestierte Axel. »Christoph Lorch war mein bester Freund, und wenn es nach mir gegangen wäre, hätte man sie sehr wohl als Mörderin verurteilt.«

Tarrach sah ihn zornig durch den Rückspiegel an.

»Erzähl mir doch keine Märchen, Fettsack!«

»Das ist die Wahrheit!«

»Ach ja? Und warum hast du dann nicht gegen sie ausgesagt?«

Axel stieß ein ärgerliches Schnauben aus. Am liebsten hätte er den Kopf geschüttelt, aber in Anbetracht der Nadel, deren Spitze genau auf seiner Halsschlagader saß, ließ er es besser bleiben.

»Glaubst du etwa, meine Aussage hätte das Gericht überzeugt? Nach allem, was die ganzen Ärzte und Psychologen mit ihren Tests behauptet haben? Da hätte doch keiner mehr auf mich gehört.«

»Das sind billige Ausreden!«, schrie Tarrach ihn an. »Du hast es gar nicht erst versucht. Du warst ja nicht mal beim Prozess dabei!«

»Ich wollte nichts mehr mit der ganzen Sache zu tun haben!«

Nun schrie Axel ebenfalls. Vorhin hatte er einfach nur Angst gehabt – und die hatte er immer noch –, aber jetzt überwog sein Zorn.

»Mein bester Freund ist tot, und egal, wie das Urteil auch ausgefallen wäre, es hätte Chris nicht zurückgebracht. Und wer, zum Teufel, gibt dir überhaupt das Recht, so über mich zu urteilen? Glaubst du etwa, irgendjemand von uns hätte voraussehen können, was mit deiner Familie passieren würde? Dein Vater hat den Verstand verloren, und was er getan hat, hätte niemand verhindern können!«

»Na schön, das sollte ich wohl als dein Schlussplädoyer betrachten«, sagte Tarrach kühl. »Es hat mich leider nicht überzeugt.«

Dann stach er zu und drückte den Kolben der Spritze bis zum Anschlag nieder.

Kapitel 50

Um Viertel nach sieben, etwa zur selben Zeit, als die Welt von Axel Pohl in einem Meer aus Lichtpunkten verschwamm und sich schließlich in Finsternis auflöste, machten sich Mark und Lara auf den Weg.

An diesem Morgen zeigte sich das Spätoktoberwetter gnädig, sodass ihre Rückfahrt nach Steinbach deutlich schneller vonstattenging. Kein Dauerregen, der die Sicht erschwerte, und auch der Morgennebel hatte sich bereits gen Himmel verflüchtigt und mit den fetten grauen Wolken vereint. Selbst der Fahlenberger Berufsverkehr lief heute erstaunlich flüssig.

Gegen halb neun hatten sie schließlich den Pfauenhof erreicht. Als sie auf den T-förmigen Gebäudekomplex zufuhren, der sich malerisch am Fuß einer bewaldeten Anhöhe erhob, fühlte sich Mark eher an ein Luxushotel als an ein Pflegeheim erinnert.

Kein Wunder, wenn es seinerzeit Proteste gegen die Unterbringung eines Amokläufers in solch einer noblen Einrichtung gegeben hat, dachte er.

Bestimmt hätte man es damals lieber gesehen, wenn man Jochen Tarrach gar nicht erst in ein Heim verlegt, sondern einfach in der Abstellkammer irgendeiner zweitklassigen

Klinik hätte verrotten lassen. Diese Art der Unterbringung eines Familienmörders – ob nun Pflegefall oder nicht – hätte die Steuerzahler deutlich weniger gekostet und wäre für manche wohl trotzdem noch zu kostspielig gewesen.

Vermutlich war der Pfauenhof das einzige Pflegeheim für Langzeitfälle in der Umgebung, anders ließ sich Tarrachs Aufenthalt dort nicht erklären.

Und wer weiß, schloss Mark seinen Gedanken ab, *vielleicht hatte Tarrach ja auch vorgesorgt und eine gute Zusatzversicherung abgeschlossen. Schließlich hatte er einen gefährlichen Beruf.*

Im Inneren des Hauptgebäudes kam man sich erst recht wie in einem Wellnesshotel und nicht wie in einer Pflegeeinrichtung vor. Der Boden der Empfangshalle war mit großen hellen Fliesen ausgelegt. In deren Mitte war das Konterfei eines radschlagenden Pfaus als Mosaik eingelassen, und das Empfangspult selbst, das zwischen zwei griechischen Stützpfeilern thronte, musste aus Kirschholz sein. Der Monatsumsatz dieser Einrichtung würde wohl jeden Schönheitschirurgen vor Neid erblassen lassen.

»Ganz schön imposant«, sagte Lara, und Mark nickte.

»Bei der Wahl meines Fachbereichs hätte ich mich wohl lieber mal mit Demografie beschäftigen sollen. In unserem Land ist Altenpflege offenbar die Branche der Zukunft.«

Sie gingen zum Empfang und erkundigten sich bei einer adrett gekleideten Angestellten nach Jochen Tarrach. Die junge Frau mit der rotblonden Hochsteckfrisur und den katzengrünen Augen musterte sie mit ausdruckslosem Blick.

»Dieser Bewohner ist hier mit einer Sicherheitsauflage untergebracht«, stellte sie sachlich fest. »Ihr Name?«

»Behrendt«, sagte Mark. Dann entschied er sich, seinem Namen mehr Gewicht zu geben, und fügte hinzu: »Dr. Mark Behrendt. Und das ist Frau Baumann. Wir …«

»Kommen Sie bitte mit«, sagte die Frau, deren Namensschild sie als Doris auswies. Offenbar schien ihr der erste Teil seiner Antwort bereits genügt zu haben oder sie war einfach zu beschäftigt, um sich lange mit unangemeldeten Besuchern aufzuhalten.

Ohne sich noch mal zu den beiden umzusehen, durchmaß sie mit klickenden Absätzen die Halle und führte sie in einen Warteraum, dessen Mobiliar ebenfalls von teurem Geschmack zeugte.

»Einen Augenblick bitte, es ist gleich jemand für Sie da«, sagte sie mit kühler Höflichkeit. »Kaffee und Erfrischungen finden Sie dort drüben.«

Sie deutete kurz zu den Automaten für Kaffee und Getränke neben einem pedantisch sortierten Zeitschriftenständer und stöckelte von dannen.

Lara warf Mark einen skeptischen Blick zu.

»Glaubst du, dass wir hier wirklich eine Spur zu diesem Kerl finden werden?«

»Es muss einfach klappen.« Mark sah auf die Uhr über der Tür. »Wir haben keinen anderen Anhaltspunkt, und uns bleiben nur noch neuneinhalb Stunden.«

Lara trat ans Fenster und sah auf den weitläufigen Park des Pflegeheims hinaus, der sich bis zum Wald erstreckte.

»Und wenn nicht?«, fragte sie, ohne den Blick vom Fenster abzuwenden. »Was dann?«

Die Tür zum Warteraum ging auf und ersparte Mark eine Antwort.

Der weißhaarige Mann, der nun schnellen Schrittes auf

sie zukam, war groß und schlank, und wirkte in seinem teuren Maßanzug wie der Filialleiter einer Bank. Nur die fehlende Krawatte machte diesen Eindruck sofort wieder zunichte. Stattdessen stand der Kragen seines lachsfarbenen Hemds offen, was ihm wohl einen jung gebliebenen und legeren Eindruck verleihen sollte.

»Guten Morgen«, sagte er und reichte den beiden geschäftsmäßig die Hand. »Dr. Julius Langenfels. Ich bin der Geschäftsführer und medizinische Direktor des Pfauenhofs.«

Lara sah kurz zu Mark, woraufhin dieser wie vereinbart das Reden übernahm. Dabei hielt er sich an die Geschichte, die sie während der Fahrt abgesprochen hatten.

»Ich bin Dr. Mark Behrendt, und das ist meine Kollegin, Frau Dr. Baumann.«

»Freut mich«, sagte Langenfels, sah jedoch wenig erfreut aus. »Mir wurde gesagt, dass Sie zu Herrn Tarrach wollen. Dürfte ich bitte den Grund dafür erfahren? Es hat doch wohl nichts mit dem Vorfall zu tun?«

»Vorfall?«, fragte Mark. »Welcher Vorfall?«

Langenfels sah ihn argwöhnisch an. »Wer, sagten Sie noch mal, sind Sie?«

»Wir führen eine psychiatrische Praxis in Frankfurt«, sagte Mark, und war selbst erstaunt, wie leicht ihm diese dreiste Lüge über die Lippen kam. »Der Sohn von Herrn Tarrach, Ralf, ist einer unserer Patienten. Ein komplizierter Fall, wie Sie sich bei seiner Vorgeschichte sicherlich denken können. Ralf Tarrach hat sich seit einigen Wochen nicht mehr bei uns gemeldet. Er hat bereits vier Sitzungen verpasst und ist nicht erreichbar. Also dachten wir, dass er sich vielleicht hier bei Ihnen gemeldet hat, um seinen Vater zu besuchen.«

Noch immer wirkte der medizinische Direktor nicht gänzlich überzeugt. »Und deshalb kommen Sie den weiten Weg persönlich zu uns? Sie hätten doch anrufen können.«

»Nein, nicht deshalb«, klinkte sich nun Lara in die Unterhaltung ein. »Eigentlich sind wir wegen einer Fortbildung an der Fahlenberger Waldklinik hier. Aber da wir schon in der Nähe waren ...«

Sie ließ den Satz unvollendet, worauf der Direktor nachdenklich nickte.

»Mhm, verstehe. Das scheint ja ein ganz besonderer Fall zu sein, wenn Sie sich deswegen extra zu uns bemühen.«

»Das ist es in der Tat«, sagte Mark. »Der Fall von Herrn Tarrach hat für uns beide einen hohen Stellenwert, und wir wären Ihnen sehr verbunden, wenn Sie uns ein Gespräch mit seinem Vater ermöglichen könnten.«

»Tja, das kann ich leider nicht tun«, erwiderte Dr. Langenfels. »Tut mir leid, aber Sie haben sich den langen Weg umsonst gemacht.«

Mit einer solchen Abweisung hatte Mark schon gerechnet und sich eine passende Antwort zurechtgelegt.

»Falls es um die Einwilligung unseres Klienten geht, die uns zu einem Angehörigengespräch ermächtigt, die liegt uns selbstverständlich vor. Wir können Ihnen eine Kopie zukommen lassen. Wenn Sie mir eine E-Mail-Adresse geben, wird sie Ihnen unser Sekretariat zustellen.« (Und da würde die erfundene Sekretärin gerade ein technisches Problem haben – so war es zumindest angedacht.)

Dr. Langenfels schüttelte den Kopf. »Darum geht es nicht, Dr. Behrendt. Ich bin überzeugt, dass Sie sich nicht ohne Einwilligung des Angehörigen an uns gewandt hätten. Ein Gespräch mit Herrn Tarrach kann ich Ihnen leider trotzdem nicht ermöglichen, und das aus mehreren Gründen.«

»Die da wären?«

»Nun, vor allem wegen des gestrigen Vorfalls. Seitdem ist Herr Tarrach nicht mehr ansprechbar.«

Mark und Lara wechselten einen schnellen Blick. »Dürfen wir denn erfahren, was geschehen ist?«

Der Geschäftsführer sah sich zur Tür um, als wollte er sich vergewissern, dass er sie nach seinem Eintreten wieder geschlossen hatte, dann räusperte er sich.

»In Ordnung. Sofern Sie mir versichern, die Angelegenheit vertraulich zu behandeln.«

»Natürlich«, sagte Mark, und auch Lara nickte.

»Gestern hat sich ein unerlaubter Besucher Zutritt zu Herrn Tarrach verschafft«, sagte Dr. Langenfels mit gedämpfter Stimme. »Ein junger Mann, der sich als Heizungsmonteur ausgegeben hat. Selbstverständlich war mit unserer Heizanlage alles in Ordnung, aber die Einzige, die ihn gesehen hat, war eine Pflegeschülerin, die das offenbar nicht wusste. Tja, und das übrige Personal, ich eingeschlossen, war gerade in der morgendlichen Besprechung. Die findet täglich von 7:30 Uhr bis 8:00 Uhr statt, und offenbar wusste der Mann das genau.«

»Könnte es sein Sohn gewesen sein?«, fragte Mark.

»Nein, das glaube ich nicht«, sagte Dr. Langenfels. »Wir wissen zwar, dass es diesen Sohn gibt, aber wir haben ihn noch nie zu Gesicht bekommen. Wir haben ja nicht einmal seine Kontaktdaten. Aber falls er sich wieder bei Ihnen melden sollte, wäre ich Ihnen sehr verbunden, wenn Sie den Kontakt zwischen uns herstellen könnten.«

Deshalb wirst du also gerade so redselig, dachte Mark.

»Sehen Sie, Herr Tarrach ist, freundlich gesagt, kein besonders willkommener Gast in unserem Haus«, fügte Dr. Langenfels erklärend hinzu. »Zwar haben sich die Wogen im Hinblick auf seine Vorgeschichte inzwischen geglättet, aber hin und wieder bekommen wir immer noch Zuschriften von Leuten, die deswegen Bedenken äußern, ihre Angehörigen unserer Einrichtung anzuvertrauen. Damit hatte schon mein Vorgänger zu kämpfen, aber bisher sind wir immer wieder mit unseren Bemühungen gescheitert, Herrn Tarrach in andere Hände zu geben. Dazu würden wir die Zustimmung eines Angehörigen benötigen, doch aktuell haben wir nur eine Betreuerin, die sich bei dem Thema leider querstellt. Frau Leutke, so heißt die Dame, hat eine, nun ja, sagen wir, etwas eigentümliche Auffassung, was das betrifft. Ihrer Ansicht nach ist Herr Tarrach …«

»… ein Kind Gottes, über das nur der Herr urteilen darf«, vollendete Lara seinen Satz.

Dr. Langenfels sah sie überrascht an, dann huschte ein Lächeln über sein schmales Gesicht.

»Genau das waren ihre Worte. Sie hatten wohl auch schon das zweifelhafte Vergnügen ihrer Bekanntschaft?«

»O ja, das hatte ich«, entgegnete Lara.

»Würden Sie uns bitte sagen, was gestern genau vorgefallen ist?«, hakte Mark nach. »Was hat dieser Eindringling denn getan?«

»Nun, das war ehrlich gesagt recht merkwürdig«, sagte Dr. Langenfels. »Der Mann hat einen Zeitungsausschnitt am Bett von Herrn Tarrach angebracht, und zwar so, dass er ihn lesen konnte. Danach ist Herr Tarrach völlig außer sich geraten und hatte einen schweren Anfall. Seither müssen wir ihn sedieren. Mit gerichtlicher Zustimmung, versteht sich.«

»Ein Zeitungsausschnitt?«, fragte Mark verwundert.

»Genauer gesagt war es ein Artikel auf der Titelseite des gestrigen Regionalteils«, ergänzte Langenfels. »Darin ging es um den tödlichen Unfall eines Waldarbeiters. Ich vermute, Herr Tarrach hat den Mann gekannt.«

Er warf einen beiläufigen Blick auf seine Armbanduhr. »Ich muss Sie jetzt leider wieder verlassen, die Pflicht ruft. Tut mir leid, dass ich Ihnen nicht ...«

»Eine Frage noch«, sagte Mark. »Sie meinten vorhin, ein Gespräch mit Herrn Tarrach sei aus *mehreren* Gründen nicht möglich. Wie haben Sie das gemeint?«

Der Blick des medizinischen Direktors nahm einen schulmeisternden Ausdruck an. »Nun, Herr Kollege, wir haben es hier mit einem Mann zu tun, der versucht hat, sich in den Kopf zu schießen. Das ist, wie Sie mir beide sicher zustimmen werden, keine besonders ratsame Suizidmethode. In diesem Fall wurde das Geschoss zum Irrläufer und hat, außer einigen äußeren Entstellungen, vor allem seinen Hirnstamm schwer beschädigt. Er ist vom Kopf ab gelähmt und somit, wenn Sie so wollen, ein Gefangener im eigenen Körper. Als er in unsere Einrichtung kam, konnte er aber tatsächlich noch sprechen. Kurz nach seiner Einlieferung hat er dann jedoch erneut versucht, sich das Leben zu nehmen, und zwar auf die einzige Weise, die ihm noch blieb. Er biss sich die Zunge ab und wollte sich damit ersticken. Ein junger Arzt hat das im letzten Moment verhindert, was ich lieber nicht kommentieren möchte.«

Als er die überraschten Blicke der beiden sah, nickte Dr. Langenfels.

»Ich weiß schon, wie sich das für Sie anhören muss, aber versetzen Sie sich bitte mal in meine Lage. In meiner Position trage ich nicht nur die Verantwortung für das Wohl unserer Bewohner, sondern auch für den Ruf dieser Einrichtung. Uns werden pflegebedürftige Menschen anvertraut, und jemand mit einer forensischen Unterbringung wie Herr Tarrach ist hier einfach deplatziert. Deshalb würde ich mich freuen, wenn Sie sich im Gegenzug zu unserer Unterhaltung erkenntlich zeigen und mir ein Gespräch mit seinem Sohn ermöglichen. Aber nun entschuldigen Sie mich bitte, ich muss zur Visite.«

Damit wandte sich Dr. Julius Langenfels um und wünschte ihnen im Gehen noch einen schönen Tag.

Mark und Lara sahen ihm nach, und beide dachten in diesem Moment dasselbe. Das Anliegen des Direktors war das Letzte, worüber sie sich bei einer Begegnung mit Ralf Tarrach Gedanken machen würden.

Kapitel 51

Sobald sie wieder allein waren, lief Lara zum Zeitschriftenständer und zog die Ausgabe des Fahlenberger Boten heraus.

»Mist, das ist schon die heutige Zeitung ... nein, warte, darunter sind noch ein paar ältere. Hier ist die von gestern!«

Mark trat neben sie, und sie blätterten eilig zum Regionalteil. Dort erwartete sie der Artikel, von dem Langenfels gesprochen hatte. Ganz gemäß dem Motto, dass schlechte Nachrichten den Umsatz steigern, nahm das Titelbild fast das gesamte obere Viertel der Seite ein.

»Ach, du Scheiße!«, stieß Mark hervor, als er das Foto des Ladehängers sah, auf dem nur noch ein einzelner Baumstamm lag. Die restliche Ladung hatte sich über den Forstweg und einen Hang verteilt, wobei der Bildausschnitt wenigstens so taktvoll gewählt war, dass das Offenkundige nicht gezeigt wurde.

»Glaubst du, das hat dieser Tarrach getan?«, fragte Lara.

»Schätze schon«, sagte Mark. »Wenn es wirklich ein Unfall gewesen wäre, hätte der Kerl sich bestimmt nicht die Mühe gemacht, es seinem Vater so theatralisch unter die Nase zu reiben. Wer auch immer dieser Waldarbeiter war, er stand wohl auch auf seiner Liste.«

»Und sein Vater muss den Mann gut gekannt haben, wenn er deswegen einen solchen Anfall bekommen hat«, ergänzte Lara.

Sie überflogen den Text unter der Schlagzeile WALD-ARBEITER TÖDLICH VERUNGLÜCKT.

Offenbar ging die Polizei davon aus, dass der Arbeiter auf dem Weg zum Sägewerk angehalten hatte, um die Spanngurte seines Lasthängers zu überprüfen. Diese mussten sich auf, wie es hieß, *bisher noch nicht geklärte Weise* gelockert haben.

Da der Forstweg an dieser Stelle uneben und abschüssig war, vermutete man, dass die Ladung ins Rutschen geraten war und den Arbeiter während seines Versuchs, sie wieder zu sichern, erschlagen hatte.

»Gregor A.«, seufzte Mark. »Seinen vollen Familiennamen geben sie natürlich nicht an.«

»Aber jetzt ist mir klar, wieso Tarrach so heftig auf den Artikel reagiert hat«, sagte Lara. »Erinnerst du dich, wie er in dem Video von seinem Kollegen gesprochen hat? Der hieß doch Gregor. Die beiden müssen gute Freunde gewesen sein.«

»Aber warum sollte Ralf ihn ermorden?«

»Um bei seinem verhassten Vater einen Schock auszulösen, der ihn endlich umbringt?«, schlug sie vor.

»Glaube ich nicht.«

»Und warum nicht? Deine Freundin hat er damals ja auch getötet, obwohl sie nichts mit der ganzen Sache zu tun hatte.«

»Ja, schon, aber das war etwas anderes. Für diesen Dreckskerl war Tanja nur ein *Kollateralschaden*. Das hat er mir sogar selbst so gesagt. Er hat sie ja nicht einmal gekannt. Nein, wenn er den Freund seines Vaters umbringt, steckt etwas Persönliches dahinter. Sehr wahrscheinlich kannte Ralf ihn schon seit seiner Kindheit.«

»Vielleicht hat dieser Gregor ja irgendwie herausgefunden, wo Ralf sich jetzt aufhält, und der hat ihn dann zum Schweigen gebracht?«

Mark nickte. »Das wäre schon eher möglich. Wenn Gregor von seinem Rachefeldzug erfahren hat, könnte er versucht haben, ihn davon abzubringen.«

»Wir müssen auf jeden Fall herausfinden, was es mit dieser Sache auf sich hat«, sagte Lara. »Wenn er verheiratet ist, hat er seiner Frau vielleicht von Ralf erzählt. Dann wäre sie ebenfalls in Gefahr.«

»Und sie könnte wissen, wo er sich jetzt versteckt«, ergänzte Mark.

»Mal sehen, ob ich diesen Gregor A. auf der Webseite der Forstverwaltung finde.«

Er zückte sein Handy und tippte in das Suchfeld, wobei er sich wie immer ärgerte, dass das winzige Tastaturfeld des iPhones bestenfalls für zierliche Kinderfinger konzipiert war.

»Tatsache, auf der Kontaktseite gibt es einen Gregor Ahrens. Er ist unter anderem Ansprechpartner für den Holzverkauf. Mal sehen, ob ich sonst noch etwas über ihn im Netz finde.«

Dem war so. Dank Google erfuhren sie, dass Ahrens' Witwe Eva hieß, und dass er zwei Söhne hinterlassen hatte, die Mitglieder in der Jugendmannschaft des Fahlenberger Fußballvereins waren. Außerdem war Ahrens Hobby-Imker, der seinen Honig zum Verkauf anbot, und seine Anschrift stand im Telefonverzeichnis.

Mit einem Schulterzucken ließ Mark das Handy wieder in seiner Hosentasche verschwinden. »Dann bleibt uns jetzt wohl nichts anderes übrig, als gegen das Taktgefühl zu verstoßen.«

Lara nickte. Kurz schien es, als wollte sie noch etwas sagen, dann entschied sie sich jedoch anders.

Mark wurde das Gefühl nicht los, dass sie etwas vor ihm zurückhielt. Sie war schon den ganzen Morgen so verschlossen und schweigsam. Aber jetzt war weder der Ort noch die Zeit, sie darauf anzusprechen, denn ein weiterer Blick auf die Uhr über dem Ausgang versetzte ihm einen Stich.

Ihr Besuch im Pflegeheim hatte beinahe eine Stunde gedauert. Jetzt blieben ihnen noch achteinhalb Stunden.

Kapitel 52

Als sie das Haus der Familie Ahrens erreicht hatten, hielt Mark neben der Einfahrt zum Carport, in dem ein dunkelgrüner Geländewagen und ein roter Seat geparkt waren. Eva Ahrens war wohl zu Hause, was auch nicht anders zu erwarten gewesen war. Nach einem solchen Schicksalsschlag würde sich wohl jeder in die eigenen vier Wände zurückziehen.

Nachdem Mark den Motor abgestellt hatte, wandte Lara sich ihm zu und legte ihm eine Hand auf den Arm.

»Ich denke, es ist besser, wenn diesmal ich das Reden übernehme. In ihrer Verfassung wird sie sich wahrscheinlich eher auf ein Gespräch von Frau zu Frau einlassen.«

Mark nickte. »Sehe ich auch so. Weißt du schon, wie du es angehen willst?«

»Nicht so wirklich. Am besten verlasse ich mich wohl einfach auf mein Bauchgefühl und versuche, so nahe wie möglich an der Wahrheit zu bleiben.«

»Klingt nach einem Plan.«

»Ja, aber leicht wird das bestimmt nicht. Ich kann ihr ja wohl schlecht sagen, dass wir den Mörder ihres Mannes suchen. Aber andererseits widert es mich an, dass ich sie in ihrer Situation auch noch anlügen muss.«

»Ich weiß genau, was du meinst«, sagte Mark. »In den letzten zwei Tagen musste ich Leute belügen, mich für jemanden ausgeben, der ich nicht mehr bin, und obendrein auch noch in das Büro meines Hoteliers eindringen wie ein gemeiner Einbrecher. Und das alles wegen diesem irren Mistkerl!«

Er schnaubte wütend und starrte aus dem Fenster. Auch Lara ließ den Blick über die Einfamilienhäuser schweifen, die sich hier am westlichen Stadtrand vor der Kulisse des Fahlenberger Forsts aneinanderreihten. Es war eine begehrte Wohngegend, in der Gregor und Eva Ahrens ihren Traum vom eigenen Zuhause verwirklicht hatten. Ein Heim, in dem sie ihre Kinder aufziehen und gemeinsam alt werden wollten. Und nun war dieser Traum von einem Tag auf den nächsten zerstört worden.

Als sie den verwaisten Kletterturm mit der Rutsche im Vorgarten sah, zog sich etwas in Laras Brust zusammen.

»Das ist seltsam«, murmelte Mark neben ihr. »Es sieht fast so aus wie auf dem Foto.«

Sie sah sich zu ihm um und stellte fest, dass auch er auf den Kletterturm starrte.

»Welches Foto?«

»Ich musste gerade an den Zeitungsartikel über den Amoklauf denken«, sagte er. »An das Foto vom Haus der Tarrachs. Es sah dem hier extrem ähnlich. Ein bisschen älter vielleicht, und es standen auch keine Kindersachen im Garten, aber es hätte durchaus in dieses Viertel gepasst. Wenn Ralf die Familie Ahrens von klein auf gekannt hat, warum tut er ihnen dann jetzt dasselbe an, was ihm angetan wurde? Warum bringt er den Freund seines Vaters mit dem Amoklauf in Verbindung?«

Lara wischte mit der Hand über die Seitenscheibe, die allmählich beschlug und das Haus wie im Nebel verschwinden ließ.

»Keine Ahnung«, sagte sie. »Aber mit ein bisschen Glück werden wir es gleich herausfinden.«

Kapitel 53

Eva Ahrens öffnete ihnen nach dem zweiten Klingeln. Sie war eine schlanke Frau um die vierzig mit einem ernsten und bleichen Gesicht. Unter ihren geröteten Augen zeichneten sich dunkle Ringe ab, die von ihrer schwarzen Trauerkleidung umso deutlicher betont wurden.

»Ja bitte?«

Die Frau musste eben noch geweint haben, und ihre leise Stimme versetzte Lara einen Stich. Am liebsten hätte sie auf der Stelle wieder kehrtgemacht.

»Guten Tag, Frau Ahrens, mein Name ist Lara Baumann, und das ist Mark Behrendt. Wir sind hier, um ...«

»Ich habe es doch schon zu den beiden anderen gesagt«, fuhr Eva Ahrens sie an. »Wenn Sie mit mir über Ihren Gott reden wollen, sollten Sie ihn erst mal fragen, warum er mir meinen Mann genommen hat. Stecken Sie sich Ihre Bibeln sonst wohin, und lassen Sie mich endlich in Ruhe! Beim nächsten Mal rufe ich die Polizei.«

Damit schlug sie ihnen die Tür vor der Nase zu, und Lara wich erschrocken einen Schritt zurück. Sie sah zu Mark, der ebenso verblüfft wie sie dreinschaute, dann atmete sie tief durch und klopfte an die Tür.

»Warten Sie, Frau Ahrens! Wir sind wegen Ralf Tarrach hier. Hören Sie? Es geht um Ralf!«

Einen Moment lang geschah nichts, dann wurde die Tür wieder geöffnet, wenn auch nur einen schmalen Spaltbreit.

»Was wollen Sie von mir?«

»Tut uns leid, dass wir Sie ausgerechnet heute stören

müssen«, sagte Lara. »Das mit Ihrem Mann haben wir eben erst erfahren. Sie haben unser aufrichtiges Beileid.«

»Danke.« Eva Ahrens nickte müde. »Ich dachte, Sie gehören zu diesen Seelenfängern, die ständig bei mir läuten und mir was über Gott und das Ende der Welt erzählen wollen. Entschuldigen Sie, dass ich Sie so angefahren habe.«

»Kein Problem«, sagte Lara. »Ich kann mir denken, dass das alles gerade sehr schwer für Sie ist.«

»Sie sind nicht von hier, oder?«

»Nein, Mark und ich haben hier zwar mal gewohnt, aber das ist schon eine ganze Weile her.«

»Und Sie sind mit Ralf befreundet?«

Bei dieser Frage fuhr Lara innerlich zusammen. Zwar hatte sie sich darauf eingestellt, dass sie nicht ganz ohne Lügen auskommen würde, aber so weit konnte und wollte sie dann doch nicht gehen. Also wich sie auf das aus, was Ralf Tarrach selbst über ihre Verbindung behauptete.

»Wir kennen uns schon eine Weile, und in letzter Zeit hatten wir viel miteinander zu tun. Aber jetzt meldet er sich nicht mehr, und wir können ihn nirgends erreichen. Deshalb machen wir uns Sorgen. Wir dachten, dass er vielleicht hier bei Ihnen sein könnte. Ihr Mann und Ralfs Vater waren doch gute Freunde, oder?«

Damit schien sie Eva Ahrens zu überzeugen, denn nun öffnete sie die Tür vollends. Ihr anfänglich noch skeptischer Blick wich ehrlichem Bedauern.

»Ja, das waren sie, aber das ist schon lange her. Ich fürchte, da kann ich Ihnen nicht helfen. Wir haben schon seit vielen Jahren nichts mehr von Ralf gehört, seit er damals weggezogen ist. Steckt der Junge etwa in Schwierigkeiten?«

Der Junge. Bei dieser Formulierung verkrampfte sich Lara der Magen. Für diese Frau war Ralf Tarrach immer noch der, den sie von früher kannte. Was würde sie wohl sagen, wenn sie erfuhr, was aus diesem *Jungen* inzwischen geworden war? Dass *er* der Grund für ihre Trauer war.

»Wir denken, dass Ralf gerade eine schwere Zeit durchmacht«, erwiderte Lara, was in gewisser Weise sogar der Wahrheit entsprach. »Mehr wollte er uns nicht verraten, und jetzt können wir ihn, wie gesagt, nirgends finden. Wissen Sie vielleicht, wo er sein könnte?«

»Nein, aber ich glaube, dass Sie hier nicht nach ihm suchen müssen. Sehen Sie, nachdem Ralf das Haus seiner Eltern verkauft hatte, wollte er mit Fahlenberg nichts mehr zu tun haben. Wir haben oft an ihn gedacht und uns gefragt, was aus ihm geworden ist, aber wir wussten ja nicht, wo wir ihn erreichen konnten. Damals hieß es, dass er nach Frankfurt ziehen wollte. Ist er denn immer noch dort?«

»Nein, schon länger nicht mehr«, sagte Lara, und einer inneren Eingebung folgend fügte sie hinzu: »Er wohnt jetzt in Stuttgart.«

»Stuttgart also«, sagte Eva Ahrens und nickte nachdenklich. Dann hob sie den Kopf, als sei ihr plötzlich wieder eingefallen, worum es eigentlich ging. »Und er ist wirklich verschwunden?«

»Er hat sich schon seit Tagen nicht mehr bei uns gemeldet, was ungewöhnlich für ihn ist«, beteiligte sich Mark an Laras Geschichte.

Eva Ahrens sah die beiden betroffen an. »O je, das klingt ja gar nicht gut! Haben Sie schon mit der Polizei gesprochen?«

»Bis jetzt nicht«, sagte Lara. »Wir wollten ihm keine

Schwierigkeiten machen. Wissen Sie, in letzter Zeit ging es ihm psychisch nicht so gut. Wegen seiner Vergangenheit. Die scheint ihn gerade sehr zu beschäftigen. Deshalb dachten wir, er könnte vielleicht hierher nach Fahlenberg gekommen sein. Um alte Bekannte zu treffen, oder so. Können Sie uns sagen, ob er außer Ihnen hier noch Freunde oder Bekannte hat?«

Eva Ahrens stieß einen Seufzer aus. »Ich denke nicht. Wie gesagt, er hatte sich damals völlig in sich selbst zurückgezogen und niemanden mehr an sich herangelassen. Es ging ihm sehr schlecht. Der Ärmste hat ja noch viel Schlimmeres durchmachen müssen als ich jetzt. Meine Jungs haben wenigstens noch mich, aber Ralf hatte damals niemanden mehr. Wir haben uns zwar ehrlich um ihn bemüht, aber er hat uns immer wieder abgewiesen.«

»Und warum?«, wollte Lara wissen.

»Nun, die Wahrheit ist, dass er dachte, mein Mann sei für das verantwortlich, was sein Vater getan hat«, sagte Eva Ahrens leise und rieb sich die Oberarme, wie um sich selbst Trost zu spenden. »Heute kann ich Ralf sogar irgendwie verstehen. In so einer Phase sucht man verzweifelt nach einem Schuldigen. Irgendjemanden, auf den man seine Wut konzentrieren kann, weil man sich so schrecklich hilflos fühlt. Mir geht es ja gerade nicht anders. Am liebsten würde ich die Firma verklagen, die diese verfluchten Spanngurte herstellt. Oder Gregors Kollegen, weil sie die Gurte wahrscheinlich nicht richtig festgezurrt haben. Aber selbst wenn das stimmen würde, was würde das jetzt noch ändern? Gregor wäre trotzdem nicht mehr da.«

Sie zog ein zerknittertes Taschentuch aus dem Ärmel ihrer Strickjacke und betupfte sich die feuchten Augen.

Lara ließ ihr einen Moment Zeit, dann fragte sie: »Und warum hat Ralf Ihrem Mann die Schuld gegeben?«

»Weil er blind vor Trauer war«, erwiderte Eva Ahrens und schniefte. »Es war eine Verkettung unglücklicher Umstände, mehr nicht. Gregor trifft keine Schuld, er hat nur getan, was jeder an seiner Stelle getan hätte.«

»Wie meinen Sie das?«

»Hat Ralf Ihnen erzählt, was mit seinem Vater los war?«

»Ja, hat er«, sagte Lara, auch wenn das allenfalls indirekt der Wahrheit entsprach. »Er war in der Psychiatrie, nachdem er mitansehen musste, wie ein Kollege ums Leben gekommen ist.«

Eva Ahrens nickte. »Ja, und danach war Jochen nie mehr derselbe. Vor der ganzen Sache war er ein fröhlicher und geselliger Kerl. Einer, der immer einen Scherz auf Lager hatte. Er hatte das Herz am rechten Fleck, wie man so sagt. Aber danach war er nur noch ein Schatten seiner selbst. Er konnte auch nicht mehr im Wald arbeiten, weil ihn das überfordert hätte. Also hat Gregor sich für ihn eingesetzt, damit er eine Stelle in der Forstamtsverwaltung bekam. Schließlich waren sie schon lange befreundet. Jochen war für meinen Mann wie der ältere Bruder, den er nie gehabt hat, wissen Sie?«

Lara runzelte die Stirn. »Und weshalb war Ralf dann so wütend auf ihn?«

»Nun, sehen Sie, das war so«, begann Eva Ahrens und schniefte wieder. Dann putzte sie sich die Nase, ehe sie weitersprach.

»An dem Weihnachtsfeiertag damals hatte sich meine Mutter die Hüfte gebrochen. Sie war morgens zum Grab meines Vaters gegangen – so, wie sie es immer getan hat –, und auf dem Rückweg vom Friedhof rutschte sie auf einem vereisten Gehweg aus. Mein Elternhaus ist in Tübingen, und unser Jüngster war damals gerade erst ein halbes Jahr alt, also bin ich allein zu ihr gefahren. Gregor ist bei den Kindern geblieben.«

Sie verstummte, als eine Frau mit ihrem Kinderwagen am Haus vorbeikam. Die Frau nickte den dreien mit ernstem Blick zu, und Eva Ahrens erwiderte die stumme Beileidsbekundung. Sie wartete, bis die Frau außer Hörweite war, dann sprach sie mit gesenkter Stimme weiter.

»Gregor war über die Feiertage zur Wildfütterung eingeteilt. Es hätte zwar nur eine gute Stunde gedauert, alle Futterstellen im Wald anzufahren, aber er konnte die Kinder ja nicht allein lassen. Natürlich hätte ich so lange noch warten und erst danach fahren können, aber ...« Sie zuckte mit den Schultern und sah die beiden entschuldigend an. »Ich musste doch nach meiner Mutter sehen, verstehen Sie?«

Lara und Mark nickten nur, woraufhin sie sich wieder die Nase schnäuzte.

»Also hat Gregor seine Kollegen angerufen«, fuhr sie fort. »Aber von denen hatte keiner Zeit. Sie waren entweder in den Urlaub gefahren oder hatten schon etwas mit ihren Familien geplant. Gregor hat sich ziemlich darüber geärgert, weil er selbst oft für andere eingesprungen ist, aber er konnte natürlich nichts machen. Wenn es um Weihnachten und Familienrituale geht, sind die Leute nun mal eigen. Also blieb ihm am Ende nichts anderes übrig, als bei Jochen anzurufen. Und der hat dann Ja gesagt.«

In diesem Moment begann Marks Handy zu klingeln, und er fuhr so heftig zusammen, als hätte ihm das Telefon in seiner Hosentasche einen Stromschlag versetzt. Lara sah, wie er kreidebleich wurde, während er nervös das Handy aus der Tasche zog.

Er murmelte ein knappes »Entschuldigung« und lief zurück zum Wagen. Den Anruf nahm er erst entgegen, als er eingestiegen war und die Fahrertür wieder geschlossen hatte.

Lara wandte sich zurück an Eva Ahrens, die nun weinend ein frisches Taschentuch aus ihrer Jackentasche holte und sich damit die Augen wischte.

»Tut mir leid«, schluchzte sie. »Ich bin normalerweise nicht so dicht am Wasser gebaut. Aber es bricht mir das Herz, dass Ralf meinem Mann keine Chance gegeben hat, mit ihm über alles zu reden. Für ihn war Gregor an der ganzen Sache schuld. Und jetzt wird Gregor ihm nie mehr sagen können, wie leid ihm das alles getan hat. Dabei hätte Jochen doch einfach nur Nein sagen müssen. Woher hätte Gregor denn wissen sollen, dass er vollkommen durchdreht, sobald er in den Wald geht?«

»Ralf irrt sich«, erwiderte Lara ruhig. »Ich glaube nicht, dass Ihr Mann an der Tat von Ralfs Vater schuld ist. Um so eine Reaktion auszulösen, muss mehr passiert sein.«

Eva Ahrens sah sie aus geröteten Augen an. »Glauben Sie wirklich?«

»Ja, das glaube ich«, sagte Lara bestimmt. »Ich hatte selbst mal Probleme wegen etwas, mit dem ich psychisch nicht fertiggeworden bin. Deswegen kann ich zumindest ansatzweise nachvollziehen, was mit Herrn Tarrach passiert ist. Damit meine ich natürlich nicht den Mord an seiner Familie, denn dafür gibt es keine Entschuldigung. Aber ich weiß, dass mehr dazu nötig ist, den Verstand zu verlieren, als nur an den Ort zurückzukehren, den man mit seinem Trauma verbindet.«

»Gregor hat sich damals große Vorwürfe gemacht«, sagte Eva Ahrens und musste sich wieder die Tränen abtupfen. »Er meinte, dass Jochen nur deshalb für ihn eingesprungen ist, weil er sich ihm gegenüber verpflichtet fühlte. Wegen der neuen Arbeitsstelle, und weil Gregor immer für ihn da gewesen ist.«

»Hören Sie mir zu, Frau Ahrens«, sagte Lara und legte ihr tröstend eine Hand auf die Schulter. »Selbst wenn es so war, kann das allein nicht der Grund gewesen sein. Sie hatten recht, als Sie vorhin sagten, dass Ihr Mann nur das getan hat, was jeder andere an seiner Stelle auch getan hätte. Er hatte sich nichts vorzuwerfen, und Ralf liegt falsch, wenn er ihn deswegen verurteilt.«

Auf Eva Ahrens' Gesicht erschien der Anflug eines dankbaren Lächelns. »Dürfte ich Sie um einen Gefallen bitten?«

»Natürlich.«

»Wenn Sie Ralf das nächste Mal sehen, könnten Sie ihm dann bitte sagen, dass er sich bei mir melden soll? Ich würde gern für ihn da sein und ihm helfen, über all das hinwegzukommen. Gregor hätte das auch so gewollt. Würden Sie ihm das bitte so ausrichten?«

Lara spürte einen Kloß im Hals. Während des Gesprächs war ihr Zorn auf Ralf Tarrach wie bei einem Quecksilber-Thermometer immer weiter angestiegen, und nun drohte er, die Skala zu sprengen.

Noch während sie um eine passende Antwort rang, kam Mark eilig zu ihnen zurück. Er war aschfahl und hatte rote Flecken auf den Wangen. In seinem Blick stand blankes Entsetzen.

»Wir müssen los«, sagte er. »Sofort!«

Auch Eva Ahrens war sein Gesichtsausdruck nicht entgangen, und sie sah ihn bestürzt an. »Ist Ralf etwas passiert?«

Er schüttelte den Kopf. »Nein, ich …«

»Nochmals vielen Dank für das Gespräch«, unterbrach ihn Lara. »Sie werden es erfahren, wenn wir Ralf gefunden haben. Das verspreche ich Ihnen.«

Dann folgte sie Mark zurück zum Wagen. Er wollte schon einsteigen, aber sie blieb neben der Beifahrertür stehen.

»Was ist denn los?«, fragte sie ängstlich. »Hat er …«

Mark warf ihr einen schnellen Blick zu und in seinen Augen standen Tränen. Dann sagte er nur ein Wort.

»Axel.«

Kapitel 54

Der diensthabende Arzt, an den man Mark und Lara am Empfang der Notaufnahme verwiesen hatte, hieß Dr. Kästner. Mark schätzte den blasshäutigen dünnen Mann mit der Nerdbrille und den schiefen Zähnen auf höchstens Anfang dreißig. Sein blondes Haar war dennoch schon so schütter, dass man ihm spätestens zu seinem vierzigsten Geburtstag wohl keinen Kamm mehr zu schenken brauchte.

Dr. Kästner war sichtlich nervös, er schien noch nicht viel Erfahrung mit Angehörigengesprächen zu haben. Während er ihnen mit nasaler Stimme von Axels Unfall berichtete, spielte er unablässig mit seinem Kugelschreiber, und jedes Mal, wenn das Thema besonders heikel wurde, klickte er mit dem Druckknopf.

Seinem Bericht nach hatte ein vorbeikommender Lkw-Fahrer Axels demolierten Wagen am Fuß eines Abhangs unterhalb der Straße entdeckt. Der Fahrer hatte eine Bewegung im Wageninneren gesehen und sofort den Notruf gewählt.

Axels Bergung sei wegen des steilen Abhangs kompliziert gewesen, und man hatte einen Rettungshelikopter rufen müssen. Der hatte ihn dann sofort ins Fahlenberger Stadtklinikum gebracht. Das musste ungefähr zur selben Zeit gewesen sein, als Mark und Lara mit dem Leiter des Pflegeheims gesprochen hatten.

Wie es zu dem Unfall gekommen war, sei noch nicht geklärt, hieß es im vorläufigen Bericht der Polizei. Offenbar war kein weiteres Fahrzeug in der Nähe gewesen, weshalb man vorerst davon ausging, dass Axel im morgendlichen Nebel eine Kurve übersehen hatte.

»Ihr Bekannter hat großes Glück gehabt«, sagte Dr. Kästner und ließ den Kugelschreiber zwischen Zeige- und Mittelfinger wackeln. »Herr Pohl ist von bemerkenswert guter Konstitution. Laut den Angaben der Polizei muss sich sein Wagen mehrere Male überschlagen haben. Erstaunlicherweise wurde das Dach dabei nicht so schwer eingedrückt, wie man erwarten könnte. Das hängt offenbar mit dem Winkel des Absturzes zusammen, habe ich mir sagen lassen, und natürlich auch damit, dass es ein relativ neuer Wagen mit entsprechend gut konzipierter Karosserie war. Wissen Sie, bisher hatte ich noch nie mit einem solchen Fall …«

»Wie geht es ihm denn?«, unterbrach Mark ihn ungeduldig.

Kästners Kugelschreiber klickte.

»Ähm, nun ja, solange er noch operiert wird, lässt sich nicht allzu viel sagen. Herr Pohl hat viel Blut verloren, zudem hat er zahlreiche Schnittwunden und Frakturen erlitten, insbesondere am Thorax und an den Beinen. Die sind im Wadenbereich mehrfach gebrochen und … ähm, wir wissen noch nicht, ob wir beide Beine retten können.«

Er wich den betroffenen Blicken der beiden aus und ließ nun gleich mehrmals seinen Kugelschreiber klicken.

»Wie sieht es mit inneren Verletzungen aus?«, wollte Mark wissen.

»Nun ja, also … das entzieht sich momentan meiner Kenntnis«, stammelte Kästner. »Wir gehen allerdings davon aus, dass er ein mittelschweres Schädel-Hirn-Trauma erlitten hat. Das würde auch den Bericht der Sanitäter erklären. Demnach muss Herr Pohl auf dem Weg zu uns ziemlich wirres Zeug geredet haben.«

»Was denn für wirres Zeug?«, fragte Lara, worauf Dr. Kästners Blick unsicher zwischen ihr und Mark hin und her zuckte. Dann sah er auf das iPad, das vor ihm auf dem Schreibtisch lag, und räusperte sich.

»Nun, also, da steht, dass der Patient sehr erregt war. Sinngemäß hat er wohl etwas über eine Enthauptung gesagt, und dass er Opfer eines Mordanschlags sei. Außerdem hat er wiederholt darauf bestanden, dass wir Sie benachrichtigen, Herr Behrendt. Was wir hiermit auch getan haben. Ihre Nummer haben wir seinem Mobiltelefon entnommen.«

Mark nickte und sah kurz zu Lara, dann sprach er die Frage aus, die sie beide jetzt am meisten beschäftigte.

»Wird er durchkommen?«

Wieder ein nervöses Klicken des Kugelschreibers, begleitet von erneutem Räuspern.

»Tja, also, Herr Behrendt, das lässt sich zum momentanen Zeitpunkt noch nicht mit Sicherheit prognostizieren. Wie gesagt hat Herr Pohl mehrere ernsthafte Verletzungen erlitten. Sie können aber versichert sein, dass wir unser Bestes für ihn tun. Der Chefarzt führt die Operation persönlich durch, und Dr. Mehra ist wirklich eine Koryphäe, das dürfen Sie mir glauben.«

Das wollte Mark nur zu gern, aber der Gesichtsausdruck des jungen Arztes ließ keinen Zweifel daran, dass Axels Chancen nicht sonderlich gut standen. Nach seiner Erfahrung waren Glaube und Hoffnung in so einem Fall äußerst riskante Investitionen, die einen übel enttäuschen konnten.

»Und man ist sich wirklich sicher, dass kein zweiter Wagen in den Unfall verwickelt war?«, fragte er nach.

Dr. Kästner lächelte unsicher. »Also ich bin Arzt, kein Polizist. Ich weiß vom Unfall nur, was mir mitgeteilt wurde. Und von weiteren Beteiligten war da nicht die Rede. Ich denke, mit solchen Fragen sollten Sie sich besser direkt an die Polizei ...«

»Was hat sein Blutbild denn ergeben?«, unterbrach ihn Mark.

Dr. Kästner hob die Brauen. »Wie bitte?«

»Sein Blutbild«, wiederholte Mark gereizt. »Gab es da irgendwelche Auffälligkeiten?«

»Ah, Sie meinen, ob Alkohol im Spiel war?«

»Das oder anderes.«

»Einen Moment«, sagte Dr. Kästner, und tippte auf seinem iPad, bis er die Datei gefunden hatte. »Nein, keine Hinweise auf Drogenkonsum. Weder Alkohol noch THC oder Ähnliches. Es handelt sich dabei natürlich nur um einen Schnelltest, also könnte es durchaus sein, dass …«

Jemand klopfte an die Tür des Sprechzimmers, und gleich darauf streckte eine Schwester mit angespanntem Blick den Kopf herein.

»Entschuldigen Sie, Herr Doktor, aber Sie werden dringend in Zimmer 3 gebraucht!«

»Bin sofort da«, sagte Dr. Kästner, und schnellte von seinem Schreibtisch hoch. »Tut mir leid, Herr Behrendt und Frau Baumann. Aber Sie hören es ja, ich muss wieder los. Ich hoffe, ich konnte Ihre dringendsten Fragen beantworten. Sie können natürlich gern nebenan auf das Ergebnis der OP warten, aber ich vermute, das wird noch eine Weile dauern. Am besten gehen Sie nach Hause, wir werden Sie dann selbstverständlich informieren.«

Er steckte den Kugelschreiber in seine Kitteltasche zurück und schnappte sich das Tablet, dann eilte er mit einem kurzen Gruß davon.

Natürlich wollen wir warten, dachte Mark. *Aber uns läuft die Zeit davon. Und wir stecken wieder in einer Sackgasse fest!*

Kapitel 55

»Und wenn es doch nur ein Unfall war?«, sagte Lara und lehnte sich im Wartebereich gegen die Wand. »Ich kann das zwar auch nicht so recht glauben, aber möglich wäre es doch.«

Mark schlug mit der flachen Hand gegen den Getränkeautomaten. Endlich löste sich die Flasche aus der verklemmten Halterung und polterte ins Ausgabefach.

»Nein«, sagte er entschieden. »Das war kein Unfall. Axel wohnt schon sein ganzes Leben in dieser Gegend. Die Strecke kennt er also in- und auswendig. Da wird er im Nebel nicht so leichtsinnig gewesen sein, dass er von der Straße abkam.«

Er nahm die Mineralwasserflasche aus dem Automaten und hielt sie Lara hin.

»Hier, trink etwas. Du bist ziemlich blass.«

Als sie den Schraubverschluss öffnete, sah er, wie ihre Hände zitterten.

Sie nahm einen kleinen Schluck, dann fragte sie: »Denkst du, Tarrach hat das getan, weil wir Axel um Hilfe gebeten haben?«

Mark sah zu der einzigen Frau hinüber, die außer ihnen noch im Raum war. Sie saß am anderen Ende des Wartebereichs und war völlig in ihr Handy vertieft. Doch obwohl sie Ohrhörer trug, senkte er seine Stimme.

»Nein, ich glaube, dass Axel auch auf der Liste seiner Opfer steht.«

»Wie kommst du darauf?«

»Axels Telefonat von gestern und der angeblich neue

Kunde. Das muss Tarrach gewesen sein, natürlich unter falschem Namen, um Axel irgendwie zu sich zu locken. Und diesen Anruf hat er ja bekommen, *bevor* wir bei Axel eingetroffen sind.«

Wieder sah er kurz zu der Frau hinüber, die nun mit flinken Fingern etwas tippte und die beiden keines Blickes würdigte. Dann fügte er hinzu: »Und wenn wirklich kein zweites Fahrzeug in den Unfall verwickelt war, um Axel abzudrängen zum Beispiel, gibt es eigentlich nur eine Möglichkeit: Tarrach saß mit ihm im Wagen. Entweder hat Axel ihn einsteigen lassen, oder er hat sich irgendwie reingeschmuggelt. So oder so muss er die Fahrstrecke gekannt haben, um zu wissen, wo er zuschlagen kann. Also hatte er den Anschlag von langer Hand geplant.«

Auch Lara sah sich nach der Frau um, dann flüsterte sie: »Aber warum ausgerechnet Axel? Was hat er denn mit der ganzen Sache zu tun?«

»Keine Ahnung«, sagte Mark und rieb sich erschöpft übers Gesicht. »Der Kerl ist so irre, dass man als Normaldenkender seine Logik wohl kaum begreifen kann. Bis jetzt konnte ich seine vermeintlichen Gründe für den Rachefeldzug ja noch irgendwie nachvollziehen, aber das mit Axel leuchtet mir nicht ein.«

Lara trank einen weiteren Schluck Wasser, dann fragte sie: »Wieso hast du vorhin eigentlich nach dem Bluttest gefragt?«

»Weil Axel bestimmt nicht freiwillig den Abhang runtergefahren ist. Und Tarrach konnte dafür ja nicht bei ihm im Wagen bleiben. Also muss er ihn irgendwie betäubt haben. So wie mich, als er Doreen entführt hat. Das scheint wohl seine Spezialität zu sein.«

»Aber du hast doch gesagt, dass du danach stundenlang weggetreten warst«, sagte Lara zweifelnd, und reichte ihm die Wasserflasche zurück. »Als man Axel gefunden hat, war er aber bei Bewusstsein, und der Bluttest war negativ.«

»Weil es eben wie ein Unfall aussehen sollte«, sagte Mark, und nahm ebenfalls einen Schluck. Das Wasser war angenehm kühl, trotzdem konnte es sein Verlangen nach etwas Hochprozentigem jetzt kaum besänftigen. »Tarrach will natürlich nicht, dass die Polizei nach einem möglichen Täter sucht. Also wird er Axel nur kurzzeitig sediert haben. Für seine Zwecke hätte das ja auch gereicht. Mit einem Mittel, das vom Körper schnell wieder abgebaut wird. Etwas wie …«

»Propofol.«

»Ja, genau«, sagte Mark und ließ überrascht die Flasche sinken.

»Jetzt schau mich nicht so an«, sagte Lara. »Das ist schließlich medizinisches Grundwissen, oder?«

»Ja, ist es. Erinnerst du dich denn wieder an dein Studium?«

Sie hielt seinem Blick stand und zuckte mit den Schultern. »Ein bisschen. Vor allem an meinen Doktorvater. Aber in erster Linie bin ich Michael-Jackson-Fan, und der stand ja bekanntlich auf das Zeug.«

»Richtig«, sagte Mark. »Sogar so sehr, dass er unserem Planeten auf einer Propofolwolke entschwebt ist.«

Ein Handy klingelte. Mark tastete erschrocken nach seiner Hosentasche, doch es war nicht das seine. Es war auch nicht das der jungen Frau, die nun mit geschlossenen Augen zu irgendeinem Lied aus ihren Kopfhörern mit dem Fuß wippte.

Stattdessen zog Lara ihr Handy aus der Jackentasche. Sie las den Namen auf dem Display und verdrehte die Augen, bevor sie den Anruf annahm.

»Hallo, Marion, das ist jetzt kein ...«, begann sie, dann nickte sie und stieß einen genervten Seufzer aus. »Ja, das weiß ich ... Nein, ich werde heute nicht ...«

Sie kam kaum gegen das stetige Plappern ihrer Betreuerin an, die nun so laut sprach, dass Mark in der Stille des Warteraums fast jedes Wort verstehen konnte. Marion Leutke echauffierte sich ausführlich darüber, dass Lara nicht zur Arbeit im Planetarium erschienen war. Sie sei deshalb in großer Sorge um ihren Schützling.

Laras Miene verfinsterte sich mit jeder Sekunde mehr. Schließlich hob sie die Hand, als könnte sie der Anruferin damit Einhalt gebieten.

»Moment mal«, fauchte sie ins Telefon. »Was fällt Ihnen eigentlich ein? Wie reden Sie überhaupt mit mir?«

Wieder ein schnelles Plappern am anderen Ende, doch diesmal klang es nicht mehr ganz so vorwurfsvoll.

»Nein, Sie hören jetzt mal *mir* zu!«, sagte Lara so bestimmt, dass selbst Mark zusammenfuhr. »Ich lasse mir das nicht länger von Ihnen gefallen. Wenn Sie jemanden wie ein unmündiges Kind behandeln wollen, sind Sie bei mir an die Falsche geraten. Haben Sie das verstanden? Und noch etwas: Sie werden mich nie wieder duzen! Für Sie bin ich immer noch *Frau Dr. Roth*!«

Ohne auf eine Erwiderung zu warten, beendete sie den Anruf mit einem energischen Daumendruck auf das Display. Sie schob ihr Handy in die Jackentasche zurück und erstarrte plötzlich wie vom Donner gerührt. Ihre Augen weiteten sich, und sie sah Mark erschrocken an.

»O mein Gott! Habe ich das gerade wirklich gesagt?«

»Ja, hast du. Alles in Ordnung mit dir? Geht es dir gut?«

Sie strich sich mit einer fahrigen Bewegung die Haare aus dem Gesicht.

»J-ja, natürlich«, stammelte sie. »Ich bin nur gestresst, das ist alles.«

»Wirklich?«

»Wenn ich es dir doch sage! Ich habe einfach die Nase voll, ständig wegen meiner Vergangenheit diskriminiert zu werden. Von diesem Irren, und dann noch von dieser scheinheiligen Kuh, nur weil ich in der Klinik war und ...«

»Das ist es!«, sagte Mark plötzlich und schnippte mit den Fingern.

Lara sah ihn verdutzt an. »Wie bitte?«

»Ich hätte schon viel früher daran denken sollen«, sagte Mark und schlug sich mit der flachen Hand vor die Stirn.

Lara schüttelte den Kopf. »Entschuldige bitte, aber ich verstehe gerade nur Bahnhof.«

»Was, wenn Ralf Tarrach selbst eine klinische Vor-geschichte hat?«, sagte er aufgeregt. »Ein Siebzehnjähriger, der das Massaker an seiner Familie miterleben musste, hat doch bestimmt psychologische Hilfe bekommen. Vielleicht nicht freiwillig, aber sicher als Auflage des Jugendamts. Immerhin war er damals noch nicht volljährig.«

»Du meinst, er könnte ebenfalls in der Waldklinik ge-wesen sein?«

Mark nickte. »Viel hat das wohl nicht gebracht, aber trotzdem gehe ich jede Wette darauf ein, dass es so war.«

Nun weitete sie erschrocken die Augen. »Das hieße ja dann, dass ich ihm dort begegnet sein könnte! Aber wenn das stimmt, dann habe ich nie etwas davon mitbekommen.«

»Kannst du dich vielleicht an irgendeine besondere Begegnung erinnern?«

»Nein.«

»Vielleicht ein junger Mitpatient, der besonders nett zu dir gewesen ist und sich um Kontakt mit dir bemüht hat?«, hakte Mark nach.

»Nein, wirklich nicht«, versicherte sie ihm. »Ich war auf einer Frauenstation. Und bei den therapeutischen Spaziergängen habe ich mich mit niemandem unterhalten, den ich nicht kannte. Ich hatte dort ohnehin kaum Kontakte, dafür war ich viel zu sehr mit mir selbst beschäftigt. Aber du hast schon recht. Er könnte trotzdem in der Waldklinik gewesen sein, nur eben in einem anderen Gebäude. Das Areal ist schließlich groß.«

»Und wenn das stimmt, dann ist das noch keine zehn Jahre her.«

»Zehn Jahre?«, wiederholte sie verwirrt, aber dann begriff sie, was er meinte. »Das Archiv! Wenn es noch keine zehn Jahre her ist, muss es eine Akte geben, denn die wäre dann ja schon digitalisiert.«

»Genau.«

»Okay, aber ich verstehe nicht, wie uns das verraten soll, wo er jetzt ist. Und selbst wenn, wir haben kaum noch Zeit. Wir müssten uns erst mal Zugang zu der Akte verschaffen, und dünn ist die bestimmt auch nicht. Bis wir da einen Hinweis gefunden haben ...«

»Ich weiß«, sagte Mark und rieb sich die Schläfen. Er musste dem Drang widerstehen, zur Wanduhr des Warteraums hinaufzusehen. Auf den Sekundenzeiger, der unaufhörlich über das Zifferblatt kreiste – für die hier Wartenden bestimmt zu langsam, für ihn jedoch viel zu schnell.

»Trotzdem scheint mir das die einzige Möglichkeit zu sein, wie wir ihn jetzt noch finden können«, sagte er schließlich. »Er muss irgendeinen Unterschlupf hier in der Gegend haben. Sein Elternhaus kommt dafür nicht infrage. Zum einen hat er es verkauft, und zum anderen steht es mitten in einer Wohnsiedlung. Da könnte man nicht so einfach eine entführte Frau verstecken. Nein, es muss ein Ort sein, der abgelegen ist, ein Ort, den nur er kennt, und das vermutlich schon sehr lange.«

Nun wurde Laras Blick noch skeptischer. »Und du denkst, dass so was in seiner Akte steht?«

Mark zuckte mit den Schultern. »Falls er in der Therapie darüber gesprochen hat, ja. Vermutlich bedeutet ihm dieser Ort irgendetwas, weil er sich dort sicher fühlt. Und da wir hier in seiner alten Heimat sind, könnte uns zum Beispiel eine positiv belegte Kindheitserinnerung dorthin führen.«

Nun begann Lara zu lächeln.

»Mark, Mark, Mark«, sagte sie mit einem amüsierten Kopfschütteln. »Du warst eben schon immer ein eingefleischter Freudianer.«

Er spürte, wie sich plötzlich eine Gänsehaut über seine Arme zog, und sein Herzschlag sich beschleunigte.

»Mit wem von euch beiden spreche ich eigentlich gerade?«, fragte er vorsichtig.

Das Lächeln auf ihrem Gesicht erstarb.

»Spielt das jetzt eine Rolle?«, erwiderte sie barsch. »Sag mir lieber, wie du an diese Akte rankommen willst. Schließlich wird man weder dich noch mich einfach so auf das Klinikarchiv zugreifen lassen.«

»Uns beide sicher nicht«, sagte er. »Aber ich kenne jemanden, der das kann. Und ich vermute mal, du kennst ihn jetzt auch wieder.«

Für einen Moment maßen sie sich mit Blicken, und nun erkannte Mark endlich, was er schon mehrmals zuvor in ihren Augen aufblitzen gesehen hatte. Dass er es bis jetzt nicht hatte deuten können, lag sicher nur daran, dass sein Verstand es nicht wahrhaben wollte.

Aber nun ließ es sich nicht mehr leugnen. Die Person, zu der er jetzt sprach, war Ellen Roth.

Kapitel 56

Wie die meisten Psychiatriepfleger führte auch Konni Fuhrmann eine imaginäre Liste von besonders spektakulären Fällen, mit denen er zu tun gehabt hatte.

Davon hatte es in seiner langjährigen Berufslaufbahn bereits eine ganze Menge gegeben. Angefangen bei der Dame, die im Speisesaal vor einer angeblichen Marienerscheinung auf die Knie gefallen war, über den Bankdirektor, der mitten in einer Vorstandssitzung seine Kollegen attackiert hatte, weil diese sich plötzlich vor seinen Augen in monströse, anzugtragende Ratten verwandelt hatten, bis hin zum aktuellen Fall von Silvia Janov, die ihren gewalttätigen Gatten mit einem beherzten Biss entmannt hatte.

Und natürlich der Fall von Dr. Ellen Roth alias Lara Baumann. Der stand nach wie vor unangefochten auf Platz eins von Konnis Liste.

Doch der neueste Zugang auf Station 9 war ebenfalls ein Kandidat für seine heimliche Top Ten. Von einer solchen Wahnvorstellung hatte er bis zu diesem Morgen noch nie gehört. Primär hatte er es bisher mit religiös inspirierten Halluzinationen zu tun gehabt – warum auch immer dieses Thema sich hier so häufte –, dicht gefolgt von berufsbezogenen Wahnbildern. Aber der Fall von Kai Weber war etwas komplett Neues.

Den Aufnahmeunterlagen zufolge war Weber sechsundzwanzig Jahre alt und führte gemeinsam mit einem Freund ein makrobiotisches Restaurant am Fahlenberger Marktplatz. Konni war zwar noch nie dort gewesen – er war eher der italienischen Küche oder auch mal einem guten Steak zugetan –, aber er wusste, dass das Restaurant recht gut lief.

In den letzten zwei Tagen war Weber dort jedoch nicht mehr zur Arbeit erschienen, und hatte auch auf keinen Anruf reagiert, weshalb sein besorgter Freund schließlich die Polizei eingeschaltet hatte.

Die Beamten hatten letztendlich gewaltsam in Webers Wohnung eindringen müssen, und das, was sie dort vorgefunden hatten, war ein Schock für sie gewesen.

Der junge Mann hatte sich in seinem Bad verschanzt, wo er sich mit einer Rasierklinge die Innenseiten beider Unterarme aufgeschlitzt und mit einer Pinzette in den Wunden herumgestochert hatte. Seiner Aussage nach war er darin auf der Suche nach Mikrochips gewesen, die ihm kein Geringerer als Bill Gates höchstpersönlich hatte implantieren lassen. Denn dieser plane, gemeinsam mit seiner außerirdischen Komplizin Angela Merkel, die Weltherrschaft an sich zu reißen und die Menschheit auf diese Weise zu kontrollieren.

Weber war nicht müde geworden, dies lautstark zu verkünden. Er hatte sich im wortwörtlichen Sinn mit Händen und Füßen gegen die medizinische Versorgung zur Wehr gesetzt, und dabei einem jungen und wohl noch unerfahrenen Arzt in der Notaufnahme die Nase gebrochen.

Jetzt hatte man ihn auf Station 9 eingeliefert, zusammen mit einem Gerichtsbeschluss, der eine Fixierung des jungen Mannes zu dessen Selbstschutz genehmigte.

Doch das war leichter gesagt als getan. Trotz Konnis regelmäßigem Krafttraining kamen er und seine beiden Kollegen kaum gegen den Tobsüchtigen an.

»Reptiloiden!«, brüllte dieser, während Konni seine wild strampelnden Beine auf die Matratze drückte. »Sie kontrollieren uns! Uns alle! Begreift ihr das denn nicht, ihr Narren? Ihr seid doch nur ihre Sklaven!«

Webers bandagierte Arme hatten sie nach einer schweißtreibenden Aktion bereits festgegurtet, und eigentlich hätte die sedierende Injektion schon seit einigen Minuten wirken müssen, aber das tat sie offensichtlich nicht.

Während Weber brüllte, dass er sein Vaterland bis zum letzten Blutstropfen gegen eine Infiltration verteidigen werde, gelang es ihnen schließlich, auch seine Beine zu fixieren.

Keuchend wischte Konni sich den Schweiß von der Stirn und stemmte die Fäuste in die Hüften. Zu seiner Erleichterung zeigte nun endlich auch das Sedativ seine Wirkung, und Weber begann zu schluchzen.

»Ihr werdet meine Seele nicht kriegen. Ihr nicht! Vorher mache ich Schluss!«

Na prima, dachte Konni. *Dann werden wir wohl noch*

weitere Fixierungsbeschlüsse wegen Suizidgefahr anfordern müssen.

Diese Vorstellung war ihm zuwider, und das nicht nur, weil es einen Berg von Papierkram mit sich bringen würde. Seiner Meinung nach sollte man niemanden über längere Zeit an ein Bett fesseln oder mit Medikamenten ins Traumland schicken müssen. Aber momentan sah auch Konni für Kai Weber keine Alternative.

Als er dem neuen Gast in Zimmer 7 ein schmales Lederband vom Hals nahm, an dem eine Kugel aus Aluminiumfolie baumelte, protestierte Weber erneut – diesmal jedoch nur noch mit schwacher und verwaschener Stimme.

»Nein, lass das!«, lallte er. »Das ist doch das Symbol der spirituell Erleuchteten!«

Das mochte ja so sein, aber Konni fand, dass es vor allem eine potenzielle Möglichkeit darstellte, sich damit zu strangulieren.

Er verstaute das angebliche Symbol der Erleuchtung gerade in einem Beutel mit Webers übrigen Sachen, als ihm seine Kollegin Margret aus dem Pflegestützpunkt durch die offene Zimmertür zuwinkte.

»Ey Konni, ein Anruf für dich«, rief sie über den Gang. »Klingt wichtig!«

Er legte den Beutel in den Wandschrank und ging zu ihr hinüber.

»Wer ist es denn?«

»Irgendein Mark«, sagte sie, und zog ein Päckchen West aus ihrer Kitteltasche. »Puh, das war gerade eine heiße Aktion, was? Hat man auch nicht alle Tage. Ich geh mit den anderen erst mal eine rauchen. Kommst du nach?«

»Klar«, sagte Konni, der eine Zigarette jetzt ebenfalls dringend nötig hatte, und griff nach dem Hörer. »Hallo?«

»Hallo, Konni, hier ist Mark Behrendt. Ich muss Sie noch einmal belästigen.«

»Ach, Sie belästigen mich doch nicht, Doc. Worum geht's denn diesmal? Haben Sie Frau Baumann gefunden?«

»Ja, das habe ich. Aber nun brauche ich noch eine andere Info von Ihnen.«

Konni fiel auf, dass der Doc erschöpft klang, und er fragte sich, was wohl mit ihm los war. Doch bevor er sich danach erkundigen konnte, sprach Behrendt schon weiter.

»Könnten Sie für mich nachsehen, ob es eine Akte über einen Ralf Tarrach gibt?«

»Ralf Tarrach?«, fragte Konni verwundert und setzte sich an den Schreibtisch. »Da muss ich nicht nachschauen. Natürlich gibt es zu dem eine Akte. Er war eine ganze Weile hier in der Klinik. Auf Station 4, soweit ich mich erinnere.«

»Kannten Sie ihn denn persönlich?«

»Nein, aber er war ein Kumpel von meinem Neffen. Die beiden haben früher oft miteinander gezockt.«

»War Ihr Neffe denn eng mit ihm befreundet?«

»Nicht so wirklich«, erwiderte Konni und griff nach seinem Kaffeebecher, in dem sich nur noch ein kalter schaler Schluck befand. »Sie waren eben Gamer. Mein Neffe hat das später sogar zum Beruf gemacht. Lebt jetzt in den Staaten und entwickelt so Zeug. Ich konnte ja nie was damit anfangen, aber die Branche boomt wohl immer noch. Der Grünschnabel fährt jetzt jedenfalls einen Porsche, und ich nur einen alten BMW. Wozu wollen Sie das denn überhaupt wissen?«

»Mir fehlt die Zeit, um Ihnen das zu erklären, Konni. Können Sie mir diese Akte besorgen?«

Verblüfft stellte Konni den Becher zurück auf den Tisch. »Sorry, Doc, aber das geht echt nicht. Das wissen Sie doch.«

Ein kurzes Schweigen am anderen Ende, dann: »Könnten Sie dann wenigstens nachsehen, wer ihn behandelt hat?«

»Klar, einen Moment.«

Er zog die Tastatur zu sich heran und tippte Ralf Tarrachs Namen in die Suchmaske der Patientenkartei.

»Ah, da haben wir ihn ja schon! Ralf war von Dezember 2009 bis April 2010 auf Station 4. Mein Gedächtnis ist echt gut, was? Sein behandelnder Arzt war Dr. Forstner, Ihr Nachfolger hier bei uns.«

»Arbeitet er immer noch bei Ihnen?«

»Nicht auf Station 9«, sagte Konni. »Er leitet jetzt die Pädiatrie. Haben Sie den Neubau schon gesehen? Echt schick. Na ja, jedenfalls war Dr. Forstner gerade im Urlaub, aber seit gestern ist er wieder da.«

»Bitte, Konni, ich brauche einen Termin mit ihm! So schnell wie irgend möglich!«

»Wow, das klingt ja echt dringend«, sagte Konni. Dann schickte er die naheliegende Frage hinterher: »Warum rufen Sie ihn denn nicht einfach selbst an? Wenn Sie wollen, stelle ich Sie zu ihm durch.«

»Weil Sie der Mann sind, den er kennt, und der einen schnellen Termin bei ihm möglich machen kann. Bitte, Konni, es muss jetzt gleich sein oder wenigstens innerhalb der nächsten Stunde.«

So allmählich verstand Konni gar nichts mehr. Doch das hielt ihn nicht davon ab zu erkennen, dass er von der Situation durchaus auch profitieren konnte.

»Okay, ich sehe mal, was ich tun kann«, versprach er. Wenn Jan Forstner Zeit hatte, würde das keine große Sache sein, er verstand sich recht gut mit ihm. »Aber diesmal kostet Sie das was.«

Die Antwort kam wie aus der Pistole geschossen. »Einverstanden. Was wollen Sie?«

Konni grinste. »Haben Sie noch Ihre Plattensammlung?«

»Ja, zumindest einen Teil davon.«

»Wie sieht es mit Ihren Ramones-Alben aus? Ich meine die Originale, nicht die Neuauflagen.«

Ein kurzer Seufzer, dann: »Von mir aus. Sie gehören Ihnen.«

Konni klappte die Kinnlade herunter.

»Wow! Sie feilschen ja nicht mal. Dann muss bei Ihnen echt Feuer unterm Dach sein. Kommen Sie in einer halben Stunde zur Kinder- und Jugendstation. Die ist jetzt da, wo früher die Direktorenvilla stand. Das Gebäude können Sie nicht übersehen. Ach ja, und noch was …«

»Was denn?«, fragte Behrendt ungeduldig.

»Werden Sie mir irgendwann verraten, worum es eigentlich geht?«

»Ich fürchte, das werden Sie spätestens morgen erfahren. Danke, Konni.«

Konni seufzte schuldbewusst. Er hätte Behrendt nicht so über den Tisch ziehen sollen.

»Also dann …«

Er hatte ihm noch viel Glück wünschen wollen, doch der Doc hatte bereits aufgelegt.

Nun starrte Konni etwas beunruhigt auf das Telefon.

Ich fürchte, das werden Sie spätestens morgen erfahren.

Das hörte sich nicht gut an. Nein, ganz und gar nicht.

Aber es würde nichts bringen, sich jetzt den Kopf darüber zu zerbrechen.

Nach einem kurzen Anruf bei Jan Forstner ging Konni zu seinen Kollegen in das Atrium hinaus. Er brauchte jetzt wirklich dringend eine Zigarette.

Kapitel 57

Mark parkte neben dem modernen Neubau der Kinder- und Jugendstation und wollte schon aussteigen, als Lara ihn zurückhielt.

»Ich warte lieber im Wagen«, sagte sie. »Ich habe mir geschworen, nie wieder einen Fuß in diese Klinik zu setzen.«

»Bist du dir sicher?«, fragte Mark.

»Absolut.«

»Also dann, wünsch mir Glück.«

Sie nickte und sah ihn ernst an. »Was sollen wir tun, wenn uns diese Akte nicht weiterhilft? Wie sollen wir ihn dann noch rechtzeitig finden? Wir klammern uns doch nur an Strohhalme.«

Er hielt ihrem Blick stand, auch wenn ihm eigentlich nach Weglaufen zumute war.

»Früher bist du Marathon gelaufen«, sagte er. »Erinnerst du dich daran?«

Als sie nichts darauf erwiderte, fuhr er fort: »Wenn man schon fast am Ende seiner Kraft ist, sollte man dann noch das Ziel infrage stellen? Wir haben nur noch diese eine

Möglichkeit. Du hast beim Laufen nie aufgegeben und es immer irgendwie geschafft. Also werden wir das jetzt auch schaffen.«

»Das hoffe ich«, sagte sie. »Also dann viel Glück, Mark.«

Er wollte noch etwas entgegnen, aber ihm fiel nichts ein, womit er ihr Zuversicht geben konnte. Schließlich zweifelte auch er an diesem Vorhaben. Aber über die Konsequenzen wollte er noch nicht nachdenken. Nicht jetzt, wo es zumindest noch eine geringe Chance gab.

Trotzdem wollte ihm die Furcht in Laras Augen nicht aus dem Sinn gehen, und als er durch den Regen zum Stationsgebäude eilte, glaubte er, ihren Blick noch immer auf sich zu spüren.

Kapitel 58

»Sie sind also Mark Behrendt«, empfing ihn Dr. Forstner und hielt ihm die Hand entgegen.

Der Händedruck des hochgewachsenen Mannes mit den leicht ergrauten Schläfen und einer beneidenswerten Urlaubsbräune war kräftig und aufrichtig. »Jan Forstner. Freut mich sehr, Sie persönlich kennenzulernen, Mark.«

»Sie wissen, wer ich bin?«

»O ja, natürlich.« Dr. Forstner lächelte. »Ihr Ruf eilt Ihnen voraus, und das nicht nur, weil Konni angerufen hat. Schließlich habe ich Ihnen doch diesen hervorragenden Kaffeeautomaten zu verdanken. Warum, um alles in der Welt, haben Sie dieses teure Gerät eigentlich zurückgelassen? Es funktioniert immer noch tadellos.«

Mark zuckte die Schultern. »Mir war damals nach Loslassen zumute. Es gab da so einen Vorfall, etwas Persönliches, und danach wollte ich einfach nicht mehr an die Waldklinik erinnert werden.«

»Verstehe«, sagte Dr. Forstner, und bedeutete Mark, auf dem Stuhl vor seinem Schreibtisch Platz zu nehmen. Dann setzte auch er sich. »Solche Phasen kenne ich. Und was führt Sie jetzt hierher, dass Sie so dringend mit mir sprechen wollen, Herr Kollege?«

»Ex-Kollege«, berichtigte ihn Mark. »Ich nehme an, dieses Detail werden Sie dann auch schon über mich wissen.«

Jan Forstner nickte. »Ja, ich lese das Ärzteblatt. Aber ich weiß auch über Ihre Publikationen Bescheid. Selbst wenn Sie die jetzt schon seit Jahren für jemand anderen schreiben.«

»Sie haben sie gelesen?«

»Sicher, ich wollte doch wissen, was mein Vorgänger so draufhat«, sagte Forstner und schmunzelte. »Deshalb habe ich auch Ihre späteren Texte erkannt, die nicht unter Ihrem eigenen Namen erschienen sind. Den Kollegen, der da als Autor angegeben ist, kenne ich noch von meiner früheren Arbeitsstelle, und unter uns gesagt, wäre der nicht mal fähig, fehlerfrei über sein schönstes Ferienerlebnis zu schreiben. Nein, Mark, Ihr Stil und Ihre Herangehensweise an Themen stechen da deutlich hervor. Vor allem Ihr Aufsatz für den *Lancet* hat mich schwer beeindruckt. Deshalb sind und bleiben Sie auch weiterhin ein *Kollege* für mich. Und wenn ich das noch hinzufügen darf, weiß ich aus eigener Erfahrung, wie schwer es ist, eine zweite Chance zu bekommen. Unsere Vorgeschichten sind sich nämlich gar nicht so unähnlich.«

»Ach wirklich?«

»Ja, mit dem Unterschied, dass mein Opfer damals ein Pädophiler war«, sagte Forstner gelassen. »Er hatte mich bis aufs Blut gereizt, und ich habe ihn schließlich verprügelt. Ähnlich wie Sie diesen Drogenabhängigen. Wir hatten sicher beide unsere Gründe. Mein Glück war allerdings, dass sich der damalige Leiter der Waldklinik für mich eingesetzt hat. Er hat mir eine Stelle angeboten, um meinen Ruf wiederherzustellen. Andernfalls wäre es mir ebenso ergangen wie Ihnen.«

Mark war von der Offenheit dieses Mannes beeindruckt, und gleichzeitig machte sie ihn argwöhnisch.

»Warum erzählen Sie mir das alles?«

»Weil ich möchte, dass Sie ehrlich mit mir sind, Mark«, entgegnete Forstner. »Sie interessieren sich für Ralf Tarrach, und ich will wissen warum.«

»Tja, das ist eine sehr lange Geschichte, und ich habe leider nur sehr wenig Zeit.«

»Dann sagen Sie mir eben nur das, was ich wissen muss, um Ihnen helfen zu können.«

Für einen Moment sahen sich die beiden Männer an, und Mark spürte eine tiefe Erleichterung. Forstners Interesse und Hilfsbereitschaft waren aufrichtig, daran bestand für ihn kein Zweifel. Er wollte helfen, weil er selbst schon in Schwierigkeiten gesteckt hatte. Und so war Mark nun auch bereit, zum ersten Mal offen über alles zu sprechen.

»Also gut, Dr. Forstner …«

»Jan. Wenn es Ihnen recht ist, nennen Sie mich gerne Jan. Das ist schließlich ein privates Gespräch, oder?«

»In Ordnung, Jan. Wie gesagt, bin ich auf der Suche nach Ralf Tarrach. Er ist vor Kurzem nach Fahlenberg zurückgekehrt und muss sich hier irgendwo verstecken. Tarrach hat mich über Jahre hinweg gestalkt. Er hat meine Lebensgefährtin ermordet, und jetzt hat er eine sehr gute Freundin von mir in seiner Gewalt. Er droht, sie ebenfalls umzubringen, und zwar in weniger als vier Stunden.«

»Und warum tut er das?«, fragte Forstner mit einem Ausdruck sichtlicher Verwunderung.

»Um sich für den Amoklauf seines Vaters zu rächen«, erklärte Mark. »Dessen behandelnder Arzt war Christoph Lorch, ein guter Freund von mir. Er wurde von seiner Verlobten in einem wahnhaften Schub getötet und konnte Tarrachs Vater dementsprechend nicht mehr betreuen, was in Ralfs Augen zu dessen Ausraster geführt hat. Ich war mitverantwortlich dafür, dass die Verlobte deshalb nicht zu einer Haftstrafe, sondern zu einem Klinikaufenthalt verurteilt wurde. Das hat Tarrach wohl nicht gereicht. Außerdem habe ich dieser Frau das Leben gerettet, indem ich sie vom Suizid abgehalten habe.«

»Lara Baumann«, murmelte Forstner und nickte. »Ja, ich habe von dem Fall gehört. Soweit ich weiß, ist sie inzwischen entlassen worden. Dann ist sie wohl ebenfalls in Gefahr?«

»Ja, ist sie«, bestätigte Mark. »Außerdem hat Tarrach auch noch weitere Opfer im Visier, die er mit dem Tod seiner Familie in Verbindung bringt. Werden Sie mir helfen, Jan? Falls Sie irgendeine Idee haben, wo er sich verstecken könnte, müssen Sie es mir sagen. Bitte!«

Jan Forstner sah ihn irritiert an. »Wie kommen Sie denn darauf, dass ich sein Versteck kennen könnte?«

»Nicht direkt natürlich«, sagte Mark. »Aber ich bin überzeugt, dass er sich an einen Ort aus seiner Kindheit zurückgezogen hat. Irgendwo, wo ihn niemand vermutet. Seine alten Kontakte in Fahlenberg hat er damals abgebrochen, wie ich inzwischen weiß, aber vielleicht gibt es trotzdem so einen Rückzugsort. Hat er Ihnen jemals von etwas in dieser Art erzählt?«

Nun lehnte sich Forstner in seinem Stuhl zurück und hob die Handflächen. »Tja, Mark, wie Sie wissen, darf ich Ihnen ohne das schriftliche Einverständnis des Patienten offiziell keinerlei Auskünfte geben.«

»Das ist mir bewusst. Und inoffiziell?«

»Inoffiziell fällt mir kein solcher Ort ein.«

»Dann lassen Sie mich bitte in seine Akte sehen. Vielleicht gibt es dort irgendeinen Anhaltspunkt. Bitte, Jan, mir bleibt kaum noch Zeit!«

Jan Forstner rieb sich das Kinn und schaute nachdenklich aus dem Fenster, vor dem jetzt der Regen wie feine Bindfäden aus einem bleigrauen Oktoberhimmel fiel. In dem Büro war es so still, dass Mark seinen eigenen Herzschlag zu hören glaubte, der sich schlagartig beschleunigte, als Forstner sich nun wieder zu ihm drehte.

»Wissen Sie, Mark, mit dem Thema Stalking habe ich so meine persönlichen Erfahrungen. Hat Konni Ihnen davon erzählt?«

»Nein, hat er nicht.«

»Na, wenn das so ist, sollten wir uns über das Thema unterhalten«, schlug Forstner vor. »Am besten bei einer guten Tasse Kaffee aus Ihrem alten Automaten. Der steht im Aufenthaltsraum für das Personal im ersten Stock. Da werde ich jetzt hingehen, und ich werde die Treppe nehmen, weil ich mich in Aufzügen immer ein bisschen klaustrophobisch fühle.«

Er zog die Tastatur seines Computers zu sich und tippte eine Zahlenfolge ein, worauf der Bildschirmschoner verschwand und ein offenes Fenster erschien. Die Titelzeile wies es als KIS aus. Das Krankenhausinformationssystem, wie Konni Mark erklärt hatte.

»Sie müssen mir versprechen, dass Sie in der Zwischenzeit nicht an meinen Rechner gehen«, sagte Forstner, als meinte er es tatsächlich so. »Ich werde ihn nämlich nicht extra mit meinem Passwort sperren, weil ich ja nur kurz Kaffee holen gehe. Das dauert etwa zehn Minuten.«

»Fünfzehn«, sagte Mark.

Jan Forstner nickte. »In Ordnung, dann werde ich sogar noch Zeit haben, uns etwas Milch aufzuschäumen. Aber vorher habe ich noch eine Frage an Sie, und bitte überlegen Sie sich Ihre Antwort gut.«

»Okay.«

Jan Forstner stützte sich auf seinen Schreibtisch, und als er weitersprach, senkte er die Stimme. »Hören Sie, Mark, ich war selbst schon in ein paar gefährlichen Situationen, und ich war immer froh über jeden, der mir geholfen hat.« Er deutete zu seinem Monitor, ohne Mark aus den Augen zu lassen. »Kann ich irgendetwas außer dem hier für Sie tun?«

»Ich weiß Ihr Angebot zu schätzen«, sagte Mark. »Aber ich kann es leider nicht annehmen. Im Gegenteil, ich muss Sie bitten, mit niemandem über das zu reden, was ich Ihnen erzählt habe. Jede Person mehr, die von dieser Sache weiß, bringt das Leben meiner Freundin in noch größere Gefahr.«

»Tja«, sagte Forstner und schürzte die Lippen. »Das

werde ich wohl akzeptieren müssen. Dann bleibt mir jetzt nichts anderes mehr, als Ihnen Glück zu wünschen. Und sobald das alles vorbei ist, sollten Sie sich wieder bei mir melden. Wenn ich jetzt nicht mehr für Sie tun kann, dann vielleicht in Zukunft. Jemand wie Sie verdient eine zweite Chance, und die Waldklinik ist kein schlechter Ort dafür. Glauben Sie mir, ich spreche aus Erfahrung.«

»Ich werde gerne zu gegebener Zeit darüber nachdenken«, versprach Mark. »Nochmals danke, Jan.«

»Keine Ursache«, sagte Forstner, dann stand er auf und ging zur Tür. Er hielt schon die Klinke in der Hand, als er sich noch einmal zu Mark umsah.

»Nur eines noch«, sagte er. »Wenn Sie Tarrach finden und ihm gegenüberstehen, müssen Sie sich nicht nur vor ihm, sondern auch vor sich selbst in Acht nehmen. Glauben Sie mir, Mark, ich weiß, wovon ich rede.«

Kapitel 59

Als Mark die Datei mit Ralf Tarrachs Namen im Archivverzeichnis aufrief und sich hastig durch die Berichte und Gesprächsprotokolle scrollte, fühlte er sich wie in der Zeit zurückversetzt. Jan Forstners Aufzeichnungen erinnerten ihn sehr an die Berichte von Chris. Sie waren detailliert und kamen dennoch auf den Punkt. Bei einer Übergabe hätte sich jeder Kollege in kürzester Zeit einen Überblick über den Fall verschaffen können. So, wie er jetzt.

Obwohl er nicht alle Details durchgehen konnte, hatte Mark schon bald ein Bild des damals siebzehnjährigen Ralf Tarrach vor Augen.

Nach jenem blutigen Weihnachtsabend litt er unter Schlaflosigkeit, nervöser Unruhe und Angstzuständen. Zudem hatte er Albträume, in denen häufig seine kleine Schwester eine Rolle spielte. Für ihren Tod musste Tarrach sich besonders verantwortlich gefühlt haben.

Doch wer war Ralf Tarrach vor diesem grausamen Vorfall gewesen? Darauf kam es jetzt am meisten an.

In seinem Anamnesebericht beschrieb Jan Forstner den jungen Mann als intelligent und introvertiert. Seine schulischen Leistungen waren überdurchschnittlich, doch er hatte Schwierigkeiten, was soziale Kontakte außerhalb seiner Familie betraf. Ralf war lieber für sich als unter Leuten. Er las viel und hatte eine Vorliebe für Videospiele und Science-Fiction-Filme.

Die Frage nach Freunden beantwortete er mit »ein paar Kumpels«, aber es schien keinen *besten Kumpel* oder gar engen *Freund* zu geben, wie es eigentlich für Jungs in diesem Alter üblich gewesen wäre.

Was Mädchen betraf, erzählte Ralf von zwei Beziehungen, die er jedoch beide nach kurzer Zeit wieder beendet hatte. Angeblich, weil er sich von den Mädchen nicht verstanden gefühlt hatte.

Alles in allem wurde Mark hier ein Teenager beschrieben, der sich im Niemandsland zwischen Kindheit und Erwachsensein bewegte, und sich keiner dieser beiden Welten zugehörig fühlte. Ein schüchterner Junge, unsicher und auf der Suche nach einer eigenen Persönlichkeit.

In Kombination mit dem Trauma durch die Tat seines

Vaters musste das den Nährboden für seine spätere Gewalttätigkeit gebildet haben. Denn im Grunde war Ralf Tarrach genau das geblieben: ein tobendes verängstigtes Kind, das ohne Rücksicht auf andere sein Recht auf Vergeltung einforderte.

In einem separaten Bericht wurde auf Tarrachs ambivalente Beziehung zu seinem Vater eingegangen. Bis zu dessen Nervenzusammenbruch musste Ralf sehr an ihm gehangen haben. In seiner Kindheit hatten die beiden viel Zeit miteinander verbracht. Ralf hatte seinen Vater häufig auf die Jagd und zu dessen Arbeit im Wald begleitet, und eine Weile hatte er sogar selbst mit dem Gedanken an eine Ausbildung beim Forstamt gespielt.

Doch dann, als der Vater »nur noch ein Schatten seiner selbst« gewesen war, wie Eva Ahrens ihn beschrieben hatte, war Ralfs Bewunderung zunehmend in Verachtung für dessen Schwäche umgeschwungen.

Die Enttäuschung über ein Vorbild, das von dem Sockel stürzt, auf den man es selbst gestellt hat, dachte Mark.

Vor allem hatte es Ralf wohl belastet, wie sehr die Familie unter der Depression des Vaters gelitten hatte. Unter dessen Stimmungsschwankungen, die von Aggression bis hin zum stummen Weinen gereicht hatten.

Nach dem Amoklauf war Ralfs Verachtung für den schwachen Vater schließlich in blanken Hass umgeschlagen. An einer Stelle wurde er mit den Worten zitiert: »Ich bin froh, dass sein letzter Schuss danebengegangen ist. Dass er jetzt als Krüppel im Bett liegt. Hoffentlich noch sehr lange. Genau das hat er verdient!«

An dieser Stelle hörte Mark auf zu lesen. Egal, wie sehr Ralf seinen Vater inzwischen hasste, in seiner Kindheit hatte er zu ihm aufgesehen, sich bei ihm sicher gefühlt. Er überflog den Bericht noch einmal und blieb an einem Wort hängen: Wald.

Wenn das der Ort war, den Ralf mit einer glücklichen und beschützten Kindheit verband, in der sein Vater noch er selbst und seine Familie noch am Leben gewesen war, war es durchaus vorstellbar, dass er sich jetzt dort versteckte.

Aber wo? Der Fahlenberger Forst war riesig. Er bedeckte ein Areal von etlichen Quadratkilometern. Mark erinnerte sich, dass es während seiner Zeit in Fahlenberg immer wieder Suchaktionen gegeben hatte, wenn sich unerfahrene Wanderer abseits der ausgeschilderten Wege verirrt hatten.

Hastig scrollte er weiter und überflog im Eiltempo die restlichen Berichte und Notizen, doch die lieferten ihm keinen offensichtlichen Hinweis mehr.

Schließlich war nur noch ein Dateiordner übrig. Er enthielt etliche Bilddateien aus Ralfs kunsttherapeutischen Sitzungen und einen Bericht, in dem sich ein Dr. Grünberg über Ralfs feinsinnige Kreativität und sein künstlerisches Verständnis ausließ.

Die Wesenszüge, die der Therapeut aus den Bildern ableitete, entsprachen in etwa denen, die auch Jan Forstner bei Ralf festgestellt hatte. Grünberg hielt Ralf für in sich gekehrt, schweigsam und intelligent, wobei er an mehreren Stellen das Wort »hochsensibel« gebrauchte. Im letzten Absatz äußerte er sich besorgt über die »Düsternis der Werke«, die noch »viel negative Emotion« beinhalteten.

Das fiel auch Mark sofort auf, als er anschließend einige der Bilddateien öffnete. Ralfs Gemälde waren in der Tat *düster* und wurden hauptsächlich von Schwarz und Rot dominiert. Alle Bilder waren abstrakt gehalten, aber dem geübten Betrachter stach sofort das wiederkehrende Motiv des blutigen Massakers ins Auge. Ralfs Schock, sein Entsetzen und die Angst, die er dabei empfunden hatte, fanden sich darin ebenso wieder wie sein unbändiger Zorn.

Dann fiel Mark ein Zeichen auf, das der junge Mann auf sämtlichen seiner Werke am rechten unteren Rand hinterlassen hatte. Er vergrößerte eines der Bilder, das einer schwarz-roten Explosion glich, und zog das kleine Zeichen in die Bildschirmmitte.

Es sah aus wie eine Signatur. Nur stellten die beiden miteinander verbundenen Initialen – sofern es überhaupt welche waren – kein R und T dar. Es sah eher aus wie eine Kombination aus P und L, oder wie ein B, dessen unterer Teil durchbrochen war.

Mark glaubte, dieses Symbol schon einmal irgendwo gesehen zu haben, aber ihm fiel nicht ein, wo.

War es etwas Mathematisches?

Vermutlich nicht.

Ein kyrillisches Schriftzeichen?

Schon eher möglich, aber damit kannte er sich nicht aus.

Oder eine Art Graffiti-Tag oder etwas aus einem Computerspiel?

Denkbar.

Schnell klickte er auf das Browser-Symbol in der Menüleiste, doch noch bevor das Suchfeld erschien, ploppte eine Anzeige auf und verlangte nach dem Passwort für Jan Forstners Internetzugang.

Mark fluchte und zog sein Handy aus der Tasche. Dann würde er es eben so versuchen müssen, auf dieser winzigen Tastatur und dem kleinen Display, auf dem man kaum etwas …

Er fuhr zusammen. Statt des Hintergrundbilds mit den App-Icons wurde ihm nur ein schwarzes Feld mit einem roten Batteriesymbol angezeigt. Darunter meldete ein kurzer Text, dass der Akku erschöpft sei.

Verdammt! Ich habe vergessen, das Mistding aufzuladen, und das Ladekabel ist in meiner Tasche im Hotel!

Ihm schoss Ralf Tarrachs Warnung durch den Kopf. Dass er immer für ihn erreichbar sein müsse.

Andernfalls …

Er musste das Handy laden. Sofort!

Er musste …

»Nein«, murmelte er und sah zu der kleinen Uhr auf Forstners Schreibtisch.

Dir bleiben nur noch etwas mehr als drei Stunden, schienen ihm die Zeiger zu sagen. *Und du hast nichts, außer vagen Vermutungen. Vielleicht ist das Symbol ja tatsächlich von Bedeutung, aber die Chance ist verschwindend gering, und das weißt du ganz genau. Und selbst wenn Ralf Tarrach sich wirklich im Wald versteckt, wirst du ihn in dieser kurzen Zeit niemals finden.*

Er lehnte sich in Forstners Stuhl zurück, sah zur Decke und atmete tief durch.

Nun war es also so weit.

Er musste eine Entscheidung treffen.

Kapitel 60

Während seiner Jugendzeit in London hatten sich Mark und seine Freunde oft an den Camden Markets rumgetrieben. Ihre bevorzugte Gegend war beim *Electric Ballroom* gewesen, jenem legendären Club, in dem schon die Sex Pistols, The Clash und Iggy Pop aufgetreten waren. Als damals gerade Sechzehnjähriger war Mark noch von dem Wunsch beseelt gewesen, eines Tages selbst als Punkrocker in die Musikgeschichte einzugehen, und dieses Viertel hatte er für die ideale Inspirationsquelle gehalten.

Meistens hatten sie sich in einem winzigen Pub mit dem schlichten Namen *Jack's* getroffen. Vor dessen Eingang hatte eine Messingtafel stolz verkündet, dass sich an eben dieser Ecke einst David Bowie übergeben hatte.

Der namengebende Betreiber des *Jack's* war ein fetter tätowierter Kerl mit blau gefärbtem Irokesenschnitt gewesen. Die Jungs hatten ihn gemocht, weil er sie wie *echte Männer* behandelt hatte.

Jack hatte ihnen hin und wieder einen Drink spendiert und immer eine coole Story aus den guten alten Zeiten des »echten Punk« für sie auf Lager gehabt. Und er hatte ihnen das Pokern beigebracht, natürlich mit richtigem Einsatz ab dem ersten Spiel.

»Wenn's um nichts geht, werdet ihr's nie richtig lernen, Jungs«, hatte er gesagt. »Also, wie sieht's aus?«

Mark hatte damals die elf Pfund gezückt, die er bei sich gehabt hatte, und die Herausforderung angenommen. Nach der dritten Runde hatte er zwar viel über das Bluffen gelernt und mehr als drei Pfund gewonnen, aber ab der vierten Runde hatte ihn sein Anfängerglück verlassen, und bei Runde sieben war er mit über acht Pfund bei Jack in der Kreide gestanden.

Nach einem Blick in Marks frustriertes Gesicht hatte Jack ihn so dicht zu sich herangezogen, dass Mark seinen Schnapsatem gerochen hatte.

»Pass mal gut auf, Junge. Ich geb' dir 'nen Tipp fürs Leben«, hatte Jack ihm zugeraunt. »Ein weiser Mann akzeptiert, wenn er verloren hat. Nur ein Idiot kämpft weiter, und dann verliert man mehr, als einem lieb ist. Merk dir das. Irgendwann wirst du mir vielleicht dankbar dafür sein.«

Mit Dankbarkeit hatte das, was Mark nun beim Verlassen des Klinikgebäudes empfand, zwar wenig zu tun, aber er sah ein, dass der fette alte Jack seinerzeit recht gehabt hatte. Der Kampf gegen Ralf Tarrach war verloren. Nun ging es nur noch darum, den Verlust so gering wie möglich zu halten.

Also beschloss er, endlich das in die Tat umzusetzen, was er von Anfang an hätte tun sollen. Alles, was er dafür brauchte, waren sein Handy, etwas Verhandlungsgeschick und die Glock im Kleiderschrank.

Er würde mit Lara zurück zum Hotel fahren, sie dort an der Bushaltestelle absetzen und ihr sein letztes Geld in die Hand drücken.

Sie musste sofort verschwinden und irgendwo untertauchen, wo Tarrach sie niemals finden würde. Dass sie das konnte, hatte sie ja schon als Ellen Roth unter Beweis gestellt.

Danach würde er auf sein Zimmer gehen, den Akku seines Handys laden und auf Tarrachs Anruf warten. Doreen würde er wahrscheinlich nicht mehr retten können, und allein die Vorstellung zerriss ihm das Herz.

Alles, was er noch für sie tun konnte, war Tarrach ein Angebot zu machen: sein eigenes verpfuschtes Leben gegen ihres. Vielleicht konnte er diesen Irren ja doch noch irgendwie überzeugen, sie gehen zu lassen. Verdammt, wenn es sein müsste, würde er sich sogar vor Tarrachs Augen selbst erschießen. Tiefer als jetzt konnte er schließlich nicht mehr sinken.

Während er über den Parkplatz ging, wo der silberfarbene VW Golf, den Tarrach für ihn gemietet hatte, im Regen auf ihn wartete, kam ihm eine Textzeile aus einem alten Song von David McWilliams in den Sinn. *The race is almost run.*

Das stimmte, sein Rennen war fast vorüber, und er würde definitiv nicht als Gewinner einlaufen. Doch er konnte zumindest noch ein Menschenleben retten. Vielleicht sogar zwei. Das musste ihm genügen.

»Ey!«, rief jemand hinter ihm, und Mark sah sich instinktiv um.

In der Grünanlage neben dem Parkplatz saß ein älterer Mann in einem Pavillon und winkte ihm zu. Der Mann trug zerschlissene Jeans, eine abgewetzte Bomberjacke und eine pinkfarbene Schildmütze mit einem Einhornsticker darauf, unter der seine graue Lockenmähne ungebändigt hervorquoll.

Willkommen in der Psychiatrie, dachte Mark, und winkte flüchtig zurück.

»Ey!«, wiederholte der Mann mit der Einhornmütze und kam nun auf ihn zu. »Suchst deine Freundin, was?«

Inzwischen war Mark neben dem Wagen angekommen und stellte überrascht fest, dass niemand mehr darin saß.

Lara war weg, aber der Schlüssel steckte noch im Zünd-schloss.

Vielleicht hat sie sich die Beine vertreten wollen, dachte er, aber bei dem Regen war das eher unwahrscheinlich.

»Benny kann dir sagen, wo sie hin ist«, sagte der Mann, der nun neben ihm stand und einen üblen Geruch nach kaltem Zigarettenrauch verströmte. »Der Benny bin ich, verstehste?«

»Und wohin ist sie gegangen, Benny?«, fragte Mark und ließ nervös den Blick über das Gelände schweifen. Lara war weit und breit nicht zu sehen.

»Der Benny sagt's dir, wenn du ihm 'ne Kippe hast«, sagte der Alte und hielt ihm die offene Hand hin.

Mark starrte auf die nikotingelben Finger und schüt-telte den Kopf. »Ich habe keine Zigarette. Ich rauche nicht.«

»Red doch kein Scheiß, Alter«, sagte Benny und wirkte ehrlich verblüfft. »Alle rauchen doch.«

»Ich nicht, aber wie wäre es mit einem Euro?«

»Zwei«, sagte Benny, der ihm noch immer die Hand auf-hielt.

Seufzend zog Mark seinen Geldbeutel und legte die Münze in Bennys Hand, darauf bedacht, sie nicht zu be-rühren.

»Ey, danke, Mann«, strahlte Benny. »Bist schwer in Ord-nung!«

»Okay, und jetzt sag mir, in welche Richtung sie ge-gangen ist.«

Benny verstaute die Münze umständlich in seiner Hosentasche, dann deutete er zur Bushaltestelle am Ende des Parkplatzes.

»Hat den Stadtbus genommen. Benny hat's genau gesehen.«

Mark schluckte. »Wann war das?«

Statt einer Antwort brach Benny in ein bellendes Husten aus und rieb sich mit dem Jackenärmel über den Mund.

»Schon 'ne Weile her, Mann«, sagte er schließlich. »Benny hat seitdem seine letzten zwei Kippen aufgeraucht. Du hast nicht zufällig eine für ihn übrig?«

Ohne ihn weiter zu beachten, sprang Mark in den Wagen und fuhr fluchend vom Parkplatz.

Er hoffte, dass ihm noch genug Zeit bleiben würde, um Lara zu finden und sie in Sicherheit zu bringen. Aber zuerst musste er das gottverdammte Handy aufladen.

Und er brauchte seine Waffe.

Kapitel 61

»Herr Dr. Behrendt, da sind Sie ja!«, rief Erich Lüders aus, kaum dass sich die Eingangstür des Hotels hinter Mark geschlossen hatte.

Sogleich umrundete der Hotelier die Rezeptionstheke und kam im Stechschritt auf ihn zu.

»Auf ein Wort, bitte.«

»Jetzt nicht, Herr Lüders«, sagte Mark, und wollte dem Hotelier ausweichen. »Ich muss dringend …«

»Nein, nein«, rief Lüders aus, und stellte sich ihm in den Weg. »Bedauere, aber ich muss darauf bestehen!«

»Also gut, worum geht es denn?«

»Um unsere Abmachung«, sagte Lüders. Dann sah er sich nach allen Seiten um, als erwarte er tatsächlich, dass noch jemand außer ihnen im Empfangsraum sein könnte. »Sie wissen schon, das zweite Zimmer«, fügte er mit gedämpfter Stimme hinzu.

»Ja, was ist damit?«

»Was damit ist?« Lüders verzog sein hageres Gesicht, als habe Mark ihn etwas äußerst Dummes gefragt. »Nun, die Buchung des zweiten Zimmers hat ja einem … nun ja, gewissen Zweck gedient. Das bedeutet aber noch lange nicht, dass Sie kostenfrei weitere Gäste bei uns beherbergen können.«

»Weitere Gäste?« Mark runzelte die Stirn. »Wovon reden Sie?«

»Natürlich von Ihrer Freundin, Herr Doktor! Wenn sie beabsichtigen sollte, hier zu übernachten, muss ich Ihnen selbstverständlich die anfallenden Kosten dafür in Rechnung …«

»Sie ist auf meinem Zimmer?«, unterbrach ihn Mark und konnte es kaum glauben.

Lara ist hier!

»Ja, das ist sie in der Tat«, bestätigte Lüders vorwurfsvoll. »Und sie hat sich nicht dazu bereit erklärt, sich ordnungsgemäß anzumelden. Ich habe ihr trotzdem den Zweitschlüssel für Zimmer 204 gegeben. Also überlassen Sie mir bitte Ihre Kreditkarte, und die Angelegenheit ist …«

»Später!«

Mark schob sich hastig an ihm vorbei und lief zum Treppenhaus, begleitet von Lüders' empörtem »Na, das will ich aber hoffen!«.

Er stürmte die Treppe hoch und fand die Tür zu seinem Zimmer nur angelehnt vor.

»Lara, Gott sei Dank, ich …«, begann er, doch dann stockte ihm das Wort in der Kehle.

Die Tür zum Kleiderschrank stand noch offen, und Lara saß am Tisch unter dem Fenster. Sie hielt die Glock mit beiden Händen auf ihn gerichtet, und in ihren Augen schimmerten Tränen der Wut.

»Hallo, Mark, suchst du die hier? Die war doch von Anfang an für mich gedacht, oder? Aber das werde ich nicht zulassen.«

Dann richtete sie die Mündung auf seine Brust.

EIN BILD AUS DER HÖLLE (IV)

Das letzte Weihnachten der Tarrachs war ein fröhliches Fest. Wer hätte schon ahnen können, dass bereits am nächsten Abend alles vorbei sein würde? Dass das prächtig geschmückte Haus mit dem duftenden Tannenbaum im Wohnzimmer und den blinkenden Figuren im Garten zum Schauplatz eines Massakers werden würde?

Nein, dieser letzte gemeinsame Abend war von Leben erfüllt – von Freude, Lachen und den Traditionen, mit denen Jochen und Sonja Tarrach aufgewachsen waren, und die sie nun Jahr für Jahr an Ralf und Melli weitergaben.

Vor allem Sonja Tarrach war das sehr wichtig, schließlich war Weihnachten für sie das schönste Fest von allen.

Vor der Bescherung gab es das obligatorische Abendessen wie einst schon in ihrem Elternhaus: Wildfrikadellen mit einer großen Schüssel Kartoffelsalat nach dem Rezept ihrer Mutter. Und wie immer an Heiligabend trällerte die Anlage im Wohnzimmer ein Potpourri der üblichen Verdächtigen durchs Haus – Frank Sinatra, Mariah Carey, José Feliciano, Wham! und (natürlich) Bing Crosby.

Und dann – auch das gehörte zum Ritual – löste Sonja Tarrach die Tischrunde mit dem Satz auf, dem Melli schon seit Wochen entgegenfieberte: »Jetzt bin ich aber mal gespannt, was uns das Christkind gebracht hat!«

Für Sonja Tarrach kam immer noch das Christkind, nicht der Weihnachtsmann, auch wenn dieser in fast allen ihrer weihnachtlichen Lieblingslieder der Gabenbringer war.

So war das eben mit den Traditionen. Jede Generation

führte fort, was sie von der vorigen gelernt hatte, und ergänzte es mit etwas eigenem.

Deshalb sang man im Hause Tarrach nun auch nicht mehr *O Tannenbaum* oder *Alle Jahre wieder*, wie es Jochen und Sonja noch aus ihrer Kindheit kannten, sondern bescherte sich zu den Klängen von Chris Rea, der sich mit rauchiger Stimme darauf freute, an Weihnachten zu Hause zu sein. Bei Früchtepunsch und Gebäck wurden die Geschenke ausgepackt, und im Schein der elektrischen Christbaumkerzen strahlten nicht nur die Augen der Kinder.

Selbst Jochen Tarrach, der seit seinem Trauma im Frühjahr und dem anschließenden Aufenthalt in der Waldklinik meist nur noch ernst dreinblickte, lächelte, als er sein Geschenk aus dem bunten Papier befreit hatte.

»Ein neuer Heckenschneider«, sagte er. »Kinder, ihr seid ja verrückt! Das Ding war doch bestimmt teuer.«

Sonja Tarrach strahlte und deutete stolz auf Ralf und Melli. »Wir haben alle zusammengelegt. Und dein Sohn hat ihn ausgesucht.«

»Das Modell hatte die besten Bewertungen«, erklärte Ralf, und deutete auf den Karton, auf dem die technischen Details aufgelistet waren. »Mit dem großen Akku macht der nicht so schnell schlapp wie dein altes Gerät.«

»Außerdem hat den ja das Christkind gebracht«, fügte Melli mit gespieltem Ernst hinzu. »Deshalb hat das Ding auch nur fünf Euro von meinem Taschengeld gekostet. Also war's überhaupt nicht teuer.«

Jochen Tarrach lachte, was eine unerwartete, aber schöne Überraschung für seine Familie war. Es war schon eine ganze Weile her, dass sie ihn zuletzt lachen gehört hatten.

»Na, dann habe ich jetzt ja keine Ausrede mehr«, sagte er und zwinkerte den dreien zu. »Gleich im Frühjahr ist die Hecke hinterm Haus dran. Die ist längst überfällig. Und vielleicht sollte ich noch ein paar Thujen im Vorgarten pflanzen, damit ich den Akku auch voll ausreizen kann.«

»Untersteh dich, mein Lieber«, lachte Sonja Tarrach. Dann stand sie auf und präsentierte stolz, was Ralf ihr in der Zwischenzeit überreicht hatte. »Schaut euch mal diesen wunderschönen Pulli an. Wie herrlich kuschelig der ist! So einen wollte ich schon immer haben. Danke, Ralf, den werde ich gleich nachher anziehen.«

Auch für den Pullover gab es lobende Kommentare, worauf Ralf leicht errötete, und dann ging das Auspacken weiter.

Ralf hatte sich ein neues Computerspiel gewünscht, und bekam es auch, obwohl seine Mutter von diesem *gewalttätigen Zeug*, wie sie es nannte, nicht gerade begeistert war. Dazu bekam er noch einige nützliche Dinge, die ein Siebzehnjähriger gut gebrauchen konnte – unter anderem einen elektrischen Rasierer, den sein Vater für ihn ausgesucht hatte.

Auch Melli war voll und ganz mit Auspacken beschäftigt. Dabei folgte sie ihrem üblichen System, zuerst die kleinen Päckchen auszuwickeln, und sich das allergrößte bis zum Schluss aufzuheben. Als dieses schließlich an der Reihe war, stieß sie ein begeistertes Quietschen aus.

»Ein Frisierkopf! Mama, der ist ja supertoll!«

»Das ist ein echter Bergmann-Kopf«, erklärte Sonja Tarrach ihrer Tochter. »So einen Übungskopf benutzen auch die Lehrlinge in meinem Salon, und ich selbst habe damit auch schon das Lockenwickeln und Frisieren gelernt. Und weil du ja mal eine Hairstylistin werden willst, brauchst du natürlich etwas Professionelles und kein Spielzeug.«

»Oh danke, Mama, du bist die Allerbeste!«, jubelte Melli, und fiel ihrer Mutter um den Hals.

In ihrer freudigen Umarmung bekamen die beiden nicht mit, dass Jochen Tarrach plötzlich wie versteinert in seinem Sessel saß. In einer Hand hielt er noch die Schokomakrone, die er gerade vom Plätzchenteller genommen hatte, aber seine Aufmerksamkeit galt nun allein dem Frisierkopf, den seine Tochter ehrfürchtig aus der Verpackung gezogen hatte.

Ralf war der Einzige, dem die Veränderung auffiel. Er sah, wie sein Vater diesen Kopf mit einer Mischung aus Entsetzen und Ekel anstarrte. Dabei bebten seine Lippen, so, wie Ralf es sonst nur von Melli kannte, wenn sie kurz davor war, in Tränen auszubrechen. Und tatsächlich, nun begannen auch die Augen seines Vaters feucht zu schimmern.

Dann ließ Jochen Tarrach die Makrone zurück auf den Teller fallen, sprang aus seinem Sessel auf und eilte aus dem Wohnzimmer.

Das bekamen nun natürlich alle mit, und Melli fragte: »Was hat Papa denn?«

»Nichts, Schatz«, sagte Sonja Tarrach. »Er musste bestimmt nur schnell mal wohin.«

»Papa muss Pippi machen, Papa muss Pippi machen«, sang Melli und kämmte dem täuschend echt wirkenden Frauenkopf die Haare. Das Einhorn-Puzzle, das sie sich von Ralf gewünscht hatte, und all ihre anderen Geschenke schienen für den Moment vergessen.

Als seine Mutter ihm ernst zunickte, stand Ralf auf und folgte seinem Vater.

Er fand ihn im Vorgarten, wo er neben der Garage stand und geistesabwesend auf den blinkenden Engel mit den ausgebreiteten Flügeln starrte. Sein leerer Blick machte Ralf ebenso große Sorge wie die Zigarette, an der sein Vater sog. Es sah aus, als wollte er sie in einem Zug bis zum Filter niederrauchen.

»Hey«, sagte Ralf, und ging auf ihn zu. »Alles in Ordnung mit dir?«

Sein Vater fuhr zusammen, als hätte er ihn aus einer anderen Welt zurückgeholt. »Was? Oh, du bist's! Ja, alles bestens. Wollte nur schnell eine rauchen.«

»Ist es nicht ein bisschen kalt dafür?«

Ralf konnte es nicht ausstehen, dass sein Vater rauchte. Nach sieben Jahren als Nichtraucher hatte er in der Klapsmühle wieder damit angefangen, weil dort angeblich alle qualmten, von den Patienten über die Pfleger bis hin zu den Ärzten.

»Die brauche ich jetzt einfach«, sagte Jochen Tarrach. »Aber an Silvester höre ich wieder auf damit, versprochen.«

Wie um seine eigenen Worte Lügen zu strafen, steckte er sich eine zweite Marlboro an der ersten an. Dann knipste er mit den Fingern die Glut von der aufgerauchten Kippe und verstaute sie in seiner Hosentasche. Eine alte Jägergewohnheit. So hatte er es auch früher schon gemacht, wenn Ralf ihn auf die Jagd begleitet hatte und sie auf Wild angesessen waren.

»Hat dich der Kopf erschreckt?«, fragte Ralf geradeheraus, und sein Vater stieß einen tiefen Seufzer aus.

»Deine Mutter kann nichts dafür«, sagte er, und blies eine blaue Rauchwolke in die eisige Abendluft. »Sie wollte Melli nur eine Freude machen. Das weiß ich ja, natürlich weiß ich das. Es ist nur, dass ich ... dass dieser Kopf ... Ach, Scheiße! Ich bin da einfach noch nicht drüber weg.«

Ralf nickte. Er verstand durchaus, dass man lange brauchte, um über so etwas hinwegzukommen, was sein Vater erlebt hatte.

Sie alle verstanden das. Deshalb hielten sie ja auch zu ihm, obwohl es eine Zeit lang ziemlich schwierig für sie gewesen war. Ganz besonders für seine Mutter, die immer wieder darauf angesprochen worden war, was denn mit ihrem Mann los sei – vor allem von den Nachbarn, wenn er sich im Schlaf mal wieder die Seele aus dem Leib gebrüllt hatte.

»Wann warst du eigentlich das letzte Mal beim Arzt?«, fragte Ralf.

Sein Vater zog an seiner Zigarette, dann lächelte er finster und schnaubte den Rauch durch die Nase wieder aus. »Bei welchem denn? Mein Arzt ist tot.«

»Ja, schon. Aber du könntest doch auch zu einem anderen gehen.«

Wieder schnaubte sein Vater, dann schüttelte er den Kopf.

»Junge, das verstehst du nicht. Bei mir geht es nicht um einen gebrochenen Arm oder ein bisschen Bauchweh. Da wäre das kein Problem. Wenn man wegen so was den Arzt wechselt, dann macht der ja dasselbe, was der vorige auch gemacht hat. Er legt dir einen neuen Verband an, verschreibt dir irgendwas, und gut ist's.«

Er tippte sich an die Stirn, wobei ein wenig Asche von seiner Zigarette in den Schnee fiel. »Aber wenn bei dir im Oberstübchen was nicht in Ordnung ist, gehst du nicht mal eben schnell zu einem neuen Doktor. Dazu gehört *Ver-*

trauen, sonst läuft da gar nichts. Und Vertrauen braucht Zeit. Da muss die Chemie stimmen. Man lässt sich eben nicht einfach mal so von irgendjemandem im Kopf rumwühlen. Schließlich ist man da oben drin nackter als ein Flitzer in einem ausverkauften Stadion. Glaub mir, was du da oben drin hast, willst du nicht jedem zeigen.«

Auch das verstand Ralf. Er würde ebenfalls nicht vor jedem die Hosen herunterlassen. Es gab durchaus Dinge, die er nur mit jemandem teilen würde, dem er absolut vertraute.

Seine Schwärmerei für die Verkäuferin im Baumarkt, zum Beispiel. Dass er immer an sie denken musste, wenn er sich befriedigte, und dass diese Gedanken dann nicht nur rein sexuell waren. Wenn es ihm kam, stellte er sich zum Beispiel oft vor, dass sie von ihm schwanger wurde. Dass sie dann eine Familie gründeten und für immer zusammen wären. Er und dieses tolle Mädchen. Es machte ihm überhaupt nichts aus, dass sie schon ein paar Jahre älter war. Weil er nun mal total in sie verknallt war.

Das hatte er bisher niemandem erzählt, und würde es wohl auch nie tun.

Er verstand also nur zu gut, warum sein Vater Hemmungen hatte, sich auf einen neuen Arzt einzulassen, und mit ihm über das zu reden, was in seinem Kopf vor sich ging. Bei ihm ging es schließlich nicht nur um irgendwelche Wichsfantasien, sondern um echte Horrorbilder, die ihn überallhin verfolgten. Darüber zu sprechen, musste noch viel schwerer sein. Denn das war tatsächlich so richtig durchgeknallt.

»Außerdem«, fügte sein Vater hinzu, und nahm einen letzten Zug aus seiner Zigarette, »außerdem war es ja nicht irgendjemand, der meinen Arzt umgebracht hat. Die Frau war selbst eine Seelenklempnerin. Das macht es nicht gerade leichter, sich einem von denen anzuvertrauen. Inzwischen glaube ich eher, dass die alle einen Vogel haben. Manche sogar eine ganze Voliere voll. Die meisten kann man wohl nur von den Patienten unterscheiden, weil sie einen weißen Kittel tragen und den Schlüssel zur Eingangstür haben. Glaub mir, Junge, während ich in der Klapse war, sind mir ein paar von denen über den Weg gelaufen. Denkst du wirklich, so einem könnte ich vertrauen?«

»Nein, natürlich nicht. Aber …«, begann Ralf, doch sein Vater schnitt ihm mit einer müden Geste das Wort ab.

»Lass gut sein, Junge. Ich weiß wirklich zu schätzen, dass du dir Sorgen um mich machst. Ehrlich. Aber ich kriege das schon allein hin. Ich weiß, worauf ich achten muss, und ich kann auf mich aufpassen.«

Er entsorgte seine zweite Kippe wie die erste, und dann nahm er Ralf an der Schulter. »Jetzt komm, lass uns wieder reingehen. Es ist echt schweinekalt hier draußen, und ich hab Lust auf eine große Tasse heißen Früchtepunsch. Schließlich macht deine Mutter den allerbesten.«

In diesem Punkt stimmte Ralf ihm zu. Nur was die Selbstheilungsversuche seines Vaters betraf, hatte er so seine Zweifel.

Aber statt diese auszusprechen, behielt er sie für sich, und das sollte sich als der schlimmste Fehler seines Lebens erweisen.

Denn die Hölle nährt sich vom Schweigen.

Teil 5

DIE QUELLE ALLEN ÜBELS

»And I remain on the far side of crazy
I remain the mortal enemy of man
No hundred dollar cure will save me
Can't stay a boy in no man's land«

Wall of Voodoo

Kapitel 62

Eine Glock 19 ist drei Zentimeter breit, und ihr Lauf hat eine Länge von gut zehn Zentimetern. Drückte man sie sich ans Kinn, fühlte die Mündung sich kalt an. Nahm man den Lauf in den Mund, schmeckte er nach Metall, Waffenöl und dem Versprechen auf ein schnelles Ende.

All das wusste Mark, doch er hätte nie damit gerechnet, dass seine eigene Waffe einmal von jemand anderem auf ihn gerichtet werden würde.

»Hör mir bitte zu«, sagte er mit erhobenen Händen und starrte in das schwarze Auge der Mündung. Im Gegensatz zu Laras zornigem Blick wirkte es gleichgültig und geduldig. »Ich habe dir von Anfang an die Wahrheit gesagt. Hätte ich das getan, wenn ich wirklich vorgehabt hätte, dich umzubringen? Ich hätte dir doch nie etwas antun können, Lara!«

»Natürlich nicht«, sagte sie zynisch. »Aber darüber nachgedacht hast du bestimmt, oder? Schließlich geht es ja um das Leben deiner besten Freundin, der du so viel zu verdanken hast. Sie hat dir dein Leben gerettet, da bist du ihr doch etwas schuldig, nicht wahr?«

»Das stimmt, aber ich bin nicht naiv, Lara. Tarrach wird sie nicht laufen lassen, ganz gleich, was ich tue. Weshalb sollte ich dich also töten? Meine einzige Hoffnung war, dass es uns beiden gelingen würde, ihn aufzuspüren und zu stoppen.«

»Was deine Freundin betrifft, muss ich dir recht geben«, sagte sie kühl. »Er wird sie umbringen, so oder so. Wenn man einmal so weit gegangen ist wie er, gibt es kein Zurück mehr. Ich denke sogar, dass er selbst gar nicht vorhat, diese Sache zu überleben. Er hat seine Rache zum Lebenszweck gemacht, und wenn er die bekommen hat, gibt es keinen Grund mehr für ihn weiterzumachen. Er hat also nichts mehr zu verlieren. Aber du schon.«

»Ja«, sagte Mark mit brüchiger Stimme. »Ich werde Doreen verlieren, weil ich versagt habe. Aber *dich* kann ich noch retten.«

Sie stieß ein bitteres Lachen aus. »Glaubst du ernsthaft, dass ich darauf hereinfalle? Mit mir verbindet dich nicht halb so viel wie mit ihr. Und noch ist das Ultimatum nicht ganz abgelaufen. Willst du mir wirklich erzählen, dass du nicht überlegt hast, mich doch zu töten? Als letzten Versuch? Die Hoffnung stirbt schließlich zuletzt, nicht wahr? Vielleicht hätte er ja doch sein Wort gehalten, wenn du mich erschossen hättest. Dann hätte es eben eine Irre weniger auf der Welt gegeben. Was sollte das schon ausmachen, wenn du dadurch das Leben deiner Freundin retten könntest?«

Mark schüttelte energisch den Kopf. »Nein, Lara, da irrst du dich. Und wenn du vorhin nicht weggelaufen wärst, wüsstest du das auch schon längst. Ich wollte dir helfen, dass du untertauchen und dich in Sicherheit bringen kannst, und Ralf wollte ich mein Leben im Austausch für das von Doreen anbieten. Wahrscheinlich wäre er nicht darauf eingegangen, aber versucht hätte ich es trotzdem. Mir bleibt doch keine andere Wahl mehr!«

»Wie edelmütig«, spottete sie. »Ein richtiger Kavalier. Denkst du etwa, dass ich dir das abnehme und dir einfach blind vertraue?«

Mark zuckte mit den Schultern. »Von mir aus glaub, was du willst, aber es ist die Wahrheit.«

Für eine kleine Ewigkeit schwieg sie, während ihr Blick sich forschend in den seinen bohrte. Dann fragte sie: »Du hast also nichts in seiner Akte gefunden?«

»Nicht genug«, sagte Mark. »Nur einen Hinweis darauf, dass Ralf sich vermutlich irgendwo im Wald versteckt. Außerdem gab es da noch so ein Symbol, das ihm irgendetwas zu bedeuten schien, aber mit dem weiß ich nichts anzufangen. Wahrscheinlich wäre es ohnehin nur wieder eine falsche Fährte gewesen.«

Er senkte die Arme und deutete auf die Pistole, die sie weiterhin auf ihn gerichtet hielt. Er sah, dass die Waffe geladen war, und für einen Moment fragte er sich, wer von beiden das Magazin eingeschoben hatte – Lara oder Ellen? Wer von ihren beiden Persönlichkeiten mochte den stärkeren Überlebenswillen haben und war dafür bereit, bis zum Äußersten zu gehen?

Aber spielte das überhaupt noch eine Rolle?

»Also«, sagte er und straffte sich. »Wenn du willst, dann drück jetzt ab. Ich werde es dir nicht verdenken. Für mich ist das alles hier ohnehin bald zu Ende, weil ich einfach keinen anderen Ausweg mehr weiß.«

Sie legte den Kopf schief und musterte ihn wieder nachdenklich.

»Nicht so schnell, Mark. Erschießen kann ich dich später immer noch. Was ist das für ein Symbol, das du gefunden hast?«

»Eine Art P mit einem Unterstrich. Könnte aber auch ein B gewesen sein, von dem der untere Bogen unterbrochen ist.« Er deutete zu dem Tisch neben ihr, auf dem ein leicht vergilbter Notizblock mit dem Emblem des Landgasthof Jordan lag. »Ich kann es dir aufzeichnen.«

Sie nickte ihm auffordernd zu, und Mark nahm den Kugelschreiber vom Block. Er zeichnete das Symbol so groß, dass es das ganze Blatt einnahm. Dann hielt er es ihr entgegen.

♇

Lara blickte ihn überrascht an. »Das ist sein Symbol?«

»Ja«, sagte Mark. »Damit hat er als Siebzehnjähriger alle Bilder aus der Kunsttherapie signiert. Weißt du etwa, was es bedeutet?«

»Klar doch. Das ist das astronomische Symbol für Pluto.«

»Pluto? Der Planet? Bist du dir da sicher?«

Sie verdrehte die Augen. »Ja, natürlich. Ich arbeite schließlich in einem Planetarium. Zwar gilt Pluto inzwischen nicht mehr als Planet, aber das ist definitiv sein Symbol.«

»Ach du Scheiße!«, entfuhr es Mark.

»Was denn?«

»Er wohnt in der Unterwelt, wo ihn kein Postbote finden kann.«

»Wie bitte?« Sie sah ihn konsterniert an. »Hast *du* jetzt den Verstand verloren?«

»Nein, das hat er damals zu Lüders gesagt, als er hier im Hotel gearbeitet hat. Mir gegenüber hat er sich zuerst nur Ares genannt, wie der Gott des Massakers und der Rache. Und Pluto ist ...«

»... der Gott der Unterwelt, ich weiß. Mit Göttern scheint er es ja zu haben. Dieser Spinner hält sich wohl selbst für einen, und er ...« Sie stutzte, und ihre Augen weiteten sich. »Moment mal, du hast doch gesagt, er könnte sich im Wald versteckt haben?«

»Ja, warum?«

»Wenn der Pluto seine Adresse ist, weiß ich vielleicht, wo wir ihn finden können. Wie viel Zeit haben wir noch?«

Mark sah zum Wecker auf dem Nachttisch. »Nicht ganz zweieinhalb Stunden. Wieso? Wo soll dieser verdammte Pluto denn sein?«

»Das erkläre ich dir unterwegs«, sagte sie, und sprang vom Stuhl auf. Dann hielt sie die Pistole hoch. »Aber die hier werde ich behalten, verstanden?«

Mark nickte widerwillig. »Na gut, aber tu uns beiden einen Gefallen, und nimm das Magazin wieder raus. Und falls du den Schlitten durchgezogen hast, solltest du auch die Patrone aus dem Lauf ...«

»Ich hatte ihn gar nicht durchgezogen«, sagte sie. »Und ähm ... wie geht das Ding wieder raus?«

Mark zeigte es ihr.

Kapitel 63

Die Fahrt zurück nach Steinbach dauerte fast eine halbe Stunde, und es kostete Mark sämtliche Selbstbeherrschung, das Gaspedal des Mietwagens nicht bis zum Anschlag niederzudrücken. Voller Ungeduld behielt er die Tacho-anzeige im Blick und fuhr nur knapp über dem Tempo-limit. Wenn sie in eine Geschwindigkeitskontrolle gerieten, wäre es auch mit der letzten kleinen Chance, die sie jetzt noch hatten, vorbei.

Als sie unterwegs auf einem unübersichtlichen Strecken-
abschnitt hinter einem Lkw herfahren mussten, der mit unerträglich langsamen sechzig Stundenkilometern vor ihnen
herschlich, trat ihm der kalte Schweiß auf die Stirn. Doch
schließlich konnte er den Lastwagen überholen, und als
sie ihr Ziel erreichten, zeigte die Uhr des Armaturenbretts
16:37 Uhr an. Nun blieben ihnen noch eine Stunde und
vierundfünfzig Minuten.

Mark hatte kaum angehalten und den Motor abgestellt,
als Lara bereits aus dem Wagen sprang und zum Eingang
des Planetariums lief. Sie wirkte nervös und aufgekratzt,
und auch Mark bebte vor Spannung. Unterwegs hatte er
sein Handy im Wagen geladen – *das einundzwanzigste Jahrhundert*, hatte er dabei gedacht, *statt einem Zigarettenan-
zünder gehört ein USB-Anschluss zur Grundausstattung –*,
und als er es jetzt zur Hand nahm, befürchtete er, eine
Nachricht von Ralf Tarrach darauf zu finden. Doch außer
der Meldung, dass der Akku inzwischen wieder zu 32 Pro-
zent geladen sei, zeigte das Display nichts an.

Er hält sich an das Ultimatum, dachte Mark, während er
Lara nachlief. Das war zwar ein Hoffnungsschimmer, aber
ihnen blieb trotzdem kaum noch Zeit.

Als er bei ihr ankam, deutete sie auf eine Bronzescheibe,
die über der Doppeltür in den Putz eingelassen war.

»Hier ist der Ausgangspunkt.«

Auch wenn das Planetarium um diese Zeit geschlossen
und nicht mehr beleuchtet war, konnte man dennoch leicht
erkennen, dass die Scheibe die Sonne darstellen sollte. Dazu
gab es eine Informationstafel neben der Eingangstür, die
Mark bei seinem ersten Besuch gar nicht beachtet hatte.
Da war er zu sehr auf die bevorstehende Begegnung mit

Lara fokussiert gewesen, um viel von seiner Umwelt wahrzunehmen.

Im unteren Teil der Informationstafel wies ein Pfeil mit dem Hinweis ZUM PLANETENWEG zu einem abschüssigen Waldpfad rechts neben dem Gebäude.

»Ich nehme an, Pluto liegt am anderen Ende des Wegs?«, fragte er, und Lara nickte. »Wie weit geht es da in den Wald rein?«

Sie wiegte abschätzend den Kopf. »In der Broschüre steht, es seien knapp drei Kilometer. Wenn wir joggen, können wir es in ungefähr fünfzehn Minuten schaffen.«

»Na dann los!«

Sie liefen zwischen zwei mit Schnitzereien verzierten Holzsäulen hindurch, die den Zugang zum Wanderweg flankierten, dann verschluckte sie der dichte Laubwald.

Der Pfad schlängelte sich zwischen Dickicht und moosüberwucherten Bäumen stetig talabwärts. Durch das gelbrote Blätterdach gefiltert sank der Regen hier wie feuchter Dunst auf sie herab, und im trüben Zwielicht des anbrechenden Abends machte dieser Ort einen beinahe mystischen Eindruck.

Sie kamen an einer Granitsäule vorbei, auf der Merkur als winzige Bronzekugel thronte. Wie schon zuvor am Planetarium war auch hier eine Tafel mit Informationen angebracht, und irgendein Scherzbold hatte mit rotem Stift *Selbst für Aliens zu heiß* daruntergeschrieben.

Eine Weile später folgten die Bronzeskulpturen der Venus und der Erde. Auf Letzterer hatte der gleiche Rotstiftkünstler ein zorniges Smileygesicht hinterlassen.

Auch wenn der Pfad breit genug für zwei gewesen wäre, fiel Mark immer weiter zurück. Lara war eine schnelle Läuferin, genau wie einst ihr Alter Ego. Hingegen hatten ihn das jahrelange Trinken und eine noch längere Raucherkarriere einiges an Kondition gekostet.

Während der Abstand zwischen ihnen immer größer wurde, lief er schnaufend der nächsten Säule entgegen. Diesmal war es Mars, der Rote Planet, benannt nach dem Kriegsgott, den Ralf Tarrach sich zum Vorbild genommen hatte.

Als Mark die Säule passierte, die von wildem Efeu umrankt war und an einigen Stellen Moos angesetzt hatte, fiel ihm ein, was Tanja einmal zu ihm gesagt hatte. Damals, in jenem anderen, noch glücklichen Leben, als sie übers Wochenende aufs Land gefahren waren. Es war eine sternklare Nacht im August gewesen, und sie hatten auf einer Wiese gelegen und die Sternschnuppen der Perseiden beobachtet.

»Wir Menschen nehmen uns selbst viel zu ernst«, hatte sie gesagt, und sich enger an ihn geschmiegt. »Das wird mir jedes Mal wieder bewusst, wenn ich nachts in den Himmel schaue. Es ist, als würde er mir zeigen, was wir wirklich sind.«

»Und was sind wir?«, hatte Mark gefragt, und sie auf die Wange geküsst.

»Nicht viel mehr als ziemlich egozentrische Mikroorganismen in der riesigen Unendlichkeit. Nur ein winziger Teil des großen Ganzen.«

»Das klingt aber nicht gerade schmeichelhaft«, hatte er gescherzt, doch sie war ernst geblieben.

»Nein, Mark, wirklich. Wir glauben, wir hätten unser Leben in der Hand. Dass wir alles erklären und steuern können. Und sobald es mal nicht so ist, verzweifeln wir sofort. Wir haben verlernt, auf das große Ganze zu vertrauen.

Darauf, dass es uns den richtigen Weg zeigen wird. Dabei gibt es uns erst seit ein paar tausend Jahren, und was ist das schon im Vergleich zum Universum?«

Er bedauerte, dass er diesen Gedanken damals nicht verinnerlicht hatte. Stattdessen hatte er sich seit ihrem Tod tatsächlich wie eine egozentrische Mikrobe verhalten. Sich vor lauter Selbstmitleid und Wut so lange selbst geschadet, bis er beinahe in jenem großen Ganzen verschwunden wäre.

Eine späte Erkenntnis, aber wie hieß es doch: besser spät als nie.

Ein Teil von ihm wünschte, dass auch Ralf Tarrach zu dieser Erkenntnis gelangt wäre – rechtzeitig, bevor er dieses ganze Unheil über sie gebracht hatte –, aber dem deutlich größeren Teil von ihm war das jetzt egal.

Falls sie Ralf tatsächlich fanden, konnte dieser Mistkerl kein Verständnis mehr von ihm erwarten. Dann würde er, Mark, selbst zum Rachegott werden.

Es war, wie Lara gesagt hatte: Wenn man erst einmal einen bestimmten Punkt überschritten hatte, gab es kein Zurück mehr.

Schnaufend hielt er nach ihr Ausschau. Inzwischen hatte sich Laras Vorsprung deutlich vergrößert, doch sie machte keinerlei Anstalten, langsamer zu laufen oder gar auf ihn zu warten. Wenn sie nicht bald am Ziel waren, würde er sie aus den Augen verlieren.

Sie hatten Mars und Jupiter hinter sich gelassen, und die Säule des Saturn kam in Sichtweite, als Mark plötzlich eine merkwürdige Beobachtung machte.

Einen Augenblick war er sich nicht sicher, ob er sich täuschte, aber als er schließlich begriff, was er da vor sich sah, bekam er es mit der Angst zu tun.

Kapitel 64

Ihr Herz raste, und das nicht nur des schnellen Laufens wegen. Am liebsten hätte sie wieder kehrtgemacht. Jetzt sofort. Sollte Mark doch allein weiterlaufen. Schließlich hatte er ihr die ganze Sache überhaupt erst eingebrockt, oder? Er und dieser Irre, die ihr beide ans Leben wollten.

Irgendetwas stimmte nicht mit ihr, das konnte sie spüren.

Da war plötzlich wieder eine Stimme in ihrem Kopf.

Jetzt hast du kleiner Feigling Angst gekriegt, stimmt's?

Es war die Stimme eines Mädchens. Eines Mädchens, das sie vor vielen Jahren gekannt hatte. Ihr beste, nein, ihre *allerbeste* Freundin, die sie zuletzt an dem Tag gesehen hatte, als …

Als mich der Schwarze Mann geholt hat.

Doch jetzt war die Stimme ihrer Freundin auf einmal wieder präsent. Als wäre sie gerade bei ihr, hier in diesem Wald und nicht in dem, in dem damals die furchtbaren Dinge ihren Lauf genommen hatten.

Und während sie weiterrannte, hörte sie sich selbst antworten. Es war wie ein Echo aus der Vergangenheit, in dem sie ebenfalls wie ein kleines Mädchen klang.

Gar nicht wahr. Ich bin überhaupt nicht feige.

Dann beweis es mir. Beweis mir, dass du kein Angsthase bist.

Klar mach ich das.

Ja, das hatte sie damals gesagt. Jetzt fiel es ihr wieder ein. Sie hatte sich auf eine idiotische Mutprobe eingelassen, und danach war etwas Schlimmes geschehen, etwas *sehr* Schlimmes, und es war dunkel um sie geworden, so dunkel wie jetzt hier im Wald.

Wieder hörte sie ihre eigene Stimme. Nun klang sie erwachsen, und es waren die Worte, die sie zu Eva Ahrens gesagt hatte.

Ich weiß, dass mehr dazu nötig ist, den Verstand zu verlieren, als nur an den Ort zurückzukehren, den man mit seinem Trauma verbindet.

Ja, verdammt, das mochte zwar stimmen, aber dennoch hasste sie es, jetzt hier im Wald zu sein! Und je tiefer sie hineinlief, desto *mehr* hasste sie es.

Sie durfte nicht hier sein. Wie war sie nur auf die Idee gekommen, hier reinzulaufen?

Der Wald war kein guter Ort. Er war voller böser Erinnerungen. Die meisten davon waren verschwommen, andere jedoch sah sie jetzt wieder klar und deutlich vor sich.

Genau wie damals!

Da waren plötzlich Schwammpilze, die sich wie kleine Kinderhände aus morschen Baumstümpfen streckten, und Felsbrocken am Wegrand, auf deren Rückseiten sich rätselhafte Sternsymbole verbargen. Sterne, von denen ihre allerbeste Freundin erzählt hatte, als sie noch zu klein gewesen war, um ihre Bedeutung zu begreifen.

Keine Sterne, Dummerchen, das sind Drudenfüße. *Die malt man an Orte, an denen es böse Geister gibt.*

So hatten es die alten Leute in dem kleinen Ort getan, in dem sie aufgewachsen war. Auch das fiel ihr jetzt wieder ein. Sie hatten mit diesen Sternsymbolen jenes verfluchte Waldstück vor dem Bösen schützen wollen, weil dort vor langer Zeit schon einmal etwas sehr Schlimmes geschehen war.

All das kam ihr jetzt wieder in den Sinn. Erinnerungen,

die sie anfielen wie Raubtiere und die ihre Zähne und Klauen in ihr erschöpftes Hirn schlugen.

Nein, sie wollte das nicht hören! Diese Stimmen hatten nichts mehr in ihrem Kopf verloren.

Gibt es hier denn welche? Geister, mein ich.

Klar gibt es die hier.

Das war der Stress, nur der Stress.

Intrusionen. Die Erinnerung an ein schlimmes Erlebnis, die man einfach nicht loswird.

So hatte sie es Axel erklärt, und genau deshalb kam ihr das jetzt alles wieder in den Sinn. Weil dieser Wald die bösen Erinnerungen in ihr zu neuem Leben erweckte. So, wie es einst bei Jochen Tarrach gewesen sein musste. Ob er den Kopf wiedergesehen hatte, den *abgeschlagenen* Kopf, der mit ihm zu sprechen versuchte?

Hör auf, daran zu denken, mahnte sie sich selbst, aber das war leichter gesagt als getan.

Hinter ihr lief Mark. Natürlich war es nur Mark, das wusste sie. Sie musste sich nur kurz umschauen, dann würde sie ihn sehen.

Aber seine Schritte hinter ihr ... folgten ihr, *verfolgten* sie!

Und er keuchte und schnaufte. Keuchte und schnaufte. Keuchte und schnaufte.

Genau wie der Schwarze Mann!

Sie lief auf eine Granitsäule zu, über der ein bronzener Saturn mit einem breiten Ring im schwindenden Abendlicht zu schweben schien.

Nur ein Ring, dachte sie zerstreut, *dabei müssten es doch viele sein.*

Wie wahr, meine Beste, rief ihr eine knarrende Stimme zu.

Dann sah sie Professor Bormann, der sich lässig an die Säule lehnte. Sein Anzug war mit Moosflechten überzogen, und die getupfte Fliege an seinem schlaffen Kragen hatte sich in etwas Dunkles verwandelt, das sich träge bewegte und gleichzeitig zu verrotten schien.

Während sie an ihm vorbeilief, hob er eine skelettierte Hand zum Gruß und grinste sie mit seinem hohläugigen Mumiengesicht an.

Der Schwarze Mann ist nicht mehr da, rief er ihr hinterher. *Er kann Ihnen nichts mehr tun. Aber Sie sind noch lange nicht in Sicherheit. Noch lange nicht! Noch laaaaange nicht!*

Seine Worte hallten in ihren Ohren, und sie schüttelte den Kopf, um das Echo loszuwerden.

Das ist nicht echt! Das höre ich nicht wirklich. Nichts davon ist echt. Ich ...

»Lara!«

Das war Mark. Er lief hinter ihr. Ja, das war echt. *Er* war echt. Nicht der Schwarze Mann, sondern Mark.

»Lara, warte. Du wirst zu schnell für mich!«

Aber sie konnte nicht anhalten. Sie musste laufen, laufen, laufen, LAUFEN!

Auf einmal tat ihr der linke Arm weh. Die Narbe, die sie schon so lange nicht mehr gespürt hatte. Sie brannte, als hätte jemand siedendes Wasser darübergegossen.

Auch vor diesem Gefühl musste sie weglaufen.

Was ist nur los? Was passiert mit mir?

Das ist der Stress, Dummerchen. Der Stress und die Erinnerung an das, was du damals im Wald getan hast. Weißt du noch?

Im Laufen hob sie ihren Arm und sah, dass sie tatsächlich blutete. Frisches rotes Blut, das sie in dicken Tropfen wie die Brotkrumenspur von Hänsel und Gretel auf dem Weg zurückließ. Weil sie sich den Schraubenzieher in den eigenen Arm gestoßen hatte. Damals, und jetzt wieder.

Ja, so musste es gewesen sein. Sie hatte wieder zugestoßen, tief in ihren Arm gestochen und darin herumgebohrt, wieder und wieder und wieder, weil ...

»Weil Schmerz das einzig echte Gefühl ist«, keuchte sie und rannte schneller und immer noch schneller.

Lauf! O mein Gott, lauf! Lauf so schnell du kannst!

Und das tat sie. Sie hatte keine andere Wahl, sie musste laufen. Allem entkommen. Der Vergangenheit, der Gegenwart, all den bösen Dingen, die hier im immer dunkler werdenden Wald auf sie lauerten.

Weg, weg, weg!

Dann packte sie etwas am Fuß, hielt sie eisern fest und schleuderte sie zu Boden. Sie schlug mit den Händen voran auf den Kies, spürte den brennenden Schmerz und starrte entsetzt auf die schwarze Schlange, die sich um ihren Knöchel geschlungen hatte.

»Nein«, stieß sie hervor. »Nein, nein, nein!«

Das Ungeheuer hatte den Kopf im Boden vergraben und bohrte sich immer tiefer in die Erde. Wenn sie sich nicht losmachen konnte, würde es sie mit sich ziehen, hinunter in die Dunkelheit, wo sie ersticken würde, wie damals, als der Schwarze Mann sie an sich gedrückt hatte, um ihr ...

»Lara! Um Himmels willen, Lara!«

Jemand beugte sich über sie, und augenblicklich ließ die Schlange von ihr ab, rührte sich nicht mehr, weil ... weil ... *er* da war.

Sie sah zu ihm auf und lächelte.

»Chris? Chris! Gott sei Dank, du bist wieder da!«

Kapitel 65

Keuchend kniete Mark sich zu Lara, hob ihren Oberkörper vorsichtig an und legte ihren Kopf auf seinen angewinkelten Schenkel. Ihre Hände waren aufgeschürft und bluteten, aber sonst schien sie unverletzt. Sie hatte ihren Sturz mit der Sicherheit einer routinierten Läuferin abgefangen, als sie über die Wurzel auf dem Weg gestolpert war.

Doch der Sturz war nicht das, was ihm jetzt Sorgen bereitete. Es war ihr desorientierter Blick. Die Art, wie sie ihn im Halbdunkel anstarrte. Sie war vorhin auf einmal wie eine Besessene losgerannt, immer schneller geworden, hatte ein paar merkwürdige Gesten dabei gemacht, und nun halluzinierte sie.

Sie hielt ihn für Chris!

»Lara, was ist denn los mit dir? Ich bin's doch, Mark!«

»Mark?«, murmelte sie, dann wurden ihre Augen weiter. »Oh ja, Mark, du bist's! Ich ... ich ... dachte ... ich ...«

»Hast du dir wehgetan? Kannst du aufstehen?«

»Ich will nicht mehr weiterlaufen«, flüsterte sie. »Der Wald ... dieser Wald! Alles war auf einmal wieder da. Ich habe alles wieder gesehen. Das will ich nicht mehr! Ich kann nicht mehr!«

»Doch, natürlich kannst du. Komm, steh auf! Wir müssen weiter!«

Sie stemmte sich auf die Ellenbogen und rückte von ihm ab.

»Nein, Mark!« Sie schüttelte panisch den Kopf. »Ich spüre, wie ich gerade den Verstand verliere. Schon wieder!

Es kommt alles zu mir zurück. Ich weiß nicht einmal, wer ich gerade bin.«

»Du bist Lara«, sagte er verzweifelt. »Lara Baumann. Das warst du schon immer. Komm, bitte komm, wir müssen weiter!«

Sie rutschte noch ein Stück von ihm weg, dann griff sie in den Bund ihrer Jeans und zog die Pistole heraus.

Für einen irrationalen Moment glaubte er, sie würde die Waffe jetzt auf ihn richten und abdrücken. Dass sie tatsächlich den Verstand verlor und ihn töten würde. Jetzt und hier.

Doch dann hielt sie ihm die Pistole hin.

»Nein«, sagte sie schwer atmend. »Ich kann nicht mehr, und ich *will* auch nicht mehr. Erschieß mich einfach, jetzt gleich. Dann wird endlich alles wieder gut.«

»Nein, das werde ich nicht tun, Lara! Bitte, komm mit mir! Wir haben nur noch sehr wenig Zeit!«

Sie schob ihre blutende Hand in die Hosentasche und zog das Waffenmagazin heraus. »Dann nimm das und verschwinde. Ich bleibe hier. Rette du deine Freundin. Sie ist unschuldig, aber ich bin es nicht.«

Mark sah auf sein Handy. Ihm blieben weniger als einneinhalb Stunden, um den Rest der Strecke zu laufen, Ralfs Unterschlupf zu finden und ihn dingfest zu machen.

»In Ordnung«, sagte er schließlich. »Dann warte hier, ich hole dich später ab. Aber du musst mir versprechen, dass du genau hier an dieser Stelle bleibst, damit ich dich wiederfinden kann.«

»Du hast mich schon zweimal gefunden«, sagte sie, und lehnte sich an einen Baumstamm. »Das ist mehr als genug.«

Er erhob sich und schüttelte den Kopf. »Ich werde dich auch ein drittes Mal finden, versprochen.«

Sie lächelte. »Wir werden sehen. Jetzt verschwinde endlich! Rette jemanden, den man noch retten kann.«

Er zögerte, dann schaltete er die Leuchte an seinem Handy an und kehrte auf den Weg zurück.

Inzwischen war es fast Nacht geworden, und als er sich noch einmal nach Lara umsah, war sie nur noch ein undeutlicher Schatten, der zwischen den Bäumen am Boden kauerte.

»Geh!«, zischte sie ihm zu. »Nun geh schon!«

Und das tat er.

Kapitel 66

Als Mark endlich die Granitsäule erreicht hatte, auf der die winzige Bronzekugel des Pluto thronte, hatte der Regen wieder zugenommen. In dicken Tropfen strömte er durch die dicht stehenden Tannen, die sich rauschend im Abendwind neigten, wie um einander Geheimnisse zuzuflüstern.

Inzwischen war es fast völlig dunkel. Nur hin und wieder flackerten ferne Blitze am schwarz-grauen Himmel und kündeten von einem weiteren Herbststurm.

Schnaufend und von Schweiß und Regen durchnässt schwenkte Mark den Lichtkegel der Handyleuchte suchend umher. Der Pfad führte nach der letzten Säule noch etwa hundert Meter weiter, ehe er sich gabelte. Mark folgte ihm bis zum Ende und erkannte, dass der linke Abzweig nach wenigen Metern an einem Rastplatz mit einer Holztafel endete, die über die Vögel und Wildtiere der Region informierte. Dahinter stand nur dichter Tannenwald.

Also nach rechts.

Der Weg leitete ihn durch wucherndes Dickicht zu einer rostigen Stange mit einem halb zerfallenen Hinweisschild. Erst bei ganz genauem Hinsehen konnte er noch das Wort PRIVATGRUND darauf erkennen.

Sein Herz schlug schneller, als er dem Weg weiter folgte. Mit ausgestreckter Hand, um die Äste abzuwehren, die mit ihren spitzen Nadeln nach ihm schlugen, hastete er über den unebenen Boden. Dabei hielt er den Lichtstrahl seines Handys gesenkt und hoffte, dass man ihn so nicht schon von Weitem sehen würde.

Er war weitere drei- bis vierhundert Meter gelaufen, als sich plötzlich eine Lichtung vor ihm auftat – so abrupt, als habe man einen Vorhang beiseitegezogen. Inmitten dieser Lichtung stand eine Jagdhütte.

Er machte einen schnellen Schritt zurück, schaltete die Handyleuchte aus und ging hinter einem Baum in Deckung. Dann spähte er vorsichtig zu dem verwitterten Holzbau, der im Flackern der fernen Blitze gespenstisch und bedrohlich wirkte.

Die dunklen Wände waren mit Efeu bewachsen und das Schindeldach von Moos überwuchert. Aus einem windschiefen Schornstein stieg Rauch auf, und an einem der Fenster hingen die morschen Läden so schief in den Angeln, dass durch die Lücken Licht auf den schlammigen Vorplatz fiel, wo der Regen einen wilden Tanz vollführte.

Rechts neben der Hütte ragte ein überdachter Verschlag mit Brennholz auf, in dem unter einer grauen Folie etwas stand, das den Umrissen nach ein Motorrad sein musste.

Daneben parkte ein silberner Subaru-Geländewagen halb von Büschen verdeckt am Ende eines ausgewaschenen Forstwegs.

Demnach musste Ralf Tarrach von der Talseite aus zu dieser Hütte hochgefahren sein. Sicherlich über einen jener Wege, die nur Einheimische und Jäger kannten. Und da im Moment weder Jagd- noch Wandersaison war, wähnte er sich hier oben zu Recht allein.

Mark konnte es kaum fassen. Er hatte das Versteck tatsächlich gefunden!

Dort, direkt vor ihm in der Hütte, musste Doreen sein, und er schickte ein Stoßgebet zu einem Gott, an den er nicht glaubte, dass sie noch am Leben war.

Für einen Moment war er versucht, nun doch die Polizei zu rufen. Aber es würde zu lange dauern, alles zu erklären, noch dazu am Telefon. Bis er die Polizisten überzeugt hatte und bis die hier oben im Wald eingetroffen waren, wäre das Ultimatum wohl längst abgelaufen. Und selbst wenn sie es rechtzeitig schafften, könnte Tarrach sie kommen hören. Ein nahender Motor würde in dieser abgelegenen Gegend sofort auffallen. Somit würde ihm genug Zeit zur Flucht bleiben. Aber vorher würde er sein Versprechen wahr machen und Doreen töten, daran hatte Mark nicht den geringsten Zweifel.

Nein, die einzige Möglichkeit, sie jetzt noch zu retten, war, nicht weiter zu zögern. Immerhin hatte er das Überraschungsmoment auf seiner Seite – zumindest so lange, bis Tarrach bei ihm anrief, was nun in genau fünfzig Minuten der Fall sein würde.

Mit vor Aufregung zitternden Händen schob Mark das Magazin in die Glock und zog den Schlitten durch. Dann nahm er all seinen Mut zusammen und schlich geduckt auf die Hütte zu.

Regen klatschte ihm ins Gesicht, der durchweichte Boden schmatzte unter seinen Sohlen, und aus der Ferne rollte Donner über die Baumwipfel zu ihm heran. Kalter Wind zerrte an seinen nassen Kleidern, und als er die Hütte nach nur wenigen raschen Schritten erreicht hatte, zitterte er vor Kälte und Nervosität.

Er drückte sich an die Wand und lauschte angestrengt auf Geräusche aus dem Inneren. Dort drin war alles still. Nur der wimmernde Wind und das Prasseln des Regens auf dem Dach waren zu hören.

Also schob er sich weiter an der Wand entlang bis zu dem erleuchteten Fenster, vor dem von innen ein Vorhang zugezogen war. Durch den schmalen Spalt dazwischen versuchte er, einen Blick ins Innere der Hütte zu erhaschen, aber so sehr er sich auch reckte, mehr als ein Geweih an der gegenüberliegenden Wand und ein paar Zentimeter ausgetretene Bodendielen konnte er nicht erkennen.

Er atmete tief durch, umfasste die Glock noch fester und schlich mit vorgehaltener Waffe zum überdachten Eingang.

Dort hieß ihn eine Holztafel über der Tür ironischerweise *Willkommen*. Im Flackerlicht der Blitze erkannte Mark die eingravierten Worte *KESSLER-HÜTTE* und daneben *780 Meter*, womit die Höhenlage der Hütte gemeint sein musste.

Außerdem sah er, dass die Tür zwar eine Außenklinke, aber kein Schloss hatte. Stattdessen gab es nur zwei Stahlösen für ein Vorhängeschloss, das jedoch fehlte.

Offenbar konnte man die Hütte nur von außen abschließen, was Mark durchaus plausibel erschien. Hier draußen musste man seinen Besitz nur schützen, wenn man *nicht da* war. Dass man jemals vor etwas anderem als dem Wetter in der Hütte Schutz suchen müsste, wäre ihrem Erbauer wohl nie in den Sinn gekommen.

Aufgeregt fuhr sich Mark mit der Zunge über die Lippen. Er konnte erkennen, dass die Tür nach innen aufging. Das war gut. So konnte er hineinstürmen und den überrumpelten Tarrach mit der Pistole in Schach halten. Eine andere Möglichkeit fiel ihm auf die Schnelle nicht ein.

Trotzdem war ihm nicht wohl bei dieser Vorstellung. Was, wenn er sich irrte? Was, wenn Tarrach doch noch einen Riegel an der Innenseite angebracht hatte? Dann würde er nur laut gegen die Tür krachen, und Tarrach wäre gewarnt. Und dann?

Hör auf damit!, fuhr er sich im Geiste an. *Dir bleibt keine Zeit mehr für solchen Scheiß! Entweder du versuchst es jetzt oder …*

An die Alternative wollte er lieber nicht denken. Mit pochendem Herzen näherte er sich der Tür und streckte die linke Hand nach der Klinke aus, während er die Pistole in seiner Rechten schussbereit hielt.

Sein ganzer Körper stand nun unter Spannung. Er hatte keine Ahnung, was ihn hinter der Tür erwartete, und ihm würden nur Sekundenbruchteile bleiben, um die Lage dort drin zu erfassen.

Ihm war klar, dass er möglicherweise zu spät kam, dass Doreen bereits tot sein konnte, und er vielleicht als Erstes ihre Leiche sehen würde. Also musste er seinen Fokus allein auf Tarrach richten und durfte sich durch nichts ablenken lassen, ganz gleich, was es auch war.

Also gut, dann los!

Er schloss die Hand um die Klinke und wollte sie schon niederdrücken, als ihn eine ruhige Stimme in seinem Rücken zusammenfahren ließ.

»Hey, Doktor.«

Ruckartig fuhr Mark herum.

Kapitel 67

Mark sah sich einem jungen Mann mit dunkler Windjacke, ausgewaschenen Jeans und groben Arbeitsschuhen gegenüber, der ebenfalls eine Pistole auf ihn gerichtet hielt.

Auch wenn er sich einen Vollbart hatte wachsen lassen, konnte Ralf Tarrach die Ähnlichkeit zu seinem verhassten Vater nicht leugnen. Er hatte dieselbe Statur, die gleiche Haltung, und auch er musste gut einen Meter fünfundachtzig groß sein. Der Regen hatte ihm die kurzen blonden Haare an den Kopf gedrückt, und Wasserperlen tropften von seinem grobkantigen Gesicht.

Das soll er sein?, dachte Mark, und war verblüfft über seine Enttäuschung. *DER da soll wirklich dieses Ungeheuer sein?*

Natürlich war ihm in all den Jahren, die er mit der Suche nach Tanjas Mörder verbracht hatte, immer klar gewesen, dass dieser Kerl ein gewöhnlicher und unauffälliger Typ sein musste. Aber irgendwie hatte er trotzdem *mehr* erwartet.

Ralf Tarrach sah nicht wie das Monster aus, das Mark über so viele Jahre durch seine schlimmsten Albträume gejagt hatte. Der Mann, der da vor ihm stand, hätte irgendein x-beliebiger Kerl von der Straße sein können. Seiner Kleidung nach vielleicht ein Handwerker, den jemand gerufen hatte, weil eine Waschmaschine nicht mehr funktionierte oder weil das Dach undicht war. Oder ein Nachbar, bei dem man sich immer gut eine Schubkarre oder eine Motorsäge ausleihen konnte.

Er war der unscheinbare Kerl von nebenan, an dem man nichts Böses vermutete. Nur das zynische Grinsen, das er jetzt zur Schau stellte, verriet sein wahres Wesen.

»Respekt, Doktor, dass du hierherfinden würdest, hätte ich nicht gedacht«, sagte er und nickte anerkennend. »Ich war ganz schön baff, als mir der Tracker vorhin gemeldet hat, dass du am Planetarium parkst. Da war mir natürlich sofort klar, dass du hierherkommen würdest.«

Mark schluckte, und ein trockenes Klicken drang aus seiner Kehle. »Du hast mich also beobachtet.«

»Natürlich, was dachtest du denn? Aber falls du dir jetzt Vorwürfe machst, dass du dir keinen neuen Wagen besorgt hast, kann ich dich beruhigen. Ich war immer an dir dran, die ganze Zeit. Es wäre ein Leichtes gewesen, das neue Auto auch noch zu tracken. Aber jetzt verrate mir doch mal, wie du mich hier gefunden hast. Echt, das macht mich richtig neugierig.«

»Pluto«, sagte Mark. »Ab da war es dann nicht mehr schwer hierherzufinden. Diese Hütte scheint dir etwas zu bedeuten.«

»Sie gehörte meinem Großvater. Ich hab sie von meiner Mutter geerbt. Als ich klein war, waren wir oft hier oben.«

»Und jetzt ist die Hütte dein Refugium, was?«

Tarrach zuckte die Schultern. »Nenn es, wie du willst.

Mir ist nur immer noch nicht klar, wie du auf Pluto gekommen bist. Das wussten außer mir nur …« Er stutzte, und etwas flackerte in seinen Augen auf. »Meine Therapieakte! Deshalb warst du also noch einmal in der Waldklinik. Wie, zum Teufel, hast du es denn geschafft, an die Akte zu kommen?«

»Spielt keine Rolle«, entgegnete Mark, erstaunt über seine eigene Ruhe. »Jetzt bin ich hier, und so wie es aussieht, befinden wir uns in einer Pattsituation.«

Er hob leicht seine Pistole und deutete damit auf die in Tarrachs Hand. Dieser nickte, und sein Grinsen wurde breiter.

»Eine Glock 19, nicht schlecht, Doktor. Meine ist nur eine 17er. Sie stammt noch von meinem Großvater. Eines der ersten Modelle aus den frühen Achtzigern. Mit der habe ich damals von ihm das Schießen gelernt. Und wie steht es mit dir? Könntest du wirklich abdrücken?«

»Wenn es nötig ist.«

»Tja, Doktor, dann unterhalten wir uns jetzt wohl auf Augenhöhe, was? So war das zwar nicht vorgesehen, aber wie heißt es doch so schön: Nur ein flexibler Plan ist ein guter Plan.«

»Dein *Plan*«, stieß Mark verächtlich hervor. »Du veranstaltest doch nur Chaos und machst einen Fehler nach dem nächsten. Nennst du das etwa einen Plan?«

»Spielst du damit auf unsere jetzige Begegnung an, oder meinst du die Sache mit Axel Pohl?«

»Beides.«

Tarrach verzog gleichgültig das Gesicht. »Nun ja, dass du mich hier gefunden hast, war tatsächlich ein Fehler meinerseits. Ich habe dich unterschätzt, das gebe ich ohne Umschweife zu. Und was Pohl betrifft: Damit konnte ja nun wirklich keiner rechnen. Ich hab es kaum glauben können, als ich im Radio davon gehört habe. Offenbar hat der Kerl mehr Leben als eine Katze. Aber was soll's. Irgendwann werde ich ihn schon noch kriegen.«

»Warum er?«

Auf diese Frage hin verdrehte Tarrach die Augen und schüttelte den Kopf.

»Na komm schon, Doktor! Stell dich doch nicht blöder, als du bist. Pohl hätte damals natürlich gegen die Irre aussagen müssen. Schließlich hat er sie ebenso für schuldfähig gehalten wie ich. Und als jemand, der sie gut kannte, hätte er sie *belasten* können! Das Gericht hätte auf ihn gehört, und wahrscheinlich wäre der Prozess dann ganz anders ausgegangen. Aber nein, dieser Feigling hat geschwiegen, und so etwas muss eben bestraft werden.«

Mark lachte bitter. »Du hältst dich wohl für den Hüter der Gerechtigkeit, was? Du denkst, dass du über allem stehst und über andere Menschen urteilen darfst. Das ist gequirlte Scheiße, Ralf! Niemand außer deinem Vater hat Schuld an dem, was dir und deiner Familie zugestoßen ist.«

»Nein, Doktor, das sehe ich anders. Schließlich hätte das alles verhindert werden können.«

»Ach ja? Na, dann hilf mir doch mal, die Sache zu verstehen. Bis jetzt weiß ich Folgendes: Dein Vater kam aus der Klinik und konnte wegen seines Traumas nicht mehr in den Wald gehen. Eines Tages ruft ihn Gregor Ahrens an und bittet ihn, bei der Wildfütterung für ihn einzuspringen. Dein Vater fühlt sich ihm verpflichtet und tut es. Er geht in den Wald, die Erinnerung an sein Trauma wird verstärkt, der Stress wird zu viel und er flüchtet nach Hause. So weit liege ich doch richtig, oder?«

»Ja.«

»Was ich aber nicht verstehe, ist der Grund für seinen Amoklauf. Warum ist dein Vater danach auf deine Mutter und deine Schwester losgegangen?«

»Wegen dem Kopf«, sagte Tarrach leise.

»Du meinst den albernen Puppenkopf, den du uns in diesem Müllsack hinterlassen hast? Noch dazu mit *Ketchup* beschmiert? Das war ziemlich kindisch, mein Lieber.«

»Ich wollte, dass ihr Idioten es endlich begreift!«, fuhr Tarrach ihn an. »Das war kein Puppen-, sondern ein *Übungs*kopf für Friseure! Er gehörte meiner Schwester. Sie hatte ihn von meiner Mutter zu Weihnachten bekommen.«

»Also kam dein Vater nach Hause, sah die beiden damit spielen, und da er sich im Wahn vom Kopf seines toten Kollegen verfolgt fühlte, konnte er den einen Kopf nicht mehr vom anderen unterscheiden und ist durchgedreht.«

Nun nickte Tarrach und schien irgendwie zufrieden. Wie ein Lehrer, der feststellt, dass sein Schüler endlich die Lektion begriffen hatte.

»Genau so muss es gewesen sein, Doktor. Das hat jedenfalls der Polizeipsychologe vermutet. Er hat auch gesagt, dass mein Vater seine Medikamente abgesetzt hatte. Aber das stimmt nicht. Er hat sie nicht einfach *abgesetzt*. Die Wahrheit ist, dass er kein neues Rezept dafür *bekommen* hat, weil er ja keinen Arzt mehr hatte. In der Klinik hatten sie ihm zwar einen anderen Arzt vorgeschlagen, aber dem hat er nicht vertraut.«

»Also ist er nicht mehr zu seinen Sitzungen gegangen«, vollendete Mark die Geschichte.

»Nein, ist er nicht«, sagte Tarrach zornig. »Weil der Arzt, dem er vertraut hat, nicht mehr da war. Und schuld daran ist diese Irre. Sie hat Dr. Lorch ermordet, und dafür muss sie jetzt bestraft werden. Dank dir scheint sie ja auch wieder ganz die Alte zu sein. Also wird es die Richtige treffen, das ist gut. Ich gehe doch davon aus, dass sie noch lebt? Andernfalls hättest du dich hier ja nicht so anschleichen müssen, sondern einfach auf meinen Anruf warten können, stimmt's?«

»Ja, das stimmt«, sagte Mark. »Du hast doch nicht wirklich geglaubt, ich würde mich von dir zu einem Mord zwingen lassen?«

Wieder dieses Grinsen. Mark hätte es ihm am liebsten aus dem Gesicht geschlagen.

»Nun ja, Doktor, eine Zeit lang hast du es dir doch zumindest überlegt, nicht wahr? Aber mir war klar, dass du es nicht durchziehen würdest. Und weil wir gerade von der Irren reden: Wo ist sie eigentlich? Versteckt sie sich oben im Wald? Oder ist sie gar nicht erst mitgekommen?«

»Nein, Ralf«, entgegnete Mark kühl. »Du sagst mir jetzt, wo Doreen ist.«

»Na gut.« Tarrach deutete mit seiner Waffe zur Tür der Hütte. »Sie ist da drin. Genau hinter dir.«

»Lebt sie noch?«

Wieder sah Mark das spöttische Funkeln in seinen Augen. »Als ich gegangen bin, war sie noch am Leben, ja. Und jetzt bist du dran: Wo ist die Irre?«

»Zuerst will ich von dir wissen, wie die Sache mit uns weitergehen soll.«

»Du meinst unser Patt?« Tarrach sah auf ihre Pistolen und legte den Kopf schief. »Tja, Doktor, so wie ich das sehe, bleiben uns nur zwei Möglichkeiten. Wenn du mir jetzt sagst, wo die Irre ist, können wir in Frieden auseinandergehen. Ich hätte mir zwar gewünscht, dass du selbst die Dinge wieder ins Gleichgewicht bringst, denn immerhin lebt sie ja nur noch wegen dir, aber nach allem, was wir jetzt gemeinsam erlebt haben, hast du aus meiner Sicht eine Begnadigung verdient. Das ist doch ein großzügiges Angebot, findest du nicht?«

»Und danach? Was wirst du tun, wenn du bekommen hast, was du willst?«

»Na, was wohl? Ich werde mich umbringen«, erwiderte Tarrach, als spräche er zu einem Begriffsstutzigen. »Ich bin der Letzte auf der Liste der Angeklagten. Weil ich nicht für meine Familie da gewesen bin, als sie mich gebraucht hat. Ich hätte sie vor dem Verrückten beschützen müssen.«

»Nein, Ralf«, sagte Mark. »Da machst du dir etwas vor. Wenn du an dem Abend zu Hause gewesen wärst, hätte dich dein Vater ebenfalls umgebracht.«

»Ich hätte ihn aufgehalten!«, schrie Tarrach ihn an und stampfte zornig auf den Boden. »Und überhaupt tut das jetzt auch nichts mehr zur Sache. Es ist, wie es ist, und im Moment zählt nur, wie es mit uns beiden weitergeht. Entweder du sagst mir jetzt, wo ich die Irre finde, oder einer von uns wird den anderen erschießen müssen. Aber in dem Fall wirst du den Kürzeren ziehen, das verspreche ich dir.«

»Ach ja?«, entgegnete Mark und musste an das denken, was er aus Tarrachs Akte geschlussfolgert hatte. Dass er trotz seines inzwischen erwachsenen Alters noch immer ein zorniger, verunsicherter Junge war. »Was macht dich da so sicher?«

»Oh, das ist ganz einfach, Doktor. Du hast es nicht in dir, jemanden zu töten. Ich schon, wie du weißt. Also, was wirst du tun?«

»Das hier!«

Lara schnellte aus der Dunkelheit hervor, und noch ehe Tarrach reagieren konnte, traf ihn ein dicker Ast ins Gesicht, den sie wie einen Baseballschläger mit beiden Händen schwang.

Tarrachs Kopf ruckte zurück, Blut spritzte, und er stieß einen überraschten Grunzlaut aus. Dabei vollzog er wie ein ungeschickter Tänzer eine halbe Drehung auf dem Absatz, ehe ihn der Ast ein zweites Mal traf, diesmal gegen die Brust.

Er ging zu Boden und gab ein Stöhnen von sich. Noch immer hielt er seine Pistole, doch bevor er sie auf Lara richten konnte, war Mark bereits bei ihm und trat mit voller Wucht auf die Hand mit der Waffe.

Tarrach schrie auf, die Pistole entglitt seinen Fingern, wobei sich ein Schuss löste und irgendwo in der Dunkelheit ein Querschläger heulte. Mit seiner freien Hand versuchte er, Marks Bein zu fassen, doch Mark war schneller. Er zog sein Bein zurück und verpasste ihm einen zweiten Tritt in die Seite.

Jaulend rollte Tarrach durch den Schlamm und versuchte, von ihm wegzurobben wie ein in Panik geratener Frontsoldat, doch Mark stürzte sich auf ihn. Er packte Tarrach am Schopf, riss seinen Kopf herum und presste ihm den Lauf seiner Pistole an die Schläfe.

Keuchend lagen sie aufeinander, und Tarrach sah grinsend zu Mark auf. Blut lief ihm aus der Nase, vermischte sich mit dem Schlamm auf seinem Gesicht, und als ein weiterer Blitz über den Himmel zuckte, schimmerten seine Zähne rot.

»Na los, Doktor!«, grunzte er. »Du hast gewonnen. Bring es zu Ende.«

Auf einmal war Mark wie versteinert. Er starrte in das hässlich grinsende Gesicht, und die ganze Situation kam ihm erschreckend unwirklich vor. Als sei ein böser Traum, der ihn über Jahre gequält hatte, plötzlich real geworden. Es war wie damals, als er auf Lars Weslowski losgegangen war, doch diesmal hatte er den Richtigen unter sich. Der Moment, auf den er seit Tanjas Tod gewartet hatte, war endlich gekommen.

Schweißperlen traten ihm auf die Stirn, die noch kälter waren als der Regen.

Etwas in ihm wollte abdrücken, wollte es tatsächlich *tun*.

Für Tanja. Für Doreens Entführung. Für Axel. Für Lara. Für all die seelischen Schmerzen, die Tarrach ihm über so viele Jahre zugefügt hatte.

Wegen diesem Dreckskerl habe ich mich fast zu Tode gesoffen!

Er spürte seine Fingerkuppe am Abzug, und es kam ihm vor, als habe er noch nie etwas so *intensiv* wahrgenommen. Er musste nur noch den Zeigefinger krümmen. Eine kurze Bewegung, die keinerlei Mühe erforderte, konnte all das jetzt auf der Stelle beenden. Er könnte die schiefliegende Welt wieder ins Lot bringen und für ausgleichende Gerechtigkeit sorgen.

In Filmen sah das immer so einfach aus. Der Held erschoss den Bösewicht, das popcornkauende Publikum war zufrieden, und nach dem Happy End folgte der Abspann.

Aber es war eben *nicht* einfach. Das hier war kein Film, und er war weder Clint Eastwood noch Charles Bronson und auch kein verdammter Liam Neeson.

Er war ein Mann, der einst den hippokratischen Eid abgelegt hatte. Ein Mann, der es sich damals zur Aufgabe gemacht hatte, menschliches Leben zu schützen.

Und das hier *war* ein menschliches Leben. Hier würde kein Schauspieler die Augen schließen und dann wieder öffnen, sobald der Regisseur »Cut!« rief.

Wenn er jetzt abdrückte, würde er einen Menschen töten. Einen Wahnsinnigen und einen Mörder zwar, aber dennoch einen *Menschen*. Noch dazu einen, der jetzt hilflos unter ihm lag und ihm auf Gedeih und Verderb ausgeliefert war.

Wenn du das tust, was unterscheidet dich dann noch von ihm?, fragte seine innere Stimme, und er fand keine Antwort darauf. Stattdessen dachte er an Jan Forstners Warnung. Dass er sich nicht nur vor Ralf Tarrach, sondern auch vor sich selbst in Acht nehmen müsse.

Er sah zu Lara hoch, die vor ihnen zurückgewichen war. Im Lichtschein des Fensters wirkte ihr Gesicht bleich wie das eines Gespensts. Der Regen troff von ihren schlammigen Klamotten, und sie hielt Tarrachs Waffe wie einen Fremdkörper in der Hand – erschrocken und abwartend, was als Nächstes passieren würde.

Als ihre Blicke sich trafen, schienen sie beide dasselbe zu denken: *Das hier ist nicht richtig.*

»Ich hab's dir doch gesagt«, grunzte Tarrach unter ihm und spuckte frisches Blut in den Matsch. »Du hast es nicht drauf, Doktor.«

Gerade als Mark wieder zu ihm sah, schnellte Tarrachs linker Arm hoch. In dem Bruchteil einer Sekunde, bevor der Schlag ihn traf, erkannte Mark, dass Tarrach sich einen der Steine gegriffen hatte, die um sie herum auf dem schlammigen Boden lagen.

Doch noch ehe er ihm ausweichen konnte, traf ihn der Stein an der Schläfe, und grelle Lichter explodierten in einer Wolke aus Schmerz vor seinen Augen.

Die Welt um ihn begann zu wirbeln, als sei er in eine Zentrifuge geraten. Es gelang ihm gerade noch, einen weiteren Schlag abzuwehren, als Tarrach sich unter ihm aufbäumte und ihn wie ein bockendes Pferd abwarf.

Mark fiel zur Seite und schlug hart auf den Boden. Als er sich herumrollte, sah er Tarrach aufspringen und hinkend davoneilen.

»Nein!«, schrie Lara, und lief ihm nach.

Sie richtete die Pistole auf den Flüchtenden, doch Tarrach hatte bereits den Geländewagen erreicht. Noch während sie versuchte, ihn ins Visier zu nehmen, flammten plötzlich die Scheinwerfer des Subaru auf und tauchten die Szenerie in grelles Licht.

Geblendet schlug Lara einen Arm vors Gesicht und stieß einen Fluch aus, während der Wagen mit heulendem Motor durch den spritzenden Schlamm davonjagte.

Gleich darauf wurden seine Rücklichter vom Dunkel des Waldes verschluckt.

Kapitel 68

Marks Schädel dröhnte, und er spürte warmes Blut, das an seiner Schläfe herabrann. Benommen versuchte er sich aufzurichten, was ihm aber erst mit Laras Hilfe gelang. Ihrem Blick nach musste die Platzwunde an seinem Kopf ziemlich übel aussehen – und der Rest von ihm wohl ebenfalls.

Auch sie wirkte reichlich mitgenommen. Vom Regen durchnässt, voller Schlamm und lädiert.

»Alles okay mit dir?«, fragte sie besorgt.

Er nickte, was frischen Schmerz durch seinen Kopf zucken ließ, und blinzelte gegen die tanzenden Lichtflecken vor seinen Augen an.

»Dieser elende Schweinehund! Ich hätte ihn erschießen sollen, als ich die Chance hatte.«

»Mach dir keine Vorwürfe«, sagte sie und strich sich die nassen Haare aus dem Gesicht. »Ich konnte es ja auch nicht. Wir sind eben nicht wie er.«

Sie bückte sich nach Marks Pistole und steckte sie zu der von Tarrach in ihre Jackentasche.

»Der Kerl wird bestimmt nicht aufgeben«, sagte sie. »Jetzt weiß er ja, wo ich bin. Ich finde, es ist Zeit, die Polizei einzuschalten.«

»Ja«, sagte Mark, dann deutete er zu der Hütte. »Aber vorher muss ich nach Doreen sehen.«

Sie folgte seinem Blick und schauderte. »Glaubst du, er hat sie umgebracht?«

»Er hat behauptet, dass sie noch lebt, aber was kann man diesem Kerl schon glauben?«

»Warte«, sagte sie und hielt ihn am Ärmel fest. »Bevor wir da reingehen, muss ich dir noch etwas sagen. Das vorhin … Es tut mir so leid. Ich hatte plötzlich das Gefühl, dass ich den Verstand verliere. Auf einmal waren da wieder diese ganzen alten Erinnerungen, wie Wahnbilder … nein, nicht nur *wie*, es *waren* Wahnbilder. Es war als … O Gott, ich kann es nicht richtig beschreiben. Und dann auf einmal war ich wieder … *sie*.«

»Du meinst Ellen?«

»Ja.«

»Und wie fühlst du dich jetzt?«

»Ganz ehrlich?«

»Ganz ehrlich.«

»Ich glaube … wie wir beide zusammen. Sie und ich. Denn eigentlich sind wir das ja auch, oder? Ein- und dieselbe.«

»Ja, das seid ihr. Ihr seid es immer gewesen, nur hattet ihr bisher nicht zueinandergefunden. Aber wenn es jetzt so ist, dann hatte das alles hier zumindest auch etwas Gutes.«

Sie sah ihn nachdenklich an. »Ich glaube, das ist es, was uns beide von Tarrach unterscheidet. Wir haben trotz all des Schlechten, das uns widerfahren ist, nie ganz den Blick für das Gute verloren.«

»Das hoffe ich«, erwiderte er. »Und dass er mich nicht belogen hat, was Doreen betrifft.«

Dann ging er voran zur Hütte, und diesmal zögerte er nicht, als er nach der Klinke griff.

Kapitel 69

Als er die Tür aufdrückte, gaben die Scharniere ein leises Ächzen von sich. Gefolgt von Lara trat er ein und wurde von einem muffigen Geruch nach Holz, Ruß und Staub empfangen, der ihn an einen alten Dachboden denken ließ.

Der Raum, der sich vor ihnen auftat, war größer, als man von außen vermutet hätte. Das Innere der Hütte wurde vom kalten LED-Licht einer Campingleuchte erhellt, die auf einem Tisch in der Mitte stand. Ringsum hingen Geweihe an den Wänden, deren Schatten wie lange Krallen nach der Balkendecke griffen, und ein gusseiserner Werkstattofen knisterte an der Rückwand.

Direkt daneben stand ein rostiger Metallstuhl, von dessen Armlehnen die Reste des Klebebands hingen, mit dem Tarrach Doreen gefesselt hatte. Doch nun war der Stuhl leer.

»Mark!«, rief Lara und packte ihn an der Schulter.

Erschrocken fuhr er herum, und dann sah auch er sie. Nicht weit von der Tür kauerte Doreen neben einer Kommode am Boden. Zitternd starrte sie die beiden an. Ihre langen blonden Haare hingen ihr zerzaust um das bleiche Gesicht, und noch immer trug sie das weinrote Kleid, das jetzt schmutzig und zerrissen war.

»Doreen! Gott sei Dank, du lebst!«

Mark war mit zwei Schritten bei ihr, fiel neben ihr auf die Knie und schloss sie in seine Arme. Sie reagierte kaum, und als er sie ansah, erhielt er nur einen verstörten Blick zur Antwort.

»Mark?«

Ihre Stimme war kaum mehr als ein heiseres Krächzen. Sie klang kraftlos und erschöpft und schien noch immer unter dem Einfluss des Narkotikums zu stehen.

»Ja, ich bin hier«, sagte er und strich ihr vorsichtig die Haare aus dem Gesicht. »Jetzt wird alles gut, du bist in Sicherheit.«

Er sah sich zu Lara um, die eine Flasche Mineralwasser aus einem Wandregal nahm. Daneben lagerten Reste von Dosenwurst und Vollkornbrot – offenbar Tarrachs einziger Proviant während seines Aufenthalts in der Hütte.

Lara reichte Doreen die Flasche.

»Du solltest etwas trinken. Das wird dir helfen, wieder klar zu werden. Ich bin übrigens Lara, eine alte Freundin von Mark.«

»Ich ... weiß, wer du ... bist«, sagte Doreen und nahm die Flasche mit der schwachen Andeutung eines Lächelns entgegen. »Danke euch beiden. Ich hatte schon Angst ... dass ...«

Sie vollendete den Satz nicht und schlug die Augen nieder, ehe sie in kleinen Schlucken zu trinken begann.

Mark spürte, wie sich etwas in seiner Brust zusammenzog. Vor zwei Tagen war diese Frau noch stark und selbstbewusst gewesen. Sie hatte alle Widrigkeiten ihrer Vergangenheit überwunden gehabt, und ihm und vielen anderen auf ihrem Weg aus der Sucht geholfen. Einem Weg, den sie sich selbst hart erkämpft hatte.

Aber jetzt war von dieser starken Frau nichts mehr geblieben. Tarrach hatte auch sie gebrochen.

Da war er wieder, der alte Zorn, den er vorhin, als er die Glock an Tarrachs Schläfe gepresst hatte, nicht mehr in sich gefunden hatte. Hätte er Doreen vor jenem Moment so gesehen, hätte er abgedrückt. Dessen war er sich jetzt absolut sicher.

Sein Handy begann zu vibrieren, und er zuckte so erschrocken zusammen, als habe es ihn in den Schenkel gebissen. Eilig zog er es aus der Hosentasche und stellte fest, dass das Display vorhin beim Kampf gesprungen war. Doch das Wort unter den Rissen im Glas war noch lesbar.

ANONYM.

»Ist er das?«, fragte Doreen erschrocken, und Mark nickte.

»Geh da nicht ran!«, stieß Lara hervor. »Ruf lieber gleich die Polizei.«

»Erst will ich wissen, was der Kerl vorhat.«

Mark nahm den Anruf entgegen, was ihm wegen des gesprungenen Displays und seiner zitternden Finger erst beim dritten Versuch gelang.

»Na, wie geht's dir, Doktor?«, meldete sich Tarrach. Obwohl im Hintergrund der Motor seines Subaru zu hören war, entging Mark nicht der nasale Tonfall in seiner Stimme.

Laras Schlag muss ihm die Nase gebrochen haben, dachte er mit grimmiger Genugtuung.

»Warum sagst du nichts, Doktor? Bereust du schon, dass du mich vorhin nicht erschossen hast?«

»Beim nächsten Mal werde ich es tun«, versprach Mark. »Ich werde dich wieder kriegen, egal wo du dich versteckst, verlass dich drauf!«

»Oh ja, das glaube ich dir! Ein Mann, ein Wort, nicht wahr? Wie du inzwischen gesehen haben wirst, habe ich meines gehalten. Deine Freundin ist noch am Leben.«

»Und jetzt? Was hast du vor?«

»Nun, zuerst einmal habe ich eine gute Nachricht für dich«, sagte Tarrach, und Mark hörte, wie das Motorengeräusch im Hintergrund lauter wurde.

Wie beim Überholen, dachte er.

»Eine gute Nachricht? Welche denn?«

»Ich habe gerade telefoniert, und weißt du, was man mir gesagt hat? Deinem Freund scheint es besser zu gehen. Er hat die Operation überstanden.«

Mark spürte, wie ihm ein eiskalter Schauer über den Rücken lief. Der Dreckskerl war auf dem Weg zu Axel!

»Ich denke, ich sollte ihm einen kleinen Besuch abstatten«, sagte Tarrach fröhlich. »Blumen sind auf der Intensivstation leider nicht zugelassen, aber wenn du willst, kann ich ihm einen letzten Gruß von dir ausrichten.«

»Lass ihn in Ruhe, oder ich bringe dich um!«, fuhr Mark ihn an, worauf er ein näselndes Kichern zur Antwort erhielt.

»Na, na, na, Doktor! Wer wird denn gleich so wütend sein? Ich hab's dir doch gesagt: Nur ein flexibler Plan ist ein guter Plan. Aber jetzt muss ich leider Schluss machen, im wahrsten Sinne des Wortes. Also dann, wir hören wieder voneinander!«

»Nein!«, rief Mark. »Warte!«

Doch Tarrach hatte bereits aufgelegt.

Kapitel 70

»Ich muss zu Axel in die Klinik«, sagte Mark, nachdem er den Anruf bei der Fahlenberger Polizei beendet hatte.

Die Beamten hatten ebenso skeptisch auf seinen Anruf reagiert wie zuvor die Schwester in der Infozentrale des Stadtklinikums. Bei ihr war er sich nicht einmal sicher gewesen, ob sie seine Warnung tatsächlich ernst genommen hatte. Sie hatte ihn nur kurz und knapp an die Polizei verwiesen und dann aufgelegt.

Also hatte er den Notruf gewählt und war zum Fahlenberger Polizeirevier durchgestellt worden. Dort hatte man ihm versprochen, man werde nach Axel Pohl sehen.

»Wirklich überzeugt haben die sich aber nicht angehört«, sagte Mark, und Lara blickte ihn ängstlich an.

»Werden sie denn auch jemanden hierherschicken?«

»Ja, aber es wird wohl eine Weile dauern, bis sie die Zufahrt hierher gefunden haben. Ich konnte ihnen ja nur grob die Lage der Hütte schildern, und das auch nur aus der Richtung des Wanderwegs.«

»Verdammt!« Sie spähte durch die Tür in die Nacht hinaus, wo weiterhin der Regen in dichten Fäden niederging. »Und was, wenn das alles nur ein Trick von diesem Kerl ist, um dich in eine Falle zu locken? Schließlich weiß er jetzt, dass ich hier bin, und *ich* bin doch sein Hauptziel. Wenn er dich in die Finger kriegt, kann er mich damit erpressen. Dann würde das ganze Spiel wieder von vorn losgehen.«

»Mir ist auch nicht ganz wohl dabei, da rauszugehen«, gab Mark zu. »Aber ich bin der Einzige, der Tarrach identifizieren kann. An euch kommt er nicht heran, wenn ihr euch in der Hütte verschanzt, aber Axel bietet jetzt ein ungeschütztes Ziel.«

»Glaubst du wirklich, er will ihn in der Klinik umbringen? Mit den ganzen Leuten da?«

Mark zuckte die Schultern. »Tarrach ist wütend, und vor allem ist er von seinem Racheplan wie besessen, das macht ihn unberechenbar. An uns kommt er hier drin nicht heran, vor allem, weil er weiß, dass wir bewaffnet sind. Aber wenn er es geschafft hat, in dem Heim zu seinem Vater vorzudringen, könnte er auch an Axel herankommen. Jedenfalls, solange ich die Polizei nicht vollends davon überzeugen kann, dass sie ihn dauerhaft im Auge behalten.«

»Mark hat recht«, sagte Doreen leise und zog die Wolldecke noch fester um ihre Schultern. »Er wird nicht aufhören, bevor er alle umgebracht hat, die er für schuldig hält. Du hättest ihn hier erleben sollen. Wie er getobt hat, als ihm klar wurde, dass Mark hierherkommt. Er wollte ihn töten.«

Ihr letzter Satz war kaum mehr als ein Flüstern, und ihre Angst stand ihr deutlich ins Gesicht geschrieben. Sie schien immer noch unter Schock zu stehen.

»Aber es ist ihm nicht gelungen«, sagte Mark sanft. Er setzte sich zu ihr auf die alte Couch, die neben dem Vorratsregal stand, und legte einen Arm um sie. Sie zitterte, und er drückte sie an sich.

»Mach dir keine Sorgen, hier drin seid ihr sicher, und ich werde auf mich achtgeben«, versprach er. »Immerhin bin ich darauf gefasst, dass er mir da draußen auflauern könnte, und beim nächsten Mal werde ich ganz bestimmt nicht zögern, auf ihn zu schießen.«

Lara schüttelte den Kopf. »Ich habe trotzdem kein gutes Gefühl dabei, Mark.«

»Ich auch nicht«, erwiderte er. »Aber es ist die einzige Möglichkeit. Solange ihr in der Hütte bleibt, kommt er nicht an euch heran. Bis auf das eine Fenster sind alle Läden von innen verriegelt, und wenn ihr die Kommode vor die Tür rückt, bekommt er sie nicht auf. Er hat also nur einen möglichen Zugang, und falls er tatsächlich versuchen sollte, durch das Fenster zu kommen, erschießt ihr ihn.«

Besorgt betrachtete Lara die beiden Pistolen, die neben der Campingleuchte auf dem Tisch lagen, und seufzte tief. »Also gut. Aber beeil dich, und pass um Himmels willen auf dich auf!«

»Das werde ich«, versprach er, und nahm seine Glock

vom Tisch. Er prüfte, ob sie schussbereit war, dann ging er zur Tür.

Als er sich noch einmal umsah, blickte er in zwei sorgenvolle Gesichter.

»Sei vorsichtig«, sagte Doreen. »Wir sind hier zu zweit, aber du bist da draußen ganz allein.«

Er nickte ihnen zu, dann eilte er in die Nacht hinaus.

Kapitel 71

Diesmal hielt Mark sein leuchtendes Handy so hoch wie möglich. Falls Tarrach tatsächlich nur geblufft hatte und doch noch in der Nähe war, *sollte* er ihn sehen. Ihm musste klar sein, dass sie inzwischen Hilfe gerufen hatten, und ihm nicht viel Zeit blieb, um zu handeln, also würde er sich auf das einfachste Ziel konzentrieren, und Mark folgen. *Falls* er tatsächlich noch hier war.

Mit vorgehaltener Pistole überquerte Mark die Lichtung, und als er den Fußpfad zwischen den Bäumen erreichte, der zurück zum Planetenweg führte, umhüllte ihn die tiefe Nachtschwärze des Waldes.

Das Wetterleuchten war inzwischen weitergezogen – der drohende Herbststurm schien es sich anders überlegt und sich nach Westen aufgemacht zu haben –, und nun verhüllten die dichten schwarzen Regenwolken den Nachthimmel vollkommen. In der Finsternis reichte der Lichtkegel des Handys nur wenige Meter weit, und während er den Hang hinaufhastete, streiften ihn immer wieder Äste, schlugen nach ihm und bespritzten ihn mit Regentropfen.

Hin und wieder raschelte es im Unterholz, und einmal stob etwas in der Dunkelheit davon, das groß und schwer sein musste. Ein Mensch? Nein, vermutlich ein Reh oder ein Wildschwein, das er bei der Nachtruhe unter einem schützenden Baum gestört hatte.

Fast hätte Mark darauf geschossen, konnte sich aber gerade noch bremsen, als ihm klar wurde, dass dieses Etwas nicht auf ihn zukam, sondern vor ihm flüchtete.

Tarrach ließ sich nicht blicken. Weder auf dem Waldpfad noch auf dem Planetenweg, und auch nicht, als Mark endlich den Parkplatz des Planetariums erreicht hatte. Demnach musste er also tatsächlich zur Klinik gefahren sein, vermutete Mark und beeilte sich noch mehr.

Ein Mann, ein Wort, echoten Tarrachs Worte in seinem Kopf, als er keuchend und mit brennenden Lungen in den Wagen sprang.

Während er mit heulendem Motor vom Parkplatz fuhr, dachte er an den Tracker, der irgendwo an dem VW befestigt sein musste. Er hätte ihn nun natürlich suchen und entfernen können, aber das wäre reine Zeitverschwendung gewesen. Tarrach wusste ohnehin, dass er zu ihm kommen würde.

Nun ging es nur noch darum, wer von ihnen der Schnellere war.

Kapitel 72

Nach einer knapp fünfundzwanzigminütigen Fahrt mit überhöhtem Tempo und mehreren riskanten Überholmanövern erreichte Mark das Stadtklinikum. Er passierte die Zufahrt zum Klinikgelände, bog eilig nach links in die Anliefer- und Kurzparkerzone ab, und hielt neben dem Haupteingang, der von zwei Streifenwagen flankiert wurde.

Beim Anblick der Polizeifahrzeuge durchfuhr ihn der Gedanke, dass sie zweierlei bedeuten konnten: Entweder man hatte seine Warnung ernst genommen oder …

Oder ich komme zu spät!

Er sprang aus dem Wagen und stürmte durch die Drehtür in den Eingangsbereich, wo er von warmer Heizungsluft und sterilem Krankenhausgeruch empfangen wurde.

Zu dieser späten Stunde war die Vorhalle menschenleer. Die Rollläden des Kiosks mit dem Besuchercafé und des kleinen Friseursalons daneben waren geschlossen, und alles war gespenstisch still.

Dann vernahm er irgendwo vor sich eine gedämpfte Männerstimme und das leise Lachen einer Frau. Er lief an der Infotafel vorbei, die zu den Stationen wies, und sah an der Ecke die Glaskabine der Anmeldung. Ein uniformierter Polizist lehnte lässig an der Infotheke und unterhielt sich mit der Schwester, die dort ihren Dienst tat.

Die beiden lächelten, und es schien ein nettes Gespräch zu sein, wenn nicht gar ein kleiner Flirt. Doch als Mark nun mit schlammstarrender Kleidung und einer blutverkrusteten Platzwunde an der Schläfe auf sie zu eilte, erstarb das Lächeln der beiden augenblicklich.

Wie ein Revolverheld aus einem Western griff der Polizist an sein Gürtelholster und stellte sich Mark in den Weg.

»Halt!«, sagte er und hob die Hand. »Wer sind Sie?«

Völlig außer Atem erklärte Mark, dass er der Anrufer war, der sie vor Ralf Tarrach gewarnt hatte.

»War er schon hier?«, setzte er schnaufend hinzu. »Konnten Sie ihn fassen?«

»Einen Moment«, sagte der Polizist und betrachtete ihn mit einer Mischung aus Bestürzung und Abscheu. Dann griff er nach seinem Funkgerät und gab Marks Ankunft an seine Kollegen durch. Dabei trat der Polizist einige Schritte zurück, ohne Mark jedoch aus den Augen zu lassen. Es schien, als befürchtete er, sich an dem schmutzigen, nach Schweiß und Adrenalin stinkenden Mann mit irgendeiner gefährlichen Krankheit anzustecken – seinem Blick nach zu urteilen vielleicht mit einer Art von hochinfektiösem Wahnsinn.

Nachdem er gesprochen hatte, gab das Funkgerät ein Knacken von sich, und eine knisternde Stimme antwortete: »Bringen Sie ihn her.«

Ohne sich ihm noch einmal zu nähern, winkte der Polizist Mark zu.

»Kommen Sie mit!«

Mark tat wie ihm geheißen und folgte dem Beamten durch den Korridor zur Krankenstation D4. Dort nahm ihn ein hochgewachsener Mann in Zivil in Empfang.

»Herr Behrendt?«

»Ja, der bin ich.«

»Können Sie sich ausweisen?«

Entnervt holte Mark seinen Geldbeutel aus der schlammstarrenden Hosentasche und zog mit zitternden Händen seinen Ausweis heraus.

Der Mann warf einen knappen Blick darauf und nickte. »Danke. Ich bin Hauptkommissar Stark«, stellte er sich vor.

Mit seiner Lederjacke, den kurz geschorenen roten Haaren und der Narbe, die seine rechte Braue teilte, erinnerte er Mark an eine Figur aus *Sin City*. Tanja hatte den Film geliebt, und sie hatten ihn sich mindestens dreimal gemeinsam angesehen, aber jetzt wusste er nicht mehr, welchem Schauspieler der Mann ähnelte, dem er nun wie automatisch die Hand schüttelte.

Mickey Rourke? Möglich. Aber was spielte das jetzt schon für eine Rolle? Warum dachte er überhaupt über so etwas nach?

Weil du kurz davor bist durchzudrehen, gab ihm seine innere Stimme zur Antwort.

»Ist Tarrach aufgetaucht?«, fragte er, und starrte auf die geschlossene Tür des Krankenzimmers, das zweifellos Axels Zimmer sein musste. Davor hatte sich ein zweiter uniformierter Beamter postiert.

»Nein, hier war niemand«, erwiderte Stark, und musterte ihn aufmerksam. »Niemand außer uns und natürlich dem Personal.«

»Verdammt!«, keuchte Mark. »Dann hatte Lara vielleicht recht. Er könnte doch noch oben im Wald sein und versuchen, in die Hütte zu kommen. Wir müssen unbedingt dorthin!«

»Langsam, langsam, Herr Behrendt!« Stark hob beschwichtigend die Hände. »Jetzt beruhigen Sie sich erst mal.«

»Beruhigen?«, blaffte Mark ihn an. »Ich soll mich beruhigen? Wissen Sie eigentlich, was ich in den letzten Tagen durchgemacht habe?«

»So in etwa«, entgegnete Stark mit weiterhin ruhiger Stimme. »Eine Streife ist zu dieser Hütte unterwegs, aber bevor ich noch mehr unternehme, will ich zuerst Ihre Version der Geschichte erfahren.«

»*Meine* Version? Wessen Version haben Sie denn schon gehört?«

»Die von Herrn Pohl.«

»Er ist ansprechbar?«

»Ja, er ist wieder bei Bewusstsein. Ich habe mich bis gerade eben mit ihm unterhalten.«

Nun musste Mark sich an die Wand lehnen. Seine Knie drohten plötzlich nachzugeben, als hätte er sich mit letzten Kräften einer schweren Last entledigt, die ihn bis eben fast erdrückt hatte.

»Ich will ihn sehen«, sagte er erschöpft. »Bitte! Ich werde Ihnen alles erklären, aber lassen Sie mich erst zu ihm. Wenn Sie schon mit ihm gesprochen haben, wissen Sie ja, dass ich die Wahrheit sage.«

Stark schürzte die Lippen, als würde er darüber nachdenken, dann wandte er sich wortlos um, und der uniformierte Polizist öffnete Mark die Tür zum Krankenzimmer.

Dort lag Axel in einem Einzelbett. In seinem geschwollenen Gesicht waren mehrere Schnittwunden genäht worden, und er sah aus, als trüge er eine blau-rote Halloweenmaske. Man hatte ihm eine Infusion gesetzt und einen Katheter gelegt, und sein rechter Arm steckte in einer Gipsschiene, ebenso wie seine Beine. *Beide* Beine, keine Amputation, wie Mark mit großer Erleichterung feststellte.

Als Axel ihn hereinkommen sah, verzog er den Mund zu einem gequälten Grinsen.

»Hey Mann«, krächzte er. »Du siehst echt scheiße aus.«

»Hast du heute schon mal in den Spiegel geschaut?«, gab Mark zurück und spürte, wie ihm die Augen brannten. Er war mit den Nerven am Ende, und es fehlte nicht mehr viel, bis er wie ein kleiner Junge zu flennen beginnen würde.

»Wie geht es dir?«

Axel hob den linken Arm – der einzige Teil von ihm, der unverletzt schien – und deutete auf seine Beine. »Ich hab mehr Schrauben und Metall in mir als der Terminator. Den Stadtmarathon werde ich wohl nicht mehr laufen können. Jetzt ist mein aktuelles Fernziel das Klo. Aber wenigstens bekomme ich hier den richtig guten Stoff. Das macht's erträglich.«

»Als ob du jemals einen Marathon laufen würdest«, sagte Mark und wischte sich mit dem Ärmel über die Augen.

»Du klingst schon wie meine Ex«, gab Axel zurück. »Aber tu mir den Gefallen und fang jetzt bloß nicht an zu heulen.«

»Also, Herr Behrendt«, unterbrach Stark die beiden. »Jetzt berichten Sie mir bitte, was geschehen ist.«

Mark ließ sich auf den Besucherstuhl neben dem Bett sinken und begann zu erzählen. Er fasste sich so kurz wie möglich, bemühte sich aber, nichts auszulassen. Nur die illegale Glock, die jetzt in der Innentasche seiner schmutzigen Jacke steckte, verschwieg er. Die Pistole wollte er auf keinen Fall aus der Hand geben müssen. Jedenfalls nicht, solange Tarrach noch auf freiem Fuß war.

Stark hörte ihm mit ausdrucksloser Miene zu, und gerade als Mark bei Tarrachs Flucht und seiner anschließenden Drohung, Axel zu töten, angekommen war, begann das Handy des Kommissars zu klingeln.

»Moment bitte«, sagte Stark knapp und nahm den Anruf entgegen.

Mit zusammengekniffenen Brauen lauschte er den Worten des Anrufers, nickte ein paarmal, und sagte schließlich: »Das ist ja interessant. Danke für die Info.«

Dann legte er auf und wandte sich wieder Mark und Axel zu. »Das war das Revier. Wir haben Herrn Tarrach überprüft. Er hat vor vier Jahren seinen Namen ändern lassen und heißt jetzt Kessler. Deswegen konnten Sie ihn wohl auch nicht aufspüren.«

»Kessler«, wiederholte Mark. »Das muss der Mädchenname seiner Mutter sein. An der Jagdhütte hing ein Schild, auf dem *Kessler-Hütte* stand. Ralf hat gesagt, dass sie seinem Großvater gehörte, und dass er sie von seiner Mutter geerbt hat. Offenbar hat er seinen Vater so sehr gehasst, dass er nicht mehr denselben Namen tragen wollte.«

Stark runzelte die Stirn. »Sagten Sie vorhin nicht, er habe sich diesem Hotelier gegenüber unter seinem ursprünglichen Namen vorgestellt, und dass das erst letztes Jahr gewesen sei?«

»Ja, offenbar damit ich bei meinen Nachforschungen nur auf seine Vergangenheit stoße«, sagte Mark. »So wäre ich wohl nie auf die Idee gekommen, ihn unter dem Familiennamen seiner Mutter zu suchen.«

»Ach du Scheiße!«, krächzte Axel. »Kessler, so hieß auch der Mann, der das Haus von Chris gekauft hat.«

»Wie bitte?« Stark hob erstaunt die Brauen. »Etwa *Ralf* Kessler?«

»An den Vornamen erinnere ich mich nicht mehr«, sagte Axel und hustete. Das Sprechen strengte ihn offensichtlich an. »Das lief damals alles über die Maklerin. Ziemlich genau vor vier Jahren. Aber auf einer Skala von eins bis zehn: Wie groß ist die Wahrscheinlichkeit, dass das ein Zufall ist?«

»Das ist mir jetzt zu hoch.« Stark kratzte sich am Kopf. »Wieso sollte Ralf Tarrach – oder jetzt eben *Kessler* – das Haus von Dr. Lorch kaufen?«

»Aus Besessenheit«, sagte Mark. »Schließlich war das der Tatort. Die Quelle allen Übels, wenn Sie so wollen. Jedenfalls aus seiner Sicht.«

»Ich weiß noch, dass er das Haus für sich und seine Freundin gekauft hat«, sagte Axel. »Das hat mir Carmen … also meine Maklerin … erzählt.«

»Seine Freundin?«, fragte Mark und stockte.

Die rätselhafte Frau!, schoss es ihm durch den Kopf, und die Erkenntnis riss ihn wie eine gewaltige Woge mit sich.

Er dachte an das, was der Junge gesagt hatte, der ihm damals in Frankfurt Tarrachs Nachricht überreicht hatte. Auf seine Frage, wer ihm den Zettel gegeben habe, hatte der Junge behauptet, es sei eine Frau gewesen.

Bisher war Mark stets davon ausgegangen, dass diese Frau nur eine weitere Botin gewesen war. Eine Unbeteiligte, die Tarrach ebenfalls bezahlt hatte, um ihn zu verwirren. Deswegen hatte er immer nur nach einem Mann gesucht – nach dem mysteriösen »Hey Doktor«-Rufer, der Tanja überfahren hatte.

Aber jetzt erschien dies alles plötzlich in einem anderen Licht.

WIR SIND NOCH NICHT MITEINANDER FERTIG!

Das war die letzte Zeile von Ralfs Nachricht an ihn gewesen.

Was, wenn sich das WIR auf diesem Zettel nicht nur auf ihn und Mark bezogen hatte, sondern auch noch auf eine dritte Person? Wenn *die beiden* damals noch nicht mit ihm fertig gewesen waren?

»Dann könnte er also eine Komplizin haben«, schlussfolgerte Stark, wie um Marks Gedankengang zu vollenden.

»Was weißt du von dieser Freundin?«, fragte Mark an Axel gewandt.

»Nichts, ich hab die beiden ja nie kennengelernt. Carmen meinte damals nur, die zwei seien ein ziemlich seltsames Paar.«

»Und wieso das?«, fragte Mark.

Wieder begann Axel zu husten. Das Blau seiner Schwellungen lief zu einem ungesunden Violett an, und Tränen rannen ihm über die Wangen. Es dauerte eine gute Minute, bis der Hustenanfall endlich nachließ, und Axel verzog schmerzhaft das Gesicht.

»Scheiße, tut das weh!«

»Geht's wieder?«, fragte Mark besorgt.

»Ja, ja, schon gut.«

»Herr Pohl, was hat die Maklerin damit gemeint, als sie von einem *seltsamen* Paar sprach?«, fragte Stark.

»Na, sie fand es eben seltsam, dass die Frau ein gutes Stück älter war als er.«

»Älter als er?«, echote Mark und spürte plötzlich ein merkwürdiges Ziehen in der Brust.

»Ja, aber sie muss noch ziemlich gut ausgesehen haben«, sagte Axel schnaufend. »Carmen hat damals gelästert, dass Blondinen wohl immer die besseren Chancen bei Männern haben. Die bekommen sogar die jüngeren ab, obwohl die fast ihre Söhne sein könnten, hat sie gesagt.«

»Bist du dir sicher?«, fragte Mark. »Es war wirklich eine blonde Frau?«

»Ja. Laut meiner Maklerin war es eine ältere, aber gut aussehende Blondine.«

Nun wurde das Ziehen in Marks Brust zu einem Stechen. Er klammerte sich an den Armlehnen des Stuhls fest, und ihm war, als würden die Gedanken in seinem Kopf herumgeschleudert wie in einem Karussell, das sich viel zu schnell drehte.

Wenn Ralf stets in meiner Nähe geblieben ist, wenn er mich ständig beobachtet hat, dann wird seine Komplizin dasselbe getan haben. Sie kann mir sogar noch näher gekommen sein als er, ohne dass ich sie je verdächtigt hätte. Weil ich immer nur auf einen Mann eingeschossen war!

Als schien ihm seine Intuition diesen Gedanken zu bestätigen, glaubte er nun eine vertraute Stimme zu hören. Es war die Erinnerung an eine Unterhaltung, die ihm jetzt plötzlich surreal vorkam. Doch sie hatte wirklich stattgefunden. Nur zwei Tage zuvor. In Doreens Wohnung.

Mich hat damals auch jemand gerettet ... eine sehr gute Freundin ... sie hat mich damals in meiner Wohnung gefunden, als ich kurz davor war, an einer Alkoholvergiftung draufzugehen.

Hast du noch Kontakt zu dieser Freundin?

Nein. Sie ist gestorben.

Gestorben.

GESTORBEN.

Unmöglich! Dieser Gedanke war einfach absurd.

Das glaube ich nicht! Das kann und will ich nicht glauben! Warum, zum Teufel, denke ich so etwas überhaupt! Es kann einfach nicht sein!

Doch so sehr er sich auch dagegen zu sperren versuchte, sagte ihm der klare Teil seines Verstandes, dass es eben doch so sein konnte.

Doreen war die einzige Frau, mit der er in den letzten Jahren engeren Kontakt gehabt hatte. Sie hatten sich oft gesehen, manchmal sogar täglich in der Selbsthilfegruppe. Sie war stets in seiner Nähe gewesen und hatte an seinem Leben teilgehabt. Weil er ihr blind vertraut hatte.

Und diese Freundin, von der sie ihm an ihrem letzten gemeinsamen Abend erzählt hatte … Was, wenn diese Freundin Sonja Tarrach gewesen war?

Dann wäre die Freundschaft der beiden Frauen der Grund für die Beziehung zwischen Ralf und ihr. Immerhin mussten die beiden sich dann schon lange kennen, und der gemeinsame Verlust von Sonja Tarrach als Freundin und Mutter hatte sie zusammengeschweißt. Ebenso wie ihr Wunsch nach Vergeltung und Gerechtigkeit wegen eines, aus ihrer beider Sicht, ungerechten Urteils.

Aber konnte das tatsächlich sein? War Doreen wirklich zu so etwas fähig?

Ja, das war sie durchaus. Jedenfalls, wenn es nach dem ging, was sie über ihren Ex-Freund gesagt hatte. Über den Mann, der sie verprügelt und vergewaltigt hatte, und wegen dem sie ihr Kind verloren hatte. Der Mann, der nur zu einem Jahr und einem Monat Haft verurteilt worden war, und dessen unvermittelten Schlaganfall sie als eine gerechte Strafe empfunden hatte – auch wenn sie sich lieber selbst an ihm gerächt hätte.

Es wäre mir lieber gewesen, wenn ich *ihn in diesen Rollstuhl gebracht hätte.*

Nun, wo Mark sich an ihre Worte erinnerte, kam ihm auch der Ausdruck in ihren Augen wieder in den Sinn. Das war nicht nur eine zornige Floskel gewesen. Sie musste es in vollem Ernst gemeint haben.

Es gibt also durchaus so etwas wie eine ausgleichende Gerechtigkeit im Leben.

... ausgleichende Gerechtigkeit.

GERECHTIGKEIT!

Ihm trat kalter Schweiß auf die Stirn. Wenn das wirklich stimmte, hatte Doreen ihm ihre Freundschaft nur vorgeheuchelt, um in seiner Nähe sein zu können. Um ihn bis zu Laras Entlassung aus der Klinik und der Erfüllung ihres Wunschs nach Vergeltung am Leben zu halten.

Dann musste sie ihn ebenso hassen, wie Ralf Tarrach ihn hasste. Weil er vor zehn Jahren Lara Baumanns Leben gerettet hatte. Er hatte Laras Selbstmord verhindert und somit den beiden eine »ausgleichende Gerechtigkeit« vorenthalten.

Und wie um ihm noch eine letzte Bestätigung für diesen schrecklichen Verdacht zu geben, lieferte ihm sein geistiges Auge ein weiteres Bild: der leere Metallstuhl, an dem noch ein Rest Klebeband gehangen hatte.

»Sie war nicht gefesselt«, murmelte er und erntete dafür einen irritierten Blick des Kommissars.

»Was haben Sie gesagt? Herr Behrendt, geht es Ihnen nicht gut? Sie sind ja auf einmal bleich wie eine Wand.«

»Als Lara und ich in die Hütte kamen, war Doreen nicht mehr an den Stuhl gefesselt. Sie war frei.«

»Also ... jetzt kann ich Ihnen nicht ganz folgen«, sagte der Kommissar.

»Auf dem Video, das Tarrach mir geschickt hatte, war Doreen mit Klebeband an einen alten Metallstuhl gefesselt«, sagte Mark. »Und bei einem seiner Anrufe hatte es sich angehört, als müsste er erst das Klebeband von ihrem Mund entfernen, damit sie mit mir sprechen konnte. Wieso sollte er sie dann später losmachen und frei in der Hütte herumlaufen lassen, wenn sie wirklich seine Geisel war? Noch dazu, wo er wusste, dass ich auf dem Weg zu ihm bin.«

Nun starrte Stark ihn wie vom Donner gerührt an. »Soll das heißen, dass …«

»Sie war keine Geisel, ist es niemals gewesen«, vollendete Mark seinen Satz. »Das war alles nur Theater. Doreen ist seine Komplizin! Oh mein Gott, das glaube ich nicht! Die beiden müssen in der Hütte auf mich gewartet haben, nachdem ihnen der Tracker an meinem Mietwagen gemeldet hatte, dass ich zu ihnen unterwegs bin. Und wenn Lara nicht rechtzeitig dazugekommen wäre, hätten sie mich umgebracht und dann Jagd auf sie gemacht, weil ich ihre Forderung nicht erfüllt habe.«

»Sie meinen tatsächlich Doreen Nader?« Nun sah Stark ihn an, als habe Mark den Verstand verloren. »Ihre Freundin, die Sie retten wollten und die jetzt bei Frau Baumann ist? *Sie* soll Kesslers Komplizin sein?«

Die jetzt bei Lara ist, dachte Mark, und nun wusste er, was Ralf Tarrach bei seinem letzten Anruf gemeint hatte.

Nur ein flexibler Plan ist ein guter Plan, Doktor.

»Verdammt, das Ganze vorhin war nur ein Bluff!«, schrie er und sprang vom Stuhl auf. »Der Kerl muss gar nicht zu Lara in die Hütte, um an sie ranzukommen. Es ist schon jemand bei ihr drin!«

Kapitel 73

Wach auf! Mach die Augen auf!

Das war *sie*, die Andere. Die vertraute Stimme in ihrem Kopf.

Dann ein Rumpeln.

Holz, das über Holz gerückt wurde.

Verflucht, Lara, mach endlich die Augen auf!

Sie konnte nicht. Ihre Lider waren entsetzlich schwer. Sie spürte ihren Körper kaum, nahm nur am Rande ein seltsames Brennen in ihrem Nacken wahr. Es fühlte sich an, als habe sie dort etwas gestochen. Eine Biene vielleicht.

Oder eine Wespe?

Sie konnte sich nicht erinnern. Ihr Kopf war so entsetzlich träge. Als müsste sie jeden einzelnen Gedanken durch eine winzige Öffnung pressen, wie bei einer ... einer ...

... einer Spritze!

Ja, das war es! Jemand hatte ihr von hinten eine Spritze in den Nacken gestochen. Sie damit betäubt.

Nein, nicht jemand, sondern ...

... diese Frau. Marks Freundin. Ihr Name ist ...

Wieder dieses Rumpeln.

»Nun mach endlich!«

Die ungeduldige Stimme eines Mannes, nicht weit von ihr entfernt und doch gedämpft, als spräche er durch eine Wand oder durch ...

... durch eine Tür! Die Tür der Hütte! Der Name der Frau ist Doreen, und das Rumpeln kommt von der Kommode, die wir davor gerückt haben, als sie plötzlich ...

»Mist, ist das schwer!«, hörte sie Doreen keuchen. »Ich hätte sie früher ausschalten sollen.«

»Hast du's endlich?«

»Ja, gleich!«

Es rumpelte wieder. Dann sagte sie: »Jetzt! Komm rein!«

Scharniere quietschten, dann hörte Lara Tritte auf dem Holzboden, und kalter Wind wehte ihr ins Gesicht. Er roch nach Regen, feuchtem Wald und …

Mach endlich die Augen auf!

Sie strengte sich an, stellte sich bildlich vor, wie ihre Gesichtsmuskeln die Lider hochzustemmen versuchten wie Gewichtheber, die sich gemeinsam ins Zeug legten.

Tatsächlich bekam sie die Augen einen Spaltbreit auf. Gerade genug, um einen kurzen Blick auf zwei Beine in schmutzigen Jeans und Männerschuhen zu erhaschen, deren grobes Profil mit Schlamm verdreckt war.

Dann verwandelten sich ihre Lider wieder in Blei und fielen herab.

»Sie kommt zu sich«, hörte sie Doreens Stimme.

»Los jetzt, die Polizei kann jeden Moment hier sein!« Das war Ralf Tarrach. »Ich hätte den verfluchten Doktor *doch* umbringen sollen, dann hätten wir jetzt mehr Zeit! Aber nein, du musstest ja …«

»Hör auf damit, Ralf! Ich will das nicht noch einmal mit dir diskutieren müssen. Du wirst ihn in Ruhe lassen, verstanden? Mark hat genug bezahlt.«

»Ach Scheiße, das hat er nicht!«

»Doch, das *hat* er! Er macht jetzt dasselbe durch wie wir beide, das tut er schon seit Jahren. Quid pro quo, das war der Deal! Er hat die Mörderin zu uns gebracht, und das war's. Schließlich soll die Strafe ja *fair* bleiben.«

»Fair?«

Lara hörte Ralf Tarrach lachen, und auch wenn sie die Augen nicht aufbekam, konnte sie sich nur zu gut vorstellen, wie er dabei den Kopf in den Nacken legte.

»Mannomann, Doreen! Du scheinst den Kerl ja echt zu mögen. Hast du ihn eigentlich mal gevögelt?«

»Ach, leck mich doch mit deinem Zynismus! Wenn deine Mutter dich jetzt so hören könnte, würde sie dir eine scheuern!«

»Lass meine Mutter aus dem Spiel! Du bist nicht … He, was machst du denn da?«

»Gib mir noch eine Minute.«

»Verdammt, muss das jetzt sein?«

»Ja, mir ist kalt, und ich will endlich aus diesem schrecklichen Kleid raus. Es hat schon gereicht, dass ich mich vorhin wieder in aller Eile in dieses kalte, schmutzige Ding zwängen musste.«

»Na gut, aber beeil dich!«

Etwas wurde über den Boden geschleift, und die Gewichtheber in Laras Augen kratzten nochmals ihre letzten Kraftreserven zusammen. Auch diesmal schafften sie es nur kurz, ihre Lider zu heben, aber es genügte, um eine Sporttasche zu erkennen, die unter der Couch hervorgezogen wurde.

Lass die Augen offen, Lara! Werd endlich wach!

Ich kann nicht. Ich bin so müde.

Doch, du kannst! Du darfst nicht wieder einschlafen.

Aber ich … es geht nicht …

Bleib wach, hörst du? Bleib, verdammt noch mal, wach!

Die Männerschuhe kamen auf sie zu, und Ralf Tarrach beugte sich über sie. »Wie viel hast du ihr eigentlich gespritzt?«

»Die kleinste Dosis, so wie wir es besprochen haben. Herrgott noch mal, wo sind meine Schuhe? Ach, Moment, ich hab sie schon!«

»Scheiße, ich glaube, du hast ihr zu wenig gegeben. Wir haben schließlich noch eine kleine Fahrt vor uns.«

»Dann gib ihr eben noch etwas. Soll ich's dir aufziehen?«

»Nein, das mache ich selbst!«

Nein! Lass ihn nicht an dich ran! Wehr dich!

Das tat sie – oder versuchte es zumindest. Sie schaffte es, einen Arm zu heben und um sich zu schlagen, aber sie bekam dabei die Augen kaum auf, und ihre Bewegung war viel zu langsam. Es war, als dirigierte sie ein Orchester in Zeitlupe.

»Na, na, na!«, hörte sie Tarrach über sich.

Er packte ihren Arm und drückte ihn zurück an den Boden. Das ging erschreckend leicht, sie konnte nichts dagegensetzen. Als steckte sie im Körper einer Puppe, die der Kerl nach Belieben verbiegen konnte.

»Bleib ruhig, oder ich mach dich gleich hier kalt!«

Wieder das Brennen, diesmal in ihrer Schulter. Nein, das ließ sich weder mit einer Biene noch mit einer Wespe vergleichen. Eher mit einer verflucht großen Hornisse.

»Spinnst du?!«, hörte sie die Stimme von Doreen, nun unmittelbar neben ihr. »Du brichst ja fast die Nadel ab!«

»Na und? Die lebt doch sowieso nicht mehr lange.«

Die bringen mich um! O Gott, die bringen mich um!

Ich bin bei dir, flüsterte ihr die Andere zu. *Lass mich wieder frei, wie oben im Wald. Dann können wir es … wir können es … es … schaffen …*

Wieder begann alles in ihrem Kopf durcheinanderzutaumeln, ihre Gedanken wurden zäh und verzerrten sich wie Fratzen in einem Spiegelkabinett.

»Hör auf, das reicht!«

Das war wieder Doreen. Ihr Stimme hallte jetzt, als seien sie plötzlich in einem großen Saal.

»Weißt du was?«, dröhnte Tarrachs Stimme über ihr. »Ich bin es endgültig leid. Bringen wir es doch gleich hier und jetzt zu Ende.«

Wieder das Echo.

Hier und jetzt. Hier und jetzt. Hier und jetzt.
Zu Ende. Zu Ende. Ende!

Ein Schuss krachte, und dann spürte sie, wie sie sich aufzulösen begann. Begleitet vom Flüstern der Anderen – von Worten, die sie nicht mehr verstand – versank Lara Baumann in der Finsternis.

Tiefer.

Und tiefer.

Bis sie verschwand.

Kapitel 74

Schlamm spritzte auf, als die Streifenwagen durch den mit Pfützen übersäten Forstweg jagten, ehe sie schließlich ihr Ziel erreichten.

Dunkel und unheilvoll ragte die Kessler-Hütte inmitten der Lichtung auf. Davor stand das Fahrzeug der ersten Streife, die Stark zur Hütte geschickt hatte. Die Blaulichter tauchten die Szenerie in gespenstisches Flacker-licht.

Mark brachte den Golf hinter den Polizeifahrzeugen zum Stehen und sah, wie ein Polizist aus der Hütte kam. Der Beamte winkte Stark zu sich, doch als Mark ihm folgen wollte, hielt ihn der Kommissar zurück.

»Nicht! Bleiben Sie hier!«

»Warum?«, fragte Mark gereizt. »Was ist denn passiert?«

»Es hat da drin einen Vorfall gegeben. Die Kollegen haben es uns vorhin über Funk gemeldet. Ich denke, das sollten Sie besser nicht sehen.«

»He, Behrendt!«, rief der Polizist vor der Hütte. »Hier-her, schnell!«

Doch Stark hielt ihn weiter am Arm zurück. Ein fester, eiserner Griff.

»Was ist?«, rief er seinem Kollegen über die Schulter zu.

»Sie will noch mit ihm reden!«, kam die Antwort.

Nun hielt Mark es nicht länger aus.

»Loslassen!«, schrie er und stieß Stark beiseite. Er rannte zur Hütte, nur um gleich darauf entsetzt vor dem Polizisten stehen zu bleiben, der sich mit dem Rücken zu ihm über eine Gestalt beugte. Seine Kollegen standen im Halbkreis um ihn und hielten ihre Waffen auf die Frau am Boden gerichtet, von der Mark nur die Beine und ihre Sportschuhe sah.

Auf das Schlimmste gefasst und doch auch nicht, ging er um den Polizisten herum, der sich nun mit bedauerndem Blick aufrichtete und wortlos beiseitetrat.

Mark schrak zusammen, als er Doreen erkannte. Sie lag auf dem Rücken und rang hechelnd nach Atem. Ihr Pull-over war um die Einschusswunde blutgetränkt, und unter ihr hatte sich eine große Lache gebildet.

Ihr Gesicht war bleich, und aus ihrem Mund quoll rot schäumender Speichel. Immer wieder zuckte ihr Körper wie unter Krämpfen. Dabei keuchte sie und rollte wild mit den Augen, als wollte sie jeden Zentimeter der Decke gleichzeitig betrachten.

Erst als sie Mark über sich erkannte, blieb ihr Blick an ihm haften, und die geweiteten Pupillen ließen ihre Augen fast schwarz wirken.

Sie bäumte sich auf, reckte die Arme nach ihm und sackte sofort wieder in sich zusammen. Ihre Lippen bewegten sich und stießen ein schwaches Ächzen aus. Dann hustete sie, und erneut lief blutiger Schaum an ihren Mundwinkeln herab.

Mark hätte kein Medizinstudium gebraucht, um zu erkennen, dass ihr kein Rettungswagen mehr helfen konnte – ganz gleich, wie schnell er hier sein würde.

Er kniete sich zu ihr und sah die Todesangst in ihren geröteten Augen, die schon leicht aus den Höhlen traten. Ihr Gesicht war mit kaltem Schweiß bedeckt, in den sich Tränen und blutiger Speichel mischten.

Wieder bewegte sie die Lippen, versuchte zu sprechen, und er beugte sich mit einem Ohr dicht zu ihr hinab.

»Es ... tut mir ... leid«, hechelte sie kaum hörbar. »Ich ... wollte ... doch nur ... Gerechtigkeit ... für ... meine ... beste ... Freundin. ... Ralf ist ... völlig durchgedreht. ... Verzeih mir ... bitte!«

Er hob den Kopf und sah ihr in die Augen. Der Tod war schon sehr nah. Das Rasseln in ihrer Brust zeugte von dem Blut, das ihre Lunge füllte. Nicht mehr lange, und sie würde daran ersticken.

»Ausgerechnet du«, sagte er leise, dann erhob er sich.

Er sah, dass sie noch einmal zu sprechen versuchte, sah ihren flehenden Blick. Doch er wandte sich ab und ging aus der Hütte, wo Stark gerade einen Funkspruch beendete.

»Was wollte sie von Ihnen?«, fragte er.

»Absolution«, erwiderte Mark kalt und ging zurück zu seinem Wagen.

Dort schaltete er die Leuchte seines Handys ein und untersuchte die Radkästen. Als er nichts fand, tastete er an den beiden Stoßstangen entlang und wurde an der hinteren schließlich fündig.

Er packte das verräterische Plastikkästchen, das kaum größer als eine Streichholzschachtel war, riss es los und warf es in hohem Bogen in die Nacht. Dann zog er den Wagenschlüssel aus der Tasche und stieg ein.

Stark war ihm hinterhergekommen und packte die Fahrertür, ehe Mark sie zuschlagen konnte.

»Warten Sie! Wo wollen Sie denn hin?«

»Dreimal dürfen Sie raten«, sagte Mark mit einem humorlosen Grinsen.

»Nein«, sagte Stark entschieden. »Sie bleiben hier, verstanden? Wir übernehmen das jetzt!«

Mark steckte den Schlüssel ins Zündschloss. Seine Hand war auf einmal völlig ruhig, so wie auch er jetzt von einer eisigen Ruhe erfasst war.

»Halten Sie mich doch auf«, sagte er gleichgültig. Dann ließ er den Motor aufheulen.

Abrupt ließ Stark die Wagentür los, als Mark ein Stück zurücksetzte. Für einen Moment schien der Kommissar mit dem Gedanken zu spielen, sich ihm in den Weg zu stellen, doch in letzter Sekunde wich er dem Wagen aus. Er hatte erkannt, dass Mark nicht bremsen würde.

Mark riss die Fahrertür zu und preschte knapp an ihm vorbei. Dann raste er über den Forstweg zur Hauptstraße zurück. Der Golf schlingerte, Schlamm und Steine schlugen gegen die Unterseite, und der Motor jaulte protestierend, doch er nahm den Fuß nicht vom Gaspedal.

Im Rückspiegel sah er noch, wie Stark den Beamten in der Hütte etwas zurief und in einen der Streifenwagen sprang. Doch es kümmerte ihn nicht. Nichts kümmerte ihn mehr. Jetzt hatte er nur noch ein Ziel vor Augen, und niemand würde ihn davon abbringen.

Er schaltete einen Gang höher und jagte durch die Nacht davon.

Kapitel 75

Da waren nur graue Betonmauern. Neonröhren, die in Drahtgestellen an der Decke flackerten. Und über allem hing dieser schwere, feucht-muffige Geruch. Als ob etwas in einem abgestandenen Teich voller Algen elend verendet wäre.

Doch da war kein Teich. Nur die Wände eines Gangs, der sich ständig verzweigte. Mal nach rechts, mal nach links, mal in beide Richtungen.

Wo bin ich?

Nicht in der realen Welt, so viel stand fest. Aber es war auch keiner der Orte, die sie früher in ihren luziden Träumen aufgesucht hatte. Zuerst hatte sie noch geglaubt, sie sei wieder in dem Tunnel, durch den sie einst der schwarze Hund – das Sinnbild ihrer tiefsten Ängste, wie sie nun wusste – gejagt und schließlich beinahe gefasst hatte. Aber diese Gänge waren anders. Hier waren die Wände nicht mit jener undefinierbaren glitschigen und schmierigen Schicht bedeckt, und es war auch nicht dunkel. Diese Wände waren hell und kahl, ja geradezu nackt, als warteten sie darauf, mit etwas bekleidet zu werden.

Nein, dieser Ort, obwohl er sich ebenfalls irgendwo im endlosen Reich ihres Unterbewussten befinden musste, war ihr neu und fremd. Und wie jedes Mal, wenn sie sich an einem solchen Ort wiederfand, wusste sie, was zu tun war: Sie musste seinen Zweck erkunden.

Orientierungslos sah sie sich um. Sollte sie weitergehen oder warten? Und wenn sie weiterging, welchen Weg sollte sie wählen?

Wenn doch nur einer von denen auftauchen würde, die ihr in solchen Situationen sonst immer zur Seite standen. Professor Bormann oder die Andere hätten ihr jetzt bestimmt sagen können, was dieser Ort darstellen sollte – was sie *tun* musste, um wieder hier rauszukommen.

Aber sie war und blieb allein. Und es war still, so unerträglich still.

Sie kam zu dem Schluss, dass es keinen Sinn hatte, auf jemanden oder etwas zu warten. Diese Aufgabe war für sie allein bestimmt, und was immer dieser Gang ihr zeigen wollte, sie musste es selbst entdecken.

Im Grunde bin es doch immer ich selbst gewesen, die mir in diesen Träumen etwas gezeigt hat, dachte sie. *Diese Orte sind nichts anderes als Wegweiser aus den Tiefen meines Geistes.*

Also machte sie sich auf den Weg (den nach vorn –

oder zumindest in die Richtung, die sie für vorwärts hielt), durchschritt das nicht enden wollende Labyrinth aus Gängen, und wünschte sich, dass sie irgendetwas bei sich hätte, um ihren Weg zu markieren.

Ein Stück Kreide, ein Königreich für ein Stück Kreide!

Doch als sie ihr türkisfarbenes Kleid abtastete, stellte sie fest, dass es keine Taschen hatte. Außerdem war es viel zu eng, und der raue Stoff juckte entsetzlich – genau wie damals, als sie noch klein und mit Nicole im Wald gewesen war. Dort, wo der Schwarze Mann umging, und wo abergläubische Leute Sterne auf die Steine gemalt hatten, um das Böse fernzuhalten.

Keine Sterne, Dummerchen. Das sind Drudenfüße!

Das hatte Nicole damals gesagt, wusste sie jetzt wieder, auch wenn sie ihre damals allerbeste Freundin jetzt nicht wirklich gehört hatte, nicht einmal in ihrer Einbildung. Es war nur eine Erinnerung, die wie ein verirrtes Echo zu ihr zurückgefunden hatte. So, wie nun alles allmählich zu ihr zurückfand. Je weiter sie in das Labyrinth vordrang, desto mehr vergessene Bilder und Erinnerungen strömten auf sie ein.

Sie sah ihre Kindheit, ihre Jugend, die Zeit an der Uni, Chris und ihr Leben in Fahlenberg. Alles erschien so klar und deutlich vor ihr, als seien es Projektionen an den kahlen grauen Wänden. Und mit jedem Schritt, den sie tat, schälten sich weitere Erinnerungen aus den Schatten. Es war, als würden sie von einem hellen Licht angezogen, und dieses Licht war sie selbst.

Nach einer weiteren Weggabelung – diesmal entschied sie sich für den linken Abzweig – entdeckte sie, dass einige der Wände nun Nischen hatten, und nach ein paar weiteren Schritten war ihr klar, woher der muffige Verwesungsgeruch kam.

In einer dieser Nischen lag der riesige schwarze Hund, von dem kaum mehr als ein Gerippe übrig war. Von den bleichen Rippenbögen hing noch etwas Fleisch und Fell, und voller Abscheu sah sie die fetten, sich windenden Maden, die sich daran gütlich taten.

Der wird mich nicht mehr jagen, dachte sie erleichtert. *Nie wieder wird er mich verfolgen. Ich habe ihn besiegt! Ich habe* meine Angst *besiegt!*

In der nächsten Nische entdeckte sie schwarze Hosenbeine und schwarze Turnschuhe, und als sie direkt davor stand, lag dort der Schwarze Mann. Ihr geistig zurückgebliebener Onkel Harald, der sie einst *Laramaus* genannt und ihr unvorstellbar schlimme Dinge angetan hatte. Und auch er war tot. Sein Gesicht war schon fast zur Gänze vom Schädel gefault, und aus seiner Augenhöhle ragte noch immer der rot schillernde Plastikgriff des Schraubenziehers.

Er würde ihr ebenfalls nichts mehr anhaben können. Dafür hatten sie gesorgt – sie und die Andere, die nun nicht mehr bei ihr war.

Schnell ging sie weiter, um dem Gestank der verwesenden Körper zu entkommen, und fand sich nach einer weiteren Abzweigung – diesmal nach rechts – urplötzlich in einem Spiegelsaal wieder.

Mit angehaltenem Atem blieb sie stehen, als sie sich von allen Seiten von ihrem eigenen Abbild umringt sah. Als sie den Blick über die vielen Reflexionen wandern ließ, packte sie Staunen und Entsetzen zugleich. Denn die Frau in den Spiegeln – ihr Ich, ihr *wahres* Ich, das sie tausendfach umzingelte – hatte kein Gesicht.

Da waren keine Augen, keine Nase und auch kein Mund. Stattdessen spannte sich nur blasse Haut über die Vorderseite ihres Kopfes wie bei einer unfertigen Skulptur.

Von Grauen gepackt betastete sie ihr Gesicht, und all ihre Reflexionen taten es ihr gleich.

Nein, da war nichts.

Nur glatte, formlose Haut.

Aber wie kann das sein? Wie sollte ich mich denn ohne Augen sehen können?

Weil man manchmal mehr sieht, wenn man die Augen geschlossen hat, erwiderte eine Stimme, die ihr vertraut vorkam und doch auch wieder nicht. *Wenn man erkennen will, wer man ist und was man ist, kommt es nicht auf das Sehen an. Augen lassen sich nur zu gern täuschen, und wir sind ohnehin mehr, als sie uns jemals zeigen könnten. Worauf es ankommt, ist das Verstehen. Deshalb bist du hier.*

Wer bist du?

Das weißt du nicht? Die Stimme lachte amüsiert. *Ich bin du. Wir sind wir. Und wenn wir weiter existieren wollen, solltest du einen Blick vor deine Füße werfen.*

Sie senkte den Kopf und bemerkte dabei, dass sich ihre tausend Spiegelbilder nicht bewegten, sondern wie festgefroren aufrecht blieben und sie weiter aus leeren Gesichtern anstarrten.

Was auch immer da vor mir liegt, ist nur für mich allein bestimmt, erkannte sie und richtete den Blick zu Boden. Dort lag ein glasartiges Gebilde vor ihren nackten Zehen. Es sah aus wie …

… eine Maske?

Ja und nein, entgegnete die Stimme. *Sie hat dort lange auf dich gewartet. Du hattest sie immer direkt vor dir, aber du hast sie nie gesehen. Bis jetzt.*

Und was soll ich damit?

Nimm sie, forderte die Stimme sie auf.

Also bückte sie sich und hob die Maske auf. Sie war durchsichtig wie Glas und so dünn, dass sie kein Gewicht zu haben schien. Sie spürte kaum, dass sie sie in Händen hielt.

Setz sie auf, befahl die Stimme, sanft, aber bestimmt. *Schau, wie sie sich anfühlt.*

Sie tat es, und kaum hatte das scheinbar schwerelose Material die Haut ihres nicht vorhandenen Gesichts berührt, wurde es dunkel um sie.

Erschrocken tastete sie nach der Maske, wollte sie wieder abnehmen, doch da waren keine Ränder mehr, die sie hätte greifen können. Da war nur ihre eigene Haut. Ihr Gesicht. Als sei die Maske mit ihr verschmolzen und hätte ihr Augen, Nase und Mund zurückgegeben.

Endlich, sagte die Stimme mit einem tiefen Seufzer der Erleichterung. *Endlich hast du dich gefunden! Und jetzt mach die Augen auf.*

Dieser letzte Satz – streng und gebieterisch – hallte in ihr wider. Wie ein Echo, das aus der Dunkelheit zu ihr zurückgeworfen wurde.

Mach die Augen auf.

… die Augen auf.

… Augen auf.

… auf!

Und sie gehorchte.

Kapitel 76

Der muffige Geruch war noch immer da, und im ersten Moment glaubte sie sich in einer weiteren imaginären Welt wiederzufinden. Schließlich schien das, was sie da vor sich sah, viel zu skurril, um echt zu sein. Aber es war echt. Obwohl sie noch nicht hundertprozentig wieder bei Bewusstsein war, hatte sie keinen Zweifel daran.

Verdutzt starrte sie auf ein Rentier und einen Engel aus Draht, und gleich daneben lachte ihr auch noch ein gespenstischer Draht-Weihnachtsmann entgegen. Die blinkenden Lichter der Figuren schmerzten ihr in den Augen.

Ihr war übel, und sie hatte Kopfschmerzen, was eine Nachwirkung von dem Zeug sein musste, das ihr der Kerl in den Nacken gespritzt hatte.

Und jetzt, als sie vollends in die reale Welt zurückkehrte, spürte sie zu ihrem Entsetzen auch, dass man sie mit Klebeband gefesselt hatte. Ihre Arme waren auf dem Rücken fixiert, und das wohl schon länger, denn sie fühlten sich taub und kribbelig an, ebenso wie ihre Beine und Füße.

Wer sie gefesselt hatte, war ihr klar. Viel wichtiger aber war, *wo* sie sich jetzt befand. Nicht mehr in der Jagdhütte, das konnte sie trotz der schmerzenden Blinklichter erkennen. Das, was sie dahinter erkannte, sah eher wie ein Keller aus.

Wo, um alles in der Welt, war sie bloß? Wohin hatte man sie gebracht?

So gut es mit gefesselten Armen und Beinen ging, wand sie sich auf der staubigen Couch, auf der sie lag, bis sie es schließlich in eine sitzende Position geschafft hatte.

Als sie ihre Umgebung so nun besser betrachten konnte, stellte sie überrascht fest, dass ihr dieser Keller vertraut vorkam. Die Treppe, die etwa zehn Meter vor ihr an der Seitenwand zu einer Tür hoch führte, glaubte sie zu kennen. Ebenso wie die beiden Regale an der gegenüberliegenden Wand. Die stammten von Ikea und ...

Nein, durchfuhr es sie, *das ist nicht möglich!*

Aber es war so. Diese beiden Regale hatte Chris zusammengeschraubt. Vor zehn Jahren, als sie in das Haus eingezogen waren, das er von seinen Eltern geerbt hatte.

Auf der Treppe zum Keller hatten sie die Farbeimer zwischengelagert, die vom Weißeln der Wohnräume übrig geblieben waren. Sie konnte noch einige blasse Farbkleckse auf den Stufen erkennen. Und etwas weiter unten hatte auch Chris' Werkzeugkasten auf dieser Treppe gestanden. Der blaue aus Metall. Da war sie sich jetzt absolut sicher.

Sie war also wieder hier. In dem Haus, das zu ihrem Zuhause geworden wäre, wenn nicht in eben diesem Keller ...

Die Tür am oberen Ende der Treppe wurde geöffnet, und Licht fiel auf die Stufen. Dann kam jemand zu ihr herab. Nein, nicht *jemand*, es war Ralf Tarrach.

Sein Gesicht war noch geschwollen von dem Schlag, den sie ihm verpasst hatte, und er hatte seine gebrochene Nase mit einem breiten Pflaster bandagiert. Bestimmt hatte er Schmerzen, aber er ließ es sich nicht anmerken. Im Gegenteil: Seine Miene und sein Gang wirkten geradezu leicht und beschwingt.

»Ah, sieh an! Sie ist wach!«, sagte er und kaute dabei auf etwas, als hätte er gerade noch einen entspannten Mitternachtssnack genossen. »Wurde auch Zeit.«

Als er den Fuß der Treppe erreicht hatte, setzte er sich

auf die vorletzte Stufe und grinste sie an. Nun sah sie, dass er einen Apfel und ein Obstmesser in den Händen hielt. Als er ihren Blick darauf bemerkte, hielt er den Apfel hoch.

»Die hat uns unsere Mutter immer zu Schulausflügen mitgegeben«, sagte er redselig und betrachtete den angeschnittenen Apfel. »Das hat sie erst bei mir so gemacht und später dann bei meiner kleinen Schwester. Eigentlich mag ich Äpfel nicht besonders, aber hin und wieder esse ich trotzdem einen. Immer die gleiche Sorte wie früher: Pink Lady. Weil mich der Geschmack an eine Zeit erinnert, als ich noch eine Familie hatte. Mehr ist mir davon nicht geblieben. Wegen dir.«

Sie ging nicht darauf ein, sondern deutete mit dem Kinn auf die blinkenden Weihnachtsfiguren. »Was soll das? Warum sind wir hier?«

»Nun ja«, sagte Tarrach und schnitt wie beiläufig ein Stück von seinem Apfel ab. »Das hier ist jetzt mein Haus. Ich hab es extra für dich gekauft, weißt du? Schließlich gibt es keinen besseren Ort, dir den Prozess zu machen, als genau hier, wo alles seinen Lauf genommen hat, findest du nicht?«

Er schob sich das Apfelstück in den Mund, verdrehte mit übertriebener Verzückung die Augen und ließ den Rest des Apfels auf den Boden fallen.

Er kullerte genau zu der Stelle, an der damals der Karton mit dem Märchenbuch gestanden hatte, erinnerte sie sich. Aber das konnte dieser Kerl natürlich nicht wissen. Er wusste so vieles nicht von ihr.

»Den Prozess machen«, wiederholte sie. »Willst du etwa meine Verteidigung hören, bevor du mich verurteilst?«

»Ach Quatsch«, sagte er und schluckte den Rest seines

Bissens herunter. »Das Urteil habe ich doch schon längst gesprochen. Jetzt kommt nur noch die Vollstreckung.«

Er grinste und wirkte plötzlich völlig überdreht. Fast wie ein Kind, das sich freute, dass endlich Weihnachten war und es seine Geschenke auspacken durfte.

»Du suchst doch nur einen Sündenbock«, sagte sie bitter. »Weil du mit der Wirklichkeit nicht klarkommst. Niemand außer deinem Vater ist schuld an dem, was geschehen ist.«

»Ja, ja«, seufzte Tarrach und winkte ab. »Das hat mir dein Freund, der Herr Doktor, auch schon weismachen wollen. Aber soll ich dir mal was verraten? Das ist Blödsinn! Der einzige Weg, mit so etwas klarzukommen, ist, mit denen abzurechnen, die dafür verantwortlich sind. Und die Hauptschuldige bist nun mal du. Ohne dich müsste ich schließlich gar nicht in dieser *Wirklichkeit* leben, wie du es nennst. Hättest du nicht den Arzt meines Vaters umgebracht, hätte er Hilfe bekommen, als es ihm wieder schlechter ging, und dann wäre nie etwas passiert. Dann wären meine Mutter und meine kleine Schwester noch am Leben, und wir beide wären uns nie begegnet.«

Sie begriff, dass es keinen Sinn hatte, mit ihm zu diskutieren. Er hatte sich längst manisch in seine Sicht der Dinge verbissen, und sie würde ihn ganz bestimmt nicht davon abbringen können. Da konnte sie eher noch darauf hoffen, dass dieser Drahtengel vor ihr zum Leben erwachte und sie mit schlagenden Flügeln und überirdischer Kraft aus dieser prekären Lage befreite.

»Und was hast du jetzt vor?«, fragte sie.

Sie musste Zeit gewinnen, sich irgendeinen Ausweg überlegen. Die Fesseln saßen verdammt fest, und ohne ein Schneidewerkzeug oder eine scharfe Kante bekäme sie das

Klebeband nie durch. Ihr Blick zuckte fieberhaft umher, doch da war absolut nichts in ihrer Nähe, das dafür getaugt hätte.

»Nun, zuerst einmal möchte ich dir die Hoffnung nehmen, dass du hier lebend rauskommst«, sagte Tarrach in weiterhin amüsiertem Ton. Er schien seine überlegene Position in vollen Zügen zu genießen. Wahrscheinlich hatte er sich jahrelang auf diesen Moment vorbereitet und ihm entgegengefiebert.

Er legte das Obstmesser neben sich auf die Stufe, wischte sich die Handflächen an seiner Jeans ab und erhob sich.

»Weißt du, ich habe lange überlegt, wie ich es machen soll«, sagte er und trat vor sie. »Das Wo hatte sich schnell geklärt, als ich gesehen habe, dass dieses Haus hier immer noch zum Verkauf stand. Schließlich hatte ich ja noch genug Geld vom Verkauf meines Elternhauses übrig. Aber über das Wie habe ich lange nachgedacht. Eine tödliche Injektion schien mir nicht passend. Davon hättest du wahrscheinlich kaum was mitbekommen, und ich fand es irgendwie ... nun ja, *langweilig*. Erschießen kam schon gar nicht infrage. Das wäre viel zu schnell gegangen. Für Doreen war's okay, aber für dich wollte ich etwas Passenderes.«

»Warum hast du sie umgebracht?«, fragte sie und starrte auf das Messer. Es lag nur etwas mehr als einen oder zwei Meter von ihr entfernt und hätte doch ebenso gut auf dem Mond liegen können.

»Weil sie sich leider nicht mehr an unsere Abmachung halten wollte«, sagte Tarrach in einem Ton, der offenließ, ob er das wirklich bedauerte. »Ich hab sie gemocht, ehrlich. Sie war für mich da, als ich niemanden mehr hatte. Weißt du, ich war damals sehr froh, wenigstens einen Menschen zu finden, der ebenfalls die Wahrheit erkannt hat. Sie war die beste Freundin meiner Mutter, und sie war ebenso zornig darüber, was geschehen war, wie ich. Wir hatten uns beide vorgenommen, es euch heimzuzahlen. Sie war auch der Meinung, dass ihr viel zu leicht aus der Sache rausgekommen seid, der Doktor und du. Also haben wir ihm seine Freundin genommen, als er so richtig glücklich mit ihr war, und dann haben wir darauf gewartet, dass du endlich aus der Klapse kommst.«

»Ihr wolltet Mark dazu bringen, mich zu töten«, sagte sie finster, und Tarrach wiegte den Kopf.

»Na ja, irgendwie schon«, sagte er. »Aber es war eigentlich klar, dass er das nicht fertigbringen würde. Der Softie hat es ja nicht mal hinbekommen, auf mich zu schießen, und dabei hätte er doch allen Grund dazu gehabt. Der eigentliche Plan war, dass er dich zu uns bringt. Dich als Ellen Roth, und nicht als diese harmlose Irre, für die du dich ausgegeben hast. Na, und das hat doch auch wunderbar geklappt.«

»Ich bin nicht mehr Ellen Roth«, protestierte sie. »Das ist lange vorbei!«

»Ach ja? Und warum weißt du dann, wo wir hier sind? Nein, du Mörderin, *mich* täuschst du nicht!«

Er ging an ihr vorbei in eine Ecke und kam mit einem Holzschemel zurück. Den hatte sie noch nie zuvor in dem Keller gesehen, und sie war sich sicher, dass er nicht Chris gehört hatte. Der hätte das alte morsche Teil längst entsorgt gehabt.

»Schade, dass Doreen jetzt nicht mehr dabei sein kann«, sagte Tarrach und stellte den Schemel neben den blinkenden Drahtengel. »Ich weiß, dass es eine Zeit gegeben hat, in der auch sie nur für diesen Moment gelebt hat. Rache ist eine hervorragende Motivation. Hast du je den Graf von Monte Christo gelesen?«

Er sah sie fragend an, doch sie erwiderte nichts.

»War das etwa ein Nein?«

Als sie wieder nichts entgegnete, zuckte er die Schultern.

»Na, ist ja auch egal, du hättest eh keine Zeit mehr, es nachzuholen. Eigentlich wollte ich damit auch nur sagen, dass der Held der Geschichte, Edmond Dantès, nur deshalb die Qualen seines Kerkers überleben konnte, weil ihn sein Wunsch nach Vergeltung aufrecht gehalten hat. So war es auch bei Doreen und mir. Nur hat sie leider irgendwann eine Schwäche für den Doktor entwickelt und war am Ende partout dagegen, dass wir ihn mit dir in die Hölle schicken. Also blieb mir nichts anderes übrig, als sie ein bisschen früher von diesem Leben zu erlösen als eigentlich geplant. Nach deinem Tod wollten wir gemeinsam Schluss machen, musst du wissen. Sie, weil sie dann nichts mehr gehabt hätte, wofür es sich zu leben lohnt, und ich, um meine Schuld zu begleichen, weil ich meine Mutter und meine Schwester an dem Abend nicht beschützt habe.«

Er sah sie einen Moment an, als wollte er ihre Reaktion darauf sehen, dann fügte er hinzu: »Aber nach dir werde ich mir erst noch den Doktor vornehmen. Irgendwie scheint mir das nur gerecht. Du kannst dich also freuen, denn er wird bald wieder bei dir sein. Dann könnt ihr zusammen in der Hölle schmoren.«

Sie schüttelte den Kopf. »Mich nennst du eine Irre, dabei bist du doch selbst vollkommen verrückt, Ralf. Weißt du das eigentlich?«

Er schob den Schemel ein wenig zur Seite, bis er genau in

der Mitte des Kellerraums stand, dann drehte er sich langsam zu ihr um und nickte.

»Ja, das weiß ich«, sagte er, und nun war aller Zynismus aus seiner Stimme verschwunden.

Er meinte es ernst, das sah sie ihm deutlich an, und auf gewisse Weise erschreckte sie das mehr als alles, was er bisher zu ihr gesagt hatte.

»Natürlich weiß ich, dass ich verrückt bin«, wiederholte er. »Deshalb habe ich dir ja diese Figuren aufgestellt. Sie standen damals in unserem Garten, als ich nach Hause kam und meine Mutter tot im Schnee liegen sah. Damals ist etwas bei mir ausgehakt, und ich konnte es nie mehr richtig einrenken. Wenn du gesehen hättest, was ich an jenem Abend sehen musste, wüsstest du, was ich meine.«

»Ich weiß auch so, was du meinst«, entgegnete sie. »Ich habe etwas Ähnliches erlebt wie du, und das war auch schlimm für mich. Danach habe ich es verdrängt, so lange, bis es gewaltsam zu mir zurückkam und mich überrollt hat. Dabei ist der Mann gestorben, den ich geliebt habe, und das hat mich erst recht den Verstand gekostet. Aber ich habe …«

Er schlug ihr mit der flachen Hand ins Gesicht, so heftig, dass sie zurück auf die Couch fiel.

»Ausreden!«, brüllte er. »Nichts als billige Ausreden! Du hast ihn umgebracht, und nur deshalb ist meine Familie tot!«

Seine Augen standen voll Tränen, als er sich nun über sie beugte.

»Weißt du, was ich wegen dir tun musste?«, fragte er bedrohlich leise. »Wegen dem, was du angerichtet hast, musste ich meiner eigenen Schwester das Leben nehmen.

Sie war noch ein Kind, und *ich* musste sie erlösen. Weil sie sonst langsam und qualvoll erstickt wäre. Nur wegen dir, du dreckige Mörderin!«

Für einen langen Moment starrte er sie hasserfüllt an. Sein Blick war eine einzige Anklage, und sie wusste nichts darauf zu erwidern. Was hätte sie dazu auch sagen können?

Schließlich wandte er sich von ihr ab und ging zu dem näheren der beiden Wandregale.

»Deshalb habe ich beschlossen, dass genau das deine Strafe sein soll«, sagte er, und nahm eine Stahlschlinge aus dem obersten Fach. »Ich werde dich ersticken lassen. Langsam, bis du um Erlösung bettelst. Genau wie sie. Nur, dass ich *dich* nicht erlösen werde.«

Er zog die alte Aluleiter neben den Regalen hervor, die Chris einst mit in ihre Beziehung gebracht hatte. Die Leiter, auf der sie zu zweit beim Tapezieren gestanden und sich geküsst hatten – damals, in jener anderen Welt, die es längst nicht mehr gab. Nun diente dieselbe Leiter einem Wahnsinnigen beim Anbringen der Schlinge an einem Deckenhaken, den sie erst jetzt bemerkte.

Nachdem er die Öse eingehängt hatte, zog er einmal kräftig daran, und der Haken hielt.

»Sehr gut«, sagte er zufrieden, und stieg wieder von der Leiter. Dann kam er auf sie zu. »Jetzt kann es endlich losgehen. Höchste Zeit für dich, deine Sünden zu bereuen.«

»Glaubst du allen Ernstes, dass ich *nicht* bereue, was ich damals getan habe?«

Tarrach hielt inne und betrachtete sie abschätzend. »Doch, ich glaube dir sogar, dass du es bereust. Aber richtig *gesühnt* hast du noch nicht dafür.«

Dann trat er vor sie und packte sie bei den Schultern.

Sie schrie auf und versuchte, vor ihm zurückzuweichen. Doch sie kauerte nach wie vor auf dieser verfluchten Couch, die der Kerl von irgendeinem Flohmarkt oder vielleicht auch aus seinem Elternhaus hierhergebracht hatte. Gefesselt wie sie war, kam sie nicht davon hoch. Und selbst wenn, Weglaufen war nicht möglich, das Klebeband um ihre Beine saß viel zu fest, und sie konnte weder nach ihm treten noch ihn schlagen.

Er zog sie auf die Beine, und sie wand sich schreiend in seinem Griff, aber er war viel zu stark. Sie musste ihm wie eine Puppe vorkommen. Eine wehrhafte zwar, aber dennoch nicht mehr als eine Puppe, mit der er tun konnte, was er wollte.

Während er sie zur Leiter zerrte, wand sie sich schreiend weiter, bemühte sich nach Leibeskräften, ihm zu entgleiten. Aber er hielt sie stählern fest, während er Sprosse um Sprosse erklomm. Die Leiter ächzte unter dem Gewicht der beiden, aber sie hielt.

Als er hoch genug war, presste er sie mit einem Arm an sich und zog ihr mit der anderen Hand die Schlinge über den Kopf. Dann ließ er sie los, sprang zurück und zog die Leiter weg.

Augenblicklich ruckte ihr Kopf hoch, die Schlinge straffte sich und quetschte ihr die Kehle. Sie würgte, schwang panisch hin und her, und spürte plötzlich etwas unter ihren Füßen. Es war der Schemel, der alte morsche Schemel.

Zwar schaffte sie es nicht, sich ganz daraufzustellen – dafür hing sie zu hoch –, aber es gelang ihr wenigstens, sich mit den Zehenspitzen darauf abzustützen. Wie eine verrenkte Ballerina stand sie da, balancierte auf dem wackeligen Schemel und schnappte nach Luft. Nun drückte die

Schlinge zwar nicht mehr ihren Hals zusammen, aber sie konnte in dieser Haltung dennoch kaum atmen.

Tarrach sah ihren verzweifelten Bemühungen mit ausdruckslosem Blick zu und ließ sich auf der Couch nieder.

»Na«, fragte er, »wie fühlt sich das an?«

»Mach ... mich ... los«, japste sie. »Bitte!«

»Na, na, na! Du fängst ja schon früh an zu betteln. Meine Schwester war erst acht, und sie hat dieses Gefühl mehr als zwei Tage lang ertragen.«

Er deutete in die hintere Ecke des Raumes.

»Außerdem hab ich da noch etwas für dich. Damit dir nicht langweilig wird.«

Er griff nach einem Kabel, an dem sich ein Schalter befand. Als er darauf drückte, flammte in der Ecke eine Stehlampe auf. Ihr Lichtstrahl war direkt auf einen langen Zimmermannsnagel in der Wand gerichtet.

»Erkennst du den? Ist zwar nicht derselbe wie damals, aber er müsste die gleiche Länge haben. Ich hab ihn extra für dich reingehauen. Da hinten hat dein Freund damals gehangen, nicht wahr? Es heißt, er sei schon ganz aufgequollen gewesen, als man ihn gefunden hat.«

»Du ... Schwein«, keuchte sie und presste die Augen zu.

»Schau hin«, sagte er. »Dann weißt du, warum du jetzt stirbst. Du kannst das Ganze übrigens beschleunigen, wenn du die Füße hochziehst. Über kurz oder lang wird der alte Schemel dich sowieso nicht mehr tragen. Aber es liegt ganz bei dir. Ich habe Zeit.«

Er lächelte und nickte anerkennend, angesichts ihrer verzweifelten Bemühungen, die Balance auf den Zehenspitzen zu halten. Der Schemel wackelte gefährlich, und ihre Füße begannen taub zu werden. Wenn sie jetzt einen Krampf bekam, wäre das ihr Ende.

Nein, nicht wäre. *Kein Konjunktiv,* dachte sie, während sie um Atem rang. *Es* wird *mein Ende sein. Ich werde jetzt sterben. Aber ich werde dabei nicht zu diesem verdammten Nagel sehen!*

Doch das war gar nicht nötig. Selbst mit geschlossenen Augen sah sie Chris jetzt vor sich. Das Bild, das sie über Jahre erfolgreich verdrängt hatte, kam nun ebenso zu ihr zurück wie all die anderen Erinnerungen vorhin im Labyrinth.

Sie sah ihn, wie er mit starren Augen an der Wand hing, schlaff und leblos. Nur dieser lange, dicke Nagel hielt ihn noch aufrecht. Er hatte ihn sich bei seinem Sturz gegen die Wand tief in den Schädel gerammt.

Und er war gestürzt, weil sie ihn gestoßen hatte. Aus Angst und vor Schreck, weil der Schwarze Mann zu ihr zurückgekehrt war. Der böse Wolf aus dem Märchenbuch.

Zehn Jahre lag das jetzt zurück, und doch schien es ihr nun, als sei es eben erst geschehen.

Tränen liefen ihr über die Wangen, vor Schmerz, Verzweiflung und Trauer.

Ich werde sterben, dachte sie wieder.

Und dann auf einmal splitterte irgendwo über ihnen Glas.

Kapitel 77

Ralf Tarrach sprang von der Couch auf und zog seine Pistole. Ihm war klar, was das Klirren zu bedeuten hatte, aber er konnte es dennoch kaum fassen.

»Dieser verdammte Hurensohn!«

Wie, zum Teufel, hatte der Doktor so schnell herausgefunden, wo er jetzt war?

Ob er Doreen noch lebend gefunden und sie es ihm verraten hatte? Möglich, sogar höchstwahrscheinlich.

Er verfluchte sich, dass er ihr nicht in den Kopf geschossen hatte. Das hatte er eigentlich tun wollen, es dann aber doch nicht übers Herz gebracht. Sie war doch seine Freundin gewesen – ja, fast schon eine zweite Mutter. Er hatte sie nicht so sehen wollen, wie er damals seine *wirkliche* Mutter vorgefunden hatte.

Eine verhängnisvolle Schwäche, denn in der Eile von vorhin hatte er wohl keinen richtigen Herzschuss hinbekommen.

Du machst einen Fehler nach dem anderen, hatte der Doktor gesagt, und damit hatte er zumindest dieses eine Mal recht. Er war viel zu nervös gewesen, viel zu aufgeregt, weil er seinem Ziel so nahe war.

Er hatte die Schlampe endlich sterben sehen wollen, endlich Gerechtigkeit erfahren wollen, und nun hatte er einen gravierenden Fehler gemacht, der ihn diesen so lange herbeigesehnten Moment kosten konnte.

Er leckte sich die Lippen, die nun plötzlich trocken waren, und starrte auf den Schemel. Er hatte das alte Ding präpariert, eines der Beine war schon locker, und es würde nicht mehr lange dauern, bis das Ding vollends zusammenbrach. Dann würde sie sich strangulieren, langsam und qualvoll, und er wollte um keinen Preis auch nur einen Augenblick davon verpassen.

Aber zuerst musste er nach dem Doktor sehen. Der Mistkerl war bestimmt schon im Haus.

»Halt noch ein bisschen durch, hörst du?«, flüsterte er ihr zu. Ihr Gesicht war rot und aufgedunsen, und er hörte, wie sie verzweifelt um Luft rang. »Stirb ja nicht, bevor ich wieder da bin!«

Er überlegte, ob er den Schemel ein wenig stabilisieren sollte. Nur für alle Fälle. Dann entschied er widerstrebend, dass das zu viel Zeit in Anspruch nehmen würde, und lief zur Treppe.

Er lud die Pistole durch, richtete den Lauf auf die offen stehende Tür und ging vorsichtig die Stufen hoch. Langsam, eine nach der anderen.

Oben war es ruhig. Kein verräterisches Geräusch. Nur der Wind jammerte von irgendwo durch eine zerbrochene Scheibe. Bestimmt war es die der Terrassentür im Wohnzimmer.

Als er die oberste Stufe erreicht hatte, atmete er einmal tief durch und hielt dann die Luft an. Er schnellte durch die Kellertür, bereit zu schießen, doch der Doktor war nirgends zu sehen.

Hastig durchquerte er den Flur, drückte sich an die Wand und spähte ins Wohnzimmer.

Herrgott, er hätte das Licht hier oben anlassen sollen! Aber er hatte die Nachbarn nicht auf sich aufmerksam machen wollen. Hier auf dem Land waren die Leute neugierig und sahen vielleicht zu den unmöglichsten Zeiten aus dem Fenster. Er hätte sich also vorhin die Zeit nehmen müssen, sämtliche Rollläden im Erdgeschoss herunterzulassen, aber das hatte er nicht getan. Weil er es nicht erwarten konnte, die Mörderin endlich sterben zu sehen.

Ich hab's vergessen, weil ich so aufgeregt bin. Das war ein Fehler! Wieder ein Fehler. Ich mache verdammte Fehler!

Und wieder profitierte der Doktor davon, jedenfalls für den Moment.

Aber das wird dem Scheißkerl nichts bringen. Ich werde ihn kriegen, und dann mache ich ihn kalt!

Im spärlichen Licht, das vom Gang ins Wohnzimmer fiel, erkannte er einen der schweren Steine, mit denen die Beete im hinteren Garten eingefasst waren. In weitem Kreis um den Stein verteilt lagen die Glassplitter der Schiebetür. Sie hatte eine Doppelverglasung, der Doktor musste den Stein also mindestens zweimal dagegengeschlagen haben, aber er hatte nur das letzte Splittern gehört.

Weil ich mich viel zu sicher gefühlt habe und viel zu sehr mit der Schlampe da unten beschäftigt gewesen bin, dachte er zornig, während ihm kalter Schweiß auf die Stirn trat.

Ich mache Fehler! Ich mache Fehler! Ich mache Fehler!

Scheiße, ja, das stimmte. Und der größte Fehler war gewesen, den Doktor am Leben zu lassen.

Aber wie hatte seine Mutter immer gesagt: *Die Weisen erkennt man daran, dass sie aus ihren Fehlern lernen.* Und diesen Fehler würde er bestimmt nicht wiederholen.

Er spähte wieder um den Türrahmen und ließ den Blick durch den Raum schweifen. Nichts, keine Bewegung.

Auf dem hellen Teppich erkannte er feuchte Fußabdrücke und ein paar Blätter, die der Doktor bei seinem

Einbruch ins Haus getragen hatte. Die Spuren führten zur Küche. Von dort gab es eine zweite Tür in den Flur.

Wahrscheinlich steht der Dreckskerl jetzt genau dahinter und überlegt, ob er zu mir in den Flur kommen soll.

Er sah zu der Tür, die keine vier Meter von ihm entfernt war. Sie konnte jeden Moment aufspringen, und dann hätte er den Doktor direkt vor dem Lauf.

Andererseits musste er in seiner jetzigen Position auch den Durchgang ins Wohnzimmer im Auge behalten. Immerhin konnte ihn der Doktor aus beiden Richtungen angreifen.

Es war also besser, wenn er selbst in die Offensive ging.

Er huschte ins Wohnzimmer, ging hinter einem der beiden Sessel in Deckung, und als nichts geschah, schlich er weiter – am Essbereich vorbei zur Küchentür.

Immer noch kein Laut, nicht mal ein unterdrücktes Atmen. Aber er entdeckte etwas, das ihn freute. Zwischen den Blättern auf dem Teppich zog sich eine feine Spur aus Blutstropfen bis zu den hellen Bodenfliesen in der Küche. Also hatte sich der Doktor bei seinem Einbruch geschnitten.

Gut! Das ist sehr gut! Denn im Flur war kein Blut. Du bist also noch in der Küche, Doktor. Dann mach dich jetzt mal bereit zu sterben.

Erneut atmete er durch und hielt dann den Atem an, genau wie es ihm sein Großvater einst bei ihren Schießübungen beigebracht hatte. Er konzentrierte sich auf das vertraute Gefühl der Glock in seiner Hand, stellte sich das Innere der Küche vor und den Platz, an dem er den Doktor vermutete.

Dann wirbelte er in die Küche und feuerte drei Schüsse ab. Einen auf halber Höhe und zwei darunter. Doch die Geschosse schlugen nur in die Wand des Flurs.

Entgeistert starrte er auf die nun offene Küchentür. Der Doktor musste im selben Moment in den Flur gelaufen sein, in dem er hereingekommen war.

»Suchst du mich?«, hörte er Mark Behrendts Stimme hinter sich, und noch ehe er reagieren konnte, traf ihn ein Schuss in den Rücken.

Er fiel nach vorn und schlug auf den Boden. Dann erst spürte er den Schmerz. So heftig, dass er sich kaum bewegen konnte.

Für einen aberwitzigen Moment dachte er an das erste Reh, das er vor so vielen Jahren geschossen hatte. An den zornigen Blick seines Großvaters, als sie zu dem Tier gelaufen waren, das er nur verletzt, aber nicht getötet hatte.

Du warst zu schnell!, hörte er seinen Großvater schimpfen. Und dann hatte er das zappelnde Tier, dessen Heulen auf schreckliche Weise dem eines kleinen Kindes geähnelt hatte, mit einem Gnadenschuss erlöst.

Jetzt wusste er, wie sich das Reh damals gefühlt haben musste. Nur hatte er nicht einmal mehr seine Glock, mit der er sich selbst hätte erlösen können. Sie war ihm beim Fall aus der Hand geglitten, und der Doktor hatte sie an sich genommen.

Nun beugte dieser sich über ihn, und er glaubte, die Hitze der Waffenmündung im Nacken zu spüren.

»Wo ist sie?«, hörte er den Doktor über sich.

Aber er musste ihm gar nicht antworten. Das tat sie selbst, denn aus dem Keller drang in diesem Moment ein würgender Schrei zu ihnen hoch.

Der Schemel!, durchfuhr es ihn. *Das verdammte Ding ist zu früh gebrochen! Und ich bin nicht da, um es zu sehen!*

Kapitel 78

Mark stürmte die Kellertreppe hinunter und sah Lara, die mit einer Drahtschlinge um den Hals von der Decke hing und sich wie ein Wurm hektisch wand. Ihre Hände und Füße zuckten in den Fesseln, und ihre Zehenspitzen schienen nach einem Stand zu suchen. Doch den gab es nicht mehr. Stattdessen lag unter ihr nur noch ein zerbrochener Holzschemel.

Er eilte zu ihr, packte ihre Beine, die ihm einen Tritt versetzten, und hob sie an. Sofort hörte er Lara über sich japsen. Die Schlinge musste ihren Kehlkopf gequetscht haben, und jetzt kam es auf Sekunden an.

Er sah die Leiter, die neben den Regalen an der Wand lehnte, aber sie war zu weit weg, und er bekam sie nicht zu greifen, ohne sich von Lara wegzubewegen.

»Ich muss dich noch mal loslassen«, sagte er, und erhielt ein panisches Keuchen zur Antwort. »Beweg dich nicht, spann deine Halsmuskeln an und bleib so ruhig du nur irgendwie kannst.«

Er ließ sie behutsam los, sprang zu der Leiter und klappte sie auf.

Laras aufgequollenes Gesicht war inzwischen zu einem tiefen Violett angelaufen. Sie versuchte, still zu bleiben, aber sie hielt es kaum eine oder zwei Sekunden durch. Noch ehe Mark auf die Leiter springen und sie packen konnte, hatte sie wieder zu zappeln begonnen.

Wieder erwischte sie ihn mit einem Tritt, und er wäre beinahe mit der Leiter gekippt, doch dann packte er sie mit aller Kraft, hob sie an und zog ihr die Schlinge vom Kopf.

Lara sackte gegen ihn, die Leiter kippte und sie landeten

unsanft auf dem Boden. Über ihnen blinkte der Engel wie eine spirituelle Erscheinung.

Lara röchelte, und Mark griff sich ein Obstmesser, das nicht weit von ihm auf einer Treppenstufe lag. Sein erster und bisher einziger Luftröhrenschnitt lag schon lange zurück, aber er hatte jetzt keine Zeit zu zögern. Er beugte sich über sie, das Messer zum Schnitt bereit, und stellte zu seiner großen Erleichterung fest, dass sie noch atmete. Hektisch zwar, aber das lag am Schock und den Nachwirkungen der Panik.

»Bekommst du genügend Luft?«

Sie sah keuchend zu ihm auf und plötzlich wurden ihre Augen weit. »Pass ... auf!«

Noch ehe Mark sich umsehen konnte, wurde er rücklings gepackt und gegen die Wand geschleudert. Dabei stieß Tarrach einen grauenhaften Schrei aus, der an ein wütendes Tier erinnerte.

Mark rollte zur Seite und wollte sich wieder aufrichten, als ihn ein heftiger Tritt in den Magen traf und ihm die Luft aus den Lungen presste. Er klappte zusammen wie ein Taschenmesser, wurde jedoch sofort wieder gepackt und mit einem weiteren bestialischen Schrei durch den Raum geschleudert.

Das alles geschah so schnell, dass er den Sturz nicht abfangen konnte. Er schlug hart mit dem Kopf gegen das Wandregal. Blechbüchsen, Gläser und ein Heckenschneider fielen zusammen mit weiterem Werkzeug auf ihn herab, dann stürzte das ganze Regal um und begrub ihn unter sich.

Er hörte noch einen weiteren gellenden Schrei, und sein letzter klarer Gedanke war: *Ich habe versagt. Jetzt bringt er sie um!*

Dann wurde es dunkel um ihn.

Kapitel 79

»Das ist alles?«, fragte Stark. »An mehr erinnern Sie sich nicht?«

»Ja, das ist alles«, sagte Mark und griff nach dem Trinkbecher neben seinem Bett.

Das Sprechen hatte ihn angestrengt, und er war durstig, doch er konnte den verdammten Becher kaum greifen. Sobald er den Kopf auch nur ein paar Zentimeter bewegte, sah er ihn ebenso verschwommen wie den Kommissar, der auf dem Besucherstuhl neben seinem Bett saß.

Stark nahm den Becher und drückte ihn Mark in die Hand. Das Wasser war lauwarm, und Marks irritierter Geschmackssinn gaukelte ihm vor, er würde Urin durch den Strohhalm saugen, aber er trank trotzdem.

»Okay«, sagte er schließlich, als das trockene Brennen in seiner Kehle etwas nachließ. »Und jetzt sagen Sie mir endlich, was danach passiert ist.«

Mark war längst am Ende seiner Geduld angelangt. Daran änderten auch die Schmerzmittel in seiner Infusion nichts, die seine ganze Wahrnehmung leicht dämpften. Stark war nun schon seit einer guten Viertelstunde, wenn nicht sogar länger bei ihm, und hatte ihm noch immer nicht gesagt, was passiert war. Er hatte nur eine Frage nach der anderen gestellt.

Aber jetzt war es an der Zeit, dass der Kommissar endlich mit der Sprache herausrückte.

»In Ordnung, Herr Behrendt, aber zuerst will ich noch wissen, ob Sie sich wirklich sicher sind, dass Sie auf den Mann geschossen haben.«

»Natürlich bin ich mir sicher«, blaffte Mark ihn an,

wobei ihm wieder ein stechender Schmerz durch den Kopf fuhr. »Ich habe zwar eine Gehirnerschütterung, aber deswegen bin ich ja nicht verblödet!«

»Schon gut«, sagte der Kommissar und machte eine besänftigende Geste. »Wir müssen nur sichergehen, dass Sie sich genau an den Ablauf der Ereignisse erinnern.«

»Verdammt, ja, ich bin mir sicher! Und jetzt sagen Sie mir endlich, was danach passiert ist! Was ist mit Lara? Hat er sie umgebracht?«

»Nun, Herr Behrendt«, sagte Stark und schürzte die Lippen, »wir wissen nicht, was mit ihr passiert ist. Im Moment suchen wir noch nach ihr.«

»Was soll das heißen?«

»Das soll heißen, dass Frau Baumann verschwunden ist. Als wir bei Ihnen eingetroffen sind, war sie nicht mehr da. Und auch wenn Sie das jetzt sicherlich nicht hören wollen, muss ich Ihnen sagen, dass das alles nicht geschehen wäre, wenn Sie nicht so voreilig gehandelt hätten.«

»Blödsinn«, fauchte Mark. »Wenn ich gewartet hätte, bis Sie eingetroffen wären, hätte der Kerl sie längst umgebracht. Als ich bei ihr war, hat nicht mehr viel gefehlt.«

»Sicher«, entgegnete Stark. »Trotzdem wird die Sache ein Nachspiel haben, ebenso wie die illegale Waffe, die Sie uns verschwiegen haben.«

»Das ist mir egal. Wo ist Tarrach?«

»Tot.«

»Er ist tot?«

»Ja.«

»Weil ich ihn erschossen habe?«

»Nein, den Schuss in den Rücken hätte er vermutlich überlebt.«

»Was ist dann mit ihm passiert?«

Stark gab einen Seufzer von sich und sah zu seinem Kollegen, der mit ausdruckslosem Gesicht am Fenster des Krankenzimmers lehnte und ihre Unterhaltung protokollierte.

»Machen Sie jetzt Feierabend, Wegert.«

Der Angesprochene hob die Brauen. »Ernsthaft?«

Stark nickte. »Ich denke, wir haben alles erfahren, was wir wissen müssen. Gehen Sie schon mal zum Parkplatz. Ich komme gleich nach.«

»Na gut«, sagte Wegert und schob sein Notizbuch in die Jacke. »Sie sind der Boss.«

Er ging an den beiden vorbei zur Tür, wobei er Mark einen missbilligenden Blick zuwarf. Dann zog er die Tür hinter sich zu.

»Okay, was ist passiert?«, fragte Mark, als sie unter sich waren.

Stark griff in die Innentasche seiner Lederjacke und zog sein Handy hervor. »Was ich Ihnen jetzt zeigen werde, bleibt unter uns, verstanden?«

»Verstanden.«

Stark tippte auf den Ordner mit Fotos, öffnete eine Datei und reichte Mark das Handy. Mark nahm es und musste mehrmals blinzeln, ehe er das Bild deutlich sehen konnte.

»Das … gibt's doch nicht!«, stieß er hervor.

Mit zitternden Fingern zog er die Aufnahme größer.

Unter dem Drahtengel, dessen blinkende Lichter auf dem Foto zu einem hellen Schein erstarrt waren, lag Ralf Tarrach mit ausgebreiteten Armen am Boden.

Aus seiner rechten Augenhöhle ragte der rote Griff des Obstmessers.

VIER WOCHEN SPÄTER

»Schieb mich da drüben hin«, sagte Axel. »Das müsste dann weit genug sein.«

Mark brachte den Rollstuhl hinter einer der Hecken des Parks zum Stehen und sah sich um.

Für einen Tag im Spätnovember war das Wetter außergewöhnlich schön. Die Sonne schien von einem blauen Himmel, an dem sich nur ein paar Föhnwolken festklammerten, und ein leichter, aber nicht allzu kühler Wind wirbelte einige welke Blätter über die Wiese, die den Parkpflegern entgangen waren. Weit hinter ihnen, am anderen Ende der Parkanlage, erhob sich stolz der Pfauenhof, dessen rotes Dach in der Sonne funkelte.

Mark musste an den Mann denken, der irgendwo unter diesem Dach in einem Einzelzimmer lag, gefangen in seinem eigenen Körper, und als einziges Mitglied seiner Familie noch immer am Leben, weil es eine makabre Laune des Schicksals so beschlossen hatte.

Er fragte sich, ob man Jochen Tarrach die Nachricht vom Tod seines Sohnes mitgeteilt hatte – und falls ja, ob man ihm auch gesagt hatte, dass dieser in seine Fußstapfen getreten und zum wahnhaften Mörder geworden war.

Wohl eher nicht, vermutete er, und vielleicht war das auch besser so.

»He«, sagte Axel und zupfte ihn ungeduldig an der Jacke. »Willst du da Wurzeln schlagen, oder was? Los, gib mir die Tasche!«

Mark grinste und holte die kleine rote Tasche aus dem Tragenetz an der Rückseite des Rollstuhls. Es war eine Kühltasche, wie man sie bei Ausflügen im Sommer dabeihatte, doch nun war sie zum Warmhalten umfunktioniert worden.

Er öffnete den Deckel und nahm zwei in Alufolie verpackte Cheeseburger heraus. Einen doppelten für Axel und einen einfachen für sich selbst. Dazu hatte er zwei Dosen Cherry Coke organisiert, auf die Axel bestanden hatte, und nachdem Mark sich auf die Parkbank neben den Rollstuhl gesetzt hatte, prosteten sie sich damit zu.

»Aaaah!«, machte Axel und gab einen zufriedenen Rülpser von sich. »Du hast mir echt das Leben gerettet, Mann! Schon schlimm genug, dass ich mich kaum rühren kann, und dann setzen die mich auch noch auf Diät! Nee, danke. Mein Motor läuft einfach am besten, wenn er seine tägliche Portion Cholesterin und Zucker bekommt. Das ist er so gewöhnt. Aber mach das mal diesem Gesundheitsapostel von Arzt klar.«

»Na, ein paar Kilo hast du ja schon runter, und das steht dir doch eigentlich ganz gut«, sagte Mark kauend. »Was machen denn dein Arm und die Beine?«

»Ich werde wohl noch eine ganze Weile der Albtraum für die Metalldetektoren am Flughafen bleiben«, sagte Axel, und dann grinste er. »Aber ich hab meine zukünftige Physiotherapeutin kennengelernt. Ich sag dazu nur eins: Es wird mir eine Freude sein, mich von dieser Schönheit quälen zu lassen.«

Darauf stießen sie lachend an, und nach einem weiteren genussvollen Rülpser fragte Axel: »Und wie steht's bei dir?«

»Die Anzeige wegen unerlaubtem Waffenbesitz läuft noch«, sagte Mark. »Aber Stark hat mir versprochen, dass man es nicht an die große Glocke hängen wird. Er verhält sich überhaupt sehr fair in der ganzen Sache.«

Axel nickte. »Hab ich dir doch schon damals gesagt, dass er zu den Guten gehört. Und was macht dein neuer Job?«

»Ich überlege es mir noch«, sagte Mark, während er den Rest seines Cheeseburgers wieder mit der Alufolie umwickelte und in die Tasche zurücklegte. »Jan Forstner hätte mich gern als medizinischen Berater an der Waldklinik und will sich dafür einsetzen, dass ich meine Reputation zurückbekomme. Aber ich bin mir noch nicht sicher, ob ich das will.«

»Und warum nicht? Das klingt doch prima.«

»Ja, an und für sich wäre das mehr als nur prima«, sagte Mark und wischte sich die Hände mit einer Papierserviette ab. »Aber weißt du, nach all dem Scheiß, den ich durchgemacht habe, weiß ich nicht, ob ich wirklich noch einmal in einer Klinik arbeiten möchte.«

Axel legte seinen Burger auf den Oberschenkeln ab und wischte sich mit seiner Serviette über den Mund, was er als vorübergehend Einhändiger erstaunlich gut hinbekam.

»Willst du 'nen Tipp?«

»Von dir immer.«

»Hör auf deinen Bauch. Du hast zwar kaum einen, aber wenn du noch eine Weile bei den Lüders' wohnen bleibst, wird das schon noch werden. Außerdem denke ich, dass bei dir dieser Psychiater-Spruch gilt.«

»Und welcher soll das sein?«

Axel grinste und griff sich wieder seinen Burger. »Na, einmal Seelenklempner, immer Seelenklempner. Hast ja sonst nichts Ordentliches gelernt.«

Die beiden grinsten sich an, und dann saßen sie schweigend nebeneinander, während Axel den Rest seines Festmahls vertilgte – auch die Hälfte, die Mark übrig gelassen hatte. Dabei beobachteten sie einen Bussard, der hoch über ihnen seine Kreise zog. Frei, und wie es schien, über alle Dinge erhaben.

Es war Axel, der irgendwann das aussprach, woran sie beide dachten.

»Was glaubst du? Wo ist sie hin?«

»Ich habe keinen blassen Schimmer«, erwiderte Mark. »Stark hat mir gesagt, dass man die Suche aufs ganze Bundesgebiet ausgeweitet hat. Aber sie haben nach wie vor keine Spur von ihr gefunden. Nicht den geringsten Hinweis.«

»Was passiert denn, wenn sie sie doch noch finden?«

»Es war Notwehr, Axel. Diesmal ist der Fall sonnenklar, und sie können ihr nichts anhaben. Sie wollen sie nur befragen, um die Akte abschließen zu können.«

»Denkst du, sie wird sich irgendwann bei dir melden?«

»Ich hoffe es«, sagte Mark. »Aber ehrlich gesagt glaube ich es nicht.«

Mit nachdenklichem Blick zerknüllte Axel die fettige Alufolie und steckte sie in die Kühltasche.

»Tja, dann schieb mich mal besser zurück«, sagte er schließlich. »Ich habe heute noch das unvergleichliche Vergnügen vor mir, gebadet zu werden.«

»Doch hoffentlich von der tollen Physiotherapeutin?«

»Ha, träum weiter, Mann!« Axel schnaubte deprimiert. »Meine Bademeister sind männlich und nicht gerade zimperlich.«

»Tut mir leid, das zu hören«, sagte Mark und wollte nach den Griffen des Rollstuhls fassen, doch Axel hielt seine Hand fest.

»Kann ich dich noch was fragen? Nur so, aus Neugierde.«

»Solange du mich nicht bittest, dass *ich* dich baden soll.«

»Nein, Quatsch. Mich interessiert das Ding an deinem Handgelenk. Eine Uhr ist das ja wohl nicht, oder?«

Mark betrachtete das Armband, das er schon so lange trug, dass es irgendwie ein Teil von ihm geworden war.

»Na ja, in gewisser Hinsicht schon«, sagte er. »Es ist eine Lebensuhr. Ein Geschenk meines Doktorvaters. Sie soll mir meine verbleibende Lebenszeit anzeigen. Das Ganze basiert angeblich auf statistischen Auswertungen und meinen persönlichen Angaben.«

»Und warum ist dann eine Abdeckung darüber?«

»Damit ich selbst entscheiden kann, ob ich erfahren will, wie viel Zeit mir noch bleibt.«

Axel nickte und betrachtete die Uhr mit großem Interesse. »Bist du denn nie neugierig geworden?«

»Doch, schon«, sagte Mark. »Aber ich habe den Spezialschlüssel schon vor langer Zeit verlegt. Die Uhr ist jetzt einfach nur noch ein Andenken an einen guten Freund, an das ich mich über die Jahre eben gewöhnt habe.«

»Spezialschlüssel«, sagte Axel und rümpfte die Nase. »Du bist echt ein klischeehafter Akademiker. Nur gut, dass ich ein klischeehafter Handwerker bin.«

Er griff mit seinem gesunden Arm in die Hosentasche und zog zu Marks großem Erstaunen ein Schweizer Taschenmesser hervor.

»Du nimmst so was mit in die Reha?«

»Klar«, sagte Axel, als sei es das Selbstverständlichste auf der Welt. »Hat mir mein alter Herr beigebracht: Es gibt drei Dinge, ohne die ein Mann nirgends hingehen sollte. Geld, ein Taschentuch und ein Schweizer Messer. Aber verpetz mich bloß nicht beim Personal!«

»Bestimmt nicht«, sagte Mark und schüttelte grinsend den Kopf.

»Na, jetzt gib das Ding mal her, ich mach's dir auf. Nur wenn du willst natürlich.«

Mark wollte, auch wenn er einen Augenblick zögerte. Doch dann nahm er die Uhr ab und reichte sie Axel. Der warf einen schnellen Blick darauf und machte sich mit einer der Klingen daran zu schaffen. Selbst mit nur einer Hand und der bandagierten zum Gegenhalten, brauchte er kaum eine halbe Minute, um die Abdeckung zu lösen.

»Hokuspokus«, sagte er, als es leise klickte, und hielt Mark die Lebensuhr hin. »Jetzt kannst du den Deckel abnehmen.«

Mark betrachtete die Uhr in seiner Hand. Damals in London hatte Professor Otis sie ihm als Motivation hinterlassen, zusammen mit einem Brief, in dem er ihm auftrug, sein Leben wieder in die Hand zu nehmen und sich von seinem inneren Leiden zu befreien. Dieses Memento Mori sollte ihn anspornen, das Beste aus seiner Zukunft zu machen – ganz gleich, wie viel davon noch vor ihm lag.

Aber bei dem Gedanken, nun seine auf wissenschaftlichen Erkenntnissen basierende Restlebenszeit zu erfahren, wurde ihm doch ein wenig flau in der Magengegend.

Er fasste all seinen Mut, nahm den hauchdünnen Metalldeckel ab und betrachtete die Anzeige, die darunter zum Vorschein kam.

»Und?«, fragte Axel. »Reicht es noch für eine Langspielplatte oder musst du auf Singles umsteigen?«

»Das musst du dir ansehen«, sagte Mark verwundert und reichte ihm die Uhr.

Als Axel einen Blick darauf warf, runzelte er zuerst die Stirn. Dann begann er zu lachen.

EIN LETZTES BILD

Es ist ein sonniger Tag im Mai. Der Frühling hat endgültig Einzug in Mailand gehalten. Menschen strömen über die Piazza, der Duomo erstrahlt in beinahe überirdischem Weiß und die Stadt ist voller Leben.

Letizia steht am Eingang ihres kleinen Modegeschäfts. Sie nippt an ihrem Espresso und beobachtet das bunte Treiben. Für sie ist das die liebste Jahreszeit, weil die Menschen jetzt voller Energie und Zuversicht sind. Sie beginnen Neues und hoffen auf ein gutes Jahr.

Das ist wichtig, denkt sie. *Was wäre das Leben schon ohne Pläne und Hoffnung?*

Ihr fällt eine Frau auf, die über die Piazza geht und auf ihr Geschäft zukommt. Die Frau sieht gut aus und wirkt jugendlich, auch wenn sie es nicht mehr ist. Mit ihrer zierlichen Figur und den kurzen dunklen Haaren erinnert sie Letizia ein wenig an Audrey Hepburn in *Ein Herz und eine Krone*, einem ihrer Lieblingsfilme.

Irgendetwas scheint besonders an dieser Frau zu sein, auch wenn Letizia nicht sagen könnte, was es ist. Vielleicht ist es die Art, wie diese Frau ihre Umgebung betrachtet. Beinahe so, als sähe sie die Welt zum allererersten Mal.

Dieser Eindruck kommt ihr absurd vor, und doch auch wieder nicht. Da ist etwas an dieser Frau, das Letizia nicht in Worte fassen kann. Eine Art Ausstrahlung, die sie von ihren Kindern kennt, aber die sie noch nie zuvor bei einer Erwachsenen gesehen hat.

Als die Frau vor ihrem Schaufenster angekommen ist, nickt Letizia ihr grüßend zu.

»Guten Tag«, sagt sie und lächelt.

»Guten Tag«, erwidert die Frau und deutet auf das Fenster. »Dieses Kleid dort, dürfte ich es einmal anprobieren?«

»Selbstverständlich«, antwortet Letizia und ist verwundert.

Sie hat die Frau für eine Italienerin gehalten, aber ihrem leichten deutschen Akzent nach muss sie eine *Tedesca* sein. Dabei wirkt sie nicht wie eine Touristin, sondern wie jemand, der hierhergehört.

Sie führt die Frau in ihr Geschäft, reicht ihr das Kleid aus der Auslage und wartet vor der Umkleidekabine.

»Sind Sie im Urlaub hier?«, fragt Letizia, während die Frau das Kleid anzieht.

»Nein«, kommt die Antwort aus der Kabine. »Das heißt, vielleicht ja. Ehrlich gesagt, weiß ich es noch nicht. Ich wollte einfach mal hier sein.«

»Und wie gefällt Ihnen Milano?«

»Es ist schön hier. Alles wirkt irgendwie vertraut. Fast, als sei ich hier zu Hause.«

Dann zieht die Frau den Vorhang beiseite, kommt aus der Kabine und stellt sich vor den Spiegel.

»Sie sehen wundervoll darin aus«, sagt Letizia und meint es auch so. Der türkisfarbene Stoff passt perfekt zu dieser Frau mit dem leicht bronzefarbenen Teint, und er harmoniert auch mit dem blauen Halstuch, das sie trägt.

Es ist offensichtlich, dass das Tuch etwas an ihrem Hals verdecken soll, aber das würde Letizia natürlich nie ansprechen. Stattdessen fügt sie hinzu: »Es scheint, als hätte dieses Kleid nur auf Sie gewartet.«

Diesen Satz quittiert die Frau mit einem nachdenklichen Nicken.

»Ich hatte schon einmal so ein Kleid, aber das ist lange her«, sagt sie und klingt ein wenig entrückt dabei. »Ich mochte es nicht, weil der Stoff kratzig war, und weil es mich an etwas erinnert hat. Aber bei diesem Kleid ist es anders. Vielleicht hat es ja wirklich hier auf mich gewartet.«

»Dann nehmen Sie es?«

»Ja«, sagt die Frau. »Unbedingt. Es fühlt sich irgendwie richtig an.«

Nachdem sie sich wieder umgezogen und das Kleid bezahlt hat, reicht ihr Letizia die Tüte über die Theke.

»Wenn Sie mögen, dann kommen Sie doch morgen noch einmal vorbei«, sagt sie. »Ich bekomme eine neue Lieferung. Ein paar sehr schöne Stücke, die Ihnen auch gefallen könnten.«

»Ja«, sagt die Frau. »Vielleicht komme ich tatsächlich wieder.«

»Das würde mich freuen. Ich heiße übrigens Letizia.«

Nun lächelt die Frau sie an, und wieder muss Letizia dabei an ein kleines Mädchen denken. Und endlich weiß sie auch warum. Es ist dieses ganz besondere Funkeln in den Augen dieser Frau. Neugierig, offen und voller Zuversicht.

»Lara-Ellen«, sagt sie. »Ich heiße Lara-Ellen.«

NACHWORT UND DANK

Es gibt Momente im Leben, deren Bedeutung man erst nach einer Weile vollumfänglich erkennt. Einer dieser Momente war für mich im Herbst 2006, als ich im Büro meines heutigen Literaturagenten Roman Hocke saß und wir uns über eine mögliche Zusammenarbeit unterhielten.

Roman ist eine Koryphäe im Literaturgeschäft, und der Grund für seinen langjährigen Erfolg ist nicht nur seine einfühlsame Menschenkenntnis und sein legendäres Verhandlungsgeschick, sondern vor allem seine Liebe zu Geschichten. Er hat ein feines Gespür dafür, was Handlung, Figuren, Sprache und die Welten, die daraus entstehen, ausmacht. Außerdem kann er dank seiner langen Erfahrung treffsicher einschätzen, welche Geschichten eine Leserschaft ansprechen werden und welche eher nicht.

Deshalb riet er mir damals, das Manuskript, mit dem ich bei ihm vorstellig wurde, vorerst in die Schublade zu legen (wo es bis heute immer noch liegt und auch bleiben wird). Es war ein surrealer Thriller, und auch wenn wir beide ihn mochten, hätte er sich aus Romans Sicht nicht für ein Debüt geeignet. Dafür war die Story zu bizarr, wie ich selbst eingestehen musste.

Stattdessen fragte er mich, ob ich nicht noch etwas anderes in petto hätte – und diese Frage sollte weitreichende Auswirkungen haben.

Heute gebe ich offen zu, dass ich damals nichts Konkretes hatte, aber ich sagte trotzdem Ja und versprach, ihm bald ein Exposé zu schicken.

In den darauffolgenden Wochen sog ich jegliche Information in mich auf, derer ich habhaft werden konnte. Schließlich kommen Ideen nur dann zu einem, wenn man sie mit reichlich Futter lockt.

Damals arbeitete ich als Therapeut in einer psychiatrischen Klinik, und als ich eines Tages nach einer Visite über den Gang der Frauenstation kam, fiel mir ein leeres Patientenzimmer auf. Es war ein trüber Nachmittag im November, draußen wurde es schon dunkel, und der Anblick des leeren Betts in dem verlassenen Raum löste bei mir eine Gedankenkette aus.

Der Autor in mir überlegte, was wäre, wenn die Patientin in diesem Raum gar nicht nach Hause entlassen, sondern spurlos verschwunden wäre. Und es gäbe nur eine Person, die von dieser mysteriösen Patientin wüsste. Nicht irgendjemand, sondern ihre *Psychiaterin*, die bei der Suche nach dieser Frau schließlich selbst an ihrem Verstand zu zweifeln beginnt.

Und so war sie schließlich da, die Idee für meinen Debütroman *Trigger*. Er erblickte 2009 das Licht der Welt, und weder mein Verlagsteam noch meine Agentur und erst recht nicht ich hätten je zu träumen gewagt, welch großen Erfolg die Geschichte von Ellen Roth, Mark Behrendt und Lara Baumann haben sollte. Nach nur einer Woche war der Roman in der Bestsellerliste und nach einer weiteren ging das Buch bereits in die zweite Auflage.

Bald schon erschien die Geschichte in vielen anderen Sprachen und wurde unter anderem zu einem der erfolgreichsten Romandebüts in Italien. Auf einmal bekam ich Zuschriften von Leserinnen und Lesern aus aller Welt, schickte Autogramme nach Russland, in die Türkei oder nach Venezuela, und wurde zu Lesungen und Festivals bis nach Kolumbien eingeladen. Ich erfuhr, dass es in Mexiko einen Ellen-Roth-Fanclub gab, erhielt Angebote für Verfilmungen (aus denen leider bislang nichts wurde) und so weiter und so weiter ... Es war *unglaublich*!

Mit der Zeit wurde aus dem Bestseller ein Longseller, und nach den Leserzuschriften und Posts in den sozialen Medien zu schließen, erfreut sich *Trigger* bis heute großer Beliebtheit.

Dementsprechend oft wurde ich in den letzten Jahren gefragt, was denn aus Lara und Ellen geworden sei. Immerhin war das Ende des Romans recht offengehalten und bot Spielraum für Spekulationen.

Auch mich beschäftigte diese Frage, doch ich wagte mich nie an eine Fortsetzung. Ich hatte viel zu großen Respekt vor den Erwartungen der Leserschaft an einen zweiten Teil. Obendrein fehlte mir die passende Idee dazu.

Stattdessen schrieb ich einige andere Romane, unter anderem *Phobia*, in dem die Geschichte von Mark Behrendt weitererzählt wird. In diesem Roman muss der arme Kerl eine Menge durchmachen, und am Ende erhält er eine Nachricht vom Mörder seiner Lebensgefährtin.

Ebenso wie Mark hatte ich lange Zeit keine Ahnung, wer der Unbekannte sein könnte und was sein Motiv für diesen abscheulichen Mord gewesen war. Doch dann erlebte ich wieder einen jener Momente, die viel mehr auslösen, als man zunächst denkt.

Eines Morgens las ich im Internet einen Artikel über einen betrogenen Ehemann, der die Frau und die beiden Kinder seines Rivalen erschossen hatte. Den Liebhaber seiner Frau hatte er am Leben gelassen, um sich an ihm mit der Qual des Verlusts zu rächen.

Diese Nachricht schockierte und erstaunte mich zugleich. Wie kaltblütig musste man sein, um so etwas zu tun – wie verletzt und wie *besessen*?

Als Mensch empfand ich diese absolut irrationale Tat als zutiefst abstoßend, doch als Autor dunkler Geschichten zog sie mich in ihren Bann. So wurde mir schließlich klar, welche Motivation Marks unbekannten Gegenspieler antrieb. Dass auch er von blinder Rache beseelt war.

Aber weshalb? Was sollte Mark ihm angetan haben?

Erneut war es ein unscheinbarer Zufall, der mir die Antwort lieferte – und zwar durch einen Postboten, der mir ein Paket mit Belegexemplaren für eine italienische Sonderausgabe von *Trigger* überreichte.

Auf dem Buchcover (das zu meinen persönlichen Favoriten zählt) ist das Bild der mysteriösen Patientin zu sehen – in einer Pose, die immer wieder gern von Leserinnen auf Instagram imitiert wird. Die Frau hält einen ihrer Arme über den gesenkten Kopf, als wolle sie sich selbst verzweifelt schützen, doch gleichzeitig wirkt sie schuldbewusst. Nur eine einzige Geste, und doch fängt sie eine ganze Geschichte ein.

Zwar kannte ich dieses Bild längst, aber nun war mir, als sähe ich es aus einem anderen Blickwinkel. Und plötzlich ging mir auf, dass Ellen Roth, Lara Baumann und Mark Behrendt noch enger miteinander verbunden sein mussten, als ich ursprünglich gedacht hatte. Irgendetwas war noch zwischen ihnen offengeblieben, und es hatte etwas mit Schuld zu tun.

Ab diesem Moment konnte ich es nicht mehr erwarten, der Sache auf den Grund zu gehen. Als ich dann schließlich die Auflösung gefunden hatte, war nicht nur eine Fortsetzung von *Trigger*, sondern auch gleichzeitig von *Phobia* entstanden.

Ob ich Bedenken hatte, diesen Roman zu schreiben?

Und wie! Ich hatte einen Heidenrespekt davor. Es gab Tage, an denen ich stundenlang um meine Tastatur herumgeschlichen bin wie die Katze um den heißen Brei – stets mit einem kleinen Teufel auf der Schulter, der mir zuflüsterte, dass dieser Roman etwas ganz Besonderes werden müsse. Schließlich war ich das meiner treuen Leserschaft schuldig.

Deshalb wurde es auch das Manuskript, an dem ich bisher am längsten von allen gearbeitet habe.

Dass doch noch ein fertiges Buch daraus geworden ist, habe ich Roman Hocke zu verdanken. Er hat mich daran erinnert, dass eine Geschichte sich nur dann selbst erzählen kann, wenn man ihr den nötigen Freiraum lässt und den inneren Kritiker in die letzte Reihe verweist.

Oskar Rauch und dem Team des Heyne-Verlags danke ich für ihre Geduld und ihr Vertrauen in mich und ein Manuskript, von dem sie lange nichts anderes als den Arbeitstitel kannten.

Außerdem haben sie mir eine erneute Zusammenarbeit mit Michelle Landau ermöglicht, die dieses Buch mit kritischem Blick gelesen, redigiert und Schwachstellen in der Geschichte aufgespürt hat. Ihr dafür zu danken, ist mir ein Herzensanliegen.

Mein großes GRAZIE geht an Cecilia Perucci und das Team von Corbaccio, die ebenfalls sehr viel Geduld in mich investieren mussten und alles dafür getan haben, damit auch dieser Roman in Italien ein Zuhause bekommt. Das gilt auch für Alessandra Petrelli, die nun schon seit langer Zeit meine italienische Stimme ist. Ihr seid großartig!

Meiner Frau Anita danke ich für die seelische Unterstützung und ihr Verständnis. Einen Autor zum Mann zu haben, kann manchmal eine ziemliche Herausforderung sein.

Weiterer Dank gebührt allen, die mich bei meinen Recherchen beraten und unterstützt haben. Alle namentlich zu nennen, würde den Rahmen dieser Danksagung sprengen, aber sie können sich sicher sein, dass ich mich mit einer Party revanchieren werde, sobald es die derzeit noch schwierigen Zeiten wieder zulassen. Sollten sich dennoch irgendwelche Fehler eingeschlichen haben, ist das allein meine Schuld.

Mein größter Dank gebührt wie immer euch, liebe treue Leserinnen und Leser. Diesmal ganz besonders, denn ohne euer beharrliches Nachfragen hätte es dieses Buch nie gegeben.

Und so hoffe ich inständig, dass euch unsere gemeinsame Rückkehr nach Fahlenberg und das Wiedersehen mit einigen alten Bekannten dort genauso viel Freude bereitet hat wie mir.

Wer weiß, vielleicht kehren wir ja eines Tages dorthin zurück? Schließlich ist keine Geschichte je ganz zu Ende erzählt.

Wulf Dorn
November 2020

Quellennachweis

»Der Anblick des Bösen zündet Böses in der Seele an. Das ist unvermeidlich.« *auf Seite 7* aus:
C. G. Jung, Gesammelte Werke. Zivilisation im Übergang, Band 10
© Patmos Verlag. Verlagsgruppe Patmos in der Schwabenverlag AG, Ostfildern 6. Auflage 2021
www.verlagsgruppe-patmos.de

»Das Dumme am Tod ist nicht, dass er die Zukunft verändert, sondern dass er uns mit unseren Erinnerungen allein zurücklässt.« auf Seite 7 aus:
Peter Høeg, »Fräulein Smillas Gespür für Schnee«
Aus dem Dänischen übersetzt von Monika Wesemann
© 1994 by Carl Hanser Verlag GmbH & Co. KG, München

»So stemmen wir uns voran, in Booten gegen den Strom, und werden doch immer wieder zurückgeworfen ins Vergangene.« auf Seite 17 aus:
F. Scott Fitzgerald, »Der große Gatsby«
Aus dem Englischen übersetzt von Reinhard Kaiser
© Insel Verlag Berlin 2011

»Ich wurde wahnsinnig, mit langen Intervallen schrecklicher Vernunft.« auf Seite 219 aus einem Brief von Edgar Alan Poe an George W. Eveleth (LTR-259)
Quelle: The Edgar Allan Poe Society of Baltimore
Übersetzung durch den Autor

Die Zitate sind im Text markiert, es wurden alle Rechtegeber kontaktiert. Sollte es Nachfragen geben, so richten Sie diese bitte an das Heyne Belletristik Lektorat in der Verlagsgruppe Penguin Random House GmbH, Neumarkter Str. 28, 81673 München